诗词名家讲

叶嘉莹 主编
陈 斐 执行主编

清诗三百首

钱仲联　钱学增
选 注

中国出版集团
東方出版中心

图书在版编目（CIP）数据

清诗三百首 / 钱仲联，钱学增注释. —上海：东方出版中心，2020.8
ISBN 978-7-5473-1631-3

Ⅰ. ①清… Ⅱ. ①钱… ②钱… Ⅲ. ①古典诗歌-诗集-中国-清代 Ⅳ. ①I222.749

中国版本图书馆CIP数据核字（2020）第064721号

丛书主编　叶嘉莹
执行主编　陈　斐
出版统筹　梁　惠
责任编辑　付裕国
封面设计　今亮后声 HOPESOUND pankouyugu@163.com

清诗三百首

钱仲联　钱学增　选注

出版发行　东方出版中心
地　　址　上海市仙霞路345号
邮政编码　200336
电　　话　021-62417400
印 刷 者　上海中华商务联合印刷有限公司

开　　本　890mm × 1240mm　1/32
印　　张　16.75
字　　数　398千字
版　　次　2020年8月第1版
印　　次　2020年8月第1次印刷
定　　价　78.00元

“诗词名家讲”丛书总序

叶嘉莹

中国是一个诗的国度。孔子说:“不学诗,无以言。”读诗不仅可以雅化言辞,而且能够美化心灵。我之喜爱和研读古典诗词,本不出于追求学问、知识的用心,而是出于古典诗词中所蕴涵的一种感发生命对我的感召和召唤。在我看来,兴发感动的力量与作用,正是中国古典诗歌所具含的一种极可宝贵的质素。中国传统诗论早就对此做过深入阐发。《诗大序》述及诗歌创作时,即曾提出“诗者,志之所之也”及“情动于中而形于言”的说法,可见内心情志之有所兴起感发的活动,实在乃是诗歌创作的一种基本动力。真正伟大的诗人,不仅用生命来写作诗篇,而且用生活来实践诗篇。优秀的诗篇,往往蓄积了古代伟大之诗人的所有心灵、智慧、品格、襟抱和修养。所以,中国有着源远流长的“诗教”传统,非常重视读者读诗时兴发感动、变化气质的作用。孔门说诗,就一直重视诗之“兴”的作用,既说“兴于诗”,又说“诗可以兴”。在中国文化之传统中,诗歌最可宝贵的价值和意义,就正在于它可以从作者到读者之间,不断传达出一种生生不已的感发的生命,让人葆有一颗关怀宇宙万物与社会人生的不死的心灵。

而我们讲诗的人所要做的，就正是要引导读者体认诗歌中兴发感动的作用，使诗人的心魂得到又一次再生的机会。不过诗人的品质各不相同，写作能力也高下各异，因而一个优秀的说诗人，就不仅应具有能体认诗歌中之兴发感动之生命的能力而已，还需要有一种能分辨出其作品中之感发生命之品质与其写作艺术之高下的修养，并且能加以传述、说明，使聆讲者也能有此种感发与分辨，如此才可以说完成了一种对诗歌中感发生命之传承的责任与使命。

现在喜欢诗词的朋友越来越多，但市面上真正能够引导人领会诗篇所蕴涵的感发之生命的读物却极为罕见。有鉴于此，我们经过详细调查、反复斟酌，编选了这套“诗词名家讲”丛书，按专题分辑推出。所选书籍，大都是夏承焘、程千帆、钱仲联、霍松林等 20 世纪国学根底深厚、研究和创作兼擅的名家泰斗为大众撰写的诗词普及读物。这些读物，往往言简意赅，深入浅出，既能传达古典诗词的神髓，又可切合现代读者的需求。而且，它们已经经过时间的检验和淘洗，具备了和中华优秀诗词一样的“经典”属性。通过阅读它们，读者朋友们不仅可以了解关于诗词的基本知识，领略鉴赏和创作诗词的主要法门，而且可以“尚友古人”，与千百年来的诗人做朋友，感受那一颗颗关怀宇宙万物与社会人生的不死的心灵，让自己的心灵也得到陶冶、净化。

读诗的好处，就在于可以培养我们拥有一颗美好的活泼不死的心灵。我们作为一个现代人，虽然不一定要再学习写作旧诗，但是如果能学会欣赏诗歌，则对于提升我们的性情品质，实在可以起到相当的作用。孔子与他的学生子夏讨论“巧笑倩兮，美目盼兮，素以为绚兮”的诗句，可以使子夏联系到“礼后乎”的修养。王国维也从晏殊、欧阳修等人的相思怨别之词，联想到“古今之成大事业、大学问者”的三种境界。凡此种种都说明，在中国的诗词中，确实存在有一条绵延不已的、感发之生命的长流。希望这套“诗词名家讲”丛书，能够引领广大的读者朋友们，不仅可以体认到这条生命的长流，在兴发感动中获得生命的享受与快乐，而且可以汇入到这条绵延数千年的生命长流中来，为之推波助澜，使之永不枯竭！

前　言

这里选的清诗，指清王朝（1644—1911）时期的诗，包括鸦片战争以前的封建社会末期和鸦片战争以后的半封建半殖民地社会的一段时期的诗。而近人则把前者归于清代文学，后者划在近代文学之内。

清诗继宋、元、明诗以后，有它独具的特色。但人们对清诗的评价，却颇有分歧，一般对它是评价不高的，甚至认为一无足取。看法大致可分两种：

一种看法，以为唐以后诗，愈趋愈下，清诗自不在话下。明七子承严羽《沧浪诗话》之说大谈诗必盛唐，后人对此虽早有驳斥，而近代学者，又张大此论，如章炳麟说：

> 唐以后诗，但以参考史事存之可也，其语则不足诵。（《国故论衡》卷中《辨诗》）

鲁迅说：

> 我以为一切好诗，到唐已被做完，此后倘非能翻出如来佛掌心之齐天大圣，大可不必动手。（《鲁迅全集》卷十第224页）

王国维则进一步从一代有一代的文学的观点立论，说：

> 凡一代有一代之文学：楚之骚，汉之赋，六代之骈

语，唐之诗，宋之词，元之曲，皆所谓一代之文学，而后世莫能继焉者也。(《宋元戏曲史·自序》)

这里说“唐之诗”，“后世莫能继”，与上引诸家说相同，而从一代有一代的文学立论，却是新的说法（亦略同于清人焦循）。近人所撰各种文学史，基本上沿用王国维的观点。

又一种看法，专从清诗的成就着眼，也认为无足取。如文廷式说：

> 国朝诗学凡数变，然发声清越，寄兴深微，且未逮元明，不论唐宋也。固由考据家变秀才为学究，亦由沈归愚以正宗二字行其陋说，袁子才又以性灵二字便其曲谀。风雅道衰，百有余年。其间黄仲则、黎二樵尚近于诗，亦滔滔清浅。下此者乃繁词以贡媚，隶事以逞才，品概既卑，则文章日下。采风者不能不三叹息也。(《闻尘偶记》)

梁启超也说：

> 以言夫诗，真可谓衰落已极。吴伟业之靡曼，王士禛之脆薄，号为开国宗匠。乾隆全盛时，所谓袁(枚)、蒋(士铨)、赵(执信?)三大家者，臭腐殆不可向迩。诸经师及诸古文家，集中亦多有诗，则极拙劣之砌韵文耳。嘉道间，龚自珍、王昙、舒位号称新体，则粗犷浅薄。咸同后，竞宗宋诗，只益生硬，更无余味。其稍可观者，反在生长僻壤之黎简、郑珍辈，而中原更无闻焉。直至末叶，始有金和、黄遵宪、康有为，元气淋漓，卓然称大家。(《清代学术概论》三十一)

如上的种种说法，是不是一种偏见呢？柳亚子曾说：

> 宋词元曲称作手，明清何遽非明堂。自珍变体金和继，平心未拟菲黄康。(《长歌一首赠步陶莅楼伉俪》)

看来，这不失为持平之论。而前面两种看法，虽角度不同，范围有别，其为否定清诗则一。我们不妨探讨一下。关于第一个问题，一代有一代突出的有代表性的新兴的文学体式，这当然是事实。但问题应该看全面，新的文学体式登上文学舞台以后，并非是原有的文学体式便一定无发展余地，便不能有杰出的作家出现，原有的文学体式便不可能反映时代现实。宋代文学是词的天下，但宋诗仍然足与唐诗分庭抗礼，仍然出现了不少大家名家。那么，在戏曲、小说极盛的清代，诗歌是不是也可以同时取得一定的发展呢？还是已经走到了尽头呢？答案就得接触到第二个问题。无可置疑，元明两代，诗歌出现了倒退的摹仿逆流。元诗主要摹唐，明人变本加厉，出现了诗必盛唐的七子流派，明后期公安、竟陵二派力图挽此狂澜，而其创作却并无此力，较之明七子形式虽摹古，而尚有反映现实内容者，转逊一筹。穷则变，变则通，"望今制奇，参古定法"（《文心雕龙·通变》）。清诗正是适应此规律，在总结明代复古逆流经验教训的基础上，在继承发展前代遗产的实践中，在二百六十多年的社会现实的土壤上，开出了超明越元、抗衡唐宋的新局面。

清诗在初期，正当沧桑变革，国内民族矛盾尖锐的时代，出现了许多杰出的作家和作品。诗歌理论家，则有钱谦益、黄宗羲、王夫之诸人，他们在学古上反对墨守唐人，或倡宋诗，提出许多宝贵的创作意见，给明代诗风以大力的扫荡，对清代诗风的转变，做出了贡献。爱国的遗民诗人，数以百计，其作品又有不同的风格特色，如顾炎武诗质实浑厚，嗣响杜甫，以"读书破万卷，下笔如有神"见长的是一种；钱秉镫、吴嘉纪同样学杜，却以白描真挚取胜的又是一种；屈大均兼学李、杜，奇想驰骋，富有浪漫精神的又是一种。艺术风格各异，而反映现实，各具真面目，突出爱国主义精神则一。顾、钱、吴雄视江南，屈高步岭南，代表了不同地区。而向来称为开国宗匠的钱谦益、吴伟业，虽因为降臣而削减声价，但对清初诗坛的影响，却大于遗民诗人。谦益在降清后又反清，大量作品，激越苍凉，复明意志颇为强烈。伟业创造“梅村体”，五七言古近体诗，也是名篇络绎，号称一代诗史。谦益以两朝元老、诗坛领袖的资格，对清初重要诗人，如吴伟业、屈大均、宋琬、施闰章、王士禛都有影响，论定过他们的诗，并给他们的诗集都写了序。特别是对王士禛，有“代兴”的期许。士禛因谦益的揄扬，继谦益而起，逐步成为康熙时期诗坛的领袖。清代诗歌，没有初期这一风气的转变，以后的发展是难以想象的；没有初期作家的巨大成就，要取得超越元明的地位也是说不上的。清初诗风一经转变，于是“骅骝开道路，鹰隼出风尘”，接着，就呈现出众星争辉的形势。

王士禛主盟诗坛的时期，已是康熙盛世，南明政权已经消失，全国统一，民生比较安定。清政府对待文人是软硬兼施。王士禛诗的雍容揄扬，适合当时统治者的需要，所以被清帝看中，无形中戴上了“桂冠”。王士禛和与之齐名的朱彝尊，号称“南朱北王”。两家稍稍恢复了明七子的路子，但已不像明七子那样死仿呆学。康熙以后，经过乾隆、嘉庆，到道光前期，这一段漫长的时间，清王朝由表面繁荣，逐步走向下坡路。诗坛上出现了不少流派与作家，前后相继，相互影响，艺术上争奇斗巧，而思想性一般是比较平常的。清初诗歌的战斗锋芒，早已无存，正如龚自珍所说：“避席畏闻文字狱，著书都为稻粱谋。”（《咏史》）仅有的一些反映民生疾苦的诗，也往往是陈陈相因的内容，而且不触及清王朝统治的根本。就风格流派说，倒是颇不寂寞，有王士禛为首的神韵派，沈德潜为首的格调派，袁枚为首的性灵派，翁方纲为首的肌理派等。以地域为区分的诗派，则朱彝尊、厉鹗为首的浙派独占上风。浙派中又以朱彝尊、钱载、王又曾、钱仪吉等为代表的秀水派最为显著。不立宗派的，如胡天游、黎简、黄景仁、宋湘诸家，为雍正至乾隆时期的射雕手。宋、黎同是广东诗人，而风格不同，黎简镵刻奇秀，宋湘朴素拗折，与江浙诗人对树坛坫。而黎简又深服钱载，浙江的钱仪吉、姚燮又倾倒黎简，姚特别受到黎的深厚影响。宋湘的诗歌主张，和袁枚的性灵说相近，而自己的诗篇戛戛独造，却又近于钱载，与袁枚趋向不同。袁枚与赵翼、蒋士铨号称“乾隆三大家”。袁、赵主张相同，诗的风格大致也相同，而赵更多以文为诗的习气。蒋诗沉雄，不同于袁、赵，而影响不如袁枚之大。四川的张问陶，是继袁枚而起的性灵派中坚，有刚劲之骨而少滑易之习。常熟孙原湘，是袁的弟子，直接继承袁的诗派。大兴舒位，是北方诗人受袁枚影响最深的人，但又独张一帜，与袁、孙辈不同。舒位的姨甥王昙，秀水人却不为秀水派诗，近体格调近袁，古体奇诡，似通天神狐而骨格凡近。法式善以孙、王、舒三人并称为“三君”。与王同时的陈文述，涂泽秾艳，品概愈卑，清诗至此，已到了病入膏肓的境地，必须有人来给以针砭了。

早在袁枚同时，桐城派古文家又是诗人的姚鼐，便是与袁枚派对立的一面旗帜。他上承同乡前辈刘大櫆的绪论，走王士禛的一路，崇尚唐诗，一定程度上肯定了明七子；又继承了伯父姚范的绪论，大力提倡宋人黄庭坚，谓可以洗涤俗诗的肠胃，唐宋结合，形成桐城的诗派。同乡弟子方东树等宣扬其说，桐城派古文家梅曾亮、朱琦、鲁一同继承姚的创作衣钵，力尊杜、韩和北宋的家数。鲁一同的师辈潘德舆著《养一斋诗话》，极力排斥袁枚诗派，与桐城派桴鼓相应。道光年代著名的宋诗运动先行者祁寯藻、程恩泽都和桐城派人有交游关系，多少受其理论上的影响。晚清的“同光体”诗人，同样离不开桐城派的影响。他们不约而同地志在力挽狂澜，追求新途径的开辟。可是，他们都是在学古的领域内标新，真正能召唤风雷，打破万马齐喑局面的，不得不推龚自珍。龚诗不仅表达了启蒙思想的进步内容，而且在艺术形式上鲜明地表现了独创性，桀骜不驯，大歌大哭，犹如彗星划破夜空，狂飙漫卷大地，打破了传统的思想和写法，它不是汉魏六朝诗，不是唐宋诗，而是真正具有独特面目的清诗。

龚自珍死于鸦片战争爆发的次年。鸦片战争的警钟，敲醒了中国睡狮的迷梦。中国社会开始走向半封建半殖民地时期，反帝反封建成为中国人民的斗争目标，也成为中国诗歌的写作主题，与鸦片战争以前划分了一个时代。

鸦片战争的诗歌，不是一种流派，作者是分属于各种不同流派的诗人。艺术成就卓越的，首推前已提及的姚燮、鲁一同、朱琦，加上贝青乔等四家。其余如张维屏等也写过一些著名篇章，但艺术上仍沿袭乾、嘉诗坛的余波。鸦片战争诗歌注入了时代精神的新内容，它的爱国主义的特色，和在此以前主要表现国内民族矛盾的旧时代爱国主义作品有所不同，从而决定了这一时期的清诗不同于前代，成为后期清诗的先驱。

后期清诗，流派众多：有提倡汉魏六朝和盛唐的湖湘派，其代表诗人为王闿运、邓辅纶；有提倡南北宋的宋诗派，较先有郑珍、莫友芝、何绍基、江湜；稍后有“同光体”诗人，它又包括“江西派”的陈三立、闽派的陈衍、浙派的沈曾植、袁昶以及不属于这三派的范当世、陈曾寿、俞明震、夏敬观等；有兼采唐宋的一派，代表为张之洞，其门下有樊增祥、易顺鼎；有宗尚李商隐的西昆派，其代表有李希圣、曾广钧；最为重要的则有以黄遵宪、丘逢甲、康有为、梁启超为代表的诗界革命派。近人论晚清诗，除诗界革命派外，一概贬之为复古、保守。这种看法，不完全符合事实。当然，他们都主张学古，但学古而又主张不摹古。即使是最保守的湖湘派，高心夔也蹊径独辟，王闿运也写过《圆明园词》，邓辅纶写过《鸿雁篇》等现实性很强的名篇。各派中影响最大，受同时及近人痛骂最厉害的是"同光体"，几乎成为反动内容与复古形式合一的代称。其实，"同光体"中各派，艺术上都有创新，绝不同于明七子之摹仿盛唐。即以思想内容论，也不完全都是写些无聊消闲的东西。"同光体"诗人，如陈三立、林旭、沈曾植、陈衍诸人，也是戊戌变法的直接参加者或鼓吹者，他们与诗界革命派的康有为、黄遵宪、梁启超，都有深厚交谊，双方对于对方的诗都互相推崇与赞扬。至于变法失败以后，清亡以后，由倒退而成为清室遗老，则除梁启超外，也无区别。就诗作本身说，当然诗界革命派题材较新，面目较新，但也不废学古，黄遵宪就说："其炼格也，自曹、鲍、陶、谢、李、杜、韩、苏讫于晚近小家，不名一格，不专一体，要不失乎为我之诗。"（《人境庐诗草自序》）所以这派诗有"旧瓶装新酒"的称号。"同光体"当然学古的倾向重一些，但并非不关心现实政治，陈三立诗中，就有不少从庚子事变到日俄战争时期一系列悲愤国事之作。其他各派，同样如此。如西昆一派，以美人香草之词，托兴江山摇落之感，何尝是无病呻吟？可以说，晚清诗歌，其中精华的部分，都在不同程度上反映了这一时代的现实，表现了这一时期文学的重大主题。而诗界革命一派，成就更为卓越，艺术风格又大都受到龚自珍的影响。一直到宣扬民主革命的"南社"诗人，诗歌风格也仍是龚自珍的传统的继承，与资产阶级改良派的诗除政治上的改良与革命的区别外，并无二致。他们论诗，除推许龚自珍外，也盛赞黄遵宪、丘逢甲。总的说来，晚清诗歌的成就，正与清初期可以后先媲美，在思想性、艺术性的创新方面，更突过了清初。

在诗歌的体式中，清诗也有新的发展。如"梅村体"的纪事形式与"长庆体"相比，同中有异。黄遵宪的乐府诗，与古乐府和元白新体乐府，也是面目全变。如钱谦益的黄山游诗，姚燮的四明、普陀游诗，刘光第的峨眉游诗，都是数十首为一组的刻画祖国壮丽河山的杰作，前代诗人从未有过这样宏伟的规模。如钱谦益《投笔集》，次杜甫《秋兴》韵至十三叠之多，反映南明抗清和他个人参与其事的过程，诗史巨制，为七律次韵诗从来所未有，以后也未有过。如姚燮的《双鸩篇》，融化古乐府鼓词民歌等形式，参以李贺的丽句的长篇叙事诗，是一种新的尝试。如龚自珍《己亥杂诗》三百十五首，贝青乔《咄咄吟》一百二十首，黄遵宪《己亥杂诗》八十六首，都是规模宏大的七绝组诗，超越宋人汪元量的《湖州歌》、《越州歌》之作。又如姚燮的《南辕杂诗》一百八首，参用《古诗十九首》、王粲《七哀》、杜甫单篇五古的形式，构成大型的组诗，可谓魄力惊人。黄遵宪《锡兰岛卧佛》，洋洋二千余言，梁启超称为"在震旦，吾敢谓有诗以来所未有。有诗如此，中国文学界足以自豪矣"(《饮冰室诗话》)也非过誉。至于风格方面，几乎可以说司空图《二十四诗品》所涉及的，无所不有，各人有各人的风貌，完全不同于明代前后七子时期千篇一律的复制品，这也就形成了清诗中许多不同的流派。至于一代诗人人数之众多，也可以算是空前的。仅是收录在《晚晴簃诗汇》中的作者便有六千一百多家，与《全唐诗》所收录的二千三百多人相比，几乎接近三倍。加上分阶段的大型选本《清诗别裁集》、《湖海诗传》、《正雅集》、《道咸同光四朝诗史》、《近代诗钞》所收，尚有超出于《晚晴簃诗汇》之外者。这一庞大的存在，决定了清诗在中国诗歌史上的地位，是无法抹杀的。

以上将清诗作了一个鸟瞰。我们可以从纵的方面，看到他们的继承与发展；从横的方面，看到他们的相互影响与融合。清诗总的倾向是学古而不是复古，复古的只是湖湘派中少数几家。学古而完全创新的只有龚自珍一家，晚清不少人所谓创新，不过是学龚而非自创。即使是诗界革命的黄遵宪，也要学古。必须指出，清诗作者，绝大部分是封建士大夫，诗篇中精华与糟粕杂陈，这就需要对它们作去芜存精的抉择，不应把毒草当作香花。

诗选之以“三百”称，自然要推溯到最早的《诗经》。《诗经》原名《诗三百》或《诗三百篇》。清人蘅塘退士《唐诗三百首》，是许多旧诗选本中流传最广的一种。后来又有《续唐诗三百首》、《宋元明诗三百首》之选。入选之诗，门庭较宽，大都是经过时间考验、家弦户诵的好诗。因为是一种普及读物，它也注意到初学者的接受能力。但那是旧时代的选本，选择的标准，和我们今天的要求还有距离。至于清诗，数量既是那么多，又没有经过充分的时间考验，因此，要断定其中哪些确是脍炙人口之作，却不是那么容易的事。我在一九三四年，曾选过一部《清诗三百首》，由上海汉文正楷印书局出版，选录标准，已不可能完全适应今天的要求。为此，重新作了些调整，大体上兼顾思想性和艺术性，适当选录一部分著名的长篇。注意到普及读物的特点，但也不能选成《千家诗》式的选本。为便于读者的研究，由我自己及儿子学增作了必要的注释。原来分类，现在再加调整，按作家生卒年月排列，一家的诗，按古、律、绝体式排列。并略把选篇作了些增删，共三百〇五首，合《诗三百篇》实存之数。

这部重选的《清诗三百首》的编选体例是：

一、作者绝大多数是代表各种流派的名家，部分佳篇，则不限于名家。

二、选录之诗，不论是代表性的名篇或是其他篇什，必求思想性与艺术性的统一，艺术性不高者不选。

三、本事、地理、历史、典故、语词，都加注释，难读的字，注拼音。典故出处，原文是易懂的文言，径引原文，古奥和过长的，用现代语言概括。部分诗句，加以必要的串说。

四、作家小传，介绍作家的仕历、诗集名称等，并加评论，尽可能引述前人一些比较确当的评说。

五、各篇加评论，以资启发。有详有略，根据有话则长、无话则短的原则。

六、题材兼顾到抒情、叙事、写景、咏物、咏古各方面，特别注意到有关国事民生和具有爱国主义精神的作品。无聊的应酬、香奁之作不选。

钱仲联

一九八三年十一月记于苏州大学

一九九二年五月改定

目录

钱谦益

钱谦益(1582—1664),字受之,号牧斋,后自称牧翁,又自称蒙叟、东涧遗老、绛云老人、敬他老人等,江苏常熟人。明万历三十八年庚戌(1610)进士。崇祯初官礼部右侍郎,为温体仁所陷,革职。弘光时官礼部尚书。清兵南下时迎降,任礼部右侍郎管秘书院事,充修明史副总裁。仅任职六月,即告病归里,秘密从事抗清活动,与瞿式耜、郑成功等都有联系。著有《初学集》、《有学集》、《投笔集》等。金俊明评其诗,以为"托旨遥深,庀材宏富,情真而体婉,力厚而思沉,音雅而节和,味浓而色丽。其于历代百家都不沾沾规拟,而能并有其胜,斯固杜老所云别裁伪体,转益多师,近风雅而攀屈宋者与?晚乃禅蜕简栖,心空味外,妙香熏染,益振新晖,冥想灵冲,有非尘步所能追跂者矣。"归庄谓:"宗伯于诗,除榛莽,塞径窦,然后诗家始知趣于正道,还之大雅。"冯班谓:"牧翁学元裕之而过之,每称宋、元人,矫王、李之失也。"陈文述评其诗,以为"沉郁藻丽,原本杜陵,逸情高致,远在梅村祭酒之上"。这些决不是过甚的话。如果结合钱谦益晚年抗清活动的事实(可参考金鹤冲《牧斋先生年谱》、陈寅恪《柳如是别传》)去研究他的诗作,那么南明诗史之称,可以当之无愧。

古诗赠新城王贻上[1]

风轮持大地,击扬为风谣[2]。吹万肇邃古,赓歌畅唐姚[3]。
朱弦泛汉魏,丽藻沿六朝[4]。有唐盛词赋,贞符汇元包[5]。

百灵听驱使，万象穷镂雕[6]。千灯咸一光，异曲皆同调[7]。
彼哉找找者，穿穴纷科条[8]。初盛别中晚，画地成狴牢[9]。
妙悟掠影响，指注窥厘毫[10]。瓮天醯鸡覆，井月痴猿号[11]。
化为劣诗魔，飞精入府焦[12]。穷老蔽蔀屋，不得瞻泬寥[13]。
正始日以远，词苑杂莠苗[14]。献吉才雄骜，学杜餔醨糟[15]。
仲默俊逸人，放言訾谢陶[16]。考辞竞嘈囋，怀响归浮漂[17]。
江河久壅决，厬滈亦腾嚣[18]。幺弦取偏张，苦调搜啁噍[19]。
鸟空而鼠即，厥咎为诗妖[20]。丧乱亦云膴，诗病不可瘳[21]。叶[22]
譬彼膏肓疾，传染非一朝[23]。鸣呼杜与韩，万古垂斗杓[24]。
北征南山诗，泰华争岧峣[25]。流传到于今，不得免慠嘲[26]。
况乃唐后人，嗤点谁能跳[27]。穷子抵尺璧，冻人裂复陶[28]。
熠耀点须弥，可为渠略标[29]。昌黎笑群儿，少陵诃汝曹[30]。
嗟我老无力，掩耳任叫呶[31]。王君起东海，七叶光汉貂[32]。
骐骥奋蹴踏，万马喑不骄[33]。识字函雅故，审乐辨箫韶[34]。
落纸为歌诗，绛云卷青霄[35]。自顾骨骼马，创残卧东郊[36]。
敢云老识路，昏忘惭招邀[37]！河源出星海，东流日滔滔[38]。
谁跖巨灵掌，一手堙崩涛[39]？古学尚根干，流俗沸螗蜩[40]。
伪体不别裁，何以亲风骚[41]？珠林既深深，玉河复迢迢[42]。
方当剪榛楛，未可荣兰苕[43]。瓦釜正雷鸣，君其信所操[44]。
勿以独角麟，媲彼万牛毛[45]。伊余久归佛，缮经守僧寮[46]。
枨触为此诗，狂言放调刁[47]。无乃禅病发？放笔自抑搔[48]。
起挑长明灯，忏除坐寒宵[49]。

✤ **注释**

[1] 王贻上：清初著名诗人王士禛，贻上是他的字，山东新城人。详后王士禛选

篇小传。此诗作于清顺治十八年辛丑(1661),为作者论诗酬赠之作。

[2]"风轮"二句：风轮：佛家语,佛家以为世界有风轮执持而变化运动。《大佛顶如来密因修证了义诸菩萨万行首楞严经》:"故有风轮,执持大地。"风谣：诗歌。这二句写诗歌产生的缘起,意谓风轮执持大地,世界万物无时不在变化运动,由此而激发产生了各种寄托诗人情怀的诗歌。

[3]"吹万"二句：吹万：风之所吹,万有不同。《庄子·齐物论》:"夫吹万不同,而使其自已也。"肇：初,开始。邃古：远古。赓歌：指皋陶续和虞舜之歌。《书·益稷》:虞舜在位,首作"股肱喜哉"之歌,皋陶乃赓(续)载(成)歌曰:"元首明哉,股肱良哉,庶事康哉!"又歌曰:"元首丛脞哉,股肱惰哉,万事堕哉。"唐姚：唐尧、虞舜。姚为舜之姓。这二句以下叙诗歌发展的历史。这二句谓,风吹万物而发出不同的自然音响,早在远古时代就已有之;至于人们的歌唱,也很早就产生了皋陶与虞舜唱和的《赓歌》。

[4]"朱弦"二句：朱弦：乐器上的红色丝弦,这里借以比喻汉魏诗具有古音。《礼记·乐记》:"清庙之瑟,朱弦而疏越,一倡而三叹,有遗音者矣。"泛：散。陆机《文赋》:"同朱弦之清泛。"丽藻：华丽的词藻。沿：沿袭。这二句谓,汉魏时代形成了古朴的诗风;到了六朝,则一直沿袭崇尚词藻的习气。

[5]"有唐"二句：有唐：唐朝。有：助词,常置于朝代的名词前,无意。贞符：本柳宗元《贞符》篇名,指唐王朝的兴起,在于人心所归,这里借指唐王朝的雄伟气象。汇：综合,囊括。元包：宇宙。这二句意谓,唐代词赋盛行,包含宇宙的一切,体现了唐王朝的雄伟气象。

[6]"百灵"二句：百灵：百神。班固《东都赋》:"礼神祇,怀百灵。"万象：万物。锼雕：镂刻,雕琢。作者以为,唐代诗人,百神能听凭他们驱遣,万物形象也在他们精心雕琢下得到了精细入微的表现。

[7]"千灯"二句:《维摩诘所说经》:"譬如一灯,然百千灯,冥者皆明,明终不尽。"千灯一光和异曲同调是同义反复,都是说唐代诗歌风格流派虽然各各不同,但都体现了唐诗的特色。

[8]"彼哉"二句：谫谫(jiǎn):能言善辩。谫谫者：指宋代严羽和明前后七子等人。穿穴：穿凿,牵强附会。纷：纷陈。科条：规条、条条框框。这二句以下批评严羽和明前后七子等人论诗的弊病。这二句谓,那些能言巧辩的诗论家,不从诗歌的内容出发,只知道穿凿附会,用他们专务形式的条条框框去论诗。

[9]"初盛"二句：初盛中晚：唐诗分初、盛、中、晚四个时期。此说本于严羽《沧

浪诗话》。画地成狴牢：比喻人为地划分，作茧自缚。司马迁《报任少卿书》："故有画地为牢，势不可入。"狴(bì)牢：监牢。作者认为，把唐诗分为初、盛、中、晚四个时期，是一种机械的划分，就如同画地成牢一样，是自己捆住自己的手脚。谦益《唐诗英华序》云："世之论唐诗者必曰初、盛、中、晚，揆厥所由，盖创于宋季之严仪(羽)，而成于国初之高棅(《唐诗品汇》)。"又《唐诗鼓吹序》云："三百年来诗学之受病深矣，馆阁之教习，家塾之程课，咸禀承严氏之诗法、高氏之《品汇》"，"以初、盛、中、晚厘为界分，又从而判断之曰，此为妙悟，彼为二乘；此为正宗，彼为羽翼。"、"甚矣，诗道之穷也。"

[10]"妙悟"二句：妙悟：严羽论诗的主张。严羽论诗，着重于形貌风格；创以禅喻诗之说，提倡妙悟。《沧浪诗话》："大抵禅道惟在妙悟，诗道亦在妙悟，且孟襄阳(浩然)学力下韩退之(愈)远甚，而其诗独出退之之上者，一味妙悟故也。惟悟乃为当行，乃为本色。然悟有浅深，有分限，有透彻之悟，有但得一知半解之悟。汉魏尚矣，不假悟也。谢灵运至盛唐诸公，透彻之悟也。他虽有悟者，皆非第一义也。"掠影响：谓仅仅接触到一些皮毛。谦益《列朝诗集小传・钟提学惺》："少有一知半解，掠影希光，以求绝出于时俗。"指注：指明。窥厘毫：形容所见甚微。这二句谓，严羽的"妙悟说"仅仅接触到学诗的一些皮毛，他所指明的汉魏、谢灵运至盛唐之悟的浅深、分限，所见也很狭隘渺小。

[11]"瓮天"二句：瓮天醯鸡覆：醯鸡于瓮中观天，比喻见识短浅。《庄子・田子方》："孔子告颜回曰：'丘之于道也，其犹醯鸡与？微夫子之发吾覆也，吾不知天地之大同也。'"醯(xī)鸡：又名蠛蠓，一种小虫。井月痴猿号：《法苑珠林・愚戆篇》：《僧祇律》云：佛告诸比丘："过去世时，有城名波罗奈，国名伽尸。于空闲处有五百猕猴游行林中，到一尼俱律树下，树下有井，井中有月影现。时猕猴主见是月影，语诸伴言：'月今日死，落在井中，当共出之，莫令世间长夜暗冥。'共作议言，云何能出。时猕猴主言：'我知出法，我捉树枝，汝捉我尾，展转相连，乃可出之。'时诸猕猴即如主语，展转相捉。小未至水，连猕猴重，树弱枝折，一切猕猴堕井水中。"这二句讽严羽之辈见识浅短，犹瓮中醯鸡，井中猿号。

[12]"化为"二句：诗魔：诗中魔道。府焦：肺腑。严羽《沧浪诗话・诗辨》："若自退屈，即有下劣诗魔入其肺腑之间，由立志之不高也。"这里，即用严语以斥严。谦益《湖外野吟序》："萌于骄，甲于易，翳于昧，杀于欺，四者得一，即有下劣诗魔入其肺腑，牛鬼蛇神飞精说法。"这二句作者对严羽等人的论诗主张在诗坛造成的恶劣影响进行了尖锐的批评。

[13]“穷老”二句：蔀(bù)：遮蔽光阴之物。泬(xuè)寥：旷荡虚静。这二句意谓，上面所说的那种人，终其一生，目光为局部所限，不能看到远处。

[14]“正始”二句：正始：魏齐王曹芳年号(240—249)。魏晋之际，士大夫尚玄学清谈，唯嵇康、阮籍诗作言约意深，感慨时事，与当时玄言诗不同，后人因称为正始体。莠苗：有害作物生长的杂草。这二句感叹当时诗坛受明七子的影响，专务格律、意匠等形式的追求，内容贫乏，诗坛一片荒芜，再不见如正始诗人的作品了。

[15]“献吉”二句：献吉：明前七子之一李梦阳的号。他的论诗主张，受严羽影响，强调诗必盛唐，提倡复古，虽有反映现实之作，但艺术上偏重在形式的模拟。餔醨糟：比喻取其糟粕，弃其精华。语本《史记·屈原贾生列传》：“众人皆醉，何不餔其糟而啜其醨?”餔(bù)：食；醨(lí)：薄酒；糟：酒渣。这二句谓，李梦阳虽然诗才出众，但学习杜甫不过徒得其糟粕。

[16]“仲默”二句：仲默：明前七子之一何景明的号。他与李梦阳齐名。訾(zǐ)：诋毁。谢陶：谢灵运、陶潜。关于他诋毁谢、陶的言论见《与李空同论诗书》：“诗弱于陶，谢力振之，然古诗之法，亦亡于谢。……陆(机)诗语俳，体不俳也；谢则体、语俱俳矣。”

[17]“考辞”二句：考辞：察核词义。陆机《文赋》：“考辞就班。”嘈囋：浮艳声。陆机《文赋》：“务嘈囋而妖冶。”怀响：具有音响，指诗的音节。陆机《文赋》：“怀响者毕弹。”浮漂：浮溢。这二句意在批评明七子等人的诗专事雕饰、浮夸不实的弊病。

[18]“江河”二句：壅决：江水因堵塞而泛滥。㓄潏(guǐ yù)：人为地使水干涸。腾嚣：掀起喧嚣之声。这二句以江河的壅决作比，谓明代受七子的影响，诗坛不振，另一方面，又使后来的竟陵派得以泛滥，喧嚣一时。

[19]“幺弦”二句：幺弦：细弦，孤弦。《唐诗纪事》：“刘梦得曰：……如幺弦孤韵，瞥入人耳，非大音之乐。”这里比喻竟陵派诗人钟惺，谓钟惺在明七子风靡一代之后，起而矫其弊，意欲别出手眼，另立孤峭幽深一宗。谦益《列朝诗集小传·钟提学惺》云：“当其创获之初，亦尝覃思苦心，寻味古人微言奥旨，少有一知半解，掠影希光，以求绝出于时俗。”以其所得甚微，故谦益以“幺弦”称之。偏张：孤弦独张，不能和众弦以成曲。陆机《文赋》：“譬偏弦之独张。”这里指竟陵派只能写一些孤僻的小诗。啁噍(zhōu jiào)：鸟鸣声。这里比喻钟惺刻意寻求孤峭的诗风。作者曾谓钟惺的诗“抉擿洗削，以凄声寒魄为致，此鬼趣也；尖新割剥，以噍音促节为能，此

兵象也”(《列朝诗集》)。

[20]“鸟空”二句：鸟空鼠即：意谓言不真实。语本《摩诃止观》：“谬谓即，是犹鼠唧，若言空空、如空、鸟空。”《止观辅行》：“不达谛理，谬说即名，何异怪鼠作唧唧声。即声无旨，滥拟生死即是涅槃，亦如怪鸟作空空声，岂得滥同重空三昧。”又《宗镜录》：“既忘其指，错乱颠倒，莫辨方隅，犹鸟言空，如鼠云集，似形音响，岂合正宗！”厥：指示代词，其。咎：灾祸。诗妖：指不合正宗的诗风。语本《汉书·五行志》：“君炕阳而暴虐，臣畏刑而拑口，则怨谤之气发于歌谣，故有诗妖。”作者不满于钟惺等人的诗风，曾谓“钟(惺)谭(元春)之类，岂亦《五行志》所谓诗妖者乎？”(《列朝诗集》)以上四句是作者对竟陵派诗人的批评。

[21]“丧乱”二句：膴(wǔ)：厚，引申作极解。瘳(chōu)：病愈。这二句谓，虽经明末清初时代的大动乱，但竟陵派的流弊，并未得到纠正。

[22]叶：古诗中所押的韵，其字不在本韵之内而可以通押的称“叶”。

[23]“譬彼”二句：膏肓(huāng)：古称心脏下部为膏，隔膜为肓。病在膏肓之间，药力不至，无法医治，谓之膏肓之疾。《左传·成公十年》：“疾不可为也，在肓之上，膏之下，攻之不可，达之不及，药不治焉，不可为也。”这二句谓，诗坛上这股恶劣的诗风，已如病入膏肓，由来已久，难以医治。

[24]斗杓：北斗星。

[25]“北征”二句：北征：杜甫《北征》诗。南山：韩愈《南山》诗。后人常以此二诗代表杜、韩的诗。泰华：泰山、华山。岧峣(tiáo yáo)：山高峻貌。以上四句，作者高度赞誉和评价了杜甫、韩愈诗歌创作的成就。

[26]“流传”二句：慠：同“傲”。慠嘲：轻视、嘲讽。这二句谓，杜、韩的诗流传至今，免不了遭到流俗的毁谤。

[27]“况乃”二句：唐后人：指唐以后的诗人。嗤点：讥讽指点。杜甫《戏为六绝句》：“今人嗤点流传赋，不觉前贤畏后生。”这二句谓，以后的诗更免不了被人讥讽嗤笑。

[28]“穷子”二句：穷子：《荆楚岁时记》：按《今古园记》云：高阳氏子瘦约，好衣敝食糜，人作新衣与之，即破裂以火烧穿着之，官中号曰“穷子”。抵：掷，扔。尺璧：直径一尺的璧玉，言其大而可贵。复陶：用毛羽织成的御雨雪的外衣。这二句以穷子掷弃尺璧、冻人撕裂复陶，比况那些诋毁杜、韩的诗论家，讽刺其可笑而又可悲。

[29]“熠耀”二句：熠耀：萤火。须弥：佛教传说中的山名。佛经谓南瞻部洲等四大洲的中心，有须弥山，处大海之中，上高三百三十六万里，顶上为帝释天所居，

半腹为四天王所居。诗语化用《放光般若经》:“譬如萤火虫,不作是念,言我光明,照阎浮提,普令大明。”渠:代词,他,他们。标:标名。这二句以须弥山上的点点萤火为喻,讥讽这些人的见识渺小可怜。

[30]“昌黎”二句:昌黎:韩愈。少陵:杜甫。韩愈《调张籍》:“李杜文章在,光焰万丈长。不知群儿愚,那用故谤伤!”汝曹:你们这些人。杜甫《戏为六绝句》:“尔曹身与名俱灭。”这二句谓:杜、韩如果在世,也会嘲笑、斥责你们这些人的无知。

[31]“嗟我”二句:呶(náo):喧哗。这二句谓,可惜我已年老力衰,只能掩住耳朵听凭你们乱叫乱嚷。

[32]“王君”二句:王君:指王士禛。东海:古郡名。王籍山东新城(今桓台县),古属东海郡。七叶光汉貂:左思《咏史八首》:“金张籍旧业,七叶珥汉貂。”七叶:七世,七代。汉貂:汉代侍中官冠旁插貂鼠尾为饰。左诗是说金张凭借祖先的世业七代作汉代的贵官。这里借指王士禛出身官僚世家。这二句以下称誉王士禛诗歌创作的成就,并对士禛匡救颓靡诗坛,开创一代诗风寄托了厚望。

[33]“骐骥”二句:骐骥:千里马,喻士禛。蹴(cù)踏:骏马奔驰貌。万马:喻当时众多的诗人。这二句以千里马为喻,谓王士禛的诗作一问世,其他的诗人就不能傲踞诗坛了。

[34]“识字”二句:函:包含。雅:合乎规范的话。故:训诂。指文辞的古雅。《汉书·叙传》:“函雅故。”箫韶:箫:细乐器;韶:虞舜乐名。这二句作者赞扬王士禛有深厚的文学素养。

[35]“落纸”二句:谓王士禛的诗歌,如蓝天的彩云,十分高雅。

[36]“自顾”二句:骨骼马:形容备受创伤的老马,作者自况。杜甫《瘦马行》:“东郊瘦马使我伤,骨骼硉兀如堵墙。”创残:创伤。这二句谓自己经历了人世沧桑,现在衰老多病。

[37]“敢云”二句:老识路:老马识途。比喻年纪虽老,但富有经验。《韩非子·说林上》:“管仲、隰朋从于桓公伐孤竹,春往冬反,迷惑失道。管仲曰:‘老马之智可用也。’乃放老马而随之,遂得道。”招邀:邀请。这里指王士禛请教作者事。这二句谓,自己不敢妄称老马识途,已经是昏老糊涂,确有愧于你的请教。

[38]“河源”二句:河源:黄河的源头。星海:星宿海,旧时以为黄河的发源地,在今青海省。《宋史·河渠志·序》:“今西番朵甘思南鄙曰星宿海者,其源也。四山之间,有泉近百泓,汇而为海,登高望之,若星宿布列,故名。”滔滔:水势盛大貌。这二句以黄河的东流,比喻严羽以后恶劣诗风的发展和泛滥。

[39]“谁跖”二句：跖(zhí)：踏。巨灵：古代神话中分开华山的河神。张衡《西京赋》：“缀以二华，巨灵赑屃。高掌远蹠，以流河曲。”薛综注：“巨灵，河神也。巨，大也。古语云：此本一山当河，水过之而曲行，河之神以手擘开其上，足蹋离其下，中分为二，以通河流。”堙：阻塞。崩涛：犹狂澜。这二句以巨灵为喻，谓有谁能力挽狂澜，扭转这颓靡不正的诗风？

[40]“古学”二句：螗蜩(táng tiáo)：昆虫名，似蝉而小。这二句作者感叹，当时的许多诗人缺乏深厚的文学素养，因而流俗之说如螗蜩的喧嚷。

[41]“伪体”二句：伪体：指专事形式摹拟而没有真实内容的作品。别裁：区别裁汰。风骚：《诗经·国风》、《楚辞》的合称。这二句化用杜甫《戏为六绝句》“别裁伪体亲风雅”句意，谓不对伪体加以区别裁汰，就不能使诗歌创作回到《诗经》、《楚辞》所开创的正道上来。

[42]“珠林”二句：珠林：珠树，神话中结珠的树。见《淮南子·地形训》。玉河：今新疆于田河，因产玉而名。这里均比喻诗歌创作的极境。

[43]“方当”二句：榛楛(zhēn hù)：两种杂木。这里比喻伪体。苕(tiáo)：香草名，又名凌霄。郭璞《游仙诗》：“翡翠戏兰苕，容色更相鲜。”这里指词采的妍丽。

[44]“瓦釜”二句：瓦釜雷鸣：比喻无德无才的人占据高位，煊赫一时。语本《楚辞·卜居》：“黄钟毁弃，瓦釜雷鸣。”这里形容当时的诗坛。其：语气词，表示劝勉。信所操：对自己所操持的创作道路要有信心。

[45]“勿以”二句：语出《北史·文苑传序》：“学者如牛毛，成者如麟角。”媲(pì)：比况。以上四句是对王士禛的劝勉。

[46]“伊余”二句：伊：助词，用在语首，无义。繙：同“翻”。繙经：翻阅佛经。僧寮：僧房。这二句谓自己久已皈依佛门。

[47]“枨触”二句：枨触：感触。调刁：风吹物动摇貌。《庄子·齐物论》：“而独不见之调调之刁刁乎？”这里借以自嘲。

[48]“无乃”二句：无乃：猜度之词，莫非，恐怕。禅病：佛家语，谓修禅定者所招种种病魔。抑搔：按摩，抓痒。

[49]“起挑”二句：长明灯：佛前昼夜点燃不息的灯。忏除：佛家语，忏悔。

✣ 评析

王士禛《古夫于亭杂录》云：“余初以诗贽于虞山钱先生，时年二十有八，其诗皆丙申后少作也。先生一见，欣然为之序，又赠长句，有‘骐骥奋蹴踏，万马喑不骄。勿以独角麟，媲彼万牛毛’之句，盖用宋文宪（濂）赠方正学（孝孺）语也。又采其诗入所撰《吾炙集》，所以题拂而扬诩之者，无所不至。余尝有诗云：‘不薄今人爱古人，龙门登处最嶙峋。山中柯烂蓬莱浅，又见先生著作新。’‘白首文章老巨公，未遗许友八闽风。如何百代论骚雅，也许怜才到阿蒙？’今将五十年，回思往事，真平生第一知己也。”按：顺治十八年，士禛曾至苏州，得见谦益。今《吾炙集》中，无士禛的诗。此诗系作者有感于明朝诗坛的前、后七子和公安、竟陵派诗风的弊病，在诗作中回顾了中国诗歌发展的历史，针锋相对地提出了自己论诗的主张，奖誉了王士禛的诗作，并对士禛寄托了殷切的期望。此诗格局，继承韩愈《寄崔二十六立之》五言长古，此类大篇，后代无人能措手。在清代，前惟谦益此篇，后则沈曾植《海日楼诗集》中《审言今年六十，余欲为寿言，无缘以发，审言忽以“西城员外丞”请，如其意为之》、《隘庵先生五十寿言用昌黎送侯参军韵》、《安般老人七旬寿诗》三篇而已。如列古鼎彝，陆离斑驳；如观西藏曼荼罗画，光怪奇特。诗国不可无此异境。

吴门春仲送李生还长干[1]

阑风伏雨暗江城[2]，扶病将愁起送行[3]。
烟月扬州如梦寐[4]，江山建业又清明[5]。
夜乌啼断门前柳[6]，春鸟衔残花外樱[7]。
尊酒前期君莫忘[8]，药囊吾欲傍余生。

✤ 注释

[1] 吴门：古吴县城（今苏州市）的别称。吴县为春秋时吴国都城，故称。长干：古里巷名。在南京市。金陵南有山冈，江东谓“冈”为“干”。其地在秦淮河以南，为山冈间平地，吏民杂居，号长干里。左思《吴都赋》：“长干延属，飞甍舛互。”

[2] 阑风伏雨：意谓风风雨雨，久不停止。杜甫《秋雨叹》："阑风伏雨秋纷纷。"赵次公注："阑珊之风，沉伏之雨。"

[3] 将愁：带愁。

[4] 烟月扬州：形容扬州的景色之美。徐祯卿诗："文章江左家家玉，烟月扬州树树花。"此处扬州指南京，东晋南朝以建业为扬州。

[5] 建业：今南京市。汉时置秣陵县，三国时孙权建都于此，始称建业。

[6] "夜乌"句：用李白《杨叛儿》"何许最关人？乌啼白门柳"诗意。

[7] "春鸟"句：反用王维《敕赐百官樱桃》"才是寝园春荐后，非关御苑鸟衔残"诗意。

[8] 前期：前约。谢朓《别范安成》："生平少年日，分手易前期。"

✤ 评析

这诗作于清顺治五年戊子，时福王朝已覆亡，南京在清统治者之手，谦益此时赠别李生还南京，诗中饱含深情，在阑风伏雨、春鸟衔残的描写中，倾注了对朱明王朝的悼念之情。用力处在中间两联：扬州烟月，已非明朝盛时，恍如梦中景象，建业江山，沦于清廷铁蹄之下，福王灭亡后的清明节又第三度到来了。白门前的柳下藏乌，啼杀也唤不回当年的良辰美景，春鸟衔樱，可还是明朝御苑的残余。这一切，借景抒情，思深体婉，谦益绝技，于此可见一斑。谦益诗以七律七绝为最工，《有学集》诗作于明亡以后，更远胜于《初学集》。这一首载于《有学集》卷一。三、四名句，在谦益后期诗中，常能遇到同类风格的佳语，如："桃叶春流亡国恨，槐花秋踏故宫烟。"、"南渡衣冠非故国，西湖烟水是清流。"、"沧桑朝市关新句，烽火边关覆旧棋。"、"神愁玉玺归新室，天哭铜人别汉家。"、"文章金马霜前泪，故国铜驼劫后人。"、"老有心情依佛火，穷无涕泪洒神州。"芬芳悱恻，沈郁苍凉，丽藻以表至情，合李商隐、元好问于一手，沧桑哀唱，不得不令人叹为冠绝清代。陈文述所以云"远出梅村祭酒之上"，"沈博绝丽，足以压倒一切也"。

西湖杂感[1]（二十首选六）

板荡凄凉忍再闻[2]？烟峦如赭水如焚[3]。

白沙堤下唐时草[4]，鄂国坟边宋代云[5]。
树上黄鹂今作友，枝头杜宇昔为君[6]。
昆明劫后钟声在[7]，依恋湖山报夕曛[8]。

潋滟西湖水一方[9]，吴根越角两茫茫[10]。
孤山鹤去花如雪[11]，葛岭鹃啼月似霜[12]。
油壁轻车来北里[13]，梨园小部奏西厢[14]。
而今纵会空王法[15]，知是前尘也断肠[16]。

方袍潇洒角巾偏[17]，才上红楼又画船[18]。
修竹便娟调鹤地[19]，春风蕴藉养花天[20]。
蝶过柳苑迎丹粉[21]，莺坐桃堤候管弦。
不是承平好时节，湖山容易著神仙[22]。

冷泉净寺可怜生[23]，雨血风毛作队行[24]。
罗刹江边人饲虎[25]，女儿山下鬼啼莺[26]。
漏穿夕塔烟烽影，飘瞥晨钟鼓角声[27]。
夜雨滴残舟淅沥[28]，不须噩梦也心惊[29]。

建业余杭古帝丘[30]，六朝南渡尽风流[31]。
白公妓可如安石[32]，苏小湖应并莫愁[33]。
戎马南来皆故国[34]，江山北望总神州[35]。
行都宫阙荒烟里[36]，禾黍丛残似石头[37]。

冬青树老六陵秋，恸哭遗民总白头[38]。

南渡衣冠非故国[39]，西湖烟水是清流[40]。
早时朔漠翎弹怨，他日居庸宇唤休[41]。
苦恨嬉春铁崖叟[42]，锦兜诗报百年愁[43]。

✤ 注释

[1] 顺治七年庚寅(1650)，黄宗羲去常熟与钱谦益相见，欲同招金华镇将马进宝，共图抗清活动。钱谦益即于五月往金华访马，东归过杭州，稍停留，作此诗。原诗有序："庚寅夏五，憩湖舫凡六日，得诗二十首，是月晦日记于塘栖道中。"顺治二年乙酉(1645)六月，清兵破杭州，五年戊子(1648)，清廷遣固山额真金砺来杭驻防。至本年，满洲兵马集于湖上。

[2] 板荡：《板》、《荡》，均为《诗经・大雅》篇名，讥讽周厉王无道，败坏国家。后因以"板荡"指称政局动荡。刘孝标《辨命论》："自金行不竞，天地板荡。"这句意谓不忍再听清兵南下时令人痛楚的消息。

[3] "烟峦"句：形容夕阳染红了山和水，并暗用秦始皇典，寄有亡国的痛楚。《史记・秦始皇本纪》："伐湘山树，赭其山。"赭：赤色，这里作动词用。

[4] 白沙堤：西湖白堤的原称。唐代诗人白居易于穆宗长庆二年(822)秋至四年夏，任杭州刺史，曾作《钱塘湖春行》，诗中有"最爱湖东行不足，绿杨荫里白沙堤"的名句，后人为纪念白居易，改称白堤。这句寓有"国破山河在"的沉痛之感。

[5] 鄂国坟：岳飞墓。岳飞被害后，宁宗时追封鄂王。墓在杭州西湖栖霞岭下。

[6] 杜宇：杜鹃，相传为古蜀帝所化。《太平御览》引扬雄《蜀王本纪》："杜宇……乃自立为蜀王，号曰望帝。"又引《十三州志》："当七国称王，独杜宇称帝于蜀……望帝使鳖冷凿巫山治水有功，望帝以为德薄，乃委国禅鳖冷，号曰开明，遂自亡去，化为子规。"

[7] 昆明劫：劫难。语出《高僧传・竺法兰》："又昔汉武穿昆明池底，得黑灰，以问东方朔。朔曰：'不悉，可问西域人。'后法兰至，众人追以问之，兰曰：'世界终尽，劫火洞烧，此灰是也。'"后因以昆明劫为国家遭难的代称。诗中指明朝覆亡。

[8] 夕曛(xūn)：落日的余光。

[9] 潋(liàn)艳：水光闪动貌。苏轼《饮湖上初晴后雨》："水光潋艳晴方好。"

[10] 吴根越角：杜牧《昔事文皇帝三十二韵》："溪山侵越角，封壤尽吴根。"春秋时吴、越二国。吴都在今苏州，越都在今绍兴。二国连年征伐，都曾占领过杭州。

两茫茫：谓二者都已成为历史的陈迹。茫茫：渺茫貌。

[11]“孤山”句：孤山：在杭州西湖中。北宋隐逸诗人林和靖曾居孤山二十年，种梅养鹤，客至则放鹤致之，人称“梅妻鹤子”。诗中借用此典，寄有物在人亡的感慨。

[12]葛岭：在杭州宝石山西，南临西湖，据传为东晋时葛孝先偕葛洪在此结庐炼丹而得名。

[13]油壁轻车：古代妇女所乘的车，因车壁以油涂饰而名。北里：唐代长安平康里，因在城北，也称北里。为当时妓女聚居之处。后因以泛称妓院所在地。

[14]梨园小部：唐玄宗曾选乐工三百人，宫女数百人，于梨园教授乐曲。后因以梨园为戏班的代称。小部，亦为唐玄宗时所设，于梨园中选十五岁以下者三十名，称小部。诗中以梨园小部泛指戏班。西厢：北曲《西厢记》，元王实甫所作。明代又有《南西厢》，为昆曲，诗中指后者。这二句追忆明朝时杭州繁华的盛况。

[15]纵会：即使悟得。会：领悟。空王：佛家语，佛的尊称。《观佛三昧经》：“过去久远，有佛出世，号曰空王。”空王法：即佛法。

[16]前尘：佛家语。佛教称色、香、声、味、触、法为六尘，谓当前境界为六尘所成，都非真实，《楞严经》有“前尘影事”之语。后凡往事也泛称前尘。断肠：状悲痛之甚。

[17]方袍：明代书生服装。潇洒：清高脱俗貌。角巾：古代隐士常戴的有棱角的头巾。这里泛指各色各样的游人。

[18]红楼：华丽的楼房，多指富贵家女子的居处，诗中泛指游乐之处。画船：装饰华丽的游船。

[19]修竹：长竹。便娟：轻盈美丽貌。东方朔《七谏》：“便娟之修竹兮，寄生于江潭。”调：调弄。调鹤地：指清静幽谧的地方。

[20]蕴藉：含蓄。养花天：唐释仲休《花品》：“牡丹开月，多有轻阴微雨，谓之养花天。”

[21]丹粉：红粉，借指女子。

[22]“不是”二句：意谓在太平盛世，人们往往用放荡不羁的生活来消磨日子，现在是动乱的时代，便不可能轻易过这种生活了。承平：太平盛世。著：依附。神仙：这里指醉生梦死的人。

[23]冷泉：在杭州西湖西北灵隐山下，灵隐寺即临此泉而筑。净寺：净慈寺简

称。在杭州西湖南南屏山慧日峰下，始建于五代周显德元年（954），原名慧日永明院，南宋绍兴九年（1139），改今名。可怜生：可惜。生为词尾，无义。

[24] 雨血风毛：班固《西都赋》："风毛雨血，洒野蔽天。"这里用以形容清兵占领杭州以后一片恐怖的景象。雨、风：用作动词。

[25] 罗刹江：即钱塘江，因风涛险恶，故称。罗隐《钱塘江潮》："罗刹江边地欲浮。"罗刹：佛教中恶鬼的通称。虎：比喻清兵。

[26] 女儿山：在杭州灵隐山南，有石形如人，两髻分明，俗称女儿山。

[27] "漏穿"二句：意谓烽火使塔影漏穿，鼓角使钟声消失，西湖美丽的景色为清兵所破坏。夕塔：指雷峰塔，故址在杭州西湖南岸夕阳山的雷峰上。烟烽：战火。飘瞥：很快飘失。晨钟：指佛寺清晨的钟声。

[28] 淅沥：形容雨声。

[29] 噩梦：恶梦。

[30] 诗后作者自注："有人问建业云：'吴宫晋殿，亦是宋行都矣。'感此而赋。"建业：南京。见《吴门春仲送李生还长干》注[5]。余杭：杭州的古称。隋朝始建杭州，设治于今余杭区。明、清则另设余杭县，属杭州府。诗中即指杭州。帝丘：原为古地名。《左传·襄公三十一年》："卫迁于帝丘。"杜预注："帝丘，今东郡濮阳县（今属河南省），故帝颛顼之墟，故曰帝丘。"诗中借指帝都。

[31] "六朝"句：六朝：指吴、东晋、宋、齐、梁、陈六个朝代。西晋建兴四年（316），北汉刘曜攻陷长安，晋愍帝降汉，西晋亡。次年，琅琊王司马睿即晋帝位，南渡长江，建都建业，史称东晋。南渡时，北方贵族也纷纷避难来到江南。六朝南渡即指此。风流：旧称举止潇洒、品格清雅的人物。

[32] "白公"句：这句以白居易在杭州的风流韵事与东晋谢安之在南京，两相比较，意谓杭州不亚于南京。白公：指白居易。白在杭州，常携妓游西湖，其诗中有"红藕香中泊妓船"等句。安石：谢安，字安石。白居易《候仙亭同诸客醉》："谢安山下空携妓，柳恽洲边只赋诗，争及湖亭今日会，嘲花咏水赠蛾眉。"这句即取意于此。

[33] 苏小：苏小小，六朝时南齐著名歌妓，住钱塘。苏小湖，即指西湖。莫愁：古乐府中所传歌女。相传原住洛阳，六朝南齐时远嫁江东卢家，住湖滨，因名湖为莫愁湖。诗中即指南京莫愁湖，在今南京市水西门外。并：并称，齐名。

[34] 戎马：军马，亦指战争。这句意谓清兵南来，经历的都是明朝的土地。

[35] 神州：中国。语出《史记·孟子荀卿列传》："中国名曰赤县神州。"

[36] 行都：在首都以外另设的都城，以备必要时暂驻，称行都。诗中指杭州。南宋时建都于此，称为“行在”。

[37] 禾黍：《诗序》：“《黍离》，闵宗周也。周大夫行役至于宗周，过故宗庙宫室，尽为禾黍。闵周室之颠覆，彷徨不忍去而作是诗。”诗中暗用此典，写杭州往日的宫阙一片残破荒凉的景象，寄有无限痛感。石头：南京旧称石头城。

[38] “冬青”二句：用宋末元初唐珏事。唐珏，会稽人。元惠帝至元四年戊寅(1278)，元僧杨琏真伽，在会稽发掘南宋六代皇帝的陵墓，唐珏等召诸少年，乔扮成丐者，往收贮残骸，葬之于兰亭山后，上种冬青树为识。谢翱为作《冬青树引》。这二句借用此典，抒写对亡明的哀悼。六陵：南宋六代皇帝(高宗、孝宗、光宗、宁宗、理宗、度宗)的陵墓，故址在今绍兴市东三十六里攒宫山下。

[39] 南渡：这里指北宋建炎元年(1127)，徽、钦二帝为金所俘，宋高宗南渡，于金陵即帝位，后又南奔临安(今杭州)。衣冠：古代士以上戴冠，衣冠连称，是古代士以上的服装。《后汉书・羊陟传》：“家世衣冠族。”后因以衣冠指称世族、士绅。诗中指宋南渡时来到江南避难的豪家世族。

[40] 清流：形容湖水清澈。隐喻不屈节于清统治者的遗民。

[41] “早时”二句：作者自注：“白翎杜宇事，具《元史》、《草木子》诸书。”白翎：即白翎雀。明陶宗仪《辍耕录》：“白翎雀者，国朝(元)教坊大曲也。始甚雍容和缓，终则急躁繁促，殊无有余不尽之意。窃尝病焉。后见陈云峤先生云：白翎雀生于乌桓朔漠之地，雌雄和鸣，自得其乐，世皇(元世祖忽必律)命伶人硕德闾制曲以名之。”朔漠翎弹怨：指元末诗人杨维祯《宫词》：“开国遗音乐府传，白翎飞上十三弦。大金优谏关卿在，伊尹扶汤进剧编。”这里谓听到北方的乐曲，引起兴亡之痛。杜宇：即杜鹃，又名子规。叶子奇《草木子》：“至正十九年(1359)元京子规啼。昔邵康节在洛阳天津桥闻之，已知宋室将乱，况元京视洛阳尤远，非南方之鸟所至，地气自南而北，又符康节天下将乱之语，岂非天数也哉！”这句意谓元朝亡国，元帝逃奔居庸关外；清朝政权，有朝一日也会得到元朝的下场。

[42] 嬉春铁崖：铁崖：元末诗人杨维祯，字廉夫，号铁崖。嬉春：杨维祯所作诗题名。顾阿瑛说：“铁崖嬉春体即以老杜‘江上谁家桃李枝，春寒细雨出疏篱’为新体也，先生自谓元代之诗人为宋体所桎梏，故作此诗变之。”

[43] 锦兜诗：铁崖嬉春诗用锦兜押韵。瞿佑《归田诗话》：“元废宋故宫为佛寺，西僧皆戴红兜帽，故杨廉夫宋故宫诗用红兜为韵。”

✤ 评析

作者在经历了故国沧桑、中原板荡和身世荣辱的巨大变故以后，在进行反清活动的过程中，经过杭州，目睹在敌军占领下的西湖，面目全非，感慨万千，写下二十首《西湖杂感》，借咏西湖古迹，抒发了对清贵族统治者的憎恨和对亡明的依恋悲痛之情。当时吴伟业为之作图，龚鼎孳题诗，江左三家手笔，合于一卷，世称名迹，有正书局曾以珂罗版影印行世。这里选录了其中的六首。第一首写劫后湖山虽在，如赭如焚，而诗人怀恋故国故君之心不变。第二首由当前的荒寒，回忆明亡前西湖盛景，妓车歌尘，都成隔世，佛法归空，也难排遣。第三首进一步回忆到明代全盛时期，今当劫乱年头，人们再也不能过那时醉生梦死的生活，字里行间，慨叹无尽。第四首正面描写清兵蹂躏湖上时的阴黑惨淡、豺虎食人的惊心动魄景象，五、六两句，脱胎于杜甫《咏怀古迹》的“翠华想象空山里，玉殿虚无野寺中”的写法，用以写实，便比吊古为动人。第五首以六朝南宋建都建业临安为比，相互钩连，临安为主而建业为宾，乃题为《西湖杂感》之故。五、六两句悲歌跌宕，极黍离麦秀之思。第六首诅咒满清早日覆灭，表现遗民们坚贞的民族气节。三、四特绝名句。六首诗篇，哀怨缠绵，悲愤而出语蕴藉，合李商隐、元好问为一手。谦益七律，斯为高唱。

金陵秋兴八首次草堂韵 己亥七月初一作[1]（选二）

龙虎新军旧羽林[2]，八公草木气森森[3]。
楼船荡日三江涌[4]，石马嘶风九域阴[5]。
扫穴金陵还地肺[6]，埋胡紫塞慰天心[7]。
长干女唱平辽曲[8]，万户秋声息捣砧[9]。

杂虏横戈倒载斜[10]，依然南斗是中华[11]。

金银旧识秦淮气[12]，云汉新通博望槎[13]。
黑水游魂啼草地，白山新鬼哭胡笳[14]。
十年老眼重磨洗[15]，坐看江豚蹴浪花[16]。

✤ 注释

[1] 此诗作于顺治十六年己亥(1659)七月郑成功率水师入长江之际，形式上步和杜甫《秋兴八首》，共十三叠，一百零四首，编为《投笔集》上下卷。这里选第一叠之一、之二两首。

[2] "龙虎"句：龙虎军：左右龙武军，唐睿宗时所置，武即虎，唐祖讳虎，故称龙武。诗中借指郑成功新建的水军。羽林：禁军。汉武帝时置建章营骑，后更名羽林，羽喻猛禽，林喻多。诗中指郑成功率领的水军。南明弘光政权灭亡后，郑成功随父郑芝龙拥戴唐王，建立了隆武政权。隆武帝很器重郑成功，赐姓朱，封为御营中军都督。隆武政权灭亡后，郑成功拒绝清朝的劝降，组织水师。遥尊永历帝，继续抗清。顺治十六年五月，以招讨大元帅名义，与张煌言合兵十七万，分作八十三营，进入长江，围攻南京。诗中"新"、"旧"，即指此而言。

[3] 八公草木：语出《晋书・苻坚载记》："坚与苻融登城而望王师，见部阵整齐，将士精锐；又望八公山上，草木皆类人形，顾谓融曰：'此亦勍敌也，何谓少乎？'"诗中用以比喻郑成功水师的军威声势。森森：繁密严整貌。

[4] 楼船：大的兵船，上架楼。汉有楼船将军。三江：说法不一，这里泛指长江。郑成功于六月迭破清兵，克瓜州、镇江，至南京近郊，下大江南北二十九城。

[5] 石马：昭陵(唐太宗墓)之旁，有仿太宗生前坐骑而雕成的六匹石马。安禄山之叛，唐兵败，见黄旗军数百队，与贼军战斗，不胜而退。后昭陵吏上奏，说是日昭陵石马流汗。(见《安禄山事迹》)诗中借用此典，指南京明孝陵前的石马。嘶风：形容马发出的凄楚哽噎的声音。九域：九州，指整个中国。

[6] 扫穴：扫荡敌人的巢穴。地肺：古称金陵为地肺。

[7] "埋胡"句：作者自注："太白乐府诗云：'悬胡青天上，埋胡紫塞旁。'"按：此为李白《胡无人》诗。这里"埋胡"指埋葬清政权。胡：我国古代对北方边地及西域各族的称呼，诗中指清。紫塞：北方边塞。崔豹《古今注・都邑》："秦筑长城，土色皆紫，汉塞亦然，故称紫塞焉。"天心：上天的心意。

[8] 长干：古里巷名，在南京市。见《吴门春仲送李生还长干》注[1]。辽：借

指清。

[9] 捣砧(zhēn)：砧：捣练石。捣练是古代制衣的一个步骤，古诗中常指准备赶制寒衣，寄给远方的征人。杜甫《秋兴八首》："寒衣处处催刀尺，白帝城高急暮砧。"诗中取杜甫诗意，是说战事结束，人们无须在秋天赶制寒衣，寄给远方的征人了。

[10] 杂虏：清兵南下，除满洲八旗兵外，还有北方其他少数民族的士兵，故云杂虏。横戈倒载斜：形容战败后，武器狼藉满地。

[11] 南斗：星宿名。诗中借指祖国南方。

[12] "金银"句：《地镜图》："黄金之气，千万斤以上，光大如镜盘也。"杜甫《题张氏隐居》："不贪夜识金银气。"许嵩《建康实录》：秦始皇三十七年东巡，"自江乘渡，望气者云：'五百年后，金陵有天子气。'因凿钟阜，断金陵长陇以通流，至今呼为秦淮"。

[13] "云汉"句：云汉：银河。博望槎：汉封张骞为博望侯。骞出使西域，乘槎探河源，前至一处，见有丈夫饮牛河渚，并有女子授以支机之石，遂以为到了天河。见《博物志》等。槎：竹木筏。这句是指张煌言先锋取徽州、宁国诸路。

[14] "黑水"二句：黑水、白山：黑龙江，长白山。均为清朝先祖发祥之地。据《新唐书》载：在唐代，黑水靺鞨数十部，"居骨之西北曰黑水部，粟末之东曰白山部"。均为满族的来源。这二句状写想象中清兵惨败的情景。

[15] "十年"句：顺治三年丙戌(1646)，江阴黄毓祺自舟山起师，钱谦益使柳如是至海上犒师(见《江阴祝氏孤忠续录》)，郑成功在厦门之鼓浪屿起兵。四年丁亥(1647)，黄毓祺海上遇风，师船漂没，黄为清巡抚所获，钱谦益也被捕入狱。当时钱谦益年六十六岁，至己亥年七十八岁，故云"十年老眼重磨洗"。事已隔十二年，十年是约数。

[16] "江豚"句：用许浑《金陵怀古》诗"江豚吹浪夜还风"句意。

✤ 评析

钱谦益《投笔集》，叠杜甫《秋兴》韵至十三叠，诗达一百零四首之多，此在所有诗人集中，不特空前，而且绝后。诗之称为《投笔》，金鹤冲《钱牧斋先生年谱》云："己亥(顺治十六年、公元 1659)七月一日，先生闻焦山师屡败北兵，慨然有从戎之志，于是和杜甫《秋兴》而以《投笔》名其集，发抒指斥，一无鲠避，其志弥苦而其词弥切矣。”这里选录其第一叠韵中的一、二两首，作者在诗中满怀由衷的喜悦，讴歌了郑成功进军长江的胜利。诗笔沉郁苍凉，原本杜甫，有人疑《投笔集》为近人伪造，沈曾植云：“然以选词用事察之，诚是叟笔，非他人所能为也。”郑成功为谦益门弟子，师生反清，互通声气。此二首颂其胜利，凌云高唱，如听凯歌。陈寅恪云：“诸诗摹拟少陵，入其堂奥，自不待言。且此集牧斋诸诗中颇多军国之关键，为其所身预者，与少陵之诗仅为得诸远道传闻及追忆故国平居者有异。故就此一点而论，《投笔》一集实为明清之诗史，较杜陵尤胜一筹，乃三百年来之绝大著作也。”

迎神曲[1]（十二首选四）

吴人喧传[2]瞿稼轩留守降灵郡城西[3]，相率诣东皋招魂[4]，塑像迎请上任。聋骙道人惊喜[5]，呜咽放言，作绝句十二首，用代里社迎神送神之曲。

被发骑龙事渺然[6]，栾公立社自年年[7]。
臂鹰老手还余我[8]，伏腊鸡豚掠社钱[9]。

三年蜀血肯销沉[10]？我所思兮在桂林[11]。
却望苍梧量泪雨[12]，湘江何似五湖深[13]。

日蚀麒麟格斗余[14]，山河两戒眇愁予[15]。
兰沧渡后无消息[16]，且坐前潮伴子胥[17]。

真王异姓指河山[18]，箫鼓丛祠报赛间[19]。
咫尺灵飞催后命[20]，红云仍押祝融班[21]。

✤ 注释

[1] 迎神曲：旧时迎神时所唱的歌曲。诗作于康熙二年癸卯(1663)。

[2] 喧传：盛传。

[3] 瞿稼轩：瞿式耜，字起田，江苏常熟人。明万历四十四年丙辰(1616)进士。清兵南下时，式耜立桂王朱由榔为帝，官至少师兼太子太师，封临桂伯。永历四年庚寅(1650)守桂林，城破，与张同敞同时殉难。永历帝赐谥文忠。墓在江苏常熟。留守：官名。皇帝出巡和亲征时指定亲王或大臣留守京城，称京城留守；其陪都和行都则常设留守，以地方行政长官兼任。诗中指后者，式耜守桂林时任留守。降灵事：指瞿死后，当时盛传降灵苏州府为城隍神。此事虽属迷信，但反映了江南人民对为抗清死节的民族英雄的敬仰和怀念。清前期常熟人所著的一些笔记中，也有关于降灵事的记载。

[4] 东皋：瞿式耜在家乡常熟的别墅，名东皋草堂，在常熟市北郭外，其父汝说所筑，式耜加以增拓，为当时常熟园林之最。式耜从桂王到南方，其子将草堂木石等出卖了一部分，变得十分荒凉。

[5] 聋骏(ái)道人：作者的别号。

[6] 被发骑龙：韩愈《杂诗》："被发骑骐麟。"苏轼《潮州韩文公庙碑》："公昔骑龙白云乡。"渺然：渺茫，不切实。这里谓成神之事无可征信。

[7]"栾公"句：栾公：西汉梁人栾布。与彭越友善，越为梁王，任栾为梁大夫。汉高祖杀彭越后，栾奉使自齐还，哭祠彭越，为吏所捕。高祖释其罪，任为都尉。文帝时，为燕相。七国之乱，以击齐功封鄃侯。《史记·栾布列传》载："燕齐之间，皆为栾布立社，号曰栾公社。"

[8] 臂鹰：以臂系鹰。元好问《还寇氏》："少日骞飞掣臂鹰，只今痴钝似秋蝇。"

[9] 伏腊：秦汉时，夏天的伏日，冬天的腊日，都是祭日，合称伏腊。鸡豚(tún)：鸡和猪。掠社钱：筹办社祭所用的钱、物。元好问《家山归梦图》："犹记骑驴掠社钱。"

[10]"三年"句：蜀血：《庄子·外物篇》："苌弘死于蜀，藏其血，三年化而为碧。"后因以碧血或蜀血指忠臣义士之血。这里指式耜之死。瞿式耜殉难桂林，为顺治七年庚寅(1650)十二月，至本年已历十三年，诗云三年，是用碧血之典，又古人往往以三代表多数。见汪中《释三九》。销沉：消失。

[11]"我所"句：桂林：桂王朱由榔的南明永历王朝，一度都于桂林，清兵南下，瞿式耜奉命留守桂林殉难。张衡《四愁诗》："我所思兮在桂林。"

[12]“苍梧”句：传说舜死于苍梧之野，娥皇、女英追之不及，相思恸哭，泪下沾竹。这里指桂王之死引起作者的无限悲痛。桂王于康熙元年壬寅(1662)四月被吴三桂杀害于云南。

[13]五湖：旧说不一，因作者时在吴地，故这里的五湖当指太湖。这二句是说自己对明亡的悲恸，远甚于当年湘江边娥皇、女英之哭。

[14]“日蚀”句：《淮南子》：“麒麟斗而日月蚀。”古代迷信，以为日月蚀为上天对统治者的警告，为不祥之兆。诗中即以指桂王抗击南下的清军，最后失败。

[15]两戒：南戒、北戒，唐释一行提出的我国地理现象的特点。语见《新唐书·天文志》：“一行以为天下山河之象，存乎两戒。”北戒，相当于今青海、陕北、山西、河北、辽宁一线；南戒，相当于今四川、陕南、河南、湖北、湖南、江西、福建一线。诗中指明亡以后，中国南北山河都被清王朝所统一的局面。眇愁予：语出《楚辞·九歌·湘夫人》：“目眇眇兮愁予。”愁予：使我发愁。

[16]“兰沧”句：兰沧：即澜沧，水名，我国西南地区大河之一。兰沧渡：语见《华阳国志》：“孝武时，通博南山，渡澜沧水。人歌之曰：‘汉德广，开不宾。渡博南，越兰津。渡澜沧，为他人。’”诗中以孝武渡澜沧，借指南明桂王于永历十三年己亥(1659)即清顺治十六年兵败，自云南逃奔缅甸；永历十五年辛丑(1661)即顺治十八年，清兵入缅甸，桂王被拘送吴三桂营。

[17]“且坐”句：子胥：春秋时吴国大将伍子胥。据《吴越春秋》载：“越王葬文种于国之西山。葬一年，伍子胥从海上穿山胁而持种去，与之俱浮于海，故前潮水为伍子胥，后重水为大夫种。”这里以伍子胥借指瞿式耜。

[18]异姓：旧称与皇帝姓氏不同而正式受封的人。诗中指瞿式耜。桂王封式耜为临桂伯。王侯、侯伯，性质相近。指河山：谓指河山为誓。汉初封诸侯王时，有“使黄河如带，泰山若砺，国以永存，爰及苗裔”的誓词。

[19]“箫鼓”句：写迎神祭社的盛况。箫鼓：吹箫击鼓。丛祠：祠庙。报赛：古代农事完毕后举行的祭祀。

[20]咫尺：言其近。灵飞：道教书有《灵飞经》。《汉武内传》：上元夫人曰：“求道益命，千端万绪，皆须五帝六甲灵飞之术。六丁六壬名字之号，得以请命益算，长生久视，驱策众灵，役使百神者也。”这里指天帝神灵。后命：谓天帝还有续发的诏命。

[21]“红云”句：苏轼《上元侍饮楼上》诗：“一朵红云捧玉皇。”这里指瞿式耜的一片报国丹心，化为红云。明帝朱姓，语义双关，谓忠于明王朝之心。祝融：神话

传说中南方之帝。押：带领百官。班：朝班，百官在朝见皇帝时的班行排列次序。桂王朝建于南方，瞿为首相，故云“押祝融班”。诗中说“仍”，谓瞿生则为桂王朝百官之首，死后还是领南方天帝（隐喻明帝）的朝班，表现作者对桂王朝的怀念。

✣ 评析

瞿式耜为钱谦益的门人，式耜依南明桂王抗清，谦益降清后不久，即从事反清活动，与式耜相联系，桂王永历三年，曾寄书式耜，策划战局。式耜以其书告桂王，谓“谦益身在虏中，未尝须臾不念本朝，规画形势，了如指掌，绰有成算，而忠驱义感，溢于楮墨之间”。盖师生气谊，出入患难数十年，虽末路顿殊，而初心不异。永历四年闰十一月，式耜殉难桂林，五年夏，谦益写《哭留守相公一百十韵》，自谓“不自知涕之无从”。此迎神曲，已写在式耜殉难后十三年，而悲悼之情，仍未稍减。全诗追悼式耜，并追伤桂王，感情沉郁，表露了诗人于逝世前一年犹不忘故国，沉重地抒写了明亡之痛。

冯　班

冯班(1602—1671),字定远,号钝吟老人,江苏常熟人。明诸生。少与兄舒齐名,称为“海虞二冯”。明亡,不仕。有《钝吟集》等。钱谦益称其诗沉酣六代,出入温、李、小杜。其《钝吟杂录》论诗文,识见精辟。

有　赠[1]

隔岸吹唇日沸天,羽书惟道欲投鞭[2]。
八公山色还苍翠[3],虚对围棋忆谢玄[4]。

✤ 注释

[1] 此诗作于顺治四年丁亥(1647)前。

[2] “隔岸”二句:吹唇:吹口哨。《南齐书·魏虏传》:“吹唇沸地。”《资治通鉴》注:“吹唇者,以齿啮唇作气吹之,其声如鹰隼。其下者,以指夹唇吹之,然后有声,谓之啸指。”羽书:征调军队的文书,上插鸟羽以示紧急。投鞭:《晋书·苻坚载记》载:苻坚将攻晋,石越以为晋有长江之险,不宜动师。坚曰:“以吾之众旅,投鞭于江,足断其流。”这二句明写苻坚兵临淝水,暗指清兵迫近长江。

[3] 八公山:见钱谦益《金陵秋兴八首,次草堂韵》注[3]。

[4] “虚对”句:《资治通鉴》:“谢安得驿书,知秦兵已败。时方与客围棋,摄书置床上,了无喜色,围棋如故。客问之,徐答曰:‘小儿辈遂已破贼。’”这里引用此典,谓当时没有像谢安这样的军事家来抵抗清兵,使诗人徒存幻想。

✣ 评析

此诗借淝水之战暗指清兵南渡，对南明政权不能抗清作了讽刺。曹弘评此诗说："如书家之敛笔藏锋，歌者之潜气内转，最为含蓄有味。"

紫　媛[1]（自北归吴）

戎衣小袖惯傞傞，自得琵琶一曲歌[2]。
为说北来辛苦事，马通燃火照缝靴[3]。

✣ 注释

[1] 紫媛：歌妓名。自北归吴：指紫媛南归。吴：这里指清初苏州府。

[2]"戎衣"二句：写紫媛身穿军服，歌舞时手弹琵琶挥动衣袖的情况。《诗经·小雅·宾之初筵》："屡舞傞傞。"毛传："傞傞（suō suō），不止也。"

[3] 马通：马粪。晒干后用以烤火。

✣ 评析

此诗借紫媛的话，侧面反映清兵南下时北方人民的遭遇。此是写实之作，与《有赠》之借古咏今者不同。"马通"句是新事，又是辛苦事。

吴伟业

吴伟业（1609—1671），字骏公，号梅村，江南太仓（今属江苏省）人。崇祯四年辛未（1631）进士，官左庶子，弘光朝任少詹事。入清后官国子监祭酒。其诗多寓身世之作，也有些作品揭露了统治者对人民的残酷榨取。早期诗作风华绮丽，后经乱离，多感慨苍凉之音。各体皆工，尤长于七言歌行。纪事之作，学长庆体而自具面目，后人称之为“梅村体”。又工词曲书画。有《梅村家藏稿》。钱谦益《与吴梅村尺牍》谓其“攒簇化工，陶冶今古，阳施阴设，移步换形，或歌或哭，欲死欲生，或半夜而啼，或当餐而叹，则非精求于韩、杜二家，吸取其神髓而佽助之以眉山、剑南，断断乎不能窥其篱落，识其阡陌也”。赵翼谓：“梅村诗有不可及者二：一则神韵悉本唐人，不落宋以后腔调，而指事类情，又宛转如意，非如学唐者之徒袭其貌也；一则庀材多用正史，不取小说家故实，而选声作色，又华艳动人，非如食古者之物而不化也。盖其生平于宋以后本未寓目，全濡染于唐人，而己之才情书卷，又自能澜翻不穷，故以唐人格调写目前近事，宗派既正，词藻又丰，不得不推为近代中之大家。”

遇南厢园叟感赋八十韵[1]

寒潮冲废垒[2]，火云烧赤冈[3]。四月到金陵，十日行大航[4]。

平生游宦地[5]，踪迹都遗忘。道遇一园叟[6]，问我来何方。
犹然认旧役[7]，即事堪心伤[8]。开门延我坐[9]，破壁低围墙。
却指灌莽中，此即为南厢。衙舍成丘墟，佃种输租粮[10]。
谋生改衣食，感旧存园庄。艰难守兹土[11]，不敢之他乡[12]。
我因访故基[13]，步步添思量。面水背苍崖，中为所居堂。
四海罗生徒[14]，六馆登文章[15]。松桧皆十围，钟篪声锵锵[16]。
百顷摇澄潭[17]，夹岸栽垂杨。池上临华轩[18]，菡萏吹芬芳[19]。
谈笑尽贵游[20]，花月倾壶觞[21]。其南有一亭，梧竹生微凉。
回头望鸡笼[22]，庙貌诸侯王[23]。左李右邓沐[24]，中坐徐与常[25]。
霜髯见锋骨，老将东瓯汤[26]。配食十六侯[27]，剑珮森成行。
得之为将相，宁复忧封疆[28]。北风江上急，万马朝腾骧[29]。
重来访遗迹，落日唯牛羊[30]。吁嗟中山孙，志气胡勿昂[31]！
生世苟如此[32]，不如死道旁。惜哉裸体辱，仍在功臣坊[33]。
萧条同泰寺[34]，南枕山之阳[35]。当时宝志公，妙塔天花香[36]。
改葬施金棺，手诏追褒扬[37]。袈裟寄灵谷[38]，制度由萧梁[39]。
千尺观象台[40]，太史书祯祥[41]。北望占旄头[42]，夜夜愁光铓[43]。
高帝遗衣冠[44]，月出修蒸尝[45]。图书盈玉几[46]，弓剑堆金床。
承乏忝兼官[47]，再拜陈衣裳。南内因洒扫[48]，铜龙启未央[49]。
幽花生御榻，苔涩青仓琅[50]。离宫须望幸[51]，执戟卫中郎[52]。
万事今尽非，东逝如长江。钟陵十万松[53]，大者参天长。
根节犹青铜，屈曲苍皮僵。不知何代物，同日遭斧创[54]。
前此千百年，岂独无兴亡[55]！况自百姓伐，孰者非耕桑[56]！
群生与草木，长养皆吾皇。人理已澌灭，讲舍宜其荒[57]。
独念四库书[58]，卷轴夸缥缃[59]。孔庙铜牺尊[60]，斑剥填青黄[61]。
弃掷草莽间，零落谁收藏！老翁见话久[62]，妇子私相商。

人倦马亦疲，剪韭炊黄粱。慎莫笑家贫，一一罗酒浆[63]。
从头诉兵火，眼见尤悲怆[64]。大军从北来[65]，百姓闻惊惶。
下令将入城，传箭需民房[66]。里正持府帖[67]，佥在御赐廊[68]。
插旗大道边，驱遣谁能当！但求骨肉完，其敢携筐箱？
扶持杂幼稚，失散呼耶娘[69]。江南昔未乱[70]，闾左称阜康[71]。
马阮作相公，行事偏猖狂[72]。高镇争扬州[73]，左兵来武昌[74]。
积渐成乱离[75]，记忆应难详。下路初定来[76]，官吏逾贪狼[77]。
按籍缚富人[78]，坐索千金装[79]。以此为才智，岂曰惟私囊。
今日解马草，明日修官塘[80]。诛求却到骨[81]，皮肉俱生疮。
野老读诏书[82]，新政求循良[83]。瓜畦亦有畔，沟水亦有防[84]。
始信立国家，不可无纪纲。春来雨水足，四野欣农忙。
父子力耕耘，得粟输官仓。遭遇重太平，穷老其何妨！
薄暮难再留[85]，暝色犹青苍。策马自此去，凄恻摧中肠。
顾羡此老翁，负耒歌沧浪[86]。牢落悲风尘[87]，天地徒茫茫。

✤ 注释

[1] 南厢：指明代南京国子监内的南厢房。顺治九年壬辰(1652)，江南总督马国柱奏改南京国子监为江宁府学，旧园遂废。顺治十年癸巳(1653)，作者在应清廷征召前至南京，故地重游，目睹南京城一片荒凉破败的景象，感慨万千，因作此诗。

[2] 这句以下六句，写作者重游南京，引出全诗。以“游宦地”正映下文“故基”，“都遗忘”反衬“思量”。废垒：荒废的战垒。南京为六朝建都之地，多战垒。据《清一统志》：“贺若弼垒在上元县(今南京)北二十里，韩擒虎垒在上元县西四里。”

[3] 赤冈：赤石矶，在南京市东南。以石色红赤，故云“火云烧”。

[4] 大航：即朱雀航，故址在今南京镇淮桥。航：由船连结而成的浮桥。

[5] 游宦：旧称离家在外做官为游宦。吴伟业于明崇祯十二年己卯(1639)曾官南京国子监司业。

[6] 这句以下十四句，写路遇故人南厢园叟，概述园叟近况。

[7]“犹然”句：谓故人相见，尚依稀认识。犹然：仍然。旧役：指旧时在国子监服役的人。

[8]堪：足以。

[9]延：延请。

[10]“佃种”句：谓南厢园叟依靠租种土地以度日。佃种：租种。输租粮：缴纳田租。

[11]兹：此。

[12]之：至。

[13]这句以下十六句，写重游南厢园故址，回忆昔日南厢园的盛况。

[14]罗生徒：招收学生。罗：罗致。

[15]“六馆”句：写学生在南厢园学习的情况。据《明史·选举志》：洪武初，建国学，“分六堂以馆诸生，曰率性、修道、诚心、正谊、崇志、广业……每月试经、书义各一道，诏、诰、表、策论、判、内科二道”。

[16]筦（guǎn）：管乐器。《诗经·周颂·执竞》：“钟鼓喤喤，磬筦将将。”锵锵：乐声。

[17]顷：面积单位，百亩为一顷。百顷：形容水面宽阔。摇澄潭：荡漾着清澈的水波。

[18]华轩：华丽的亭轩。

[19]菡萏（hàn dàn）：荷花的别称。

[20]贵游：《周礼·地官》：“凡国之贵游子弟学焉。”郑玄注：“贵游子弟，王公之子弟。游，无官司者。”

[21]花月：花间月夜。壶觞（shāng）：盛酒器。指酒。陶潜《归去来辞》：“引壶觞以自酌。”

[22]这句以下，因南厢而历叙南京故基。下二十句，叙写明功臣庙的兴衰。鸡笼：鸡笼山，在南京市西北，又称鸡鸣山。

[23]“庙貌”句：惠栋《渔洋精华录训纂》：“洪武二年己酉（1369），立功臣庙于鸡鸣山，论功列祀二十一人，命死者塑其象，生者虚其位。”貌：描绘，这里指雕塑。诸侯王：本指春秋战国时由国君分封的列国国王，这里指明太祖分封的明开国功臣。

[24]李：李文忠，追封岐阳王。邓：邓愈，追封宁河王。沐：沐英，追封黔宁王。均为明开国功臣。

[25]徐：徐达，追封中山王。常：常遇春，追封开平王。

[26] 东瓯汤：汤和，追封东瓯王。

[27]“配食”句：配食：祔祭。祭名。止哭之次日，奉死者之神主祭于祖庙，谓祔祭。古代专指帝王宗庙及孔庙的祔祭，后通指在其他祠庙中的祔祭。按：据《明史·礼志》，明功臣庙正殿供中山王徐达等六王，西序越国武庄公胡大海等八公侯，东序郢国公冯国用等七公侯，计二十一人。诗中谓“配食十六侯”，则计为二十二人，十六当为十五之误。

[28]“得之”二句：谓国家有这样的人才作为将相，无须担心国家的命运。封疆：疆界，这里指国家的安全而言。《礼记·乐记》：“君子听磬声，则思死封疆之臣。”宁：岂。

[29]“北风”二句：指顺治二年乙酉(1645)清兵南下。腾骧(xiāng)：飞跃、奔腾。

[30]“落日”句：语本《诗经·王风·君子于役》：“日之夕矣，羊牛下来。”诗中活用此意，描写清兵攻占南京以后功臣庙荒废破残的景象。

[31]“吁嗟”二句：写明亡以后中山王后代落魄的情况。中山孙：中山王徐达的后裔徐青君。明亡后，家产籍没，孑然一身，与佣丐为伍，其居第亦易为兵备道衙门。事见《板桥杂记》。胡：为何。昂：轩昂，高扬。

[32] 苟：假如。

[33]“惜哉”二句：裸体辱：语本《后汉书·祢衡传》：“(衡)裸身而立……操笑曰：‘本欲辱衡。’”诗中借指徐青君受杖责之辱事。据余怀《板桥杂记》：明亡后，徐青君无以自活，乃至为人代杖。“一日，与当刑人约定杖数计偿若干，受杖时其数过倍，青君大呼曰：‘我徐青君也。’兵宪林公骇问左右，有哀王孙者跪而对曰：‘此魏国公之公子徐青君也，穷苦为其代杖。此堂乃其家厅也，不觉伤心呼号耳。’林公怜而释之……青君跪谢曰：‘花园是某自造，非钦产也。’林公唯唯，厚赠遗之，查还其园”。功臣坊：指中山王府第大功坊。

[34] 这句以下八句，叙写同泰寺的今昔。同泰寺：故址在今南京市东北。传为梁武帝舍身之处。

[35] 枕：坐落。山之阳：指钟山南麓。

[36]“当时”二句：记梁武帝厚葬高僧释宝志的盛况。宝志公：梁代高僧释宝志。《神僧传》：“释宝志，本姓朱氏，金城人。天监(梁武帝年号)十三年(513)冬，无疾而终。梁武帝因厚加殡送，葬于钟山独龙之阜。”妙塔：指保存宝志遗体的佛塔。天花：佛教所称天上的花。《大智度论》：“云何为天华？天华芬熏，香气送风。复

次，天竺国法，名诸好物皆名天花，虽非天上华，以其妙好，亦为天华。”华：同“花”。

[37]“改葬”二句：写明太祖迁葬宝志遗骨。据《寄园寄所寄》：“明太祖建寿陵，将迁宝志冢，祝之不报。曰：‘假地之半，迁瘗微偏，当一日享尔一供。’乃得卜，发其坎，金棺银椁，因函其骨移瘗，建灵谷寺卫之，立浮图于函上，覆以无梁砖殿，工费巨万。仍锡庄田三百六十所，日食其一，岁而周焉。御制文树碑纪绩。”手诏：皇帝亲自下的诏书。褒扬：嘉奖、称扬。

[38]袈裟(jiā shā)：僧服。灵谷：灵谷寺。在今南京市中山门外中山陵东。原名开善寺，明太祖迁葬宝志遗骨于此后，改名灵谷寺。

[39]“制度”句：谓明太祖迁葬宝志，完全沿袭梁武帝葬宝志时的规模。制度：旧指规模法度。萧梁：南北朝时代的梁朝，帝室萧姓，故称萧梁。

[40]这句以下四句，记写观象台故基。观象台：古代观察天文的建筑。《明史·天文志》：“洪武十八年(1385)，设观象台于鸡鸣山。”

[41]太史：中国古代掌管天文历法的官，明清时，归钦天监。祯祥：吉兆。《礼记·中庸》：“国家将兴，必有祯祥。”

[42]占：候，视，视兆以知吉凶之意。旄头：星名，又称“昴”，二十八宿之一。西方白虎七宿，有星四颗。《书·尧典》：“日短星昴，以正仲冬。”传：“昴，白虎之中星。”古时迷信以为，旄头星特别亮，为战事的先兆。

[43]光铓：光芒。

[44]这句以下十四句，写明高庙和故宫旧基。高帝：历代开国帝王的庙号，诗中指明太祖。

[45]“月出”句：月出：有月亮的日子，特指农历十五日。《史记·孙叔通列传》：“高寝衣冠，月出游高庙。”修：整治，安排。蒸尝：蒸，应作“烝”。烝尝：祭祀。冬祭曰烝，秋祭曰尝。

[46]“玉几”句：谓明太祖的书案上堆满图书。玉几：玉饰小案，古代帝王的用具。

[47]“承乏”句：指作者在任明国子监司业时，每岁元旦、清明、七月望、十月朔、夏至、冬至致祭时摄遣祭官的职事。承乏：所任职位一时无适当人选，暂由自己充数，为旧时在任官吏常用的谦词。忝：有愧于。旧时常用作自谦之词。兼官：兼职。

[48]南内：皇宫。原为唐代兴庆宫之称，因在东内之南，故名。

[49]铜龙：太子宫门名。陆厥《奉答内兄希叔》：“属叨金马署，又点铜龙门。”刘

良注："铜龙，太子门名。"诗中泛指宫门。未央：宫名，汉高帝七年丞相萧何所筑。诗中借指明宫殿。

[50] 仓琅：仓琅根，装饰在大门上的青铜铺首和铜环。

[51] 离宫：皇帝正宫以外临时居住的宫室。望幸：希望皇帝亲临。《汉书·郊祀志》："于是郡国各除道，缮治宫馆名山神祠所，以望幸矣。"

[52] 执戟：古时郎官（中郎、侍郎、郎中）掌执戟侍从，宿卫诸殿门，故又称"执戟"。《史记·淮阴侯列传》："官不过郎中，位不过执戟。"诗中指明代帝王出巡时的侍从。

[53] 这句以下六句，记写钟陵故基。钟陵：钟山，在今南京市中山门外。

[54] "同日"句：指清兵攻占南京后，钟陵古松被砍伐殆尽。

[55] "前此"二句：谓国家兴亡，自古有之，言外之意像这样的浩劫世所少有。

[56] "况自"二句：谓伐松和耕桑本都是百姓谋生之事，国家灭亡，人民为生计所迫，不得已而伐松，难以指责。耕桑：种田养蚕，泛指农事。

[57] "群生"四句：是说人民和万物都依靠帝王养育，百姓失去了他们所赖以养育的国君，人理已经泯灭，讲舍还有何用！群生：指百姓。长养：养育。人理：指人的伦常。澌灭：泯灭。讲舍：指南厢。

[58] 以下六句回写南厢园。四库书：中国古代图书，分成经、史、子、集四个部分，分藏于四个库中，故名。这里指南厢的藏书。

[59] "卷轴"句：意谓这些藏书装饰精美考究。卷轴：中国古代的文章，皆裱成长卷，有轴可以舒展，故以卷轴指称书籍。夸：值得夸耀。缥缃：缥（piǎo），淡青色的帛；缃（xiāng），浅黄色的帛。古时常用作书囊或书衣。

[60] 牺（suō）尊：外形如牺牛的酒器。

[61] 青黄：指铜器锈蚀后的青绿斑痕。

[62] 这句以下八句，为全诗枢纽。上半篇为作者所见所感；自此以下，由园叟诉说明末战火造成的灾难。

[63] 罗：罗列。

[64] 句下原注："叶。"按：古诗中所押的韵，其字不在本韵之内而可以通押的，称"叶"。悲怆：悲伤痛楚。

[65] 这句以下十二句，写园叟诉说清兵南下的情形。

[66] 传箭：传令。箭：令箭，古代军中传令的小旗。

[67] 里正：乡官。里，旧时县以下基层行政单位，明代一百十户为一里，五里为

乡。府帖：府衙的公文。府：明清时省以下的行政区划。省以下，以府领州和县。

[68] 佥：通“签”，这里是张贴的意思。御赐廊：指国子监的走廊。

[69] 耶娘：父母亲。

[70] 这句以下八句，记园叟语，诉说南明弘光王朝的迅速覆亡，实由阮大铖、马士英等权贵所造成。

[71] 闾左：秦代住在闾里左边的贫苦人民。《史记·陈涉世家》：“发闾左适戍渔阳九百人。”后因以泛指贫民居住的地区。闾，里巷。阜康：繁荣太平。

[72] “马阮”二句：马阮：马士英、阮大铖。南明弘光王朝时，马任东阁大学士，阮为兵部右侍郎，二人互相勾结，排斥史可法等抗清将相，专权行私，不思复国，借口筹集兵饷，兴修宫殿，搜刮民财，卖官鬻爵。当时南京有民谣云：“中书随地有，都督满街走，监纪多如羊，职方贱如狗。相公只爱钱，皇帝但吃酒。扫尽江南钱，填塞马家口。”这二句即记此事，揭露了南明弘光王朝速亡的原因，表达了作者对马、阮误国的愤慨。

[73] “高镇”句：高镇：高杰。本为李自成部下，后叛变降明。弘光王朝时封兴平伯，为四镇之一，驻扬州城外。杰欲进城，扬州人不纳，杰攻城急，掠城厢妇女。后经史可法议以瓜洲与杰，乃止。“争扬州”即指此。

[74] “左兵”句：左兵：左良玉的军队。弘光元年（顺治二年）乙酉（1645），武昌守将左良玉不满于马、阮的专权，以“清君侧”为名，起兵武昌，进攻南京。马士英调江北兵迎击，江淮一片空虚，清兵遂乘机大举南下。

[75] 积渐：由小到大，逐渐形成和加深。

[76] 这句以下十句，记园叟诉说清兵攻占南京后的灾难。下路：攻占南京。路，宋元时的行政区划。南京，元时为建康路。来：语助词，无义。

[77] 逾：超过。

[78] 按籍：按照户籍。

[79] 坐索：勒索。

[80] “今日”二句：指清朝统治者巧立名目，搜刮民财。解马草：供应军马吃的草料。

[81] 诛求：责求。

[82] 这句以下十二句，记园叟语，写战事平息以后，清朝统治者采取一系列恢复生产和安定的措施，社会复见太平。野老：指农民。

[83] 循良：旧称官吏守法而有政绩者。

[84]“瓜畦”二句：以瓜畦有畔，沟水有防比喻清朝统治者颁发治国安民的法令法规。畔：田界。防：堤防。

[85]这句至结束，近与“妇子相商”相应，远与“道遇园叟”相呼，收束全诗，抒写作者的感慨。

[86]“顾羡”二句：语本《楚辞·渔父》：“渔父莞尔而笑，鼓枻（船舷）而去。歌曰：‘沧浪之水清兮，可以濯吾缨；沧浪之水浊兮，可以濯吾足。’遂去，不复与言。”这里借用此典，表达作者对园叟的羡慕而自己又无法做到的痛苦心情。耒（lěi）：农具名。沧浪：水名，指汉水。这里系泛指。

[87]牢落：无所寄托貌。陆机《文赋》：“心牢落而无偶。”

✤ **评析**

这首长篇，是吴梅村五古纪事名作之一，从旧地重游，与野老闲话的叙述中，反映清兵南下时，学府被破坏，百姓遭殃以及福王朝马、阮酿祸等史实，黍离麦秀，逦迤写来，澹宕之中，悲慨无尽。无愧诗史之称。至其艺术特色，靳荣藩评云：“此等诗，可作古文读之，可作名画玩之，可作雅乐听之，可作佳山水游之，斯能于五言中另开生面，不至为古人所限。”

清凉山赞佛诗[1]（四首）

西北有高山，云是文殊台[2]。台上明月池[3]，千叶金莲开[4]。
花花相映发，叶叶同根栽。王母携双成，绿盖云中来[5]。
汉王坐法宫[6]，一见光徘徊[7]。结以同心合，授以九子钗[8]。
翠装雕玉辇，丹髹沉香斋[9]。护置琉璃屏，立在文石阶[10]。
长恐乘风去，舍我归蓬莱[11]。从猎往上林[12]，小队城南隈[13]。
雪鹰异凡羽[14]，果马殊群材[15]。言过乐游苑，进及长杨街[16]。
张宴奏丝桐[17]，新月穿宫槐。携手忽太息，乐极生微哀。
千秋终寂寞[18]，此日谁追陪。陛下寿万年，妾命如尘埃。

愿共南山椁，长奉西宫杯[19]。披香淖博士，侧听私惊猜：
今日乐方乐，斯语胡为哉[20]？待诏东方生，执戟前诙谐[21]。
熏炉拂黼帐[22]，白露零苍苔。吾王慎玉体，对酒毋伤怀。

伤怀惊凉风，深宫鸣蟋蟀。严霜被琼树，芙蓉凋素质。
可怜千里草，萎落无颜色[23]。孔雀蒲桃锦，亲自红女织[24]。
殊方初云献，知破万家室[25]。瑟瑟大秦珠[26]，珊瑚高八尺。
割之施精蓝，千佛庄严饰[27]。持来付一炬，泉路谁能识[28]！
红颜尚焦土，百万无容惜[29]。小臣助长号[30]，赐衣或一袭[31]。
只愁许史辈[32]，急泪难时得。从官进哀诔，黄纸抄名入[33]。
流涕卢郎才，咨嗟谢生笔[34]。尚方列珍膳[35]，天厨供玉粒[36]。
官家未解菜，对案不能食[37]。黑衣召志公，白马驮罗什[38]。
焚香内道场，广坐楞伽译[39]。资彼象教恩，轻我人王力[40]。
微闻金鸡诏，亦由玉妃出[41]。高原营寝庙[42]，近野开陵邑[43]。
南望仓舒坟，掩面添凄恻[44]。戒言秣我马，遨游凌八极[45]。

八极何茫茫，曰往清凉山。此山蓄灵异，浩气共屈盘[46]。
能蓄太古雪[47]，一洗天地颜。日驭有不到[48]，缥缈风云寒。
世尊昔示现，说法同阿难[49]。讲树耸千尺[50]，摇落青琅玕[51]。
诸天过峰头[52]，绛节乘银鸾[53]。一笑偶下谪，脱却芙蓉冠[54]。
游戏登琼楼，窈窕垂云鬟。三世俄去来，任作优昙看[55]。
名山初望幸，衔命释道安[56]。预从最高顶，洒扫七佛坛[57]。
灵境乃杳绝，扪葛劳跻攀[58]。路尽逢一峰，杰阁围朱阑[59]。
中坐一天人，吐气如栴檀[60]。寄语汉皇帝[61]，何苦留人间。
烟岚倏灭没[62]，流水空潺湲。回首长安城，缁素惨不欢[63]。

房星竟未动，天降白玉棺[64]。惜哉善财洞，未得夸迎銮[65]。
惟有大道心[66]，与石永不刊[67]。以此护金轮，法海无波澜[68]。

尝闻穆天子[69]，六飞骋万里[70]。仙人觞瑶池，白云出杯底[71]。
远驾求长生，逐日过濛汜[72]。盛姬病不救，挥鞭哭弱水[73]。
汉皇好神仙，妻子思脱屣[74]。东巡并西幸[75]，离宫宿罗绮[76]。
宠夺长门陈，恩盛倾城李[77]。秾华即修夜[78]，痛入哀蝉诔[79]。
苦无不死方，得令昭阳起[80]。晚抱甘泉病[81]，遽下轮台悔[82]。
萧萧茂陵树，残碑泣风雨[83]。天地有此山，苍崖阅兴毁[84]。
我佛施津梁[85]，层台簇莲蕊。龙象居虚空[86]，下界闻斗蚁[87]。
乘时方救物，生民难其已[88]。淡泊心无为，怡神在玉几[89]。
长以兢业心，了彼清净理[90]。羊车稀复幸[91]，牛山窃所鄙[92]。
纵洒苍梧泪，莫卖西陵履[93]。持此礼觉王[94]，贤圣总一轨[95]。
道参无生妙[96]，功谢有为耻[97]。色空两不住[98]，收拾宗风里[99]。

✤ **注释**

[1] 此诗据传为清世祖董鄂妃而作。阼湖遗老《清宫词》自注："吴梅村《清凉山赞佛诗》，相传为咏世祖端敬皇后董鄂妃事。"清凉山，山西五台山的别称。据传，董鄂妃死后，清世祖曾为她在五台山大建道场祭奠，世祖自己也削发为僧。陈垣《语录与顺治宫廷》："顺治出家，为自来一种传说，彼据《清凉山赞佛诗》等模糊影响之词，谓顺治果已出家者，固非；然谓绝无其事者，亦未为的论。《续指月录 · 玉林传》注，明谓森首座为上净发；汤若望《回忆录》亦谓董妃薨后，皇帝把头发削去，则顺治实曾落发。"

[2] 文殊台：五台山相传为佛祖文殊师利现光之地。

[3] 明月池：在五台山西南。

[4] 千叶金莲：重瓣的金色莲花。佛家谓往生阿弥陀佛极乐世界者，皆生于莲花中。

[5]“王母”二句：写董鄂妃入宫。王母：即西王母，神话中人物。双成：传说中西王母的侍女，董姓。诗中用双成姓，暗指董鄂妃。绿盖：绿色的华盖。按：董鄂妃，满洲正白旗人，内大臣鄂硕之女。顺治十三年丙申(1656)册封为皇贵妃。

[6]汉主：借指顺治帝。法宫：帝王处理政事的宫殿，即正殿。

[7]“一见”句：谓董鄂妃容颜动人，世祖一见倾心。光徘徊：光亦为之徘徊，极言容光焕发，容貌之美。

[8]“结以”二句：用汉代赵飞燕的故事写董鄂妃倍受恩宠。《飞燕外传》：“婕妤上后二十六物，有同心大结。”又：“后持昭仪手，抽紫玉九雏钗，为昭仪簪髻。”同心合：古代男女定情的合子。九子钗：饰有九凤图案的金钗，女子首饰。

[9]“翠装”二句：写世祖对董鄂妃的宠幸。玉辇：古代帝王的乘舆。髹：以漆漆物。沉香斋：暗用沉香亭字面。唐玄宗与杨贵妃观赏木芍药于沉香亭。

[10]“护置”二句：语出《西京杂记》：“赵飞燕为皇后，其女弟上琉璃屏风。”又《外戚传》：“赵皇后弟绝幸为昭仪，居昭阳舍，冒黄金，涂白玉阶。”文石，即白玉石。

[11]“长恐”二句：用赵飞燕事，写世祖担心董鄂妃死。状恩爱之深，并为下文伏笔。《拾遗记》：“每轻风时至，飞燕殆欲随风入水，帝以翠缨结飞燕之裙。”蓬莱：海中仙山。

[12]上林：秦汉宫苑名，为帝王围猎之所。

[13]隈(wēi)：角，角落。

[14]雪鹰：毛羽洁白的苍鹰，供围猎用。凡羽：普通的鸟。

[15]果马：即果下马。东汉时濊国出产的一种马，身高三尺，能在果树下行走，专驾辇车。诗中即指矮小精悍的骏马。群材：指一般的马。

[16]“言过”二句：言：助词，诗词中常用于句首，无义。乐游苑：古长安宫苑名。长杨：汉代离宫名。诗中均借指世祖、董妃纵猎的处所。

[17]张宴：设宴。丝桐：琴多用桐木制成，上安丝弦，故名。

[18]千秋：帝王死的讳辞。

[19]“愿共”二句：椁(guǒ)：棺外的套棺。南山椁，以南山为椁。古人多以南山喻永恒。西宫：妃嫔居住的宫室。这二句谓董鄂妃愿与世祖生死与共，永不分离。

[20]“披香”四句：披香：汉代后宫八区中宫殿名。淖博士：汉宣帝时侍臣淖方成，教授披香殿中，时称“披香博士”(博士，古代学官名)。诗中借指世祖的近臣。斯语：指“千秋”以下六句。斯：代词，这。这四句是说，世祖的近臣听到这些私语，

暗自猜度：今日如此欢乐，何以会说这些不祥的话呢？诗句暗伏董妃的骤死。

[21]“待诏”二句：待诏：官名。汉代特别优异的征士待诏金马门。东方生：即东方朔，汉武帝时，为太中大夫，善词赋，性诙谐滑稽。执戟：见《遇南厢园叟感赋八十韵》注[52]。指东方朔。诗中借指世祖的侍卫之臣。

[22]熏炉：古代用来熏香和取暖的炉子。黼(fǔ)帐：镶有黑白花纹的挂帐。

[23]“可怜”二句：千里草：《续汉书·五行志》：“献帝初，京师童谣曰：‘千里草，何青青。十日卜，不得生。’”千里草为董字的拆字，指董鄂妃。以上六句叙董妃之死。《世祖实录》：“顺治十七年庚子八月壬寅，皇贵妃董鄂氏薨。”

[24]“孔雀”二句：蒲桃：同“葡萄”。红女：女工。红：通“工”，指妇女从事纺绩、缝纫、刺绣等工作。这二句写董妃死后所穿的衣服。由女工们亲自织就。

[25]“殊方”二句：殊方：异域。这二句是说各地为董妃之死而进献的财物，耗资糜费，使数万人家破产。

[26]瑟瑟：宝珠名。大秦：汉时西方国名，即罗马帝国。大秦产明月珠。

[27]“割之”二句：割：割爱。精蓝：精舍伽蓝，佛教的寺院。庄严：装饰。这二句是说，这些珍宝施舍给佛寺，可以作为千佛的装饰。

[28]“持来”二句：泉路：地下，犹“黄泉”。这二句是说，把这些珍宝焚化给死者，可死者又怎能领会世祖的这番心意。

[29]“红颜”二句：红颜：指美女。焦土：指董妃死后火化。百万：董妃死后，世祖盛办丧事，所费极巨。这二句是说，心爱的人尚且已成焦土，花费百万祭奠又何足惜！

[30]长号：恸哭。

[31]一袭：一副，一套。

[32]许史：汉代许皇后、史良娣之家，后因以泛称外戚。

[33]“从官”二句：从官：皇帝侍从。诔(lěi)：古时用以表彰死者德行并致哀悼的文辞。黄纸：一种能防蠹、写错又可用雌黄涂改的纸，古时常用以书写。据徐乾学《送程周量出守桂林》诗注，董妃死时，周量官内秘书撰文，曾进《端敬皇后诔》，为世祖所赏。

[34]“流涕”二句：卢郎：南北朝卢思道。《北史·卢思道传》：“文宣帝崩，当朝文士各作挽歌十首，择其善者而用之……唯思道独有八篇，故时人称为八采卢郎。”谢生：南北朝谢庄。《南史·宋殷淑仪传》：“及薨，谢庄作哀策文奏之。”诗中均借指进哀诔的官。

[35] 尚方：即尚方令，官名，主造皇室所用的兵器和玩物。清已不置。诗中借指供办皇室一切应用的官署。珍膳：珍贵的食品。

[36] 天厨：星名。《晋书·天文志》："天厨主盛馔。"诗中指御用厨房。玉粒：美食。

[37] "官家"二句：官家、天子。解菜：解除素食而吃荤。南齐东昏侯因潘妃生女百日而亡，为之素食，旬日后左右为营荤膳，说是为天子解菜。见《南史》。这二句写世祖于董妃死后，服丧十二日。在服丧中，还未解除素食，哀痛之至，连饭都吃不进。

[38] "黑衣"二句：黑衣：僧衣，指僧人。志公：梁代僧人宝志，见《遇南厢园叟感赋八十韵》注[36]。白马：《洛阳伽蓝记》："明帝梦金人遣使向西域，求得金象，时以白马驮经而来，以名寺。"罗什：姚秦时僧人鸠摩罗什。诗中以志公和罗什借指举办道场的玉林禅师和茆溪禅师。董妃死时，茆溪在京，主办景山大道场，自十月初八始，以七日为期。十五日，玉林至京。十七及二十六日，曾两次御建景山孝献皇后陟天道场。十一月初八，西苑广济两山同时举行孝献皇后仙驭道场。皆由玉林主持。

[39] 楞伽：即《楞伽经》。

[40] "资彼"二句：资：凭借。象教：佛家语，即佛教。人王：人中之王，即皇帝。语出《释氏通鉴》："燕王问赵州(从谂)：'人王尊，法王尊？'师曰：'在人中人王尊，在法中法王尊。'"这二句是说，凭借佛恩超度死者，使帝王之力相形见绌。

[41] "微闻"二句：金鸡诏：大赦令。古代大赦时，举行一种仪式，竖长杆，顶立金鸡，然后集罪犯，击鼓，宣读赦令，故称。玉妃：道教称上帝之妃为玉妃，故借以指董鄂妃。张尔田《清列朝后妃传稿》："是年命刑官减罪，应秋决者俱停刑，从妃志也。"

[42] 寝庙：古代宗庙有庙和寝二部分，合称寝庙。寝是安葬衣冠之处。

[43] 陵邑：帝王的陵墓。

[44] "南望"二句：仓舒：曹操之子曹冲。《三国志·魏·邓哀王冲传》：字仓舒，年十三，建安十三年疾病，及亡，哀甚。诗中借指董鄂妃之子，于顺治十四年丁酉(1657)十月生，为荣亲王，十五年戊戌(1658)正月，先董妃而死。仓舒坟，即指董妃子荣亲王的陵墓。这二句写世祖因董妃之死，念及其子，更添凄怆。

[45] "戒言"二句：戒言：吩咐。秣马：喂饱马匹。八极：指极边远的地方。这二句写世祖准备出巡。

[46] 浩气：正气，盛大刚直之气。

[47] 太古雪：远古的积雪。《华严经疏》："清凉山者，岁积坚冰，夏仍飞雪。"

[48] 日驭：太阳的车驾。

[49]“世尊”二句：世尊，佛教名词，佛教徒对佛祖释迦的尊称。示现：佛家语，谓佛菩萨应机缘而现种种之身。说法，佛家语，谓宣说正法，教化众生。阿难：梵文音译。是释迦十大弟子之一。这二句谓佛祖和阿难曾在清凉山现法身说法。

[50]讲树：佛教名词，佛祖在其下说法的双树。

[51]琅玕(láng gān)：珠树之实。珠树是神话中结珠的树。见《淮南子·地形训》。

[52]诸天：佛教名词。佛经称欲界天、色界天、无色界天等诸天神为“诸天”。

[53]绛节：这里指神仙所持的红色符节。银鸾：白色鸾凤，神话中神仙的坐乘。

[54]“一笑”二句：是说董妃原为佛门弟子，因犯戒律而谪降人间。芙蓉冠：荷花瓣编织的帽子。

[55]“三世”二句：三世：佛教名词，指过去世、现在世、未来世。优昙：梵语音译，又作优昙钵，无花果树的一种。《妙法莲华经》：“世尊甚难值，如优昙钵华三千年一现，现则金轮王出。”这二句是说董鄂妃前生是佛徒，今生为皇妃，死后又归佛国，三世来去，好像优昙钵花的示现。

[56]“名山”二句：名山：指清凉山。衔命：奉命。释道安：晋代高僧，诗中指世祖派来的僧人。这二句是说，当山灵在盼望皇帝临幸之初，奉世祖之命而来的僧人先为准备。

[57]七佛坛：七佛：佛教以为在释迦以前就有成佛的，合释迦共七代，称七佛。七佛坛即指塑有七佛的佛坛。

[58]“灵境”二句：灵境：灵异之地，指清凉山。杳绝：人迹罕至。扪：攀援。跻攀：登攀。这二句写僧众不辞险阻，攀登清凉山。

[59]杰阁：高阁。

[60]栴(zhān)檀：梵文音译，栴檀那的省称，即檀香。

[61]汉皇帝：指清世祖。

[62]烟岚：山中云雾。

[63]“回首”二句：长安城：借指清都北京。缁素：僧俗。缁：黑衣，僧人之服；素：白衣，常人之服。诗中指京城中穿孝的僧人和常人。这二句点明清世祖驾崩，写京城中的僧俗为世祖驾崩举哀。按：董妃死后，世祖郁郁不欢，于顺治十八年辛丑(1661)正月，崩于养心殿。

[64]“房星”二句：房星：星宿名，主车驾。竟未动，暗指世祖并未出游。白玉

棺：白玉精制的棺材。传说古代有道士王乔，临死时天降白玉棺迎以升天。这二句写世祖驾崩。

[65]“惜哉”二句：善财洞：一说在清凉山。《清凉山志》无此洞名。迎銮：迎接帝王车驾。这二句点明世祖并未亲到清凉山。世祖信佛，董鄂妃死后，曾有出家的念头，但未成而死，故作者如此叙写。

[66]大道：常理正道，诗中指佛家道义。

[67]不刊：不灭。

[68]“以此”二句：金轮：佛教名词，佛经谓劫初金轮王生，其时有金轮宝自然出现，金轮宝为金轮王所感得七宝之一。《首楞严经》：“彼金宝者，明觉立坚，故有金轮保护国土。”法海：佛教名词，佛教称佛法无边，广大如海，故称“法海”。《梁简文帝旻法师疏序》：“法海波澜，泛之者未易。”这二句是说，用大道之心护持金轮，即可游行法海而无碍了。

[69]穆天子：周天子穆王。诗中所记他远游遇仙和盛姬的事，散见于《穆天子传》等书。

[70]六飞：古代帝王的车驾用六马，飞，言其奔驰神速，后因以称帝王车驾。这句写穆天子远游。

[71]“仙人”二句：《穆天子传》三：“乙丑，天子觞西王母于瑶池之上，西王母为天子谣。”仙人：指西王母。

[72]逐日：追赶太阳。濛汜：神话中太阳没入之处。

[73]“盛姬”二句：盛姬：传说中穆天子的妃子。《穆天子传》：“天子游于河济，盛君献女子。天子西征，至元池之上，乃奏乐。三日盛姬亡，天子殡姬于谷丘之庙，葬于乐池之南。”弱水：传说中西方水名，近西王母所居处，见《山海经·西山经》。以上记穆天子远游求仙，而尚有盛姬之哭，未能忘情。

[74]“汉皇”二句：汉皇：指汉武帝。《汉书·扬雄传》：“往时武帝好神仙。”脱屣：《史记·孝武纪》：“天子曰：‘吾诚得如黄帝，吾视去妻子如脱屣耳。’”意谓如能成仙，抛弃妻子儿女实为易事。屣：鞋。

[75]东巡西幸：指汉武帝为求仙得道，东巡海上，自封泰山，后十三年周遍五岳四渎。

[76]“离宫”句：罗绮：丝织品。借指女子。这句写武帝巡幸中纳妃妾事，见《汉武故事》。

[77]“宠夺”二句：长门陈：汉武帝后陈皇后，原为武帝所宠幸，后宠衰，别居长

门宫，乃以百金请司马相如作《长门赋》。希望武帝读后，可以使陈皇后复得宠幸。倾城李：汉武帝妃李夫人。《汉书·外戚传》："孝武李夫人，本以倡进，初，夫人兄延年，性知音，善歌舞……侍上起舞，歌曰：'北方有佳人，绝世而独立，一顾倾人城，再顾倾人国。'"倾城：形容容貌极美，全城人为之倾倒。这二句写汉武帝宠幸李夫人，陈皇后失宠，也暗指世祖宠幸董妃。张尔田《清列朝后妃传稿》："当是时，妃宠冠后宫，皇后博尔济吉特氏无宠，又不如妃善得太后欢，帝密有夺嫡意。会太后病，皇后遣使询候不时至，帝怒，以为缺孝道，集廷臣议。妃闻之，跽请曰：'必若此，妾不敢生。'帝于是谕礼部但停中宫笺奏，后以是不废。"

[78] 秾华：繁盛的花朵。修夜：长夜。

[79] 哀蝉诔：指汉武帝痛悼李夫人所作的《落叶哀蝉曲》。《拾遗记》："汉武帝思李夫人，不可复得，时穿昆灵之池，泛翔禽之舟，帝自造歌曲，使女伶歌之……因赋《落叶哀蝉曲》。"

[80] 昭阳：汉宫殿名，武帝时李夫人所居，因以借指李夫人。

[81]"晚抱"句：甘泉：汉宫名。《史记·孝武本纪》："遂幸甘泉，病良已。"这句谓汉武帝晚年卧病甘泉宫。

[82]"遽下"句：轮台，县名，在今新疆境内，汉时为西域大宛境。武帝太初元年丁丑(公元前 104 年)至四年庚辰，贰师将军李广利奉令两次率大军伐大宛，并开始在轮台等地屯田，置使者校尉。武帝晚年(征和年间)下《轮台罪己诏》，深悔当年轮台之举，谓："扰劳天下，非所以优民也，今朕不忍闻。"轮台悔即指此。

[83]"萧萧"二句：茂陵，汉武帝陵墓，在今陕西省兴平县。这二句谓武帝求仙，仍然死葬茂陵，徒留墓木残碑，供人凭吊而已。这里借汉武茂陵以指世祖孝陵。

[84]"天地"二句：谓清凉山是人间世事兴衰的见证。

[85] 津梁：桥梁。佛教用来指以佛法引渡众生。《世说新语·言语》："庾公尝入佛图见卧佛，曰：此子疲于津梁。"

[86] 龙象：佛教名词。佛家称佛门勇猛有最大能力的菩萨为龙象。《大智度论》："是五千阿罗汉，于诸阿罗汉中最大力，以是故言如龙如象：水行中龙力大，陆行中象力大。"

[87] 下界：佛教用以指凡人居住的地方，与"上界"相对。斗蚁：比喻人世间勾心斗角，世事纷争。

[88]"乘时"二句：乘时：顺应时势。救物：拯救万物。生民：百姓。这二句是说，世祖在位时，能顺应时势，救万民于水火，让百姓脱离劫难。

[89]“淡泊”二句：淡泊：形容恬淡寡欲的心境。无为：指无所求，无所作。怡神：使精神安适悦乐。这二句是说，世祖皈依佛门以后，追求淡泊之志，怡神养性。

[90]“长以”二句：了：了悟。清净：佛家称远离罪恶和烦恼。这二句紧承“乘时”句，说世祖在位时始终兢兢业业，有入世之心，这和了悟清净之理的出世之心是一致的。

[91]“羊车”句：羊车：古代宫中所乘小车，羊，通“祥”，取吉祥之义，指帝王车驾。稀：难得。这句以羊车不再见得指世祖已死。

[92]“牛山”句：牛山：山名，在山东省淄博市东。《韩诗外传》：“齐景公游于牛山之上而北望齐曰：‘……使古而无死者，则寡人将去此而何之？’俯而沾襟。”这句是说，像齐景公这样不能超脱红尘是为我所鄙弃的。

[93]“纵洒”二句：苍梧泪：任昉《述异记》：“舜南巡不返，没葬于苍梧之野。尧之二女娥皇、女英追之不及，相思恸哭，泪下沾竹，文悉为之斑斑然。”西陵履：魏武《遗令》：“汝等时时登铜雀台，望吾西陵。”又：“余香可分与诸夫人，诸舍中无所为学，作履组卖也。”这二句是说，世祖成佛，纵然宫人们也洒下伤心之泪，但实在是不须买西陵之履的。

[94]礼：礼拜，参礼。觉王：指佛。《佛地论》：“佛者觉也。”《圆觉经》：“佛为万法之王。”

[95]贤圣：指当皇帝和成佛。一轨：犹一辙，指趋向、归宿一致。

[96]道：指佛法。参：参究。无生：佛家语，谓万物的实体无生无灭。

[97]功：与“道”相对，指入世之事。有为：佛家语，与“无为”相对，有所作为。《中论》：“一切有为法，我说即是空。”

[98]“色空”句：色空：佛家语，“色即是空”的省语。佛教谓有形之万物为色，而万物为因缘所生，本非实有，故谓“空”。两不住：不在两者之中，暗示世祖虽不住于色而信佛，亦未能最终出家而住空。

[99]“收拾”句：宗风：宗，指佛教的各种宗派。一宗有一宗的独特风仪，称宗风。如《传灯录》：“师唱谁家曲？宗风嗣阿谁？”这句意谓当以不住色空的佛语来解释此中奥妙。

✣ 评析

程穆衡《吴梅村先生编年诗笺》云：“为皇贵妃董氏咏。《扈从西巡日录》：'五台山大塔宝院寺，明万历戊寅孝定皇太后重建，有阿育王所置佛舍利塔、文殊发塔，知历来后妃皆有布造。贵妃上所爱幸，薨后命五台山大喇嘛建道场。'诗特叙致瑰丽，遂有若《长恨歌序》云尔。"此言诗之所以以《清凉山赞佛》为名的原因。张尔田《遁堪书题》云："妃薨于顺治十七年八月，翌年正月，世祖宾天，王文靖实亲承末命，见于韩菼所作行状。陈其年《咏史》诗：'玉柙珠襦连岁事，茂陵应长并头花。'此纪实也。梅村此咏，鼎湖寓言，或当时传闻之异。然诗特工丽。"第一首开头从清凉山说起，"王母"以下言妃之承宠，"从猎"以下，言妃之侍宴，而乐极生哀，若有预谶。末十句以内外侍从之人作衬。第二首是悼贵妃之逝，凉风蟋蟀纪其时，千里草寓其姓，与第一首双成寓姓相应。其中对贵妃丧事之糜费，笔杂讽刺。第三首归入清凉山，可抵《长恨歌》"忽闻海上有仙山"以下半篇。前三首"伤怀"、"八极"，起讫蝉联，第四首另提起，言自古帝王，未能忘情，而归之于赞佛。张尔田《遁堪书题》云："此首写其陟降，所谓'翠华想象空山里'也。而以'色空两不住'一点，何等超妙。若以鸿都方士之寓言，解作西山老佛之疑史，恐非诗人之本旨。"文廷式《纯常子枝语》曰："梅村诗当以《清凉山赞佛》四首为压卷，凄沁心脾，哀感顽艳，古人哀蝉落叶之遗音也。非白香山《长恨歌》所及。"

圆圆曲[1]

鼎湖当日弃人间[2]，破敌收京下玉关[3]。
恸哭六军俱缟素[4]，冲冠一怒为红颜[5]。
红颜流落非吾恋[6]，逆贼天亡自荒宴[7]。
电扫黄巾定黑山[8]，哭罢君亲再相见[9]。
相见初经田窦家[10]，侯门歌舞出如花[11]。
许将戚里空侯伎[12]，等取将军油壁车[13]。
家本姑苏浣花里[14]，圆圆小字娇罗绮[15]。

梦向夫差苑里游[16]，宫娥拥入君王起。
前身合是采莲人[17]，门前一片横塘水[18]。
横塘双桨去如飞，何处豪家强载归[19]？
此际岂知非薄命，此时只有泪沾衣[20]。
熏天意气连宫掖，明眸皓齿无人惜[21]。
夺归永巷闭良家，教就新声倾座客[22]。
座客飞觞红日莫[23]，一曲哀弦向谁诉？
白皙通侯最少年[24]，拣取花枝屡回顾。
早携娇鸟出樊笼，待得银河几时渡[25]？
恨杀军书抵死催，苦留后约将人误[26]。
相约恩深相见难，一朝蚁贼满长安[27]。
可怜思妇楼头柳[28]，认作天边粉絮看[29]。
遍索绿珠围内第[30]，强呼绛树出雕栏[31]。
若非壮士全师胜，争得蛾眉匹马还[32]。
蛾眉马上传呼进，云鬟不整惊魂定[33]。
蜡炬迎来在战场，啼妆满面残红印[34]。
专征箫鼓向秦川[35]，金牛道上车千乘[36]。
斜谷云深起画楼[37]，散关月落开妆镜[38]。
传来消息满江乡，乌桕红经十度霜[39]。
教曲妓师怜尚在，浣纱女伴忆同行。
旧巢共是衔泥燕[40]，飞上枝头变凤皇[41]。
长向尊前悲老大[42]，有人夫婿擅侯王[43]。
当时只受声名累，贵戚名豪尽延致[44]。
一斛珠连万斛愁，关山漂泊腰支细[45]。
错怨狂风扬落花，无边春色来天地[46]。

尝闻倾国与倾城[47]，翻使周郎受重名[48]。
妻子岂应关大计，英雄无奈是多情。
全家白骨成灰土[49]，一代红妆照汗青[50]。
君不见馆娃初起鸳鸯宿[51]，越女如花看不足[52]。
香径尘生乌自啼[53]，屧廊人去苔空绿[54]。
换羽移宫万里愁[55]，珠歌翠舞古梁州[56]。
为君别唱吴宫曲，汉水东南日夜流[57]。

✤ 注释

[1] 圆圆：陈圆圆，明末苏州名妓，本姓邢名沅，字畹芬。明末辽东总兵吴三桂纳之为妾。后吴三桂出镇山海关，李自成军攻占北京，圆圆被俘。三桂大怒，乞降于清，引兵攻陷北京，圆圆仍归三桂。后随三桂入云南。晚年出家为女道士。此诗当作于清顺治八年辛卯(1651)八月以前，意在斥责吴三桂背叛明王朝，失节降清的罪行。

[2] 鼎湖：古代传说黄帝乘龙升天之处。《史记·封禅书》："黄帝采首山铜，铸鼎于荆山下。鼎既成，有龙垂胡髯下迎黄帝，黄帝上骑……后世因名其处曰鼎湖。"后代诗文中常以此典指称帝王之死。这里指明末李自成攻克北京，崇祯皇帝自缢于煤山。

[3] "破敌"句：这句写吴三桂降清，引清兵入关攻陷北京。玉关：玉门关，在甘肃省敦煌西，这里借指山海关。下玉关：自山海关南下。

[4] 六军：周朝天子统率六军，一军为一万二千五百人。后泛指朝廷的军队。缟素：白衣，指丧服。这句写全军上下哀悼崇祯帝。

[5] 红颜：指陈圆圆。这句指明吴三桂的降清，本是因圆圆被俘的缘故。

[6] 以下四句以吴三桂口吻写其为自己降清所作的辩解。吾：吴三桂自称。

[7] 逆贼：指李自成，这是对起义军的污蔑之词。荒宴：沉湎于酒色。

[8] 电扫：比喻进击神速。黄巾：东汉末年张角领导的黄巾起义军。黑山：东汉末年河南黑山农民起义的队伍，当时被污称"黑山贼"。诗中均指李自成起义军。

[9] 君亲：指崇祯帝和吴三桂父吴襄，时吴襄已被李自成军所杀。

[10] 田窦：西汉武安侯田蚡和魏其侯窦婴，二家均为外戚。诗中借指崇祯帝的外戚。据钮琇《觚剩》，此外戚是周后家的周奎；据陆次云《圆圆传》，此外戚是田妃家的田宏遇。参以冒襄《影梅庵忆语》所述，作周奎为是。吴三桂初见陈圆圆，在崇祯十五年(1642)癸未以后。

[11] 侯门：公侯贵族人家。

[12] 戚里：汉代长安城中帝王外戚居住之处。诗中借指周奎家。空侯：同“箜篌”，古乐器，体长而曲，二十三弦。空侯伎：歌伎。指圆圆。

[13] 等：期待。油壁车：古代女子所乘的车，因车壁以油涂饰而名。乐府《苏小小歌》：“我乘油壁车，郎乘青骢马。”以上四句追述吴三桂初见陈圆圆。

[14] 姑苏：今江苏苏州。浣花里：唐代蜀中名妓薛涛居浣花溪。这里系借用。

[15] 小字：小名。娇罗绮：语出江淹《别赋》：“罗与绮兮娇上春。”取其美好之意。

[16] 夫差：春秋末吴国国君。胜越国后，越王勾践赠越女西施，以消磨其志。夫差苑：指夫差与西施游乐的宫苑。

[17] 合：该。采莲人：指西施。

[18] 横塘：在今苏州市胥门外。

[19] “何处”句：豪家：指外戚豪门。据钮琇《觚剩》：崇祯末，周奎“以营葬归苏……因出重资购圆圆，载之以北。”据陆次云《圆圆传》：“崇祯癸未岁，总兵吴三桂慕其名，赍千金往聘之，已先为田畹(宏遇)所得。”

[20] “此际”二句：圆圆随人去京实非情愿，故诗语云云。

[21] “熏天”二句：熏天：形容气势威赫。宫掖：宫中。掖，即掖庭，宫中的旁舍，嫔妃所居之处。这二句写外戚之家势焰熏天，圆圆被送入宫中，但崇祯帝不纳。

[22] “夺归”二句：永巷：皇宫中嫔妃的住处。这二句写圆圆自椒庭遣返，仍为家妓。

[23] 莫：通“暮”。

[24] 白皙(xī)：肤色白净。通侯：古爵位名。这里指吴三桂。

[25] “早携”二句：写吴三桂索得圆圆，圆圆好比娇鸟离开笼子。又以牵牛与织女渡河相会，借指吴三桂因军情紧急，不及与圆圆团聚而去。

[26] “恨杀”二句：写军书催吴三桂出山海关抵御清兵，空留后会之约。

[27] 蚁贼：对李自成起义军的污称。长安：借指北京。这句指明崇祯十七年

(1644)三月,李自成起义军入北京。

[28] 思妇楼头柳：语出王昌龄《闺怨》:“闺中少妇不知愁,春日凝妆上翠楼。忽见陌头杨柳色,悔教夫婿觅封侯。”指圆圆已为吴三桂纳为妾。

[29] 粉絮：杨花。旧时比喻未从良的妓女。

[30] 绿珠：西晋石崇之妾。赵王伦专政,崇失势。伦党孙秀矫诏捕崇,欲夺绿珠,她坠楼自尽。诗中借指李自成部将搜索陈圆圆。内第：内室。

[31] 绛树：汉末著名舞妓。借指圆圆。以上六句写起义军占领北京。圆圆为起义军将领所得。

[32] “若非”二句：争：怎。蛾眉：美女,指圆圆。这二句说如果吴三桂不能打胜仗,就不能迎还圆圆。

[33] “蛾眉”二句：吴三桂攻占北京后,紧追李自成至山西,尚不知圆圆下落。部将于都城访得,立即飞骑传送。三桂结彩楼,列旌旗,箫鼓三十里,亲往迎接。传呼：喝道。

[34] 啼妆：女子妩媚的神态,假意擦拭眼下,像拭泪的样子。残红印：泪痕斑斑。

[35] 专征：古代帝王授予将帅掌握军旅的特权,不待天子之命,得以自行征伐。秦川：指陕西、甘肃、秦岭以北平原地区。

[36] 金牛道：古栈道名。一名石牛道,即褒斜道、褒城道。在今陕西省眉县至褒城之间。《元和郡县志》兴元府褒城县:“褒城道,一名石牛道,张良令汉王烧栈道,示无还心,即此道也。”这条路的南段终点在褒城,褒城在汉中府治的西北,走完此道,向东南,即到汉中府治。

[37] 斜(yé)谷：在今陕西省眉县西南,即褒斜道的斜谷一段。

[38] 散关：大散关,在今陕西省宝鸡市西南大散岭上。斜谷、散关都在汉中府治以北。以上四句写圆圆随吴三桂由秦川到汉中。

[39] “传来”二句：乌桕：树名,一名鸦臼。温庭筠《西州词》:“门前乌桕树,惨淡天将曙。”写的是男女临别时的景色。十度霜：十年。按：据冒襄《影梅庵忆语》,圆圆于崇祯十五年(1642)在苏州被豪家逼去,《圆圆曲》作于顺治八年(1651),中间恰历十年,故云“十度霜”。

[40] 衔泥燕：比喻地位低微的同伴。

[41] 凤皇：即凤凰,比喻地位显贵。指圆圆。

[42] “长向”句：尊前：即樽前,酒樽前。老大：年纪老。这句写圆圆旧时女伴

的自悲。

[43] 夫婿：丈夫。擅：居。侯王：指高位。以上八句写旧时女伴的艳羡，衬托圆圆的荣贵。

[44] “当时”二句：声名：指圆圆早年当妓女的名声。延致：招致。这二句写圆圆当年的妓女生涯。

[45] “一斛”二句：事出《梅妃传》：唐玄宗思念梅妃，适值外国进贡宝珠，玄宗随命封一斛给梅妃。诗中借用此典，写当时圆圆受到的宠爱，引起以后漂泊的悲哀。

[46] 以上六句写圆圆几经波折，荣贵实出意外。

[47] 倾国、倾城：形容容貌极美。详见《清凉山赞佛诗》注[77]。

[48] 周郎：周瑜。周瑜的妻室小乔，是东吴著名美女。这里周郎借指吴三桂。

[49] “全家”句：记三桂一家事。李自成攻占北京后，圆圆在三桂父吴襄处。李自成曾令吴襄招降三桂，三桂拒绝，吴襄一家八口为起义军所杀，仅圆圆得脱。

[50] 汗青：史册。以上六句讽吴三桂为女色而破家叛明，徒然让一代美人留名于史册。

[51] 馆娃：即馆娃宫，吴王夫差为西施所建。

[52] 越女：越地女子，指西施。

[53] 香径：即采香径，在今苏州市西。尘生：指人迹不到，只余尘土。

[54] 屧廊：即响屧廊。《清一统志》：“响屧廊，以楩梓籍其地，西施步屧绕之则有声，故名。”屧(xiè)：古代鞋子的木底。以上四句以吴王夫差和西施的故事，借古喻今，暗示三桂最后必将败亡。

[55] 换羽移宫：羽、宫，五音中的两种乐声。换羽移宫，谓乐声变换，暗喻朝代更替，三桂降清。

[56] “珠歌”句：古梁州：汉中南郑为古梁州城所在地。这句写吴三桂在汉中沉酣声色。

[57] “为君”二句：吴宫曲：指吴王夫差时的宫曲。《述异记》：“夫差时童谣：‘梧宫秋，吴王愁。’”汉水：汉中临汉水，汉水东南流入长江。这句语本陆游《归次汉中境上》：“地连秦雍川原壮，水下荆扬日夜流。”这二句取功名富贵似逝水之意，谓吴三桂富贵难常。

✤ 评析

吴伟业诗，以七言歌行成就最高，其中号为“梅村体”者尤为绝调。这首《圆圆曲》，是“梅村体”中，知名度最广，最有代表性者。所谓“梅村体”，来源于白居易的“长庆体”，而不尽相同。“长庆体”歌行，一首中用典极少，而“梅村体”则大量用典；“长庆体”中对偶句不多，而“梅村体”多对偶句；“长庆体”辘轳承接的句式，只是偶见，而“梅村体”则常用。张如哉曰：“篇中有自相蝉联之句，如‘相见’、‘横塘’、‘坐客’、‘相约’、‘马上’皆是也。然卢昇之《长安古意》、刘希逸《公子行》之类，已有之矣。”因此，“梅村体”是融合初唐四杰体及“长庆体”于一手的新体，具有梅村独特的面目，风神绝代的妙品。《圆圆曲》旨在斥责吴三桂背叛明王室，失节降清的罪行。陆次云谓“梅村效《琵琶》、《长恨》体作《圆圆曲》，以刺三桂，曰‘冲冠一怒为红颜’，盖实录也。三桂赍重币求去此诗，吴勿许。当其盛时，祭酒能显斥其非，却其赂遗而不顾，于甲寅之乱似早有以见其微者。呜呼，梅村非诗史之董狐也哉！”靳荣藩云：“此首以‘恸哭六军俱缟素，冲冠一怒为红颜’作挈领，以‘若非壮士全师胜，争得蛾眉匹马还’作中权，以‘全家白骨成灰土，一代红颜照汗青’作收束，此六句真史笔也，是全篇之眼目。”钱谦益《与吴梅村尺牍》谓梅村诗“攒簇化工，陶冶今古，阳施阴设，移步换形”。赵翼《瓯北诗话》谓梅村诗“指事类情，宛转如意”，“选声作色，又华艳动人”。读《圆圆曲》，可以窥豹一斑。

打冰词[1]

北河风高水生骨[2]，玉垒银桥堆几尺[3]。
新戍云中千骑马[4]，横津直渡无行迹[5]。
下流湍悍川途开[6]，吹笳官舫从南来。
帆樯山齐排浪进[7]，牵船百丈声如雷[8]。
雪深没髁衣露肘[9]，背挽头低风塞口。
相逢羡杀顺流船，急问来时河冻否。
溜过湖宽放闸平，长年稳望一帆轻[10]。

夜深侧听流澌响[11]，琐碎玲珑渐结成[12]。
篙滑难施橹枝折，舟人霜满髭须白。
发鼓催船唤打冰，冲寒十指西风裂。
吁嗟河伯何硁硁[13]，白棓如雨终无声[14]。
鱼龙潜逃科斗匿[15]，殊耐鞭杖非穷民[16]。
官舱裘酒自高卧[17]，只话篙师叉手坐[18]。
早办人夫候治装[19]，明日推车冰上过。

✤ 注释

[1] 顺治十年癸巳(1653)，作者应清廷征召赴京师，于北运河途中作此诗。

[2] 北河：即白河。北运河流入白河，至天津入海。水生骨：结冰。《四民月令》："犁星没，水生骨。"

[3] 玉垒银桥：形容河中堆积的冰块。玉垒：玉砌的壁垒。

[4] 戍：防守边疆。新戍：新近出戍。云中：府名，治所在今山西省大同市。

[5] 横津：横渡。行迹：踪迹。

[6] 湍悍：水流湍急凶猛。川途：水路。

[7] 樯(qiáng)：桅杆。

[8] 百丈：用以牵船的篾缆。宋程大昌《演繁露》："杜诗舟行多用百丈，问之蜀人，云水峻，岸石又多廉棱，若用索牵，即遇石，辄断不耐，故劈竹为大瓣，以麻索连贯其际，以为牵具，是名百丈。百丈，以言长也。"

[9] 髁(huái)：脚腕两侧突起的部分。

[10] 长年：舵手。

[11] 流澌：江河解冻时流动的冰块。《楚辞 · 九歌 · 河伯》："流澌纷兮将来下。"

[12] 琐碎玲珑：比喻零碎的冰块。

[13] 河伯：黄河水神。硁硁(kēng kēng)：固执。

[14] 棓：通"棒"。无声：形容河冰不为所动。

[15] 科斗：同"蝌蚪"。

[16] 殊耐：极能忍耐。

[17] 裘酒：穿裘饮酒。

[18] 话：这里是申斥之意。篙师：船夫。

[19] 治装：整束行装。

✤ 评析

此诗描述船夫破冰行舟的无比艰难，比较真实地反映了民间疾苦。通首写实，不着议论，导源于杜甫乐府，与白居易《新乐府》每篇结束处必以一二语表示诗人意见者不同。这是作者于"梅村体"外又一种成就。起四句点明"冰"，第五句以下是打冰之由。"篙滑"四句点出打冰。"河伯"四句实写打冰。"官舱"四句，用督责语，是进一步写打冰，以官民的不平作对比结束。靳荣藩评云："背换头低，白棓如雨，是画工；风塞口，终无声，是化工。梅村笔下，殆无所不有。"

过吴江有感[1]

落日松陵道[2]，堤长欲抱城[3]。
塔盘湖势动[4]，桥引月痕生[5]。
市静人逃赋，江宽客避兵[6]。
廿年交旧散[7]，把酒叹浮名[8]。

✤ 注释

[1] 吴江：今江苏省苏州市吴江区。

[2] 松陵：即吴江区，唐代称松陵。

[3] 堤：据《清一统志》："长堤在吴江县东，宋庆历二年(1042)，以松江风涛，漕运多败舟，遂接续松江长堤于江湖之间。明万历三十三年(1605)重筑，长八十三里。"

[4] 塔：指吴江区华严寺方塔，共七层，在区东门外，宋元祐四年(1089)建。

[5] 桥：指吴江区长桥，有七十二洞。月痕：月影。

[6] “市静”二句：写清初战乱百姓逃避赋税和兵灾，一片萧条凄清的景象。

[7] “廿年”句：据靳荣藩《吴诗集览》：“按《吴江县志》：‘国初邑之高蹈而能文者，相率为惊隐诗社，起顺治庚寅(1650)，四方同志咸集，相与遁迹林泉，优游文酒，角巾方袍，往来于三江五湖间。其后史案株连，同社有罹法者，社集遂辍。二十年交旧，梅村盖感其事欤？”交旧散，当指顺治九年壬辰(1652)复社被取缔以后之事。交旧：旧交，旧友。

[8] 浮名：空名。

✤ 评析

梅村五律，宗法唐人，句法多学杜甫，此首可以代表。梅村自云：吾五言律诗，得杜濬焦山诗而始变，然犹以为未逮若人。如此首，正恐杜濬未能胜之。

过淮阴有感[1]（二首选一）

登高怅望八公山，琪树丹崖未可攀[2]。
莫想阴符遇黄石[3]，好将鸿宝驻朱颜[4]。
浮生所欠止一死[5]，尘世无由识九还[6]。
我本淮王旧鸡犬，不随仙去落人间[7]。

✤ 注释

[1] 淮阴：今江苏省淮阴市。此诗作于顺治十年癸巳(1653)作者应清廷征召，北上进京途中。抒写出仕清廷的矛盾复杂心情。

[2] “登高”二句：八公山：在安徽省寿县北五里。相传汉淮南王刘安在此遇八公，故名。琪树丹崖：形容山中胜地。琪树：玉树。孙绰《游天台山赋》：“琪树璀璨而垂珠。”丹崖：朱红色的石崖。《晋书·宋纤传》：“丹崖千丈，青壁万寻。”这二句借用淮南王刘安以指明福王由崧。崇祯十七年甲申(1644)，福王避李自成军，至淮

上，依淮抚路振飞。顺治二年乙酉(1645)南京破，福王被俘北上，次年死于北京。故诗云“未可攀”，因福王已死。

[3]“莫想”句：用张良事。《史记・留侯世家》：“良尝闲从容步游下邳圯上。有一老父，衣褐……出一编书，曰：‘读此，则为王者师矣。后十年，兴。十三年，孺子见我济北，谷城山下黄石即我矣。’遂去，无他言。不复见。旦日，视其书，乃《太公兵法》也。”阴符：指《太公兵法》。诗中反用此事，意谓再没有抗清复明的希望。

[4]“好将”句：事见《汉书・刘向传》：“上复兴神仙方术之事，而淮南有《枕中鸿宝苑秘书》，书言神仙使鬼物为金之术。”驻朱颜：意谓青春不老。

[5]浮生：人生。

[6]尘世：人世。九还：九还丹。丹炉锻炼，经过九遍循环而成，为道家炼丹中最珍贵者。这句写求长生而不可得的矛盾心理。

[7]“我本”二句：事出《神仙传》：“淮南王好道，白日升天，时药置庭下，鸡犬舐之，尽得升天。”这里反用其意，谓自己原在福王朝官少詹事，为世事所累，不能以身殉国。

✤ 评析

此诗为梅村后期的名篇，抒写出仕清廷的矛盾复杂心情。赵翼《瓯北诗话》云：“梅村出处之际，固不无可议；然其顾惜身名，自惭自悔，究是本心不昧。以视夫身仕兴朝，弹冠相庆者，固不同；比之自讳失节，反托于遗民故老者，更不可同年语矣。如赴召北行，过淮安云：‘我是淮王旧鸡犬，不随仙去落人间。’……至今读者犹为凄怆伤怀。”又云：“被荐赴召，过淮阴云：‘我是淮王旧鸡犬，不随仙去落人间。’此数语俯仰身世，悲痛最深，实足千载不朽。”

下相极乐庵读同年北使时诗卷[1]

兰若停骖洒墨成[2]，过河持节事分明[3]。
上林飞雁无还表[4]，头白山僧话子卿[5]。

✤ 注 释

[1] 此诗是作者于顺治十年癸巳(1653)应清廷征召北上途中所作。下相：古县名，秦时置，故址在江苏省宿迁县西。极乐庵：在宿迁县西北马陵山后。同年：旧称科举中同榜的人为同年。诗中指崇祯四年辛未(1631)进士左懋第。懋第，字仲及，山东莱阳人。南明弘光时，任兵部右侍郎兼右佥都御史，被派督师河北，充通问使，临行时他力主加强备战。至清都后，以拒降，于顺治二年乙酉(1645)被害。北使，即指此。

[2] 兰若：寺庙。梵文阿兰若的略语。骖：三匹马所驾的车。洒墨：挥笔作诗。这里指左懋第所作的诗卷。

[3] "过河"句：谓诗卷清楚地记述了左懋第北使的经过。河：指黄河。节：气节。

[4] "上林"句：上林：秦汉时宫苑名，为帝王围猎之所。据《汉书·苏武传》载：苏武出使匈奴，被拘北海。昭帝即位，数年，匈奴与汉和亲。汉向匈奴要求送苏武归，匈奴诡称武死。以后汉使复使匈奴，常惠夜见汉使，教使者谓单于，言天子射上林中，得雁，足有系帛书，言武等在某泽中。单于得讯后，大惊，不得不将苏武等人放回。诗中借用此典，指懋第去北以后，即一去不返。还表：指给南明王朝回奏。

[5] 子卿：苏武的字。

✤ 评 析

此诗记述了左懋第为明死节的事迹，诗末以子卿相比，赞颂了他的崇高的民族气节。时梅村正在应清廷征召北上途中，对子卿与左懋第的歌颂，表明了梅村的心迹，也无异是对自己北行的责备。可与《过淮阴有感》一首比看。

阻 雪[1]

关山虽胜路难堪，才上征鞍又解骖[2]。
十丈黄尘千尺雪，可知俱不似江南。

✤ 注释

[1] 此诗为顺治十年癸巳(1653)作者应清廷征召,北上至临清遇大雪时所作。

[2] 征鞍:指旅行者所骑的马。解骖:解下马缰,犹言下马。动身上马,遇大雪阻路,所以重又下马。

✤ 评析

此诗从南北风光的对比,曲折地反映了诗人北上时眷怀故国的心情。七绝中沉厚有力之作。

方以智

方以智（1611—1671），字密之，号曼公，安徽桐城人。明崇祯进士，官翰林院检讨。清兵下广东，出家为僧。他是爱国遗民，又是杰出的思想家、科学家。诗为其余事，有《浮山集》。

独　往

同伴都分手[1]，麻鞋独入林[2]。
一年三变姓[3]，十字九椎心[4]。
听惯干戈信，愁因风雨深[5]。
死生容易事[6]，所痛为知音。

✣ 注释

[1]“同伴”句：明末，方以智与陈贞慧、冒襄、侯方域诸人结为知交，从事政治活动，时称“明季四公子”。同伴，当指这些人。作诗时，有的隐退，有的仕清，作者则被捕放逐，故称“分手”。

[2] 麻鞋：用麻编织的草鞋。入林：隐遁入山之意。

[3]“一年”句：入清后，方以智不甘屈节仕清，遂削发为僧，称“无可大师”，又字药地。一年三变姓，当指此。

[4] 十字：指五律诗一联，共十字。九椎心：谓诗句大都是椎心泣血而成。椎：刺。

[5]“愁因”句：谓因风雨而更添忧伤。

[6] 死生：偏义复词，死。

✤ 评析

此诗为康熙年间作者被放逐岭南时所作，记明亡后的遭际和怀念友人之情，情真意切，感人至深。

杜　濬

杜濬(1611—1687),原名诏先,字于皇,号茶村,湖北黄冈人。明崇祯十二年己卯(1639)副榜。明亡后,寓居江宁,家贫。诗法杜甫,尤长五律,风格浑厚。谭献评为“玄黄之会,托体高奇,怆怀隐轸,亦其性学然也”。有《变雅堂集》。

楼　夕

为客曾无故[1],登楼亦偶然。
古城延落景[2],秋草上青天。
野火风吹尽[3],平沙日照圆。
马嘶今夜苦,归梦战场边。

✤ **注释**

[1] “为客”句:言外之意,谓自己作客他乡全为时势所迫。无故:指没有别的什么缘故。

[2] 延:延长,伸展。落景:落日的景象。

[3] “野火”句:取白居易《赋得古原草送别》“野火烧不尽,春风吹又生”诗意,反其意而用之,寄国事无法收拾的无限伤痛之情。

✤ 评析

于皇擅长五律，吴梅村尝云：吾五言律诗，得茶村诗而始进。此诗作于明亡以后，述登楼观落日，寄其怀恋故国之思，颇有沉郁顿挫之风。

钱秉镫

钱秉镫(1612—1693),字幼光,号田间,江南桐城(今属安徽)人。明诸生。唐王时,授漳州府推官。桂王时,授礼部仪制司主事,考授翰林院庶吉士,知制诰。桂林被清军攻占后东归,改名澄之,字饮光。后因避祸削发为僧,名幻光,又名西顽。工诗,有《藏山阁诗存》、《田间诗集》。其《生还集·自序》自述其为诗过程云:“予自总角学诗,迄今二十年。其十年茫如也。戊己以后,始能明体审声,一窥风雅之旨。所拟乐府,以新事谐古词,本诸弇州新乐府,自谓过之。五言诗远宗汉魏,近间有取乎沈、谢,誓不作陈隋一语。唐则惟杜陵耳。七言诗及诸近体,篇章尤富,皆欲出入初盛之间,间有中晚者,亦断非长庆以下比。此生平学诗之大概也。”福王时,因避阮大铖之祸,东走吴江,入浙入闽入粤入桂,前此所作,于途经震泽参与抗清斗争时焚失。以后所作,载于《藏山阁诗存》中的,反映坎壈的遭遇、艰险的行役,以及山川胜概、风俗动态等等,尤以记载南明抗清的许多可歌可泣的事迹和南明政权内部勾心斗角之争的作品,具有诗史价值。其诗以白描擅长,兼有陶潜、杜甫的长处。在当时爱国遗民诗中,可谓独树一帜。

扬州访汪辰初[1]

关桥乍泊旋相访[2],问遍扬州识者疏。

市井草深寻巷入[3]，江城花满闭门居[4]。
僮惊客到饶蛮语[5]，箧付儿收只《汉书》[6]。
我过七旬君逾八，笑啼同是再生余[7]。

犹忆城隅访旧年[8]，孤踪早上汉阳船[9]。
一家局促三间屋[10]，廿载崎岖万里天[11]。
笔墨资生何处卖[12]？艰危纪事异时传[13]。
白头相见留深坐，又损瓶中籴米钱[14]。

✣ 注释

[1] 此诗康熙二十二年癸亥(1683)三月作于扬州。扬州：清初府名，治所今江苏省扬州市。汪辰初：扬州人，作者与之订交在顺治二年乙酉(1645)冬在闽中同官唐王朝时，后又同官桂王朝。顺治七年庚寅(1650)冬，钱秉镫东归，汪辰初随桂王至贵州云南，官至詹事府詹事，主云南乡试。作者《汪辰初文集序》云："君幸脱缅难(指桂王入缅甸，缅甸以王送至吴三桂处，被害，明亡，时为顺治十八年辛丑，即公元1661年)，留滇十余载，路通，仍全家以归……有垂白孺人，与丈夫子三，于万里蛮荒之外，穿锋镝，冒瘴疠，相扶以归……今年三月，访君扬州。"

[2] 关桥：扬州水城门桥。

[3] "市井"句：写实语，兼暗用典。《三辅决录》："张仲蔚，平陵人也。与同郡景卿，俱隐居不仕，所居蓬蒿没人。"

[4] "江城"句：写实语，兼用王建《寄薛涛诗》："枇杷花下闭门居。"

[5] 僮：家中未成年的做工人。蛮语：南方音的语言。语本《世说新语》：郝隆为参军，桓公曰："作诗何以作蛮语？"作者曾到过福建、两广，故语言杂有南方音，家僮听了惊异，以为是南方的远客来了，惊字表示怕有意外之事降临，因汪辰初久仕南明王朝之故。

[6]《汉书》：东汉班彪、班固、班昭父子兄妹合力著成。这里借指汪辰初所写南明史事的著作，南明是汉族统治者的政权，故用《汉书》一词。

[7] "我过"二句：作者《汪辰初文集序》："是时君年八十四，予亦七十三矣。凡别三十五(当作'三')年而再见，涕泗久之。"又："君濒死不死。"又："然回思偷息虎

穴，朝夕莫保时，其幸何如也！”

[8]“犹忆”句：钱秉镫前一次到扬州访汪，当在康熙九年庚戌(1670)前后。据《汪辰初文集序》，辰初随桂王入云南在顺治十一年甲午(1654)冬，留云南十余载乃归，则归当在康熙四年乙巳(1665)以后。秉镫往访，又当在后，故估计为庚戌前后。城隅：城墙角落。

[9]汉阳：明清府名，治所在汉阳县，今属湖北省。

[10]“一家”句：《汪辰初文集序》谓汪归后，“里中故物俱尽，僦屋以居”。

[11]“廿载”句：自顺治二年乙酉(1645)冬汪辰初入闽，其后入桂入黔入滇，备经艰难，奔走于万里南天，历二十余年始归。云“廿载”，当是约数，实际还要多二三年。

[12]“笔墨”句：《汪辰初文集序》谓汪僦居扬州后，“卖文为活”。笔墨：文章。资生：赖以维持生计。

[13]“艰危”句：应第一首“箧付儿收只《汉书》”句。《汪辰初文集序》：“君为人忠厚虚公，所言足信，其著述皆必可传。”

[14]损：破费。籴(dí)：买粮食。

✤ 评析

这首诗康熙二十二年癸亥三月作于扬州，是为了访问一位过去曾经共经患难达六年之久的老友，两人分别以后，又经历过二十四个年头了。第一首诗首句从访友单刀直入，水城门下船才停靠，便上岸相访，迫切之情，溢于言外。第二句写访的第一过程“问”，可见问遍扬州，识得汪辰初其人的，几乎没有。这里暗示汪辰初晦迹深隐，因而人们难以知晓。说“识者疏”，不等于连一个人也不知其人，还是有可能找到一些线索。第三句因此接入访问的第二过程“寻”，隐居在幽僻处，“市井草深”的小“巷”中，所以要寻。这一句点地。第四句写寻到了汪宅，“江城花满”点时间是春三月，“闭门居”点明汪辰初隐藏之深。下面略去了主人开门迎客的描写，如杜甫《客去》所云“花径不曾缘客扫，蓬门今始为君开”的话头。径说“僮惊客到”，是作者已叩门而入了。“惊”由于客之“蛮语”，暗示了主人家中因主人为南明旧臣之故而经常提心吊胆，怕出乱子。又接着写到主人在家的主要生活是写一部南明抗清史以留给后人，也就是把汉族遗民的爱国精神教育后代。结语合写二人年都老大，作者对主人处在“十年以长，则兄事之”的位置，“笑”是老年久别重逢之欢乐，“啼”是同经患难，故国亡灭的悲痛，有此共同的九死一生的感受，写来倍感亲切。这一年的扬州访汪，在作者已是第二次了，第一次访汪比第二次要早十二三年。第二首开头两句即写第一次访汪之事，用“犹忆”二字领起，那一回访问，仅在城墙角落兜了几转，因为汪辰初早已离家往汉阳去了，扬州人可能有知道汪行踪的，告诉了作者，但不大可能，估计是第二次二人见面时谈起的，诗是写在第二次访汪之时，所以能交代“孤踪早上汉阳船”的前事了。中间四句，总的概括汪辰初的转辗于南方万里为国事而奔波的生活，归乡后僦居逼仄，卖文为活，著书传世等事，“一家”句回应第一首三、四句，“艰危”句回应第一首“箧付”句。结句归缩到老友留客，于生活困难中殷勤相待的热情，“又损”句紧扣“笔墨”句来。两首诗交错着对往事的回味，对隐居的描述，对访问的迫切，对主人生活的惊惶心情，相见悲欢，盛情招待的全面处理。全用白描，两处暗用典，但不一定看作用典，因为是死典活用了。这种诗的风格，属于杜甫《有客》、《客至》一路。汪启东《山泾草堂诗话》曰：“第一首迤逦写来，收到相见，访字意已足。次首颇难着笔，若再铺叙见后情形，究属平衍。却从昔年说入，一结方到本题。空灵活泼，化堆垛为烟云，此法得自杜陵。”

顾炎武

顾炎武(1613—1682),初名绛,字宁人,号亭林,江南昆山人。明诸生。少年时参加“复社”反宦官权贵斗争。清兵南下,嗣母王氏殉国后,参加昆山、嘉定一带人民的抗清斗争,唐王立,除兵部主事。入清不仕。治经重考据,注意经世致用,开清代汉学风气。与黄宗羲、王夫之并称清初三大儒。其诗沉郁苍凉,有强烈的爱国精神。有《亭林诗集》。朱彝尊《明诗综》云:“宁人诗无长语,事必精当,词必古雅,抒山长老所云‘清景当中,天地秋色’,庶几近之。”潘德舆谓:“吾学诗数十年,近始悟诗境,全贵质、实二字。盖诗本是文采上事,若不以质、实为贵,则文济以文,文胜则靡矣。吾取虞道园之诗者,以其质也;取顾亭林之诗者,以其实也。亭林作诗,不如道园之富,然字字皆实,此修辞立诚之旨也。”金天羽论清诗,谓“亭林端委,能抉经心”。而陈衍却说他“诗歌少兴趣,学杜得皮相”。

秋山二首[1]

秋山复秋山,秋雨连山殷[2]。
昨日战江口[3],今日战山边[4]。
已闻右甄溃,复见左拒残[5]。
旌旗埋地中[6],梯冲舞城端[7]。

一朝长平败[8]，伏尸遍冈峦[9]。
北去三百舸，舸舸好红颜[10]。
吴口拥橐驼[11]，鸣笳入燕关[12]。
昔时鄢郢人，犹在城南间[13]。

秋山复秋水，秋花红未已。
烈风吹山冈，磷火来城市。
天狗下巫门[14]，白虹属军垒[15]。
可怜壮哉县[16]，一旦生荆杞。
归元贤大夫，断脰良家子[17]。
楚人固焚麇，庶几歆旧祀[18]。
勾践栖山中，国人能致死[19]。
叹息思古人，存亡自今始[20]。

✤ 注释

[1] 此诗作于顺治二年乙酉(1645)，南明弘光王朝覆亡以后。诗记清兵南渡后，南明将领坚守嘉定等城抗击清兵的事迹，表达了诗人对南明覆亡的痛楚和复国的决心。

[2] “秋雨”句：《明史・侯峒曾传》：“七月三日大雨，城隅崩。”这句写清兵攻嘉定时，秋雨把江南一带的山也染红了。以战士流血之多，衬战事之烈。殷：红。

[3] “昨日”句：指陈明遇等守城之战。《明史・侯峒曾传》：“闰六月朔，诸生许用倡言守城，远近应者数万人。典史陈明遇主兵，用徽人邵康公为将，而前都司周瑞龙泊江口相犄角，战失利。”

[4] “今日”句：指吴淞总兵吴志葵等守金山之战。《明史・沈犹龙传》：“闰六月，吴淞总兵官吴志葵自海入江，结水寨于泖湖，会总兵官黄蜚拥千艘自无锡至，与合，犹龙乃偕里人李待问、章简等募壮士数千人守城，与二将相犄角，而参将侯承祖守金山。八月，大清兵至，二将败于春申浦，城遂被围，未几破。”犹龙、待问、简等

皆死。

[5]“已闻”二句：右甄：军队的右翼。《晋书·周访传》：“使将军李恒督左甄，许朝督右甄。”左拒：军队的左翼。拒，通“矩”，方阵。《左传》：“郑子元请为左拒，以当蔡人、卫人。”这二句写南京城陷后昆山的战事。《明史·侯峒曾传附朱集璜》：“南京既亡，昆山议拒守，而县丞阎茂才已遣使迎降，县人共执杀茂才，以六月望推旧将王佐才为帅，集璜及周室瑜、陶琰、陈大任等共举兵，参将陈宏勋、前知县杨永言率壮士百人为助……大清兵至，宏勋率舟师迎战，败还。游击孙志尹战殁，城陷，惟永言遁去。”

[6]“旌旗”句：自注：《汉书·李陵传》：“于是尽取旌旗及珍宝埋地下。”意在表示与城池同存亡的决心。

[7]“梯冲”句：语出《后汉书·公孙瓒传》：“袁氏之攻，状若鬼神，梯冲舞吾楼上，鼓角鸣于地中。”诗中借指清兵攻城的情形。梯冲：云梯和冲车，古代攻城工具。

[8]长平败：长平：古城名，故址在今山西省高平市西北。公元前260年，秦将白起大破赵兵，坑战俘四十余万于此，史称“长平之败”。见《史记·赵世家》。诗中借指江阴、昆山、嘉定等地战败后，清兵屠戮百姓，制造血腥的江阴大屠杀、嘉定三屠等惨案事。

[9]“伏尸”句：清兵攻陷江南后，对江南人民进行了血腥的屠杀，仅嘉定一地，就接连于七月初四、二十六、二十七进行了三次大规模的屠杀，死难者数万。

[10]“北去”二句：《嘉定屠城纪略》：“妇女寝陋者，一见辄杀；大家闺秀及民家妇女有美色，皆生虏。白昼宣淫，不从者，钉其两手于板，仍逼淫之。嘉定风俗，雅重妇节，惨死无数，乱军中姓氏不闻矣！七月初六日，(李)成栋拘集民船，装载金帛子女及牛马羊豕等物三百余艘，往娄东。”按：当时清兵所到之处，掳掠汉族女子北去，故屈大均广州诗中也有“无多越女留炎徼，不断明妃去紫台”的描写。舸：船。

[11]“吴口”句：自注：《晋书·慕容超载记》：“使送吴口千人。”吴口：吴地的丁口。橐驼：骆驼。

[12]笳：古管乐器，相当于今日的军号。燕关：指燕地的关隘。燕，今河北省，周时为北燕旧地。

[13]“昔时”二句：自注：《战国策》：雍门司马谓齐王曰：“鄢郢之大夫不欲为秦，而在城南下者以百数。”鄢郢：战国时郑、楚二国的国都。鄢郢人：本指郑、楚亡于秦以后的遗臣。诗中指明遗民。

[14]“天狗”句：天狗：星名。《史记·天官记》：“天狗，状如大奔星，有声，其下止地，类狗。”天狗星现，旧时以为不祥的征兆。巫门：旧时苏州府城门。《苏州府志·城池》：“北曰齐门，曰巫门。”注引《吴地记》：“平门外东北三里，有殷贤臣巫咸坟，亦曰巫门。”这句和下一句，都是指灾难降临苏州一带。

[15]“白虹”句：语出庾信《哀江南赋》：“直虹贯垒，长星属地。”白虹：白色虹霓。旧时以为它的出现为不祥之兆。属：连接。

[16]壮哉县：语出《史记·陈平世家》：“高帝南过曲逆，上其城，望见其屋室甚大，曰：‘壮哉！县。吾行天下，独见洛阳与是耳。’”诗中指被毁前嘉定等县繁盛的景象。

[17]“归元”二句：写侯峒曾等死节事。《明史·侯峒曾传》：“七月三日，大雨，城隅崩，大清兵入……峒曾拜家庙，挈二子元演、元洁并沉于池。锡眉、用圆、元调、全昌、云蛟皆死之……其时聚众城守而死者，有江阴阎应元，昆山朱集璜之属。……大清兵力攻城，应元守甚固……城中死伤无算，犹固守。八月二十一日，大清兵从祥符寺后城入，众犹巷战。男妇投池井皆满。明遇、用皆举家自焚。应元赴水，被曳出，死之。训导冯厚敦冠带缢于明伦堂。里居中书舍人戚勋令妻及子女、子妇先缢，乃举火自焚，从死者二十人。”归元：死亡的代称。元：头。语出《左传》：“先轸……免胄入狄师，死焉，狄人归其元。”脰（dòu）：颈项。良家子：此处指一般的兵士。《史记·李将军列传》：“以良家子从军。”

[18]“楚人”二句：自注：“《左传·定公五年》：‘吴师居麇。子期将焚之。子西曰：父兄亲暴骨焉，不能收，又焚之，不可。子期曰：国亡矣，死者若有知也，可以歆旧祀，岂惮焚之？’”诗中借用此典，是寄希望于明朝复国，可以让这些死难者重享祭祀。麇（jūn）：春秋时国名。庶几：也许。歆（xīn）：飨。是说祭祀时神灵先享其气。歆旧祀：谓死者的亡灵能重享祭祀。

[19]“勾践”二句：用勾践卧薪尝胆于会稽山中为报仇雪耻事，表现诗人恢复明朝的决心。致死：献出生命。

[20]存亡：已亡之国使之存，即复国之意。

✤ 评析

此诗反映清兵南下时三屠嘉定及在江南各县大肆杀戮、虏掠妇女等滔天罪行，慷慨悲愤地歌颂了汉族人民英勇抗敌、誓复旧邦的正义行动。

作者在顺治二年嘉定沦陷后的九月，曾至嘉定，惨状得之目击与亲见闻，乃能成此真实性强的诗史。全诗风格坚苍，用典皆本经史，字字为血泪凝成，从肺腑流出，是天地间不可磨灭文字，作者安身立命所在。金天羽《与郑苏戡先生论诗书》谓亭林诗“其歌有思，其哭有怀，其拨乱反正之心，则犹《春秋》、《骚》、《雅》之遗意也”。此诗正可以代表。

白　下[1]

白下西风落叶侵，重来此地一登临[2]。
清笳皓月秋依垒[3]，野烧寒星夜出林[4]。
万古河山应有主，频年戈甲苦相寻[5]。
从教一掬新亭泪，江水平添十丈深[6]。

✣ 注释

[1] 白下：古县名。县城即东晋咸和三年(328)陶侃讨苏峻时所筑的白石垒(故址在今南京市北)。唐武德九年(626)筑城，改原来的金陵县为白下县。故后亦称南京为白下。

[2] “重来”句：顾炎武于顺治十四年丁酉(1657)，曾至南京。至顺治十七年庚子(1660)重来，已隔四年。

[3] 笳：军中乐器，汉时流行于西域一带少数民族间。此指清军中乐器。

[4] 野烧：野火。

[5] 频年：连年。戈甲：指战事。相寻：相继。

[6] “从教”二句：新亭：三国时吴筑，在今南京市东南。新亭泪：语出《世说新语》：“过江诸人，每至美日，辄相邀新亭，藉卉饮宴。周侯中坐而叹，曰：‘风景不殊，正自有山河之异。’皆相视流泪。唯王丞相愀然变色，曰：‘当共戮力王室，克复神州，何至作楚囚相对？’”后因以新亭对泣为悲叹亡国之语。这二句借用此典，极言伤痛之深。

✤ 评析

此诗于顺治十七年在南京时作，时值郑成功率水师攻南京失败以后。作者以无限沉痛之情，描绘了为清兵所攻占的南京的悲凉景象，抒写了亡国之恸。风格本杜甫，明七子无法达到此境界。

汾州祭吴炎潘柽章二节士[1]

露下空林百草残[2]，临风有恸奠椒兰[3]。
韭溪血化幽泉碧[4]，蒿里魂归白日寒[5]。
一代文章亡左马[6]，千秋仁义在吴潘[7]。
巫招虞殡俱零落[8]，欲访遗书远道难。

✤ 注释

[1] 汾州：府名，治所在山西蒲子城(今隰县东北)。吴炎：字赤溟，吴江人。潘柽章，字圣木，一字力田，吴江人。二人均为顾炎武好友。节士：坚持气节的人。顺治年间，湖州人庄廷鑨得到了明朝宰相朱国祯编写的《明史》中的《列朝诸臣传》的稿本，重加编纂，又请人增添明末天启、崇祯二朝的史实，其中对满洲贵族有所诋毁。廷鑨卒，其父为之刊刻。康熙二年癸卯(1663)，为归安知府吴子荣告发，清政府立刻将庄廷鑨开棺戮尸，株连所及，凡杀七十二人，发配者数百人，史称"《明史》文字狱案"。吴、潘二人也以列名参阅而遭杀害。这年作者正游山西汾州，闻讯后悲恸万分，遂设奠致祭，并写下了这首诗。

[2] "露下"句：作者自注："《楚辞·九辩》：'白露既下百草兮，奄离披此梧楸。'"

[3] 椒兰：香草名，借誉吴潘二节士。《荀子》："民之好我，芬若椒兰。"

[4] 韭溪：作者自注："二子所居。"按：韭溪，在今苏州，为二节士隐居之处，有草堂。血化幽泉碧：语出《庄子·外物篇》："苌弘死于蜀，藏其血，三年化而为碧。"后因常以碧血指忠臣义士之血。诗中借以颂吴、潘。

[5] 蒿里：古人称人死后魂魄聚居之处。《古今注》："《薤露》、《蒿里》俱丧歌。

出田横门人，谓人死魂魄归乎蒿里。”

[6] 左马：左丘明、司马迁。均为中国古代著名史学家。诗中借誉吴、潘。

[7] “千秋”句：作者自注：“《宋书·孝义传》：‘王韶之《赠潘综吴逵》诗：仁义伊在，惟吴惟潘，心积纯孝，事著艰难。投死如归，淑问若兰。’”这里以潘、吴巧指吴炎、潘柽章。

[8] 巫招虞殡：指送葬歌。《楚辞·招魂》：“帝告巫阳曰：有人在下，我欲辅之，魂魄离散，汝筮予之。”《左传·哀公十一年》：“公孙夏命其徒歌《虞殡》。”杜预注：“《虞殡》，送葬歌曲。”

✤ 评析

招烈士之魂，字字血泪。五、六句用王韶之诗语，极为精切。然非亭林之博学，岂能妙手偶得。于此可见“诗有别裁，非关书也”之说的片面。

雨中至华下宿王山史家[1]

重寻荒径一冲泥[2]，谷口墙东路不迷[3]。
万里河山人落落[4]，三秦兵甲雨凄凄[5]。
松阴旧翠长浮院，菊芯初黄欲照畦[6]。
自笑漂萍垂老客[7]，独骑羸马上关西[8]。

✤ 注释

[1] 华下：指华山下。王山史：王弘撰，字山史，号复庵，陕西华阴人。明亡后，高隐不仕。炎武晚年，远游四方，致力于寻找反清根据地，结交反清志士和地理的研究。至华阴，与山史结交。王氏《山志》云：“丁巳秋九月初三日，亭林入关，止于予家，将同作买山之计。”又《频阳札记》：“顾亭林先生入关，止于予明善堂。”按：丁巳为康熙十六年。

[2] 重寻：康熙二年癸卯，炎武游西岳华山，过访王弘撰于华阴。丁巳之行，为第二次，故曰重寻。

[3] 谷口:《扬子法言·问神篇》:“谷口郑子真,不诎其志,而耕乎岩石之下,名震于京师。”《元和郡县志》:“汉谷口县在九嵕山东,仲山西,当泾水出山之处,故谓之谷口。”墙东:《后汉书·逸民传》:“初,逢萌与平原王君公相友善。君公遭乱独不去,侩牛自隐。时人为之语曰:避世墙东王君公。”谷口、墙东均借指王山史隐居处。

[4] “万里”句:谓经过明末清初的长期战乱,明代的有气节的人已所剩无几。落落:零落貌。

[5] 三秦:秦亡后,项羽三分关中,合称三秦,即今陕西省地。三秦兵甲:康熙十三年甲寅,清将平凉提督王辅臣于宁羌响应吴三桂起兵反清。次年,占领陕、甘多城。后兵败于邠州、泾州、临洮等处,又失秦州、延安等地。十五年丙辰,清廷命图海节制军马击王辅臣。四月,辅臣攻通渭,又失。六月,辅臣降清。三秦兵甲,指此兵事。

[6] “松阴”二句:作者《复庵记》:“太华之山,悬崖之巅,有松可荫,有地可蔬,有泉可汲。”畦:田陇,长条田块。

[7] “自笑”二句:漂萍:飘忽无定的浮萍。杜甫《赠翰林张四学士》:“垂老独漂萍。”

[8] 羸(léi)马:瘦马。关西:指函谷关以西之地。华阴在关西,故云。

✤ **评析**

这首诗是康熙十六年丁巳九月作者客陕西王弘撰家时所作。在十四年前已来访过王弘撰一次。这次久别又来,说明了二人交谊之深。“冲泥”点明雨中。“谷口”句说旧隐之处,重来并不迷途。三、四句对当时当地同志之士的零落,兵祸的连结,作了悲慨的反映,凄切的渲染,仍扣住“雨”字。五、六句落到弘撰家中宜人的秋景,于前两句转换一境界。最后以自己的独骑瘦马前来作结,垂老漂萍,原是不愉快的事,而出以“自笑”,气氛便不至阴郁,老翁独个地骑马上关西,形象是何等轩昂,这里分明蕴藏着爱国诗人“烈士暮年,壮心未已”的复国雄图在内。炎武七律,以坚苍沈郁取胜,这首风格,悲壮磅礴中交错着疏荡清新之笔,又别具一格。

宋　琬

宋琬(1614—1673),字玉叔,号荔裳,别署二乡亭主人。山东莱阳人。顺治四年丁亥(1647)进士,官至四川按察使。有《安雅堂集》。其诗多感时伤世之作,含悲愤激宕之意。王士禛将他和施闰章并称为“南施北宋”。邓之诚曰:“琬才名早著,顾一官累踬。顺治七年、康熙元年两为人诬告,系狱困顿。十年再起蜀臬,三藩变作,遂以入觐卒于京师。一生遭遇,丰少屯多,故其诗多愁苦之音。世以与愚山并称,然才气充沛,似过于施。”

同欧阳令饮凤凰山下[1]（选一）

茅茨深处隔烟霞[2],鸡犬寥寥有数家。
寄语武陵仙吏道:莫将征税及桃花[3]。

✤ 注释

[1] 凤凰山:在浙江省杭州市东南,北近西湖,南接钱塘江滨,形若飞凤,故名。

[2] 茅茨:茅屋。

[3] 武陵:陶潜《桃花源记》所说的桃花源,在湖南武陵(今常德),故借以指世外桃源。

✤ 评析

此诗为作者任浙江按察使时作,上二句描绘所见景色,凄清零落,后二句即景抒怀,反映了清初统治者对人民的剥削无所不为,即使是世外桃源,也不可免,表达了作者对人民疾苦的深切关注。本书选此一主题之七绝,除这一篇外,还有倪瑞璿、陈三立两家之作,用意虽同,而构思用意有异,可以互参。

舟中见猎犬有感

秋水芦花一片明,难同鹰隼共功名[1]。
樯边饭饱垂头睡[2],也似英雄髀肉生[3]。

✤ 注释

[1] 隼:鹰类之最小者。共功名:谓在舟中,猎犬难与鹰隼同建功名。

[2] 樯:桅杆。

[3] 髀肉生:《三国志·蜀志·先主传》裴松之注引《九州春秋》:"备住荆州数年,尝于(刘)表坐起如厕,见髀里肉生,慨然流涕。还坐,表怪问备。备曰:'吾常身不离鞍,髀肉皆消。今不复骑,髀里肉生,日月若驰,老将至矣,而功业不建,是以悲耳。'"

✤ 评析

此诗触物感怀,借舟中猎犬形象,抒发怀才不遇,英雄生不逢时,光阴流逝的感慨。实为自指。"也似"二字透露主题中心在本人。短短二十八字,跌宕骯髒,代表宋琬诗风格。

龚鼎孳

龚鼎孳(1615—1673),字孝升,号芝麓,江南合肥(今属安徽)人。崇祯元年戊辰(1628)进士,官兵科给事中。入清,官至礼部尚书。其与钱谦益、吴伟业有“江左三大家”之称,但成就不及钱、吴。有《定山堂集》。

上巳将过金陵[1](四首选一)

倚槛春愁玉树飘[2],空江铁锁野烟消[3]。
兴怀何限兰亭感[4],流水青山送六朝[5]。

✤ 注 释

[1] 上巳:古代以阴历三月上旬的一个巳日,为“上巳”,旧俗以此日在水边洗濯污垢,祭祀祖先,称“修禊”。魏晋后,把上巳节固定为三月初三,此后便成了水边饮宴、郊外游春的节日。

[2] 玉树:指《玉树后庭花》歌曲,六朝时陈后主在金陵时迷于声色,作《玉树后庭花》曲,不理朝政,终于导致亡国。

[3] “空江”句:晋伐吴,派王濬率水师沿江东下。吴于长江险要处装上铁锁阻拦。王濬造大筏,用火炬烧毁了铁锁,战船直抵石头城下,吴灭。这里指清兵渡江,福王朝覆亡事。

[4] 兴怀:心中引起感触。王羲之《兰亭集序》:“犹不能不以之兴怀。”何限:无限。兰亭:在浙江省绍兴市西南。晋室南渡以后三十六年,东晋永和九年(353)上巳日,王羲之与好友孙绰等四十一人,于此修祓禊之礼,挥毫作序。诗中所说的兰

亭之感，指由此而引起的亡国之恨。

[5]“流水”句：谓南方的大好河山千古长在，但六代王朝而今都一去不复返了。六朝：南京为吴、东晋、宋、齐、梁、陈六朝建都之地。

✤ 评析

此诗记上巳日过金陵所感，上二句及末句写金陵事，第三句借兰亭之事抒怀。末七字名句流传一时。

尤 侗

尤侗(1617—1704),字同人,号西堂,江南长洲(今苏州)人。康熙十八年己未(1679)举博学鸿词,授检讨。有《西堂全集》。诗以才华取胜,也有反映时事的作品。

煮粥行[1]

去年散米数千人,今年煮粥才数百。
去年领米有完衣,今年啜粥见皮骨[2]。
去年人壮今年老,去年人众今年少。
爷娘饿死葬荒郊,妻儿卖去辽阳道[3]。
小人原有数亩田[4],前年尽被豪强圈[5]。
身与庄头为客作[6],里长尚索人丁钱[7]。
庄头水涝家亦苦,驱逐佣工出门户。
今朝有粥且充饥,那得年年靠官府!
商量欲向异方投[8],携男抱女充车牛[9]。
纵然跋步经千里[10],恐是逃人不肯收。

✤ 注释

[1] 此诗作于顺治十一年甲午(1654),作者任永平推官时。时永平(今河北卢龙)大饥,作者与知府罗廷玑赈粥以济。

[2] 啜(chuò)：饮，喝。

[3] 辽阳道：道：清代行政区划名，分一省为数道，以布政司领之。辽阳道，今辽宁省辽阳一带，清设辽阳府。

[4] 小人：这里用作地位低下者的谦称。

[5] "前年"句：清兵入关后，满族贵族强占土地，圈以标志，称为"圈地"。顺治元年(1644)十二月，清政府颁布圈地令，使强占农民土地合法化。凡圈地所到之处，主人即被赶走，房屋财产全被抢走，迫使汉族人民大批地逃亡转徙。

[6] 庄头：指地主所设田庄的管理人。详见下注。客作：雇工。

[7] 人丁钱：人口税。圈地以后，满族贵族统治者用威逼、恐吓等手段，强迫失去土地的汉族农民投入满族势要门下，为其耕地和供其役使。为便于统治，将他们按庄编制，每十名"壮丁"为一庄，选一人为庄头，领地七百二十亩至七百八十亩，强迫他们进行生产，并按人口缴纳赋税和田租。

[8] 异方：他乡。

[9] 充车牛：坐满了车牛，说明儿女之多。

[10] 跋步：徒步。

✤ 评析

此诗记永平灾民在天灾人祸中悲惨的境遇，揭露了清初满洲贵族圈地给人民造成的灾难。用"去年"和"今年"的对比，透进一层表明灾情一年比一年深重。豪强、里长，一群群吃人的虎狼；庄头也被迫驱逐佣工。在无衣无食困境下，灾民要靠官府煮粥赈济，难望年年如此；欲流亡远方，人口众多，又怕无地可容。总的是走投无路。作者以地方官吏的身份，绘下这种血泪斑斑的画面，增加了作品的感人力量。后面选入的黄任《赈粥行》，所写背境不同，而同为地方官吏目击灾情，亲身赈济的事实，可以参阅。

吴嘉纪

吴嘉纪（1618—1684），字宾贤，一字野人，江南泰州（今属江苏）人。隐居家乡，生活贫困。有《陋轩诗集》。作品表现了他的民族感情，也有不少篇章反映了人民的疾苦和自己的艰难遭遇。风格苍劲，以白描擅长。沈德潜称其诗“以性情胜，不须典实而胸无渣滓，故语语真朴，而越见空灵”。潘德舆称其诗“字字入人心脾，殆天地元气所结……以为陶、杜之真衣钵”。近人胡先骕以吴嘉纪与郑珍并举，称为清代二大诗人。

哀羊裘为孙八赋[1]

孙八壮年已白头，十年歌哭古扬州。囊底黄金散已尽，笥中存一羔羊裘[2]。晨起雪渚渚[3]，取裘覆儿女；亭午号朔风[4]，儿持衣而翁[5]。风声雪片夜满牖，殷勤自解护阿妇。裘之温暖诚足珍，不得众身为一身。吁嗟乎，长安天子非故人[6]，羊裘冷落对邗水[7]。他年姓字齐严光[8]，今日饥寒累妻子。

✤ 注释

[1] 孙八：孙枝蔚，字叔发，号豹人，世居西安三原之王店。父振生，岁贡生。早岁随父客居扬州。后归里，应试为诸生。明亡，携全家至扬州，好客喜交游，家产日尽，遂卖其旧居，移居董子祠旁，名居室曰“溉堂”。有诗名。作者与孙时相往来。

[2] 笥(sì)：盛物的方形竹器。

[3] 渚渚：雪盛貌。

[4] 亭午：中午。

[5] 衣：用作动词。衣而翁：以衣给其父穿。而翁：父亲。

[6] 故人：旧交。

[7] 邗水：即邗沟。古运河的一段。

[8] 严光：字子陵，东汉初余姚(今属浙江)人。曾与东汉光武帝刘秀同学。后刘秀即位，请严光至洛阳，授谏议大夫。严光不受，辞归，披羊裘钓于富春江上。

✤ 评析

孙豹人为明末诸生，清初诗人。其父振生客扬州时有园居，豹人后来客扬州时，好宾客，日有四方之士慕名而来，鸡黍作供，旧业日落，便把其父所遗旧园变卖，僦屋以居。作者与豹人交往，写这首诗时，豹人已居贫，但还是遗民身份，其出应博学宏词试，官清廷内阁中书舍人，那是后话了。此诗强调其贫困到囊无一金，只剩下一领羔羊裘的处境，风雪中，父子夫妇交替穿着以御寒，感叹一裘无以暖全家。后四句，同情其高节。短幅集中在羊裘上发挥，紧扣题目。

一钱行赠林茂之[1]

先生春秋八十五[2]，芒鞋重踏扬州路[3]。
故交但有丘茔存[4]，白杨催尽留枯根。
昔游倏过五十载，江山宛然人代改[5]。
满地干戈杜老贫[6]，囊底徒余一钱在。
桃花李花三月天，同君扶杖上渔船。
杯深颜热城市远，却展空囊碧水前。
酒人一见皆垂泪，乃是先朝万历钱。

✤ 注释

[1] 林茂之(1580—1666)：林古度，字茂之，福建福清人。明亡后居金陵。他曾将一枚明万历年钱币缝在衣带间。康熙三年甲辰(1664)，茂之至广陵，诗人汪楫以《一钱行》诗赠之，嘉纪亦为茂之之事所感动，写下了这首诗。

[2] 春秋：指年岁。

[3] 芒鞋：草鞋。重踏扬州路：犹重访扬州。

[4] 故交：旧友。丘茔：坟墓。

[5] 人代：朝代。

[6] 杜老：杜甫。这里借以誉称林茂之。林茂之晚年贫甚，暑无蚊帐，冬夜卧破棉絮中。见邓之诚《清诗纪事初编》。

✤ 评析

此诗是康熙三年甲辰(1664)林古度与作者同客扬州时所作。林古度是清初坚持民族气节的遗民。全诗通过老与贫的描写，突出了沧桑易代的悲痛，而以囊底只有一万历钱这一特殊事实来表现。据王应奎《柳南随笔》记载："侯官林茂之有一万历钱，系臂五十余载，以己为万历时所生也。泰州吴野人为赋《一钱行》以赠之。"汪楫亦有同题七古一首，诗有序云："甲辰春，林茂之先生来广陵，余赠以诗，有'沽酒都非万历钱'之句，先生瞠目大呼曰：'异哉！子知我有一万历钱在乎?'舒左臂相视，肉好温润，含光慑人。盖先生之感深矣！更为赋《一钱行》。"这一动人的故实，足为诗家"纪事"书增添光采。

李家娘

乙酉夏[1]，兵陷郡城[2]，李氏妇被掠，掠者百计求近[3]，不屈。越七日，夜闻其夫殁，妇哀号撞壁，颅碎脑出而死。时掠者他出，归乃怒裂妇尸，剖腹取心肺示人，见者莫不惊悼，咸称李家娘云。

城中山白死人骨[4]，城外水赤死人血。杀人一百四十万，新城旧城内有几人活？一解[5]

妻方对镜，夫已堕首；腥刀入鞘[6]，红颜随走。西家女，东家妇，如花李家娘，亦落强梁手[7]。二解

手牵拽语，兜离笳吹[8]。团团日低，归拥曼睩蛾眉[9]。独有李家娘，不入穹庐栖[10]。三解

岂无利刃，断人肌肤，转嗔为悦，心念彼姝[11]，彼姝孔多[12]，容貌不如他。四解[13]

岂是贪生，夫子昨分散，未知存与亡[14]。女伴何好，发泽衣香，甘言来劝李家娘。五解

李家娘，肠崩摧，篷挞磨灭，珠玉成灰。愁思结衣带，千结百结解不开。六解

李家娘，坐军中，夜深起望，不见故夫子，唯闻战马嘶悲风；又见邗沟月[15]，清辉漾漾明心胸。七解

令下止杀残人生，寨外人来，殊似舅声。云我故夫子，身没乱刀兵。恸仆厚地，哀号苍旻[16]！八解

夫既殁，妻复何求？脑髓与壁，心肺与雠。不嫌剖腹截头，俾观者觳觫似羊牛[17]。九解

若羊若牛何人？东家妇，西家女。来日撤营北去，驰驱辛苦。鸿鹄飞上天，毚兔不离土[18]。乡园回忆李家娘，明驼背上泪如雨[19]！十解

✤ 注释

[1] 乙酉：清顺治二年（1645）。

[2] 兵陷郡城：指清兵攻陷扬州。时清兵南下，连续在扬州、嘉定、江阴等地进行了血腥大屠杀，制造了骇人听闻的“扬州十日”、“嘉定三屠”等大惨案。

[3] “掠者”句：谓劫掠李家娘的清兵千方百计想侮辱她。

[4] 山白：谓白骨堆积如山。

[5] 解：古乐府的段落。一解：犹一段。

[6] 鞘：刀剑套子。腥刀：杀人刀。

[7] 强梁：凶暴强横的人。

[8] 兜离：古代西部少数民族乐曲名。这里是借用，指清兵吹唱的乐曲。

[9] 曼睩(lù)：眼珠转动。《楚辞·招魂》：“蛾眉曼睩，目腾光些。”后因以指称美女。

[10] 穹庐：古代游牧民族居住的毡帐。这里指清兵的军营。

[11] 姝(shū)：美丽，美貌。

[12] 孔：甚。

[13] 四解系用掠者的口气写。

[14] “岂是”三句：用李家娘的口气写。夫子：旧时妻子对丈夫的称呼。

[15] 邗(hán)沟：古运河自扬州至淮安入淮的一段。

[16] 苍旻：苍天。旻(mín)：天。

[17] 俾：使，让。觳觫(hú sù)：恐惧颤抖貌。

[18] 毚(chán)兔：狡兔。

[19] “乡园”二句：乡园：指乡里。这两句指被清兵掳去北上的妇女，即上文若羊若牛的东家妇、西家女。用以衬托李家娘的坚贞不屈。

✤ **评析**

此诗编在《陋轩诗》卷十康熙十九年庚申(1680)以后所作之中，距离故事发生的顺治二年乙酉(1645)，相隔已三十五年。是补写旧闻之作。全诗凡十解。记载清兵南下血洗扬州时汉族妇女的悲惨遭遇，赞扬了李家娘坚贞不屈的精神，揭露了清统治者残杀汉族人民的罪恶。一解屹如山立的四句，写死人的骨，堆积得如白山之高；死人的血，浸染得河水通红；杀人多到一百四十万，作者以春秋之笔，声讨了清兵南下造成扬州十日惨剧的滔天罪行。二解写汉族人民，男的被杀，女的被虏，落到主角李家娘。三解写李家娘不肯屈辱于清兵。四解写清兵对李家娘的不良意图。五解写贪生怕死的女伴来以甘言劝诱。六解写李家娘的愁思百结。七解写李家娘对故夫及故国的怀念。八解写李家娘听到丈夫被害的消息而断肠。九解写李家娘自杀全节的壮烈,用“俾观者觳觫似羊牛”作有力的衬托。十解写被虏妇女北行的悲痛,以回忆乡关,扣住李家娘作对比结束。全诗运用三言、四言、五言、六言、七言、八言、九言等长短错落的句式,构成泪点如“大珠小珠落玉盘”,怒气如火山喷发,“赫赫上照穷崖垠”的境界。遗民诗中,如此光芒辐射的巨制,得未曾有。

打鲥鱼(二首)

打鲥鱼,供上用[1]。
船头密网犹未下,官长已鞴驿马送[2]。
樱桃入市笋味好,今岁鲥鱼偏不早。
观者倏忽颜色欢[3],玉鳞跃出江中澜。
天边举匕久相迟[4],冰填箬护付飞骑[5]。
君不见金台铁瓮路三千[6],却限时辰二十二[7]。

打鲥鱼,暮不休。
前鱼已去后鱼稀,搔白官人旧黑头[8]。
贩夫何曾得偷买,胥徒两岸争相待[9]。
人马销残日无算[10],百计但求鲜味在。
民力谁知夜益穷[11]!驿亭灯火接重重[12]。
山头食藿杖藜叟[13],愁看燕吴一烛龙[14]。

✣ 注释

[1] 上:指皇帝。

[2] 鞴(bèi)：装备车马。驿马：驿站供应的马，供传递公文的人或来往官员使用。

[3] 倏忽：忽然。

[4] 天边：远处，这里指京城。匕：食器，状如匙。久相迟：等了很久。

[5] 冰填箬护：用冰块和箬叶包裹填塞。

[6] 金台：黄金台，在今北京市大兴区东南十六里，相传燕昭王置千金于台上，以延天下士，故名。诗中指北京。铁瓮：即江苏镇江。《嘉庆丹徒县志》："郡有子城，周六百三十步，即三国吴所筑，内外皆甃以甓，号铁瓮城。"

[7] 时辰二十二：中国古代以地支十二记每日之时，一昼夜凡十二时辰。二十二时辰，相当四十四小时，不足两天。

[8] 官人：官员。

[9] 胥徒：官府衙役。

[10] 销残：损耗。日：指时间。无算：不可胜数。

[11] 民力：这里指人的精力。

[12] 驿亭：古代供行旅途中歇宿的处所。

[13] 食藿杖藜叟：生活贫困的老人。藿：豆叶。杖藜：手拄藜杖。

[14] 燕吴：从燕地(指北京)到吴地(江南)。烛龙：神话中蛇身面赤的神人(见《山海经》)。这里形容灯火组成的长龙。

✣ 评析

此诗作于康熙二十二年癸亥(1683)前。据文廷式《纯常子枝语》卷二十六载："康熙二十二年，山东按察使参议张能麟奏请免贡鲥鱼云：'蒙阴、沂水等处，挑选健马，准备飞递，伏思一鲥之味，无关轻重，天厨滋味万品，何取一鱼？窃计鲥鱼产于江南扬子江，达于京师，计程二千五百余里，进贡之员，每三十里一塘，竖立旗竿，日则悬旌，夜则悬灯，计备马三千余匹，役夫数千人'云云，奏入，奉旨永免进供。此疏与陋轩诗，恰可互证。"此诗即叙写渔民为进贡而打鲥鱼的情景，对清皇室的穷奢极欲，官吏的巴结媚上作了有力的揭露和鞭挞。

卖书祀母

母没悲今日，儿贫过昔时[1]。
人间无乐岁，地下共长饥。
白水当花荐[2]，黄粱对雨炊[3]。
莫言书寡效[4]，今已慰哀思！

✤ 注释

[1] 过昔时：超过以往的日子。
[2] 白水：清水。诗中语意双关，寄诗人品节清白以纪念母亲之意。荐：献。
[3] 黄粱：粟米。
[4] 寡效：少有用处。

✤ 评析

此诗记述诗人于母亡以后，不得已以卖书所得之钱来祭祀亡母，反映了诗人穷困潦倒的生活境况和他对母亲的深切思念。语语真切，入人肺腑。

九日寄徐式家[1]

清波晃荡荻花齐，徙倚衡门独杖藜[2]。
家在水中霜降早，船行林半鹭飞低。
凶年酒贵乡人醒，返照村空寡妇啼[3]。
浦溆黄昏君不见[4]，凉风衰柳思凄凄[5]。

✤ 注释

[1] 徐式家：作者友人，歙西傅溪（今属安徽）人。

[2] 徙倚：站立。衡门：横木为门，指简陋的房屋。《诗经·陈风·衡门》："衡门之下，可以栖迟。"

[3] 返照：夕照。

[4] 浦溆（xù）：水边。

[5] 凄凄：凄怆，悲伤。

✤ 评析

此诗描绘了明末清初战乱造成的萧条冷落的景象，抒写了朋友间的深厚情谊。诗语朴素，陋轩本色。

内人生日[1]

潦倒邱园二十秋[2]，亲炊葵藿慰余愁[3]。
绝无暇日临青镜[4]，频过凶年到白头。
海气荒凉门有燕，溪光摇荡屋如舟。
不能沽酒持相祝，依旧归来向尔谋。

✤ 注释

[1] 内人：妻子的谦称。

[2] 潦倒：衰病、失意。邱园：家乡。

[3] 亲炊：指妻子亲自作炊。葵藿：冬葵和豆叶，均可食用。

[4] 青镜：青铜镜。

✤ 评析

这首诗为纪念作者妻王睿的生日而作。王睿，字智长，江苏泰兴人，能诗词。有《随轩集》。按照常情，作者写王氏的生日诗，大可写其闺中唱和之乐。然而这诗却不是这样写，写的是贫贱夫妇共艰苦、相慰藉的苦中之乐。元稹《遣悲怀》："贫贱夫妻百事哀。"那是悼亡诗的语言。这首是生日诗，写的是"贫贱夫妻百事难"。开头从自己的长期失意沉沦写起，烦得妻子要亲自从事煮菜劳动，然而妻子不是埋怨，而相反地来安慰自己，为自己解愁，伉俪之情的深厚，便可想见。自己潦倒，那么妻子过的是怎样日子呢？三、四两句作了解答，暇日竟是绝无，凶年则是频过，这不是诗人下笔的强调，而是现实生活的如实反映。五、六两句更把泰州乡下濒海地区的荒凉景物描绘一下，增强邱园的冷落气氛。最后归结到生日祝妻，祝妻却仍然要向妻子商量沽酒问题，作者手边连酒钱也没有的窘况，写来逼肖，却不落寒酸态，而有风趣，这才是生日诗。沈德潜《清诗别裁集》评云："三、四写清贫之况，五、六状濒海之景，末点化熟语，脱口生新。庄子所谓有道妻子皆得佚乐，可以想其高风焉。"

玉钩斜[1]

莫叹他乡死，君王也不归。
年年野棠树，花在路旁飞。

✤ 注释

[1] 玉钩斜：地名，在今扬州。传为隋代葬宫人处。

✤ 评析

吴陋轩虽是明遗民，但其所痛恨者，为清军对汉族人民的屠杀。对明王朝不甚怀恋。此诗借吊古以伤南明福王朝之亡，只是轻轻着笔。

施闰章

施闰章(1618—1683),字尚白,号愚山、蠖斋,晚号矩斋,安徽宣城人。顺治六年己丑(1649)进士,康熙十八年己未(1679)召试博学鸿词,官至翰林院侍读。有《施愚山先生学余诗集》、《别集》、《遗集》等。与宋琬齐名,号“南施北宋”。二人又与王士禛、朱彝尊、赵执信、查慎行,并称“清初六家”,均为继钱谦益、吴伟业以后,主盟清初诗坛的人物。其诗远承其乡人宋代梅尧臣的传统而又有变化,风格高雅淡素。论诗主张言之有物,反对虚华空泛,作诗须有学力,注重修养。他的不少作品,对清初社会的黑暗,人民的苦难,有真实的反映。王士禛称其五言诗“有风人之旨,其章法之妙,如天衣无缝”。并为作摘句圈,载于《池北偶谈》。

浮萍兔丝篇

李将军言[1]:部曲尝掠人妻[2],既数年,携之南征。值其故夫[3],一见恸绝。问其夫,已纳新妇,则兵之故妻也。四人皆大哭,各反其妻而去[4]。予为作《浮萍兔丝篇》。

浮萍寄洪波,飘飘东复西。
兔丝罥乔柯[5],袅袅复离披[6]。
兔丝断有日,浮萍合有时。

浮萍语兔丝：离合安可知？
健儿东南征，马上倾城姿[7]。
轻罗作障面，顾盼生光仪。
故夫从旁窥，拭目惊且疑[8]。
长跪问健儿：毋乃贱子妻[9]？
贱子分已断[10]，买妇商山陲[11]。
但愿一相见，永诀从此辞[12]。
相见肝肠绝，健儿心乍悲。
自言亦有妇，商山生别离。
我戍十余载，不知从阿谁[13]。
尔妇既我乡，便可会路岐。
宁知商山妇，复向健儿啼：
本执君箕帚[14]，弃我忽如遗。
黄雀从乌飞，比翼长参差。
雄飞占新巢，雌伏思旧枝。
两雄相顾诧，各自还其雌。
雌雄一时合，双泪沾裳衣。

✤ 注释

[1] 李将军：未详。

[2] 部曲：军队或士兵的代称。

[3] 值：适遇、碰上。

[4] 反：同"返"。

[5] 兔丝：植物名，一年生缠绕寄生草本。古代诗文中常用以喻女子忠贞不渝的爱情。罥(juàn)：挂结。乔柯：高枝。

[6] 离披：四面散开。

[7] 倾城：见《清凉山赞佛诗》注[77]。

[8] 拭目：由于看到了意想不到的事而揩眼察看。

[9] 贱子：男子自谦之词。

[10] 分：情分，缘分。

[11] 商山：地名。当指今山东省桓台东南的商山。作者曾提学山东。

[12] 永诀：永别。

[13] 阿谁：谁。阿，词头，常用在名词、代词前，无义。

[14] 执箕帚：语出《国语》："勾践请盟，一介嫡女，执箕帚以晐姓于王宫；一介嫡男，奉槃匜以随诸御。"后因以箕帚为妻子的代称，执箕帚，犹作妻子。

✤ 评析

此诗通过二对夫妻的遭遇，反映了清初的战乱给人民造成的苦难。其事新奇，诗则以古法状新事，不落明七子摹古窠臼。沈德潜评云："状古来未有情事，以比兴体出之，作汉人乐府读可也。无书无笔人不敢道一言。"

过湖北山家[1]

路回临石岸，树老出墙根。
野水合诸涧，桃花成一村。
呼鸡过篱栅，行酒尽儿孙[2]。
老矣吾将隐，前峰恰对门。

✤ 注释

[1] 湖：指江苏南京市高淳区境内之高淳湖。

[2] 行酒：依次斟酒。

✤ 评析

这首诗是施闰章五律中最有名的一篇。首二句写过山家，“临石岸”是山家在岸边，“树老出墙根”是山家门侧景色。三、四句是名句，写门外远景，如入桃花源，两句中间一字，平仄都拗，句子显得清挺。五、六句写山家生活和招待客人。结尾归宿到想买山为邻，“前峰”暗承第三句，自然入妙而不费力。施闰章以五律高手著称，清末张裕钊选施氏五律、姚鼐七律、郑珍古诗为三家诗，可谓具眼。沈德潜《清诗别裁集》评此诗谓：“‘野水’十字，(赵)令穰、(蔡)松年亦不能画，唐人‘时有落花至，远随流水香’，同一自然。”

燕子矶[1]

绝壁寒云外，孤亭落照间[2]。
六朝流水急[3]，终古白鸥闲[4]。
树暗江城雨[5]，天青吴楚山[6]。
矶头谁把钓？向夕未知还[7]。

✤ 注释

[1] 燕子矶：在南京市北郊观音门外，濒临长江，三面凌空，形似燕子展翅欲飞，故名。

[2] 孤亭：指燕子矶观音阁。落照：落日。

[3] 六朝：见龚鼎孳《上巳将过金陵》注[5]。

[4] 终古：自古以来。白鸥闲：以鸥鸟的悠闲自得暗衬世事的多变。

[5] 江城：指南京。

[6] 吴楚：泛指长江中下游。春秋战国时，这一带是吴楚之地。

[7] 向夕：傍晚。

✣ 评析

此诗描绘燕子矶空阔寂寥的江景，弥为出色。三、四两句的感慨，尤极自在。

舟中立秋

垂老畏闻秋，年光逐水流[1]。
阴云沉岸草，急雨乱滩舟。
时事诗书拙[2]，军储岭海愁[3]。
洊饥今有岁[4]，倚棹望西畴[5]。

✣ 注释

[1] 年光：时光，岁月。
[2] “时事”句：谓由于死读诗书，因而拙于应付时事。
[3] 军储：军队的储粮。岭海：指两广。因地处五岭以南，临近南海而名。
[4] 洊(jiàn)饥：连续多年的饥荒。有岁：好年成。
[5] 棹：船桨，借指船。西畴：指西边的田野。

✣ 评析

此诗记立秋日舟中所见所感。连年的饥荒，垂老的身世，眼前荒凉的江景，融于一体，寄托了诗人无限的感痛，真实地透露了清初社会的黑暗。

泊樵舍[1]

涨减水愈急[2]，秋阴未夕昏[3]。
乱山成野戍[4]，黄叶自江村。
带雨疏星见，回风绝岸喧[5]。
经过多战舰，茅屋几家存？

✤ 注释

[1] 樵舍：樵夫家。

[2] 涨减：指上涨的洪水已退。

[3] 未夕昏：不到傍晚天已昏暗。

[4] 野戍：军队野外的驻扎地。

[5] “回风”句：谓回旋的大风在江岸绝壁间呼啸。

✤ 评析

此诗记旅途所见，于荒芜寂寥的景物描写中，反映了清初战乱和连年饥荒给人民造成的苦难。诗骨坚苍，真五言长城。

至南旺[1]

客倦南来路，河分向北流。
明朝望乡泪，流不到江头。

✤ 注释

[1] 南旺：湖名。在山东省汶上县西南。汶水西南流注于此，分为南北二流，为运河的分水口。

✤ 评析

沈德潜评此诗谓：“过南旺分水，水俱向北，泪滴水中，不复到江也。宛如唐人声口。”

毛奇龄

毛奇龄（1623—1713），原名甡，字大可，号西河，浙江萧山人。廪监生，康熙十八年己未（1679）召试博学鸿词，官翰林院检讨。治经史及音韵学，能散文诗词，通音律，并从事诗词的理论批评。有《西河集》。

打虎儿行

禹州民朱儿[1]，救父打虎，史使君廷桂奖劳之[2]，予识之禹署。

打虎儿，乃在汴梁之禹州[3]，禹州城外朱家楼。
小儿十一随父耕，深林有虎斑毛成。
飂飂黑风吹草根[4]，乘风攫人谁敢撄[5]？
小儿不识虎，疑是狐与狸。
见虎衔父肢，咆哮草际风来吹。
儿啼向风不得父，把杙打虎截虎路[6]。
三尺童子五尺杙，凭空击去着虎臆[7]。
虎惊顾儿舍父逸，深林风草皆无色。
禹州太守呼小儿，予之以帛饱以糜。
予时在署识儿面，披发跳掷真儿嬉。
问儿打虎虎何似？举手张牙作虎势。
假虎隐幔恐小儿，小儿惊避力不支。

当时见虎得无怖，此事我亦昧其故[8]。
禹州太守省得知[9]，是时小儿知有父。
男儿七尺纵复横[10]，争名攫利万里行。
高堂存没总不问[11]，那肯舍命恋所生。
我所思，打虎儿。

✤ 注释

[1] 禹州：州名，治所在今河南省禹州。

[2] 使君：旧时对州郡长官的尊称。史廷桂：生平未详。

[3] 汴梁：路名，治所在今河南省开封市。

[4] 飀飀(liú liú)：风声。

[5] 攖(yīng)：迫近，触犯。

[6] 杙(yì)：一头尖的短木棍。

[7] 臆：胸。

[8] 昧：不明白。

[9] 省：省悟，明白。

[10] 纵复横：纵横，谓肆行无忌。这里即指下句所说。

[11] 高堂：父母。

✤ 评析

此诗生动地描写了十一岁儿童救父打虎的事迹。沈德潜评此诗谓“正说小儿之忘身救父，易于平直，得假虎隐慢恐小儿一衬，则小儿之至性愈出。见此时小儿知有父，不知有虎也……《西河集》中尤为拔萃之作”。

汪琬

汪琬(1624—1690),字苕文,号尧峰,又号钝翁,江南长洲(今江苏苏州)人。顺治十二年乙未(1655)进士,康熙十八年己未(1679)举博学鸿词,授编修。有《钝翁类稿》。平生善骂,特别诋斥钱谦益诗文,与虞山派对立。其诗学宋人范成大,时有秀语,也多轻率之作。

官军行

乱飞沙禽吠村狗[1],官军夜逾谷城口[2]。
大船小船争避行,长年吞声复摇手[3]。
锦袍绣箙月中明[4],牛肉粗肥挏乳清[5]。
胡琴㧐遍伊凉曲[6],尽是冰车铁马声[7]。

✤ 注释

[1] 沙禽:水禽。

[2] 谷城:古县名,东汉置,北齐废,即今山东省东阿县。

[3] 长年:舵手。吞声:心有怨恨而又不敢作声。

[4] 绣箙(fú):绣有图案的盛箭袋。

[5] 挏(dòng)乳:马乳酿的酒。又称“挏酒”。

[6] 㧐:拨弄弦索乐器。伊凉曲:曲名,即伊州、凉州二曲。唐天宝后,乐曲常以地方为名。伊州、凉州,均在西北,诗中借指满族的乐曲。

[7] 冰车:冰上交通工具。铁马:战马。满族居住在东北一带,所以说他们的

乐曲中反映的是北方严寒地带的风情。

✤ 评析

此诗描述清初官兵骚扰百姓，鱼肉乡民的炎赫声势，以短幅取胜，劲健有力。出于清廷官吏的笔下，尤为难得。

陈维崧

陈维崧（1625—1682），字其年，号迦陵，江苏宜兴人。诸生，康熙十八年己未（1679）召试博学鸿词，官翰林院检讨。以词著称，亦工诗与骈文，诗尚词华，受吴梅村影响。有《湖海楼集》。

将归留别练塘诸子[1]

游子衣边雪，慈亲地下心[2]。
都将苴杖泪[3]，并作苦寒吟[4]。
此意复谁识？当歌难自禁。
劳君霜夜弹[5]，莫打失巢禽[6]。

✣ 注释

[1] 练塘：地名，在今江苏省丹阳市。

[2] 慈亲：父母亲。这二句话用孟郊《游子吟》“慈母手中线，游子身上衣”诗意，寄丧亲之痛。

[3] 苴杖：古代居父丧所用的竹杖。

[4] 苦寒吟：指乐府《苦寒行》，古辞已失，这里指曹操所作。操于建安十一年（206）征高干，北逾太行，时当正月，乃赋《苦寒行》，写冰雪中征人之苦。诗中借用此典，写游子漂零之苦。

[5] 劳：烦劳，这里是希望之意。

[6] 失巢禽：因母亲已丧，故以“失巢禽”自喻。

✤ 评析

此记游子思亲的真情，凄恻感人。中间四句，用流水对，更觉一气动荡。

蒋 超

蒋超（1625—1673），字虎臣，自号华阳山人，江苏金坛人。顺治四年丁亥（1647）进士，官翰林院编修。有《绥庵诗稿》。施闰章曰："虎臣天才爽敏，刻意好古，匠心独造，瓌瑰森拔，不肯一语近人。"

金陵旧院[1]

锦袖歌残翠黛尘[2]，楼台塌尽曲池湮。
荒园一种瓢儿菜[3]，独占秦淮旧日春[4]。

✤ 注释

[1] 金陵：南京。旧院：明末南京歌妓聚居之所。余怀《板桥杂记》："旧院，人称曲中，前门对武定桥，后门在钞库街。"曹大章《秦淮士女表》："当时二十四楼，分列秦淮之市，其后遂毁，所存独六院而已，所艳独旧院而已。"

[2] 锦袖、翠黛：代称歌妓。尘：尘土。代指死亡。

[3] 瓢儿菜：旧时南京春初的著名蔬菜。

[4] 秦淮：河名，在南京城南，旧时代歌妓居其旁。

✤ 评析

此诗写战乱后秦淮景物，由旧院一角以反映历史全貌。全诗前后半作了对照，前半写歌女零落死亡，后半写瓢儿菜独如旧日。写瓢儿菜之占春，仍然是加倍衬托荒凉。诗人名句，后来成了掌故。厉鹗《秦淮怀古》有

"荒畦尽种瓢儿菜"之句，吴锡麒取入骈文，有"一种瓢儿之菜"之句。此诗描写明亡后旧院的破残景象，抒写作者对明亡的感慨，出语蕴藉。沈德潜《清诗别裁集》评云："极秾丽地偏写得荒凉如许，感慨系之。"俞陛云《吟边小识》云："酣歌金粉之场，兴亡爝火。自慧业人（按：蒋耽禅悦）观之，不值一粲也。"邓之诚《清诗纪事初编》云："可谓善于写悲。"

缪彤

缪彤(1627—1697),字歌起,江苏长洲(今苏州)人。康熙六年丁未(1667)进士,官侍讲。以丁忧归,淡于仕途。工诗文。有《双泉堂集》。

渡江

凉月漾中流,金山隐隐浮[1]。
尚余残醉在,和梦到扬州[2]。

✤ 注释

[1] 金山:旧在镇江市西北长江中,今已与东岸连接。
[2] 扬州:见钱秉镫《扬州访汪辰初》注[5]。

✤ 评析

沈德潜曰:"只清晓渡江耳,写得浑然无迹,末五字何减唐人声口。"

钱　曾

钱曾(1629—1701),字遵王,号也是翁,江苏常熟人。诸生。谦益的侄孙,曾注谦益的《初学集》、《有学集》、《投笔集》诗,自为诗风格与谦益接近。当时虞山冯舒、冯班、钱曾俱奉谦益为首领,号虞山派。钱曾诗集分《怀园小集》、《交芦言怨集》、《莺花集》、《夙兴草堂集》、《今吾集》、《判春集》、《奚囊集》七种,美国谢正光教授汇为《钱遵王诗集笺校》刊行。

秋夜宿破山寺绝句[1]（十二首选一）

空庭月白树阴多,崖石巉岩似钵罗[2]。
莫取琉璃笼眼界,举头争忍见山河[3]!

✤ 注释

[1] 破山寺:在江苏常熟虞山北岭之麓,齐时倪德光舍宅为寺,又名兴福寺。

[2] 钵罗:僧徒食器,钵多罗(梵文)的略称。

[3] "琉璃"二句:琉璃:一种矿物质的有色半透明体材料。《大佛顶如来密因修证了义诸菩萨万行首楞严经》:"佛告阿难:如汝所言,潜根内者,犹如琉璃。彼人当以琉璃笼眼,当见山河?见琉璃不?如是,世尊:是人当以琉璃笼眼,实见琉璃。"句意谓莫让月色下朦胧的美好的景色迷惑自己。争:通"怎"。

✤ 评析

此诗原收于钱曾《今吾集》中。钱谦益编《吾炙集》,尽录此题十二首为压卷，其推重可知。而尤赏“莫取”两句。《吾炙集》有谦益题词云：“每观吴越间名流诗，字句襞绩，殊苦眼中金屑。秋灯夜雨，泊舟吴门，从扇头得遵王新句，不觉老眼如月。因语郭指曰：‘诗家之铺陈攒俪，装金抹粉，可勉而能也。灵心慧眼，玲珑穿透，本之胎性，出乎毫端，非有使然也。“莫取琉璃笼眼界，举头争忍见山河”，取出世间妙义，写世间感慨，正如忉利天宫殿楼观，影现琉璃地上。殆所谓非子莫证，非我莫识也。’正欲摘取时人清词丽句，随笔钞略，取次讽咏，以自娱乐，遂钞此诗压卷，名曰《吾炙集》。复戏题二绝句于右：‘笼眼琉璃映望奇，诗中心眼几人知。思公七尺屏风上，合写吾家断句诗。’‘高楼额粉笑如云，还钵休随喜庆群。大叫曾孙莫惊怖，老夫还是武夷君。’丙申中秋十二日蒙叟题。”丙申为顺治十三年(1656)，时钱遵王二十八岁。对此诗的评价，殆无出牧斋所论之上者。此诗末句，透露了作者对亡明的哀痛之情。

朱彝尊

朱彝尊(1629—1709),字锡鬯,号竹垞,浙江秀水(今嘉兴)人。康熙十八年己未(1679)召试博学鸿词,官翰林院检讨。有《曝书亭集》。博通经史,擅长诗词,为浙派的创始者,诗与王士禛齐名。郑方坤曰:“王阮亭尚书以风雅号召海宇,一时名流无敢相骖驔者,惟先生体大思精,牢笼万有。迄今新城、长水屹然为南北二大宗,比于唐之李杜,宋之苏黄。”姚大荣曰:“赵秋谷《谈龙录》论诗颇议竹垞贪多,《四库提要》韪之。夷考其实,殊不尽然。将谓使事多则隐晦滋累耶?此自博洽者长技,不足以为竹垞病。竹垞文擅名雅洁,惟诗亦然,意以率辞,辞必副意,殊少浮艳涂饰之习。将谓篇什多则榛楛未剪耶?全集存诗一千七百余首(内如《闲情》三十首,仅存八首,《论画》二十六首,仅存十二首之类,具见剪裁),益以裔孙墨林暨冯登府所辑集外稿约四百首,仅二千一百有奇;稽其编年,自十七岁始至八十一岁止,六十五年间得诗仅此,不可谓多。陆放翁自云‘六十年间万首诗’,迨后又添四千余首,竹垞视之,仅得其七分之一。将谓长篇多则阅者易倦耶?综核全诗,无论古近体,五十韵以上尚不多,百韵尤属希见。全集俱在,可复检也。然则秋谷所谓贪多者,殆专斥《风怀二百韵》言,举一以概其全,秋谷所评,未为公允。”

马草行[1]

阴风萧萧边马鸣,健儿十万来空城。

角声呜呜满街道，县官张灯征马草。
阶前野老七十余，身上鞭扑无完肤。
里胥扬扬出官署[2]，未明已到田家去。
横行叫骂呼盘飧[3]，阑牢四顾搜鸡豚[4]。
归来输官仍不足[5]，挥金夜就倡楼宿[6]。

✣ 注释

[1] 清初，为进攻南明政权和各地农民起义，清官吏在所占领的地方向百姓征收马草，以供战马之需。

[2] 扬扬：得意貌。

[3] 飧(sūn)：晚餐，引申为熟食。

[4] 阑牢：关养家禽、牲畜的栅栏圈。豚(tún)：猪。

[5] 输官：缴纳给官府。不足：不满足。

[6] 倡楼：妓馆。倡：同“娼”。

✣ 评析

此诗作于顺治四年丁亥(1647)，时清军已攻下浙江，作者家乡嘉兴郡城在清统治者占领下。诗中叙写差役借征收马草为名，横行乡里、鱼肉百姓的情景，真实反映了清统治者的凶暴和人民的疾苦。吴伟业亦有《马草行》，写得较详，且有感慨兴亡之意。朱氏诗则专就马草的祸害着笔，以劲峭有力胜。

屈大均

屈大均(1630—1696),初名绍隆,字介子、翁山,广东番禺(今广州市)人。明诸生,清兵南下后,曾在山阴与祁班孙等参与郑成功、张煌言水师进袭金陵之谋。事败后,周游各地,联络志士。北游关中和山西,与顾炎武、李因笃等订交。明亡后,曾为僧,改名今种,字一灵,后还俗,更今名。其诗富于民族意识,关怀人民疾苦,诗风高浑雄肆,兼有杜甫、李白之长。与陈恭尹、梁佩兰并称“岭南三大家”,屈为三大家之冠。不仅冠三大家,清初明遗民诗中,当与顾炎武、吴嘉纪鼎足而三,风格各异。金天羽《答樊山老人论诗书》论:“清代之诗,以不佞居常平议,谓亭林端委,能抉经心,翁山奇服,别具仙骨……此其特绝者也。”有《道援堂集》、《翁山诗外》等。乾隆时遭禁毁,至清末始复有印本行世。

登罗浮绝顶奉同蒋王二大夫作[1]

霃霃太古云[2],至今未开辟。山气日汹涌,随风洒精液[3]。
触石生洪波,微茫在咫尺[4]。登山若浮海,舟航即轻策[5]。
浮山复浮去,与罗万里隔[6]。仅余玉女峰[7],娟娟在肘腋[8]。
蓬莱无根蒂,左股长为客[9]。铁桥苦拘系,峰峰合体魄[10]。
一气胶漆之,洞天在肝膈[11]。雷风吐嗡时,氤氲相损益[12]。

峨峨在虚无，荡踏难留迹[13]。如何太华山，乃为巨灵擘[14]？
便道通句曲[15]，大天有阡陌[16]。玉笥一南窍[17]，日月暗相射。
朱明本火府[18]，草木多纯赤。朱竹含葳蕤[19]，红翠美毛翮[20]。
南禺亦丹穴[21]，凤族以千百。口衔芙莲花[22]，纷纷堕瑶席[23]。
珠尾若扬麾[24]，往来拂巾舄[25]。麻姑何秀峙[26]，散发至腰脊[27]。
上下飞峰间，不肯相扶掖[28]。筋力尽青冥，渐与空天迫[29]。
微躯若鸿毛[30]，顺风思一掷。衫袖即飙车[31]，不用浮丘伯[32]。
神明自鼓舞，鸾鹤惟所择[33]。便携二大夫，八极恣挥斥[34]。
神仙虽惝怳，此中有窟宅[35]。真道苦无言[36]，与天日相索[37]。
聪明乃尘垢，陶铸有微责[38]。虽复游无穷，亦自悲人役[39]。
神山有离合，依依且朝夕[40]。鳌首或浮沉，广大日以积[41]。
弥缝费造化，随波恐流易[42]。分水一泉源，自天通地脉[43]。
瀑布纵横飞[44]，与海相潮汐。天鸡一咿喔，扶桑已半白[45]。
海日长三丈，玄黄始一隙[46]。光明未丽天，外体已赫赫[47]。
摇荡二石楼[48]，烧空如琥珀。生长旸谷旁[49]，郁仪日亲炙[50]。
中夜已寅宾[51]，导引成肥硕[52]。咸池灼欲焦[53]，沧凉吾自适[54]。
一下曜真台[55]，人间愁踧踖[56]。百虑生黄埃[57]，世务婴繁剧[58]。
三山居水下，船交苦风逆。赍去童男女，三千良可惜[59]。
罗浮即方丈，甘心自古昔[60]。南岳一佐命，仙卿此注籍[61]。
大夫代天工[62]，于此宜区画[63]。虽无封禅书，名山望润泽[64]。

✤ 注释

[1] 罗浮：山名。在广东省东江北岸，增城和博罗两县之间。相传罗浮本二山，罗山自古有之，浮山原为蓬莱一阜，浮海而至，故名。传称东晋葛洪于此修道成仙。山多洞穴飞瀑，道教列为“第七洞天”。罗浮绝顶，指主峰飞云顶。蒋、王：题下小注：“蒋少参莘田、王给谏黄湄。”蒋莘田，未详；王黄湄，名又旦，字幼华，郃阳人，举

人，有《黄湄诗集》。

[2] 雰雰：阴沉貌。雰，通“沈”。太古：远古时代。太古云：意谓罗浮山终年云雾缭绕。

[3] 精液：指雨雾。

[4] “触石”二句：谓山中云气在怪石间奔涌弥漫，眼前一片微茫。《公羊传·僖公三十一年》：“触石而出，肤寸而合，不崇朝而遍雨乎天下者，唯泰山尔。”微茫：模糊不清貌。咫尺：眼前极近处。

[5] “舟航”句：谓人行罗浮山云海中，似船行水上，挥动杖策，如摇动船桨。

[6] “浮山”二句：意谓浮山浮沉在云海中，好像又飘到大海中去了，和罗山如隔万里。

[7] 玉女峰：罗浮山峰峦之一。

[8] 娟娟：美好貌。肘腋(zhǒu yè)：胳膊肘和胳肢窝。比喻十分接近。

[9] “蓬莱”二句：谓蓬莱浮在海中，原无根蒂。它的左腿浮山，永远是罗山的附属体。据《列子》载：渤海东有五山，蓬莱为其中之一，“而五山之根，无所连著，常随潮波上下往还，不得暂峙焉”。这是此诗上句所本。苏轼《白水山佛迹岩》：“何人守蓬莱？夜半失左股。浮山若鹏蹲，忽展垂天羽。”这是此诗下句所本。股：大腿。诗中指浮山原为蓬莱一支。

[10] “铁桥”二句：谓罗浮二山由横贯的铁桥峰用力把它们连接起来，合为一体。铁桥：峰名，以其横亘如桥，故名。

[11] “一气”二句：意承上句，谓由此而形成了许多洞穴。罗浮山以洞多而奇著称，著名的有朱明、桃源等十八处洞天。一气：天地自然之气。《庄子》：“通天下一气耳。”胶漆：胶和漆，比喻结合牢固。肝膈：比喻山的峰壑。膈(gé)：横膈膜。

[12] “雷风”二句：谓风雷开合，大气浑沦，时有时无，时增时减。雷风：柳宗元《断刑论》：“夫雷霆雪霜者，特一气耳。”吐噏(xī)：呼吸，犹开合。氤氲(yīn yūn)：气盛貌。损益：增减。

[13] “峨峨”二句：谓高峰出没在虚空之中，云气冲击，不着痕迹。峨峨：高峻貌。荡踏：云气汹涌冲击貌。

[14] “如何”二句：巨灵：见钱谦益《古诗赠新城王贻上》注[39]。擘(bò)：剖，分开。这二句谓，怎么太华山倒是被巨灵劈开？借以反衬罗浮乃天然合成，巧夺天工。

[15] 句曲：山名。在今江苏省句容市。山下为道家第八洞天，名金陵华阳之

天，古称地肺，相传与其他洞天可通。

[16] 大天：《茅君内传》："大天之内，有地中之洞天三十六所。"阡陌：田间道路。谓洞天之间有路可通。

[17] 玉笥：道教所称"三十六小洞天"之十七洞天，在江西省永新县。相传汉武帝南巡，受上清箓于此，见有玉箱如笥委坛中，忽失去，故名。江西，古为江南西道，洞在江南，故称"南窍"。窍：孔，洞。

[18] "朱明"句：罗浮山名朱明洞天。朱明，南方属火，故称其洞天为火府。

[19] 朱竹：红色之竹。葳蕤（wēi ruí）：草木茂盛、枝叶下垂貌。

[20] 红翠：皮日休《寄题罗浮轩辕先生所居》："红翠数声瑶室响。"自注："山鸟名。"此处乃泛指。红是南方色彩，翠为翡翠鸟。翮（hé）：鸟翼。

[21] 南禺：广州古为番禺。丹穴：传说东海中地名，产丹凤。

[22] 芙莲花：荷花的别称。

[23] 瑶席：用玉装饰的坐席。

[24] 珠尾：指凤凰华丽的长尾。麾：旗帜。

[25] 巾舄（xì）：头巾和鞋。

[26] 麻姑：神话中人物。罗浮山东麓有麻姑峰，相传是当年葛洪清洗制作草药之处。秀峙：妩媚挺拔。

[27] 散发：比喻山上的藤蔓花草。

[28] 扶掖（yè）：扶持。

[29] "筋力"二句：意谓作者和蒋、王二大夫费尽气力，攀上罗浮绝顶。青冥：天空。形容高。迫：近。

[30] 微躯：作者自况。鸿毛：语本司马迁《报任少卿书》："死或重于泰山，或轻于鸿毛。"这里取轻义。

[31] 飙（biāo）车：传说中装有飞轮的车。《真诰》："茅山天市坛，昔东海青童君，曾乘独飙飞轮之车，通按行有洞天之山，曾来于此山上矣……青童飙轮之迹，今故分明。"

[32] 浮丘伯：神话中人物。相传王子乔好吹笙，浮丘伯接引其骑鹤游嵩山。事见《列仙传》。

[33] "神明"二句：谓身在罗浮绝顶，为自我的精神所鼓舞，好像可以任择鸾鹤骑乘而翱翔。神明：精神。

[34] "八极"句：语出《庄子》"挥斥八极"，意谓奔放到极远的地方。挥斥：

奔放。

[35]“神仙”二句：谓神仙虽难以得见，但罗浮即有葛洪得道成仙的遗迹。惝怳（chǎng huǎng）：模糊不真切。窟宅：地下洞穴。诗中指葛洪炼丹修道的洞天。

[36]真道：道家谓反映事物本源的道理。犹言真理。苦无言：难以言传。《庄子》：“言无言，终身言未尝言。”

[37]天：指自然。索：求取，获得。

[38]“聪明”二句：语出《庄子》：“是其尘垢秕糠，犹将陶铸尧舜者也。”聪明：指耳目。《庄子》：“多方骈枝于五藏之情者，淫僻于仁义之行，而多方于聪明之用也。”尘垢：比喻微细轻贱的东西。陶铸：比喻锤炼，培育。陶，制瓦器，这里用作动词；铸，铸炼金属。

[39]“虽复”二句：语出《庄子》：“若夫乘天地之正，而御六气之辩（通‘变’），以游无穷者，彼且恶乎待哉？”人役：为人事所驱使。

[40]“神山”二句：谓罗浮山尚且有离有合，彼此依依相处，（何况是人呢！）《广东通志·博罗县》：“罗浮二岳，以风雨离合。”

[41]“鳌首”二句：语出《列子》：“渤海之东……有大壑焉……其中有五山焉……五山之根无所连著，常随潮波上下往还……帝恐流于西极，失群圣之居，乃命禺强使巨鳌十五举首戴之……五山始峙而不动。”鳌首所戴之山，即指浮山。这二句意谓鳌首时有浮沉，罗浮区域，愈来愈广大。

[42]“弥缝”二句：弥缝：弥合、缝合。造化：旧指自然界的力量。流易：迁流变换。这二句谓罗浮山合成之难，有随波流易之险。

[43]地脉：水流在地下流通的道路。

[44]“瀑布”句：罗浮山多飞瀑，全山有白水瀑、水帘洞等九百八十多处飞瀑幽泉。

[45]“天鸡”二句：天鸡：神话中鸟名。任昉《述异记》：“东南有桃都山，上有大树，名曰桃都，枝相去三千里，上有天鸡，日初出照此木，天鸡则鸣，天下鸡皆随之鸣。”刘禹锡《有僧言罗浮事因为诗以写之》：“阴阳迭用事，乃俾夜作晨。咿喔天鸡鸣，扶桑色昕昕。赤波千万里，涌出黄金轮。”苏轼《游罗浮山一首示儿子过》：“罗浮见日鸡一鸣。”咿喔：鸡鸣声。扶桑：神话中的树木名。《山海经》：“汤谷上有扶桑，十日所浴。”因其在东方，故亦借指东方。

[46]玄黄：《易·坤文言》：“夫玄黄者，天地之杂也，天玄而地黄。”后因以玄黄称天地。隙：孔隙。这里指天明时东方出现的一线光亮。

[47] 赫赫：耀眼貌。

[48] 摇荡：形容在初升的阳光中闪动。石楼：邹师正《罗浮指掌图》："有大小石楼，相去五里，皆高出云表，重檐四柱，如楼，登之可望沧海，夜半见日初出。"琥珀：松柏树脂的化石，色红。

[49] 旸谷：《书・尧典》："分命羲仲，宅嵎夷曰旸谷。"孔安国传："旸，明也。日出于谷而天下明，故称旸谷。"

[50] 郁仪：神话中人名。指太阳。《黄庭内景经》："高奔日月吾上道，郁仪结璘善相保。"注："郁仪，奔日之仙也。"亲炙：亲近熏炙。《孟子・尽心》："而况于亲炙之者乎？"

[51] 寅宾：语出《书・尧典》："寅宾出日。"寅：敬。宾：导。

[52] 肥硕：肥大丰满。

[53] 咸池：《淮南子》："日出旸谷，浴于咸池。"

[54] 沧凉：《列子》："日初出，沧沧凉凉。"

[55] 曜真台：罗浮山胜景之一，因罗浮为朱明耀真之天而名。

[56] 踧踖(cù jí)：惊惧不安貌。

[57] 黄埃：《淮南子》："缺五百岁生黄埃，黄埃五百岁生黄澒。"这里指尘世。

[58] 婴：羁绊。

[59] "三山"四句：《史记・秦始皇本纪》："齐人徐市等上书，言海中有三神山，名曰蓬莱、方丈、瀛洲，仙人居之。请得斋戒与童男女求之。于是遣徐市发童男女数千人，入海求仙人。"又《封禅书》："此三神山者，其传在渤海中，去人不远。患且至，则船风引而去……未至，望之如云。及到，三神山反居水下。临之，风辄引去，终莫能至云。"赍：送。良：诚，确实。

[60] "罗浮"二句：谓罗浮山原是海上仙山方丈，自古以来甘心处此地位。

[61] "南岳"二句：谓罗浮是南岳衡山的辅佐，神仙早已为它登记入册，列入名山之列。佐命：辅佐天帝的创业者。注籍：登记造册。

[62] 天工：指自然。

[63] 区画：筹划，规划。

[64] "虽无"二句：封禅书：《史记》篇名，记载列代帝王为名山封禅的事迹。司马相如有《封禅文》，内容是阿谀汉武功德的，后人也有称它为《封禅书》的。这里即指后者。封禅：战国时帝王至泰山祭祀，登泰山筑坛祭天曰"封"，在山南梁父山上辟基祭地曰"禅"。润泽：滋润，喻给名山以好处。这二句用林逋《自作寿堂因书一

绝以志之》“茂陵他日求遗稿，犹喜曾无封禅书”诗意，表达作者不向清统治者屈节的心志。

✤ 评析

前人于一首长诗中全面描绘罗浮山壮观的，屈大均此篇外，尚未见有它作，更不用说和此篇相匹敌。此诗充分运用了神话，仙人、道家各处洞天、草木珍禽、罗浮古迹，朱红的色彩等手段，渲染成为一幅南方仙山的绚烂画面，使人仿佛展开了李思训、李昭道金碧楼台的长卷。中间又阐发一些道家的哲理，结尾透露一些遗民志节的心情。一切包罗在作者诗笔的一气挥洒之中，屈大均才力之雄肆，于此可见。通首奇情壮采，风格上不减苏轼《白水山佛迹岩》之作。

读陈胜传[1]

闾左称雄日，渔阳谪戍人[2]。
王侯宁有种[3]？竿木足亡秦[4]。
大义呼豪杰，先声仗鬼神[5]。
驱除功第一，汉将可谁伦[6]？

✤ 注释

[1] 陈胜事载于《史记》者为《陈涉世家》，载于《汉书》者为《陈胜项籍列传》。题用《汉书》名。

[2] “闾左”二句：《史记 · 陈涉世家》：“二世元年七月，发闾左谪戍渔阳九百人，屯大泽乡。”闾左：里巷的左边，为贫苦人居住之所。渔阳：在今北京市密云区西南。谪戍：调去防守边疆。谪戍人，即指陈胜等人。

[3] “王侯”句：《史记 · 陈涉世家》：“（陈胜）曰：‘……且壮士不死即已，死即举大名耳。王侯将相宁有种乎！’”意谓王侯将相绝不是天生的贵种。宁：岂。

[4]“竿木”句：贾谊《过秦论》：“斩木为兵，揭竿为旗……山东豪杰，遂并起而亡秦族矣。”

[5]“先声”句：陈胜起义时，利用鬼神迷信，预先制造“大楚兴，陈胜王”的话。事见《史记·陈涉世家》。

[6]伦：比。

✤ 评析

此诗作于明亡以后，作者从反清复明的立场出发，歌咏陈胜，寄托自己抗清的思想，并期望有如陈胜一类举义旗抗秦的豪杰出来抗清灭清。事实上，当时南朝抗清的志士，除士大夫将帅以外，还有过去李自成、张献忠部下的残余队伍与首领，如十三家、李定国之伦都是。作者借陈胜以喻今，兼有双重的用意。起二句从闾左称雄说起，说抗秦首义，来自平民。接着三句说“王侯宁有种”，便顺理成章，四句说亡秦的胜利成果，而义军的兴起，是不凭借有利的物质条件的。那么，何以能达到亡秦的目的？第五句作了回答，是由于以诛暴的大义号召天下豪杰大家奋起之故。第六句就陈胜起兵时利用鬼神制造舆论一事点染一下，真意似还在于：南明君民列祖列宗的威灵，是支持君民抗清的精神力量，可以依靠，这里，不带有迷信成分。最后，以亡秦第一大功归于陈胜，认为是高出于汉朝开国大将如韩信诸人。这是石破天惊的议论，对农民军的尽情歌颂，是前所未有的。翁山诗对人民力量是抗清主要力量的发现，使爱国主义诗歌的思想高度达到一个新的水平，值得大书特书。

秣　陵[1]

牛首开天阙[2]，龙冈抱帝宫[3]。
六朝春草里[4]，万井落花中[5]。
访旧乌衣少[6]，听歌玉树空[7]。
如何亡国恨，尽在大江东[8]？

✤ 注释

[1] 秣陵：古县名，治所在南京，因作南京代称。

[2] "牛首"句：牛首：牛首山，在南京中华门外，双峰角立，形如牛首，故称。因其形势险要，又称天阙山，意谓似南京的大门。这一句即取其意，写南京险要的形势。

[3] 龙冈：指钟山。在南京中山门外，山势险峻，蜿蜒如龙。三国时诸葛亮谓孙权"钟山龙蟠"，故称"龙冈"。帝宫：南京为历代许多王朝建都之处，明太祖也建都于此。

[4] 六朝：见龚鼎孳《上巳将过金陵》注[5]。

[5] 井：古制八家为一井，引申作家宅。万井，犹万家。落花：语意双关，既写暮春景象，又暗用南唐后主李煜词《浪淘沙》"流水落花春去也，天上人间"句意，寓亡国之痛。

[6] 乌衣：南京市东南有乌衣巷，三国时吴于此置乌衣营，以兵士服乌衣而名。东晋时，为王、谢望族所居，世称王、谢望族子弟为乌衣子弟。诗中借以指明末的贵族。

[7] 玉树：《玉树后庭花》的省称。

[8] 见龚鼎孳《上巳将过金陵》注[2]。

✤ 评析

屈翁山吊明亡之作最多，此首为悼福王朝灭亡而作。首二句先写明太祖建都时的形势，反衬出三、四两句的亡国。"听歌"句翻进一层写，更为沉痛。末二句回应发端，提出反问。

云州秋望[1]

白草黄羊外[2]，空闻觱栗哀[3]。
遥寻苏武庙[4]，不上李陵台[5]。
风助群鹰击[6]，云随万马来。
关前无数柳[7]，一夜落龙堆[8]。

✤ **注 释**

[1] 云州：古州名，治所在定襄(今山西大同市)。诗作于康熙七年戊申(1668)作者携妻出雁门至云州时。

[2] 黄羊：李自珍《本草纲目》："羊腹带黄，故名。《尔雅》谓之羳，出西番也。"又庄绰《鸡肋篇》："关右塞上有黄羊，无角，色同獐鹿，人取其皮为衾褥。"

[3] 觱栗(bì lì)：古乐器，类胡笳，声悲咽。

[4] 苏武：西汉杜陵人，字子卿。武帝时，以中郎将出使匈奴，单于胁降，不屈，被囚禁，后徙北海，使牧羊。武仍持汉节，留十九年，昭帝与匈奴和亲，始归，其时须发已白。事见《汉书·李广苏武传》。逼寻：意谓要步苏武之后，坚守民族气节。

[5] 李陵：与苏武同时人，二人相友善。陵字少卿，陇西成纪人，名将李广之孙。武帝时任骑都尉。天汉二年，率步兵五千人击匈奴，战败失节投降。单于曾使李陵说苏武投降，苏武不从。不上：意谓决不效李陵失节降敌。李陵台：在长城外。

[6] 击：搏击。

[7] 关：指长城关隘。

[8] 龙堆：白龙堆，即天山南路的沙漠。这里泛指边塞以外的地区。

✤ **评 析**

此诗记云州所见，并借不惮远寻苏武庙，而决不上李陵台凭吊，抒写坚守民族气节，决不变节仕清的激情。后半首魄力沉雄，是真杜陵，明七子望而却步。

江 皋[1]

翠微春更湿[2]，烟雨欲无山。
白鹭一溪影，桃花何处湾[3]？
渔村疏竹外，古渡夕阳间。
田父不相识[4]，相随谷口还[5]。

✤ 注释

[1] 江皋：江岸。

[2] 翠微：形容轻淡青葱的山色，也指青山。春更湿：谓春雨潇潇，更使山色青翠欲滴。

[3] "桃花"句：谓桃花沿着水边盛开，何处是水湾呢？

[4] 田父：农夫。

[5] 谷口：山谷间的豁谷。

✤ 评析

此诗为写景之作，描绘了一幅恬静、淡雅的山水烟景。出于翁山笔下，可见能者之无所不有。

天　边

天边明月迥含霜[1]，夜夜哀笳怨望乡[2]。
一片愁心与鸿雁，秋风吹不到衡阳[3]。

✤ 注释

[1] 迥：远。霜：指月光。用李白"床前明月光，疑是地上霜"诗意。

[2] "夜夜"句：哀笳：哀怨的军中吹笳声。怨望乡：望乡之怨，言不能回乡的痛楚之情。李益《夜上受降城闻笛》："不知何处吹芦管，一夜征人尽望乡。"

[3] 鸿雁：古代以为传递书信的飞鸟。北来的雁，飞到衡阳而回。

✤ 评析

此诗为边塞之作。全诗沉郁苍凉，抒写明亡以后有家归不得的悲痛。冯振曰："末二句盖从李白'我寄愁心与明月，随风直到夜郎西'反面化出。"

陈恭尹

陈恭尹(1630—1700),字元孝,号半峰,又号独漉山人,亦称罗浮布衣,广东顺德人。幼时,其父陈邦彦因抗清牺牲,他以避匿得免。以父荫,明桂王授为锦衣卫指挥佥事,桂王败后,避迹隐居。有《独漉堂集》。王士禛称其诗在"岭南三家"中"尤清迥拔俗"。张维屏曰:"诗以沉为极诣,沉不在貌,其骨重,其味厚,其气苍,其韵长,乃谓之沉。梅村、独漉之诗皆沉,梅村沉丽,独漉沉挚。"

发舟寄湛用喈钟裴仙湛天石[1]

扶胥古渡水凄凄[2],雨后移舟望转迷[3]。
数口寄居秋草外[4],一身为客楚云西[5]。
家无兄弟依朋友,地夹河山畏鼓鼙[6]。
知己片言应不负,乱离儿女借提携[7]。

✣ 注释

[1] 三人都是广东人,细节不详。

[2] 扶胥:渡口名,在广东省广州市番禺区东南八十里波罗江口,为岭南诸水汇合处。凄凄:寒冷,亦含悲怆意。这里二义兼有。

[3] 望转迷:谓山色迷蒙,船行曲折,不知所往。

[4] 数口:指作者的家里人。

[5] 一身：作者自称。楚云西：指我国西南地区。

[6] 鼓鼙：战鼓。指清军南下的战事。

[7] 借：依靠。提携：提挈，带领。

✤ 评析

此诗为寄赠友人之作，于抒写朋友间亲密的交谊之中，反映了清初动乱的时代面貌。冯振评曰："前四句犹不出刘随州（长卿）境界，后四句语深情切，则非随州所能限矣。"

崖门谒三忠祠[1]

山木萧萧风又吹，两崖波浪至今悲。
一声望帝啼荒殿[2]，十载愁人拜古祠[3]。
海水有门分上下，江山无地限华夷[4]。
停舟我亦艰难日，畏向苍苔读旧碑[5]。

✤ 注释

[1] 崖门：崖门山，在广东南海中。宋末为抗元的最后据点。宋赵昺祥兴二年己卯，宋军战败，陆秀夫负宋帝昺沉海于此。三忠祠：为纪念宋末民族英雄文天祥、陆秀夫和张世杰所建的祠。文天祥、陆秀夫都是丞相，张世杰为将领。文天祥兵败被俘北上后殉节于北京。陆秀夫、张世杰殉难于崖门海中。

[2] 望帝：见钱谦益《西湖杂感》注[6]。

[3] 十载愁人：作者自称。作此诗时距明亡已十年，故云。

[4] 限华夷：华夷的分限。夷：古代对异族称夷。

[5] 旧碑：指表彰三位英烈的碑文。

✤ 评析

此诗为陈恭尹诗中最突出的名篇，借凭吊抗元的忠烈，抒写亡国之痛，实亦为抗清的英烈悼念，并自明志节。前四句和末二句，是写此题应有叙述。全诗精神，贯注在五、六两句，意谓海水尚有上、下门让海水流通，以中国之大，竟使汉人无立足之地，这是何等悲痛之事。这是大句，顶天立地。赵翼评曰："此等雄骏句，虽李、杜、苏、陆，穷尽气力，一生不过数联，而独漉切定其地，不可移咏他处，尤难得。"黄遵宪《由轮舟抵天津作》"华夷万国无分土，人鬼浮生共转轮"一联，即胎息陈句。可见此诗影响之远。冯振评此诗云："可谓沉郁豪宕，兼而有之。"

吴兆骞

吴兆骞(1631—1684),字汉槎,江苏吴江人。顺治十四年丁酉(1657),参加江南乡试,中式为举人,以科场舞弊案,被仇人诬告牵连,次年赴北京复试,除名,流放宁古塔,十六年己亥(1659)出塞。在戍所二十余年。康熙二十年辛酉(1681)经纳兰性德、徐乾学、徐元文、顾贞观等为之醵金二千,以输少府助将作,遂得循例放归。兆骞工诗,自称其师为吴伟业,传伟业法乳。出塞后所作多写塞外风光及思乡情绪,凄怨中有悲壮。有《秋笳集》。

奉送巴大将军东征逻察[1]

乌孙种人侵盗边[2],临潢通夜惊烽烟[3]。
安东都护按剑怒[4],麾兵直渡龙庭前[5]。
牙前大校五当户[6],吏士星陈列严鼓。
军声欲扫昆弥兵[7],战气遥开野人部[8]。
卷芦叶脆吹长歌[9],雕鞬弓矢声相摩[10]。
万骑晨腾响朱戟,千帐夜移喧紫驼[11]。
驼帐连延亘东极[12],海气冥濛际天白[13]。
龙江水黑云半昏[14],马岭雪黄暑犹积[15]。
苍茫大碛旌旗行[16],属国壶浆夹马迎[17]。

料知寇兵鸟兽散，何须转斗摧连营[18]。

✤ 注释

[1] 巴大将军：康熙年间宁古塔(今黑龙江省宁安市西海林河南岸旧街镇)将军巴海。逻察：又作“罗刹”。旧时中国称俄国人为“老羌”(由“鸟枪”一词转音而来)，或称“罗刹”。此诗作于顺治十四年丁酉(1657)作者被流放至宁古塔，任巴海家庭教师以后。

[2] 乌孙：古族名，初在敦煌、祁连间，后迁至伊犁河上游流域。这里借指帝俄。侵盗：侵掠。顺治十七年庚子(1660)七月，宁古塔总管巴海奏破罗刹于费牙喀西部。俄军的入侵，当指此。

[3] 临潢：府名，辽的上京，故址在今辽宁巴林左旗波罗城。这里泛指靠近边境的地方。

[4] 安东：唐代六都护府之一。始置于平壤，后移至辽西。唐肃宗至德年间废。安东都护：借指宁古塔总管巴海。

[5] 麾兵：挥兵。龙庭：古代匈奴祭祀天神的处所。诗中借指俄军侵占的地方。

[6] 牙：今作“衙”，古代官署之称。校：古代军营的名称，后指军队之一部。见《汉书·卫青传》颜师古注。当户：匈奴官名。《史记·匈奴列传》：“其世传国官号，……左右大当户。”

[7] 昆弥：汉时乌孙王的名号。诗中借指俄国。

[8] 野人：旧谓番夷各部族别立君长的为野人，如云南有野人山。诗中借指帝俄侵略军。

[9] 卷芦：以芦苇叶片卷制而成的口哨。

[10] 雕鞬(jiān)：雕有花纹的盛弓器。

[11] 紫驼：骆驼。

[12] 驼帐：军中营帐，因帐形如驼峰，故名。

[13] 冥濛：模糊不清。际天：接近天边。

[14] 龙江：黑龙江。

[15] 马岭：黑龙江省北部有呼玛尔窝集山，马岭疑指此。

[16] 大碛：沙漠，沙石地。

[17] 属国：附属国。《史记·卫将军骠骑列传》："居顷之，乃分徙降者边五郡故塞外，而皆在河南，因其故俗，为属国。"这里指东北地区接受中国管辖的少数民族。壶浆：语出《孟子·梁惠王》："箪食壶浆，以迎王师。"言踊跃犒劳军队。

[18] "何须"句：谓无须等到天明，就可以全歼敌人。转斗：北斗转向，指天将明。

✤ 评析

此诗写巴海出军东征罗刹时的壮观，揭示了我国自卫战争的正义性，表达了我军必胜的信念。激昂高歌，健笔凌云。格调从高适《燕歌行》、《送浑将军出塞》夺胎而来，七古中时带对偶句，局势紧凑，与李白、杜甫中长篇鱼龙变幻、风雨纵横者不同。

秋夜师次松花江大将军以牙兵先济窃于道旁寓目即成口号示同观诸子[1]

落日千旗大野平，回涛百丈棹歌声[2]。
江深不动鼋鼍窟[3]，塞迥先驱骠骑营[4]。
火照铁衣分万幕，霜寒金柝遍孤城[5]。
断流明发诸军渡[6]，龙水滔滔看洗兵[7]。

✤ 注释

[1] 此诗记顺治十八年辛丑(1661)八月抗击帝俄侵略的一次战役，时作者在宁古塔将军巴海家中任家庭教师。巴海侦察到俄军要窜扰黑龙江下游的消息，随即在松花江与黑龙江汇合处设下伏兵。开始时清军游弋小部队同俄军遭遇，打了败仗，后在当地居民协助下，把敌人诱进埋伏圈，敌人回退，清兵追袭，敌弃舟登岸败走，斩首六十余级，淹死的很多。清军取得了辉煌的战绩。当伏击部队开到松花江南岸，巴海的精锐牙兵先渡江警戒时，作者触景生情，写下了这首诗。次：驻扎。牙兵：旧称主将中军的部队。窃：自己的谦称。寓目：看到。

[2]“落日”二句，写“牙兵先济”，飞舟遏浪的动人情景。回涛：波涛回转。棹歌：划船时唱的歌。

[3]“江深”句：意谓敌人由于消息闭塞，而像处于死窟之中。鼋鼍(yuán tuó)：传说中的水中怪兽，比喻俄军。

[4]“塞迥”句：塞：边塞。迥：远。骠骑营：指巴海的军营。骠骑：本为汉代将军名号。这句写牙兵先行。

[5]金柝(tuò)：即刁斗，军用铜器。形似锅，一柄，三足，白天用以烧饭，晚上用以打更。诗中指打更声。《木兰诗》：“朔气传金柝，寒光照铁衣。”

[6]断流：禁止通行的渡口。

[7]“龙水”句：龙水：黑龙江。洗兵：语出《说苑》：“武王伐纣……风霁而乘以大雨，散宜生又谏曰：‘此其妖欤？’武王曰：‘非也，天洒兵也。’”意谓天洒雨而助战。这句借用此典，表达了正义的战争必胜的信念。

✤ 评析

此诗热情赞颂这场自卫战争的正义性，对抗击帝俄的战争表达了必胜的信念。七律纯用唐音，不杂虚词，本于梅村。

黑　林[1]

黑林天险削难平，唐将曾传此驻兵[2]。
形胜万年雄北极[3]，勋名异代想东征[4]。
废营秋郁风云气，大碛宵闻剑戟声[5]。
历历山川攻战地[6]，只今旌甲偃边城[7]。

✤ 注释

[1]黑林：地名，不详。据诗中所记，当在今哈巴罗夫斯克附近。

[2]“唐将”句：唐朝曾派将领在伯力(今俄罗斯哈巴罗夫斯克)驻过兵。

[3]形胜：自然赋予的优越的地形。雄北极：雄峙在北方边境。

[4]“勋名”句：意谓历代的军队为打击外国的入侵曾在这里建立了不朽的功勋。东征：指东渡黑龙江征讨敌人。

[5]“废营”二句：意谓现在废营增多了，军中的剑戟声从沙漠那边传来。废营：荒废的营垒。大碛：沙漠。

[6]历历：明晰貌。

[7]“只今”句：旌甲：战旗和盔甲，指战争。偃：息。这句指中俄签订《尼布楚条约》以后的情况。

✤ 评析

此首描写黑林险要的形势，揭露了帝俄吞并我国领土的企图，并及以后事态的变化，风格与前首相同。作者谪居宁古塔，写下了不少抗击帝俄侵略的诗史，为《秋笳集》中的精粹。饕风虐雪，正是玉成了诗人。

陆次云

陆次云，字云士，浙江钱塘（今杭州）人。生活于康熙时代，官知县。有《澄江集》。

出　门（二首）

堂上有慈亲，身外无昆季[1]。承欢赖妻贤，委之以为弟。
弱女方四龄，初知离别意。恐其牵袂啼，深伤游子绪。
乘彼睡未醒，温存加絮被。拜母不能言，揖妻交重寄。
此际心若摧，出门方陨涕。

回首望家山，渐远山渐低。侧听岸旁语，乡音已渐移。
放舟入大河，烟水无端倪[2]。偶逢相识人，遥呼心依依。
无如交行舟，倏忽已远离。

✣ 注释

[1] 昆季：兄弟。

[2] 端倪：边际。谢灵运《游赤石进帆海诗》："溟涨无端倪，虚舟有超忽。"

✣ 评析

此二诗抒情深挚，感人心腑。第一首工于透过一层写，恐幼女于别时牵衣啼哭，伤行人之心，故乘她睡时走。又恐伤慈母之心，故出门后才流泪。“温存加絮被”，“拜母不能言”，曲尽慈父与孝子的心态。第二首写出门后舟行情况，渐行渐远，从回看山渐低，听岸上乡音渐稀少中衬托出；进一步写舟入大河以后，难得碰到对面来舟相识的人而遥相招呼，表现依依之心。结语写两舟向相反方向移动，一下子已经远远相离，可谓入神入画。这种“能状难写之景如在目前，含不尽之意见于言外”（梅尧臣语）的本领，清代大家如郑珍始能为之，次云诗名非突出，弥觉此诗的难能可贵。

咏　史

儒冠儒服委丘墟，文采风流化土苴[1]。
尚有陆生坑不尽，留他马上说诗书[2]。

✤ 注释

[1]“儒冠”二句：儒冠儒服：指读书人。委：委弃。土苴：泥土和枯草，喻微贱之物。这二句写秦始皇坑儒的后果。

[2]“尚有”二句：陆生：陆贾，汉初政论家。从汉高祖定天下，官至大中大夫。曾向高祖提出：“马上得之，宁可以马上治之乎？”意谓必须依靠武力来夺取天下，却不能靠它来维持政权。“马上”，本此。陆贾是儒家人物，《汉书·艺文志》儒家下著录《陆贾》二十三篇。这二句意谓始皇坑儒，真正的儒生陆贾却并未遭殃，可见高压手段之无效。

✤ 评析

讽刺秦始皇焚书坑儒之徒费心机，明代袁宏道有《经下邳》云：“诸儒坑尽一身余，始觉秦家网目疏。枉把六经灰火底，桥边犹有未烧书。”清初则有陈恭尹之《读秦记》云：“谤声易弭怨难除，秦法虽严亦甚疏。夜半桥边呼孺子，人间犹有未烧书。”两诗都就张良遇圯上老人事生发，并侧重在焚书问题上。此诗就陆贾事生发，重心在坑儒问题上，与袁、陈之作又有不同。特别是此诗借咏秦始皇坑儒事，暗斥清初统治者以武力镇压汉族人民反抗、兴起众多文字狱的罪行，更具有现实意义。

王士禛

王士禛(1634—1711),字子真,一字贻上,号阮亭,又号渔洋山人,山东新城人。顺治十二年乙未(1655)进士,官至刑部尚书,谥文简。士禛少年时为钱谦益所称赏。康熙时继谦益而主盟诗坛。论诗创神韵说。早年诗作清丽澄淡,中年以后转为苍劲。擅长各体,尤工七绝。但未能摆脱明七子摹古余习,时人诮之为“清秀李于麟”(攀龙,后七子之首领)。然传其衣钵者不少,北方有吴雯,南方有叶燮,叶燮门下又有沈德潜,都曾为士禛所称赏。沈德潜又有门人王昶传衍其宗派,影响直到乾嘉年代。直到清末,诗论家谭献还有“本朝诗终当以渔洋为第一”的不适当的评价。有《带经堂集》。

定军山诸葛公墓下作[1]

高密起南阳,文终从高祖[2]。暴系本见疑,数衄亦非武[3]。
堂堂诸葛公,鱼水托心膂[4]。二表匹谟训,一德追伊吕[5]。
视操但如鬼,畏蜀还如虎[6]。嗟彼巾帼徒,与公岂俦伍[7]!
紫色复蛙声,抵隙各为主[8]。火井方三炎,赤伏更典午[9]。
志士耻帝秦,祭器犹存鲁[10]。阴平一失险,面缚忘奔莒[11]。
知公抱遗憾,龙卧成千古[12]。峨峨定军山,悠悠沔阳浒[13]。
郁郁冬青林,哀哀号杜宇[14]。耕余拾遗镞[15],月黑闻军鼓。

谯侯宁足诛[16]，激昂泪如雨。

✣ **注释**

[1] 定军山：在今陕西省勉县南约十里。诸葛亮死后葬于定军山西北山麓，历来为游人凭吊诸葛亮的胜迹。此诗为康熙十一年壬子(1672)，作者典四川乡试时入川途中所作。

[2] “高密”二句：高密：邓禹，东汉初南阳人。初从刘秀经营河北，后为前将军，率军入河东，镇压绿林起义，屡告败北。刘秀即位后，任大司徒，又渡河入关，所部号称百万，不久又为赤眉军所败。禹自请罪，上大司徒梁侯印绶，有诏归还其印绶。刘秀统一全国后，封高密侯。文终：萧何，沛县人。秦末从刘邦起兵。刘邦为汉王，以其为丞相。楚汉相拒，何留守关中，补兵馈饷，军不告匮。刘邦称帝，封何为酂侯。汉初的法律法令，均为何手订。刘邦称萧何：“镇国家，抚百姓，给馈饷，不绝粮道，吾不如萧何。”惠帝时卒，谥文终。高祖，即刘邦。

[3] “暴系”二句：暴系：突然系缚入狱。见疑：被怀疑。《汉书·萧何传》：“何为民请曰：‘长安地狭，惟上林中多空地弃，愿令民得入田。’上大怒，乃下何廷尉械系之。王卫尉侍前，问曰：‘相国胡大罪，陛下系之暴也。’”数衄：屡遭挫败。以上四句，以萧何的获罪，邓禹的屡败而归还侯印绶，反衬诸葛亮的一心一德，未尝败逃。

[4] 鱼水：比喻君臣相得。《三国志·蜀志·诸葛亮传》：“(刘备)曰：‘孤之有孔明，犹鱼之有水也。’”心膂：犹股肱，比喻亲信得力的人。《书·君牙》：“今命尔予翼，作股肱心膂。”膂(lǚ)：脊骨。

[5] “二表”二句：二表：指诸葛亮前后《出师表》。匹：犹匹敌，比拟。谟训：指《尚书》中的《大禹谟》、《皋陶谟》，均为古史上有名的治国大策。《书序》：“皋陶矢厥谟，禹成厥功，帝舜申之，作《大禹》、《皋陶谟》、《益稷》。”王世贞《苏长公外纪》：“东坡谓《出师表》与《伊训》、《说命》相表里。”一德：《尚书》有《咸有一德》篇。伊吕：指伊尹、吕尚。伊尹是商初大臣，辅商灭夏，功勋昭著。吕尚即姜太公，辅佐周朝灭商，建有奇功。杜甫《咏怀古迹》诗：“伯仲之间见伊吕。”

[6] “视操”二句：操，曹操。《后汉书评》：“视公如龙，视操如鬼。”《汉晋春秋》：“亮围祁山，宣王(司马懿)登山掘营，不肯战。贾诩、魏平数请战，因曰：‘公畏蜀如虎，奈天下笑何！’”这二句是说，司马懿不将曹操放在眼里，对诸葛亮却怕得要命。

[7] “嗟彼”二句：巾帼徒：指司马懿。事出《三国志·魏志·明帝纪》注：“《魏氏春

秋》曰：(诸葛亮)既屡遣使交书,又致巾帼妇人之饰,以怒宣王。"俦伍：相当,相匹。

[8]"紫色"二句：紫色：蓝和红合成的颜色,不是正色。蛙声：喻邪音。《汉书·王莽传赞》："紫色蛙声,余分闰位。"抵隙：乘着空隙的机会。《后汉书·公孙述传》："李熊说述曰：若奋威德,以投天隙,霸王之业成矣。"

[9]"火井"二句：火井：刘敬叔《异苑》："蜀郡临邛县有火井,汉室之隆,则炎赫弥炽。暨桓、灵之际,火势渐微。诸葛亮一瞰而更盛。至景曜元年,人以烛投即灭。其年蜀并于魏。"三炎,指西汉高祖、东汉光武帝、蜀汉昭烈帝。赤伏：《后汉书·光武纪》："光武先在长安时,同舍生强华自关中奉赤伏符曰：'刘秀发兵捕不道,四夷云集龙斗野,四七之际火为主。'"诗中即以指东汉。更：更替。典午：指晋。《三国志·蜀志·谯周传》："周语次,因书版示立曰：'典午忽兮,月酉没兮。'典午者,谓司马也;月酉者,谓八月也。至八月而文王(司马昭)果崩。"按：典,司,掌管的意思;午,生肖为马,"典午",隐指司马。晋帝姓司马,后人因以典午为晋朝的代称。

[10]"志士"二句：志士,指战国时齐人鲁仲连,其人"好奇伟俶傥之画策,而不肯仕宦任职,好持高节"。关于他义不帝秦的事,见《战国策·赵策三》。这里借以咏诸葛亮的高节。祭器：礼器。《汉书·儒林传序》："陈涉之王也,鲁诸儒持孔氏礼器往归之。"

[11]"阴平"二句：阴平：古地名,今甘肃省文县。其地险阻,但由此入蜀最为径捷。阴平失险,指邓艾入蜀时,自阴平道偷袭,因而得入成都灭蜀事。莒：春秋时诸侯国名。面缚忘奔莒,借春秋时事以指蜀亡。《左传·僖公六年》："楚子围许,……许男面缚衔璧。"又《庄公八年》：齐襄公立无常,鲍叔牙奉公子小白奔莒。刘向《新序》："愿君无忘出奔于莒也,臣亦无忘束缚于鲁也。"后人用此典以指处安乐之时,不要忘掉危难时处境。《三国志·蜀志·后主传》："(邓)艾至城北,后主舆榇自缚诣军垒门。"《汉晋春秋》："司马宣王问禅(后主)曰：'颇思蜀否?'禅曰：'此间乐,不思蜀也。'"

[12]"知公"二句：抱遗憾：诸葛亮遗表："不及终事陛下,饮恨无穷。"龙卧：《三国志·蜀志·诸葛亮传》："先主屯新野",徐庶谓曰："诸葛孔明,卧龙也,将军岂愿见之乎?"

[13]沔阳：沔水之南。浒：水边。

[14]杜宇：见钱谦益《西湖杂感》注[6]。

[15]镞：箭镝。《神僧传》："梁将王琳与陆法和守巫峡。军次白帝,法和谓人曰：'诸葛孔明可谓名将。吾见此城旁有其埋弩箭镞一斛。'令掘之,如其言。"

[16]谯侯：谯周,三国巴西西充人。诸葛亮领益州牧,任为劝学从事,后任中散

大夫、光禄大夫。炎兴元年，劝蜀主刘禅降魏，受魏封阳城亭侯。

✤ 评 析

此诗作于南明王朝最后灭亡后才十年。作者虽仕宦于清廷，然对明亡，不无悼惜之意。此诗为吊古之作，字里行间，对“志士耻帝秦，祭器犹存鲁”，显然表示同情。沈德潜评为：“激昂凭吊，如有神助。”

息斋夜宿即景有怀故园[1]

夜来微雨歇，河汉在西堂[2]。
萤火出深碧，池荷闻暗香。
开窗临竹树，高枕忆沧浪[3]。
此夕南枝鸟[4]，无因到故乡。

✤ 注 释

[1] 息斋：作者友人徐喈凤，宜兴人。顺治十五年戊戌(1658)进士。息斋是其室名。

[2] 河汉：银河。

[3] 沧浪：见吴伟业《遇南厢园叟感赋八十韵》注[86]。这里借指故乡之水。

[4] 南枝鸟：《古诗十九首·行行重行行》：“胡马依北风，越鸟巢南枝。”是说禽兽也不忘故乡，暗示物尚有情，何况于人。诗中以南枝鸟自况，寄诗人思乡之情。

✤ 评 析

此诗作于顺治十五年戊戌，时作者年二十五岁。方赴殿试，客北京，至九月始归里。此诗为即景感怀之作，于静谧幽清的夜景描写中，抒发了思念故乡的情怀，代表作者早期神韵诗的风格。首二句点息斋之夜，三、四句写即景，五句承前启后，六句落到夜宿及怀故园，末句因暂不得回乡而寄感，承第六句而翻进一层。这诗因三、四两句而著名。陈衍《石遗室诗话》云："渔洋山人自喜其'萤火出深碧，池荷闻暗香'之句，谓可拟范德机'雨止修竹间，流萤夜深至'二语。渔洋最工摹拟，见古人名句，必唐临晋帖，曲肖之而后已。持斯术也，以之写景，时复逼真，以之言情，则往往非由衷出矣。"按：此二句渔洋之友叶方蔼极喜之，取入《独赏集》。元范元梈二句，题为《苍山秋感》。凌廷堪《读范德机诗口占》云："雨止修竹流萤至，此句见赏王渔洋。果然幽涩如鬼语，尚逊池荷闻暗香。"此论评范、王高下，殊有见地。钱锺书《谈艺录》云："'深碧'二字尤精微，下句'暗香'二字，花气之幽，夜色之深，融化烹炼，更耐寻味。"

雨后观音门渡江[1]

饱挂轻帆趁暮晴，寒江依约落潮平[2]。
吴山带雨参差没[3]，楚火沿流次第生[4]。
名士尚传麾扇渡[5]，踏歌终怨石头城[6]。
南朝无限伤心史[7]，惆怅秦淮玉笛声。

✤ 注释

[1] 观音门：南京北城门之一，临长江。诗于顺治十七年庚子（1660）从扬州赴南京时作。

[2] 依约：隐约，不分明貌。

[3] 没：隐没。

[4] 楚火：楚地的渔火。楚地，指南京以西一带，春秋时为楚国地，故称。次第：按次。

[5] 麾扇渡：地名，在南京秦淮河上。据《晋书·顾荣传》载：晋广陵相陈敏反，据建业。顾荣起兵讨陈敏，与敏军夹河而阵，荣以羽扇麾之，敏军遂溃，后因名其地为麾扇渡。

[6] 踏歌：谓唱歌时以足踏地为节拍。《宣和书谱》："南方风俗，中秋夜，妇人相持踏歌，婆娑月影中，最为盛集。"石头城：南京的别称。

[7] 南朝：宋、齐、梁、陈四朝的合称，是我国历史上几个短命的王朝。

✤ 评析

此诗上半首写渡江所见晚景，后半首触景生情，咏怀古迹，抒写对南朝兴亡的感慨，三、四句写雨后江山的入晚动态，画所不能到。

晓雨重登燕子矶绝顶作[1]

岷涛万里望中收[2]，振策危矶最上头[3]。
吴楚青苍分极浦[4]，江山平远入新秋[5]。
永嘉南渡人皆尽[6]，建业西风水自流。
洒泪重悲天堑险[7]，浴凫飞燕满汀洲[8]。

✤ 注释

[1] 燕子矶：见施闰章《燕子矶》注[1]。诗作于顺治十七年庚子(1660)。

[2] 岷涛：指长江。旧时以长江上游岷江为长江正源，故以指称长江。望中收：尽收眼底。望中：眼中。

[3] 振策：拄杖。

[4] 吴楚：泛指长江中下游。春秋战国时，这里是吴楚之地。极浦：极远的水边。

[5] 平远：郭熙《林泉高致》："自近山望远，谓之平远。"

[6] 永嘉：晋怀帝年号(307—313)。永嘉时，西晋尚未亡灭，永嘉南渡，一般即指东晋南渡，见钱谦益《西湖杂感》注[31]。诗中暗指南明福王朝的覆亡。

[7] "洒泪"句：天堑：天险，指长江。据《南史 · 孔范传》载：陈宣帝祯明年间(587—588)，隋兵将过江，陈群臣议论设防，范奏称："长江天堑，古来限隔，虏军岂能飞度(渡)?"又据杨陆荣《三藩纪事》载：顺治二年乙酉(1645)五月八日，清兵已抵长江北岸，十日，马士英尚称长江天险可恃。十一日，南京陷。"重悲天堑险"，感叹南明重蹈陈亡的覆辙。

[8] 汀(tīng)洲：水中陆地。

✤ 评析

此诗描述登燕子矶所见的寥阔江景，并借东晋事迹抒写了对南明覆亡的感叹。登临时已在郑成功进军南京兵败以后一年，明朝亡国之局已无法挽回。三、四句从程嘉燧诗"瓜步江空微有树，秣陵天远不宜秋"化出。

再过露筋祠[1]

翠羽明珰尚俨然[2]，湖云祠树碧于烟。
行人系缆月初堕，门外野风开白莲。

✤ 注释

[1] 露筋祠：庙名。在扬州以北，高邮以南。相传古代有女同嫂夜行，止道旁，嫂投田舍，女竟为丛蚊叮咬而死，筋露。后人哀之立庙。实则此为五代将军路金之庙。此诗作于顺治十七年庚子(1660)。

[2] 翠羽明珰：古代女子的首饰，这里指祠中塑像的妆饰。俨然：宛然，好像真的。

✤ 评析

此诗为顺治十七年庚子夏，士禛任扬州推官，途经露筋祠所作。时作者二十七岁。《渔洋诗话》云："陆鲁望(龟蒙)'无情有恨何人见，月白风清欲堕时'二语，恰是白莲，移用不得。在广陵，有《题露筋祠》云云，正拟其意。"这又是一个作者摹拟前人的自供。当然，也有作者自己的出色处。首句描绘祠中女神的塑像，后三句写祠外风光，湖云烟树，月堕风清，白莲吐香，烘托了女神像的芳洁。沈德潜《清诗别裁集》评云："阐扬贞烈，易入于腐，故以题外着意法行之。高邮远近，俱种白莲。二语得陆天随'月晓风清欲堕时'意。"陆以湉《冷庐杂识》云："王阮亭尚书《题露筋祠》诗云云。论者推为此题绝唱。按米襄阳(芾)《露筋祠碑》云：'神姓萧，名荷花。'诗不即不离，天然入妙，故后来作者，皆莫之及。”

秦淮杂诗[1]（十四首选五）

年来肠断秣陵舟[2]，梦绕秦淮水上楼。
十日雨丝风片里[3]，浓春烟景似残秋。

当年赐第有辉光，开国中山异姓王[4]。
莫问万春园旧事，朱门草没大功坊[5]。

新歌细字写冰纨，小部君王带笑看[6]。
千载秦淮呜咽水，不应仍恨孔都官[7]。

旧院风流数顿杨[8]，梨园往事泪沾裳[9]。
樽前白发谈天宝[10]，零落人间脱十娘[11]。

十里清淮水蔚蓝[12]，板桥斜日柳毵毵[13]。
栖鸦流水空萧瑟，不见题诗纪阿男[14]。

✤ 注释

[1] 此诗作于顺治十八年辛丑(1661)。时作者官扬州推官以事至吴郡，归途游南京。秦淮河，在南京城南。

[2] 秣陵：指南京。

[3] 雨丝风片：细雨微风。汤显祖《牡丹亭》：“雨丝风片，烟波画船。”

[4] “当年”二句：明开国功臣徐达，明太祖赐给他大功坊，死后追封为中山王。异姓王：见后厉鹗《开平王孙种菜歌》注[16]。

[5]“莫问”二句：谓入清以后，中山王府已一片荒寂。万春：南朝建康宫城门，东曰万春。园未详。大功坊：中山王徐达府第所在。坊东抵秦淮，西通古御街，原为旧内，明太祖以赐徐达。

[6]“新歌”二句：作者自注：“弘光时，阮司马以吴绫作朱丝阑，书《燕子笺》诸剧进宫中。”冰纨：洁白的丝绢。小部：戏班。详见钱谦益《西湖杂感》注[14]。君王：指南明福王朱由崧。朱在南京被拥立为弘光帝后，不思复国，终日沉湎酒色。这二句记阮大铖进献《燕子笺》等剧事，讥南明必然覆亡的下场。

[7]孔都官：南朝陈后主(叔宝)的都官尚书孔范，为陈后主宠信。陈后主恣意荒淫，终致亡国。这句谓不应老是怨恨孔范，如今阮大铖不又是一个孔范吗？

[8]旧院：见蒋超《金陵旧院》注[1]。顿：顿文，字小文，金陵名妓，琵琶顿老之孙女，善鼓琴。杨：杨玉香，金陵名妓，善琵琶。

[9]梨园：指戏班。详见钱谦益《西湖杂感》注[14]。

[10]天宝：唐明皇年号。借指晚明。

[11]脱十娘：王士禛《池北偶谈》：“金陵旧院，有顿、脱诸姓，皆元人后没入教坊者。顺治末，予在江宁，闻脱十娘者，年八十余，尚在，万历中北里之尤也。”

[12]蔚蓝：原是道教中天名，后人用以形容天色与水色。

[13]板桥：余怀《板桥杂记》：“长板桥在院墙外数十步，旷远纤绵，水烟凝碧，回光、鹫峰两寺夹之。中山东花园亘其前，秦淮朱雀桁绕其后。”毵毵(sān sān)：柳丝下垂貌。

[14]“栖鸦”二句：作者自注：“阿男《秋柳》句云：‘栖鸦流水点秋光。’诗人伯紫之妹也。”王士禛《渔洋诗话》：“余辛丑客秦淮，作《杂诗》二十首，多言旧院时事，内一篇‘十里清淮’云云。阿男名映淮，诗人伯紫之妹也。幼有诗‘栖鸦流水点秋光’，后适莒州杜氏，以节闻。伯紫与余书云：‘公诗即史，乃以青灯白发之嫠妇，与莫愁、桃叶同列，后人其谓之何？’余谢之。后入为仪郎，乃力主覆疏，旌其闾，笑曰：聊以忏悔少年绮语之过。”按：“栖鸦流水点秋光”七字，为纪映淮《秦淮柳枝》首句。

✤ 评 析

此组诗借秦淮之游，反映南明福王朝灭亡前后君王及臣民上下的事实，抒盛衰兴亡之感。作者非明遗民，赋此诗时，在顺治十五年中进士之后三年，客居秦淮邀笛步，年方二十八，风华正茂，此诗写得神韵悠扬，风致淡荡，体现了渔洋诗的本色。

冶春绝句[1]（二十首选三）

今年东风太狡狯[2]，弄晴作雨遣春来。
江梅一夜落红雪，便有夭桃无数开。

三月韶光画不成[3]，寻春步屧可怜生[4]。
青芜不见隋宫殿[5]，一种垂杨万古情。

东风花事到江城，早有人家唤卖饧[6]。
他日相思忘不得，平山堂下五清明[7]。

✤ 注释

[1] 冶春：游春。诗作于康熙三年甲辰（1664）春。诗人与林古度、杜濬、张纲孙、孙枝蔚诸名士，修禊扬州之红桥，赋冶春诗，诸名士皆和。

[2] 狡狯：调皮。

[3] 韶光：美好的时光，指春光。

[4] 屧（xiē）：鞋。步屧：步行，漫步。可怜生：可爱。生为词尾，无义。

[5] 隋宫殿：隋炀帝下扬州时在扬州所筑的离宫。

[6] 饧（xíng）：麦芽糖。古时卖饧者吹箫唤卖。

[7] 平山堂：在扬州瘦西湖畔蜀岗中峰上，北宋欧阳修任扬州太守时建。五清明：指诗人从顺治十七年庚子（1660）为扬州推官至甲辰（1664），在此度过了五个清明节。

✤ 评析

此组诗是渔洋早期名作，时年方三十一岁。陈衍《石遗室诗话》云："铁崖道人（杨维祯）《竹枝词》、《漫兴》各绝句，专学杜甫，渔洋《冶春词》专学铁崖，余酷喜之，以为渔洋集中，无出此数首及《怀人绝句》右者。”

蟂矶灵泽夫人祠[1]（二首选一）

霸气江东久寂寥[2]，永安宫殿莽萧萧[3]。
都将家国无穷恨，分付浔阳上下潮。

✤ 注释

[1] 此诗为康熙二十四年乙丑(1685)，作者奉使广东，祭告南海，事毕北返时，道经长江时作。蟂(xiāo)矶：在安徽省芜湖江岸，片石傍江，高不满寻丈，上有孙夫人祠。灵泽夫人：三国时蜀汉刘备的夫人，东吴孙权之妹。后人建庙，称之为灵泽夫人。

[2] 江东：三国时东吴统治的地区。

[3] 永安宫：在今四川奉节县境，三国时蜀主刘备所建。章武三年(223)刘备病殁于永安宫。

✤ 评析

灵泽夫人祠，有徐渭所撰著名对联云：“思亲泪落吴江冷，望帝魂归蜀道难。”渔洋此诗，浑括其意，音在弦外。一联一诗，足为此祠生色。

宋 荦

宋荦（1634—1711），字牧仲，号漫堂，又号西陂，河南商丘人。官至吏部尚书。精于鉴藏，善画，能诗。邵长蘅曾以其诗与王士禛诗合刻为《二家诗钞》，谓荦诗“含吐蕴藉，标格隽上，如良玉之温润缜密，而精采四照也”。然荦实非士禛之敌，荦有句云：“绵津三舍避渔洋，新屋诗题讵敢当。”可谓有自知之明。有《绵津诗钞》。

海上杂诗[1]（三首选一）

杰阁从前代[2]，平看碧海流。
千年留碣石[3]，一发辨登州[4]。
潮送斜阳落，风传绝塞秋[5]。
倚阑聊咏志，俊鹘下荒洲[6]。

✤ 注释

[1] 此诗为经渤海时所作。

[2] 杰阁：高阁。这里指蓬莱阁。阁在今山东蓬莱市区西北丹崖山巅，下临大海，殿阁凌空，云烟缭绕，素有“仙境”之称。创建于北宋嘉祐年间（1056—1063），明代曾加扩建，故谓“从前代”。

[3] 碣石：山名，旧说在河北昌黎县，南距渤海仅三十里。但今人关于碣石的考订，尚存异词。据史载，秦始皇三十二年（前 215）和汉元封元年（前 110），秦始皇、汉武帝先后东巡，曾登临碣石以观海。东汉建安十二年（207），曹操东征归来，曾

“东临碣石,以观沧海”,并作《步出夏门行》诗。

[4] 一发:犹一线。登州:今山东省蓬莱市,临渤海。

[5] 绝塞:极远的边塞。这里指山海关外。

[6] 俊鹘:英武的鹘鸟。鹘:鸟名,又叫隼。善飞,性凶猛。

✤ 评析

此诗描绘海上雄浑壮阔的景象,并咏怀古迹,寄托诗人踌躇满志的豪情。风格坚苍,逼近唐人。

许 虬

许虬，字竹隐，江苏长洲（今苏州）人。顺治十五年戊戌（1658）进士，官至永州知府。工诗，多拟古之作。有《万山楼集》。

折杨柳歌[1]

居辽四十年，生儿十岁许。
偶听故乡音，问爷此何语。

✤ 注释

[1] 折杨柳歌：乐府古题，北朝“梁鼓角横吹曲”之一。

✤ 评析

此诗写关内汉人远居关外怀念故乡之情，从久居写入，以儿子问爷乡语衬出，情真而构思曲折。沈德潜评云：“竟似齐梁间北国歌。”

吴 雯

吴雯(1644—1704),字天章,辽阳人,占籍蒲州。诸生。雯为王士禛弟子,赵执信谓其“天姿国色,粗服乱头亦佳”。有《莲洋集》。

明 妃[1]

不把黄金买画工,进身羞与自媒同。
始知绝代佳人意,即有千秋国士风[2]。
环佩几曾归夜月[3],琵琶唯许托宾鸿[4]。
天心特为留青冢[5],春草年年似汉宫。

✣ 注 释

[1] 明妃:王昭君,汉南郡秭归人。名嫱,字昭君,晋人避司马昭讳,改称明君,后人又称明妃。原为汉元帝宫人。竟宁元年(前33),匈奴呼韩邪单于入朝,求美人为阏氏,帝予昭君以和亲。昭君戎服乘马,抱琵琶出塞。入匈奴,号宁胡阏氏。卒葬于匈奴。现内蒙古呼和浩特市南有昭君墓,世称青冢。昭君事迹,历代相传,多有不同。参见《汉书·元帝纪》、《匈奴传》、《后汉书·南匈奴传》、《西京杂记》等书。

[2] “不把”四句:汉元帝时,后宫既多,不得常见,元帝因遣画工毛延寿等画形,按图召幸。诸宫人皆赂画工,独王昭君不肯屈就,遂不得见。其后匈奴求美人为阏氏,昭君自请和亲。临行召见,貌为后宫第一,元帝始悔。这四句即称誉昭君的这种可贵精神。进身:指受到皇帝恩宠。自媒:自己营谋。国士:国中才能超群

的人。

[3] 环佩：女子衣服上的饰物。几曾：何曾。杜甫《咏怀古迹》咏昭君云："环佩空归月夜魂。"这里翻用杜意。

[4] 琵琶：旧称昭君出塞时手抱琵琶。今有异说，谓汉代时琵琶尚未传入中国。宾鸿：语出《礼记·月令》："鸿雁来宾。"这里谓琵琶中表达的心情，只能托归雁传寄给国人。

[5] 天心：天意。青冢：指昭君墓。《大同府志》："塞草皆白，惟此冢草青，故名。"

✤ 评析

此诗取昭君和亲的传闻，赞扬了王昭君的可贵精神，与一般所写的悲切形象不同。爱国精神，可于言外得之。

查慎行

查慎行（1650—1720），初名嗣琏，字夏重，后更今名，字悔余，号初白，浙江海宁人。少时为诸生，从军贵州。历游山东、河北、河南、江西、福建、广东等地。康熙四十二年癸未（1703）进士，官翰林院编修。慎行为黄宗羲门人，诗学宋人。尝教人作诗，谓诗之厚在意不在词，诗之雄在气不在貌，诗之灵在空不在巧，诗之淡在脱不在易。其诗多写行旅之情，也有反映民生疾苦之作，善用白描手法。有《敬业堂集》。赵翼曰："梅村后欲举一家列唐宋诸公之后者，实难其人，惟查初白才气开展，工力纯熟，鄙意欲以继诸贤之后。"又谓："初白诗功力之深，香山、放翁后一人而已。"张维屏评其诗谓："极清真，极隽永，亦典切，亦空灵，如明镜之肖形，如化工之赋物，其妙只是能达。"

麻阳运船行[1]

麻阳县西催转粟[2]，人少山空闻鬼哭。一家丁壮尽从军，携稚扶幼出茅屋。朝行派米暮催船，里胥点名还索钱。辘轳转絙出井底[3]，西望提溪如到天[4]。麻阳至提溪，相去三百里。一里四五滩，滩滩响流水。一滩高五尺，积势殊未已[5]。南行之众三万余，樵爨军装必由此[6]。小船装载才数石，船大装多行不得。百夫并力上一滩，邪许声中骨应折[7]。前头又见波涛泻，未到先愁泪流血。脂膏已尽正输租[8]，皮骨仅存犹应役。君不见一军坐食万民劳，民气难苏士气骄[9]。虎符昨调思南戍[10]，多少扬麾白日逃[11]！

✤ 注释

[1] 麻阳：县名，在湖南省西部，邻接贵州省。康熙十二年癸丑(1673)，平西王吴三桂、靖南王耿精忠、平南王尚可喜等起兵，占领了滇、贵、粤、桂、湘、川六省之地，史称“三藩之乱”。康熙十九年庚申(1680)，清廷派赵良栋等率军抵御，攻下贵州，直逼昆明，平息了这场长达八年之久的战乱。诗当作于康熙十九年庚申作者由贵州军中返乡途中。

[2] 转粟：转运粮草。

[3] 絙(gēng)：粗绳。

[4] 提溪：在贵州省境内，由麻阳逆辰水而上三百里。

[5] “积势”句：谓一滩高过一滩，没完没了。

[6] “樵爨(cuàn)”句：谓打柴和行军都必须经过此路。

[7] 邪许(yé hú)：劳动时人群一齐用力发出的呼声。《淮南子》：“今夫举大木者，前呼邪许，后亦应之，此举重劝力之歌也。”

[8] 输租：缴纳租税。

[9] 苏：苏息。

[10] 虎符：旧时调发军队的虎形兵符。思南：县名，在贵州省东北部。

[11] 扬麾：丢下战旗。

✤ 评析

此诗叙写三藩乱时，清廷用兵西南，人民运转粮草的苦难。前八句写麻阳县中丁壮被迫从军，人少山空，而胥役还要向老弱摊派粮草，催船索钱，数百里中，民不聊生。“麻阳至提溪”以下八句，写必经之路的众滩险恶形势，为“小船”以下八句正面写急滩运船的痛苦蓄势。“脂膏已尽正输租，皮骨仅存犹应役”，回应第一段所叙述。“君不见”以下四句，揭露行军只苦了百姓，军队却坐食骄横，闻战先逃。全诗层层推进，控诉内战的不得人心，劳民伤财。事出于作者亲身见闻，反映现实深刻，较胜于元、白乐府。

初入黔境土人皆居悬岩峭壁间缘梯上下与猿猱无异睹之心恻而作是诗[1]

巢居风俗故依然[2]，石穴高当万木颠[3]。
几地流移还有伴[4]，旧时井灶断无烟[5]。
余生兵革逃难稳，绝塞田畴瘠可怜。
为报长官宽赋敛，猕猿家息久如悬[6]。

✣ 注释

[1] 此诗为作者早年从军黔、楚时作。

[2] 巢居：远古时代人无居室，栖宿树上，称巢居。当时贵州少数民族过的还是原始时代生活，故云“故依然”。

[3] 当：相当。

[4] 几地流移：指连年战事，到处流徙。

[5] 井灶无烟：指乱后人烟稀少。

[6] 猕猿：即猕猴，作者用以指称居在悬岩峭壁间的少数民族，显然不妥。家息：家中生计。如悬：《左传・僖公二十六年》：“齐侯曰：‘室如悬罄(通“磬”)，野无青草，何恃而不恐？’”意谓屋子像悬挂着的石磬一样，空无所有。比喻穷困已极。

✣ 评析

此诗描述贵州少数民族的风土人情，反映了清初战乱期间内地人民的生活。特别是结尾为民请命，表现了诗篇思想性的深度。惜用“猕猿”一语未妥。

秦邮道中即目[1]

不知淫潦啮城根[2],但看泥沙记水痕[3]。
去郭几家犹傍柳[4]? 边淮一带已无村[5]。
长堤冻裂功难就,浊浪侵南势易奔。
贱买河鱼还废箸[6],此中多少未招魂[7]?

✤ **注 释**

[1] 秦邮:今江苏省高邮市。秦朝于此筑台置邮亭,故名。

[2] 淫潦:谓淫雨积水成灾。啮:这里是吞没、淹没之意。

[3] 水痕:水淹的痕迹。

[4] 去郭:离城。

[5] 边淮:靠近淮河。

[6] "贱买"句:是说我虽然用低价买到了河鱼,但还是不忍食用。废箸:放下筷子。

[7] "此中"句:意承上句,点明废箸的原因,谓这儿有许多全家死于水灾的人。招魂:古时迷信,认为将死者之衣升屋,北面而呼,即可招回死者之魂。后遂以为死者丧葬之礼。未招魂:谓全家人都死,无人为死者行丧葬之礼。

✤ **评 析**

此诗记途中所见,描绘淮河流域洪水泛滥后触目惊心的惨景,表现了诗人对民间疾苦的关心。一结可谓泪痕血点沾胸臆了。

邺下杂咏[1](四首选一)

一赋何曾敌两京[2],也知土木费经营[3]。
浊漳确是无情物[4],流尽繁华只此声。

✤ 注释

[1] 邺：三国时曹魏的都城，故址在今河北省临漳县附近。

[2] 一赋：指左思《魏都赋》。两京：指东汉张衡《两京赋》。两京为西汉都城长安(称西京)、东汉都城洛阳(称东京)。

[3] 土木经营：《魏都赋》中曾详细描写魏都宫殿建筑的情况。

[4] 浊漳：漳水有清漳水、浊漳水之分，清漳至武安南入浊漳，流经邺都境。

✤ 评析

此诗意在讽刺清统治者大兴土木、营建王都之举。顺治七年，摄政王多尔衮，以北京暑热，欲另建京城于滦州，派天下钱粮一千六百万。是年王卒，世祖免此加派。事在作者出生之年。此诗盖作者游河北经邺下时追感前事而作，咏古借以慨今。

纳兰性德

纳兰性德(1654—1685),字容若,初名成德,后避东宫嫌名,改名性德。太傅明珠长子。康熙十五年丙辰(1676)进士,选授三等侍卫,寻晋一等。有《通志堂集》。性德以词名一代,诗亦清新秀隽。

秣陵怀古[1]

山色江声共寂寥,十三陵树晚萧萧[2]。
中原事业如江左[3],芳草何须怨六朝[4]。

✤ 注释

[1] 秣陵:南京。

[2] 十三陵:明代成祖以下十三代帝王的陵墓,在北京西北。

[3] 中原:明崇祯亡国以前建都在北京,以北方为统治中心。古代以河南一带为中原,这里借指北方。江左:江东。诗中指六朝时偏安江南的统治者。他们大多由于贪图享乐而覆亡。这句谓明末几代皇帝,也和六朝的统治者相差无几。

[4] 芳草:指江南的美丽景色。六朝:见龚鼎孳《上巳将过金陵》注[5]。

✤ 评析

这诗前两句描绘金陵经战乱以后凄清的景象和北方明陵的荒凉,后二句谓国家的兴亡,主要在于统治者如何施政,不在于都城的地理环境。

赵执信

赵执信（1662—1744），字伸符，号秋谷，晚号饴山老人，山东益都（今博山）人。康熙十八年己未（1679）进士，官右春坊右赞善，兼翰林院检讨。因“国丧”期间观《长生殿》演出而革职。曾南游至苏州、广东等地。有《饴山堂集》。赵执信为王士禛亲戚后辈而与王不合，反对王的“神韵说”，但又取王《渔洋诗则》中的一部分为《声调谱》，刻以行世。服膺常熟冯班，自称私淑弟子。班诗崇尚李商隐与宋代西昆体，赵诗以峻刻为主，与班风格实不相近。其诗有若干讽刺现实，意义深刻之作，为当时王士禛、朱彝尊诸人所不敢为。

甿入城行[1]

村甿终岁不入城，入城怕逢县令行。
行逢县令犹自可，莫见当衙据案坐。
但闻坐处已惊魂，何事喧轰来向村。
锒铛杻械从青盖[2]，狼顾狐嗥怖杀人。
鞭笞榜掠惨不止[3]，老幼家家血相视。
官私计尽生路无，不如却就城中死。
一呼万应齐挥拳，胥隶奔散如飞烟。
可怜县令窜何处？眼望高城不敢前。

城中大官临广堂[4]，颇知县令出赈荒[5]。
门外甿声忽鼎沸，急传温语无张皇[6]。
城中酒浓馎饦好[7]，人人给钱买醉饱。
醉饱争趋县令衙，撤扉毁阁如风扫。
县令深宵匍匐归，奴颜囚首销凶威。
诘朝甿去城中定[8]，大官咨嗟顾县令[9]。

✤ 注释

[1] 甿(méng)：百姓。此诗载于《饴山堂集·浮家集》，《浮家集》是作者于康熙四十八年己丑(1709)携家南下时纪述途中见闻的诗。次年元旦作者到苏州，本诗记述苏地人民反抗官吏压迫所进行的一次斗争。但此事不载于史书及地方志，疑有所讳。惟清初顺治二年乙酉(1645)，苏州乡区民变，曾武装进入苏城，巡抚匿于瑞光寺中，一夕退去。但其事杂有民族斗争性质，且与赵执信到苏时，已隔六十多年。可能他约略据此传说，略去其民族斗争事实，写成单纯民变，以免贾祸。

[2] 锒铛：刑具，即铁锁链。杻(chǒu)械：桎梏一类的刑具。青盖：皇子、皇太子的坐车。《后汉书·舆服志》："皇太子、皇子皆安车，朱班轮，青盖。"这里借指县官的坐车。这句是说县吏带着刑具跟在县令车子的后面。

[3] 榜掠：用杖打犯人，犹"鞭笞"。

[4] 大官："甿入城"一事，发生在苏州。当时苏城内有苏州知府和江苏巡抚的衙门。此大官应指苏州知府。

[5] 赈荒：旧时指救济灾民，是官吏借以渔利剥削人民的一个名目。

[6] 张皇：惊慌貌。

[7] 馎饦(bó tuō)：一作馎饦，饼类食物。

[8] 诘朝：早晨。

[9] 咨嗟：叹息。

✤ 评析

此诗真实描写了吴中官逼民变的一幅生动画面。前幅反映了平时县令作威作福、百姓生路断绝的惨状，是激成民变的原因。中幅写百姓造反入城的声势，县令逃匿，知府软化，百姓捣毁县衙，诗笔如疾风扫落叶，写来痛快淋漓。最后四句写百姓离城后的余势，县令知府等一副狼狈相，显示了百姓斗争官吏的胜利，寓讽刺于突梯滑稽之中。自来诗人，未尝写过这样主题的作品，有胆有识而又是诗坛射雕手的赵执信始敢为之。

沈德潜

沈德潜(1673—1769),字确士,号归愚,江苏长洲(今为苏州)人。乾隆四年己未(1739)进士,由编修历官至礼部侍郎。其诗少受法于叶燮,主张格调说,与王士禛的神韵说、袁枚的性灵说,在当时诗坛上各占一势力。曾选《古诗源》、《唐诗别裁集》等标举宗旨。有《归愚诗文集》。

制府来[1]

客述制府始末甚详,因成乐府四解[2],志往事,儆后来也。

制府来,怒炎赫。上者罪监司[3],下者罪二千石[4]。属吏驱使如牛羊,千里犇重来奔忙[5],鞠躬上寿登公堂[6]。制府赐颜色,属吏贴席眠[7]。破得百家户,博得制府欢。制府之乐千万年!一解

扬旗旌,麾三军。制府航海靖海氛[8],声名所到步步生风云。居者阖户[9],行者侧足[10]。但称制府来,小儿不敢哭。军中队队唱凯还,内实百货装楼船。文武郊迎[11],次且不得近前[12]。制府之乐千万年!二解

制府第,神仙宅,夜光锦[13],披墙壁;明月珠,饰履舄[14]。猫儿睛,鸦鹘石[15],儿童戏弄当路掷。平头奴子珊瑚鞭[16],妖姬日夕舞绮筵[17]。赏赐百万黄金钱,天长地久雨露偏[18]。

制府之乐千万年！三解

太阳照，冰山倾。黄纸收制府[19]，片刻不得暂停。轺车一两[20]，千里无人送迎。妇女戟手詈[21]，童稚呼其名。爰书定[22]，在旦夕。求为厮养[23]，厮养不可得。盘水加剑请室间[24]，从前荣盛如云烟。制府之乐千万年！四解

✤ 注释

[1] 诗记康熙年间两江总督噶礼事。制府，又称“制台”，明清时总督的敬称，诗中寓讥讽意。噶礼，满洲正红旗人，姓栋鄂氏。康熙三十八年己卯（1699）任山西巡抚，四十八年己丑（1709）任两江总督，任职期间，贪赃枉法，虐吏害民，权势炙人。就任山西时，受赃贪污白银达数十万两；擢升两江总督后，又伙同考官赵晋等于科场营私舞弊，得银数十万两，还纵容投机商粜米外运，从中渔利，致使米价高涨，万民交怨。康熙五十一年壬辰（1712）为江苏巡抚张伯行查实参奏，被罢官。五十三年甲午（1714），又因谋杀亲母案，诏令自尽。

[2] 四解：犹四段。见吴嘉纪《李家娘》注[5]。

[3] 罪：加罪。监司：官名，清代指督察府、州、县的高级官员。

[4] 二千石：汉代对郡守的通称。按汉制，郡守俸禄为二千石，故称。郡，清代已废，诗中泛指地方官员。

[5] 辇重：指驾着满载货物的车。

[6] 鞠朋：鞠躬跪拜。朋（jì）：同“跽”，小跪。

[7] “制府”二句：谓制府略给好看的面色，属吏便放下了心。

[8] 靖海氛：指康熙四十九年（1710）十二月，平定海盗郑尽心、郑茂、余国梁等事。

[9] 阖户：关门。

[10] 侧足：因畏惧而不敢正立。《后汉书·杜乔传》：“群臣侧足而立。”

[11] 郊迎：到郊外迎接，以示敬重。

[12] 次且：同“趑趄”，举足不前貌。

[13] 夜光锦：夜间能发光的锦毯。

[14] 履舄（xì）：鞋。旧称单底为履，复底而着木者为舄。

[15] 猫儿睛、鸦鹘(hú)石：两种宝玉名。猫儿睛，又称“金绿玉”，因其色绿闪烁如猫眼，故名。鸦鹘石，以玉色紫绿如鸦鹘而名。

[16] “平头”句：语出梁武帝《河中之水歌》：“珊瑚挂镜烂生光，平头奴子擎履箱。”平头：光头。

[17] 绮筵：华贵的宴席。

[18] 雨露：比喻恩泽。偏：指只偏及噶礼一家。

[19] 黄纸：古代诏书多用黄纸书写，见吴伟业《清凉山赞佛诗》注[33]。这里指收捕噶礼的诏书。

[20] 轺(yáo)车：用一匹马驾驶的轻便车。两：通“辆”。

[21] 戟手：竖起食指和中指以指人，形容怒骂时的情状。詈(lì)：骂。

[22] 爰(yuán)书：古时记录囚犯供词的文书。这里指判决书。

[23] 厮养：犹厮役，指干粗杂活的奴隶。

[24] “盘水”句：古代大臣有罪，皇帝御赐宝剑，置在盘水之上，命其自尽。请室：汉代囚禁犯官的牢狱，后以称刑部狱。《汉书·贾谊传》：“盘水加剑，造请室而请罪耳。”

✤ 评析

此诗对噶礼飞扬跋扈的丑恶嘴脸和可耻的下场作了淋漓尽致的描绘，在一定程度上揭露了封建统治者的罪恶。明七子诗多拟古，有伪体之称，然亦有反映现实、揭露黑暗之作，如王世贞的《袁江流》、《将军行》就是。沈德潜诗，拟古无创新，然集中亦偶有可取之作，《制府来》一首，可以与王世贞的乐府争胜。

黄 任

黄任（1683—1768），字莘田，福建永福人。康熙四十一年壬午（1702）举人，官四会知县。有《香草斋集》。集中存诗近千首，而七绝居三分之二。诗专学李商隐、杜牧、温庭筠、苏轼诸家的俊逸风格，所以杭世骏称其最工绝句，袁枚《论诗绝句》以为“唐代诗原中晚佳”。五言古诗，则接近王维、孟浩然、常建、刘慎虚淡远高洁一路，亦有学元、白讽谕诗之作。陈衍称其“人品高洁”，绝句“风神绝世”，香奁之作“几欲追微之（元稹）、冬郎（韩偓）而及之，王次回（彦泓）不足道也”。

赈粥行[1]

今年米价高，乃自二月始。其时东作人[2]，尚未及耘耔。
绠短井水深，辘轳接不起[3]。展转七八旬，十室滨九死[4]。
苟活始至今，登场十日耳。相传此十日，艰苦更无比。
譬彼行路人，九十半百里[5]。一春发仓廪，贱价实倍蓰[6]。
奈今已悬罄，一钱亦坐视[7]。苏我三阅月[8]，难免须臾毙。
此语痛至隐，使我抱愧鄙。急令煮馇粥[9]，欢呼遍村市。
其日正赤午，千百若聚蚁。大半老羸多，肩摩足跛倚。
叟叟与浮浮[10]，津津于颊齿。长吏未朝餐，先汝尝旨否[11]？
次乃恣蚕食，流歠等波靡[12]。痴妪强其儿，不肯辍箸匕[13]。

老翁不量腹，哽咽颡有泚[14]。佥云伤饥肠[15]，徐徐乃可尔。
明发当复来，渐渐平疮痏[16]。挥之不即去，不去察其旨。
问官赈几日，好共妻儿止。官卑俸钱薄，能办几斛米？
官云汝无虑，瓶罄罍之耻[17]。计较两岁禄，兼旬供食指[18]。
亦有懿德士，告乏助为理[19]。待汝刈穫声，此举我乃已。
东郊一以眺，坚好惟穈芑[20]。望岁如望梅[21]，额蹙变色喜。
归衙持箪瓢，余沥饱稚子[22]。

✤ 注释

[1] 赈粥：旧时官府或豪绅以粥救济灾民，谓赈粥。赈（zhèn）：救济。雍正六年戊申（1728），四会大饥荒，赈粥济活。时黄任在四会知县任上，主持赈济事。

[2] 东作人：农民。东作，农事。《书·尧典》："平秩东作。"蔡沈集传："作，起也；东作，春月岁功方兴，所当作起之事也。"

[3] "绠短"二句：绠（gěng）：汲水绳。《庄子·至乐》："绠短者不可以汲深。"辘轳：绞吊汲水桶的器具。

[4] 滨：靠近，接近。

[5] "九十"句：《战国策》："行百里者，半于九十。此咏路之难。"谓走百里长路的人，走到九十里，足力已疲，剩余的十里，像是百里的一半。

[6] 倍蓰：一倍和五倍，泛指几倍。蓰（xǐ）：五倍。

[7] "奈今"二句：悬罄：形容空无所有，贫穷之极。《左传·僖公二十六年》："室如县（悬）罄，野无青草。"坐视：形容无可奈何。

[8] "苏我"句：意谓假使让我过三个月。苏：苏醒，这里作"活"讲。阅：经历。

[9] 馇（zhān）粥：稠粥。

[10] 叟叟：动貌。浮浮：众多貌。

[11] 旨：味美。

[12] "次乃"二句：恣：任凭。流歠（chuò）：饮，喝。《礼记·曲礼上》："毋流歠。"孔颖达疏："谓开口大歠，汁入口如水流。"等波靡：同水倒下一样。

[13] 辍：停止。箸匕：筷子和勺子。

[14] 颡有泚：额头出汗。颡（sǎng）：额。泚（cǐ）：汗出貌。《孟子·滕文公》：

“其颡有泚。”

[15] 佥(qiān)：都。

[16] “明发”二句：明发：破晓，天色发亮。疮痏：创伤瘢痕。喻疾苦。

[17] “瓶罄”句：语出《左传·昭公二十四年》：“瓶之罄矣，惟罍之耻。”罍(léi)：大酒器。

[18] “计较”二句：计较：计算。兼旬：两旬。食指：比喻来吃赈粥的人口。

[19] “亦有”二句：懿德士：有德行的人。懿德：美德。告乏：用尽财产。

[20] 坚好：指谷粒充实。《诗经·大雅·生民》：“实坚实好。”穈芑(mén qǐ)：穈，谷的一种；芑，白苗的粱。《诗经·大雅·生民》：“维穈维芑。”

[21] 望岁：指望好年成。《左传·昭公三十二年》：“闵闵焉如农夫之望岁，惧以待时。”望梅：《世说新语·假谲》：“魏武行役失汲道，军皆渴，乃令曰：‘前有大梅林，饶子，甘酸可以解渴。’士卒闻之，口皆出水，乘此得及前源。”这里比喻渴望丰收。

[22] “归衙”二句：箪(dān)：竹制或苇制的盛器，常用以盛饭。余沥：指剩余的粥。沥：液体的点滴。

✤ 评析

此诗委曲地写官办赈粥的经过，表现了作者以地方长官的身份，深切地为饥民着想，甘以两年的官俸，为饥民办两旬之食，而以剩余的点滴供自己的儿子吃。旧社会这样的好官，并不多见。桑调元与许廷鑅称此诗“仿佛元道州(结)《舂陵》之作，白香山《秦中》之吟”。陈衍以为“实服膺元道州，施愚山(闰章)不得专美于前矣”。按：陈衍评语，指施闰章《湖西行》之类作品。

西湖杂诗（十四首选三）

珍重游人入画图，楼台绣错与茵铺[1]。
宋家万里中原土，博得钱塘十顷湖[2]。

画罗纨扇总如云[3]，细草新泥簇蝶裙[4]。
孤愤何关儿女事？踏青争上岳王坟[5]。

珠襦玉匣出昭陵[6]，杜宇斜阳不可听[7]。
千树桃花万条柳，六桥无地种冬青[8]。

✤ 注释

[1] 绣错：花纹错杂的锦缎。这里比喻楼台错立的景色。

[2] "宋家"二句：谓南宋朝廷以大片中原土地为代价，换取偏安江南，以享暂时的荣华。钱塘：即杭州，秦时置钱塘县。

[3] 画罗：绣有图案的罗衫。纨扇：绢做的扇。

[4] "细草"句：语出韦氏子诗："惆怅金泥簇蝶裙。"

[5] "孤愤"二句：谓小儿女虽然不懂得岳飞抗金报国的事，也争相来拜扫岳坟。反映怀念岳飞的人之多。孤愤：这里指岳飞的爱国精神。踏青：游春。

[6] 珠襦玉匣：皇宗贵族的殓服。语出《汉书·董贤传》："及至东园秘器，珠襦玉柙，豫以赐贤，无不备具。"注："《汉旧仪》云：东园秘器作棺梓……珠襦，以珠为襦，如铠状，连缝之，以黄金为缕，要以下，玉为柙，至足，亦缝以黄金为缕。"匣，同"柙"。昭陵：唐太宗的陵墓。这里借指南宋六陵。六陵被盗事，见钱谦益《西湖杂感》注[38]。

[7] 杜宇：见《西湖杂感》注[6]。

[8] "六桥"句：谓六桥名胜之区，没有亡国帝王埋骨的余地。六桥：在西湖苏堤上，有映波、锁澜、望山、压堤、东浦、跨虹六桥，"六桥烟柳"为著名的西湖十景之一。冬青：见《西湖杂感》注[38]。

✤ 评析

这组诗以杭州西湖所见，即景抒情，写诗人对世事的感叹。托意深远，从各个侧面反映了封建时代的社会面貌。"珍重"一首由湖上的美好景色发端，感叹南宋朝廷偏安江南、贪图享乐、不思复国的腐败行为。"画罗"一首写人民对岳飞的怀念，从儿女何关、争上岳坟托出人们怀念民族英雄之深，“何关”、“争上”，用笔纵收有力。“珠襦”一首写南宋皇陵的被盗，借以抒写世代兴亡如流水的感慨，并以反衬岳坟一首，相与为对比。从第一首“博得钱塘十顷湖”的后果，再深一层写。

厉　鹗

厉鹗（1692—1752），字太鸿，号樊榭，浙江钱塘（今杭州）人。康熙五十九年庚子（1720）举人。乾隆元年丙辰（1736）荐举博学鸿词，报罢。工诗词，为浙派主要作家，主盟江南江北坛坫凡数十年。其诗取法王、孟、韦、柳下及宋人，多表现闲逸情致，时有孤寂之感。风格清幽淡雅，又好用冷僻典故。杭世骏云："太鸿诗精深华妙，截断众流，自新城、长水盛行，一时海内操觚者，莫不乞灵于两家，太鸿独矫之以孤淡，用意既超，征材尤博，吾乡称诗，于宋、元之后，未之或过也。"有《樊榭山房集》、《辽史拾遗》、《宋诗纪事》等。

晚登韬光绝顶[1]

入山已三日，登顿遂真赏[2]。霜磴滑难践[3]，阴崖曦乍晃[4]。
穿漏深竹光，冷翠引孤往。冥搜灭众闻[5]，百泉同一响。
蔽谷境尽幽，跻颠瞩始爽[6]。小阁俯江湖，目极但莽苍[7]。
坐深香出院[8]，青霭落池上[9]。永怀白侍郎[10]，愿言脱尘鞅[11]。

✤ 注释

[1] 韬光：在杭州北高峰南，灵隐寺西北的巢枸坞。因唐代高僧韬光在此结庵说法而得名。

[2] 顿：暂停。真赏：谓真正领略到了事物的真相。

[3] 霜磴：铺霜的石级。践：踏。

[4] 阴崖：北面的山壁。

[5] “冥搜”句：谓向幽深处寻访，一切声响都听不到。冥搜：潜心搜寻胜境。孙绰《游天台山赋》：“非夫远寄冥搜，笃信通神者，何肯遥想而存之？”众闻：谓各种声响。

[6] 跻：登攀。瞩始爽：眼界才得到开阔。

[7] 莽苍：指近郊草野之色。《庄子・逍遥游》：“适莽苍者。”

[8] 坐深：坐久。

[9] 青霭：暮霭，黄昏的雾气。

[10] 白侍郎：白居易，曾任杭州刺史，后迁刑部侍郎。

[11] 尘鞅：指世俗事务的束缚。鞅，套在马颈上的皮带。白居易《登香炉峰顶》：“纷吾何屑屑，未能脱尘鞅。”

✤ 评 析

此诗描写晚登韬光绝顶所见深杳幽冷的景色，并触景感怀，抒写了不慕仕途的情怀。风格上莹然而清，窅然而邃，为樊榭五古的代表作。阮大铖《咏怀堂诗》同类五古，未能便据其上。

开平王孙种菜歌[1] 并序

常延龄，字乔若，号苍谷，开平王遇春十二世孙，袭封怀远侯，官南京锦衣卫指挥使[2]。有贤行。曾疏劾马、阮[3]。鼎革后[4]与夫人徐氏——中山上公之爱女[5]——种菜于金陵湖墅。裔孙执桓乞诗[6]。

高皇初定江南日，采石矶头功第一[7]。
横行十万常将军，带砺河山永无失[8]。
沧桑抱节有贤孙[9]，钟阜秋青入泪痕[10]。

飘零大树不复见[11]，憔悴故侯安足论[12]。
中山同志深闺妇[13]，曲折天吴移旧绣[14]。
谁知偕隐灌园人[15]，俱为异姓分茅后[16]。
几棱荒畦非赐田[17]，晚菘早韭资寒泉[18]。
可怜一纸锄奸疏[19]，却裹长街买菜钱。
归来偃仰栖衡宇[20]，犹胜貂蝉舆皂伍[21]。
凤台园里鬼迷花，鸡鸣庙前狐啸雨[22]。
漫向金陵吊夕曛[23]，百年寂寂但孤坟。
篱边尚发东风菜[24]，一任空原野火焚。

✤ 注释

[1] 开平王：明开国大将常遇春，字伯远，安徽怀远人。元末随朱元璋起兵，任副将军，与大将军徐达共同领兵。自谓能以十万众横行天下，军中号称“常十万”。北伐还师时暴病身亡，追封开平王。王府在南京。此诗为开平王十二世孙常延龄而作。

[2] 锦衣卫：明代禁卫军名，本掌侍卫仪仗，后专主巡察缉捕，理诏狱，以勋戚领之。

[3] 疏劾：向皇帝上奏本弹劾。马、阮：马士英、阮大铖。详见吴伟业《遇南厢园叟感赋八十韵》注[72]。

[4] 鼎革：六十四卦中之两卦。《杂卦》：“鼎，取新也。”《易·革》：“象曰：泽中有火，革。”孔颖达疏：“火在泽中，二性相违，必相改变，故为革象也。”鼎革，即“鼎新革故”之意，诗中指改朝换代。

[5] 中山：明开国功臣徐达。参见王士禛《秦淮杂诗》注[4]。

[6] 裔孙：子孙后代。

[7] “高皇”二句：高皇，犹“高帝”，这里指明太祖高皇帝朱元璋。采石矶：在今安徽省马鞍山市长江东岸。元至正十五年(1355)朱元璋起兵南征，常遇春为前锋，六月间，乘风横渡长江，一举攻占采石矶，立下头功。

[8] 带砺河山：语出《史记·高祖功臣侯者年表》：“封爵之誓曰：‘使河如带，泰

山若砺，国以永宁，爰及苗裔。'"意谓即便黄河狭如衣带，泰山小如砺石，国犹永存。后代诗文中因以借喻功臣爵禄的世代永存。

[9] 沧桑：沧海桑田，语出葛洪《神仙传》："麻姑自说云：'接侍以来，已见东海三为桑田，向到蓬莱，又水浅于往日会时略半耳，岂将复为陵陆乎！'王远叹曰：'圣人皆言海中行复扬尘也。'"后代诗文中因常以指世事剧变。抱节：犹持节，保持气节。

[10] 钟阜：南京钟山。

[11] 大树：东汉冯异当战胜归来，诸将争言战功时，却退立大树下，人称"大树将军"。庾信《哀江南赋》："将军一去，大树飘零。"这里指常遇春。

[12] 故侯：旧时曾封侯的人，这里指开平王孙常延龄。安足论：意谓不值一提。安，何，表示反问。

[13] 同志：旧谓志同道合的人。

[14] 天吴：海神名。《山海经·海外东经》："朝阳之谷，神曰天吴，是为水伯。"杜甫《北征》："海图坼波涛，旧绣移曲折。天吴及紫凤，颠倒在裋褐。"杜甫诗指衣服上的绣饰。这句是说常延龄的妻子操起了刺绣的职业。

[15] 偕隐：夫妻双双归隐。灌园：语出《史记·商君列传》："君之危若朝露，尚将欲延年益寿乎？则何不归十五都，灌园于鄙。"意谓从事田耕，后代诗文中常以指归隐。

[16] 异姓：即异姓王。旧称与皇帝不同姓氏而正式受封的人。杜甫《欢喜口号》："神灵汉代中兴主，功业汾阳异姓王。"分茅：分封王侯。古代分封诸侯时，用白茅裹泥土授被封者，象征权力和土地，故称。这句是说常延龄夫妇均为明代开国功臣的后代。

[17] 棱：田间土陇，因以为约计田亩的单位。赐田：皇帝赐赠的土地。

[18] "晚菘"句：菘(sōng)：菘菜。南齐王俭问周颙山中所食有何佳味，颙答称有"春初早韭，秋末晚菘"(见《南史》)。资寒泉：供养母亲。寒泉：语出《诗经·邶风·凯风》："爰有寒泉，在浚之下。有子七人，母氏劳苦。"后世诗文中因常以指称子女孝顺母亲。

[19] 锄奸疏：指序中所称弹劾马、阮的奏疏文书。

[20] 偃仰：俯仰，形容悠闲自适。衡宇：横木为门的简陋房屋。《诗经·陈风·衡门》："衡门之下，可以栖迟。"陶潜《归去来辞》："乃瞻衡宇。"

[21] "貂蝉"句：貂蝉：古代侍从官员帽上的妆饰物，后用作达官贵人的代称。

舆皂：我国古代奴隶和差役之称。《左传》："士臣皂，皂臣舆。"这句是说常氏夫妇的处境还胜于那些与奴隶为伍的没落贵人。

[22] 凤台：指凤凰台。在今南京市。鸡鸣庙：即鸡鸣山上功臣庙，详见吴伟业《遇南厢园叟感赋八十韵》注[23]。

[23] 漫向：莫向。夕曛：夕阳。曛(xūn)：日落余光。吊夕曛：暗寓哀叹明亡。

[24] 东风菜：菜名。《广州记》："陆地生，茎赤，和作羹，味似酪，香似兰。"

✤ 评析

此诗作于明亡已久的年代，追叙开平王孙落魄潦倒的境遇，抒写了世事变迁的感慨。既不同于遗民作品切身感受的沧桑之痛，也不同于王士禛等写南都近事的作品，尚有直接接触，然亦不同于远隔几个朝代的吊古诗。作者还能及见开平王孙常延龄的后裔执桓，诗中所写事实，当是得之执桓乞诗时所陈述。抒写的仍然是沧桑之感，而已经是淡淡着笔了。首四句追溯开平王常遇春的开国功勋和受封。"沧桑"四句以改朝换代后常延龄的憔悴生活作对照。"中山"四句以延龄夫人同是明初开国功臣后裔偕隐抱节，加重诗作感慨的分量。"几棱"以下八句写延龄夫妇躬耕生活，以生者沦于"舆皂"的旧贵族、死者功臣庙的阴森破败作对比。最后四句以较大范围的凭吊结束。全诗通过"安足论"、"谁知"、"可怜"、"犹胜"、"漫向"等词语，表现了作者的感慨心情。风格上于梅村体外自成一格。"可怜一纸锄奸疏，却裹长街买菜钱"，着重表扬了常延龄在福王朝的忠贞。写法是从宋遗民林景熙《山窗新糊有故朝封事稿阅之有感》的"何人一纸防秋疏，却与山窗障北风"句化出，可见厉鹗于宋诗致力之深。

灵隐寺月夜[1]

夜寒香界白[2]，涧曲寺门通。
月在众峰顶，泉流乱叶中。

一灯群动息[3]，孤磬四天空[4]。
归路畏逢虎，况闻岩下风。

✤ 注释

[1] 灵隐寺：在杭州西湖西北灵隐山麓。始建于东晋咸和年间(326—334)。前临冷泉，面对飞来峰。寺前古木苍郁，清幽静谧。

[2] 香界：佛地。白：形容皎洁的月光。

[3] 群动：泛指各种声响。

[4] 磬：佛寺中乐器，用以集合僧众。四天：即四禅天。佛教有三界诸天之说。三界，指欲界、色界、无色界。色界诸天又分为四禅：初禅为大梵天之类，二禅为光音天之类，三禅为遍净天之类，四禅为色究竟天之类。诗中泛指天空。

✤ 评析

此诗为纪游之作，描绘了月夜灵隐的清幽景色。在唐人王维《过香积寺》、常建《破山寺后禅院》二诗之间。

入秋酷暑七月十二日晚
风月甚清遂有凉意

新凉有情助独吟，萤影熠熠照堂阴[1]。
秋声满帘那可觅，明月出树如相寻[2]。
今我不乐岁云暮[3]，古人已往谁嗣音[4]？
扁舟后夜泛湖去，惊起老鹤横西林。

✤ 注释

[1] 萤影：指秋萤的闪闪亮光。熠熠(yì yì)：微明貌。

[2] “明月”句：本于苏轼《月夜与客饮杏花下》：“明月入户寻幽人。”

[3] 岁云暮：一年将尽。云：语助词，无义。

[4] 嗣音：继承前人的美德。

✤ 评析

此诗写暑后新凉的欣喜之情，前半首记实，后半首写感受，虚实相衬，情景交融。全诗平仄多拗，古称拗律。

湖楼题壁

水落山寒处，盈盈记踏春[1]。
朱栏今已朽，何况倚栏人。

✤ 注释

[1] 盈盈：美好貌。踏春：游春。

✤ 评析

"朱栏"二句，句意从苏轼《法惠寺横翠阁》诗"雕栏能得几时好，不独凭栏人易老"二语脱胎而来。严长明评此诗曰："可谓情深。"

自石湖至横塘[1]

楞伽山顶湿云堆[2]，噤瘁桃花出废台[3]。
万顷吴波摇积翠[4]，春寒来似越兵来。

✤ 注释

[1] 石湖：在苏州市西南，外通太湖，今大半已填平为田。横塘：在苏州市胥门

外，通往石湖。诗记途中所见。

[2] 楞伽山：又名上方山，在苏州市西南，濒临石湖，因山顶有楞伽塔，故名。

[3] 噤痒：闭口寒颤。这里形容桃花在寒风中含苞颤动的样子。痒(shēn)：寒冷貌。废台：指已荒废的姑苏台，在苏州市西南姑苏山上。春秋时吴王所筑，登此可远眺太湖。

[4] 吴波：指太湖水。

✤ 评析

"春寒"句：化用陆游《春寒》诗："滔天来泽水，震瓦战昆阳。此敌犹能御，春寒不可当。"谓春寒袭来，似越王勾践率水师自太湖登陆奔袭吴国，来势猛烈。吴应和评此诗谓："只是苏台吊古恒言，陪衬得好，便觉新警独绝。"

归舟江行望燕子矶作[1]

石势浑如掠水飞，渔罾绝壁挂清晖[2]。
俯江亭上何人坐？看我扁舟望翠微[3]。

✤ 注释

[1] 燕子矶：见施闰章《燕子矶》注[1]。

[2] 渔罾(zēng)：鱼网。

[3] 翠微：青翠掩映的山腰幽深处，常用作山的代称。

✤ 评析

此诗作于乾隆八年癸亥。这年秋，作者客扬州，与友人方士庶、闵贞等游南京，于归途舟中经燕子矶下，作诗写景。诗中写燕子矶的高峻，全从"望"字着眼。首句生动。画能写静态，不能写动；诗句却把石势写活了，可谓画所不到。次句开朗。特色在后二句，用笔曲折，设想奇特，刻意雕炼，而不着痕迹。陈衍《石遗室诗话》云："十四句中作四转折，质言之，为看他在那里看我在这里看他看我也。"吴应和《浙西六家诗钞》评云："过燕子矶，率多巨制，此则略不经意，二十八字，竟成绝唱。"吴评"略不经意"，未是，这是炼得自然，"成如容易却艰辛"也。

徐　兰

徐兰（1662 左右—1730 左右），字芬若，一字芝仙，常熟人，久占籍天津。布衣，有《芝仙书屋集》。兰曾学诗于王士禛，士禛序其诗，称其“精悍雄拔，高者似供奉（李白）、嘉州（高适），其次亦在樊川（杜牧）、昌谷（李贺）之间。”王应奎称浙水沈用济云：“屈指近日虞山诗人，以君为第一。”

出　关[1]

凭山俯海古边州，旆影风翻见戍楼[2]。
马后桃花马前雪，出关争得不回头。

✤ 注释

[1] 杨际昌《国朝诗话》引此诗题作《出居庸关》。康熙三十年丙子二月，清帝玄烨亲统军击噶尔丹，安郡王玛尔浑驻归化城（今内蒙古呼和浩特市），作者从安郡王出塞，故取道居庸关。

[2] 旆：旌旗。戍楼：边防地的城楼。

✤ 评析

徐兰诗以出塞之作出名，此诗尤脍炙人口。描绘边地风光，抒写思乡之情。前二句写出关前望居庸关，气势雄壮，居庸关不是山海关，虽凭山，但去海尚远，无从俯海，诗句是夸张之笔。后二句写出关后回望，是特绝名句。杨际昌《国朝诗话》引此诗前二句作“将军此去必封侯，士卒何心肯逗留”，缺乏形象，与后二句不相称。沈德潜《清诗别裁集》评云：“眼前语便是奇绝语，几于万口流传，此唐人边塞诗未曾写到者。”杨济昌评云“新警可传”。朱庭珍《筱园诗话》云：“徐芝仙塞外诸诗，境奇语奇，才力横绝，在昭代诗人中，另出一头地。其边塞诗，可谓独擅之技，实未易才。稚存（洪亮吉）、兰泉（王昶）、荔裳（杨芳灿）诸君，出塞篇什，并多佳章，然均不能及芝仙之奇横矣。”此一绝句，一勺水可知大海味。

郑 燮

郑燮(1693—1765),字克柔,号板桥,江苏兴化人。乾隆元年丙辰(1736)进士,曾官山东范县、潍县知县,因岁饥为民请赈而罢官。晚年躬耕自食。以书画名,擅写兰竹,为“扬州八怪”之一。亦工诗,有“三绝”之誉。作品能反映其不满黑暗现实、同情人民疾苦的思想感情和心胸磊落的高尚情操,抒情写意,痛快淋漓,感人至深。所为乐府诸篇,言近旨远,风格似白居易、陆游,沉郁悲凉之慨,上追杜甫。《晚晴簃诗汇》称其画诗书“自出手眼,实皆胎息于古诗,多见性情,荒率处弥真挚有味,世乃以狂怪目之,浅矣”。其文艺理论,亦多独创,具有鲜明的战斗性。有《板桥全集》。

还家行[1]

死者葬沙漠[2],生者还旧乡。遥闻齐鲁郊,谷黍等人长[3]。
目营青岱云[4],足辞辽海霜[5]。拜坟一痛哭,永别无相望!
春秋社燕雁[6],封泪远寄将[7]。归来何所有?兀然空四墙[8]。
井蛙跳我灶,狐狸踞我床。驱狐窒鼯鼠[9],扫迳开堂皇[10]。
湿泥涂四壁,嫩草覆新黄。桃花知我至,屋角舒红芳。
旧燕喜我归,呢喃话空梁。蒲塘春水暖,飞出双鸳鸯。
念我故妻子[11],羁卖东南庄[12]。圣恩许赎归,携钱负橐囊。

其妻闻夫至，且喜且彷徨。大义归故夫，新夫非不良。
摘下乳下儿，抽刃割我肠[13]。其儿知永绝，抱颈索阿娘。
坠地儿翻覆，泪面涂泥浆。上堂辞姑舅[14]，姑舅泪浪浪。
赠我菱花镜[15]，遗我泥金箱[16]，赐我旧簪珥[17]，包并罗衣裳。
好好作家去，永永无相忘！后夫年正少，惭愧难禁当。
潜身匿邻舍，背树倚斜阳。其妻径以去，绕陇过林塘。
后夫携儿归，独夜卧空房。儿啼父不寐，灯短夜何长！

✤ **注释**

[1] 此诗于乾隆年间在山东范县任知县时作。

[2] 死者：指逃荒而死在关外的人。

[3] 等人长：跟人一样高。

[4] 营：围绕。目营：目光萦绕。青：青州。岱：泰山。诗中泛指山东一带。

[5] 辽海：地区名，泛指辽河流域以东至海滨的地区。

[6] 社燕：社，古代祭祀社神（土地神）之日，汉以后有春、秋两个社日。燕，春社来，秋社去，故称社燕。雁，秋从北方来，春从南方回北。

[7] “封泪”句：是说托燕、雁把含泪写成的书信捎回家。将：送。

[8] 兀然：空荡貌。

[9] 鼯鼠：大飞鼠。这里泛指老鼠。

[10] 扫迳：清扫道路。堂皇：富丽的堂屋。《三辅皇图》：“孝武帝为太子，立思贤苑以招宾客，苑中有堂皇六所。”这里指破败的家屋，寓讽刺意味。

[11] 故妻子：原来的妻子。

[12] 羁卖：封建时代，丈夫可将妻子暂时卖给人家，到时赎回，称羁卖。羁：寄居。

[13] “抽刃”句：比喻心痛欲裂。

[14] 姑舅：公婆。

[15] 菱花镜：古代以铜为镜，日照则现光影如菱花，因名。

[16] 泥金箱：以泥金涂饰的箱奁。泥金：用金箔和胶水制成的金色颜料。

[17] 珥（ěr）：女子的珠玉耳饰。

✤ 评析

此诗叙述侥幸逃荒归来的农民回家后的遭遇，反映残酷的封建制度和灾荒给人民精神上和生活上造成的痛苦。述事言情，恻恻动人。体格上熔化《古诗为焦仲卿妻作》、《悲愤诗》、《木兰词》等于一炉，而又自出手眼。可与黄任《赈粥行》等乐府并读。

私刑恶

自魏忠贤拷掠群贤[1]，淫刑百出[2]，其遗毒犹在人间。胥吏以惨掠取钱[3]，官长或不知也。仁人君子，有至痛焉。

官刑不敌私刑恶[4]，掾吏搏人如豕搏[5]。
斩筋抉髓剔毛发[6]，督盗搜赃例苛虐[7]。
吼声突地无人色，忽漫无声四肢直。
游魂荡漾不得死，宛转回苏天地黑。
本因冻馁迫为非[8]，又值奸刁取自肥[9]。
一丝一粒尽搜索，但凭皮骨当严威[10]。
累累妻女小儿童[11]，拘囚系械网一空[12]。
牵累无辜十七八，夜来锁得邻家翁。
邻家老翁年七十，白梃长椎敲更急[13]。
雷霆收声怯吏威[14]，云昏雨暗苍天泣。

✤ 注释

[1] 魏忠贤：明代宦官。河间肃宁（今属河北）人。万历时入宫，明熹宗即位（1621），任司礼秉笔太监，后又兼掌东厂，组织了一支一万多人的宦官武装。他凭借武力，为所欲为，培植私党，并私设刑讯，动用酷刑，打击异己，杀害东林党人杨琏

等。明思宗即位(1628)后被黜,畏罪自杀。

[2] 淫刑:酷刑。《左传·僖公二十三年》:“淫刑以逞,谁则无罪。”

[3] 惨掠:狠毒地拷问。

[4] 不敌:敌不过,比不上。

[5] 掾(yuàn)吏:属吏。豕搏:搏豕。豕(shǐ):猪。

[6] 抉(jué)髓:挖出骨髓。

[7] 督:督责。

[8] 为非:做坏事,这里指为盗,做盗贼。

[9] 值:碰上。奸刁:奸诈狡猾的人,指设私刑的胥吏。自肥:以不正当的手段为自己取利。

[10] 当严威:谓抵挡严酷的刑罚。

[11] 累累:连缀貌,这里是牵累之意。

[12] 网:网罗,收捕。

[13] 梃(tǐng)、椎:木棒,指刑具。

[14] “雷霆”句:谓雷声也因胥吏的威势而不敢鸣响。

✤ 评析

此诗为针砭时政之作,揭露了清朝官吏私刑逼供,并株连妻子儿女及无辜邻里的残酷行径,表达了诗人的愤慨和对被迫为“盗”者的同情。作为著名清官的作者,对此自然洞察秋毫。诗句笔挟风霜,足令恶吏褫魄。

严遂成

严遂成(1694—?),字崧瞻,一作松占,又字海珊,浙江乌程(今吴兴)人。雍正二年甲辰(1724)进士,官嵩明州知州,乾隆元年丙辰(1736)举荐博学鸿词。能诗,后人将他与厉鹗、钱载、王又曾、袁枚、吴锡麒并称为"浙西六家"。有《海珊诗钞》。吴应和谓:"海珊与樊榭同年,相友善,而诗思豪迈,迥不相类。所作《明史杂咏》,时称诗史,又有《梅花诗》传诵京师,遂得膺词科之荐,丁母忧不赴试。成进士后次二十余年,始补县令。蹇伤迟暮,乃益发奋于诗。历游豫、楚、滇、黔,登临吊古之作,率皆悲壮激烈,奇气横溢,铁崖(杨维祯)乐府、渊颖(吴莱)歌行,殆兼师其意,而不袭其貌。少陵所云'语不惊人死不休',海珊有焉。"

砥柱峰[1]

河从受降城,北折径南注[2]。
万山束缚之,龙性驯不怒。
及兹下三门[3],喷礴流悬布[4]。
砥柱屹当冲,四傍绝依附。
何所恃而傲,力与河伯忤[5]?
摧刚终成柔,条分左右去。

卷土趋向东，昏垫逮徐豫[6]。
神禹无治法，计穷吁天助[7]。
铲除昆仑山，绝河之来路。
西海为尾闾[8]，是龙安身处。

✤ 注释

[1] 砥柱峰：《水经注·河水》："砥柱，山名也，昔禹治洪水……破山以通河，三穿既决，水流疏分，指状表目，亦谓之'三门'矣。"按：砥柱峰，在今河南省三门峡市，以其在黄河中流，若柱状，故名。

[2] "河从"二句：受降城：故址在今内蒙古乌拉特中后旗北。汉太初元年（前104），为应接匈奴降人，派将军公孙敖在塞外修筑此城。以地处黄河河套地带，在三门峡上源，故谓"河从受降城"。径：直。

[3] 及兹：到此。兹：此，这。三门：即三门峡，黄河中游著名峡谷之一。河床中有坚岩将水道分为三股急流：北为人门，中为神门，南为鬼门，故名。下文"条分左右去"，即指此。

[4] 悬布：瀑布。

[5] 河伯：黄河水神。忤：抵触，对抗。

[6] 昏垫：迷惘沉溺，形容困于水灾。《书·益稷》："洪水滔天，浩浩怀山襄陵，下民昏垫。"逮：及。徐、豫：古州名，今江苏北部、河南、山东一带。

[7] "神禹"二句：按：禹用疏导之法治水，使"水由地中行"（《孟子·滕文公下》），并非"无治法"，但禹治水历十三年（据《史记·河渠书》引《夏书》）之久，初期未有成效亦可知，故诗人谓其"无治法"。吁天事无可考。天助事，见于经典者，《书·洪范》云："鲧堙洪水，汨陈其五行……鲧则殛死，禹乃嗣兴，天乃锡禹洪范九畴。"孔颖达《正义》云："《易·系辞》云：'河出图，洛出书，圣人则之。'……天与禹者，即此洛书也。"见于神话记载者，《山海经·海内经》云："洪水滔天，鲧窃帝之息壤以堙洪水，不待帝命。帝命祝融杀鲧于羽郊。鲧复生禹，帝乃命禹，卒布土以定九州。"郝懿行《义疏》云："《淮南地形训》云：'禹乃以息土填洪水……'据《淮南》斯语，是鲧用息壤而亡，禹亦用息壤而兴也。"神话中之帝，实指天帝。鲧窃息壤，则禹用息壤出于上帝所赐可知。所以诗人从这些故事引申出"吁天助"的想象。又纬书《乐动声仪》："禹治水，昊天赐神女圣姑。"也是一种天助。

[8] 西海：旧时泛指远在我国西部或以西的海，无确指。尾闾：古代传说中海水所归之处。《庄子·秋水》："天下之水，莫大于海，万川归之，不知何时止而不盈；尾闾泄之，不知何时已而不虚。"

✤ 评析

此诗描绘砥柱峰险峻的形势并抒写了驯服黄河水患的奇特构想，雄伟坚苍，中以虚字疏宕其气，硬语盘空，力能排奡。吴应和评此诗谓"落想之奇，用笔之健，固足横绝一世"。

白水岩瀑布[1]

万里水汇一水大，訇訇声闻十里外[2]。
岩口逼仄势更凶[3]，夺门而出悬白龙。
龙须带雨浴日红，金光玉色相荡舂[4]。
雪净鲛绡落刀尺[5]，大珠小珠飘随风。
风折叠之绘变相，三降三升石不让[6]。
有如长竿倒拍肉飞仙，中绝援绳跃复上[7]。
伏犀埋头不敢出，怀宝安眠遮步障[8]。
我欲割取此水置袖中，曰恒燠若书千封[9]。
叩门絜瓶滴马鬃[10]，槁苗平地青芃芃[11]。
岂不贤于谷泉之在香炉峰，坐享大名而无功[12]。

✤ 注释

[1] 白水岩瀑布：在贵州省镇宁县西南白水河上。

[2] 訇訇：同"轰轰"，声音巨大。

[3] 逼仄：迫近、狭窄貌。

[4] 玉色：形容乳白色的瀑布。荡舂：激荡撞击。

[5] 雪净：像雪一样洁净。鲛绡：神话中鲛人所织的绡，指薄纱，诗中比喻瀑布。鲛：神话中居于南海中的人鱼，“水居如鱼，不废机织”见《述异记》。刀尺：剪刀和尺，引申作剪裁。这里形容瀑布的形状巧夺天工，像经过能工巧匠剪裁过一样。

[6] “三降”句：白水岩因河床断落，形成九级瀑布。三降三升，即形容瀑布有多级，好似多次升降。

[7] “有如”二句：肉飞仙：语出《隋书》：隋人沈光年轻时骁捷，时禅定寺初建，寺中幡竿高十余丈，适遇绳绝，众僧束手。光以口衔索，拍竿而上，直至龙头。系绳毕，手足皆放，腾空而下，以掌拒地，倒行数十步。观者骇悦，莫不嗟异。号为“玉飞仙”，又作“肉飞仙”。诗中借用此典，描绘飞瀑直泻而下的惊心动魄的景象。

[8] “伏犀”二句：自注：“内有灵犀，相传吴（三桂）叛时，有解饷官弃数万两于此。”白水岩瀑布直泻入犀牛潭。怀宝：胸藏珍宝。步障：屏障，喻瀑布。遮步障：为飞瀑所遮掩。这二句谓瀑布气势雄大，连灵犀也躲在瀑布后面不敢出来。

[9] “曰恒”句：曰恒燠若：语出《书·洪范》：“曰豫，恒燠若。”意谓久热。若，助词，用于形容词之后，表示事物的状态。干封：语出《汉书·郊祀志》：“黄帝时封则天旱，干封三年。”注：“三岁不雨，暴所封之地令干也。”这句意承上句，谓取水解旱。

[10] “叩门”句：事出李复言《续玄怪录》：“李靖微时射猎霍山中，会暮，迷路，至朱门大第，请宿。夜半，闻叩门声急，曰：‘天符报大郎行雨。’夫人曰：‘儿子二人未归。’因请公相见，曰：‘此龙宫也，适奉天符行雨，欲奉烦。’顷刻，遂敕黄头被青骢马来，又命取雨器，乃一小瓶子，系于鞍前，诫曰：‘即乘马信其行，取瓶中水一滴，滴马鬃上，慎无多也。’于是上马，随所跃，辄滴之，俄顷雨毕，复归。”这里取李靖得龙宫仙瓶之意，与下句相连，指取白水岩之水以济旱苗。

[11] 槁苗：枯苗。芃芃（péng péng）：茂密丛生貌。

[12] “岂不”二句：自注：“匡庐谷泉名三叠泉，与此岩同。”谷泉：即谷帘泉，在庐山。

✤ 评析

此诗描绘飞瀑奔泻喷薄的壮观，并寄情于景，抒发了诗人不图虚名，但求有益于世的情怀。贵州诗人郑珍集中，亦有《白水瀑布》一首，世推名作。然而，除“美人乳花玉胸滑”七字为绝妙好辞外，发议论处，只是从文论的角度，说“文章之妙避直露，自半以下成霏烟”二语而已。而其中如“水仙大笑且莫莫，恰好借渠写吾乐”，不免面目荒伧，有袁枚习气。转不如海珊此作精力弥满，且寓深意。吴应和评曰：“‘白龙’云云五句，天下之瀑布皆同，三叠变相，则惟与康王谷之瀑布相同。白水岩其名虽不章，而大旱实有作霖雨之功，康王谷无功而名独著。然而天下之水，无不可以润苗槁，岂康王谷白水岩果有异乎？诗人因其相同说到有不同处，为本题增重耳。嗟乎，天下之享大名而无功者，又岂但一瀑布而已哉！”

渡鄱阳[1]

烟与水无际，迷茫小洞庭[2]。
潮回三楚白[3]，山压五湖青[4]。
苇折雁声苦，风多鱼气腥。
扬舲一极目[5]，何处吊湘灵[6]？

✤ 注释

[1] 鄱阳：江西鄱阳湖，古称彭蠡、彭泽，在江西省北部和安徽省交界处。

[2] 小洞庭：谓混茫无际的鄱阳湖，使洞庭湖相形见小。小：用作动词。

[3] 三楚：战国时楚地，从黄淮至湖南一带，有西楚、南楚、东楚之分，故名。后泛指湘、鄂地区。

[4] 五湖：旧说不一，有人以太湖为五湖，有人以太湖及附近四湖合称五湖。也有人谓五湖并非在一地，《史记·三王世家》索隐谓指具区、洮滆、彭蠡、青草、洞庭。故这里用五湖指鄱阳湖。

[5] 扬舲：扬帆，行船。舲(líng)：有窗的小船。极目：远望。

[6] 湘灵：湘水之神。《楚辞·远游》：“使湘灵鼓瑟兮，令海若舞冯夷。”

✤ 评析

此诗为途经鄱阳时作，描绘了空阔清丽的湖上风光。句法学杜甫、孟浩然。

龙泉关[1]

燕晋分疆处[2]，雄关控上游[3]。
地寒峰障日，天近鹗横秋[4]。
虎护千年树，人披六月裘。
夜来风不止，严鼓出谯楼[5]。

✤ 注释

[1] 龙泉关：在河北省阜平县境，地处河北、山西交界处，为太行山重要关隘之一。

[2] 燕晋：河北、山西。

[3] 上游：这里指高处。

[4] 鹗：猛禽名，鹗科。横秋：横越秋空。

[5] 严鼓：急鼓。谯楼：古代筑于城门上用以瞭望的楼。

✤ 评析

此诗描绘龙泉关雄伟的形势，吴应和评云："字字沉著，无一虚处可攻，真可谓五言长城。"

宿许天植见山楼

绿树疏灯落烬迟[1]，梦醒如中薄寒时[2]。

风通花气全归枕，月转楼阴倒入池。
如此夜深犹有笛，可因春尽竟无诗？
开门便赴寻山约，酒熟茶香短簿祠[3]。

✤ 注释

[1] 烬：灰烬。

[2] 中：读去声。中薄寒：稍染风寒。

[3] 短簿祠：又称东山庙，在苏州虎丘东山浜。祀晋司徒王珣，珣曾为桓温的主簿。

✤ 评析

严遂成诗，有雄壮与清秀二种风格，此诗属后者。吴应和评此诗谓："前两句实写景物，后两句妙用虚字相承，清空如话。"

三垂冈[1]

英雄立马起沙陀[2]，奈此朱梁跋扈何[3]！
只手难扶唐社稷，连城且拥晋山河[4]。
风云帐下奇儿在，鼓角灯前老泪多。
萧瑟三垂冈畔路，至今人唱《百年歌》[5]。

✤ 注释

[1] 三垂冈：地名，在山西省屯留县东南，后唐李存勖曾于此处设伏兵破后梁，解潞州之围。

[2] 沙陀：古代部落名。诗中指沙陀人晋王李克用。唐宪宗时(806—820)，沙陀族酋长朱邪执宜内附，处盐州。子赤心以功赐姓名李国昌，其子李克用以镇压黄

巢起义有功,唐封为晋王。

[3]“奈此”句：谓李克用对飞扬跋扈的后梁朱全忠也无可奈何。朱梁：指后梁太祖朱全忠。朱初从黄巢,降唐后封梁王。公元906年,朱废唐昭宣帝自立,改国号梁。

[4]“只手”二句：谓李克用对后梁的废唐皇自立无能为力,只能保全自己的晋王地位。晋山河：《左传·僖公二十八年》:“表里山河,必无害也。”杜预注:“晋国外河而内山。”诗中系借指。

[5]“风云”四句:《新五代史·唐纪》:“存勖,克用长子也。初,克用破孟方立于邢州,还军上党,置酒三垂冈,伶人奏《百年歌》,至于衰老之际,声甚悲,座上皆凄怆。时存勖在侧,方五岁,克用慨然捋须,指而笑曰:‘吾行老矣,此奇儿也。后二十年,其能代我战于此乎?’”

✤ 评析

袁枚评此诗谓:“海珊自负咏古为第一,余读《三垂冈》等作,果然。”按:咏史之作贵在借古慨今,否则茫茫史实,何暇一一评骘。此诗还不是咏古上乘,选之聊备一格。

秋夜投止山家

山当面立路疑穷,转过弯来四望通。
凉月满楼人在水,远烟着地树浮空。
熊罴之状乃奇石[1],鹳鹤有声如老翁[2]。
清福此间殊不乏,可容招隐桂花丛[3]。

✤ 注释

[1]“熊罴”句：柳宗元《钴鉧潭西小丘记》:“其石之突怒偃蹇,负土而出,争为奇状者,殆不可数……其冲然角列而上者,若熊罴之登于山。”罴：熊的一种,比熊大,又称人熊。

[2]“鹳(guàn)鹤”句：苏轼《石钟山记》：“又有若老人咳且笑于山谷中者，或曰：‘此鹳鹤也。’”鹳鹤：鸟名，似鹤而顶不丹，颈嘴亦长，全身灰白，翼尾黑色，巢于高树。

[3]招隐：招人归隐。《楚辞·招隐士》：“桂树丛生兮山之幽。”

✤ 评析

此诗描绘夜行月下所见的奇谲清丽的山景，首二句的意境，王维、陆游的诗，柳宗元的游记中都曾道过，不过作者构想稍异。三、四句与《宿许天植见山楼》风格相同。五、六句插入硬句拗句，又出一奇。末二句抒写诗人喜悦之情。

安肃道中[1]

水粼粼渌菜畦香[2]，塔影如龙卧夕阳。
高柳乱蝉风不住，残声曳过浣衣塘[3]。

✤ 注释

[1]安肃：县名，今河北省保定市徐水区。
[2]粼粼：水波荡漾貌。
[3]曳：拖。自注：“浣衣塘：相传为孟姜女洗衣处。”

✤ 评析

此诗全首精力弥满。一、三、四句清神疏宕，第二句奇挺语无人道过，与一、三、四句刚柔相济。

桑调元

桑调元(1695—1771),字伊佐,号弢甫,浙江钱塘(今杭州)人。雍正十一年癸丑(1733)进士,官工部主事。晚年主泺源书院。足迹遍五岳名山。有《弢甫集》。

五人墓[1]

吴下无斯墓,要离冢亦孤[2]。
义声嘘侠烈,悲吊有屠沽[3]。
阘冗朝廷党[4],峥嵘里巷夫[5]。
田横岛中士[6],足敌五人无[7]?

✤ 注释

[1] 五人墓:苏州古迹,在虎丘山下山塘。明天启六年(1626),苏州周顺昌因斥责当时朝廷权臣、宦官魏忠贤,为其党羽所诬,被逮入狱而死,苏州人民激于义愤,纷起抗议。魏党遂以“吴民之乱”为由,逮捕并诛杀了义士颜佩韦、杨念如、马杰、沈扬、周文元等五人。次年,魏忠贤畏罪自杀,苏州人民即废魏忠贤祠而将五人尸骨合葬于此,称五人墓。明代张溥有《五人基碑记》详述此事。

[2] “吴下”二句:吴下:苏州。要离:春秋末吴国刺客。吴公子光为夺王位弑吴王僚以后,担心其在卫国的儿子庆忌,遂遣要离谋刺。后要离趁与庆忌同舟渡江时,刺杀庆忌,要离亦伏剑自杀。要离墓在苏州。这二句以要离作衬,赞扬五人与要离一样为苏城增辉。

[3] 屠沽：屠夫和买酒的人，泛指下层百姓。

[4] 阘冗(tà róng)：又作"阘茸"。对人的鄙称，犹言小人。朝廷党：指以魏忠贤为首的阉党。

[5] 峥嵘：高峻貌。诗中比喻品质出众。里巷夫：寻常百姓。

[6]"田横"句：田横：秦末狄人。楚汉相争时，从其兄田荣占齐国旧地，自立为齐王。汉灭楚以后，横与其从属五百人逃入海岛。刘邦招降，横不愿称臣于汉，曰："横始与汉王俱南面称孤，今奈何北面事之？"因在赴洛阳途中自杀。岛中五百人，闻田横死，全部自杀而亡。事见《史记·田儋列传》。田横岛，在今山东省青岛市即墨区东大海中。岛中士，即指田横及其从属。

[7]"足敌"句：谓田横等五百人的高义也不能与这五人相比。敌：匹敌。无：否。

✤ 评析

此诗为凭吊五人墓之作，赞扬了他们不畏强暴，敢于斗争的精神。一起用要离墓作衬，却破空而来，有千钧笔力。中间两联，多用对照，气概昂藏，结尾一问，与一起的陪衬相应，加倍显示五人之无匹。

胡天游

胡天游(1696—1758),一名骙,字稚威,号云持,浙江山阴(今绍兴市)人。雍正七年己酉(1729)副贡,乾隆元年丙辰(1736)应博学鸿词试,因病不终场而出。十四年己巳(1749)举经学。工骈文,能诗。其诗镵刻雄奇,学韩愈、孟郊而自成面目。齐召南称其"诗文工且敏,磊落擅奇气,下笔惊人,矫挺纵横,不屑屑蹈常袭故,雄声瑰伟,足与古作者角力"。金天羽《答樊山老人论诗书》称:"天游傲诞,洞精骇瞩,此其特绝者也。"有《石笥山房集》。

烈女李三行[1]

大海何漫漫,千年不能移。太山自言高,精卫衔石飞。
朝见精卫飞,暮见精卫飞。吐血填作坻,一旦成路蹊。
岂唯成路蹊,崔嵬复崔嵬[2]。女面洁如玉,女身濯如脂[3]。
十四颇有余,十五十六时。婀娜怀春风[4],明月初徘徊[5]。
门中姊与姑,邻舍杂姥婺[6]。人笑女无声,人欢女长啼。
昔昔重昔昔[7],皴痡不得治[8]。有似食大鲠[9],祸喉连胁脐[10]。
阿母唤不应,步出中间闺。女身亦非狂,女心亦非痴。
向母问阿爷,阿爷谁所尸[11],昨日门前望,裂眼宁忍窥[12]!
爷仇意妍妍[13],走马东西街。我无白杨刃[14],锻作双虹霓[15]。

磨我削葵刀，三寸久在怀[16]。一心愿与仇，血肉相齑釐[17]。
仇人何陆梁[18]，挟队健如犛[19]。前者为饥狼，后者为怒豺。
小雀抵黄鹞，徒恐哺作麋[20]。大声呼县官，县官正聋蚩。
宛转太守府[21]，再三中丞司[22]。堂皇信威严[23]，隶卒森柴崖[24]。
安知坐中间，一一梗与泥[25]。何由腐地骨，骨笑回牙欹[26]。
孤小不识事，闻人说京师。京师多贵官，列坐省与台[27]。
头上铁柱冠[28]，獬廌当胸栖[29]。獬廌角岳岳[30]，多望能矜哀[31]。
局我头上发[32]，缝我当躬衣[33]。手中何所将[34]，血帛斑烂丝[35]。
帛上何所书，繁霜惨濛埋[36]。细躯诚艰难[37]，要当自防支[38]。
女弱母所怜，请母勿攀持[39]。今便辞母去，出门去如遗。
是月仲冬节，杀气争骄排[40]。层冰塞黄河，急霰穿毛锥[41]。
大风簸天翻，行人色成灰。灰里不见掌，深林抱枯枝。
三更叫鵋鶀[42]，四更嗥狐狸。五更道上行，踯躅增羸饥[43]。
举头望长安，盘盘凤皇陴[44]。下著十二门[45]，通洞纵横开。
持我帛上书，蠲我囊中袿[46]。跪伏御史府，廷尉三重墀[47]。
尚书几峨峨[48]，峨峨唱驺归[49]。头上铁柱冠，獬廌当胸栖。
獬廌即无角[50]，岂与群羊齐[51]！李女倚柱啸[52]，白日凋精辉[53]。
结怨弥中霄[54]，中霄盛辛悲。有地何抟抟[55]，有天何垂垂[56]。
高城不为崩[57]，高陵不为阤[58]。为遣明府来[59]，明府来何迟。
长跪向明府，泪落江东驰。如今千里还，女忧终身罹[60]。
女诚不敢绐[61]，愿官无见疑。父冤信沈沈[62]，沈沈痛无期。
一日但能尔[63]，井底生朝曦。死父地下笑，生仇市中刲[64]。
顾此弱残躯，甘从釜鬵炊。语中难成声，声如系麀麋[65]。
明府大嗟叹，嗟叹仍歔欷。翻翻洞庭波，洞庭非渊洄[66]。
嶄嶄邛崃坂[67]，九折无险巇[68]。我今为汝尸[69]，汝去行得知[70]。

爷仇意妍妍，举家忽惊摧[71]。势似宿疹发[72]，骤剧无由医[73]。
同时恶少年，驱至如连鸡[74]。锒铛押领头[75]，毕命填牢狴[76]。
有马空马鞍，永别街西馗[77]。叩首谢明府，搦骨难相贻[78]。
昔为瓶乳儿[79]，今为箭还翰[80]。遥遥望我里，我屋荒蓖莱[81]。
寡母倚门唏[82]，唏子杞梁妻[83]。女去母啖柏[84]，啖柏今成饴。
虽则今成饴，母悲转难裁[85]。女颜昔如玉，女发何祁祁[86]。
如口含朱丹，女手垂春荑[87]。哭泣亲尘沙，面目余瘢黧[88]。
宛宛闺中存[89]，黧疾疑病罴[90]。姑姊看女来，簪笄不及施[91]。
邻姥看女来，左右相呼携。各各自流涕，一尺纷涟洏[92]。
邻姥少别去，媒媪从容来[93]。三请得见女，殷勤致言辞。
公子县南居，端正无匹侪[94]。金银列两厢，纤纨不胜披。
身当作官人，华荣炳房帏[95]。颇欲得贤女，贤女胜姜姬[96]。
回面答媒媪，身实寒且微。无弟无长兄，老母心偎依。
所愿事力作[97]，涩指缝裙褵[98]。安得随他人，乖违母恩慈[99]！
母年风中灯[100]，女命霜中葵。须臾母大病，死父相寻追。
棺椁安当中[101]，起坟遂成堆。一一营事讫[102]，姑姊可前来。
为我唤长老[103]，长老升堂阶。为我召乡邻，乡邻麇如围。
十岁随爷娘，幼小唯痴孩。十五衔沈冤，灌鼻承醇醯[104]。
二十行报仇，报仇苦且危。三年走大梁[105]，赵北燕南陲[106]。
女行本无伴，女止亦有规[107]。皎皎月光明，不堕浊水湄。
斑斑锦翼儿[108]，耿死安能翳[109]！自此旋入房[110]，重阖双双扉[111]。
朱绳八九尺，挂向梁间颓。鲜鲜桂华树[112]，华好叶何奇。
葳蕤扬芬馨[113]，生在空山隈[114]。烈火烧昆冈，三日焰未衰[115]。
大石屋言言[116]，小石当连甍[117]。萧芝泣蕙草[118]，万族合一煤[119]。
烧出白玉姿，皎雪寒皑皑。玉以为女坟，将桂坟上栽。
夜有大星辰，其光何离离[120]。错落桂树下，千年照容徽[121]。

✣ 注释

[1] 此诗记叙康熙年间烈女李三为父报仇事，可与作者《烈女李三传》所载互参。

[2] “大海”十句：这几句借用精卫衔石填海的传说起兴，称颂烈女李三胸怀深仇大恨，不畏艰难，立志必报的坚毅精神。《山海经·北山经》：“炎帝之少女名曰女娃。女娃游于东海，溺而不返，故为精卫，常衔西山之木石，以堙于东海。”太山：即泰山。坵(ōu)：沙堆。路蹊(xī)：道路。蹊：小路。崔嵬：高耸貌。

[3] 濯(zhuó)：光泽。

[4] 婀娜：轻盈柔美貌。

[5] “明月”句：形容女子美丽，明月也为之徘徊，不愿离去。

[6] 姥(mǔ)：老妇。嫠(lí)：寡妇。

[7] 昔昔：夜夜。昔，通“夕”。

[8] 皴(cūn)痛：像皮肤开裂一样的痛苦。皴：皮肤坼裂。

[9] 鲠(gěng)：鱼骨、鱼刺。

[10] 祸喉：祸及喉咙。胁脐：两胁以下至肚脐的部位。

[11] 尸：杀死。

[12] 裂眼：睁大眼睛。

[13] 爷仇：杀父的仇人。妍妍：自得貌。

[14] 白杨刃：当为“白阳刃”，刀名。左延年《秦女休行》：“左执白阳刃，右据宛鲁矛。”

[15] 虹霓：即虹。《尔雅·释天》邢昺疏：“虹双出，色鲜盛者为雄，雄为虹；暗者为雌，雌曰霓。”形容剑光，这里指剑。

[16] 三寸：指匕首，即削葵刀。

[17] “一心”二句：意谓李三誓与杀父的仇人同归于尽。齑虀(jī ní)：肉酱。

[18] 陆梁：嚣张，跋扈。

[19] 挟队：结队。犛(máo)：长髦牛。

[20] “小雀”二句：意谓李三这样的弱女子，面临强敌，就如小雀抵敌鹞鹰，只能被嚼个粉碎。黄鹞：猛禽名，即鹞鹰。哺：嚼。糜：烂。

[21] 宛转：展转、曲折。

[22] 中丞：御史中丞，官名。明清时常以副都御史或佥都御史出任巡抚，清代各省的巡抚例兼右都御史衔，因称巡抚为中丞。

[23] 堂皇：官吏办事的大厅。《汉书·胡建传》："监御史与护军诸校列坐堂皇上。"注："室无四壁曰皇。"

[24] 柴崖：狗欲咬时露齿的样子。这里比喻旁列隶卒的凶恶状。

[25] 梗与泥：犹言泥塑木雕。《庄子·田子方》："吾所学者，直土梗耳。"《释文》："司马云：土梗，土人也，遭雨则坏。"

[26] "何由"二句：意谓有什么办法能报父仇，让父亲含笑于地下。腐地骨：尸骨。牙欸：语出扬雄《法言·渊骞》："始皇方猎六国而(王)翦牙欸。"注："咀噬用牙，言其酷也。欸者，绝语叹声。"原意为以猎作喻，言始皇欲并六国，王翦全力以赴。这里用以比喻竭尽全力报仇。

[27] 列坐：依次相坐。省、台：官署名。为中央一级的官署，如尚书省，又称中台。这里指中央一级的官员。

[28] 铁柱冠：冠名，古时御史所戴。

[29] 獬廌(xiè zhì)：同獬豸，传说中的兽名，清代御史及按察使补服前后皆绣獬廌图案。栖：栖息。

[30] 岳岳：挺立貌。

[31] 矜哀：怜悯。

[32] 局发：卷起头发。《诗经·小雅·采绿》："予发曲局，薄言归沐。"这句以下写李三临行前的准备。

[33] 当躬衣：贴身的衣服。

[34] 将：拿。

[35] "血帛"句：指用血写在帛上的状纸。

[36] "繁霜"句：意谓由于是用血所书，因而在洁白的帛上血迹模糊，惨不忍睹。繁霜：浓霜，借指白色的帛。濛埋：同濛昧，模糊不清。

[37] 细躯：瘦弱的身体。

[38] 防支：防范。

[39] 攀持：牵拉，形容依依不舍。

[40] 杀气：肃杀之气，形容寒气。骄排：骄纵放任。

[41] 霰(xiàn)：雪珠。毛锥：形容毛孔细如椎。

[42] 駉(gē)鹅：雁的一种。

[43] 踯躅(zhí zhú)：犹豫不进，这里形容行动迟缓。羸(léi)：衰弱。

[44] 盘盘：曲折回环貌。凤皇：旧称帝城为凤皇城。陴：城上矮墙。

[45] 十二门：旧长安共十二门。后用以代指京师。李贺《李凭箜篌引》："十二门前融冷光。"

[46] 袿(guī)：女子的上衣。

[47] 廷尉：官名，掌刑狱。清代称大理寺卿为廷尉。墀：台阶。

[48] 峨峨：仪容端庄盛美。宋玉《神女赋》："其状峨峨，何可极言。"

[49] 唱驺：古代官员出行，驺卒在前传呼喝道，称"唱驺"。驺(zōu)：侍从的骑卒。

[50] 即：如果。

[51] 岂：反问之词，哪里，怎么。

[52] 倚柱啸：靠着柱子大声呼叫。借用古代漆室女倚柱吟的故事，见刘向《列女传》。

[53] 凋精辉：失去光辉。

[54] 结怨：郁结于心中的怨气。弥：漫，满。中霄：半空。

[55] 抟抟：圆貌。《楚辞·九辩》："乘精气之抟抟兮。"

[56] 垂垂：高远貌。

[57] "高城"句：用孟姜女事。刘向《列女传》记齐杞梁殖战死，其妻哭于城下，十日而城崩。这里反用其意。

[58] 阤(zhì)：崩颓。

[59] 明府：唐人称县令为明府，取贤明之义。

[60] 罹(lí)：遭遇祸难。

[61] 绐(dài)：欺骗。

[62] 信：确实。沈沈：深沉貌。

[63] 尔：代词。此，这里指报仇雪耻事。

[64] 刲(kuī)：割。

[65] "声如"句：庖麋：待杀的麋鹿。庖：厨房。这句形容哭声凄楚。

[66] 渊洄：谓深渊之水回旋曲折。

[67] 崭崭：高耸貌。邛崃坂：四川邛崃山，有九折坂，山路险阻回曲。

[68] 险巇：艰险道路。以上四句为县令语，意谓要不辞艰险，为李三报仇雪耻。

[69] 为汝尸：指为李三杀死的人。尸：杀而陈列其尸以示众。

[70] 行：将。

[71] "举家"句：谓仇人全家突生惊变。

[72] 宿疹：旧病。

[73] 骤剧：来势迅猛而凶险。

[74] 连鸡：缚在一起的鸡。《战国策·秦策》："诸侯不可一，犹连鸡之不能俱止于栖亦明矣。"

[75] 锒铛：铁锁。旧时用以系械罪犯。

[76] 毕命：毙命，处死。牢狴：牢狱。

[77] "有马"二句：谓仇人全部落网，当年仇人的坐骑上再也没有人了。馗(kuí)：道路。

[78] "叩首"句：意谓以身相报也难以报答明府的大恩。搦：持。贻：赠。

[79] 羝乳：公羊产乳。比喻不可能发生的事。语出《汉书·苏武传》："乃徙武北海上无人处，使牧羝，羝乳乃得归。"羝(dī)：公羊。

[80] 箭还靫：将箭放回箭箙，比喻事情办好就得回乡里。靫(chāi)：箭箙盛箭器。

[81] 蓖(pí)莱：蒿莱。

[82] 倚门：形容父母殷切盼望子女归来的神情。《战国策·齐》："(王孙贾)母曰：'女朝出而晚来，则吾倚门而望；女暮出而不还，则吾倚闾而望。'"唏(xī)：叹息。

[83] 杞梁妻：杞梁名殖，字梁，春秋时代齐国的大夫，为齐国伐莒，死于莒国城下。他的妻子哭了十天然后自杀。这里借指李三。

[84] 啖柏：犹吃苦。柏实味苦。啖：食。

[85] 裁：消除。

[86] 祁祁：盛密貌。

[87] 垂春荑：语出《诗经·卫风·硕人》："手如柔荑。"荑：茅草的嫩芽。

[88] 瘢劙(lí)：刀痕。

[89] "宛宛"句：意谓李三历尽磨难，终于平安返家。

[90] 黧(lí)：黑色。罴(pí)：熊的一种，俗称马熊。

[91] 笄(jī)：簪。

[92] 一尺：形容垂涕之长。王褒《僮约》："鼻涕长一尺。"涟洏：垂泪貌。

[93] 媒媪：媒婆。

[94] 匹侪：相为配偶。

[95] 炳：耀。

[96] 姜姬：即姬姜。周王室姓姬，齐国姓姜，互通婚姻。后因用为贵族妇女的

美称。《左传·成公九年》:“虽有姬姜,无弃蕉萃。”杜预注:“姬姜,大国之女。”

[97] 力作:尽力劳作。

[98] 涩指:手指不灵巧。鞵:同“鞋”。

[99] 乖违:背。

[100] 风中灯:喻残年。语出曹唐《游仙》诗:“晓露风灯零落尽。”

[101] 棺椁:棺材及套在棺外的外棺。

[102] 讫:毕。

[103] 长老:指宗族中的长辈。

[104] “灌鼻”句:比喻难言的痛苦。醇醯(xī):酒醋。

[105] 大梁:战国时魏都,今开封市。

[106] “赵北”句:《后汉书·公孙瓒传》:“燕南垂,赵北际。”今河北省南部,河南省北部一带,战国时为赵地。

[107] 有规:指李三的行止合乎礼规。

[108] 锦翼儿:指雉。李白《雉子斑》:“扇锦翼,雄风生。”

[109] 耿死:潘岳《射雉赋》:“厉耿介之专心兮。”李善注:“薛君《韩诗章句》曰:‘雉,耿介之鸟也。’”张铣注:“耿介,专一之心也。”翳:捕雉之网。安能翳:谓怎能中猎人的网罗。以上四句表现了李三宁死也要坚守节操的精神。

[110] 旋:即,就。

[111] 阖:关。扉:门。

[112] 鲜鲜:光彩夺目貌。

[113] 葳蕤(wēi ruí):草木茂盛貌。

[114] 隈:山水弯曲处。

[115] “烈火”二句:昆冈:昆仑山。语本《书·胤征》:“火炎昆冈,玉石俱焚。”注:“山脊曰冈,昆山出玉,言火逸而害玉。”

[116] 言言:高大貌。《诗经·大雅·皇矣》:“崇墉言言。”

[117] 连簰(chái):连车。

[118] “萧芝”句:萧艾,恶草名。芝:香草名。萧芝合用,比喻美恶。梁元帝《讨侯景檄》:“孟诸焚燎,芝艾俱尽。”这里意本此。指李三和仇人同归于尽。蕙:香草名。泣蕙草,谓蕙草为之哭泣。这一句意本陆机《叹逝赋》:“嗟芝焚而蕙叹。”

[119] “万族”句:万族:万物,各种物质。合一煤:指经过昆冈烈火的煅烧,都化成了煤。

[120] 离离：下垂貌。

[121] 容徽：仪容丰采。

✤ 评析

这首诗记叙清康熙年间烈女李三为父报仇雪耻的故事，讴歌了李三不避艰难、不畏权势、事亲至孝的可贵精神，从一个侧面反映了封建时代的社会现实。作者《烈女李三传》中云："女死康熙中，至今且五十载。戊午（乾隆三年［1738］），予居长安，始闻，感当世无能文章扬洗昭暴之，使家说户唱，相有惩劝，乃撰述其事，歌而系之。"袁枚曾作诗论及此诗："骑鲸跋浪是生平，要与云龙韩孟争。绝好东南飞孔雀，一篇《烈女李三行》。"

晓　行

梦阑莺唤穆陵西[1]，驿吏催时雨拂衣[2]。
行客落花心事别，无端俱趁晓风飞[3]。

✤ 注释

[1] 梦阑：梦将尽。穆陵：关隘名，故址在今山东省临朐县东南大岘山上，山谷峻险，素有"齐南天险"之称。

[2] 驿吏：掌管驿站的官吏。

[3] 无端：没来由。

✤ 评析

此诗写清晨赶路的心情，末二句新颖有奇趣。石笥诗以雄诞胜，此独轻清，能者固无所不可。

倪瑞璿

倪瑞璿，宜兴徐启泰继室，江苏宿迁人。八岁即能诗。通经史百家之学。生活于康熙后期及雍正年间，年三十而卒。卒时自焚其诗文六册，徐启泰辑其遗稿得二百余首，名《箧存诗集》。钞本今藏宿迁市文献委员会。

闻　蛙

草绿清池水面宽，终朝阁阁叫平安[1]。
无人能脱征徭累，只有青蛙不属官。

✤ 注释

[1] 终朝：整天。阁阁：蛙鸣声。

✤ 评析

此诗以蛙起兴，揭露了清王朝赋役剥削的残酷。“无人能脱”、“只有”，人蛙对照，入木三分。宋琬诗：“寄语武陵仙吏道，莫将征税及桃花。”陈三立诗：“露筋祠外千帆尽，税到江头鸥鹭无？”构想相似，用笔各异。宋、陈较婉转，此诗直说。

王又曾

王又曾(1706—1762),字受铭,号谷原,浙江秀水(今嘉兴)人。乾隆十六年辛未(1751)召试,赐内阁中书,十九年甲戌(1754)成进士,官刑部主事。有《丁辛老屋集》。毕沅曰:“谷原比部,才本大而约之以归于切实,气最盛而敛之以底于和平,削肤郭而见性情,汰尘腐而存警策,于汉魏六朝及唐宋诸家外,能融会变化,自成一家,而世之貌为李、杜、韩、苏者卒莫能及焉。至于取材于众所不经见,用意于前人所未及发,此又谷原之所独到而亦吾党所共推者也。予尝谓国朝之诗浙中最盛,而浙中又莫盛于嘉禾,竹垞先生以沉博绝丽之才,主东南坛坫最久,不五十年而谷原与萚石继之,此三家者,均足以信今而传后,可谓盛矣。”陈衍谓:“沈子培(曾植)论谷原诗胜于樊榭,余谓谷原固有老于樊榭者,然樊榭佳处较多。”

登报恩寺浮图[1]

人天八万四千塔,谁其造者阿育王[2]。
江南经始康僧会[3],舍利爪发传萧梁[4]。
永乐制九级[5],海藏同辉光[6]。
天风扶我一登眺,长干万户连千樯[7]。
岷峨之脉气葱郁[8],四面屏障森堵墙。

大江一线逝东北，前淮后湖环阴阳[9]。
虎龙蟠踞虽得地[10]，英雄割裂无完疆[11]。
岂若隋唐大一统，直以弹丸当荆扬[12]。
如来涅槃矧千劫[13]，灵物蘙瘗诚荒唐[14]。
黄旗紫盖俱已矣[15]，空余金地供翱翔[16]。
安得神僧捧刹入云去，无令承平士女悲沧桑[17]！

✤ 注释

[1] 报恩寺：旧址在南京市中华门外长干桥以南宝塔根一带。浮图：又作“浮屠”，梵文音译，即塔。这里指大报恩寺的琉璃宝塔。

[2]“人天”二句：人天：人间天上。《魏书·释老志》：“人天道殊。”阿育王：印度王名。始即位时，大肆暴政，杀戮兄弟，后受沙门感化，皈依佛教，于各地建立八万四千塔；将弘宣正法之诰文，刊刻于石。又派遣宣教师于四方说法劝导，佛教遂始传至国外。

[3] 康僧会：三国时高僧。康居人，世居天竺。十余岁时，父母双亡，遂出家为僧。吴赤乌十年(247)，会至建业(南京)，孙权为之建塔，名建初寺。会遂翻译佛经多种，江南自此佛教始兴。

[4]“舍利”句：舍利：梵语音译，佛骨。《魏书·释老志》：“佛既谢世，香木焚尸，灵骨分碎，大小如粒，击之不坏，焚亦不燋，或有光明神验，胡言谓之舍利。弟子收奉，置之宝瓶，竭香花，致敬慕，建宫宇，谓为塔。”萧梁：南北朝时梁武帝萧衍，建都于建康(南京)，毕生迷信佛教，曾三次舍身同泰寺，遍筑寺院于境内。

[5]“永乐”句：永乐：明成祖朱棣的年号(1403—1423)。永乐制九级：谓朱棣夺取帝位后，在这儿建大报恩寺，在寺左近修建宝塔，塔高三十三丈，九层八面，覆瓦拱门都用五色琉璃构件，费时十九年修成。清代毁于战火。

[6] 海藏：指佛土。《大方广佛·华严经》：“此华藏庄严世界海，是毗卢遮那如来往昔于世界海微尘数劫修菩萨行时，一一劫中亲近世界海微尘数佛，一一佛所净修世界海微尘数大愿之所严净。”

[7] 长干：见钱谦益《吴门春仲送李生还长干》注[1]。千樯：指长江上的无数帆影。

[8] 岷峨：四川峨眉山的别称。因其属岷山山脉，故名。杜甫《剑门》诗："岷峨气凄怆。"旧时以为长江源出岷山，故称长江中下游地区为岷峨之脉。

[9] 前淮后湖：淮：指南京城南的秦淮河；湖：指南京城北的后湖，即玄武湖。阴阳：古时指水北为阳，水南为阴。这里指南京处秦淮河之阳，后湖之阴。

[10] "虎龙"句：语出《六朝事迹类编·形势门》："诸葛亮论金陵地形云：'钟阜龙盘，石城虎踞，真帝王之宅。'"后因以虎踞龙盘特指南京的地形雄壮险要。得地：得地势之利。

[11] "英雄"句：指南北朝时南朝东晋、宋、齐、梁、陈诸朝虽拥有金陵，但只能割据一方，祖国始终未能统一。

[12] "直以"句：弹丸：比喻狭小。《战国策·赵策》："诚知秦力之不至，此弹丸之地，犹不予也。"荆扬：古九州之二。荆州，在今两湖及江西西部；扬州：在今江苏、安徽南部，江西东部。这句是说隋唐凭借弹丸之地完成了统一的大业。

[13] 涅槃：佛家语。本指脱离一切烦恼，进入自由无碍的境地；后常指僧人之死。矧(shěn)：又，亦。劫：佛家语，佛经言天地的形成到毁灭为一劫。千劫：比喻世事经历了多次大的变故。

[14] "灵物"句：灵物：指如来舍利。薶瘗(mái yì)：埋葬。薶：同"埋"。旧说报恩寺埋佛舍利，常放光。

[15] 黄旗紫盖：旧时以为天空现黄旗紫盖状的云气，为将出皇帝的征兆。《三国志·吴志·吴主传》注：陈化使魏，文帝嘲问曰："吴魏对峙，谁将平一海内？"化对曰："旧说紫盖黄旗，运在东南。"

[16] 金地：指佛寺。给孤独长者以黄金布地，施为佛说法之所。故云。翱翔：自由自在地遨游。

[17] "安得"二句：是说还是让神僧把佛塔捧到天上，不复存在于人间，免得生活在世上的人们徒生世事剧变的感慨。刹：即塔字。钮树玉《说文新附考》谓"古无塔字，宝刹即宝塔"。《敬使君碑》、《南史·虞愿传》，均用刹字指塔。沧桑：见厉鹗《开平王孙种菜歌》注[9]。

✤ 评析

此诗描写登塔所见，触景抒感。吴应和评云："王业销沉，故宫阙已为灰烬，而浮图独存，徒供后人凭吊，无端设想，盖亦视同戏玩之具而已。"全首笔力矫健，辞气跌宕，极感慨淋漓之致。足与高启《登金陵雨花台望大江》、钱载《登燕子矶望金陵》鼎峙。

桐　江[1]

树色浇篷翠[2]，岚光瞥眼经[3]。
来探群壑秀，一上合江亭[4]。
细雨乌犍立[5]，江沙白鸟停。
隐君如可访[6]，佳句乞吾灵[7]。

✤ 注释

[1] 桐江：在今浙江省桐庐县北，即钱塘江中游自严州至桐庐一段的别称。

[2] “树色”句：谓船帆在绿树的烘染下也显得一片苍翠。篷：船帆。

[3] “岚光”句：谓两岸山间的云雾在眼前一晃而过，言船行之速。瞥眼：转眼，形容快。

[4] 合江亭：在桐庐县桐江和天目溪交汇处的桐君山上。

[5] 乌犍：水牛。犍(jiān)：阉过的牛。

[6] 隐君：旧称归隐山林的人。诗中指东汉严子陵。详见吴嘉纪《哀羊裘为孙八赋》注[8]。

[7] 乞吾灵：求助于自己的灵感。

✤ 评析

此诗记桐江所见，清幽俊秀，如入画中。三、四句流水对，有倜傥之致。

经天姥寺[1]

天姥峰阴天姥寺，竹房涧户窈然通[2]。

老僧敲磬雨声外，危坐诵经云气中[3]。
禅榻茶烟成夙世[4]，天鸡海日又春风[5]。
回头却忆十年梦，梦与山东李白同[6]。

✤ 注释

[1] 天姥寺：在浙江省嵊州市和新昌县交界处的天姥山上。李白曾有《梦游天姥吟留别》诗。

[2] 窈然：幽深貌。

[3] 危坐：端坐。

[4] “禅榻”句：杜牧《醉后题僧院》：“今日鬓丝禅榻畔，茶烟轻扬落花风。”夙世：同“宿世”，佛教所谓前生。

[5] “天鸡”句：李白《梦游天姥吟留别》：“半壁见海日，空中闻天鸡。”天鸡，神话中天上的鸡。诗中即以天鸡海日指天姥景色。又春风：意谓又是一番春景。

[6] “梦与”句：谓与当年李白在山东时梦游天姥的情景完全一样。

✤ 评析

此诗以拗句、流水对取胜。吴应和评谓：“通体峭健，无对偶之迹。‘老僧’十四字作一句读，是律诗创格；结局尤奇横，是律诗创调。”

临平道中看荷花同朱冰壑陈渔沂[1]（二首）

船窗六扇拓银纱[2]，倚桨风前正落霞。
依约前滩凉月晒[3]，但闻花气不看花。

皋亭来往省年时[4]，香饮连筒醉不辞[5]。
莫怪花容浑似雪，看花人亦鬓成丝。

✤ 注释

[1] 临平：今浙江省杭州市余杭区临平。朱冰壑、陈渔沂：生平未详。

[2] 拓：谓开窗。

[3] 依约：隐约。

[4] 皋亭：山名，在临平。

[5] 筒：以荷花梗为筒饮酒。

✤ 评析

便旋往复，风神潇洒。袁枚评曰："谷原诗工于游览。此两绝句与《陶然亭》七律皆传诵一时。"

钱　载

钱载(1708—1793),字坤一,号萚石,浙江秀水(今嘉兴)人。乾隆元年丙辰(1736)举荐博学鸿词,十七年壬申(1752)进士,官至礼部侍郎。有《萚石斋诗集》。黄培芳以为其诗"大约不拘唐宋,空所依傍,生面独开。或议其别调,不知仍从小心入扣来,非无故掀翻也。其七律之独到者,体大思精,字字真实沉着,洗尽矜浮之气,非绨章绘句之徒专争皮相者所能望见。"张维屏曰:"萚石先生诗不名一家,大要以清真镵刻为主,有时或入于涩滞,而必切事以抒辞,有时或出以纤新,而必切景以造句,凡诗中空架子假门面之语,皆扫而空之,故集中时有独到处,而述庵(王昶)司寇乃谓其诗率然而作,盖未细观其全集也。"吴应和以为"其旨敦厚,其气清刚,其意沉着,其辞排奡,汉、魏、六朝、三唐、两宋体制,靡不兼有,尤得力于少陵,造诣深沉,脱尽肤言浮响,自成一大家面目,苍莽之极,转似荒率,宜乎难为识者矣"。钱载诗极为晚清同光体诗人所推尊,陈衍《近代诗钞》谓:"有清一代诗宗杜、韩者,嘉、道以前,推一钱萚石。"又《石遗室诗话》云:"萚石斋诗,造语盘崛,专于章句上争奇,而罕用僻字僻典,盖学韩而力求变化者。"萚石诗艺术上有独特之处,惜反映现实、同情人民疾苦之作不多。

清远道士养鹤涧[1]

灵阜不抗云[2],幽篁乃纡涧[3]。

涧声云气中，翠与白相幻[4]。
精魂岂游遨，佳藻恐欺谩[5]。
鹤粮谁粟米？鹤柴独篱栅[6]？
天光照崖磴[7]，苔色上衣襻[8]。
坐想殷周来，人间几忧患[9]！
山青城郭改，霜落年华晏[10]。
时下饮猿啼，空令出花瓣。

✤ 注释

[1] 清远道士养鹤涧：在苏州虎丘白莲池东。

[2] 灵阜：灵秀的山埠，指虎丘。不抗云：山低，上不足与云相齐。

[3] 幽篁：幽深的竹林。纡涧：回绕着溪涧。

[4] "翠与"句：意谓云气穿绕翠绿的林间，景色变幻无穷。

[5] "精魂"二句：按《虎丘志》云："唐清远道士，不知何许人。同沈恭子游虎丘作诗'我本长殷周，遭罹历秦汉'云云。以岁计之，二千余年矣。颜鲁公(真卿)爱其诗，为刻之崖壁。"这二句斥清远道士诗的荒诞不经，谓殷周时人，死已久远，岂有精魂来此游玩？因此，游虎丘诗大概是出于好事者的假托，以欺骗人的。欺谩：欺骗。

[6] "鹤粮"二句：皮日休《暇日独处寄鲁望诗》："廪粟先教算鹤粮。"柴：栅栏。这二句谓涧中如养仙鹤，试问是谁给的粮米？又是谁独独为鹤树起篱栅？

[7] 天光：阳光。崖磴：山崖上的石级。

[8] "苔色"句：谓翠绿的颜色映襻满衣服。襻(pàn)：纽襻，扣住纽子的套。

[9] 几：几经。

[10] 霜落：比喻白发。晏：迟暮，指人的晚年。

✤ 评析

此诗佳处，在前四句，写景语全不同于厉樊榭一派，字字戛戛生造，青翠恍惚，如入灵境。"精魂"以下，斥清远道士传说之虚幻，形象鲜明，不堕以文为诗习气。

到家作[1]（四首选二）

豫章趋浙路非赊[2]，实荷皇恩感复嗟[3]。
白发为官长恋阙[4]，青山省墓暂还家[5]。
先公旧种多梅树，老圃全荒有藓花[6]。
同塾诸郎闻已尽[7]，比邻翁媪访应差[8]。

久失东墙绿萼梅，西墙双桂一风摧。
儿时我母教儿地，母若知儿望母来。
三十四年何限罪，百千万念不如灰[9]。
曝檐破袄犹藏箧[10]，明日焚黄只益哀[11]。

✤ **注释**

[1] 此诗为作者归家省墓时作。

[2] 豫章：今江西省南昌市。赊：长，远。

[3] 荷：感戴。嗟：叹息。

[4] 阙：皇宫门。

[5] 省墓：扫墓。

[6] 藓花：苔藓。

[7] 尽：都已死了。

[8] 比邻：近邻。差：误。

[9]“百千”句：灰：比喻死灭。不如灰：谓百千种希望不如破灭为好。

[10] 曝檐：在屋檐下面晒衣服。

[11] 焚黄：把封建王朝赐给的黄色封诰焚化在死人灵前。

✤ 评析

这题四首，三、四较差，不选。作者离家宦游数十年，至此得以准假省墓归家，怀着感嗟交集之情由南昌返回浙江。第一首写到家时物在人非的感触。前半首写归程。后半首写到家后情况。五、六句从景物着眼。七、八句从人事抒感。第二首追怀亡母，写其赤子之哀。一起从景物写入，回应第一首五、六句。三、四句抒哀深刻曲折，此等笔墨，后来唯郑珍诗中有之，句法亦独创。五、六句直接写哀。结语更从焚黄增痛作加一倍写，尤见力量。吴应和评此诗："如怨如慕，如泣如诉，真是血性所发，故沉痛如此，不必于字句论工拙，气体辨家数。"张维屏云："此诗具万钧力，总是少陵嫡派，香山、放翁则雁行耳。"又谓："字字沉实，字字动荡，其佳处未尝不从古人来，却能于古人之外自成面目。"

清流关[1]

广宁门外二千程[2]，齐鲁河淮坦迤行[3]。
突据冈峦高垒险[4]，全收吴楚大江横[5]。
南唐入宋沿州堞[6]，西日回风度使旌[7]。
老我重题秣陵柳，不知犹似昔年情[8]！

✤ 注释

[1] 清流关：在安徽省滁州西北二十五里清流山，南唐时置。五代后周显德三年(956)，赵匡胤大破南唐兵于清流山下，生擒皇甫晖、姚凤，克滁州。

[2] 广宁门：即广安门，北京外城西南城门。

[3] 齐鲁河淮：自北京至滁州，途经河北(一部分是春秋时齐地)、山东(春秋时齐、鲁地)，跨黄河、淮河。坦迤行：谓一路在平坦的大道上前进。

[4] 突：突兀。高垒：高耸的关隘。

[5] "全收"句：谓登临关上，吴楚两地尽收眼底，长江好像横在脚下。

[6] "南唐"句：谓自南唐至宋代，都在此设置城堡。沿：沿袭。

[7] 使旌：使，出使的官员；旌，旌旗。

[8] "老我"二句：作者北上时，曾途经秣陵。这次南返，又将经过秣陵。他想象如果对柳题诗，情绪能否会像当年一样。秣陵：见屈大均《秣陵》注[1]。

✤ 评析

此诗为作者途经清流关时所作，描述关隘形势，并咏怀古迹，抒写感慨。吴应和评此诗："一气磅礴，笔亦雄健，画家写关山行旅，无此长卷。"

望石湖[1]

治平寺南湖翠昏[2]，柳枝茭叶见滩痕。
楞伽不管无情雨[3]，一夜吹花落范村[4]。

✤ 注释

[1] 石湖：见厉鹗《自石湖至横塘》注[1]。

[2] 治平寺：在苏州市西南上方山。湖翠：碧蓝的湖面。

[3] 楞伽：山名，又名上方山，在苏州市西南。

[4] 范村：见厉鹗《自石湖至横塘》注[2]。

✤ 评析

钱萚石诗，古体造句瘦硬拗峭，近体沉雄。此绝句高秀绝尘，集中不多见。

出东林六七里望庐山[1]

连峰出云云半开，奔渠卷雪响春雷[2]。
云中屈曲明如玉[3]，都是天池顶泻来[4]。

✤ 注释

[1] 东林：寺名。故址在江西庐山。晋代江州刺史桓伊为释慧远建。

[2] 奔渠：谓飞瀑直泻而下。卷雪：比喻飞溅的水花。

[3] “云中”句：谓瀑布在云雾中屈折而下，闪闪发光。

[4] “都是”句：谓瀑布从庐山天池峰顶上泻下。天池峰在旧九江府城西南六十里。

✤ 评析

此绝句乃“放笔为直干”者，与太白相上下。吴应和评曰：“四句一气贯注，神来之笔。”

袁枚

袁枚(1716—1798),字子才,号简斋,浙江钱塘(今杭州)人。乾隆元年丙辰(1736)荐举博学鸿词,四年己未(1739)进士,官江宁知县。辞官后侨居江宁,筑园林于小仓山,号随园。论诗主抒写性情,创性灵说。有《小仓山房集》、《随园诗话》。吴应和谓:"归愚宗伯以汉、魏、盛唐之诗唱率后进,为一时诗坛宗匠。随园起而一变其说,专主性灵,不必师古。初学立脚未定,莫不喜新厌旧,于是《小仓山房集》人置一编,而汉、魏、盛唐之诗绝无挂齿。盖其有轶群之才,腾空之笔,落想不凡,新奇眩目,诚足倾倒一世。惟是轻薄浮荡习气与三百篇无邪之旨相悖。"金天羽曰:"清乾隆盛时,仓山诗卷,已夺渔洋、归愚之席,挟其藻缋,上媚侯王,下奖轻薄之子。洎嘉、道间,诗教凌迟,谄言躁行之徒接迹,则仓山之烈也。"

行十里至黄崖再登文殊塔观瀑[1]

黄崖天上生,对面作浪起。
我头不敢昂,诚恐浪压己。
岂知下望深,青天反作底。
山外有山立,山内有山倚。
颇类人衣裳,幅幅有表里。

忽然暴雨来，人天一起洗。
避登千寻塔[2]，正对一条水[3]。
瀑布从高看，匹练更长矣[4]。
始知开先寺[5]，相离咫尺耳。
只为绝巘遮[6]，行行十余里。

✤ 注释

[1] 黄崖：庐山龙首崖，在庐山大天池侧门外数百米处。文殊塔：即天池台，在庐山大天池文殊台右侧。此诗描绘庐山瀑布的壮观景色。

[2] 寻：古代长度单位，八尺为一寻。千寻，言其高。

[3] 水：指瀑布。

[4] 匹练：一匹白绢，比喻飞泻而下的瀑布。

[5] 开先寺：在庐山秀峰下，原为南唐李璟幼年读书处。璟即位后以旧基筑寺，取开国先兆之意，故名“开先寺”。清康熙年间改名“秀峰寺”。寺西有二瀑，即诗中所记。

[6] 绝巘：绝壁。

✤ 评析

随园五古，时亦不免率易之习。此诗设想奇特，比喻新颖，颇得杨万里神理，陈衍所称赏的万里诗特色，正是此种。

澶　渊[1]

路出澶河水最清，当年照影见东征[2]。
满朝白面三迁议[3]，一角黄旗万岁声[4]。
金币无多民已困，燕云不取祸终生[5]。
行人立马秋风里，懊恼孱王早罢兵[6]。

✤ 注释

[1] 澶渊：州名，治所在今河南省顿丘县地。宋真宗景德元年(1004)，辽军深入宋境，朝廷震动，参知政事王钦若请避往金陵，陈尧叟请避往成都，宰相寇准力排众议，定亲征之事。十一月，真宗至澶州，准承制专决，辽战既不得利，乃遣使盟。十二月定约，宋每年输辽银十万两，绢二十万匹。史称“澶渊之盟”。此诗为作者途经澶渊，有感而作。

[2] 东征：指寇准率师东征。

[3] 白面：形容见识浅薄的文士。《宋书·沈庆之传》：“庆之曰：‘……陛下今欲伐国，而与白面书生辈谋之，事何由济！’”三迁议：指王钦若等奏请迁都之事。

[4] “一角”句：《宋史·寇准传》：“(高)琼即麾卫士进辇，帝遂渡河，御北城门楼，远近望见御盖，踊跃欢呼，声闻数十里。契丹相视惊愕，不能成列。”黄旗：帝王之旗。

[5] 燕云：即燕云十六州。十六州为：幽、蓟、瀛、莫、涿、檀、顺、新、妫、儒、武、云、应、寰、朔、蔚。约在今河北、山西二省北部地。五代时，后晋高祖石敬瑭，以燕云十六州赂契丹，借助契丹的兵力，消灭了后唐，登上帝位。《宋史·地理志·序》：“至是，天下既一，疆理几复汉、唐之旧，其未入职方氏者，唯燕云十六州而已。”燕云遂成为契丹、女真、蒙古等少数民族进攻中原地区的据点。北宋时，女真族建立金朝后，占了燕云十六州不少州县。为了取回燕京，北宋王朝只好以岁输银、绢各二十万两、匹，又输“燕京代税钱”一百万缗，才从金人手中“买”来一座被劫掠一空的燕京空城，而十六州终未收复。以后金兵大举南犯，北宋遂亡。“祸终生”，即指此。

[6] 孱(chán)王：懦弱的君王。语见《史记·张耳陈余列传》：赵相贯高曰：“吾王，孱王也。”

✤ 评析

袁枚七律，有浮薄之病。此诗为吊古之作，坚实有力，可匹严遂成。清中叶正当盛时，不存在澶渊往事的警惕。故此诗亦如《三垂冈》那样，为单纯吊古之作。但后半面未曾不可供后人资以“古为今用”，特不必是作者原有之义耳。

秦中杂感[1]（八首选一）

天府长城势壮哉[2]，秋风落叶满章台[3]。
一关开闭随王气[4]，绝顶河山感霸才[5]。
安石本为江左出[6]，贾生偏过洛阳来[7]。
汉朝宣室知何处[8]？金马门前月更哀[9]。

✤ 注释

[1] 秦中：今陕西为古秦国之地，故称秦中。

[2] 天府：指肥沃、险要、物产丰饶的地区。《战国策·秦策一》："苏秦始将连横说秦惠王曰：'大王之国……田肥美，民殷富，战车万乘，奋击百万，沃野千里，蓄积饶多，地势形便，此谓天府，天下之雄国也。'"诗中即指秦中。

[3] "秋风"句：贾岛《忆江上吴处士》诗："秋风吹渭水，落叶满长安。"章台：街名，在长安。这句写眼前景色的荒凉。

[4] "一关"句：一关：指进入秦中的重要关隘潼关。王气：旧指象征帝王运数的祥瑞之气。这句意谓潼关的守与失连系着建都长安的各个朝代的兴亡。

[5] 绝顶河山：秦中在西北高处，俯视中原，故云绝顶河山。河指黄河、渭水，山指终南、华山。霸才：称霸一时的雄才。

[6] 安石：谢安。晋时有"斯人不出，如苍生何"的话。江左：江东。

[7] 贾生：贾谊。《史记·屈原贾生列传》："贾生名谊，雒（同'洛'）阳人……文帝召以为博士。"

[8] 宣室：汉未央宫中的殿名，为皇帝斋戒之所。孝文帝曾于此处问贾谊鬼神之事。

[9] 金马门：汉代宫门名。汉代征召有才能的人，卓异者待诏金马门。

✤ 评析

此诗为吊古中上乘之作，三、四句大笔淋漓，后半似有自负又有自感生不逢时之意。

鸡

养鸡纵鸡食[1]，鸡肥乃烹之。
主人计固佳，不可使鸡知。

✤ 注释

[1] 纵鸡食：让鸡吃饱。纵：放任。

✤ 评析

沈德潜倡格调，其诗实不过如明七子之伪体。故袁枚矫之以性灵，而潘德舆《论诗绝句》又有“蒋袁王（文治）赵一成家，六义颓然付狭邪”之讥。然袁诗亦有胆力惊人不可及处。这首《鸡》是寓言体的讽谕小诗，寥寥二十字，短小精悍，历来剥削者对劳动者使用小恩小惠以求大利的欺骗伎俩，尽情揭露。通篇从人们习见的日常生活中提炼素材，赋予深刻的主题，诗笔诙谐，讽刺强烈。出于封建时代文人之手，良不易易。五四时期刘大白曾于杭州城站四美泰酒店壁间所挂画鸡横幅上见此题诗，因于所著《旧诗新话》中评云：“一切资本家豢养劳动者，男性豢养女性，军阀豢养兵士……的阶级豢养的背景，都被这几句诗道破了。不料旧诗中竟有这样的象征文字。”

马嵬[1]（四首选一）

莫唱当年《长恨歌》，人间亦自有银河[2]。
石壕村里夫妻别[3]，泪比长生殿上多[4]。

✤ 注释

[1] 马嵬：在陕西省兴平市西。相传晋人马嵬在此筑马嵬城，故名。唐安史之乱起，玄宗自长安西奔成都，缢死杨贵妃处，即此。白居易《长恨歌》云："马嵬坡下泥土中，不见玉颜空死处。"

[2] 银河：隔断牛郎织女的天河。这里用此传说，比喻硬把亲人拆散的罪恶势力。

[3] 石壕村：地名，在河南省陕县东南。杜甫《石壕吏》描述安史之乱时，自己投宿石壕村，亲身接触到的差吏抓丁应役，迫散一对老夫妻的惨状。

[4] "泪比"句：长生殿：唐朝皇帝的斋宫。白居易《长恨歌》："七月七日长生殿，夜半无人私语时。"把它写成玄宗贵妃定情的场所。这里说长生殿上二人的泪，更是出于袁枚的想象。

✤ 评析

这题共四首，这里选第四首。作者巧用《长恨歌》故事与同是反映安史之乱的《石壕吏》诗本事作对照，表达了玄宗与贵妃的生离死别并不值得同情的观点，说明只有民间夫妻的爱情才是真挚的，决非宫廷的帝妃可比。以玄宗与杨妃的生死相隔作衬垫，说世上遭受生离死别的人还很多。把深沉的同情倾注在穷苦老百姓身上，用对比法富有新意。借古喻今，爱憎分明。

赵 翼

赵翼(1727—1814),字云崧,一字耘松,号瓯北,江苏阳湖(今武进)人。乾隆二十六年辛巳(1761)进士,官贵西兵备道。不久辞官家居,主讲于安定书院,专心著述。长于史学。论诗主张推陈出新,反对摹拟。有《瓯北集》。张维屏谓其诗"七古才气奔腾,时见剽滑;五七律多工巧奇警之句,然力求工巧,可称能品,却非诗家第一义也"。

杂题八首[1](选一)

每夕见明月,我已与熟悉。
问月可识我,月谓不记忆[2]。
茫茫此世界,众生奚啻亿[3]!
除是大英豪,或稍为目拭[4]。
有如公等辈[5],未见露奇特[6]。
若欲一一识,安得许眼力[7]?
神龙行空中,蝼蚁对之揖[8]。
礼教虽则多,未必遂鉴及[9]。

✤ 注释

[1] 此诗作于乾隆年间。
[2] 这句以下,写与明月的谈话。

[3] 众生：本谓一切生物，这里专指人类。奚啻：何止。啻(chì)：仅，止。

[4] 目拭：擦眼睛，形容郑重看待。

[5] 公等辈：你们这些人。

[6] 奇特：指出众的才华。

[7] 许：如许，这么多。

[8] 蝼蚁：蚂蚁。

[9] “礼教”二句：谓蝼蚁尽管虔诚致礼，但神龙未必就能看到。鉴及：看到。

✤ 评析

此诗虚拟诗人与明月的一席对谈，淋漓酣畅地揭露了社会的世态炎凉，表达了诗人的愤世疾俗之情。以文为诗，下语痛快，是作者的长技。

闲居读书[1]（六首选一）

后人观古书，每随己境地[2]。
譬如广场中，环看高台戏。
矮人在平地，举头仰而企[3]。
危楼有凭槛[4]，刘祯方平视[5]。
做戏非有殊[6]，看戏乃各异。
矮人看戏归，自谓见仔细。
楼上人闻之，不觉笑喷鼻[7]。

✤ 注释

[1] 此诗作于乾隆五十一年丙午(1786)，全诗共六首，此首原列第六。

[2] 境地：境遇。

[3] 企：踮起脚跟。

[4] 危楼：高楼。

[5]“刘祯”句：刘祯，汉末人，“建安七子”之一。曹丕为太子时，招宴刘祯等人，丕命夫人甄氏出拜。“坐中众咸伏，而祯独平视”，遂以不敬得罪。事见《三国志·魏志·王粲传》。平视：面对面直看。

[6]非有殊：没有什么不同。

[7]喷鼻：打喷嚏。

✤ 评析

此诗以观剧为喻，说明由于各人的立场、水平的不同，读书的见解、收获也随之而异。讽刺了那些见浅识短的所谓高明者。诗语生动传神，浅显明白，诙谐有趣，颇能代表作者这类五古的风格。全诗通过形象以说理，透辟精当，具有较强的说服力。作者还曾用同样的比喻以说诗，《瓯北诗钞》中有《论诗》绝句五首，其中一首云：“只眼须凭自主张，纷纷艺苑漫雌黄。矮人看戏何曾见，都是随人说短长。”可以互参，“随人说短长”比“自谓见仔细”者，其病痛更甚。

姚鼐

姚鼐（1731—1815），字姬传，一字梦谷，室名惜抱轩，安徽桐城人。乾隆二十八年癸未（1763）进士，官至刑部郎中。主讲江宁、扬州等地书院，历四十年。他是“桐城派”古文家的代表人物。亦工诗，王昶称其诗旨清隽，晚学苏轼，尤多见道之语。论诗继承其乡刘大櫆和伯父姚范学说，兼采唐宋，曾选《五七言今体诗钞》、《山谷诗钞》等，重视黄庭坚诗。他的学生方东树阐扬其诗说，对晚清曾国藩倡导的宋诗派和更后的同光体有一定影响。如范当世在论及清代诗派时，一方面批判“泥蛙鼓吹喧家弄，蜡凤声华满帝城”的颓风，一方面却说“太息风尘姚惜抱，驷虬乘鷖独孤征”。沈曾植《惜抱轩诗集跋》说：“惜抱选诗，暨与及门讲授，一宗海峰（刘大櫆）家法，门庭阶闼，矩范秩然。乃其自得之旨，固有在语言文字音声格律外者。愚尝合先生诗与《荦石斋集》参互证成，私以为经纬唐、宋，调适苏、杜，正法眼藏，甚深妙谛，实参实悟，庶其在此。世方以桐城为诟病，盖闻而掩耳者皆是也。抱冰翁（张之洞）不喜惜抱文，而服其诗，此深于诗理，甘苦亲喻者。”有《惜抱轩集》。

岳州城上[1]

高接云霄下石矶[2]，城头终日敞清晖[3]。
孤筇落照同千里[4]，白水青天各四围。

山自衡阳皆北向，雁过江外更南飞[5]。
人间好景湘波上，却照新生白发归。

✤ 注释

[1] 岳州：清府名。今湖南省岳阳市，濒临洞庭湖。

[2] 下：下临。石矶：指城陵矶。

[3] 清晖：清亮的光辉，诗中指日光。谢灵运《石壁精舍还湖中作》诗："山水含清晖。"

[4] 笻(qióng)：竹制拐杖。

[5] "雁过"句：衡山七十二峰中有回雁峰，相传雁南飞至衡阳为止，遇春而北回。江：指湘江。

✤ 评析

此诗描绘岳州城上所见景色，诗末二句，抒写人生短暂的感慨。境界高旷，诗笔醇古，沈曾植所谓"调适苏、杜"者，此可为代表。

翁方纲

翁方纲(1733—1818),字正三,号覃溪,顺天大兴(今北京市大兴区)人。乾隆十七年壬申(1752)进士,授编修,官至内阁学士。提倡“肌理说”,以学问考据为诗,其诗多以文为诗之病。同时袁枚讥之曰:“天涯有客号詅痴,误把抄书当作诗。抄到钟嵘《诗品》日,该他知道性灵时。”(《论诗绝句》)有《复初斋诗集》。

望罗浮[1]

只有濛濛意,人家与钓矶[2]。
寺门钟乍起,樵客径犹非[3]。
四百层泉落[4],三千丈翠飞[5]。
与谁参画理[6]?半面尽斜晖[7]。

✤ 注释

[1] 罗浮:山名。见屈大均《登罗浮绝顶奉同蒋王二大夫作》注[1]。

[2] “只有”二句:谓罗浮笼罩在一片雾气迷茫之中,只有近处的几家房屋和钓矶隐约可见。濛濛:迷茫貌。钓矶:钓鱼台。

[3] “寺门”二句:谓钟声从远处传来,但山上的樵径却分辨不清。

[4] “四百”句:罗浮山有大小峰峦四百多座。这里用“四百”,是称峰峰有飞泉。

[5] 翠飞:形容飞溅的瀑布。

[6] 参:体味。

[7] 半面：谓山的西面。

✤ 评析

翁方纲诗擅长金石考订，以文为诗，掉书袋，此首山水写景之作，却清秀空灵，后半尤佳，五、六句法奇创，有壁立千仞之势。

洪亮吉

洪亮吉(1746—1809),字稚存,号北江,江苏阳湖人。乾隆五十五年庚戌(1790)进士,官编修,督学贵州。嘉庆时以上书指斥时政,戍伊犁。赦还后,自号更生居士。洪亮吉长于经、史、地理之学,工诗及骈文。少与黄景仁齐名,号洪黄,又与孙星衍齐名,人称孙洪。有《洪北江全集》。其诗才力纵横,戍边之作多奇气。但有时不免受袁枚诗派影响。

松树塘万松歌[1]

千峰万峰同一峰,峰尽削立无蒙茸[2]。
千松万松同一松,干悉直上无回容[3]。
一峰云青一峰白,青尚笼烟白凝雪。
一松梢红一松墨,墨欲成霖迎赤日。
无峰无松松必奇,无松无云云必飞。
峰势南北松东西,松影向背云高低。
有时一峰承一屋[4],屋下一松仍覆谷。
天光云光四时绿,风声泉声一隅足[5]。
我疑瀚海黄河地脉通[6],何以戈壁千里非青葱[7]?
不尔地脉贡润合作天山松[8],松干怪底一一直透星辰宫[9]。

好奇狂客忽至此[10]，大笑一呼忘九死。
看峰前行马蹄驶，欲到青松尽头止。

✤ 注释

[1] 此诗作于嘉庆初诗人流戍伊犁（今新疆伊犁哈萨克自治州）期间。松树塘：不详。当在新疆境内。

[2] 尽：都。

[3] 回容：形容树枝屈曲回转。

[4] 承：托。

[5] 一隅：一角。

[6] 瀚海：北海。故址说法不一，或谓在今蒙古高原东北，或谓在高原以北，即今贝加尔湖。这里借指新疆境内的湖泊。地脉：地下的水流。

[7] 戈壁：大沙漠。

[8] 不尔：不然。贡润：浸润。

[9] 怪底：怪道。星辰宫：古代天文学称星座为宫，如中宫、后宫、紫宫之类。这二句是对松树何以长得如此葱郁高昂的想象。

[10] 好奇狂客：作者自称。

✤ 评析

此诗写新疆地区松树塘松树的千姿万态，描绘了天山脚下壮丽的景色，抒发了诗人乐而忘忧的心情。用“千峰万峰同一峰”，“千松万松同一松”，“一峰云青一峰白”，“一松梢红一松墨”，“无峰无松松必奇，无松无云云必飞”，“峰势南北松东西，松影向背云高低”等相同句式，重叠涌现，状写峰、松、云的不同景观以及峰、松、云的相互关系与阴阳向背，高低上下。而一切又都围绕着“松”这一中心。“我疑”以下，进一步大发奇想，携得惊人大句呵天提问。放笔为直干，句句倚天拔地。自来为西域写照者，推岑参七古为横绝一世。然岑诗所写为火山、沙、石、雪等特异风光，没有接触到“看似寻常最奇崛”的万松世界。北江于此，又开一境。

吴锡麒

吴锡麒（1746—1818），字圣征，号谷人，浙江钱塘（今杭州）人。乾隆四十年乙未（1775）进士，官国子监祭酒。曾主讲扬州等地书院。有《有正味斋集》。与厉鹗、严遂成、王又曾、钱载、袁枚合称“浙西六家”。张维屏谓其“诗熔汉魏六朝唐宋为一炉，而得力于宋人者为多”。谭献曰“祭酒名德清才，矜式后起，诗规渔洋，词学樊榭，可云正宗。而笔脆才弱，成就甚小”。

狮子林歌[1]

雄雷震空六甲驱[2]，空青塞户阴模糊[3]。卷毛錟舌形状殊，逃尽虎豹豺狼貙[4]。谛视细细苍苔铺[5]，伏而不动非石乎？陡回惊悸生欢娱，洞天咫尺开仙都。中不百亩蛇线纡[6]，五里十里盘崎岖。前之升者猱附途[7]，以踵摩顶仰可呼[8]。忽然索之又亡逋[9]，白日在空午欲晡[10]。翻身跳入壶公壶[11]，四壁翠洒松雨粗。松生石隙老更腴[12]，不阶尺土元气扶[13]。松耶石耶德不孤[14]，石以松古青逼肤[15]，松以石怪垂龙胡[16]。天风来往调笙竽[17]，满身云气留斯须。出门舆马喧九衢[18]，胸中了了丘壑俱[19]。吁嗟乎胸中了了丘壑俱，千秋画本思倪迂[20]。

✤ 注释

[1] 狮子林：苏州著名园林，在今苏州市园林路。旧有寺，元至正二年(1342)，天如禅师弟子维则为其所建。狮子林即寺后花园。园内以假山堆砌著称。

[2]“雄雷”句：形容狮子林的怪石林立，好像有雷霆震空，六甲神兵在驱遣，状堆石的奇瑰。六甲：道教神名，火神。

[3]“空青”句：空青：青色矿石。塞户：挡在门口。这句描写一进园门，就是一片森郁的假山群。

[4]“卷毛”二句：谓堆石形状怪异，连虎豹等野兽见了也要逃遁。舑(tàn)舌：吐舌。貙(chū)：兽名，似貍。

[5] 谛视：审视，仔细看。细细：密密。

[6] 蛇线行：形容假山内通道盘纡屈曲似蛇行。

[7]“前之”句：谓往山上爬的时候，必须如猿猴贴壁而登。前之：向前。

[8] 以踵摩顶：谓前行者的脚跟贴近后行者的头顶。

[9]“忽然”句：谓一个转弯又不见了人影。亡逋(bū)：逃亡，这里引申作消失。

[10]“白日”谓洞内即使是白天也是一片昏暗。晡(bū)：黄昏。

[11] 壶公：传说中的神仙。据传东汉费长房曾为市掾。市中有卖药老翁，悬一壶于座，市罢，跳入壶中。长房于楼上见之，知为非常人，因向学道。见《后汉书·费长房传》。壶公壶：借喻外形虽小，但里面却别有天地的假山洞。

[12] 腴：壮。

[13] 阶：凭借。元气：旧称生命力的本源。

[14] 德不孤：谓他们的本性并不孤独。《易》："敬义立而德不孤。"

[15]“石以”句：谓石依靠松而显示其古，松树和岩石的青色互相映衬。

[16]“松以”句：谓松靠了石更显得似苍龙而显示其怪，松针散布石上，好像神龙垂着胡须。龙胡：龙的胡须。

[17]“天风”句：谓风吹洞穴，犹如吹笙弄竽。

[18]“出门”句：谓出了狮子林大门，就是闹市区。舆马：车马。九衢：四通八达的大路。

[19] 了了：清晰貌。俱：存。

[20] 倪迂：元代画家倪瓒，字云林，江苏无锡人。因性好洁有迂僻，人称“倪迂”。工山水，多以水墨为之，为“元四家”之一。相传狮子林是他所设计的。倪瓒绘有《狮子林图卷》，并自题五言诗一首，图卷今存。

✤ 评析

苏州园林甲天下，园林中假山，环秀山庄以小而自然胜，狮子林以广而人工精巧胜，环秀假山出于清中期戈裕良之手，时间远远后于元代倪云林设计的狮子林，故狮子林之名尤著。此诗描绘千姿万态的假山群，设喻构想，丰富奇特。发端四句，先就狮子形象生发。“谛视”二句，点明其为石。“陡回”以下写游洞的上下曲折情状。“四壁”以下以松、云、风为渲染，又出一奇。“出门”以下写游毕出园，归结到云林画卷，紧扣主题。自来为狮子林诗者，描摹逼肖，色采清丽，断推此篇独步。吴应和评云：“狮子林垒石之奇之幻，曲尽形容，未经游历者，几乎不解所谓。”

韬光庵[1]

峰头迷竹色，天上落泉声。
直逼云烟入[2]，时疑风雨生。
到门无鸟语，采药见僧行。
顿豁登高目[3]，江湖夕照明[4]。

✤ 注释

[1] 韬光庵：见厉鹗《晚登韬光绝顶》注[1]。

[2] “直逼”句：谓人径直向烟云中走去。

[3] “顿豁”句：谓突然间眼前豁然开朗。

[4] 江湖：指钱塘江和西湖。

✤ 评析

此诗有厉鹗风格。吴应和评云：“只此八句，已尽韬光之胜，格律之高尤不易及。”

黎 简

黎简（1747—1799），字简民，号二樵，广东顺德人。乾隆五十四年己酉（1789）拔贡。志行高介，为世所称。袁枚来粤，欲求一见，简峻拒。工山水画，笔墨苍润淡远，颇负时誉。其诗与宋湘同为乾隆年代广东名家。简致力于韩愈、李贺。有《五百四峰草堂诗钞》。张维屏谓："二樵生平擅诗、书、画三绝，其诗由山谷入杜，而取炼于大谢，取劲于昌黎，取幽于长吉，取艳于玉溪，取瘦于东野，取僻于阆仙，锤焉凿焉，雕焉琢焉，于是成其为二樵之诗。"朱祖谋称其"新声窈峭出天真"。

龙门滩[1]

西江几千里[2]，有力使倒流[3]。
狞石张厥角[4]，直欲砺我舟[5]。
竹缆如枯藤[6]，枭枭山上头。
失势倘一落，万钧亦浮沤[7]。
浔州两江水[8]，其北导柳州[9]。
上逼铜鼓滩，下握相思洲[10]。
龙门在其中，神物居其幽[11]。
往往一夕泊，晓不辨马牛[12]。
龙堂洞壑夜[13]，瑶天风雨秋[14]。

翳予屡经历[15]，不为风波愁[16]。
肃然慎前途[17]，毋为二人忧[18]。

✤ 注释

[1] 龙门滩：在今广西省桂平市西北黔江下游。此诗描绘龙门滩壮丽险峻的山川景色。

[2] 西江：珠江干流，源出云南，流经广西，至广东与北江合流，入珠江三角洲。诗中所记，为广西浔江一段。

[3] “有力”句：形容山势险峻，水流回旋，似倒流一般。

[4] 狞石：狰狞的怪石。厥角：野兽的头角。《书·泰誓》：“百姓懔懔，若崩厥角。”

[5] 砺：磨。

[6] 竹缆：竹制的绳缆，岸上拉纤所用。

[7] 浮沤：水面的泡沫。

[8] 浔州：清代府名，今广西省桂平市。两江水：指西江的二支流郁江和黔江。两江合流于桂平，下称浔江。

[9] “其北”句：沿黔江北上，其一支流为柳江，流经柳州。导：导源。

[10] “上逼”二句：铜鼓滩、相思洲，在黔江和浔江上。

[11] 神物：指龙。

[12] 不辨马牛：《庄子·秋水》：“两涘渚崖之间，不辨牛马。”意谓隔水远望，分不清是牛是马。

[13] 龙堂：谓龙的居所。《楚辞·九歌·河伯》：“鱼鳞屋兮龙堂。”这里指龙门滩。

[14] 瑶天：瑶为少数民族名，瑶天，瑶族人所居一带的天，犹云“汉天”、“胡天”。龙门滩地处广西大瑶山麓，故称。

[15] 翳(yì)：同“緊”，副词，表示对所述事实的强调。

[16] 风波：风浪。

[17] 肃然：严谨貌。

[18] “毋为”句：谓旅途应当谨慎，不要发生意外事故，以免让家里父母担忧。二人：指父母。《诗经·小雅·小宛》：“明发不寐，有怀二人。”《礼记·祭义》引此

诗,郑玄注:“二人,谓父母。”

✤ 评析

二樵以绘事名,李慈铭称其“诗中皆画境也”。此诗所状,为龙门滩壮丽险峻的山川景色,更非一般画境,而是神异奇诡之画境。窈峭深警,新响轧轧,锤幽凿险,笔有千钧之力,可谓神乎其技。而结尾“明发不寐,有怀二人”之情,尤非寻常山水之诗可几及。

亡妹生日

死后尚生辰[1],生辰哭死人。
死长生趣短[2],生近死年新[3]。
边冢邻饥鬼[4],南魂眷老亲[5]。
沧江断云下[6],挥泪雨青春。

✤ 注释

[1] 生辰:生日。

[2] “死长”句:以死者死去的日子之长衬托活人(作者)生趣之短。生趣:生活的意趣。

[3] “生近”句:谓新的一年到来,活人离死亡又近了一年。

[4] “边冢”句:谓亡妹的坟墓靠近死于饥荒的人们的墓地。冢:坟墓。

[5] 南魂:谓亡妹之灵。眷:眷念。老亲:指父母。

[6] 沧江:泛称江水。

✤ 评析

此诗为悼念亡妹而作,抒写了诗人深挚沉痛的哀思。上半首反复使用四“生”字、四“死”字,表达深曲迫促的心情,可谓新创。五、六句又拓展,都是从情田中喷发。

村　饮

村饮家家醵酒钱[1]，竹枝篱外野塘边。
谷丝久倍寻常价，父老休谈少壮年[2]。
细雨人归芳草晚，东风牛藉落花眠。
秧苗已长桑芽短，忙甚春分寒食天[3]。

✤ 注释

[1] 醵(jù)：凑钱喝酒。

[2] 少壮年：指年轻时(康熙年间)的事情。

[3] 春分：节令名，在阳历的三月二十或二十一日。寒食：旧指清明节前的一或二天。梁宗懔《荆楚岁时记》："去冬节一百五日，即有疾风甚雨，谓之寒食，禁火三日，造饧大麦粥。"

✤ 评析

此诗作于乾隆年间，述写乾隆盛世较之康熙时代，物价已有倍长之势，从一个侧面反映了清朝封建统治下人民的苦难。黎简诗往往锤炼过甚，失之幽涩。此诗则较为秀丽自然。

黄景仁

黄景仁(1749—1783),字汉镛,一字仲则,号鹿菲子,江苏武进(今常州)人。家贫,早年奔走四方,以谋生计。曾应高宗东巡召试,列二等,后纳赀为县丞。未补官而卒。诗学李白、韩愈、李商隐,多抒发穷愁不遇、寂寞凄怆的情怀,时有反映现实、愤世疾俗之作。有《两当轩集》、《竹眠词》。洪亮吉称其诗“如咽露秋虫,舞风病鹤”。王昶谓:“仲则为诗,上自汉魏,下逮唐宋,无弗效者。疏瀹灵腑,出精入能。”张维屏曰:“仲则天分极高,无所不学,亦无所不能。至下笔时,要皆任其天之自然,称其心所欲出,乾坤清气,独往独来。此仲则之所以不可及也。”

圈虎行[1]

都门岁首陈百技,鱼龙怪兽罕不备[2]。何物市上游手儿,役使山君作儿戏[3]。初舁虎圈来广场[4],倾城观者如堵墙[5]。四周立栅牵虎出,毛拳耳戢气不扬[6]。先撩虎须虎犹帖[7],以棒卓地虎人立[8]。人呼虎吼声如雷,牙爪丛中奋身入。虎口呀开大如斗[9],人转从容探以手,更脱头颅抵虎口[10],以头饲虎虎不受,虎舌舐人如舐彀[11]。忽按虎脊叱使行,虎便逡巡绕阑走[12]。翻身踞地蹴冻尘[13],浑身抖开花锦茵[14]。盘回舞势学胡旋[15]，似张虎威实媚人。少焉仰卧若佯死，投之以肉霍然起。观者一笑争醵钱[16]，人既得钱虎摇尾。仍驱入圈负以趋，此间乐亦忘山居。依人虎任人颐使[17]，伴虎人皆虎唾余[18]。我观此状气消沮[19]，嗟尔斑奴亦何苦[20]。不能决蹯尔不智[21]，不能破槛尔不武[22]。此曹一生衣食汝[23]，彼岂有力如中黄[24]，复似梁鸯能喜怒[25]。汝得残餐究奚补[26]，伥鬼羞颜亦更主[27]。旧山同伴倘相逢，笑尔行藏不如鼠[28]。

✤ **注释**

[1] 此诗于乾隆四十五年庚子(1780)在京师时作。

[2] 鱼龙怪兽：古代百戏节目中的角色，由人扮演。《汉书 · 西域传赞》："作巴俞都卢，海中砀极，漫衍鱼龙角抵之戏，以观视之。"罕不备：谓色色俱备。

[3] 山君：虎的别称。《说文》："虎，山兽之君。"

[4] 舁(yú)：抬。

[5] "倾城"句：《礼记 · 射义》："孔子射于矍相之圃，盖观者如堵墙。"

[6] 拳：卷曲。戢(jí)：收敛。

[7] 帖：驯服。

[8] 卓地：直立于地。

[9] 呀开：张开。

[10] 脱头颅：指脱去帽子，露出头顶。

[11] 彀(gòu)：乳，引申为虎子。

[12] 逡巡：欲进不进，迟疑不决貌。

[13] 蹴：踢。冻尘：因天寒而冻结的尘土。

[14] 花锦茵：喻色彩斑斓的虎毛。

[15] 胡旋：唐代乐舞名。《乐府杂录 · 俳优》："舞有骨鹿舞、胡旋舞，俱于一小圆毯子上舞，纵横腾踏，两足终不离于毯子上，其妙如此也。"

[16] 醵钱：凑钱。

[17] 颐使：以下巴示意指挥。

[18] 唾余：唾液之余。这里比喻靠老虎吃饭。

[19] 消沮：沮丧。

[20] 斑奴：老虎。

[21] 决蹯：《战国策》："人有置系蹄者，而得虎，虎怒，决蹯而去。虎之情非不爱其蹯也，然而不以环寸之蹯，害七尺之躯者，权也。"决蹯，断足掌。蹯（fán）：兽足掌。

[22] 槛：指圈。

[23] 衣食汝：赖汝衣食。

[24] 中黄：古代勇士。《尸子》："中黄伯曰：'余左执太行之獶，而右搏雕虎，惟象之未与试。'"

[25] 梁鸯：周宣王牧官。《列子·黄帝》："周宣王之牧正，有役人梁鸯者，能养野禽兽，委食于园庭之内，虽虎狼雕鹗之类，无不柔者。"

[26] 奚补：何补，无补于事。

[27] 伥鬼：传说人死于虎，便成伥鬼，为虎前导，更伤他人。这句是说伥鬼也会为之感到羞耻，而更换新主。

[28] 行藏：行止。

✤ 评析

此诗描绘驯虎杂技的表演，并寄寓对降身辱志、任人颐使者的感慨。驯虎之技，不易刻画。诗中写虎被牵出时的俯首帖耳，听从棒指而卓立。从人探虎口，虎以舌舐人，写到虎盘旋作舞，仰卧佯死，供驯虎者醵钱，中间着重指出了"似张虎威实媚人"的实质。令人如见其虎，如见其人。"我观此状"以下，大发议论，借虎讽世。黄景仁古诗得力于韩愈诸家，如此奇作，岂寻常作手所能企及。

金陵别邵大仲游[1]

三千余里五年遥[2]，两地同为断梗飘[3]。
纵有逢迎皆气尽[4]，不当离别亦魂消。
经过燕市成吴市[5]，相送皋桥又板桥[6]。
愁绝驮铃催去急[7]，白门烟柳晚萧萧[8]。

✤ 注释

[1] 邵仲游：作者从学师邵齐焘之子，与作者友善。

[2]“三千”句：谓作者与仲游居地相距之远和别后时间之久。

[3] 断梗：喻异乡游子无定居之处。

[4] 气尽：意气消尽。

[5] 燕市：北京。吴市：指苏州。

[6] 皋桥：在苏州市阊门内。板桥：在南京市秦淮河上。

[7] 驮铃：骡马等坐骑的铃。

[8] 白门：南朝宋都城建康城西门。西方金，金气白，故称。后因以为南京的别称。

✤ 评析

此诗为赠别之作，抒写了朋友间情同手足的交谊。抒情深至而出语飘洒。首二句从空间上的遥隔，时间上的久别，归到身处两地而飘泊的身世则一。三、四句都用纵送之笔，透过一层写。后半点送别之地金陵。诗中有人，呼之欲出。

都门秋思[1]（四首选一）

五剧车声隐若雷[2]，北邙惟见冢千堆[3]。
夕阳劝客登楼去，山色将秋绕郭来。
寒甚更无修竹倚[4]，愁多思买白杨栽[5]。
全家都在风声里，九月衣裳未剪裁。

✤ 注释

[1] 都门：指北京。

[2] 五剧：交错旁出的道路。《尔雅·释宫》：“三达谓之剧旁。”注：“今南阳冠军

乐乡，数道交错，俗呼之五剧乡。”郝懿行《义疏》：“剧者，甚也。言此道歧多，旁出转甚也。”

[3] 北邙：山名，在今河南省洛阳市东北。汉魏以来，王侯公卿贵族的墓地多在于此。后人常以泛指墓地。

[4] “寒甚”句：反用杜甫《佳人》“天寒翠袖薄，日暮倚修竹”诗意。

[5] “愁多”句：化用《古诗十九首》“白杨多悲风，萧萧愁煞人”句意。

✤ 评析

诗记作者穷愁困苦的生活，反映了所谓“乾隆盛世”的社会真情。陆继辂《春芹录》云：“秋帆（毕沅）宫保初不识君，见《都门秋思》诗，谓值千金，姑先寄五百金，速其西游。好事惜才，亦佳话也。”末二句，名句流传，可以不朽。

新安滩[1]

一滩复一滩，一滩高十丈。
三百六十滩，新安在天上。

✤ 注释

[1] 新安：新安江。在浙江省西北部，为钱塘江支流。源出安徽省率山。以滩多闻名。

✤ 评析

郑珍《望乡吟》云：“一滩高五尺，十滩高五丈，行尽铜溪四百滩，铜崖应当白云上。”意似本此诗，而此诗紧凑，有乐府民歌风调。

幼　女

汝父年来实鲜欢[1]，牵衣故作别离难。
此行不是长安客，莫向浮云直北看[2]。

✤ 注释

[1] 鲜：少。

[2] 长安：旧时作都城的代称。

✤ 评析

此诗抒情真挚，笔意曲折。“此行”两句融化杜甫诗“遥怜小儿女，未解忆长安”（《月夜》），“云白山青万余里，愁看直北是长安”（《小寒食舟中作》）及李白诗“总为浮云能蔽日，长安不见使人愁”（《登金陵凤凰台》）等句，反用其意，因为作者此行不是往北京，所以叫女儿不必向北看。望长安，意指望父。诗句虽是自抒真情，而用词有据。

山馆夜作[1]

长夜山窗面面开，江湖前后思悠哉[2]。
当窗试与然高烛[3]，要看鱼龙啖影来[4]。

✤ 注释

[1] 此诗作于杭州吴山绝顶。

[2] 江湖：吴山东南是钱塘江，北面俯临西湖。

[3] 然：通“燃”。

[4] 啖(dàn)：吃。

✤ 评析

此诗为乾隆三十八年癸巳作者游杭时于吴山绝顶道馆中所写。一题凡三首，这里选第三首。第一首写山馆里道场已散，夜色平静，云影来去，作者却未能入睡。第二首写俯览夜城，寓身世之感。第三首写心神远寄，便当窗点燃起高烛，以观"鱼龙啖影"的诡异景象。鱼龙远在江中，所以要举高高的烛，而不是一般的烛。全首借景而发奇想，运笔飘逸，称心而出。吴嵩梁谓黄景仁诗"有时造意入微妙，游丝袅空影迟回"，此诗可以代表。前二句只是点明山馆之夜，轩窗四开，俯揽江湖而引起遐思，都是为后二句伏线。奇处在后二句。王文濡评云："浑灏流转，有太白'巨鳌莫驾三山去，吾欲蓬莱顶上行'气象。"景仁成名的诗作是《观潮行》、《后观潮行》，袁枚《论诗绝句》比之于李白，以为"看潮七古冠钱塘"。其实那两篇诗，在《两当轩集》，还不是高唱，转不如这一小绝句，尺幅中有千里之势，写到鱼龙，也隐含江潮在内，这才够得上王昶评景仁诗所云"疏瀹灵腑，出精入能"。

少年行

男儿作健向沙场[1]，自爱登台不望乡。
太白高高天尺五[2]，宝刀明月共辉光[3]。

✤ 注释

[1] 作健：振作奋发。古乐府《企喻歌》："男儿欲作健，结伴不须多。"

[2] 太白：星名，即金星。天尺五：《鸡跖集》："长安谚曰：'城南韦杜，去天五尺。'"原意为离开皇宫或皇帝很近。这里借用，谓天近在尺五，言台之高。

[3] 共辉光：相映生辉。

✤ 评析

此诗描写英姿勃勃的青年形象,抒写了诗人远大的抱负。是作者七绝中以豪放胜者。光芒辐射,眩人心眼。

别老母

搴帏拜母河梁去[1],白发愁看泪眼枯。
惨惨柴门风雪夜[2],此时有子不如无。

✤ 注释

[1] 搴帏:揭开帷幕。拜:拜别。河梁:桥梁。古代诗文中常以为送别之地的代称。李陵诗:"携手上河梁,游子暮何之?"

[2] 柴门:用柴编成的门,言其简陋。

✤ 评析

此诗抒写离别老母的伤痛之情,末句直是刳割心肝而成。

宋　湘

宋湘(1756—1826),字焕襄,号芷湾,广东嘉应州(今梅县)人。嘉庆四年己未(1799)进士,曾以编修典试川、贵,知云南曲靖府,署广南、永昌,官终湖北粮道。有《红杏山房诗钞》。宋湘为清代岭南诗人在屈大均以后的杰出者,与同时的黎简双峰并峙。黎简以雕炼胜,宋湘以自然胜。自云:"哭不能如李、杜,歌不能如青莲,皆可不必作诗。"(《楚舟叟吟》)集中同情人民,反映现实的作品最有价值,写山水风景的,能自出手眼。能用古诗手法写七律,能用硬笔写七绝。其乡人黄遵宪之诗,受他的影响颇大。在乾、嘉诗坛袁枚诗风广被之时,他可谓独树一帜,别开境界。

灌花吟

朝朝课童子[1],朝朝起灌花。花夭无气力,得饮滋芳华。
但得花香满,恣童饱餐饭。童子亦何辞,忽道一声远。
昨天井汲浅,今日井汲深。汲深忧绠短,一日短一寻。
借问远何许?桥头汲江水。出城复入城,一花行一里。
不惜一里劳,但愿千花高。千花主人喜,千里童何逃?
嗟哉远如此,花开人槁矣[2]!急收调水符[3],彼童亦人子[4]。

✤ 注释

[1] 课:督促。童子:童仆。

[2] 槁：枯干。这里指累得形容憔悴。

[3] 调水符：叶廷珪《海录碎事》："东坡爱玉女洞泉，日致两瓶，恐为使者所绐，因破竹为契，使寺藏其一为信，谓之调水符。"

[4] 人子：语本萧统《陶渊明传》："送一力给其子，书曰：'汝旦夕之费。自给为难。今遣此力，助汝薪水之劳。此亦人子也，可善遇之。'"

✤ 评析

此诗表现了诗人对灌花童子的怜悯之情。运用古乐府复合句式、对比手法以达意，不着一毫学古痕迹，写得清空如话，直起直落，精炼而出以自然，增减一字不得，此境良不易到。

买鱼歌[1]

路出江汉间[2]，呼渔艇买鱼不应，非无鱼也。予甚怪之。舟人徐云[3]：先是由武弁携卒过此[4]，取鱼不偿其值[5]，至今为戒。此渔疑官亦武弁者流也[6]，故复尔尔。事之可叹如此，作买鱼歌。

官莫买鱼，官莫买鱼！我鱼卖与路人！官莫买鱼！一解[7]

渔其卖鱼[8]，渔其卖鱼！我有青钱三百[9]，尽取买鱼。二解[10]

官莫买鱼，官莫买鱼！前日有官买鱼，官势欺渔。三解[11]

渔其卖鱼，渔其卖鱼！今日有官买鱼，官不欺渔。四解[12]

渔其卖鱼，渔其卖鱼！我诗投之江水，尔从今朝朝得钱，夜夜得鱼。五解[13]

✤ 注释

[1] 此诗为作者经过湖北时所作。

[2] 江汉：汉水流入长江的一带，即武汉。

[3] 徐：缓慢。

[4] 武弁：武官戴武弁，因以称武官。弁：帽子。

[5] 偿其值：付给应得的代价。

[6] 渔：渔人。官：指作者。

[7] 这一解为渔人回答作者的话。解：见吴嘉纪《李家娘》注[5]。

[8] 其：语气词，无义。

[9] 青钱：用青铜铸的钱币。杜甫《逼仄行赠毕曜》诗："恰有三百青铜钱。"

[10] 二解是作者回答渔人的话。

[11] 势：仗势。三解是渔人回答作者的话。

[12][13] 四解和五解均为作者回答渔人的话。

✤ **评析**

此诗写官吏对渔民的巧夺豪取和欺压，使渔民不愿卖鱼给宋湘。既暴露了官民之间的尖锐对立，又表现了"父母"与"豺狼"之间的鲜明对照。解与解之间，运用乐府重复句式，只改易数字，便表现了"买鱼"与"卖鱼"之间的不同态度与不同口气，最后一解，深刻地表现了作者对渔民的同情。如此得乐府之神而全变其貌之作，与明七子乐府的假古董，全不相同。

河南道中书事感怀[1]（五首选二）

十日河南路，年荒不忍看。
青苗收藁易[2]，黄土葬人难。
不雨自何日？有田同一叹。
草根能几把？过客亦登盘[3]。
亦知死不远，且复望生逃。
道路无人哭，青犁有梦操[4]。
乞钱中妇跽[5]，贱卖小儿号。

恨不冥闻见，人间竟尔曹[6]！

✤ 注释

[1] 此诗为作者于嘉庆四年己未(1799)中进士后南行时作。

[2] 藁(gǎo)：干草。这里指枯干的禾苗。

[3] 盘：放蔬菜的餐具。

[4] “青犁”句：谓百姓死的死，逃的逃，已无人耕田锄地。

[5] 跽：双膝跪下。

[6] “恨不”二句：谓人间的这种苦难，不如不看见，见了反使人心伤。冥闻见：消除闻见，即不闻不见。竟尔曹：竟有你们这样的苦人。

✤ 评析

此诗描述河南道中灾荒造成的悲惨情景，反映了封建统治下人民的苦难，表达了作者关心民间疾苦的思想感情。黄遵宪《武清道中作》诗，受这诗影响，并有直用其诗句之处。

入洞庭[1]

客自长江入洞庭，长江回首已冥冥[2]。
湖中之水大何许？湖上君山终古青[3]。
深夜有人觞正则[4]，孤舟无酒酹湘灵[5]。
灯前欲续悲秋赋[6]，又恐鱼龙跋浪听[7]。

✤ 注释

[1] 洞庭：湖名，在湖南省北部，水流入长江。

[2] 冥冥：迷茫貌。

[3] 君山：在洞庭湖中，又名湘山。

[4] 正则：屈原名。觞正则：以酒祭奠屈原。

[5] 湘灵：湘水之神。酹：洒酒祭奠。

[6] 悲秋赋：指宋玉《九辨》。首句为“悲哉秋之为气也”。故称悲秋赋。

[7] “又恐”句：杜甫《短歌行赠王郎司直》：“鲸鱼跋浪沧溟开。”跋浪：犹乘浪。

✤ 评析

此诗纪舟入洞庭时诗人的情怀。起四句破空而来，风格渊源于崔颢、李白七律。

贵州飞云洞题壁[1]

我与青山是旧游，青山能识旧人不[2]？
一般九月秋红叶[3]，两个三年客白头[4]。
天上紫云原幻相[5]，路边泉水亦清流。
无心出岫凭谁语[6]，僧自撞钟风满楼。

✤ 注释

[1] 飞云洞：一名飞云岩，即飞云崖，在贵州省黄平县城东二十里东坡山，似洞非洞，内极宽敞，以千姿百态的石壁著称，被誉为“黔南第一胜景”。诗作于嘉庆十九年甲戌(1814)诗人重游飞云洞后。

[2] 不：否。

[3] “一般”句：谓两次游飞云洞，都是九月。

[4] “两个”句：作者自注：“戊辰秋，典黔试游此。”戊辰，嘉庆十三年(1808)。两个三年：六年。这句谓六年来自己鬓发已白。

[5] “天上”句：紫云：旧时以为祥瑞的云气。这里谓石壁似为天上紫云所幻化而成。

[6] “无心”句：陶潜《归去来辞》：“云无心以出岫。”这句意谓诗人愿永留洞中，过隐居生活。岫：山洞，指飞云洞。

✤ 评析

此种七律，以诗句的倚天拔地取胜，破空而来，浩浩落落，结得神境开阔。冯振评此诗："两诗（指与前首）首两句皆用复字，句法相似，尤为超拔。"

祭风台[1]

何处烧军问劫灰[2]？舟人指点祭风台。
灵旗暗转江云动[3]，古柏阴生水鹤来[4]。
吴蜀君臣俱健者，东南草木尽兵材[5]。
谁教八十余三万[6]，赤得千秋一壁回[7]。

✤ 注释

[1] 祭风台：在湖北省蒲圻县南屏山顶，又名武侯宫，相传为三国赤壁之战时诸葛亮祭借东风的七星坛。

[2] 烧军：火烧赤壁。劫灰：见钱谦益《西湖杂感》"昆明劫"注[7]。

[3] 灵旗：《汉书・礼乐志》注："画招摇于旗，以征伐，故称灵旗。"

[4] "古柏"句：杜甫《咏怀古迹》："古庙杉松巢水鹤。"

[5] "东南"句：用"八公草木"典，见钱谦益《金陵秋兴八首次草堂韵》注[3]。这里用以形容吴、蜀军威，兼用《三国演义》中草船借箭、木牛流马故事。

[6] 八十余三万：指曹操的军队。《资治通鉴》："是时曹操遗权书曰：'……今治水军八十万众，方与将军会猎于吴。'"

[7] "赤得"句：赤壁山，在今湖北蒲圻县西一百二十里，北临大江。汉献帝建安十三年（208），孙、刘联兵用火攻大破曹操军于对岸的乌林，历史上称为赤壁之战。这句意谓曹操八十万大军，只落得赤壁大战的一回火烧。赤字作动词用。

✤ 评析

此首亦是单纯咏怀古迹之作，但与前选严遂成、袁枚诸作不同，于章句上出奇制胜，一结尤力能扛鼎。

孙原湘

孙原湘（1760—1829），字子潇，晚号心清，昭文（今江苏常熟）人。嘉庆十年乙丑（1805）进士，官至武英殿协修。孙原湘为袁枚弟子，是性灵派重要作者。作品多为纪行、酬赠之作，风格不高，法式善曾以与王昙、舒位并举，作《三君咏》。有《天真阁集》。

征妇怨

荷锄畀官去荷戈，虎符下调征交河[1]。
经年不睹云中雁[2]，夜夜空闺恶梦多。
朝来惨报全军没，寸骨不归归辫发。
结发恩深剪纸幡[3]，葬君遗发招君魂。
魂兮莫怨沙场死，战死沙场鲜余罪[4]。
东家阿父死官粮，官府下令械妻子。

✤ 注释

[1] 虎符：见《麻阳运船行》注[10]。交河：古城名，西汉车师前国首府，故址在今新疆吐鲁番市西北雅尔和村。

[2] 云中雁：指书信。《汉书·苏武传》："教使者谓单于，言天子射上林中，得雁，足有系帛书。"后因以雁足称书信。

[3] 纸幡：纸制旗帜，古代有剪纸幡招魂之俗。

[4] 鲜：少。罪：指受罪，受苦。

✤ 评析

乾隆五十六年辛亥(1791)，新疆喀尔喀部族封建主发动叛乱，清政府派福康安前往征伐。诗当作于此时。此诗通过对征妇丧夫的痛苦心情的刻画，反映了战争给人民带来的苦难，更衬托了封建赋敛的苛毒。

蒙　山[1]

山被云围住，围云更有山。
青连马陵树[2]，秀入铁门关[3]。
海近风常啸，峰高日可攀。
我来立马望，一雁正南还。

✤ 注释

[1] 蒙山：在山东省中部蒙阴县南，为东汶河和祊河的分水岭。
[2] 马陵：山名，在山东省临沂市东南。
[3] 铁门关：在山东省利津县北，倚山据河，近渤海。

✤ 评析

孙原湘为随园诗派，此诗却无随园习气，一起写山重云复之景，无人道过。中间四句，高浑坚挺。结语表思乡之情。

西陵峡[1]

一滩声过一滩催，一日舟行几百回。

郢树碧从帆底尽[2]，楚云青向橹前来。
奔雷峡断江常怒[3]，障日峰多雾不开。
险绝正当奇绝处，壮游毋使客心哀。

✤ 注释

[1] 西陵峡：长江三峡之一。西起巴东县官渡口，东止宜昌市南津关，全长二百四十里，是三峡中最长的峡谷。

[2] 郢树：郢地的树。郢：楚国国都，故址在湖北省江陵县西北。这里泛指西陵峡两岸的古楚地面。

[3] 奔雷：形容轰响的水声。

✤ 评析

此诗为纪游之作，描绘西陵峡江流回环曲折、险滩密布、水势湍急、云雾升腾的壮丽景色，颇为浓至。在性灵诗派中，此类自属上驷。

吴　震

吴震，字寿之，号瘦青，江苏常熟人。生活于嘉庆时期。其诗清秀幽隽，似宋代“四灵”。有《元益斋五律》。

月夜游孤山[1]

松顶一声鹤，露华满径流[2]。
静闻空翠滴，间与片云留[3]。
四面只通水，全山如在舟。
明明楼阁夜，有客独寻秋。

✤ 注释

[1] 孤山：在杭州西湖中，东接白堤，南连苏堤，四面环水。

[2] 露华：露珠。

[3] 间：间或。

✤ 评析

清中叶诗人写景之作，属厉鹗一派者居多，浙派未必皆浙人。吴震此作，几欲夺厉鹗之席。

王昙

王昙（1760—1817），一名良士，字仲瞿，浙江秀水（今嘉兴）人。乾隆五十九年甲寅（1794）举人。工诗，奇诡纵肆。有《烟霞万古楼集》。龚自珍年十八，即为其所赏识。龚谓“其一切奇怪不可迩之状，皆贫病怨恨，不得已诈而遁焉者也”。谭献评其诗谓“一往清折，未免疏犷，世以为奇，乃正病其无奇”。

善才生二十五月矣计识得二百五十余字示以诗云

阿爷四岁识千字，一一形书晓其义[1]。儿今三岁字二百，他日为文定奇特。人间识字天上嗤，阿爷自误还误儿。儿莫学阿爷，知书娘道好，至今饿死无人保。夷齐庙里要香烟[2]，谁捧藜羹到门祷[3]。阿爷配食两庑去[4]，赖尔门庭求洒扫。秦王烧书黑如炭[5]，豫让吞之不当饭[6]。鱼盐作相盗作将[7]，天下功名在屠贩。儿不闻苍颉作字鬼神哭[8]，从此文人食无粟。又不闻轩辕黄帝不用一字丁[9]，风后力牧为公卿[10]。

✤ 注释

[1] 形书：字形。

[2] 夷齐庙：为纪念殷商时伯夷、叔齐而建的庙宇。伯夷、叔齐是商孤竹君的两个儿子，武王伐纣时，他们耻食周粟，逃至首阳山，采薇而食，终至饿死山中。封建时代曾被奉为高洁之士的楷模。要香烟：要人去祭祀。

[3] 藜羹：《史记·太史公自序》："粝粱之食，藜藿之羹。"藜：又称灰菜，叶可食。藜羹，指粗劣的饭菜。

[4] 配食：祔祭，见吴伟业《遇南厢园叟感赋八十韵》注[27]。两庑：指庙堂的东西屋廊。孔庙大殿南面两廊，列着历代所谓"先儒"、"先贤"的许多牌位，配享大殿上的孔子。

[5] "秦王"句：指秦始皇焚书事。

[6] "豫让"句：豫让：春秋战国间刺客，晋国人。晋出公二十二年(前453)，赵、韩、魏共灭智氏，他改名换姓，以漆涂身，吞炭使哑，暗伏桥下，谋刺赵襄子，未获成功。诗中用他吞炭的故实，讽刺读书无用。

[7] 鱼盐：鱼和盐。《周礼》："东北曰幽州，其利鱼盐。"诗中指以贩卖鱼盐为生的商贾。

[8] 苍颉：传说中创造中国文字的人。《淮南子·本经训》："昔者仓颉作书而天雨粟，鬼夜哭。"

[9] 轩辕黄帝：古代传说中的中国国君。《史记·五帝本纪》："黄帝姓公孙，名轩辕。"一字丁：语出《旧唐书·张弘靖传》："(韦)雍等诟责吏卒，多以反虏名之，谓军士曰：'今天下无事，汝辈挽得两石力弓，不如识一丁字。'"一丁字，即一个字。指识字的人。

[10] 风后：传说中黄帝时人。《山西通志》："风后，解州人，黄帝得六相而天下治，风后其一也。"力牧：相传为黄帝的大将。古代传说黄帝梦人执千钧之弩，驱羊数万群。依照占卜找寻，得力牧于大泽，进以为将。事见《史记·五帝纪》正义等。

✤ 评析

此诗为嘲讽科举制度而作。由于作者屡试不第，贫困终生，于封建科举制度多所怨愤，因此泄而为诗，感叹读书无用。其实作者并不一味反对读书，他在另一首《弄书行示善才》中写道："但愿我儿读书读贯上下古，不愿吾儿一科一甲呼吾父。"可见他重学问而薄科举的态度。

焦山夜泊[1]

华严灵馆压嶕峣[2]，一片风烟接寂寥。
大地星河围永夜[3]，中江灯火见南朝[4]。
鱼龙古寺三秋水，神鬼虚堂八月潮[5]。
独上数层扪北极[6]，满天风露下银霄[7]。

✤ 注释

[1] 焦山：在江苏省镇江市西北长江中，因东汉陕中焦光隐居此山中而得名。
[2] 华严灵馆：即华严阁。嶕峣(jiāo yáo)：高耸貌。
[3] 永夜：犹长夜。
[4] 南朝：宋、齐、梁、陈四朝的合称。见南朝：谓可以想见南朝时繁华的景象。
[5] 虚堂：空堂。
[6] 扪北极：摸到北极星。形容山高。
[7] 银霄：银河在天上，故称银霄。

✤ 评析

此诗为纪游之作，描述雄奇壮阔的焦山夜景，是属于正宗型的七律，而又无明七子的摹拟习气和空架子，又和王昙其他怪诞或粗率的作品不同。题是“夜泊”，但全诗不写“泊”字，入手即开门见山，径写华严阁的高峻，“一片”句，涵盖了整个空间，引起下面六句。“大地”句写天上、星河，即银河及其他星辰，众星在长夜中包围了大地，不是说大地有星河。“中江”句写江中，焦山在江中心，所以南北两岸都可以望到。两岸古代都是南朝统治之地，见到两岸辉煌的灯火，便是见到了南朝繁华的景象。五、六句落到华严阁所在的佛寺，“鱼龙”、“秋水”承上句的“中江”来；“神鬼虚堂”句脱胎于朱彝尊《题南昌铁柱观》：“阴洞蛟龙晴有气，虚堂神鬼昼无声。”朱诗又是学自李梦阳的“绝壁暗愁风雨至，阴崖深护鬼神朝”。王昙在这里，也写得幽灵恍惚，如入异境。最后写独上绝顶，带着满天风露，自银色夜空飘然而下，大有“挟飞仙而遨游”的神气。可以说，这是一首在《烟霞万古楼》集里难得的力作。

张问陶

张问陶(1764—1814),字仲冶,号船山,四川遂宁人。乾隆五十五年庚戌(1790)进士,官莱州知府。为诗主张抒写性情,反对模拟。有《船山诗草》。张维屏谓其诗:"生气涌出,生趣飞来。古体中时有叫嚣剽滑之病。当时随园名盛,以游戏为诗,船山亦未免染其习气。至近体则极空灵,亦极沉郁,能刻入,亦能清超,大含名理,细阐物情,或论古激昂,或言情婉曲,或声大如钟镛,或味爽如菘韭,几欲于从前诸名家外又辟一境。"

十六夜雪中渡江[1]

故人折简近相招[2],一舸横江路不遥。
醇酒暗消京口雪[3],大帆平压海门潮[4]。
扬州灯火难为月,吴市笙歌剩此箫[5]。
那管风涛千万里,妙莲两朵是金焦[6]。

✤ 注释

[1] 此诗为应邀赴友人宴后归途过长江时所作。

[2] 折简:裁纸写信。

[3] 京口:地名,即今江苏省镇江市。

[4] 海门:山名。在长江中,与焦山相近。

[5] "吴市"句:语出《史记·范雎列传》:"伍子胥……鼓腹吹篪,乞食于吴市。"

后因称乞食街头为“吴市吹箫”。篪：竹管乐器。原文又作“箫”。吴市：这里借指镇江。

[6] 金、焦：金山和焦山。

✤ 评析

此诗记应邀赴友人宴后归途过长江时的欢快、豪迈和落拓的复杂心情。首二句是叙述，交代清楚应友人招饮后渡江的事，一船横截长江而行，从后一句的京口酒后这句所说江路不远，就可知道他是渡江北上赴扬州。第三句承第一句“折简”、“相招”而来，写一杯酒落肚，浑身发热，竟使雪也融化了。“暗”字用得细致，因是酒醉，雪的被融化不曾觉得，好像暗中融掉了一样。顺带把题目中“雪”字在这里托出，倒叙得妙。如果在首句便写于京口雪中饮宴，不免平顺。第四句紧承第二句的“一舸横江”，大帆上飞满着雪，帆重船也重，海门山边的江潮，竟像被平压下去。这种大句，是用夸张手法写，笔力有千钧之势。第五句写望中的目的地扬州。扬州灯火，是唐宋以来屡见于诗人描写的，它是那么地辉煌，连月儿也要显得失色。“难为月”是虚说，无非是极力反衬灯火，用在扬州，又因唐人徐凝《忆扬州》有“天下三分明月夜，二分无赖是扬州”名句之故。否则雪中渡江，怎能看到月。第六句一下子落到作者本人，虽然未必乞食，却有落拓之感，正如杜牧诗所谓“落拓江湖载酒行”、“十年一觉扬州梦”的味儿。末二句精神又一振，千万里风涛不在话下，眼中看到的金、焦二山，被皓雪装扮一新，竟像西方净土佛国的两朵妙莲花一般。二句合起来品味，这是壮美的意境，作者带着读者进入一个诗的世界而陶醉着。

出　栈[1]（二首选一）

马嘶人语乱斜阳，漠漠连阡水稻香[2]。
送险亭边一回首[3]，万峰飞舞下陈仓[4]。

✤ 注释

[1] 栈：险绝处傍山架木而成的道路。诗中指自陈仓，经散关，过凤县、褒谷，入汉中的道路。

[2] 漠漠：形容水稻如云。王维《积雨辋川庄作》诗："漠漠水田飞白鹭。"连阡：纵横交错的田间小路。

[3] 送险亭：在栈道终点处。

[4] 陈仓：古县名，秦置，在今陕西省宝鸡市东。当关中、汉中之间的交通要冲。

✤ 评析

前二句写出栈后令人神怡的景色。后二句从回头仰望中写出万峰之险，有笔飞墨舞之概。

阳湖道中[1]

风回五两月逢三[2]，双桨平拖水蔚蓝。
百分桃花千分柳，冶红妖翠画江南[3]。

✤ 注释

[1] 阳湖：旧县，因县东有阳湖得名。其地今属江苏省常州市。

[2] 五两：古代测风器。以鸡毛五两（或八两）结于高竿顶上，以测风向，故名。

[3] 冶红妖翠：形容桃红柳绿。冶、妖：艳丽，妩媚。

✤ 评析

写江南景色，桃、柳寻常语，以"百分"、"千分"言之，便不寻常。而以"冶红妖翠画江南"涂染之，他人千万言不能敌了。

舒　位

舒位(1765—1815),字立人,号铁云,小字犀禅,直隶大兴(今属北京市)人。乾隆五十三年戊申(1788)举人。家境贫穷,以馆幕为生。曾参黔南军幕。有《瓶水斋诗集》。赵翼称其诗“开径如凿山破,下语如铁铸成。无一语不妥,无一意不奇,无一字无来历。能于长吉、玉溪之外自成一家”。陈文述谓其诗“专主才力,每作必出新意……不沿袭古法,而精力所到,他人百思不及……以奇博创获,横绝一世。余所识诗人众矣,必以君为巨擘焉”。龚自珍称其诗以“郁怒”、“擅场”。谭献谓其诗“才俊气逸,可谓诗豪”。

卧闻蟋蟀偶成

夜梦既阑人语绝,一个秋虫初切切。
须臾同声一虫应,墙北墙南相掉舌[1]。
两虫各据一墙根,若断若续无休歇。
我虽不辨虫所云,在虫自听当有说。
譬如尔吾竞谈论,虫若闻之亦不决。
又思方言人人殊,中原伧父南蛮鴃[2]。
何此虫声清且幽,如是世间了无别。
十年枉自注虫鱼[3],反复寻维愧格物[4]。

参军聊解蛮府嘲[5]，诗人最忆豳风节[6]。
为渠一一记称名，更仆数数颇琐屑[7]。
或为莎鸡或促织，曰蛩曰螿又蜻蛚。
络纬啼来懒妇惊，鸳鸯飞去王孙别[8]。
不知谁造此等名，今昔相传互罗列。
亦如吾侪名字外，山人居士纷标揭。
此时虫声渐近阶，自牖而帷而枕彻。
静思凡物有本性，蚁爱趋膻蝇好热[9]。
兹虫独结清净缘，每向秋宵自呜咽。
传去三生玉女言，记来四句金刚偈[10]。
初听彼此似相呼，再听往还似相诘。
千听万听逼耳根，但觉有声皆蟋蟀。
忽然远唱一声鸡，四角悄然若乐阕。
忆得此时青粉墙，霜花一寸开如雪。

✤ **注释**

[1] 掉舌：犹鼓舌，原指游说，谈论。

[2]“中原”句：伧父：东晋时北方来的文人士大夫常讥骂南人为伧父，犹言粗野的人。南蛮鴃：《孟子·滕文公上》：“今也南蛮鴃舌之人，非先王之道。”这是孟子讥许行的话，许行与孟子学说不同，以许为楚人，因此孟子讥他语音如鸣鴃。后常用以讥人操偏僻难懂的南方方言。鴃(jué)：鸟名。这句意谓我国方言各殊，北方人和南方人语言不通。

[3] 注虫鱼：韩愈《读皇甫湜公安园池诗书其后》：“《尔雅》注虫鱼，定非磊落人。”后人因讥笺注家琐屑考订谓“虫鱼之学”。

[4] 寻维：寻根究底，探求。格物：推究事物的原理。愧格物：谓有愧于未能深究事理。

[5] 参军：指东晋郝隆，郝曾做桓公南蛮参军，以蛮语入诗。

[6] 豳(bīn)风：《诗经·豳风·七月》中有“十月蟋蟀，入我床下”之句。

[7] 更仆数数：《礼记·儒行》：“遽数之不能终其物，悉数之乃留，更仆未可终也。”仆，是大仆之官，古代君王燕朝时，大仆掌摈相，久则易倦，使他们更替相代，谓“更仆”。后用以形容事物繁多，数不胜数。

[8] “或为”四句：莎鸡、促织、蛩(qióng)、螀(jiāng)、蜻蛚、络纬、懒妇、鸳鸯、王孙，均为蟋蟀的别称。古谚有“络纬响，懒妇惊”之语；袁瓘《秋日》诗有“王孙今又归”之句。

[9] 膻(shān)：羊臊气。《庄子·徐无鬼》：“蚁慕羊肉，羊肉膻也。”

[10] “传去”二句：三生，佛家语，即三世，详见吴伟业《清凉山赞佛诗》注[55]。玉女：神女。四句金刚偈：《金刚经》中的四句偈言：“一切有为法，如梦幻泡影，如露复如电，当作如是观。”这二句写作者想象中蟋蟀的唱和。

✤ 评析

此诗由卧听蟋蟀，引出无尽联想，含意良深。汪启东评此诗谓：“人人意中所有，笔下所无。说韵、决韵、诘韵三联写来，自有无穷趣味。钝根人不能为也。”

杨花诗[1]

歌残杨柳武昌城[2]，扑面飞花管送迎[3]。
三月水流春太老，六朝人去雪无声[4]。
较量妾命谁当薄[5]，吹落邻家尔许轻[6]。
我住天涯最飘荡，看渠如此不胜情[7]。

✤ 注释

[1] 杨花：柳絮。

[2] “歌残”句：歌残：指歌楼上的歌声停歇。杨柳武昌城：古乐府有《折杨柳曲》。《晋书·陶侃传》：“侃尝课诸营种柳，都尉夏施盗官柳，植之于己门。侃后见，驻车问曰：‘此是武昌西门前柳，何因盗来？’”

[3]“扑面”句：语义双关。明写飞花，实指歌妓。送迎：谓迎送狎妓的客人。

[4]“六朝”句：六朝：见龚鼎孳《上巳将过金陵》注[5]。六朝人，亦指歌妓。雪：谓杨花如雪。郑谷《东蜀春晓》：“潼江水上杨花雪。”雪无声：比喻这些女子的消逝。

[5]“较量”句：较量：相比，比较。当：该当，会。

[6]尔许：如许，如此。

[7]不胜：不尽。不胜情：情思无限。

✤ 评析

古代诗文中常以杨花的轻飘不定比喻用情不专一的女子。此诗屏弃此义，以杨花的飘摇无定，比喻生活在社会最底层的生活无着的歌妓，描写了他们不幸的命运，并写出了他们高洁的情怀。以杨柳比妓，不是没有先例。敦煌曲子词《望江南》一首云：“莫攀我，攀我太心偏。我是曲江临池柳，这人折了那人攀。恩爱一时间。”这是采用以柳为第一人称反映妓女内心痛苦的作品。舒位此诗，同样以杨花比歌妓，但不用第一人称，而从作者的角度去看。首句写武昌城杨柳歌残，实际揭示了歌妓的命运。次句语义双关，明写飞花，暗指歌妓。送迎，是说送迎狎妓的客人。三句三月水流，暗用苏轼《水龙吟·次韵章质夫杨花词》“春色三分，二分尘土，一分流水”意，以切杨花。春太老，形容春天将尽，暗指歌妓的青春将逝。四句比喻这些女子悄无声地消失了。五句把这些歌妓的命运和杨花比较，谁为最差。六句说他们如同杨花一样到处飘零，被人轻视。结语作者又以杨花自喻，直接表达深厚的同情。七句语本宋人石懋绝句：“我比杨花更飘荡，杨花只是一春忙。”清人黄任以《杨花》一绝句得“黄杨花”之名，但黄诗只是写一般离别，思想深度，不能与此诗伦比。

读《文选》诗九首[1]（选一）

云浮鸟倦早怀田[2]，乡里儿来巧作缘[3]。
仕宦中朝如酒醉[4]，英雄末路以诗传。
五株柳树羲皇上[5]，一水桃花魏晋前[6]。
只有东坡闲不住，加餐遍和义熙年[7]。

✤ 注释

[1]《文选》：中国古代最早的一部诗文总集。南朝梁昭明太子萧统编选。

[2]“云浮”句：谓陶渊明飘泊一生，早已倦于仕途，有归田之心。语本陶潜《归去来兮辞》：“云无心以出岫，鸟倦飞而知还。”怀田：即怀乡。

[3]乡里儿来：萧统《陶渊明传》：“执事者闻之，以为彭泽令……岁终，会郡遣督邮至县，吏请曰：‘应束带见之。’渊明叹曰：‘我岂能为五斗米折腰向乡里小儿！’即日解绶去职，赋《归去来》。”巧作缘：谓督邮之来恰好凑成了陶潜的归田。

[4]仕宦：做官。中朝：朝中。酒醉：萧统《陶渊明传》：“曰：‘吾常得醉于酒，足矣。’”

[5]“五株”句：指陶渊明。陶渊明以宅旁有五株柳树，因作《五柳先生传》。羲皇上：羲皇上人，指太古之人，陶渊明自称。陶渊明《与子俨等疏》：“常言五六月中，北窗下卧，遇凉风暂至，自谓是羲皇上人。”这句称颂陶渊明的淳古之心。

[6]“一水”句：陶渊明有《桃花源记》，记中述渔夫与桃源中人对话，“问今是何世，乃不知有汉，无论魏、晋”。

[7]“只有”二句：谓苏轼贬谪岭南，遍和渊明之诗。黄庭坚诗说苏轼“饱吃惠州饭，细和渊明诗”。这句取义于此。加餐：多进饮食。义熙：东晋安帝年号(405—418)。《宋书·陶潜传》：“自以曾祖晋世宰辅，耻复屈身后代。自高祖王业渐隆，不复肯仕，所著文章，皆题其年月，义熙以前则书晋氏年号，自永初以来，唯云甲子而已。”

✤ 评析

这一组诗是借古抒怀之作。舒位一生怀才不遇，潦倒坎坷，诗中多愤世疾俗之慨。这一首即借陶潜事迹，抒发自己心中的不平之气。关键在第四句“英雄末路以诗传”七字，表示了惺惺相惜之意。在此以前，评论家对陶潜的评价，有和舒位这话相近的，如《朱子语类》说：“隐者多是带气负性之人为之，陶欲有为而不能者也。”真德秀《跋黄瀛甫拟陶诗》说：“细玩其词，时亦悲凉感慨，非无意世事者。或者徒知义熙以后不著年号，为耻事二姓之验，而不知其眷眷王室，盖有乃祖长沙公(陶侃)之心，独以力不得为，故肥遁以自绝。食薇饮水之言，衔木填海之喻，至深痛切，顾读者弗之察耳。”顾炎武《菰中随笔》说：“陶徵士、韦苏州，非直狷介，实有志天下者。陶诗‘惜哉剑术疏，奇功遂不成’……何等感慨，何等豪宕！”其后龚自珍受舒位的影响，在《己亥杂诗》中说：“陶潜酷似卧龙豪，万古浔阳松菊高。莫信诗人竟平淡，二分《梁父》一分《骚》。”都是“英雄末路以诗传”的意思。龚自珍童年与王昙相识，而舒位是王昙的亲戚，龚诗受到舒位这诗的影响，有脉络可寻。至于鲁迅说陶潜“并非浑身是静穆”，比这些就更进一步了。

花生日诗魏塘道中作[1]

啼莺如梦送归艎[2]，日子平分夜未央[3]。
愿取鸳鸯湖里水[4]，酿成春酒寄花尝。

✣ 注释

[1] 花生日：相传农历二月十二为百花生日，又称“花朝”。魏塘：在浙江省嘉兴市。

[2] 艎(huáng)：大船。

[3] 日子平分：时值春分前后，昼夜各半。未央：未到正中。

[4] 鸳鸯湖：一名南湖，在嘉兴市城外，有名胜烟雨楼。

✣ 评析

舒位近体诗，总是脱手弹丸，珠圆玉润。此诗亦然。欲酿鸳鸯湖水为春酒以寿花神，他人如何道得出。

郭 麐

郭麐(1767—1831),字祥伯,号频伽,江苏吴江人。嘉庆间贡生。麐为姚鼐弟子,而诗风不同,以轻俊胜。有《灵芬馆全集》。

新晴即事(六首选一)

游罢回船泊钓矶,濛濛晴雪扑人衣[1]。
春阴亦未全无用,留住杨花一日飞。

✤ 注 释

[1] 晴雪:指杨花。

✤ 评 析

写的是杨花,而从春阴之护花着想。末二语深含哲理。天下原无全无用之物,要在如何展其所能。

陈文述

陈文述(1771—1843),字退庵,号云伯,浙江钱塘(今杭州市)人。嘉庆时举人,官昭文、全椒等知县。诗学吴梅村、钱牧斋,博雅绮丽。王昙称他“集百八十年诗人之大成”,谓“自有诗集,《碧城》一集,如秋霄月华,玉轮五色;如春林花宴,绣幔十重;又如天女炫妆,仙娥顾影,吐咳珠玉,随阆风飞落人间”。评价不很恰当。文述过于涂泽,嘉、道间诗风日趋卑靡,陈为其代表。著有《碧城诗馆诗钞》、《颐道堂集》、《秣陵集》、《西泠怀古集》等。外集所编,仅香奁一体,即有二十卷之多。

夏日杂诗(七首选一)

水窗低傍画栏开,枕簟萧疏玉漏催[1]。
一夜雨声凉到梦,万荷叶上送秋来。

✣ 注释

[1] 枕簟:枕席。玉漏:玉制的计时器。苏味道《正月十五日》:“金吾不禁夜,玉漏莫相催。”

✣ 评析

此诗写夏日遇雨的欢快之感,文述诗秾丽,此却清新。末二句从吴锡麟《湖上看雨》诗“万荷叶上听秋来”句化出,一语化为二句,都在传“听”字之神。

张维屏

张维屏(1780—1859),字子树,一字南山,号松心子,广东番禺(今广州)人。道光二年壬午(1822)进士,官南康知府。其早年诗作,多抒写个人生活情怀,格调也不脱离乾、嘉旧套。鸦片战争期间,他家居番禺,目睹英国侵略军的侵华暴行,写下了一些具有强烈爱国精神的诗篇,歌颂了中国人民反侵略的正义斗争。著《国朝诗人征略》,网罗鸦片战争以前清一代诗人略备。有《松心庐诗集》。

侠客行

贵人煊赫门如山,门前鹰犬日日不得闲。一解

高堂华屋,大酒肥肉,粉白黛绿[1],哀丝豪竹,贵人不足[2]。二解

贵人不足,鹰犬仆仆[3],天阴鬼哭[4]。三解

鬼哭声啾啾,怪树啼鸺鹠[5],客从何方来?下马直上酒家楼。四解

寒风如刀月如水,酒家楼头剑光起,明日喧传贵人死。五解

✤ 注释

[1] 粉白黛绿:女子的美容品,借指显贵人家的姬妾。语本韩愈《送李愿归盘谷序》:"粉白黛绿者,列屋而闲居。"《楚辞·大招》作"粉白黛黑"。黛色黑而非绿,用

以画眉。后人用“黛绿”语，承韩文而误。

[2] 不足：不满足。

[3] 仆仆：路途劳顿貌。

[4] 天阴鬼哭：指贵人奢侈豪华的生活使人民受害致死。

[5] 鸺鹠（xiū liú）：鸟名，为猫头鹰中最小的一类。古时迷信说法，鸺鹠啼鸣，是凶兆。

✤ 评析

侠客，是古代对那些武艺高强、除暴安良的武士的称呼。这首诗借用乐府古题，颂扬了当时为民除害的豪侠之士。揭露了封建社会的剥削者骄奢糜烂的生活和肆虐横行的威势，在一定程度上反映了封建社会晚期尖锐的阶级矛盾。全诗语言凝炼，形象鲜明，描写生动。“二解”中精心选用了八件事物，仅四句十六字，就极其形象地概括了“贵人”的奢侈淫逸的生活。“三解”中“天阴鬼哭”和“五解”中“寒风如刀月如水”的环境描写，都十分精彩，对剥削者的残暴和侠客的威势，起了烘云托月的作用。诗末二句用了“闪接法”，“剑光起”后，不写贵人被杀，而直接“明日喧传贵人死”的侧笔，用墨经济，既显得含蓄有致，又从“喧传”中表现了贵人被杀大快人心的情状。全诗随着诗意的变化，感情的起落，运用了乐府诗长短不一、错落有致的句式，显得自然而有变化。

三元里[1]

三元里前声若雷，千众万众同时来。
因义生愤愤生勇，乡民合力强徒摧。
家室田庐需保卫，不待鼓声群作气[2]。
妇女齐心亦健儿，犁锄在手皆兵器。
乡分远近旗斑烂[3]，什队百队沿溪山。

众夷相视忽变色：黑旗死仗难生还[4]。
夷兵所恃惟枪炮，人心合处天心到[5]。
晴空骤雨忽倾盆，凶夷无所施其暴。
岂特火器无所施[6]，夷足不惯行滑泥。
下者田塍苦踯躅[7]，高者岗阜愁颠挤[8]。
中有夷酋貌尤丑[9]，象皮作甲裹身厚。
一戈已揕长狄喉[10]，十日犹悬郅支首[11]。
纷然欲遁无双翅，歼厥渠魁真易事[12]。
不解何由巨网开，枯鱼竟得攸然逝[13]。
魏绛和戎且解忧[14]，风人慷慨赋同仇[15]。
如何全盛金瓯日[16]，却赖金缯岁币谋[17]！

✤ 注释

[1] 三元里：在广州市北郊。道光二十一年辛丑(1841)五月二十九日，英国侵略军劫掠广州近郊，三元里人民在菜农韦绍光组织率领下，奋起抗击，次日，诱敌至牛栏冈，歼灭英军少校毕霞等二百余人，生俘二十余名，大长了中国人民的志气。此诗即叙写这次战斗的经过。

[2] “不待”句：语出《左传·庄公十年》：“夫战，勇气也，一鼓作气。”这里反用其意，谓群众不待鼓声而作气，极言人民群众义愤填膺，斗志昂扬。

[3] “乡分”句：写远近各乡万众一心的斗争气势。李福祥《三元里打仗日记》：“初九日，予与各乡约，每乡设大旗一面，上书乡名，大锣数面，倘有缓急，一乡鸣锣，众乡皆出。”

[4] “众夷”二句：自注：“夷打死仗则用黑旗，适有执神庙七星旗者，夷惊曰：‘打死仗者至矣！’”

[5] “人心”句：意谓人心齐，自有天助神力。

[6] “岂特”句：《三元里平英团史实调查会记录》：“适值黎明时天下大雨，田中水满，英兵因装备是皮靴、抬枪，行动不便，抬枪失效，农民用锄头挑扒等反攻，杀得英兵尸横遍野。”

[7] 踯躅(zhí zhú)：徘徊不前貌。

[8] 颠挤：当作"颠隮"，坠落。语本《书·微子》："告予颠隮。"

[9] "中有"句：《夷氛闻记》："伯夷身肥体健，首大如斗。"

[10] "一戈"句：语出《左传·文公十一年》："获长狄侨如，富义终甥舂其喉以戈，杀之。"舂(chōng)：冲。长狄：古代北狄的一种，这里指被击毙的英侵略军军官。据谭宗浚《览海赋》原注："英夷自退出四方炮台后，肆行淫掠，村民愤甚。以道光辛丑四月初十日，聚众数万围之，时值大雷雨如注，夷人枪炮无所施，死者数百，夷酋伯麦、毕霞亦殪矣。"

[11] "十日"句：用西汉时匈奴郅支单于事，喻英国侵略军的下场。匈奴呼韩邪单于之兄呼屠吾斯，据东边，自立为郅支骨都侯单于，进攻呼韩邪单于。后呼韩邪降汉，汉助攻郅支。郅支西走康居。汉元帝建昭三年(前36)，汉将陈汤入康居，杀郅支。车骑将军许嘉、右将军王商以为"宜悬十日乃埋之"。见《汉书·陈汤传》、《汉书·匈奴传》。郅，音zhì。

[12] "歼厥"句：歼厥渠魁，语出《书·胤征》。厥：代词，其；渠：大；渠魁：首恶。诗中指英国侵略军头子义律。当时英侵略军被围三元里，义律率兵往救，也陷入重围。

[13] "不解"二句：指清政府派广州知府余保纯去三元里，欺骗、威胁人民群众，为英侵略军解围。枯鱼：语出《庄子·外物》："曾不如早索我于枯鱼之肆。"这里比喻被包围的英军。攸然逝：语出《孟子·万章下》："少则洋洋焉，攸然而逝。"攸然：迅捷貌。据《夷氛闻记》：英军被围后，义律"密遣人间道求救"，清"靖逆将军"奕山闻讯大惊，急派广州知府余保纯、南海知县梁星源、番禺知县张熙宇到三元里，软硬兼施，强迫解散民众，护送义律等人出围。

[14] "魏绛"二句：魏绛：春秋时晋大夫。《左传·襄公四年》载：晋悼公时，山戎无终子向晋国求和，魏绛力主和戎，于是晋悼公与诸戎订盟。诗中取订盟之意，指责投降派的妥协投降。

[15] 风人：诗人。同仇：语出《诗经·秦风·无衣》："王于兴师，修我戈矛，与子同仇。"意谓同心协力对付敌人。

[16] 金瓯：语出《南史·朱异传》："我国家犹若金瓯，无一伤缺。"瓯(ōu)：盂。

[17] "却赖"句：金缯：钱币和绢帛。岁币：北宋时，对辽、金屈辱求和，每年输绢纳币，称为"岁币"。这里指道光二十一年(1841)五月二十六日奕山和英侵略者签订的休战条款，规定给英方赎城金六百万元。

✤ 评析

在鸦片战争时期的文学中，这是一首很有战斗性的优秀诗篇。这首诗，诗人以火热的爱国感情，生动地描叙了三元里人民抗英的斗争场面，歌颂了伟大的人民力量。开头十句和“众夷”以下十四句，叙述战斗经过，分别描写三元里人民和英国侵略军，形成一组鲜明的对照。一方面，是“千众万众同时来”，“不待鼓声群作气”，“妇女齐心亦健儿”，“什队百队沿溪山”，群情激愤，气壮山河；一方面，是“相视忽变色”，“苦踯躅”，“愁颠挤”，士无斗志，丑态百出。三元里人民面对强敌，奋起抗击的英勇气概和巨大力量与外国侵略者外强中干的虚弱本质，表现得十分鲜明。“纷然”以下四句，是又一组对照，诗人分明描写了“歼厥渠魁真易事”的发展势态与“枯鱼竟得攸然逝”的实际结局，使清朝官吏卑躬屈膝、卖国投降的面目从强烈的虚实对照中浮现而出。诗末是诗人的议论，又借用人们熟知的宋王朝屈辱的史事和“全盛金瓯日”的假象作对照，尖锐地抨击了清王朝屈辱求和的卖国行径，并寄托了深沉的愤慨。三组对照，爱憎分明，语言形象。全诗描写战斗场面，综合运用了场景鸟瞰、气氛渲染、环境描写、人物刻画(外貌、行动、神态、心理活动)等手段，交织成一幅波澜壮阔、有声有色的战争画面，充分显示了诗人铺演故事的功力。用韵四句一换，读来铿锵有力，既烘托出情节的起伏，又浓化了诗人的感情。这些，都增强了这首诗的艺术感染力。

秋霖[1]

秋霖十日失高秋[2]，独眺江天起暮愁。
正寂寥时惟有雁，极空濛处并无舟。
濛濛路滑征夫骑[3]，漠漠寒生思妇楼[4]。
已苦阴霾害禾稼[5]，更催霜雪上人头[6]。

✤ 注释

[1] 秋霖：秋天久雨成灾。《说文》：“雨三日已往曰霖。”

[2] 高秋：秋天高朗的晴空。

[3] 濛濛：阴雨连绵貌。征夫：行人，旅人。

[4] 漠漠：阴沉貌。思妇：怀念丈夫远行的妇人。

[5] 阴霾：形容连绵的阴雨天气。

[6] 霜雪：比喻白发。

✤ 评析

此诗表达了作者对人民疾苦的深切关注。艺术特色，颇近吴锡麒。后来广东诗人如叶英华亦近似之。

钱仪吉

钱仪吉(1783—1850),初名逵吉,字蔼人,号衎石,又号新梧,浙江秀水(今嘉兴)人。嘉庆十三年戊辰(1808)进士,改翰林院庶吉士,累迁至工科给事中。清代著名学者,又工诗。有《定庐集》、《闽游集》、《刻楮集》等。与弟泰吉,都是秀水诗派中钱载以后的代表作家。

读黎二樵诗[1]

黎简生盛世[2],独抱古忧患。
岞岏胸中山,神工日凿铲[3]。
到京一宿去,老死不期宦[4]。
心孤荡江海[5],家贫卖林硐。
好色好山水[6],身掷烟霞幻[7]。
万言立纸上,雪明倚天剑[8]。
富贵工俳词[9],相视孰鹏鷃[10]?

✤ 注释

[1] 黎二樵:黎简,号二樵。见前黎简诗选小传。

[2] "黎简"句:黎简生活于乾隆年间,时当清代盛世。

[3] "岞岏"二句:谓黎简作诗,严于锤凿锻炼,不轻易下笔。岞岏(zuó wù):山势不齐貌。胸中山:比喻诗人构思中的奇境。神工:形容精巧的技艺,似非人力所

能为。凿铲：比喻对诗意、诗句的提炼。

[4] 不期宦：不想做官。

[5] "心孤"句：黎简一生，不慕仕途，不好交游，寄情江海。据《清史·列传》载："所居百花村，有亭台之胜，简徘徊其间，视花鸟若朋友，以笔墨为耒耜，自慎不轻作应酬；性好山水，曾屡入罗浮山朱明洞，穷其幽胜；又严于交友。"孤：孤僻。

[6] "好色"句：指喜爱作山水画。

[7] "身掷"句：指酷爱山水。掷：付。烟霞：指山水胜景。

[8] "万言"二句：比喻黎简的诗骨格清挺。雪明：比喻剑光。倚天剑：谓长剑。语出宋玉《大言赋》："长剑耿耿倚天外。"这里比喻黎简的诗。

[9] 富贵：指富豪人家。俳词：旧指内容以游戏为主、语言浮滑的诗作。

[10] 相视：相比之下。鹏鷃：大鹏鸟和鷃雀。语本《庄子·逍遥游》。比喻优劣。

✤ 评析

黎简的诗，与浙江诗人，有相互影响的关系。简深服秀水钱载之诗，受其影响，见于许宗彦《鉴止水斋集》卷三《题黎二樵五百四峰草堂诗却寄》云："百年论风雅，俎豆王（士禛）与朱（彝尊），……何人善变辟风格？近数禾中少宗伯。海内赏音谁最亲？独有岭南黎简民。"自注云："二樵论诗最膺服钱少宗伯。"而钱仪吉此诗，对黎简诗的倾倒，证明秀水诗人，又受简诗的影响。这是清代诗歌史上，必须着重提到的一笔。此诗本身，也是刻意学习黎简风格的。诗句倚天拔地，壁立千仞于纸上。

山　行[1]

雨丝吹暝湿微茫，松径连天一发长[2]。
决起舆前双白鹭，冲烟先我入斜阳[3]。

✤ 注释

[1] 此诗为闽游途中所作。

[2] 一发：犹一线。

[3] “决起”二句：决：冲。舆：轿子。冲烟：飞向烟雾中。

✤ 评析

“决起”句，意境自韩愈《南溪始泛》诗“鹭起若导我，前飞数十尺”中化出，“冲烟”句切眼前实景，画所不到之笔，又胜于韩矣。

陈沆

陈沆（1785—1825），字秋舫，号太初，湖北蕲水（今浠水）人。嘉庆二十四年己卯（1819）进士，授翰林院修撰，历充会试同考官，转四川道监察御史。有《简学斋诗存》等。魏源评其诗云："空山无人，沉思独往，木叶尽脱，石气自青，羚羊挂角，无迹可寻，成连东海，刺舟而去。渔洋山人能言之，而不能为之也。秋舫其庶几乎，其庶几乎！"陈衍《石遗室诗话》称其诗为道光以来清苍幽峭一派之祖，以为"《简学斋诗存》四卷，《白石山馆手稿》一卷，字皆人人能识之字，句皆人人能造之句，及积字成句，积句成韵，积韵成章，遂无前人已言之意，已写之景，又皆后人欲言之意，欲写之景。当时嗣响，颇乏其人"。

项师竹张馥亭自麻城来访欣然有作[1]

快雪天易晴，萧然成独醉[2]。
梅间一雀噪，双双敌人至[3]。
知我相念深，感君远来意。
前夜江上风，舟来亦不易。
相逢且为欢，谁问别后事。
空山不知寒，星月同寤寐。

✤ 注释

[1] 麻城：今湖北省麻城市。

[2] 萧然：清静冷落貌。

[3] "梅间"二句：《西京杂记》："乾鹊噪而行人至。"杜甫《羌村》："柴门鸟雀噪，归客千里至。"

✤ 评析

此诗抒写作者与友人之间的至深情谊。贺长龄评此诗谓："'前夜'二句，极浅语却有真味。"龚自珍谓："诵之盎然而和，其和在神。"魏源评曰："子美（杜甫）《梦太白》诗意，苏州（韦应物）《寄山中道士》诗格。"陈衍评曰："'前夜'十字，可抵'携手上河梁'二语，然后知雪夜访戴之非有十分交情也。"

河南道上乐府四章[1]（选二）

卖儿女

河南一片荒荒土，满眼流离风又雨。年荒父母竟无恩，卖尽田园卖儿女。可怜父与母，泪落心内苦。岂不恋所生？留汝难活汝。往年生儿如得田，今年生儿不值钱。卖女可得青蚨千[2]，卖儿不足供一餐。大车小车牛马走，儿啼呼父女呼母。役夫努目刀在手[3]，百口吞声面色朽。此时父母死更生，食尽还增骨肉情。月黑风寒新鬼哭，饥魂一路唤儿声。

✤ 注释

[1] 此诗作于嘉庆十九年甲戌(1814)。

[2] 青蚨：虫名，又称“伯鱼”。《太平御览》引《淮南子·万毕术》“青蚨还钱”注：“以其子母，各等置瓮中，埋东行阴垣下，三日复开之，即相从，以母血涂八十一钱，亦以子血涂八十一钱，以其钱更互之，置子用母，置母用子，钱皆自还也。”后因以为钱的代称。

[3] 努目：犹怒目。

狗食人

汝南人瘦万狗肥[1]，前有饥者狗后随。忽然坠落沟中泥，狗来食人啮人衣。顷刻血肉无留遗，残魂化作风与灰。狗饱狗去摇尾嬉，余者尚充鸦雀饥。我行见之心骨悲，徒有恻怆无能为。大官北来何光辉，清道翼以双绣旗[2]。从者飞语里卒知：为我亟去道旁尸[3]，毋使不祥触公威。

✤ 注释

[1] 汝南：古郡名，治所在今河南省上蔡县西南。

[2] 清道：古代帝王或官员出巡，清扫道路，禁止行人来往，称“清道”。翼：此处作动词用，指道路两边的双绣旗像鸟翼一样翻动。

[3] 亟去：立即除去。

✤ 评析

嘉庆十八年癸酉(1813)九月，天理教起义于河南滑县等地。十一月，其首领李文成等败死。十二月，滑县破。陈沆于十九年春自京南下经河南，以所见所闻写下了这组乐府，描绘了一幅幅触目惊心的灾民鬻儿卖女的图画，表达了作者对人民痛苦遭遇的同情和对封建统治者的罪恶的控诉。全诗共四首，所选原列第一、第二。魏源评第一首云：“末四句苦语令人不忍多读，比‘天阴雨湿声啾啾’倍觉凄怆。”评第二首云：“末二句惨绝。”

夜抵刘山人家[1]

行到月斜处，入门千竹林。
故人此高卧，前日约相寻。
雨过春如梦，山空夜有音。
坐深无一语[2]，何以答同心？

✤ 注释

[1] 刘山人，作者好友。山人：指隐逸山林的隐士。

[2] 坐深：坐久。

✤ 评析

吴嵩梁评此诗谓："首四句合看，始见标格。"贺长龄谓："自然入妙。"

扬州城楼[1]

涛声寒泊一城孤，万瓦霜中听雁呼。
曾是绿杨千树好[2]，只今明月一分无[3]。
穷商日夜荒歌舞，乐岁东南困转输[4]。
道谊既轻功利重[5]，临风还忆董江都[6]。

✤ 注释

[1] 扬州：见钱秉镫《扬州访汪辰初》注[1]。

[2] "曾是"句：王士禛《浣溪沙·红桥》词："绿杨城郭是扬州。"

[3]“只今”句：徐凝《忆扬州》：“天下三分明月夜，二分无赖是扬州。”

[4]乐岁：丰年。转输：指为朝廷转运输送物资。

[5]“道谊”句：《汉书·董仲舒传》：“夫仁人者，正其谊，不谋其利，明其道，不计其功。”这里反用董仲舒语。

[6]董江都：董仲舒官江都王相。

✤ 评析

此诗为伤时感世之作，以当时在扬州所见，揭露了嘉庆、道光年间在清朝封建统治下的黑暗、腐朽的社会面貌。首两句写在阴冷气氛中的扬州城，寒涛声与万瓦霜，声与色融成一片。“雁”是“鸿”，“雁呼”是哀鸿的叫声，比拟流民的呼喊。作者在“听”的过程中，激起了沉思。这就为三、四两句作了先导。“曾是”句谓昔时的扬州景色妍美，“只今”句说今日的扬州已大不如前，过去三分明月有其二，如今一分也无，见得扬州已经破敝。前句正面用王士禛词意，下句反用徐凝诗意，更深入了一层。运用古语作今昔对比，重心在下一句的“今”。由四句的形象描写，具体到五、六两句的现实内涵。嘉、道年间，扬州盐商已是外强中干，但仍过着穷奢极欲的生活，这是一面；对照着的，虽在丰收年头，商人也有为政府输供物资的负担，老百姓更是为劳役而疲于奔命，这是又一面。结语以议论为抒情，反用董仲舒语，责扬州商贾只重功利，不顾道义的卑劣品质，因而怀念汉代儒者董仲舒。也就是指出道德教养的重要。扬州是当时财富的集中地，国内外商业的重心，揭露扬州社会的腐朽，也即是全面揭露了中国社会的腐朽，具有典型意义。吴嵩梁评曰：“五、六句纪实语，非忧时者不能道出。”魏源评曰：“末二句真杜。”龚自珍评曰：“裂笛之作。”

渡河遇相识寄家书

尔到长沙去，平安寄两行。

东风残月夜，逢我渡兰阳[1]。

✤ 注释

[1] 兰阳：今河南省兰考县。

✤ 评析

魏源评此诗谓："唐绝遗法。"

潘德舆

潘德舆（1785—1839），字彦辅，号四农，江苏山阳（今淮安）人。道光八年戊子（1828）举人，官安徽候补知县。诗学陶潜、杜甫，以古淡质朴胜。所著《养一斋诗话》，对乾嘉以来的袁枚诗派颓风有所匡救。有《养一斋集》。

鹊　巢

物理互相资[1]，人心何不平？
东园破鹊巢[2]，鸲鹆来经营[3]。
巢成鹊不居，飘摇霜月明。
鸲鹆讵多事[4]，移居非力争[5]。
昨游芳田中，群乌喜飞鸣。
见人无惧色，牛行乌亦行。
土墢带新草[6]，乌正仗牛耕[7]。
牛不居盛功[8]，乌不感至情[9]。
飞走与巨细[10]，造化原交并[11]。
人故贵于物，谁其通至诚[12]？

✤ 注释

[1]“物理”句：意谓事物本应互相依存。理：按理。资：依凭。

[2] 破鹊巢：破旧的鹊巢。

[3] 鹆(yù)：即鸲鹆，鸟名，俗名“八哥”。

[4] 讵(jù)：岂。

[5] “移居”句：谓移居鹊巢，不是用强力去争夺来的。

[6] 土墢(bō)：耕地时第一锸起出的土块。

[7] “乌正”句：意谓乌鸦的食物依靠牛耕田获得。

[8] 居盛功：居功自傲。盛：大。

[9] 至情：深情。

[10] 飞走：天上飞的和地上走的。巨细：大的和小的，指牛和乌。

[11] 造化：旧称自然的创造力。交并：指相互依存，相互制约。

[12] “谁其”句：意谓人们反不及物类，能互通赤诚之心。其：语气词，表疑问。至诚：赤诚。

✤ 评析

此诗为借物咏怀之作，诗以鹆鸟经营鹊巢和乌仗牛耕作喻，“东园破鹊巢”以下数句以鸲鹆经营鹊巢，说明物理相资的道理；“土墢带新草”以下数句以乌仗牛耕，牛不居耕，乌不感惠，进一步说明物理相资原为必然。反讥人与人之间尔虞我诈的关系，表达了诗人对人心不诚的愤慨。诗笔朴素，而形象鲜明，不流于迂腐说理的道学家诗。

龚自珍

龚自珍（1792—1841），字璱人，号定盦，更名巩祚，又名易简，字伯定，号羽琌山民，浙江仁和（今杭州）人。道光九年己丑（1829）进士，官礼部主事。早年从外祖段玉裁治《说文》，后又从刘逢禄治公羊学，经学外通史地学、天台宗佛学等。与魏源齐名，世称“龚魏”。沈曾植称二人为“奇才”（《龚自珍传》），又谓“定盦之才，数百年所仅有也”（《书龚定盦文集后》）。其学讲求经世致用，政治上要求改革。其诗能开拓新宇，多表现对现实的不满，追求理想，故气势磅礴，色彩瑰丽，风格沉郁，继承了屈原、李白等人积极浪漫主义的传统。但作品中也反映了他“出世”和“入世”、反抗封建束缚和回避斗争的矛盾心情。有《定盦全集》。谭献《复堂日记》说他的诗“佚宕旷邈，而豪不就律，终非当家”。光绪以后，诗界革命派诸人及南社中部分作者，往往受龚诗的影响，但未脱临摹其迹者较多。

自春徂秋偶有所触拉杂书之漫不诠次得十五首[1]（选一）

道力战万籁[2]，微芒课其功[3]。
不能胜寸心，安能胜苍穹？
相彼鸾与凤，不栖枯枝松。
天神倘下来，清明可与通[4]。

返听如有声[5]，消息鞭愈聋[6]。
死我信道笃[7]，生我行神空[8]。
障海使西流[9]，挥日还于东[10]。

✤ 注释

[1] 诗于道光七年丁亥(1827)作于北京。所选为第一首。徂：至。诠次：谓编次。

[2] 道力：真理的力量。万籁：各种声音，这里指外界一切。

[3] 课：考核。功：功绩。此处承上句，指"战"的成果。

[4] 清明：《礼记·孔子闲居》："清明在躬，志气如神。"谓神志清静明朗。

[5] 返听：《春秋繁露》："内视反听。"《后汉书·王允传》"夫内视返听"注："内视，自视也；返听，自听也。"

[6] "消息"句：《越绝书》："反听若聋。"聋字义本此。这句谓一消一长，道理极为微妙，只能领悟，不能力索。勉强鞭策以求，效果反而茫然。

[7] "死我"句：信道笃：《论语·子张》："信道不笃。"笃：专一。这句谓抱住道的教条到僵化的程度，可以陷我的精神于死地。

[8] "生我"句：司空图《诗品》："行神如空。"这句谓使我得到生机的，是由于精神运行于虚静。

[9] "障海"句：反用韩愈《进学解》"障百川而东之，回狂澜于既倒"。兼反用元好问诗"古今谁见海西流"语。

[10] "挥日"句：《淮南子·览冥训》："鲁阳公与韩构难，战酣，日暮，援戈而㧑之，日为之返三舍。"

✤ 评析

这首短五古，抒写了作者面对清中期腐朽的社会现实，立志改革的抱负。强调真理战胜一切的力量，效果要在微妙处考察。必须内视返听，求之寸心。精神不可僵化，生机在于运动和虚静，才能人力回天。这是作者论道论学的宣言书。

能令公少年行[1]

龚子自祷祈之所言也[2]。虽弗能遂，酒酣歌之，可以怡魂而泽颜焉[3]。

蹉跎乎公[4]！公今言愁愁无终。公毋哀吟娅姹声沉空[5]。酌我五石云母钟[6]，我能令公颜丹鬓绿，而与年少争光风[7]。听我歌此胜丝桐。貂毫署年年甫中[8]，著书先成不朽功[9]，名惊四海如云龙，攫拿不定光影同[10]。征文考献陈礼容[11]，饮酒结客横才锋[12]。逃禅一意皈宗风[13]，惜哉幽情丽想销难空[14]！拂衣行矣如奔虹[15]，太湖西去青青峰[16]，一楼初上一阁逢，玉箫金琯东山东[17]。美人十五如花秾，湖波如镜能照容，山痕宛宛能助长眉丰[18]。一索钿盒知心同[19]，再索班管知才工[20]。珠明玉暖春朦胧[21]，吴歈楚词兼国风[22]，深吟浅吟态不同，千篇背尽灯玲珑[23]。有时言寻缥缈之孤踪[24]，春山不妒春裙红，笛声叫起春波龙，湖波湖雨来空濛[25]，桃花乱打兰舟篷，烟新月旧长相从[26]。十年不见王与公，亦不见九州名流一刺通[27]。其南邻北舍谁欤相过从？痀瘘丈人石户农[28]，嵚崎楚客[29]，窈窕吴侬[30]；敲门借书者钓翁，探碑学拓者溪僮[31]。卖剑买琴[32]，斗瓦输铜[33]。银针玉薤芝泥封[34]，秦疏汉密齐梁工[35]。佉经梵刻著录重[36]，千番百轴光熊熊[37]，奇许相借错许攻[38]。应客有玄鹤[39]，惊人无白骢[40]。相思相访溪凹与谷中[41]，采茶采药三三两两逢；高谈俊辩皆沉雄，公等休矣吾方慵[42]。天凉忽报芦花浓，七十二峰峰峰生丹枫[43]，紫蟹熟矣胡麻𩟬[44]，门前钓榜催词筩[45]。余方左抽豪[46]，右按谱，高吟角与宫[47]，三声两声棹唱终，吹入浩浩芦花风，仰视一白云卷空。归来料理书灯红，茶烟欲散颓鬟浓，秋肌出钏凉珑松[48]，梦不堕少年烦恼丛。东僧西僧一杵钟[49]，披衣起展华严筒[50]。噫哦！少年万恨填心胸，消灾解难畴之功[51]？吉祥解说文殊童，著我五十三参中[52]；莲邦纵使缘未通，它生且生兜率宫[53]。

✤ **注释**

[1] 嘉庆二十五年庚辰(1820)秋，作者曾作《戒诗五章》，遂戒诗。次年夏，考军机章京，未录取，赋《小游仙》十五首，又破戒作诗。此诗即破戒后所写。诗人时年三十，仍官内阁中书，充国史馆校对官。

[2] 祷祈：宗教仪式，信徒把自己的意愿、企求和对神的赞美、感谢，上告天神。此诗写出了龚自珍对理想世界的企望和追求，所以说"祷祈之所言也"。

[3] 怡魂而泽颜：使心神愉快、肤色光润。

[4] 蹉跎：失意。白居易诗："见我昔荣遇，念我今蹉跎。"

[5] "公毋"句：意谓不要哀吟悲痛，使低沉的声音浮于空中。娅姹：亦作"哑咤"(yǎ zhà)：象声词，这里形容哀吟之声。

[6] 五石：《庄子 · 逍遥游》："魏王贻我大瓠之种，我树之，成，而实五石，以盛水浆。"后因以五石为大酒器的容量。云母钟：酒器。

[7] 颜丹鬓绿：满面红光，两鬓乌黑。光风：风采，形容人的品貌。语出黄庭坚《濂溪诗》序："春陵周茂叔(敦颐)，人品甚高，胸中洒落，如光风霁月。"

[8] 貂毫：用紫貂毛制成的毛笔。署年：在著作上署写作时的年岁。甫：方。诗人作此诗时年方三十，正是中年。

[9] 不朽功：古人以立德、立功、立言为"三不朽"。著书，即立言。

[10] "攫拿"句：攫拿：捕捉，抓取。光影：指云中的龙腾跃飞舞，迅疾如光影。这句喻功名难就。

[11] 征文考献：征：征明。文：有关典章制度的文字记载。献：熟悉掌故的

人。这里总的指从事历史文献的考证之学。陈：敷陈、阐明。礼容：指古代的礼仪制度。

[12] 横才锋：驰骋才学，显露锋芒。

[13] “逃禅”句：逃禅：俗称修行，谓逃遁世俗，进入佛门参禅。皈(guī)：归依。宗风：详见吴伟业《清凉山赞佛诗》注[99]。龚自珍信奉天台宗。

[14] “惜哉”句：幽情丽想：隐秘华丽的情思，这里指作者对世事、家事、国事的萦念。信仰佛教的人必须清心寡欲，与“幽情丽想”绝缘。这句是诗人叹息自己不能彻底摆脱这些萦念。

[15] 拂衣：语出《后汉书·杨彪传》：“明日便当拂衣而去，不复朝矣。”后因以指归隐。奔虹：传说中谓虹为神龙，奔走若飞，故云。

[16] 太湖：跨江浙两省，在苏州境内有东西洞庭山，风景秀丽，历来是文人向往的隐居之处。

[17] 玉箫金琯：箫笛之类的乐器。琯，同“管”。这里指代乐妓。语本李白《江上吟》：“木兰之枻沙棠舟，玉箫金琯坐两头。”东山：即洞庭东山。

[18] 宛宛：回旋屈曲貌。丰：丰采。

[19] 钿盒：一种镶嵌珠玉的金盒，古代女子用以盛放首饰，常用作爱情的信物和表证。白居易《长恨歌》：“惟将旧物表深情，钿合金钗寄将去。”

[20] 班管：毛笔的代称。班，同“斑”，指斑竹。才工：指有才华。这里的“一索”、“再索”，都是女子向男子(即诗中主人公作者自己)索物，由此男子知道女子“同心”、“才工”。

[21] “珠明”句：谓夜珠照明，良玉生温，春意朦胧。

[22] 吴歈：吴地民歌。歈(yú)：歌。

[23] “千篇”句：玲珑：光明貌。这句谓十五岁的女子能背诵许多诗篇，极有文才。

[24] “有时”句：言：语助词，无义。缥缈：指缥缈峰，在洞庭西山诸峰中为最高。孤踪：指人迹罕至，幽静偏僻的处所。这句谓诗中的“我”听了美人的歌声，飞骋想象，和她一起去寻求理想的境界。嘉庆二十三年(1818)，作者二十七岁时，曾与钮树玉、叶小梧等人同游洞庭。诗中的幻想有现实基础。

[25] “笛声”二句：马融《长笛赋》：“龙鸣水中不见已，截竹吹之声相似。”以笛声比龙鸣。这里翻用其意，谓笛声唤起了春水中的潜龙，龙招来了风和雨。空濛：形容雨中雾气迷茫。

[26]“烟新”句：谓不管岁月怎样移易，行踪怎样飘忽，“我”和美人总是长久地相处在一起。

[27]“十年”二句：两句是互文。十年，言时间之长；九州，言空间之广；王与公、名流，概指一切权贵。一刺通：用一张名片拜访别人。刺：名片，古代因用刀刺名在竹简上，故名。这二句谓十年隐居，与世绝交。

[28]痀瘘丈人：《庄子·达生》寓言中的人物，是个有道之士。痀瘘：驼背曲腰。石户农：《庄子·让王》寓言里的人物。石户，地名。传说石户农是帝舜的友人，不肯接受舜的禅让，携带妻子逃到海上，终生不返。

[29]嵚崎：性格奇崛不凡。楚客：本指屈原。李商隐《九日》诗：“空教楚客咏江蓠。”这里泛指孤高不凡的人。

[30]吴侬：指吴地女子。

[31]“探碑”句：探碑：搜寻古碑，探究其原委。学拓：学习摹拓古碑。用纸墨拓印古碑帖，印成之本叫拓本。

[32]卖剑买琴：指无意功名，向往归隐。《汉书·龚遂传》：“遂见齐俗奢侈，好末技，不田作，乃躬率以俭约，劝民务农桑，……使卖剑买牛，卖刀买犊。”这里化用此典，以剑表现进取，琴表现消极避世。

[33]斗瓦输铜：斗：争奇斗胜；输：积聚；瓦：瓦当，上刻有文字图画，是研究古代文化的重要文物；铜：指古代的铜器。这句谓诗人爱好古玩，所以注意搜集这方面的东西。

[34]“银针”句：谓诗人爱好书法篆刻。银针：指细笔画的篆书。玉薤：薤叶篆，篆书的一种。语出梁庾肩吾《书品序》：“参差倒薤”，“长短悬针”。芝泥封：语出庾信《汉武帝聚书赞》：“芝泥印上，玉匣封来。”古代书函往来，用泥密封，盖上印章，以防私拆。芝泥，即今之印泥。全句即指封泥上印章的篆刻字体。

[35]秦疏：秦代的小篆笔画疏朗。汉密：汉代的隶书笔画密致。齐梁工：齐、梁时代的楷书笔画工整。

[36]佉经：佉(qū)：指佉卢文，古印度的一种文字。梵刻：用梵文刻成的佛经。梵文也是古印度的一种文字。著录重：收录的经文很多。

[37]番：数量词。千番：指千页佛经。轴：卷轴，中国古代书籍装帧的一种形式。光：佛光。这里指佛经之多。

[38]奇：指佛经中的奇文。相借：吸收借用。错：指不当错舛之处。攻：批驳。

[39]玄鹤：崔豹《古今注》：“鹤千岁则变苍，又二千岁变黑，所谓玄鹤也。”这句

借用林逋故事，说明自己是隐者。林逋，宋人，隐居杭州孤山，家蓄二鹤，常独自泛舟出游，客至，家童便放鹤出笼，逋见飞鹤即返。杭州孤山有放鹤亭，即此。事见沈括《梦溪笔谈》。

[40] 白骢：一种名马。这句借用后汉桓典乘骢马故事，说隐居处无达官贵人相扰。桓典：后汉侍御史，常乘骢马，京师人均惧之，因曰："行行且止，避骢马御史。"事见《后汉书·桓典传》。

[41] 相思相访：暗用东晋王徽之到剡溪访问戴逵的典故。《晋书·王徽之传》："尝居山阴，夜雪初霁，月色清朗，四望浩然，独酌酒，咏左思招隐诗，忽忆戴逵，逵时在剡，便夜乘小船诣之。"

[42] "公等"句：公等：指上句"高谈俊辩"之士。慵：慵倦。这句化用萧统《陶渊明传》"渊明若先醉，便语客：我醉欲眠，卿可去"的语意，说大家正谈论得高兴，诗人忽然感到疲倦，便要求大家休止。表现诗人率直粗放的性格。

[43] 七十二峰：太湖名胜有七十二峰之说，实不足此数。

[44] 胡麻：芝麻。饛(méng)：食物装满貌。

[45] 钓椖：钓鱼船。筩：同"筒"。词筩：指诗词。《唐语林·文学》载：白居易任杭州刺史时，与旧友以竹筒盛诗往来相寄。

[46] 豪：同"毫"。抽豪：犹提笔。

[47] 角、宫：古乐五音(宫、商、角、徵、羽)之二。这句谓按宫调边吟边作。

[48] 秋肌：形容肌肤如秋水般洁净。钏：臂环。珑松：花名，这里形容肌肤凉爽。

[49] 杵：敲钟用的槌子，这里用作量词。

[50] 华严：《大方广佛华严经》。佛经的一种。

[51] 畴：谁。

[52] "吉祥"二句：谓诗人读了《大方广佛华严经》，就像善财童子一样，听了文殊菩萨的指引，去遍参五十三善知识(五十三参)，获得了正果。善财童子事见《大方广佛华严经·入法界品》。

[53] "莲邦"二句：意谓即使我还有去西方极乐世界的缘分，也希望来生姑且生于兜率宫，随弥勒菩萨学佛。莲邦：佛教中净土宗，一名莲宗，专心念佛，目的往生西方莲花世界。兜率宫：即兜率天。《法华经·劝发品》："若有人受持诵读，解其义趣，是人命终，即往兜率天弥勒菩萨所。"诗中表现了作者入世与出世、反抗封建束缚和逃避斗争的矛盾心情，最后以皈依佛门，作为唯一出路，反映了他的软弱性。

✤ 评析

此诗深刻地反映了诗人要求政治改革、追求个性解放、憧憬理想生活，又迫于封建专制统治的淫威而产生的“剑气”和“箫心”、“入世”和“出世”的复杂矛盾的心情。全诗以丰富奇特的想象，浓厚的浪漫主义色彩，描写他向往隐居太湖、追求真挚的爱情、结交嵚崎狂客、陶情于湖光山色的种种设想，借以抒发了诗人内心的抑郁不平之气。

咏　史[1]

金粉东南十五州[2]，万重恩怨属名流[3]。
牢盆狎客操全算[4]，团扇才人踞上游[5]。
避席畏闻文字狱[6]，著书都为稻粱谋[7]。
田横五百人安在，难道归来尽列侯[8]？

✤ 注释

[1] 此诗作于道光五年乙酉十二月(1826年1月)，时诗人客居江苏昆山。诗以咏史为题，实则借古喻今。

[2] “金粉”句：金粉：古代女子妆饰用的水银铅粉。这里用以形容繁荣靡丽的东南地区十五州。十五州：指长江下游苏、浙、皖一带地区。

[3] “万重”句：谓清朝统治者中幕僚、帮闲一类“名流”人物把大好江南闹得乌烟瘴气。或谓此实指曾燠。恩怨：指人与人之间争名夺利，时而相互勾结，时而彼此离间，恩怨丛生。名流：著名人士，诗中寓讽刺义。

[4] “牢盆”句：谓这些“名流”中，有的把持了当时左右江南经济的盐政。牢盆：煮盐器。《史记·平准书》：“愿募民自给费，因官器作煮盐，官与牢盆。”《汉书·食货志》：“官与牢盆。”清王先谦补注：“此是官与以煮盐器作而定其价直，故曰牢盆。”狎客：旧称亲昵接近君王常共嬉游宴饮的人，这里指盐商门下的食客。全算：全局计划。

[5] 团扇才人：东晋时，王导的孙子王珉，喜欢手执团扇，二十多岁就当了中书

令，但只会清谈玄学，不懂政事。诗中借指钻进官场、趋炎附势的文人。上游：比喻上层社会。

[6]“避席”句：谓有的人在清朝文字狱的威慑下，失去了骨气，逃得远远的，一句话也不敢说。避席：离座而起。文字狱：旧时统治者镇压知识分子反抗，从其著作中摘取字句，罗织罪状，对作者加以刑杀，称文字狱。清康熙、雍正、乾隆年间，屡兴文字狱，受害和株连者极多。

[7]稻粱谋：犹俗话混饭吃。杜甫《同诸公登慈恩寺塔》诗：“君看随阳雁，各有稻粱谋。”

[8]“田横”二句：见桑调元《五人墓》注[7]。这里用此事，以“田横五百人”指参加抗清活动的人。作者暗示他们：清朝对待反抗者，用的是两面政策，一是招降，一是屠杀。招降不过是一时的欺骗策略。除少数投降者外，难道投降的人，都能封王封侯吗？列侯：汉制，群臣异姓有功封侯的，称列侯。

✤ 评析

这首诗借“咏史”以讽世，旨在揭露当时社会的腐朽和黑暗。在诗人犀利的笔下，盘踞于社会上层的达官贵人（“名流”）的种种丑态，知识分子在清王朝高压政策下心有余悸、不敢正视现实的情状，都绝妙地浮现于纸上，展现了这个古老的封建帝国日薄西山、奄奄一息的真实图景。“东南十五州”，实是中国没落的封建社会的缩影。诗末的警告，表现了诗人敏锐的政治眼力和跟封建统治者决绝的积极思想的一面。这首诗在表现上比较含蓄隐晦，主要是清王朝在思想界实行高压政策，有些话不能畅所欲言所致。但尽管如此，诗中还是喷射着强烈的思想光华，体现了一位历史批判家的严峻姿态。全诗所达到的批判现实的高度，为同时代的诗人所不及。

梦中作四截句[1]（选一）

黄金华发两飘萧，六九童心尚未消[2]。
叱起海红帘底月，四厢花影怒于潮[3]。

✤ 注释

[1] 这首诗作于道光七年(1827)。题下原注:“十月十三夜也。”截句: 即绝句。

[2] “黄金”二句: 自己这一生,财富未能积聚,白发已经飘萧,但童年时代纯真奋发的雄心依然没有消失。华发: 白发。飘萧: 飘散零落。六九: 指六岁到九岁这段童年时代。

[3] “叱起”二句: 清代女诗人王采薇有“四山花影下如潮”的诗句,这两句由此脱胎而出,意思是说,自己要像“叱起帘底月”一样,唤醒沉睡的国人,让觉醒奋起的人像月下的花影如潮涌现。海红: 大红色。怒: 盛。

✤ 评析

这首“梦中作”,前二句写的与《猛忆》的意思相近,但表达得更直遂、更遒劲,体现了诗人人到中年,虽功业未就而其志弥坚的雄心。后二句色泽秾丽,境界雄奇,诗人借助于“海红帘底月”和“花影怒于潮”的鲜明形象,表达了他志在唤醒国人,扭转乾坤,重造天地的“六九童心”。“帘底月”竟然可以“叱起”,“花影下如潮”,易以“怒”字,一“叱”一“怒”,笔力千钧,色彩浓重,鲜明地表现了诗人变革世界的伟大气魄、坚定信念和强烈愿望。

歌筵有乞书扇者

天教伪体领风花[1],一代人材有岁差[2]。
我论文章恕中晚,略工感慨是名家[3]。

✤ 注释

[1] 伪体: 语出杜甫《戏为六绝句》:“别裁伪体亲风雅。”指专事形式摹拟而没有真实内容的作品。风花: 风花雪月,指诗歌内容,略含贬义。

[2] “一代”句: 谓清一代诗人,一辈不如一辈。

[3] “我论”二句: 这二句借中晚唐诗的成就,以批评较之逊色的清朝人诗。向来论唐诗者,总是推崇盛唐,而薄中晚,作者以为中唐、晚唐的许多人都有感慨时

事，揭露社会黑暗的佳作，足以称名家。

✤ 评析

此诗是龚自珍对清代鸦片战争以前诗坛的总评价。指出了那一时期诗歌的缺点，一是多模仿乏创新，二是无批判现实的内容，总的是越到后来越差。而中、晚唐诗中，工于感慨国事的名家，倒还不少，不可轻视，所以要“恕”。

猛 忆

狂胪文献耗中年[1]，亦是今生后起缘[2]。
猛忆儿时心力异，一灯红接混茫前。

✤ 注释

[1] “狂胪”句：意谓自己的中年时代耗心力于文献的搜集研究。胪：陈述。文献：见《能令公少年行》注[11]。

[2] 后起缘：佛家语。人的思维活动前后相续，某种意念的最初一瞬间名第一念，有决定作用。从第二念起，名后起。见《俱舍论》。这里是借用佛语，意谓从事文献整理，是我后来（中年）的事。缘：因缘。

✤ 评析

这是一首通过瑰异的形象以言志的诗，作于道光七年丁亥，时作者三十六岁。虽从儿时灯下读书落想，本于陆游《秋夜读书每以二鼓尽为节》诗“青灯有味是儿时”意，但造语奇特，表达了作者在童年读书时代，就有探索真理、凿破洪荒的独创精神和启蒙志愿。首句说自己的中年时代耗心力于著书立说中，并不是妄自夸言，是有事实的。沈曾植《龚自珍传》云：“父丽正，为金坛段玉裁婿，能传其学。自珍幼秉异姿，聪俊绝常伦，博通古今，精六书音韵之学，兼能读蒙古、西番、天竺字书。生平著作等身，出入于九经七纬诸子百家。其于经通《公羊春秋》，于史长西北舆地，其为文以六书小学为入门，以周、秦诸子吉金乐石为崖郭，以朝章国故世情民隐为质干，尤好西方之书，自以为造深微云。”而这种后起因缘，却早在童年有独辟洪荒的非凡思想，开了先路。诗句用“猛忆”二字陡然一转，落到了主题。前二句写现在，后二句忆儿时，从鲜明的对比中，一方面，写出了他自幼就树立了远大的志向，另一方面，又透露了“耗尽中年”而所得无多的郁勃不平的感愤。但全诗并不消极，诗人的“猛忆”，正表现了他对少年时代已树立理想的追求，尽管一事无成，但理想未灭。这就是诗人积极的进取精神的反映。全诗境界独辟，造语奇特，具有浓郁的浪漫色彩。通首佚宕，固是定庵本色，而“狂”字、“猛”字的选用，也体现了力量。“红”灯的绚烂，照破“混茫前”的漆黑一片，色调也大大出人意外。瞿秋白《儿时》一文曾引此诗以赞扬“永久的青年”。

己亥杂诗[1]（三百十五首选二）

浩荡离愁白日斜，吟鞭东指即天涯[2]。
落红不是无情物，化作春泥更护花[3]。

✤ 注释

[1] 己亥：道光十九年(1839)。这年自珍四十八岁，因不满清朝官场的黑暗，辞官去京返杭。后因迎接眷属，又往返一次。这一年往返京杭途中，共写了三百十五首七绝。总题《己亥杂诗》，是一组自叙诗，题材极为广泛。

[2] “吟鞭”句：谓作者离开北京回南方。吟鞭：诗人的马鞭。

[3] “落红”二句：谓花朵虽然委落尘埃，但仍会化作春泥，培育百花的成长。落红：落花，诗人自喻。

✤ 评析

龚自珍的《己亥杂诗》，是自传式的大型组诗，是宋末汪元量以后这一诗歌体式的新发展。程金凤评赞说:“行间璀璨,吐属瑰丽。”、“声情沉烈,悱恻遒上,如万玉哀鸣。”这和贝青乔《咄咄吟》内容集中反映鸦片战争甬东之役者不同,也和后来黄遵宪《己亥杂诗》的风格有异。诗人写作此诗的时间,上距《猛忆》、《梦中作四截句》已经过去了十二年。一生中最重要的中年时期已将消逝。在那个扼杀人才的时代,诗人功业未就,壮志未申。长期的中级官吏的生活,使他看透了封建官场中的腐败和黑暗,增强了改造社会、挽救国家的雄心;官场的黑暗,使他不能见容于世,无法实现自己的志向;阶级的局限,又使他不可能认识清王朝统治的本质。因此,他的“辞官南归”,有着难言的苦衷。如今离京踏上归途,面对落日黄昏,心中自然是百感交集。这首诗虽只寥寥二十八字,却包含了丰富的内容,表达了此时此刻郁结于心头的复杂的感情。前二句寓情于景,在白日西斜的黄昏景色中,倾注了诗人无限的离愁。这个“离愁”,不同于亲朋故友分手时的悲怆,这里蕴含了胸怀大志而难申抱负的苦衷,离开事业而又不甘沉沦的心志,郁结着的是诗人的一片拳拳爱国之心。这样,我们就不难理解诗人着一“浩荡”的用心了。后二句是历来为人传诵的名句,诗人借助于生动的比喻,表达了他虽然辞官归家,仍要悉心培育新的一代,以报效国家的抱负。这样,前说的“离愁”有了着落,使全诗浑成一体,而贯穿始终的,则是诗人的爱国热忱。诗句中所体现的献身精神,无疑是我们宝贵的精神财富。

九州生气恃风雷[1],万马齐喑究可哀[2]。
我劝天公重抖擞[3],不拘一格降人材。

✤ **注释**

[1] 作者自注:“过镇江,见赛玉皇及风神、雷神者,祷祠万数,道士乞撰青词。”

[2] 万马齐喑:语出苏轼《三马图赞序》:“振鬣长鸣,万马齐喑。”这里比喻清王朝的统治使人们的思想受到极度的压抑。喑(yīn):哑。

[3] 抖擞:奋举,振作精神。

✤ 评析

这一首是自珍《己亥杂诗》中最突出的一首，最能体现作者的精神及对时代的要求。作者就眼前赛神会的玉皇等形象，巧妙地联系到“天公”、“风雷”进行构思，表现了清王朝统治下人们的思想十分压抑，社会一片死寂的“万马齐喑”的现实。这一现实是“可哀”的，作者在召唤着巨大的社会变革风雷的到来，期待着生气勃勃的新局面的出现。新局面是不可能自动出现的，它要依靠人材去破坏旧世界，创造新世界。而人材需要多种多样，不应嵌在一个框子里。这首诗的重心，前半提出了“生气”问题，后半提出了人材的“不拘一格”问题，这是个新问题，作者要求人们去重新考虑，振奋起来，以达到改造世界的目的。这诗的启蒙意义，就在于此。而诗句当然是健笔凌云的。

魏　源

魏源（1794—1856），字默深，湖南邵阳人。道光二十四年（1844）进士，历任兴化知县、高邮知州。他和龚自珍同属主张“通经致用”的今文学派，注重研究实际，积极主张改革；反对外国侵略，是近代著名的思想家和爱国者。他的诗有不少揭露清王朝腐朽统治，反映人民疾苦，体现了他的爱国思想，不愧为时代的强音。大量山水诗，描绘祖国壮丽山川，雄浑遒劲，气势奔放。著有《古微堂诗集》、《清夜斋诗稿》。

晓　窗[1]

少闻鸡声眠，老听鸡声起[2]。
千古万代人，消磨数声里[3]。

✤ 注 释

[1] 晓窗：拂晓时的窗口。

[2] “少闻”二句：年轻人听到鸡鸣声才上床入睡，老年人听到鸡啼声已起身了。《晋书·祖逖传》中，记载有祖逖和刘琨半夜闻鸡起舞的故事，后人因常以指志士奋发自励。后句即暗用此典，谓这些人奋发向上之心，与前句作对照。

[3] 消磨：指排遣时光。

✤ 评 析

这首小诗，因清晨听到鸡啼声而抒写感受。前二句选取了“少”、“老”

两种人对待鸡啼声的不同表现，形象地概括了当今世人不同的处世态度。后二句一转，由横而纵，向人们展示了一部人类的历史：在千古万代的历史长河中，人们就在这送往迎来的鸡啼声中消磨了他们的岁月。那么，当今活着的人应当怎么样呢？诗人没有说。但从前二句的鲜明对比中，却暗暗透出了消息：时光如驶，人生世上，自当抓住分阴，干一番有利于国、造福于民的大事业。可谓"寄情于言外"。

天台赠僧[1]（二首选一）

松下访山僧，言向石梁去[2]。
又携寺涧云[3]，去作何峰雨[4]？

✤ 注释

[1] 天台：天台山，在今浙江天台县北。山上有始建于隋开皇十年(598)的国清寺，是佛教天台宗的发源地。

[2] "松下"二句：脱胎于贾岛《寻隐者不遇》诗："松下问童子，言师采药去。"言：告诉。石梁：横跨涧上的整块大石。天台山方广寺前有此名胜，左右二瀑汇集其下，俯冲而出，蔚为壮观。

[3] 寺涧云：方广寺前涧水上升腾的云气。

[4] "去作"句：即"去何峰作雨"。作雨：播雨。古人常以为向人间施霖雨象征造福于民。

✤ 评析

这首"赠僧"之作，寓意颇深。全诗通过访僧不遇和僧人去向的叙写，塑造了一个隐逸山林而又有济世之心的僧人形象，"携云作雨"，着一"又"字，点出了他为播雨（造福于民）而奔波忙碌的情景。这就脱出了一般酬赠之作无聊应对的俗套，体现了诗人"经世致用"的积极思想。但全诗写的是僧，所以又处处切住了僧的特点。山僧的形象飘逸洒脱；"松下"、"石梁"、"寺涧云"这些山僧生活的环境，也烘染了一种超然世外的气氛。

何绍基

何绍基（1799—1873），字子贞，号猿叟，湖南道州（今道县）人。道光十六年丙申（1836）进士，官翰林院编修。官四川学政时，因陈时务十二事，被清廷斥为“肆意妄言”，降官调职。从此遂不做官，主讲山东、湖南书院。晚年主持苏州、扬州书局。有《东洲草堂集》。陈衍曰：“湖外（郑珍）诗墨守骚、选、盛唐，勿过雷池一步，猿叟及程春海侍郎之门，出入苏、黄，才思皆有余。”何绍基与郑珍同出程春海门，同为晚清宋诗派的代表作者，而风格不同。何得力于苏，郑得力于杜、韩、孟、黄。何诗近体，还没有完全摆脱乾嘉时余习。

飞云岩[1]

垂天之云向空布[2]，来为人间沛甘澍[3]。
功成气猛不自收，太古阴风莽吹冱[4]。
云欲上天天谓顽，太虚缥缈无由还[5]。
云欲回山断根络，壑秘岩扃无住着[6]。
忙云失势化闲云，云自无心不悔错。
幻为百千万亿云，云云一气相合分。
一云乍起一云落，一云向前一云却。
一云奋舞一云懒，一云欢喜一云愕。

大云睢盱母覆子[7]，小云沓戢鱼吹水[8]。
丑云恧缩妍云笑[9]，痴云疑立灵云诡。
睡云颓散欲着床，淡云散涣偏成绮。
三云四云相颉颃[10]，十云百云不乱行。
如神如鬼如将相，如屋如塔如桥梁。
如龟蛇蛰虎兕吼[11]，鸾凤翂翐虬龙纠[12]。
世间人我与众生，云无不无无不有[13]。
云来东北乾坎门[14]，性不耐寒思就温。
轩轩欲向东南奔[15]，乘巽煦离翕以坤[16]。
一云来翔众云萃[17]，上不就天下无地。
若离若狎若觊觎[18]，不疾不徐偏不坠。
百千万亿空中悬，饥饱病健相牵连。
健云扶携病云走，饱云汗出饥流涎。
涎垂汗注霏珠玉[19]，人来云下人云触。
横奔疾走云尚在，仰自摩天俯扪足[20]。
人共云行两不知，千百人戴云半腹。
丛丛万松插云巅，如鳌赑屭负戴坚[21]。
天风来时松乱飐[22]，云凝不动松影圆。
白龙同云自天下[23]，云不飞回龙亦罢。
瀑泉直飞龙所化，电激虹伸越云跨。
龙则有智云无情，云自寂然龙怒鸣。
云虽大拙乃胜巧[24]，龙亦无术升天行。
云罅孤亭嵌鬠鬠[25]，危叶在树风可脱。
亭中呼酒人看云，酒动人停云并活。
老僧逢人说慈悲，谓千万亿云即佛。

云不见佛佛爱云，云佛佛云有伸屈。
我蹑云趾坐立眠[26]，登巅看松胁听泉[27]。
泉下灌田松照天，云闲无事几千年。
不嫌碍笠又妨屐，试与摩挲出润泽[28]。
扣之有声出自魄[29]，非木非金色苍白。
我行十里方出云，且兰早秋天正碧[30]。
寄语看诗读记人，我所道云都是石。

✤ 注释

[1] 飞云岩：见宋湘《贵州飞云洞题壁》注[1]。

[2] 垂天之云：语出《庄子・逍遥游》："其翼若垂天之云。"诗中想象石壁形成之初的情形。

[3] 沛：充盛貌，这里用作动词。甘澍(shù)：犹甘霖，及时雨。

[4] 冱(hù)：冻结。

[5] 太虚：天空。

[6] "壑秘"句：意谓山壑和岩石都不让云停留。扃：关闭。无住着：无处停留。

[7] 睢盱(huī xū)：喜悦貌。《易・豫》："六三，盱豫悔。"孔颖达疏："盱谓睢盱。睢盱者，喜悦之貌。"

[8] 舂(nì)戢：又作"戢舂"，众多貌。王延寿《鲁灵光殿赋》："芝栭攒罗以戢舂。"

[9] 恧(nǜ)缩：惭愧而畏缩。

[10] 颉颃(xié háng)：本指鸟上下翻飞。《诗经・邶风・燕燕》："燕燕于飞，颉之颃之。"飞而上曰颉，飞而下曰颃。诗中形容石块上下错落有致。

[11] 蛰(zhé)：冬眠。兕(sì)：雌犀牛。

[12] 翂翐(fēn zhì)：舒缓貌。《庄子・山木》："其为鸟也，翂翂翐翐，而似无能。"纠：缠绕。

[13] "世间"二句：意谓世界上包括我在内的所有形象，云全都具备。

[14] 乾坎门：乾、坎：八卦名二。《易・说卦》："乾，西北之卦也，言阴阳相薄也。坎者水也，正北方之卦也。"按：诗云"东北"，与《易》义未合。

[15] 轩轩：舞动貌。《淮南子·道应训》："轩轩然方迎风而舞。"

[16] 巽(xùn)、离、坤：八卦名三。《易·说卦》："巽，东南也。"、"离也者，明也，万物皆相见，南方之卦也。"又："巽为木，为风。"乘巽，意即乘风。离：《易·说卦》："离为火，为日，为电。"煦离：意即为日光所煦照。坤：象征地。《易·说卦》："坤也者，地也。"翕(xī)：聚、合。这句意谓为风所吹，云向东南行，为阳光所照，云最终凝合于地。

[17] 萃(cuì)：聚集。

[18] 狎：亲近。觊觎(jì yú)：非分的希望。

[19] "涎垂"句：比喻石上悬挂的石钟乳。霏：本指雨雪盛，这里形容石钟乳悬结甚多。

[20] 扪足：指脚碰到地。

[21] "如鳌"句：语出《列子·汤问》："渤海之东，有大壑焉，中有五山，根无所连著，常随波上下往还；帝恐流于西极，失群圣之居，乃使巨鳌十五举首戴之，五山始峙。"这里用鳌比喻青松。赑屃(bì xì)：又作"赑屃"，用力貌。张衡《西京赋》："巨灵赑屃。"薛综注："赑屃，作力之貌也。"

[22] 飐(zhǎn)：风吹使物颤动。

[23] 白龙：喻飞瀑。飞云崖左，有瀑布。同云：云成一色。《诗经·小雅·信南山》："上天同云。"

[24] 胜巧：以巧取胜。形容石壁多姿。

[25] "云罅"句：飞云崖前石峰矗立，上建有圣果、滴翠二亭。巘巘(yà yà)：参差貌。苏轼《九日黄鹤楼作》诗："远水鳞鳞山巘巘。"

[26] 云趾：指石壁下。

[27] 胁：山腰。

[28] 摩挲：抚摸。

[29] 魄：象声词。《史记·周本纪》："其色赤，其声魄云。"

[30] 且兰：汉代县名，属牂牁郡。地在今贵州省福泉市。

✤ 评析

《东洲草堂诗钞》七古奇作，断推此诗为压卷。取飞云之义为喻，驰骋想象，描绘了飞云岩石壁奇观，此在画家为能品。全诗化静为动，变化百出，运用博喻、拟人、夸张等手法，将静态的石壁，写得瑰异多姿，具如来三十二相，八十种好。一结画龙点睛，化堆垛为烟云，斯为神奇。清末金天羽《天放楼诗集》中山水诗，颇多学步此种。郑珍集中，亦有此题，起语为“扶舆灵秀各有分，贵州得此一朵云。蛮风万古吹不化，中有元气常氤氲。造化之手信幻极，四海不作雷同文”。亦复工妙，惜后文无精采，遂不能与何氏此篇并峙。

元　象[1]

仰睇高峰俯瞰川[2]，鸟飞猿渡共盘旋。
石根水怒水根石，天外山惊山外天[3]。
形色千章乱昏昼[4]，虚空一气作云烟。
厌观人世闲情致，元象来窥太始前[5]。

✤ 注释

[1] 元象：即玄象，清代避圣祖玄烨讳而改“玄”为“元”。玄象：天象，日月星辰，在天成象，故称。诗中泛指自然界。

[2] 仰睇：抬头望。睇(dì)：斜视。

[3] “石根”二句：谓石崖下的水流因石崖横挡了去路而发生怒斗，高耸入云的山峰因有山外更高的天而惊骇。二句暗寓社会中人与人之间的关系。

[4] 千章：言山峦和树木之多。乱昏昼：谓搅乱了白天黑夜。寓有社会黑白颠倒、是非不分之意。

[5] 太始：旧指物质形成前的原始状态。《易·乾凿度》：“太始者，形之始也。”

✤ 评析

这首诗以“元象”为题，意在借景以喻世。诗人通过对大自然景观的描绘，向人们展示了一幅混浊纷争的人世社会的画卷，抒发了对现实的愤懑和不平。全诗在结构上采用了倒接的手法，前六句写“仰睇高峰俯瞰川”所见，用拟人手法状物写景，寄托寓意。末二句回应开头，写出诗人为什么要“仰睇”、“俯瞰”的缘由。诗人“厌观人世”，体现了他对现实社会的厌恶，所以希望从领略大自然的景物中获得慰藉，结果看到的却同样是一幅污浊的画面。从这强烈的衬垫中，加倍地揭露了遍天下没有一块干净土地的黑暗现实，也烘染了诗人强烈的愤慨。全诗奇想破空，大笔如椽，体现了雄奇的风格。

朱　琦

朱琦（1803—1861），字伯韩，一字濂甫，广西临桂（今桂林）人。道光十五年乙未（1835）进士，由翰林改官御史候选道，后在与太平军的作战中身亡。鸦片战争期间，他写了不少叙事诗，记述了几次重要的战役，歌颂爱国将领，揭露投降派。被时人誉为“诗史”。有《怡志堂诗》。梅曾亮论其诗曰：“学韩而自开异境，其下笔老重，乃天禀所独得。乐府及五七古视近体尤胜，其中长篇雄深峻迈，如百金骏马，蓦波注磵，绝不蹉跌，此古人成体之诗，今人岂复有此?”

王刚节公家传书后[1]

皇帝廿一载，逆夷寇边陲[2]。定海城再陷[3]，三总兵死之。
其一郑国鸿[4]，其一葛云飞[5]。公死尤惨烈，寸磔无完尸[6]。
亲军数十骑[7]，鏖战同烬灰。先是裕制军，仗钺往誓师[8]。
余督为犄角，三镇受指挥[9]。要害议分守，险难安敢辞！
甬东僻海陬，锋刃苦新罹[10]。流亡招未复[11]，怪鸱啼蒿藜[12]。
荒郭背崖寨，晓峰何嵚崎[13]。竹山障其南，仄径穷烟霏[14]。
兵法忌阻隘，技击无所施。峨峨九安门[15]，独立谁能支?
公率寿州兵[16]，帐下多健儿。列栅据峰坳，彼虏潜来窥。
我兵壁垒坚，无从抵其巇[17]。贼退攻竹山，巨炮轰奔雷。

乘势破晓峰，城角忽崩摧。公乃急赴援，事已不可为。
郑帅断右臂，裹创强撑搘[18]。张目犹呼公，阳阳如平时[19]。
葛陷贼阵间，血肉膏涂泥。或云没入海，举火欲设奇。
一酋自后至，剚刃裂其脐[20]。惟时海色昏，颓云压荒陂。
公弃所乘马，短兵奋突围[21]。前队既沦亡，后队势渐危。
相持已七日，援兵无一来。公死复何憾，公名日星垂。
昔年战浑河，奋挝鞭羌夷[22]。平瑶荡苗疆，夺蝥居前麾[23]。
鲸鲵坐可屠，何论鼠与狸[24]！命将惜非人，错置乖机宜[25]。
传闻祭纛日[26]，公潜语所私：吾已办一死，此行必不归。
大帅奔宁波，招宝旋倾颓[27]。同一委沟渎[28]，可怜损国威。
飓风吹怒涛，沿海半疮痍。老弱僵道旁，妇孺走且啼。
稍喜刘中丞[29]，镇定安遗黎。用兵今两年，我皇日嗟咨[30]。
既苦经费绌，又虞民力疲[31]。专阃成空名，文吏习罔欺[32]。
寇至军已逃，兵多饷空縻。颇闻陈将军，战殁江之湄[33]。
归元面如生[34]，大名与公齐。世论泥成败，事后多诋諆[35]。
若公等数辈，使建大将旗。进可歼凶锋，退必坚藩篱。
何必贻隐忧，岁币为羁縻[36]。国家重武略，忠义怀前徽[37]。
死事例议恤，优典极宠绥[38]。谥公以刚节[39]，祀公有专祠[40]。
公名曰锡朋，传者宣城梅[41]。我为补所遗，长歌告予悲。

✤ 注释

[1] 王刚节公：王锡朋(1780—1841)，晚清爱国将领。字樵慵，刚节是他死后的谥号。顺天府宁河(今属河北)人。出身武举人。道光十八年戊戌(1838)任安徽寿春镇总兵。道光二十一年辛丑(1841)英国侵略军进攻定海，他亲率该镇兵千余人增援，与葛云飞、郑国鸿协力抗击英军。扼守晓峰岭，血战六昼夜，壮烈牺牲。《王刚节公家传》系梅曾亮为王锡朋撰写的传记。

[2]“皇帝”二句：皇帝廿一载，指道光二十一年辛丑(1841)。这年八月，英国侵略军调集二十九只舰船，再度进攻浙江定海，遭到我国军民奋勇抵抗，是鸦片战争中极为壮烈的一次战役。寇：侵犯。边陲：边境。

[3]“定海”句：道光二十年庚子(1840)五月，英国议会上院正式通过了发动侵华战争的议案，六月，鸦片战争正式爆发。在广东，英军遭到林则徐的严密防守，接着转攻福建厦门，又为邓廷祯率沿海军民击退。再转攻浙江。当时，除广东、福建外，沿海多不戒备，英军乘虚于七月初攻陷定海。此诗所记，为道光二十一年十月一日第二次攻陷定海，故称“再陷”。定海：在浙江省钱塘江出海口，为舟山群岛中最大的一个岛屿。

[4]郑国鸿(1777—1841)：鸦片战争时期爱国将领。字雪堂，湖南凤凰人。世袭云骑尉出身。道光二十年任浙江处州镇总兵。道光二十一年九月，率处州镇兵一千二百人增援定海，扼守竹山门，血战六昼夜，壮烈牺牲。

[5]葛云飞(1789—1841)：鸦片战争时期爱国将领。字鹏起，浙江山阴(今绍兴)人。道光武进士。道光二十年任浙江定海镇总兵，二十一年九月，他在定海守土城血战六昼夜，壮烈牺牲。

[6]寸磔：指尸体碎裂成无数小块。磔(zhé)：本指分裂肢体的刑法，即分尸。

[7]亲军：左右近卫的军队。

[8]“先是”二句：裕制军：两江总督裕谦，满族人。是满族人中少数主战的人物。道光二十一年二月十日，受命为钦差大臣，主持浙江方面军务。三月二十日，裕谦亲赴定海，招募水勇，添兵置炮，积极备战。制军：明清时总督的别称。又称“制府”、“制台”。钺(yuè)：古代一种像斧子的兵器。

[9]“余督”二句：余督：镇海提督余步云，时镇镇海，与定海守军成犄军之势。犄角：指几支兵力形成互相支援的阵势。三镇：指葛云飞、郑国鸿、王锡朋统领的三镇兵力。

[10]“甬东”二句：甬东：甬江以东，指舟山群岛。海陬：海的一角。陬(zōu)：角落。新罹：指定海道光二十年第一次失陷，详见注[3]。罹：遭难。

[11]流亡：指流散的民众。

[12]鸱(chī)：猫头鹰一类的鸟。

[13]晓峰：山岭名，在定海。嵚崎：山高峻貌。

[14]竹山：竹山门。山岭名，在定海。仄径：小径。烟霏：烟雾迷茫。语本韩愈《山石》：“出入高下穷烟霏。”

[15] 九安门：定海土城名。

[16] 寿州：州名，治所在寿春(今安徽寿县)。时王官寿春镇总兵。

[17] 抵其巇：乘虚而入。巇(xī)：罅隙。

[18] 撑搘(zhī)：支撑，支柱。

[19] 阳阳：安舒自得貌。韩愈《张中丞传后序》："巡就戮时，颜色不乱，阳阳如平常。"

[20] 剚(zì)刃：操刃。

[21] 短兵：旧称刀剑等兵器。

[22] "昔年"二句：这二句追记王锡朋官固原游击时的战绩。羌夷：羌，古代少数民族名。夷为我国古代对东部民族的称呼，诗中指回族之叛乱者。道光四年甲申(1824)，回族首领张格尔反叛，连陷喀什噶尔等地，清廷命杨遇春等讨之。七年丁亥(1827)十二月，张被俘解京磔死。锡朋于此役从征。浑河：桑干河支流，在山西省北部，源出浑源县，恒山北端西境。王锡朋官固原游击，地在宁夏南部，清水河上游，邻接甘肃省，与浑河相去辽远。疑是作者误用。

[23] "平瑶"二句：道光十一年辛卯(1831)十二月，湖南江华县锦田瑶民赵金龙起事。十二年壬辰(1832)二月，清遣兵击之，四月，赵败死。夺蝥(máo)：《左传·隐公十一年》："公会齐侯、郑伯伐许，庚辰，傅于许。颍考叔取郑伯之旗蝥弧以先登。子都自下射之，颠。瑕叔盈又以蝥弧登，周麾而呼曰：'君登矣。'郑师毕登。"杜预注："蝥弧，旗名。麾，招也。"这里前麾作前锋解。

[24] "鲸鲵"二句：鲸鲵：即鲸鱼。雄曰鲸，雌曰鲵。这里用以比喻凶恶的敌人。坐：安坐，形容不费力。鼠、狸：喻英国侵略军。

[25] "命将"二句：命将：指清宗室奕山。清政府于道光二十一年(1841)宣布对英作战后，命奕山为靖逆将军，到广东主持军务。定海战前，裕谦曾上书道光帝请求转令奕山进攻香港，以断英军后路，牵制敌军，但奕山按兵不动，断然拒绝。致使英军有恃无恐，全力北攻定海。错：通"措"。错置：筹划，部署。乖机宜：违背事理。

[26] 祭纛：祭旗，出师前的仪式。纛(dào)：古时军队或仪仗队的大旗。

[27] "大帅"二句：大帅：指裕谦。定海失陷后，裕谦带领提督余步云率兵四千守镇海城。余畏敌如虎，英军到镇海，余率先逃宁波，士兵溃散，裕谦投泮池死。招宝，即招宝山，在镇海东北，南临港口，屹然耸峙，形势险要。时由余步云率军驻守。敌军未到，余即悬白旗仓皇逃走。旋：接着。

[28] 委沟渎：犹言委沟壑，《史记·范雎传》："王稽谓范雎曰：'使臣卒然填沟壑，是事之不可知者。'"这里指死于沟壑。沟渎：田间水道。

[29] 刘中丞：指浙江巡抚刘韵珂。中丞是清代对巡抚的别称，见胡天游《烈女李三行》注[22]。

[30] "用兵"句：自道光二十一年一月二十七日清政府宣布对英作战，至道光二十二年八月二十九日签订屈辱的《南京条约》，二年的战事，充分暴露了清王朝的腐败无能。以下几句，是对投降派的揭露和斥责，但也在为清王朝开脱，反映了作者思想的局限性。嗟咨：叹息。

[31] "既苦"二句：绌(chù)：不足。虞：担心。

[32] "专阃"二句：这二句是对文武官吏的揭露。专阃：《史记·张释之冯唐列传》："阃以内者，寡人制之；阃以外者，将军制之。"阃：京城的门。专阃，谓在京城以外专主军事，后因以指称统兵在外。罔欺：欺骗。

[33] "颇闻"二句：陈将军：指江南提督陈化成。道光二十二年六月，英舰驶近吴淞口。两江总督牛鉴向英军求和，陈化成坚决反对。十六日拂晓，发现敌舰迫近，陈下令开炮，击伤英舰八艘。后牛鉴从宝山溃逃，英军登陆后向西炮台围攻，陈化成率孤军奋战，与所属官兵壮烈殉国。湄：水边。

[34] 归元：见顾炎武《秋山》注[17]。

[35] "世论"二句：谓历来的史论家总是以成败论英雄，对历代英雄多所诋毁。泥：拘泥。诋諆(qī)：诋毁，污蔑。

[36] "何必"二句：承前几句，意谓清廷上下如果都如王锡朋等一样，那就不会留下深忧，年年以巨额赔款付给英国侵略者了。隐忧：隐患，深忧。岁币：见张维屏《三元里》注[20]。这里指《南京条件》中英国侵略者勒索巨额赔款共二千一百万银元。羁縻：《新唐书·地理志》："唐置羁縻诸州，皆傍塞外。"这里虚用。

[37] 前徽：榜样，楷模。

[38] "死事"二句：死事：死于国事。恤：抚恤。优典：优抚的制度。宠绥：《书·泰誓》："惟其克相上帝，宠绥四方。"谓宠爱而使之安定。这里指死后得到极大的荣誉。

[39] 谥：古代帝王、贵族、大臣或其他有地位的人死后被加的带有褒贬意义的称号。这里用作动词。

[40] 专祠：指在锡朋殉难之地建立专祠。

[41] 宣城梅：梅曾亮(1786—1856)，字伯言，江苏上元(今南京市)人。道光二

年壬午(1822)进士,官户部郎中,为桐城派古文名家,著有《柏枧山房集》。《王刚节公家传》载集中。宋诗人梅尧臣,宣城人。这里借尧臣指曾亮。

✤ 评析

此诗题目是《王刚节公家传书后》,故于宁波三总兵中,重点并大幅叙述王锡朋的殉国经过。既叙王锡朋,故又追叙到他的浑河与苗疆之战,仍抱合到定海誓师以身报国的决心。后段发抒议论,追咎当时种种弊政,并以吴淞殉国的陈化成作陪。此诗形象地再现了王锡朋等抗击英国侵略军的战斗和以身殉国的英雄业绩,歌颂了他们的爱国主义精神和视死如归的大无畏气概。王蘧常评曰:"叙述密致,于委蛇澹荡中郁风雷之声,斯为可贵。"

鲁一同

鲁一同(1804—1865),字通甫,一字兰岑,江苏清河(今淮阴)人。道光十五年乙未(1835)举人。著名古文家,诗人。其反映鸦片战争之诗,尤工。有《通父诗录》。李慈铭称其诗“气象雄阔。浩荡之势,独来独往,传之将来,足当诗史”。

重有感[1](八首选一)

披发何人诉上苍,孤舟百战久低昂[2]。
前军力尽宵泅水,幕府谋深坐裹粮[3]。
握节魂归云冉冉[4],扬灰风疾海茫茫。
神光金甲分明见[5],噀血衔须下大荒[6]。

✤ 注释

[1] 重有感:晚唐李训、郑注谋诛宦官,事泄被杀,李商隐曾作《有感》两首,不久又作《重有感》一首。这里作者借用李商隐诗题,有学其诗风之意。诗写于道光二十一年辛丑(1841),共八首,有感于鸦片战争而作。这一首为凭吊关天培而作。

[2] “孤舟”句:鸦片战争期间,水师提督关天培镇守虎门炮台。道光二十一年(1841)二月二十五日,英国侵略军集结主力,进攻横档和虎门两炮台,关天培率领四百多名官兵奋勇抵抗,一面向两广总督琦善求援,但琦善拒不发兵,关天培孤军奋战,弹尽援绝,四百余人全部壮烈牺牲。天培也以身殉国。这句即写关天培孤军作战的情况。上苍:上天。低昂:杜甫《观公孙大娘弟子舞剑器行》:“天地为之久

低昂。”

[3] 幕府：指琦善。裹粮：指按兵不动。《左传》：“裹粮坐甲。”

[4] 节：符节。古代授予将帅，作为权力的标志。冉冉：缓慢貌。

[5] “神光”句：写想象中关天培披金甲，罩神光的形象。《山房随笔》载张世杰抗元之战，“覆舟而薨。翌早获尸，棺殓焚化……忽云中见金甲神人，且云今天亡我，关系不轻，后身当出恢复矣。故陆枢密君实（秀夫）挽之，有云：‘曾闻海上铁牛胆，犹见云中金甲神。’盖纪实也”。这里用张世杰典，赞颂关天培，十分贴切。

[6] 噀（xùn）血：喷血。《后汉书・温序传》：“（序）为隗嚣别将苟宇所拘劫，大怒，叱宇等。宇曰：‘此义士死节，可赐以剑。’序受剑，衔须于口，顾左右曰：‘为贼所迫杀，无令须污土。’遂伏剑而死。”这里用此典，写关天培以身殉国时的英雄形象，亦极为切合。大荒：荒远的地方。

✤ 评析

这首为在虎门阵亡的清军爱国将领关天培造像的作品，沉郁苍凉，英气恍惚，笼罩着浓郁的浪漫主义的色彩，蕴含了诗人爱国主义的激情。前四句写实，摄取了关天培以身殉国时的感人镜头，生动地再现了关天培和他的战士们孤军奋战时的悲壮场面，并以琦善的“谋深坐裹粮”作对照，突出了关天培的英雄形象，也表达了诗人对投降派官吏的切齿之恨。后四句是虚写，借助丰富的想象，在彩云冉冉、海天茫茫的壮阔背景上，塑造了关天培的英魂头罩神光、身披金甲、衔须喷血、直下大荒的形象，饱含了诗人的崇仰之情，也对投降派坐视不救寄托了深沉的愤慨。诗中运用典故，自然贴切，使诗的内涵丰满，意境深邃，表达的感情更为含蓄隽永。

佘 梅

佘梅，字子占，号华禅，浙江鄞县人。道光二十六年丙午（1846）岁贡。其诗见于《四明清诗略》。

听屠生说马僧事证之随园所书者纪以古诗[1]

大漠风荒荒，日落尘头黄。黄尘高玉门[2]，行客心徬徨[3]。
客行何徬徨？橐有千金装[4]。千金橐马头[5]，两客同扶将。
饮雪不愁饥，卧冰不愁僵。但愿程复程，安稳还故乡。
道逢两异僧，铁杖肩肥囊[6]。隐隐在马后，杳忽在前行[7]。
两僧一实尼，陌路相鸳鸯[8]。问之遽遭叱，对之神沮丧[9]。
舌结不敢答，凛凛趋路旁[10]。白日匿西影，投店知何方。
两僧同店栖，同院东西厢。夜半来叩门，叩门知为僧。
僧言吾乏金，将使尔金偿。客乃长跪求：金在凭主张。
僧且不杀人，僧且叩其详[11]：尔自何方来，橐有千金强？
告自西边归，惠承将军筐。将军年与岳[12]，聘我随边营。
朝逾俄侬河[13]，暮走森博城[14]。告捷贻千金，令我还吴乡。
僧闻客所言，举首忽自扬。错愕不可解，谁审凶与祥[15]！
荒鸡鸣喔喔，客复行登程。人疲马力乏，卒复遇强横。
人头络马项[16]，黄金著两裆[17]。双辔高如龙，鞲勒生辉光[18]。

两骑连镳来[19]，伟体何昂藏[20]！见客解鞍下，拉马拴白杨。
抽刀磨霍霍[21]，睨客千金强[22]。两僧忽复来，两贼逝焉亡[23]。
不辨何因缘，行行趋前程。暮又同店栖，同院东西厢。
夜半来叩门，叩门知为僧。叩门果为僧，见之逾惊惶。
两客长跪求：金在凭主张。僧且不杀人，僧且道其详：
杀尔在须臾，向者马上郎，谁实保尔金，使尔身不亡？
我今为尔贺，前路当无殃。不辨何因缘，救我微命生。
奉金愿为报，请留姓名芳。为言两桀贼，坐马同骕骦[24]。
屈我禅杖铁，勒彼马项强。顾使贼胆摧，遽迫投穷荒。
我岂为区区，我亦尔同乡。往昔为盗诬，亡命奔殊方[25]。
殊方为头陀[26]，头陀杀人强。结交椎埋儿[27]，窃马择其良。
窃马便爱马，但恨无龙骧[28]。劫财赡资斧[29]，安念梓与桑[30]。
后逢塞上尼，校艺艺相当[31]。遂与结绸缪[32]，陌路相鸳鸯。
行止无定踪，去来无定方。妖星耀西北，大军征卜藏[33]。
上将亦有马，有马马之良[34]。有马马之良，良马真龙骧。
环营万貔貅[35]，危耸蒺藜墙。我如飞鸟堕，赤手提丝缰。
将军来饲马，秉烛烂生光。问之遽遭叱，对之神沮丧。
问我为刺客，抑来窃骊骧[36]？我言窃马来，公马真龙骧。
将军饲马毕，呼我同入营。入营命我侍，鼎俎陈腥芗[37]。
出釜蒸蒸羊，倒瓮盎盎浆[38]。呼我为健儿，命我同倾觞。
将军饮云醉，鼻息雷振床。我亦帐下眠，谁审凶与祥！
诘朝传将令[39]，易我戎服装。点我为将校，西征随戎行。
冰山高嵬嵬，日月无晶芒。雪海千顷寒，戈壁摩穹苍[40]。
我为向导官，连月携糇粮[41]。一夕辕门开，万骑驰奔腾。
呼我入内营，主帅当中央。将军侍帅左，密谕相丁宁。

黄金千百镒，明珠光莹莹。汝其赍斯往，谕令番王降[42]。
番王乃老妪，两鬓皤如霜。毳幕红灯悬，蕾镞周其旁[43]。
飒拉复雷骇，下隶瓯脱王[44]。汝去莫误入，汝去须周防。
我竟逾壁投，从妪陈篚筐[45]。一一传帅令，速速催主张。
番妪惊且疑，犹豫言待商。我即挥利刃，刀断三重障。
欲战即速战，欲降即速降。大军严阵待，何复容商量！
番妪向我跪，愿言诘朝降。雪花盘万鸦，笳鼓声苍凉。
旌旆耀阴山，星海流血汤[46]。立断番王头，号召传蛮荒。
番夷慑心服[47]，大功反掌成。版舆揽西土，骏烈开鸿疆[48]。
露布奏捷还[49]，赏赐百千强。问我何所欲，策勋当为郎[50]。
我为不羁马，桀骜难服箱[51]。安能恋刍豆[52]，束我冠与裳。
脱我将弁衣[53]，还我头陀装。鸿雁辞林巢，蓬叶随风扬。
陌路与尔逢，知尔来边城。尔亦将军客，况复为同乡。
何忍使尔危，视尔他乡亡？言毕出门去，挥手辞茫茫。
四野酸风嘶[54]，北斗低不昂。水行无鳄蛟，陆行无豺狼。
愿此皇路亨[55]，万里归平康[56]。

✤ 注释

[1] 随园所书：指袁枚《书马僧》。此诗记马僧仗义救人的传奇故事。取乐府《孔雀东南飞》、《木兰词》之形式而变化之。

[2] 玉门：即玉门关，西汉置，故址在今甘肃省敦煌西北小方盘城。

[3] 行客：指江宁严星标馨和常熟徐芝仙兰。据袁枚《书马僧》载，二人以名士在陕督年羹尧幕府。雍正元年(1723)，青海酋罗卜藏丹津叛清，世宗授年为抚远大将军，四川提督岳钟琪为威奋将军，率兵往讨。功成，年以徐、严二人年老，赠金帛送归。

[4] 橐：囊。

[5]“千金”句：谓装有千金的囊系在马头。

[6] 肩：用作动词，担在肩上。

[7] 杳忽：倏忽。

[8] 陌路：素不相识的人。相鸳鸯：自结为夫妻。

[9] 句下原注："叶。"按：古诗中所押的韵，其字不在本韵之内而可以通押的，称"叶"。

[10] 凛凛：畏惧貌。

[11] 叩：问。

[12] 年与岳：指年羹尧和岳钟琪。

[13] 俄依河：黑龙江上源之一，源出蒙古肯特山。此处当为误用。

[14] 森博城：地名，未详。

[15] "错愕"二句：谓两客对僧的行动感到惊讶不能解释。审：辨明。

[16] 络：缠裹。

[17] 著：附着，加……于上。两裆：背心。

[18] 鞯勒：鞯(jiān)：马鞍的垫子；勒：马勒。

[19] 连镳：指马并列而行。镳(biāo)：马具，与衔合用，衔在口内，镳在口外。

[20] 昂藏：仪表雄伟，气宇不凡貌。

[21] 霍霍：疾速貌。

[22] 睨(nì)：斜视。强：有余，略多。

[23] 逝焉亡：逃走。焉：语中助词。

[24] 骕骦(sù shuāng)：良马名。

[25] "往昔"二句：据袁枚《书马僧》载：马僧原亦吴地人，"少无赖好勇，被仇诬作太湖盗，不得已，逃塞外，随蒙古健儿盗马久，性遂爱马"。殊方：异域，他乡。

[26] 头陀：佛教名词，梵文音译。后多指行脚乞食的僧人。

[27] 椎埋儿：椎埋：杀人埋尸，一说盗墓。椎埋儿，指盗贼。

[28] 龙骧：气概威武的良马。

[29] 资斧：旅费，盘缠。

[30] 梓与桑：桑梓，故乡的代称。

[31] 校艺：较量武艺。

[32] 绸缪：指情意殷勤，诗中谓结为夫妻。

[33] 卜藏：当时青海少数民族首领罗卜藏丹津。

[34] "上将"二句：上将：指清将岳钟琪。袁枚《书马僧》："亡何，见岳钟琪所

乘,彪彪然名马也。”

[35] 貔貅(pí xiū):传说中的一种猛兽,比喻勇猛的军士。

[36] 抑:还。骊駹(máng):黑色良马。

[37] 鼎俎:盛食物之器。腥芗:腥,指肉食;芗,指五谷的香气。这里泛指食物。

[38] 昷:通“温”。昷浆:酒。

[39] 诘朝:早晨。

[40] 戈壁:大沙漠。摩:接近,迫近。

[41] 糇(hóu)粮:干粮。

[42] “汝其”二句:赍(jī):带着。“番王降”后原注:“叶。”

[43] “毳幕”二句:毳(cuì)幕:毡幕。蕾镲:因其剑把形似花蕾而得名,这里指持剑的人。

[44] “飙拉”二句:飙拉:狂风迅猛摧物,这里形容敌营声势威赫。瓯脱:匈奴语,指边境屯戍或守望之处。瓯脱王:驻守边境的番官。

[45] 篚(fěi)筐:盛物的竹器,这里指装盛的劝降礼品。

[46] “旌旆”二句:旆(pèi):古代旗末状如燕尾的垂旒,指旗。阴山:在内蒙古自治区东部,这里借指边境的山。星海:古时以为黄河的发源地,又称星宿海,在青海省。

[47] 慑:畏惧。

[48] “版舆”二句:版舆:版图,指一国的疆域。鸿疆:强盛的疆土。

[49] 露布:捷报。

[50] 策勋:记功劳。郎:古代官名,如“尚书郎”等。

[51] “我为”二句:不羁马:不受束缚的马。桀骜:凶暴而倔强。箱:车箱。服箱:驾车。语本《诗经·小雅·大东》:“睆彼牵牛,不以服箱。”难服箱:指难以驾驭。

[52] 刍豆:喂养牲口的草豆。这里比喻受人驱使下的生活待遇。

[53] 弁:帽子。

[54] 酸风:悲风射眼,感到辛酸,因称酸风。语本李贺《金铜仙人辞汉歌》:“东关酸风射眸子。”

[55] 皇路:大路。亨:通达顺利。

[56] 平康:平安。《书·洪范》:“平康正直。”

✤ 评析

此诗记马僧仗义救人的传奇故事，音节宏亮，叙景壮伟，描绘生动，重复出现的句调，蝉联辘轳的承接，极乐府长歌之能事。古乐府《孔雀东南飞》、《木兰诗》，后人模仿多落窠臼，似此篇遗貌取神，飞腾变化，得未曾有。姚燮《复庄诗问》中有和作，语句多艰涩，远不及此篇。

姚　燮

姚燮（1805—1864），字梅伯，号复庄，又号大梅山民，浙江镇海人。道光十四年甲午（1834）举人。善诗、词、曲、骈文，长于画。有《大梅山馆集》。其中有不少反映鸦片战争的诗篇，歌颂反侵略战争，揭露敌人罪行，谴责清朝投降派的官僚将领，悲愤激昂。此外，还有不少反映社会现实和刻画山水的名篇。风格奇肆秾丽，兼李白、杜甫、李贺、李商隐之长，于清代宗法黎简，而才气雄放胜于黎。长篇有时能吸取民歌之长。程恩泽评其诗曰："处境愁郁，故旨合风骚；拓胸阔大，故辞无庸浅。李杜再世，定当把臂入林。"潘德舆曰："有鞭风叱霆之气，而用遏抑掩蔽之法，遂能刻画崖窾，虚空粉碎，生峭幽异，迥绝流辈。"

北村妇[1]

妾夫充水兵，战死浃江口[2]。
愿妾怀中胎，生男续夫后。
昨夜生一男，夫死妾有子。
生男未一日，獐狍遍邻里[3]。
云贼来虏村[4]，跣足偕逃奔[5]。
妾死寻夫魂，杀妾贼之恩。
妾杀不足惜，妾死儿何存？

折衾手褓儿[6]，河上行迟回。
一步一颠扑，蓬发面如灰。
妾欲还娘家，娘家路悬悬。
指拈双银镮[7]，手招河壖船[8]。
刁民来夺衾，并夺妾儿去。
眼看将妾儿，投弃乱流渡。

✤ 注释

[1] 此诗叙写鸦片战争时英军侵占浙东后，当地人民的苦难遭遇。缪南乡评此诗说："与工部《新婚》、《石壕》诸制，真挚飞动，如出一手。"

[2] "战死"句：浃江：浙江省甬江的古称。东晋时即置戍于入海口，为浃口，历来是海防要地。诗中战事，指道光二十二年（1842）三月英国侵略军攻占镇海的战争。

[3] 獐狚：兽名，比喻英国侵略军。

[4] 虏村：洗劫村舍。

[5] 跣（xiǎn）足：赤脚。

[6] 折：折叠。衾（qīn）：被子。褓：婴儿的被子，这里用作动词，包裹的意思。

[7] 指拈：用手指夹住。

[8] 河壖：河岸。壖（ruán）：同"堧"，水边。

✤ 评析

这首诗叙说了一位女子在丈夫战死于浙东战事以后的苦难遭遇，有力地揭露了英国侵略军蹂躏中国百姓的暴行以及侵略战争给中国人民造成的深重灾难，也表现了这位普通的乡间妇女决心抚育后代以继承丈夫遗志的爱国情怀，是一首洋溢着爱国精神的优秀诗篇。在艺术表现上，这首诗情节安排曲折跌宕，险象迭生，淋漓尽致地写出了这位女子在逃难途中的险恶遭遇。描写人物形象细腻传神，尤其注意人物复杂的心理活动，着意传出心声。因此，具有很强的艺术感染力。唐代的安史之乱，诞生了杜甫的“三吏”、“三别”这样的悲壮史诗，这首诗和诗人的其他一些反映浙东战事的诗篇，不愧是继承了杜诗优秀传统而又具有浓郁的时代气息的光辉诗篇。

双鸩篇[1]

郎心爱妾千黄金[2]，妾身事郎无二心。郎年十七妾十六，圆转朱轮得华毂[3]。与郎生小阊门里[4]，与郎结缡在燕市[5]。阿爷爱妾郎爱娘[6]，但看郎欢为妾喜[7]。与郎同水为一池，与郎同木为一枝，与郎为带同一结，与郎为茧同一丝。郎命妾所依，妾命郎所与[8]。不愿与郎分，但愿与郎聚。郎为飞雁妾作云，郎作垂杨妾为雨。妾身金缕衣[9]，比郎光与辉[10]；妾腕玉条脱[11]，比郎颜与色；妾佩明月珰[12]，比郎不断宛转肠[13]。妾妆郎共肩，芙蓉出渌摇晚妍[14]；妾眠郎共枕，鸳鸯回波落春影。东邻窈窕女，对郎盈盈眉欲语；西邻轻薄儿，对妾依依神为驰[15]。郎但知有妾，妾但知有郎；明镜不掩帏灯光[16]，牡丹不夺兰草香。郎心与妾相始终，妾心与郎相终始。不必同日生，但愿同日死；不必同日死，但愿郎生妾先死，不愿郎死遗妾生。妾为影，郎为形；妾如珠，郎手擎，妾为郎妇身分明[17]。妾为郎妇天鉴之[18]，为郎之妇千人知。郎饱妾共饱，郎饥妾共饥，一饥一饱与郎共，山崩川竭无更移。阿爷日久嫌郎贫，日日要郎离妾门。阿娘恨郎不赚钱，要郎远客三城边[19]。三城何峕岸[20]！三城何岧峣[21]！三城溪水深，水毒溪无桥。三城黑沙黑，黑沙同鸣鶬[22]。三城多劫贼，劫贼凶咆哮；劫贼杀人如杀獒[23]，白骨堆积城门高。三城多白杨，白杨风萧萧，萧萧飒飒啼怪鸮[24]，其下有穴狐狸嗥。老客停马不敢过，年轻出门郎奈何！摘妾胸前玑，为郎换棉衣；脱妾足下履，为郎易食米；典妾金缠臂[25]，为郎市鞍辔[26]；卖妾珊瑚翘[27]，为郎置宝刀。思郎光与辉，妾身尚有金缕衣；念郎颜与色，妾腕尚有玉条脱；忆郎不断宛转肠，妾佩尚有明月珰。出门七月期，初六是良吉[28]，置得一杯酒，与郎作离别。杯中一滴酒，心中一滴血。不饮愁郎饥，饮之恐郎咽。秋烟在镜芙蓉凋[29]，秋风在衾鸳鸯彯[30]，秋云不行雁影独，秋雨不雨杨枝憔。阿爷向郎訾[31]："不得千金弗还里[32]！"阿娘从郎嗤："千金不得毋来归[33]！"妾手掩面啼声低，妾手不敢牵郎衣；向郎不语心依依，欲语又恐爷娘疑。见郎屈一指，似郎为妾经年期[34]。十月开梅花，二月开桃李，六月菱荷香，青青出蒲苇，但愿郎得千金归，先向爷娘买欢喜。卸妾玉条脱，何有颜色强！何有辉与光，解妾明月珰[35]！脱妾金缕衣，为郎折叠空竹箱，譬如生小不嫁郎，见之徒令心悲伤。视妾双眉蛾[36]，归来记取青不多[37]；记郎领中扣，归来与郎验肥瘦。为郎不下堂，为郎不出房；为郎安慰爷，为郎安慰娘；为郎日焚香，焚香祝告天苍苍。正月梅花残，三月桃李红，七月出菱荷，蒲苇青茸茸[38]。日高听铃马，铃马辚辚过楼下[39]；日落闻行车，行车却向东南驱。半年得一信，一年不得郎边书。有客三城来，闻之欲语还嗫嚅[40]。三城多白杨，三城多劫贼，三城溪水深，三城黑沙黑，老客停马不敢过，年轻出门那归得！阿爷从妾言："负汝青春年！"阿娘向妾语："是汝命生苦。怜汝命生苦，为汝重剪红罗襦，紫为绣凤青天吴[41]。复帐六尺八[42]，菡萏四角垂流苏[43]。画箄六尺三[44]，缘以鸾锦椒泥涂[45]。东家郎，好光辉，劝汝弗爱金缕衣；劝汝弗爱玉条脱，西家郎，好颜色[46]。东家西家郎，手中累累千金黄，心中不断宛转肠，汝还弗爱明月珰。”稽首爷娘前[47]：“爷娘听妾语：爷娘之爱何敢逾[48]！妾心区区当鉴取[49]。妾心区区天可盟[50]，妾为郎妇身分明，不能郎生妾先死，忍因郎死偷妾生[51]！”与郎不终始，妾身尚何俟[52]？不得郎骨归，妾心犹狐疑。沉沉白日鸺鹠啼[53]，暗暗夜色蝙蝠飞。梦郎向妾笑，如郎同居时；梦郎向妾哭，如忧出门无还期。梦郎三城归，黄金百笏青驹骊[54]；梦郎流落不得归，面目黧黑无完衣[55]。阿爷逼妾嫁，朝呵暮骂相摧靡[56]；阿娘逼妾嫁，长荆短棘来鞭笞。爷呵骂，岂不恫[57]！娘鞭笞，岂不痛！思郎生死犹未明，妾不轻生为郎重。前门鸣乌鸦，后门鹊声喜，乌鸦何悲鹊何喜[58]？十月开梅花，二月开桃李，今年六月无菱荷，蒲苇凋残北风起。见郎入门来，见郎如梦里。视囊不得米，视衣衣无襟；马死弃鞍辔，茧足徒步如炮焬[59]；顾彼腰下刀，霁无光采生愁雾[60]。郎归不止黄金千，那愿郎得千黄金！记妾领中扣，与郎量肥瘦；记妾双眉蛾，为郎憔悴青不多。郎真死矣还如何！望郎减光辉，光辉不如金缕衣。望郎苦颜色，颜色不如玉条脱。幸郎不断宛转肠，佩之还似明月珰。爷娘怨郎身手穷，囚妾不使郎衾同。生不同衾死同穴！妾虽无言妾已决。含笑语爷娘：“妾有玉条脱，亦有明月珰。簇新金缕衣，折叠空竹箱。为郎市卖赎郎罪，抵郎归有千金装。”阿爷笑语妾：“还尔鸳鸯飞。”阿娘笑语妾：“看尔连理芙蓉枝[61]。”鸳鸯遭网罗，安能到头白！芙蓉经狂飙，狂飙摧之易狼籍。朱绳三尺垂，不得高挂梧桐枝；下有千丈池，可惜池水多淤泥[62]。为郎置鸩酒，鸩酒甘如饴；但得生死常追随，此酒不减同心杯[63]。妾饮琉璃杯，郎饮白玉盏。以斧斧木木不离[64]，以刀断水水不断；同茧之丝不可剪，同结之带两头绾[65]。稽首谢阿爷：不必悲咨嗟。稽首辞阿娘：阿娘不必中心伤。有婿长贫贱，有女不遂爷娘愿。但愿爷娘寿考同百年[66]。郎死不值千黄金，妾死不值黄金千。西邻来看妾，密纫条条罗裤褶[67]；东邻来看郎，仪容皎皎明月光。东邻西邻长叹息："虾蟆抱桂光彩蚀[68]，朽绠龙渊黝谁测[69]！"东邻西邻语我前，要我制作双鸩篇。天缺不得女娲补，海缺不得精卫填[70]。闻我歌者当涕涟[71]。郎年二十妾十九，郎姓黄，妾姓柳，郎揭畚，妾箕帚[72]。双芙蓉，何忸忸[73]；双鸳鸯，地下守。朝打孔雀夜逐狗，孔雀雌雄狗牝牡，天上所无陌路有，陌路何能避梃杻[74]！闻我歌者泪一斗，不谱吴筝谱燕缶[75]。

✤ 注释

[1] 鸩(zhèn)：鸟名。羽有剧毒，用以浸酒，服后可致死。双鸩：诗中指双双服鸩酒自杀。此诗为作者道光十六年丙申(1836)会试居北京时作。

[2] 爱妾千黄金：谓爱妻子胜过爱千两黄金。

[3] "圆转"句：华毂：饰有华丽文采的车毂。毂(gǔ)：车轮正中心安放轮轴之处。朱轮得华毂，暗喻二人的结合十分相宜。

[4] 生小：幼年。阊门：苏州西城门名。

[5] 结缡：指结婚。缡(lí)：佩巾。旧时风俗，女儿出嫁，母亲要为之结缡。燕市：北京。

[6] "阿爷"句：这句是互文，表达了爷娘和郎妾之间的互敬互爱。

[7] "但看"句：谓爷娘只要看到郎高兴，也就为妾感到欢喜。

[8] 与：给予。

[9] 金缕衣：金线织成的衣服。这里泛指华丽的衣服。

[10] 比：好比，就像。

[11] 玉条脱：玉制的手镯。

[12] 明月珰：珰(dāng)：耳饰。明月：宝玉名。

[13] 不断宛转肠：比喻柔情脉脉的感情。

[14] 渌：清澈的水。

[15] 神为驰：神情为之飞越。

[16] 帏灯：带有纱罩的灯。

[17] 身分明：意谓身份清楚。

[18] 天鉴之：天能鉴察此心。

[19] 三城：在四川省松潘县城外西山上有"三城"；又唐代张仁愿于河套之北筑三受降城，亦称"三城"。这里当泛指荒僻的边远地区。

[20] 崷崒(qiú zú)：险峻貌。

[21] 岧峣(tiáo yáo)：高峻貌。

[22] 髇(xiāo)：响箭。

[23] 獒(áo)：身大性猛的斗犬。

[24] 鸮(xiāo)：鸱鸮本为一种小鸟名，因与"枭"同音，后人常混用。枭，即猫头鹰。枭啼鸣，旧时以为是不祥之兆。

[25] 典：典卖。缠臂：臂镯。

[26] 市：买。

[27] 珊瑚翘：以珊瑚制成的首饰。翘，首饰名。

[28] 良吉：吉日良辰。旧时迷信，以为出门做客，需择吉日良辰而行。

[29] "秋烟"句：这句以芙蓉秋天的凋谢比喻女主人公愁容憔悴。秋烟，指秋气。

[30] 衾：被。彯(piāo)：飘散。鸳鸯彯：比喻夫妻分开。

[31] 訾(zǐ)：责骂。

[32] 弗：勿要。

[33] 毋：勿要。

[34] 经年期：相约一年为期即归。经年：一年。

[35] "何有"二句：这二句次序与上二句相反，是为了使句式多变化，且有加重

语气的作用。

[36] 眉蛾：眉毛。因眉形似蛾而名。

[37] 青：黑色。

[38] 茸茸：草木丛生貌。

[39] 辚辚：车轮滚动声。杜甫《兵车行》："车辚辚，马萧萧。"

[40] 嗫嚅(niè rú)：欲言又止。

[41] 天吴：海神名，指衣服上的绣饰。详见厉鹗《开平王孙种菜歌》注。

[42] 复帐：两层的帐子。吴均《秦王卷衣》诗："初香薰复帐。"

[43] 菡萏(hàn dàn)：荷花，这里指帐上的图案。流苏：车马、帷帐等的穗状垂饰，常以羽毛或丝线编结而成。

[44] 簟(diàn)：竹席。

[45] "缘以"句：谓在席的四周缝上有鸾凤的锦缎，并用椒泥涂席，使其芳香。

[46] "劝汝"三句：这三句次序与前三句相反，其作用与前"何有辉与光，解妾明月珰"相同。

[47] 稽(qǐ)首：旧时所行以头触地的跪拜礼。

[48] 逾：超越，这里是违背之意。

[49] 妾心区区：指女主人公对丈夫专一的爱。鉴取：被了解、体察。

[50] 盟：盟誓。天可盟：谓可以对天盟誓。

[51] 偷妾生：妾偷生的倒文，有加重语气的作用。

[52] 俟：期待。

[53] 鸺鹠：见张维屏《侠客行》注[5]。

[54] 笏(hù)：旧时大臣朝见天子时所执的手板。因与金条形似，故又作金的量词。百笏：言金之多。騧骊(guā lí)：二种良马名。騧，身黄喙黑；骊，纯黑。这里泛指良马。

[55] 黧(lí)黑：黄黑色。

[56] 呵：呵斥。摧靡：折磨。

[57] 恫：恐吓。这里是恐惧之意。

[58] "前门"三句：旧时迷信说法，鸦鸣为不祥之兆，鹊噪是有喜事临头。

[59] 炮焊：炮：炮烙。古代酷刑，烧红铜柱，令受刑者在上面行走。焊(xún)：用开水去毛。

[60] 雺(duì)：云黑貌。霒(yīn)：遮住阳光的云。这句比喻宝刀生锈，失去了

光泽。

[61] 连理枝：两棵树的枝条连生在一起，比喻夫妻恩爱。白居易《长恨歌》："在地愿为连理枝。"

[62] "朱绳"四句：用《古诗为焦仲卿妻作》诗意，诗写刘兰芝与焦仲卿的爱情悲剧，结局为：兰芝"揽裙脱丝履，举身赴清池"；仲卿"徘徊庭树下，自挂东南枝"。这几句是说上吊不行，投水不得，较之刘、焦命运更惨。

[63] 同心杯：旧时习俗，夫妻新婚之夜行合卺之礼，以两盏盛酒，彩带连结，夫妻互饮一盏。

[64] 以斧斧木：后一"斧"字用作动词，作"劈"讲。

[65] 绾(wǎn)：系。

[66] 寿考：长寿。

[67] 裤褶(kù xí)：古代骑士服装，南朝时盛行作礼服。这里亦作礼服讲，指女主人公入殓的盛装。

[68] "虾蟆"句：《淮南子·说林训》："月照天下，蚀于詹诸。"詹诸即虾蟆。古代传说月中有桂树。"虾蟆抱桂"，指月蚀。这一句以月蚀比喻男女主人公的爱情被摧残。

[69] "朽绠"句：黝(yǒu)：幽深。《荀子·荣辱》："短绠不可汲深井之泉。"这里化用此语，以朽绠无以测深渊，比喻男女主人公受到世俗观念的迫害，无以实现白头偕老的理想。

[70] "天缺"二句：这两句以女娲补天、精卫填海的传说比喻男女主人公无穷的怨恨和诗人对他们所倾注的无限同情。女娲补天，见《淮南子·览冥训》："往古之时，四极废，九州裂，天不兼覆，地不周载……于是女娲炼五色石以补苍天。"精卫填海：见胡天游《烈女李三行》注[2]。

[71] 涕涟：泪流不止貌。

[72] "郎捐畚"二句：捐畚(jū běn)：两种盛土器具。捐畚和箕帚相互为用，古代诗文中常用以比喻夫妻相爱，永不分离。

[73] 恻恻(liú liú)：美好貌。

[74] "朝打"四句：牝牡：动物雄性为牡，雌性为牝。陌路：这里指人间。梃杻(tǐng chǒu)：杖械。这四句是说，孔雀和狗成双成对，在自然界并不遭受迫害，但在人间却要遭到毒打，因此人间男女青年的相爱又怎能避免梃械的迫害呢！这是诗人对男女主人公遭到不合理的压迫的愤激抗议。

[75] "不谱"句：筝：古乐器。吴筝：指南方的歌曲，代表婉转凄楚之声。缶：

古乐器。燕缶：指北方的歌曲，代表慷慨悲凉之声。

✤ 评析

此诗记叙一对青年夫妇为利欲熏心的父母所迫，双双服毒自杀的悲惨故事，颂扬他们真挚的爱情和宁死不屈的反抗精神，控诉封建礼教和金钱至上观念杀人不见血的罪恶。题材新颖，具有鲜明的时代气息，不落《孔雀东南飞》和梁祝故事的窠臼。全诗长一千七百九十五字，以七言为基调，广泛吸取了当时民间文艺鼓词与子弟书的特点，参以李贺的丽句，交织着激昂与缠绵的情调，艺术上极富特色。一结更表明了作者的写诗目的，是在抒发激昂悲愤的不平之鸣。

郑　珍

郑珍(1806—1864),字子尹,晚号柴翁,贵州遵义人。道光十七年丁酉(1837)举人,官荔波县训导。有《巢经巢诗集》。珍精经学、小学。是晚清宋诗派代表作家。风格兼奇奥和平易两种,以后者居多。多有反映民间疾苦、揭露官吏罪行的诗作。陈衍曰:"子尹先生以道光乙酉选拔贡及程春海(恩泽)侍郎之门,侍郎诏之曰:'为学不先识字,何以读三代、秦、汉之书?'乃致力于许、郑二家之学,已而从侍郎于湖南,故其为诗濡染于侍郎者甚深。侍郎诗私淑昌黎双井,在有清诗人几欲方驾萚石斋(钱载)。天不假年,而子尹与道州(何绍基)从而光大之。寿阳(祁寯藻)、湘乡(曾国藩)又相先后其间,为道、咸以来诗家一变局。莫子偲(友芝)序子尹诗谓:'盘盘之气,熊熊之光,浏漓顿挫,不主故常,以视楦酿篇牍,自张风雅者,其贵贱如何也。'窃谓子尹历前人所未历之境,状人所难状之状,学杜、韩而非摹仿杜、韩,则多读书故也。此可与知者道耳。"胡先骕谓:"郑珍卓然大家,为有清一代冠冕,纵观历代诗人,除李、杜、苏、黄外,鲜有能远驾乎其上者。"

候涨退[1]

朝看水缩寸[2],暮看水缩寸。
不知高几丈,何日看涨尽[3]?

篙桨了无策，趁风即稍进[4]。
或数里而舍，或数里而信[5]。
游子难缓程[6]，长年怨徒饭[7]。
青天白日中，寂寂一船顿[8]。
憎听子规啼[9]，厌看下舟迅[10]。
岸树尽相熟，枝叶无一紊[11]。
入篷坐未定，又出验水印[12]。
明知不能缆[13]，却怪舫师钝[14]。
舫师益气塞[15]，指水但增恨。
旧时至武陵，视家真觉近。
兹难如上天[16]，坐令行李困[17]。
人事非所料，于此悟时运[18]。

✤ 注释

[1] 道光十八年(1838)，郑珍入都应会试，到京即病，考试未中式，四月南归过湖南武陵，遇江水盛涨。这首诗因等候水退而作于舟中。

[2] 水缩寸：上涨的水下降仅一寸。

[3] 涨尽：上涨的水退尽。

[4] “篙桨”二句：无论是用竹篙撑，还是用船桨划，都没有办法让船前进，只有趁着风势，才能稍为前进一点。篙桨：撑船用的竹篙和划船用的木桨。了无策：一点办法也没有。

[5] “或数”二句：有时船行了几里水程，就要过一夜，有时行了几里，要连住两夜。舍、信：古代称住一夜为舍，连宿两夜为信。《左传·庄公三年》：“凡师一宿为舍，再宿为信，过信为次。”

[6] 游子：旧称出门在外的人。这里是诗人自称。难缓程：难以拖延归程。

[7] 长年：船工的别称。徒饭：白吃饭。指不做事。

[8] 顿：停泊。

[9] 憎听：厌听。子规：又名杜鹃，鸟名。其啼鸣声如“不如归去”，古人称它为

催归的鸟。如今诗人滞留于途中，听到它的啼鸣，更增烦躁，所以称“憎听”。

[10] 下舟迅：顺水而下的船行驶神速。

[11] “枝叶”句：我已经把树上的枝叶辨认得烂熟，没有一枝紊乱。

[12] “入篷”二句：写自己焦躁的情状，一会儿进舱，还未坐定，又出舱察看水退后留下的水痕。篷：船篷。验水印：察看水退后留下的水痕。

[13] 不能缆：不能起缆行船。缆：缆绳，船停泊时系船所用。

[14] 舫师：船工。钝：迟钝。

[15] 益：更加。气塞：语气急迫的情状。

[16] “兹难”句：脱胎于李白《蜀道难》诗：“蜀道之难难于上青天。”兹：此，这一回。

[17] 坐令：徒令，白白地使。

[18] “人事”二句：人世间的事情不是事先所能预料的，今天这件事，使我领悟到时运的重要。诗人这次赴考，因病未能中式，归途中遇到大水阻程，自然联想到赴考的情形，所以产生了这种仿佛命中注定的观念。

✤ 评析

这是一首描写旅途行役生活的作品。诗人紧紧抓住一个“候”字，从所见、所历、所感，真切地表现了“候涨退”时寂寞无聊、焦躁而又无可奈何的心境。开头四句，诗人就从“朝看”、“暮看”的细节和“高几丈”与“水缩寸”的对照中，表现了“涨退”的缓慢和诗人坐立不安的神情，将读者一起带进了“候涨退”的境界。“篙桨”句以下，写船行之慢和“游子”、“长年”的不同感受，进一步烘染了焦虑无奈的心情。“青天”四句，两句写景，两句写情。诗人捕捉了“寂寂一船顿”、“子规啼”、“下舟迅”等景象，以景衬情，使“憎”、“厌”之情更见浓烈。“岸树”以下八句，描写候涨退而不得的神态和心情，八个句子，一句一层意思，一层一个转折。这些情景，都是常人境遇所有而笔下所无的，一经诗人点化入诗，便使人如亲临其境，倍感亲切。不是观察细致，体验深切，表现高超，难以有此妙境。诗末抒写感慨，既切合进京会试遭际的不幸，又与候涨退的感触吻合，显得真切自然。全诗构思，与宋人黄庭坚的《大雷口阻风》等有异曲同工之妙，可见诗人学宋的一斑。

春尽日[1]

绿荷扶夏出，嫩立如婴儿。
春风欲舍去，尽日抱之吹。
对此伤我心，泪下如绠縻[2]。
天岂欲我穷！天岂欲我衰！
日月自见多，大化谁能持[3]？
阑边秃尾雀[4]，摧老看众嬉。
微物亦有然，聊复酒一卮[5]。

✤ 注释

[1] 此诗道光十九年己亥(1839)春末作于湘中。

[2] 绠縻：绳索。这句说泪下如线。

[3] 大化：人生的重要变化。《列子·天瑞》："人自生至终，大化有四：婴孩也，少壮也，老耄也，死亡也。"后因以大化为生命的代称。

[4] 阑：同"栏"。

[5] 卮(zhī)：盛酒器。

✤ 评析

此诗于暮春景物的描绘中，抒写了人生的感慨。一起四句，隽妙生动，文章天成，妙手偶得。虽古大家如杜、韩、苏、黄，也不曾能道出近似的好语，无怪乎胡先骕赞叹郑珍诗，谓"纵观历代诗人，除李、杜、苏、黄外，鲜有能远驾乎其上者"。由"春风欲舍去"而引出"对此伤我心"以下的感慨，用的都是道家经典。"天岂欲我穷"，用《庄子·大宗师》的"父邪母邪！天乎人乎！……父母岂欲吾贫哉！天无私覆，地无私载，天地岂私贫我哉！"作者用来推究"穷"、"衰"的原理，不是人穷呼天的俗情。所以下面用了《列子·天瑞》"大化"的说法作解答。"谁能持"，意即本于《庄子·大宗师》："父母于子，东西南北，唯命之从，阴阳于人，不翅于父母，彼近（意谓迫促）吾死，而我不听，我则悍矣，彼何罪焉。夫大块载我以形，劳我以生，佚我以老，息我以死。故善吾生者，乃所以善吾死也。"但这里是诗，提出一个问题，发了一通议论以后，接着回到"阑边秃尾雀，摧老看众嬉"的即景，作为旁衬。引出"微物亦有然"的看法，一转笔以借酒排遣作结。这正是《庄子·人间世》所谓"自事（治）其心者，哀乐不易施（即不移易）乎前，知其不可奈何而安之若命，德之至也"的哲学观点。陶渊明《神释》诗"纵浪大化中，不喜亦不惧。应尽便须尽，无复独多虑"，也是这个意思。郑珍在这里，运用道家经典，除"大化"一词外，都能融化得不太着痕迹，好像白描一样，这是"学人之诗与诗人之诗合"的特点，也是郑珍诗歌艺术手段的高超处。然而诗人作此诗时，年方三十三岁，竟会用道家哲学的消极思想，来进行春日离去，泪如绠縻的联想，今天看来，几乎是难以想象的，但正是这，反映了诗人所生活的那个时代对诗人才能的扼杀，人到中年竟一事无成，仍穷愁潦倒。从这些联想中，真切地表露了诗人有志难申的深沉感慨。正因为这样，诗人将无限的惋惜倾注在对春尽日的景致的描绘上。诗人从风、荷上落笔，给绿荷着一"扶"字，把夏的节令拟人化，衬出了荷叶的娇弱，显得那么清新可爱；用婴儿比喻"嫩立"，又借"嫩立"暗代绿荷，造语新颖动人；春风将逝的依依之情，从"尽日抱之吹"中和盘托出。真是情深意浓，蕴含了诗人对已逝的青春年华的怀恋和珍爱。而一切安之若命的想法，转成为无可奈何的反语。

云门墱[1]

牢江驱白云[2]，流入苍龙门[3]。
门高一千仞，柱天气何尊！
荡荡百步中，水石互吐吞。
阿房广乐作[4]，巨窌洪牛奔[5]。
余波喷青壁，震怒不可驯。

眉水若处女[6]，春风吹绿裙。
迎门却挽去，碧入千花村。
我行始两日，异境壮旅魂。
抉悬自何年？信有真宰存[7]。
夕阳一反射，倒树明苍根。
老蝠抱石花，红晕双车轮。
仰叹山水奇，俯蹑造化跟[8]。
想见混成日[9]，待与见者论。

✤ 注释

[1] 云门墱：自注："遵义东乐安江，一名斤竹溪，源出绥阳，即《元和郡县志》所云恭水、夷牢水。唐贞观中，邗州置乐安县，播州置恭水县，皆以此水名。其水穿墱出，会眉水，流百余里，入延江。"

[2] 牢江：即牢水，在贵州省遵义附近。白云：喻飞泻的江水。

[3] 苍龙门：指牢江上峡谷。

[4] 阿房：阿房宫，秦代著名的大宫殿。广乐：《史记·赵世家》："(赵简子)与百神游于钧天，广乐九奏万舞，不类三代之乐。"

[5] 窌(jiào)：地窖。《管子·地员》："凡听宫，如牛鸣窌中。"此与上句皆形容水声。

[6] 眉水：水名，源出四川。

[7] "抉悬"二句：《史记·伍子胥列传》："抉吾眼县(悬)吴东门之上，以观越寇之入灭吴也。"抉悬：挑出挂起。诗中形容洞口高悬绝壁之上的情形。真宰：假想中的宇宙主宰者。《庄子·齐物论》："若有真宰，而特不得其朕。"

[8] 俯蹑：向下追踪。

[9] 混成：谓天地开辟前的世界。《老子》："有物混成，先天地生。"

✤ 评析

此诗描写云门墱景色，绘声绘影，合雄奇隽妙于一篇之中，构思亦颇特殊。“眉水若处女，春风吹绿裙。迎门却挽去，碧入千花村。”文章天成，妙手偶得，可与《春尽日》的开头四句，成为双璧。

黄焦石[1]

后园黄焦石，厥瘸如虾蟆[2]。
古柏覆其顶，苍苔布其窊[3]。
石脚何所有？纂纂楙木瓜[4]。
石缝何所有？黄黄穰香花[5]。
初来治兹园，地瘠不可铧[6]。
辛勤我母力，十年拥粪渣。
不知铪几锄[7]，硌确化为畬[8]。
秋分摘番椒[9]，夏至区紫茄[10]。
小满拔葱蒜，端阳斩头麻。
头上覆尺巾[11]，细意毫不差[12]。
时来憩石上[13]，汗沘慈色加[14]。
指麾小儿女[15]，亦学事作家[16]。
观之不如意，复起为补苴[17]。
旧时值坐处，尘涴风与爬[18]。
尔来三四年[19]，荒翳藏蛇蛙[20]。
独拨莽中觅，陨涕至日斜。

✤ 注释

[1] 黄焦石：诗人家园中的石名，因色焦黄而名。

[2] 厥瘸：指石上的孔窍。厥：指示代词，那。

[3] 窊(wā)：洼陷的地方。

[4] 纂纂：聚集貌。潘岳《笙赋》："咏园桃之夭夭，歌枣下之纂纂。"注："古《咄咄歌》曰：'枣下何攒攒，荣华各有时……'攒，聚貌。纂与攒，古字通。"楙(mào)：即木瓜，见《尔雅》。

[5] 蘹香：即茴香，一种香料作物。李时珍《本草纲目》："俚俗多怀之衿衽咀嚼，恐蘹香之名，或以此也。"

[6] 铧：犁。

[7] 锃(yù)：磨光。

[8] 硌(luò)确：高低不平的山石。畬(yú)：熟地。《诗经·周颂·臣工》："如何新畬。"传："田，二岁曰新，三岁曰畬。"

[9] 番椒：即辣椒。

[10] 区：收藏。紫茄：茄子。

[11] 尺巾：头巾。

[12] "细意"句：谓母亲的打扮和种田人完全一样。细意：仔细思量。

[13] 憩(qì)：休息。

[14] "汗泚"句：谓母亲大汗淋漓，但更觉慈祥。泚(cǐ)：出汗。

[15] 指麾：指挥。

[16] 作家：治家，这里指学种庄稼。

[17] 补苴(jū)：补缀，这里指补苗。

[18] 尘涴：为灰土所污染。韩愈《合江亭》诗："愿书岩上石，勿使泥尘涴。"

[19] 尔来：同"迩来"，近来。

[20] 荒翳：荒芜。翳：同"殪"，草木枯死，倒伏于地。

✤ 评析

这首怀念亡母的抒情诗，写的是平平常常的家庭生活，用的是质朴无华的语言，通篇不用典故，不加藻饰，但情感却显得那么深沉、真挚。全诗抒写怀念母亲的深情，是从园中的黄焦石落笔的，黄焦石是普普通通的一块石块，但是它渗透了母亲的汗水，物在人亡，睹物思人，这就显出了它不普通的一面。在某种意义上，这普通的石块，正是他平凡而又伟大的母亲的化身。开头八句，平平道来，如数家珍，描绘了母亲在世时的后园风光，这里草木葱茏，生意盎然，诗人特意写了楸木瓜和蘹香花两种作物，从这人工栽植的成果，暗暗点出它是母亲的辛勤劳迹，体现了“物中有人”，寄情物外。“初来”四句，叙写十年中母亲在园中辛勤劳作，终于使“不可铧”的瘠薄土壤改变了面貌。“秋分”四句，从四时收获的物产中，烘托出母亲亲事稼穑给全家带来的丰收喜悦。前四句写十年辛劳，语言概括，后四句写四季丰收，排比铺陈，详略剪裁，恰到好处。“头上”以下八句，正面描写母亲，两句一事，四个细节，把慈祥、勤劳的母亲形象写得栩栩如生，活现纸上。而诗人对母亲真挚的感情，也借助对这些生活琐事的传神描绘溢露出来。“旧时”句以下，写今日园中情景。从今天的荒芜和往日欣欣向荣的鲜明对照中，进一步托出了母亲在世时的辛劳和带来的欢乐。“独拨莽中觅”，觅什么呢？是要寻找已经失去的美好的光景？母亲的爱？母亲的可贵品质？母亲的慈祥身影？无限思念，全寄情一个“觅”字之中。可是上哪里去觅呢？因此，只能“陨涕至日斜”，“陨涕”而竟至日斜，道出了时间之久，从久中，衬出了哀痛之深。诗人对母亲的一往深情全蕴含在这平实无华的淡语之中。

怀阳洞[1]

西出关门囤[2]，路似循舌下尾闾[3]。
中有怀阳洞，仰人呀空启龙胡[4]。
我行长啸入其中，负壁肃立伟丈夫。
孔雀惊人竦翎翼[5]，白虎倒喷苍龙逋[6]。
海山真官四五下[7]，踏云没足端以舒[8]。
不知何者报我至，严饰万象先须吾[9]。
细视乃皆石髓成，矫观中顶更绝殊[10]。
小夫人乳数百道[11]，乳头一一仙草敷。
万古不受雨露恩，元气来往翠不枯。

半世看山此回苦，风炎道险愁仆痡[12]。
因难得妙若有悟，一觉压扁青蟾蜍[13]。
梦回熨眼笋将去[14]，苍苍落日趋前途。

✤ 注释

[1] 怀阳洞：题下小注："自遵义西趋怀仁，合江路由洞出。"此诗为作者道光二十三年癸卯(1843)夏自遵义往怀仁途中所作。

[2] 关门囤：地名，在遵义市西。

[3] 尾闾：见严遂成《砥柱峰》注[8]。这里指低下处。

[4] 仰人呀空：仰对着人张开嘴，形容山洞劈面洞开。龙胡：胡，喉咙。比喻洞。

[5]"孔雀"句：惊人：为人所惊动。这句状石壁如孔雀开屏。

[6] 逋：逃跑。

[7] 海山：海上神山。真官：道家所称的仙官。下：下临人间。

[8] 端以舒：端庄而自如。

[9] 严饰：盛加妆饰。法显《佛国记》："其城门上张大帷幕，事事严饰。"万象：万物。须：等待。

[10] 矫观：仰视。

[11] 小夫人乳：《水经注》："恒水上流有一国王。王小夫人生肉胎，大夫人妒之……即盛以木函，掷恒水中。下流有国王游观，见水上木函，开看，见千小儿，端正殊特，王取养之。遂长大，甚勇健，所往征伐，无不摧伏。次欲伐父王……贼到，小夫人于楼上语贼云：'汝是吾子，何故反作逆事?'贼曰：'汝是何人？云是吾母。'小夫人曰：'汝等若不信者，尽张口仰向小夫人。'即以两手将乳，乳作五百道，俱坠千子口中。贼知是母，即放弓仗。"详见《杂宝藏经》。这里形容洞中无数石钟乳下垂。

[12] 痡(pū)：劳困。《诗经 · 周南 · 卷耳》："我仆痡矣。"

[13]"一觉"句：蟾蜍：虾蟆。走路迟钝，常用以形容劣马，这里作为钝马的代称。语本《朝野佥载》："伯乐《相马经》，有隆颡跌目，蹄如累麹之语，其子见大蟾蜍，曰：'略与相同。'"青蟾蜍：青色劣马。这句谓马上沉睡，把马背都压扁了。

[14] 熨眼：悦目。笋将：竹制的乘舆。

✤ 评 析

此诗为郑珍旅途经过怀阳洞时所写纪游之作，中间贯穿作者入洞到出洞的活动情况。摹状洞壁千姿百态，惊人愕神的景物，不落恒蹊，是描写贵州奇异风光的名作。全诗琢句独特，设喻精当，能状人所难状之景。“小夫人乳数百道，乳头一一仙草敷。万古不受雨露恩，元气来往翠不枯”，刻画洞内石钟乳，精美绝伦。“因难得妙若有悟”，论艺语金针度尽。

江边老叟诗[1]

甲午骑骡宿公安[2]，老茭缚壁芦作椽。
今来不复一家在，城门出入唯乌鸢[3]。
戊戌骑传经孱陵[4]，鱼虾为谷罛网耕[5]。
今来驿徙李家口[6]，旧道断没无人行。
下马荒塍问田叟：“此邦当年翁记否？
道光丙戌八月秋[7]，我渡江陵赴鼎州[8]。
公安南北二百里，平地若席人烟稠。
红菱双冠稻两熟[9]，枣赤梨甘随事足[10]。
路旁偶憩忆当时，主人馔我不受资。
鞠躬但道客难得，室后呱呱方洗儿[11]。
一变萧条遂如此，羡翁稼好为翁喜。”
太息言“从辛卯来[12]，长江无年不为灾。
前潦未收后已溢[13]，天意不许人力回。
君不见壬寅松滋决七口[14]，闾殚为江大波吼[15]。
北风三日更不休，十室登船九翻覆。
老夫无船上木末[16]，稚子衰妻复何有！

可怜四日饥眼黑，幸有来舟能活得。
他方难去守坏基，田土虽多歉人力。
无牛代耕还自锄，无钱买种多植蔬。
今春宿麦固云好[17]，未省收前堤决无？
纵得丰成利能几，官吏又索连年租。
租去老夫复不饱，坐看此地成荒芜。
君自贵州入湖北，贵州多山诚福国。
任尔长江涨上天，不似吾人生理窄[18]。
官家岁岁程堤功[19]，而今江身与河同[20]。
外高内下溃尤易，善防或未稽考工[21]。
君看壁立两丈土，可敌万雷朝暮舂？
洪波为患尚未已，老骨究恐埋鲛宫[22]。”
听翁此语良太苦，请翁遂止莫复语。
太平不假腐儒术[23]，我亦盱衡奈何许[24]。
细雨苍茫生远悲，廿年欢悴同一时[25]。
谁欤职恤此方者[26]？试听江边老叟诗。

✤ 注释

[1] 此诗为作者于道光二十三年癸卯(1843)北上应廷试道经公安时所作。

[2] 甲午：道光十四年(1834)。公安：县名，在湖北省。这年作者北上应廷试经公安，有《公安》诗一首，时当长江决口之后。

[3] 鸢(yuān)：猛禽。似鹰。

[4] 戊戌：道光十八年(1838)。传：传驿，陆路的驿站。这里指传驿的马。孱陵：旧县名，在今公安县南，这里指公安。作者于道光十七年丁酉乡试中举人，次年北上应廷试，到京即病，未试而归。途中有《武陵值盛涨》等篇，纪水灾。

[5] 罛(gū)：大鱼网。这句描写为水所淹的情景。

[6] 李家口：公安县的一个江口。

[7] 道光丙戌：道光六年(1826)。作者于道光五年乙酉选拔贡，次年北上应廷试，归途经江陵赴常德。

[8] 江陵：县名，在湖北省。鼎州：县名，今湖南省常德市。

[9] 双冠：指一根茎上结两个菱角。

[10] 随事足：犹言要多少有多少，形容富足。

[11] 洗儿：旧时习俗，婴儿出生后三日，给他洗澡，举行庆祝仪式，宴请亲友。

[12] 辛卯：道光十一年(1831)。作者在道光十四年冬所作《公安》诗有"可哭公安县，沉灾竟四年"句，可知灾自辛卯年始，已历时四年。

[13] 潦(lào)：同"涝"，水淹谓水涝。溢：泛滥。

[14] 壬寅：道光二十一年(1841)。松滋：县名，在湖北省。

[15] 闾：里巷。殚：尽。《史记·河渠书》："皓皓旰旰兮闾殚为河。"

[16] 木末：树梢。《楚辞·九歌·湘君》："搴芙蓉兮木末。"

[17] 宿麦：麦。

[18] 生理：生路。

[19] 程：限期。功：通"工"。

[20] 江：指长江。河：指黄河。

[21] 善：同"缮"，修治。稽：考查。考工：指《考工记》，东周后齐人所作，专记百工之事。未稽考工：意谓不考究水利工程。

[22] 鲛宫：鲛人的宫室。《搜神记》："南海之外有鲛人，水居如鱼。"

[23] 假：借，凭借。腐儒：指迂腐保守、不合时宜的读书人。

[24] 盱衡：《汉书·王莽传上》："盱衡厉色，振扬武怒。"孟康注："眉上曰衡，盱衡，举眉扬目也。"许：语尾助词。

[25] 悴：忧。廿年：作者道光六年初至公安，道光二十三年又过公安，计十八年，此举成数。

[26] 职恤：以恤为职，指地方官。

✤ 评析

道光年间，湖北公安、松滋等县沿长江大堤经常溃决，造成连年水灾，以致"红菱双冠稻两熟，枣赤梨甘随事足"的公安变成了"今来不复一家在，城门出入惟乌鸢"，"鱼虾为谷罛网耕"，"旧道断没无人行"。此诗以鲜明的对照，描述长江水患造成的人烟萧条的凄凉景象，给人民带来的苦难，并假托与江边老叟的问答，形象地揭露了当时政治腐败、水利失修、租税繁重的黑暗现实，表达作者关心人民疾苦，而又无能为力的感慨。语言质朴，真切感人。作者致力于杜甫、韩愈诗，有极深功底，故诗中于流畅中时出跌宕与沉郁之句，便与白香山乐府一味通俗者不同。

自沾益出宣威入东川[1]

山衙更似居衙苦[2]，愁事堪当异事征[3]。
逢树便停村便宿，与牛同寝豕同兴[4]。
昨宵蚤会今宵蚤[5]，前路蝇迎后路蝇。
任诩东坡渡东海，东川若到看公能[6]。

✤ 注释

[1] 沾益：旧县名，在云南省东北，今已并入曲靖市。宣威：市名。在云南省东北，邻接贵州省。东川：清府名，治所在今云南省会泽县。此诗为道光十六年丙申(1836)夏作者自家赴昆明途中作，记述旅途所感。

[2] 出衙：居官外出办事。居衙：坐衙。

[3] 堪：足。异事：奇闻怪事。征：记。

[4] 豕：猪。兴：起床。

[5] “昨宵”句：谓旧蚤未除，新蚤又来。

[6] “任诩”二句。宋哲宗绍圣四年(1097)，苏轼自惠州贬所远徙昌化军(治所在今海南省儋州市)，沿途曾作诗记南海之行，表达了达观的情怀。这二句引用此事，谓即使苏轼去南海能如此达观，如果来到东川，也会感叹环境恶劣而丧气的。任：任凭。诩：夸赞。东海：当为“南海”之误。

✤ 评析

大凡作诗，高雅的境界，易于着笔；平凡而又琐屑丑秽的情景，转不易写好。此诗写猥屑之事，为从来诗人所未尝道，真有化朽腐为神奇之妙。句法与何绍基《元象》三、四句相近，都是从白居易诗中变化而来。

题仇实父《清明上河图》[1]

南北瓦头诸伎新[2]，龙津桥外涨红尘[3]。
荔枝腰子莲花鸭[4]，羡尔承平醉饱人[5]。

✤ 注释

[1] 仇实父：明代著名画家仇英，号十洲，太仓人。出身工匠，后从周臣学画。与沈周、文徵明、唐寅并称"明四家"。《清明上河图》：宋画院画家张择端作。长二丈，高不满尺，绢本。描绘北宋清明时节京城开封汴河两岸的景物。用笔工细，纪录了当时的社会生活。近人根据对画中景物的考证，也有认为所绘的不是清明时节的景象，清明是政治清明的意思。

[2] 南北瓦：瓦：亦称瓦舍、瓦子、瓦市。宋元时代大都市里妓院、茶楼、酒肆、娱乐、出售杂货等场所集中的地方。孟元老《东京梦华录》二"东角楼街巷"："街南桑家瓦子，近北，则中瓦，次里瓦，其中大小勾栏五十余座。"诸伎：各种杂剧、曲艺、杂技表演。

[3] 龙津桥：宋时开封桥名。涨红尘：扬起尘土，在阳光下泛现红色。

[4] 荔枝腰子、莲花鸭：皆为宋时东京食物名。

[5] 尔：你、你们。指画中人。承平：太平时世。

✤ 评析

《清明上河图》是中国画史上著名的画卷，画面内容丰富。但诗人仅抓住"南北瓦头"杂耍的诸伎，龙津桥外涨起的红尘和几种具有宋代特色的名菜，就生动地再现了画幅的意境，表现了北宋时代汴京的繁荣气象。而诗人题画的用意，却不只在再现画卷的意境。"羡尔承平醉饱人"，一个"羡"字，透出了诗人超越于画幅之外的世事之慨。晚清时代，内忧外患，民不聊生，诗人自己也难以过上一天安定的生活，这怎能不使诗人触“画”而生情，怀念那种太平盛世的好光景呢？题画诗有寄感慨与不寄感慨之分，这首题画诗，属于前者，是继承了杜甫开创的题画诗而写下的优秀诗篇。

贝青乔

贝青乔(1810—1863),字子木,江苏吴县(今江苏苏州)人。家境清苦。道光二十一年(1841)鸦片战争爆发,他主动投军,随扬威将军奕经东征抗击英军。东征失败后,曾游历过云南、贵州、四川等地,始终过着抑郁不得志的生活。在东征军中,他根据所闻所见,写下了不少诗篇,反映英国侵略军的横暴和清政府官吏的昏聩,爱国将士和人民群众的英勇抗敌,字字血泪凝成,具有感人的艺术力量。描写西南山水的诗,刻画奇险,独辟奇境。著有《咄咄吟》、《半行庵诗存稿》。

军中杂诔诗[1](十八首选一)

宁、镇、定陷,县丞李向阳、典史全福皆能殉难[2];上海城破,亦惟典史杨庆恩投黄浦死[3]。

唱彻临江节士歌[4],歌声流愤满关河。
如何为国捐躯者,只是聋丞醉尉多[5]?

✤ **注释**

[1] 这组诗约作于道光二十二年(1842)。诔(lěi):哀祭。

[2] 宁、镇、定陷:指道光二十一年(1841)十月,英军攻陷宁波、镇海、定海。李向阳:字丹崖,号蔡村,云南赵州(今正安凤仪镇)人。鸦片战争时,任镇海县丞。

英军攻镇海,城陷,他自缢殉国。全福:字畴五,甘肃武威人。鸦片战争时任定海典史,定海陷,他被执,不屈被杀。

[3] 上海城破:指道光二十二年(1842)六月,英军侵占上海县城。杨庆恩:字莼庵,浙江山阴(今绍兴市)人。鸦片战争时任上海典史。道光二十二年(1842)六月,吴淞失守,清军弃上海,他投黄浦江而死。

[4] 临江节士歌:汉代有《临江王》和《愁思节士歌》诗四篇(见《汉书 · 艺文志》),南朝齐陆厥将二题合而为一,作《临江王节士歌》,后代诗人常用它作诗题,抒写节义之士激昂慷慨的情怀。

[5] "如何"二句:为什么为国捐躯的人,只是一些低级的丞尉小吏?聋丞:《汉书 · 循吏传》载:汉代黄霸任颍川太守时,有许县丞老而且聋,督邮准备驱逐他,黄霸说:"许丞廉吏,虽老,尚能拜起送迎,正颇重听何伤!"醉尉:《史记 · 李将军列传》载:汉将李广曾贬为庶人,隐居在蓝田南山中,一次因夜行遭到霸陵醉尉呵止。这里均借以指李向阳等低级小吏。

✣ 评析

《军中杂诔诗》是一组哀悼鸦片战争中死难的爱国将士的诗篇。这一首,诗人在痛悼为国捐躯的李向阳、全福、杨庆恩的同时,更以满腔的悲愤,斥责了贪生怕死、职高位尊的卖国官吏。前二句中一个"彻"字,一个"满"字,爱憎分明,用字精当,激越悲愤之情力透纸背。后二句的反诘,笔锋犀利,语含讽刺,是对腐败的清王朝一针见血的揭露。

咄咄吟[1](一百二十四首选一)

头敌苍黄奋一呼[2],飞丸创重血模糊[3]。
怜伊到死雄心在[4],卧问鲸鲵歼尽无[5]。

✣ 注释

[1]《咄咄吟》是一组大型七绝诗。内容起于道光二十一年辛丑(1841)十月奕

经奉命东征，止于道光二十二年壬寅(1842)末奕经于苏州被“拿问进京”，详记诗人在奕经军中的见闻，共一百二十首。作者在《自序》中说：“然军旅之中，听睹所及有足长胆识者，暇辄纪以诗。积久得若干首，加以小注，略述原委，分为二卷，题曰《咄咄吟》，言怪事也。”咄咄，语出《世说新语·黜免》，晋殷浩被黜免，常终日以指书空，作“咄咄怪事”四字。全诗就是取这个意思。鸦片战争中，奕经的浙江之行，本是想侥幸邀功，无奈将领昏聩，兵勇未经训练，士气涣散，所以一触即溃，打了败仗，结果还是以“乞降”了结浙东战事。这组诗每首之后有一段注文，记叙诗中所述之事，因事作诗，就诗作注，以诗记史，以史证诗，颇有特色。因注文较长，这里从略。

[2] “头敌”句：这首诗叙写的是乡勇头目、河南祥符人谢宝树在攻夺镇海招宝山炮台时英勇作战、临死犹念念不忘消灭入侵之敌的英雄史迹。头敌：当头而来的敌人。苍黄：同仓皇。慌乱的样子。

[3] “飞丸”句：据诗后注文，谢宝树是因英军的“铅子深入腹中”而英勇牺牲的。这句描写他中弹后血肉模糊的惨烈情状。飞丸：飞射而来的枪弹。创重：伤重。

[4] 伊：代词。他。

[5] “卧问”句：据诗后注文，谢宝树“临绝时，大声问其同伴曰：‘宁波得胜仗否？夷船为我烧尽否？我则已矣，诸君何不去杀贼耶？’”鲸鲲：两种大鱼。比喻英军及其战舰。无：否。

✣ 评析

《咄咄吟》中，绝大部分是勾勒清军将领昏聩无能、贪生怕死的丑恶嘴脸的，这首诗却饱含深情歌颂了清军中爱国将士奋勇杀敌的英勇史迹。诗人通过对谢宝树“奋一呼”的动作和临终时“卧问”的对话两个细节的描写，表现了他英勇顽强、至死犹不忘歼灭入侵之敌的大无畏气概和爱国精神。“血模糊”的描写和一个“怜”字，渗透了诗人的血泪，溢露了诗人对谢宝树壮烈牺牲的巨大悲恸。奕经东征的失败，不在于没有英勇奋战的将士，而是由于清王朝的腐败。应该说，这是诗人在目睹奕经军中种种丑恶现象以后，饱含辛酸的泪水在这首诗中所要揭示的深刻主题。

自编军中纪事诗一卷为《咄咄吟》朋旧多题赠之作赋此为答[1]（五首选一）

炮云三载结边愁[2]，大纛临风带血收[3]。

重见吴姬村店里[4]，太平军士满垆头[5]。

✣ 注释

[1] 这组诗作于道光二十三年(1843)。朋旧：旧友。

[2] 炮云三载：炮云，即战火。自道光二十年(1840)爆发鸦片战争起至作此诗时已历时三年。边愁：因边境上的战事而郁结于心中的忧愁。

[3] 纛(dào)：军中大旗。带血收：战旗以染满鲜血而收起。寓有战争以惨败告终的意思。

[4] 吴姬：吴地的女子。吴：今苏州一带。

[5] 太平军士：指清兵。寓讽刺意义。垆头：酒垆。古代酒店里放置酒瓮的土墩。这里以局部代全体，指酒店。

✣ 评析

这首诗借答谢友人对《咄咄吟》的题赠而抒写悲愤。前二句写鸦片战争的结局和诗人的愁恨。“带血收”三字，形象鲜明，渗透了诗人对三年战争，连连失利，大好河山，陷于敌手，将士鲜血，空染大旗的悲愤。后二句写村店所见，战事结束，清军官兵俨然以太平世道救世主的姿态，狂饮酒店。这与前二句形成了何等鲜明的对照！而诗人郁结于心的感愤也就全成了强烈的弦外之音。

曾国藩

曾国藩(1811—1872),字伯涵,号涤生,湖南湘乡人。道光十八年戊戌(1838)进士,由翰林院检讨官至两江总督、武英殿大学士。有《曾国藩全集》。其诗为晚清诗坛宋诗运动的开创者,影响极大。他在理论上继承和发展了姚鼐提倡黄山谷诗的主张,写作上与较先的程恩泽、同时的郑珍、莫友芝等都是以学习韩愈、黄庭坚为主,他影响了同光以来范当世、陈三立等人的写作。陈衍曰:山谷自“江西诗派外,千百年寂寂无颂声,湘乡出而诗字皆宗涪翁。……五言古参学左太冲、鲍明远,七言古全步趋山谷,……余则服膺杜、韩,不高言深微淡远,惟多杂律句”。金天羽《答苏堪先生书》谓其诗“于涩骜中犹涵选泽,微为气累”。

傲 奴

君不见萧郎老仆如家鸡[1],十年笞楚心不携[2]。君不见卓氏雄资冠西蜀[3],颐使千人百人伏[4]。今我何为独不然,胸中无学手无钱[5]。平生意气自许颇[6],谁知傲奴乃过我。昨者一语天地睽[7],公然对面相勃谿[8]。傲奴诽我未贤圣[9],我坐傲奴小不敬[10]。拂衣一去何翩翩[11],可怜傲骨撑青天[12]。噫嘻乎,安得好风吹汝朱门权要地[13],看汝仓皇换骨生百媚[14]。

✤ 注释

[1] 萧郎：指萧颖士，字茂挺，颍川人，唐开元进士，对策第一，高才博学，著有《萧茂挺集》。家有老仆，事颖士十年，箠楚严惨，或劝其去，答曰："非不能去，爱其才耳。"这二句即记此事。家鸡：语出《晋中兴书》："庾翼书少时与王右军齐名，右军后进，庾犹不分。在荆州与都下书云：'小儿辈厌家鸡，爱野雉，皆学逸少书，须吾还，当比之。'"原指书法，这里借用字面，寓驯良之意。

[2] 笞楚：鞭笞。楚：刑杖。不携：没有离心。

[3] 卓氏：卓王孙，卓文君之父。西汉时四川临邛巨商。以其家富，家中奴仆，无不驯服。此二句即取此义。雄资：雄厚的资财。冠西蜀：西蜀之冠。

[4] 颐使：以下巴的动向示意，来指挥人。形容态度傲慢。颐：下巴。

[5]"胸中"句：语本王充《论衡》："手中无钱而之市决货，货主必不与也；夫胸中无学，犹手中无钱也。"

[6] 自许颇：自以为很不错。

[7] 睽：乖异，悬殊。天地睽：天高地卑，上下悬隔。语本《易・睽》："天地睽而其事同也。"

[8] 勃谿：争斗。《庄子・外物》："室无空虚，则妇姑勃谿。"

[9] 诽：诽谤。

[10] 坐：定罪。这里引申为责罪。小不敬：旧称不敬皇帝之罪为"大不敬"，这里化用此语，有嘲谑之意。

[11] 拂衣：提衣，振衣。表示气愤。翩翩：本指鸟飞轻捷貌。这里是飘然而去之意。

[12] 傲骨：傲世的风骨。

[13] 权要：权贵。

[14] 仓皇：立刻。换骨：道家有换骨之说，本意为成仙。这里活用，指改变原来的态度。生百媚：谓媚态百出。

✤ 评析

此诗为作者早期作品。傲奴实有其人。作者《家书》道光二十七年八月十八日寄（三位）兄弟："……王荆七现来，要求再入我家。我家现在本用两个跟班，目前有一个要去。拟仍叫荆七来。”又道光二十七年九月初七日《家书》：“……荆七现又收在我家，于门上跟班之外，多用一人，以充买办行走之用，即以荆七补缺，甚为胜任。渠亦如士会还朝，苏武返汉，欣幸之至。”此诗作于荆七尚未返曾家之前。诗以“萧郎老仆”和“卓氏”仆人作衬垫，描写了一个势利奴才的形象，颇有意义，在中国古典诗歌的艺术形象中，并不多见。诗作诙谐中存兀傲之态，深得韩愈诗阳刚之美。作品中反映的作者的封建等级观念，自应批判。

莫友芝

莫友芝(1811—1871),字子偲,号郘亭,晚号眲叟,贵州独山人。道光十一年辛卯(1831)举人。晚客曾国藩幕。有《郘亭诗钞》。其诗学黄庭坚、陈师道,“不尚流美”,笔力峭拔,多金石古籍题跋的作品,与郑珍齐名,但总的成就在郑珍之下。谭献曰:“郘亭诗朴属微至,学杜老,境乃近元次山,真云山韶頀音也。”陈衍曰:“黔诗人郑、莫并称,均多乱离之作,二人工力略相伯仲,子尹诗情尤挚耳。”

霸王坡[1]

舍舟日初昳[2],半岭日已昏。
夹路丛小树,望如万军屯[3]。
急行益窘步[4],结气生烦冤[5]。
螭魅含睇窥[6],虎豹磨牙蹲。
暝触怪石倒[7],白踏蹄涔翻[8]。
绝顶知几盘,荒店不可扪[9]。
众星绕足出,始讶所据尊。
信有行路难,恻怆难具论。
张灯谁剪纸,嚔黑招我魂[10]。

✤ 注释

[1] 霸王坡：小地名，在贵州。

[2] 初昳：太阳刚刚西斜。昳：日昃，太阳西斜。

[3] 屯：驻扎。

[4] 窘步：跑不开步子。

[5] 结气：郁结之气。烦冤：烦躁忧愤。《楚辞·七谏·哀命》："心悇憛而烦冤兮。"

[6] 螭魅(chī mèi)：传说中山林里害人的怪物。螭：通"魑"。睇(dì)：斜视，流盼。《楚辞·九歌·山鬼》："既含睇兮又宜笑。"

[7] 暝触：暗中碰着。

[8] 蹄涔(cén)：兽蹄迹中的所积雨水，形容水量少。

[9] 扪：摸。这里指敲门。

[10] "张灯"二句：用杜甫《彭衙行》诗意："故人有孙宰，高义薄曾云。延客已曛黑，张灯启重门。暖汤濯我足，剪纸招我魂。"曛黑：昏黑。

✤ 评析

此诗为纪游之作，描绘途经霸王坡所见奇谲峭拔的山间夜景，动人心魄。风格颇近杜甫《发秦州》以下及《发同谷县》以下各篇旅途所经的短五古，更似黄庭坚学杜之作。

江 湜

江湜（1818—1866），字弢叔，江苏长洲（今苏州）人。诸生。道光间官浙江候补县丞。有《伏敔堂诗录》。谭献谓其诗“苦语使人不欢，危语使人毛戴”。陈衍曰：“弢叔诗力深透，彭咏莪相国序以为古体皆法昌黎，近体皆法山谷，无一切谐俗语错杂其间，戛戛乎超出流俗，固矣。然弢叔近体出入少陵，古体出入宛陵，而身世坎壈，所写穷苦情况多东野、后山所未言，近人则郑子尹、金亚匏未能或之先。寻常命笔，每首必有一、二语可味者，咸、同间一诗雄也。”林庚白则谓“即以珍、湜论，《伏敔堂集》且突过《巢经巢集》”。又谓江湜“直与李、杜埒”。褒之过甚。惟金天羽以为：“弢叔一穷薄儒素，创坛坫于江海之上，独吟无和。吴中文字绮丽，弢叔独以清刚矫浓嫭，曲折洞达，写难状之隐，如听话言。”此论得其实。

湖楼早起（二首）

面湖楼好纳朝光[1]，夜梦分明起辄忘[2]。
但记晓钟来两寺[3]，一钟声短一声长。

湖上朝来水气升，南高峰色自崚嶒[4]。
小船看尔投西岸，载得三人两是僧。

✤ 注释

[1] 湖：指杭州西湖。纳朝光：让清晨的阳光照射进来。纳，接纳。

[2] 分明：清晰。辄(zhé)：就。

[3] 两寺：指杭州的凤林寺和净慈寺。

[4] 南高峰：山名。在杭州西湖西南。崚嶒(léng céng)：高峻突兀。

✤ 评析

江湜的七绝写景之作，是他诗歌中写得精彩的部分。这两首小诗描写西湖晨色，绘声绘影，创造了空灵淡静的意境。第一首主要写听觉，着眼于表现西湖之晨的宁静。首句描写晨起朝阳射入湖楼的光景，一个“纳”字，表达了诗人将阳光当作宾客接纳的喜悦之情，极为传神。第二句接写梦醒所感。既传出了诗人为眼前光景所陶醉以致梦境全忘的真切感受，又为下二句的“但记”作了跌垫，突出了湖上钟声留给诗人的无穷乐趣。后二句是全诗的点睛之笔。写钟声来自梦中，一显得钟声的清晰，反衬湖上的宁静，二又给全诗笼罩上了一层朦胧恍惚的色彩，加浓了空灵的境界。“一钟声短一声长”，这看似信手拈来的一笔，精妙无匹地表现了音响的美：一南一北，一长一短，两相交替，节奏错落，从万籁俱寂的湖面上飘来，给人带来的是多少适意的感觉！第二首写的是视觉，就像一幅淡淡的水墨画。在南高峰崚嶒山影的背景之前，湖面上水气升腾，“载得三人两是僧”的小船投向西岸，看得那么清晰。从诗人“看尔”的点睛之笔中，暗示湖面上别无他物，仅此一船的妙境。构思处细入毫芒，于钟声则留意到一长一短，于船中人则辨得清三人中两个是僧。又从近的钟声长，小船是投靠西岸而来，得以认得清，显示此面湖之楼是在邻近凤林寺的孤山。江湜七绝胎息于杨万里，但用笔曲折中具有秀气，青胜于蓝。

金　和

金和(1818—1885),字弓叔,号亚匏,江苏上元(今南京)人。诸生。有《秋蟪吟馆诗钞》。梁启超曰:清代“直至末叶,始有金和、黄遵宪、康有为,元气淋漓,卓然称大家”。又谓金和“格律无一不轨于古,而意境、气象、魄力,求诸有清一代,未睹其偶。比诸远古,不名一家,而亦非一家之境界所能域也”。梁评过当。金和诗长于乐府。太平天国革命时期所作,内容多属污蔑农民革命。艺术上虽以文为诗,大气磅礴,有一定长处,但锋利而乏含蓄,泛滥而欠剪裁,骨格凡秽,未足当大家。近体诗不脱乾、嘉习气。

兰陵女儿行[1]

将军既解宣州围[2],铙歌一路行如飞。行行东至濑水上[3],乃营金屋安玉扉[4]。步障十重列纨绮[5],流苏百结垂珠玑[6],天吴紫凤贴地满[7],珊瑚玉树灯相辉。灵蠵之柈大蠡盏[8],椒花酿熟羊羔肥。坐中貂锦半时贵,眼下繁华当世稀。道是将军毕婚礼,姬姜旧聘今于归[9]。兰陵道远蹇修往[10],春水吴船凭指挥。良辰风日最明媚,雪消沙暖晴波翠。双桥儿女竞欢声,新年梅柳酣春意。卓午遥闻鼓吹喧[11],前津已报夫人至[12]。将军含笑下阶行,众客无声环堵侍[13]。彩船刚舣将军门[14]，船中之女隼入而猱奔[15]。结束雅素谢雕饰，神光绰约天人尊[16]，若非瑶池陪辇之贵主，定是璇宫宵织之帝孙[17]。颀身屹以立[18]，玉貌惨不温。敛袖向众客："来此堂者皆高轩[19]，我亦非化外[20]，从头听我分明言：我是兰陵宦家女，世乱人情多险阻。一母而两兄，村舍聊僻处。前者冰畦自灌蔬，将军过之屡延伫。提瓮还家急闭门，曾无一字相尔汝[21]。昨来两材官[22]，金币溢筐筥。谓有赤绳系[23]，我母昔口许，兹用打桨迎，期近慎勿拒。我兄稍谁何[24]，大声震柱础。露刃数十辈，狼虎纷伴侣。一呼遽坌集[25]，户外骇行旅。其势殊讧讧[26]，奋飞难远举。我如不偕来，尽室惊魂无死所。我今已偕来，要问将军此何语？"女言缕缕中肠焚[27]，突前一手揕将军[28]，一手有剑欲出且未出："我言是真是假汝耳闻不闻？我惟捉汝姑苏去，中丞台下陈诉所云云[29]。请为庶人上达尧舜君[30]，古来多少名将钟鼎留奇芬[31]，一切封侯食邑赐钱赐绢种种国恩外[32]，是否听其劫掠良闺弱息为策勋[33]？诏书咫尺下五云[34]，万一我嫁汝，汝意岂不欣？不有天子命，断断不能解此纷。汝如怒我则杀我，譬诸幺么细琐扑落粪土一蚤蚊。不则我以我剑夺汝命，五步之内颈血立溅青絁裙[35]。门外长堤无数野棠树，树下余地明日与筑好色将军坟。一生一死速作计，奚用俯首不语局促同斯文[36]？"将军平日叱咤雷车殷，两臂发石无虑千百斤[37]，此时面目灰死纹，赪如中酒颜熏熏[38]。帐下健儿腾恶氛，握拳透爪齿咬龈。将军在人手，仓猝不得分，投鼠斯忌器[39]，无计施戈矜[40]。将军左右摇手挥其群，目视众客似乞片语通殷勤。众客惊甫定，前揖女公子：

“聆女公子言，怒发各上指。要之将军心，始愿不到此。求婚固有之，篡取敢非理。卤莽不解事，罪在使人耳[41]。若两材官者，矫命必重箠[42]。如今无他言，仍送还乡里。将军亲造门[43]，肉袒谢万死[44]。敬奉不腆仪[45]，堂上佐甘旨[46]。事过如烟云，太空本无滓。请即回舟行，食言如白水[47]！”女视众客笑且颦：“诸君视我黄口倀[48]。彼今大失望，野性讵肯驯[49]？山魈寻仇雠[50]，蓄念愈不仁。慨从军兴来，处处兵杀民。杀民当杀贼，流毒滋垓垠[51]。兰陵官道上，若辈来往频。不在霜之夕，则在雨之晨。我家数间屋，猎猎原上薪，我家数口命，惨惨釜内鳞。弹指起风波，转眼成灰尘。与其种后祸，终作衔哀磷[52]。阎罗知有无，夜台冤谁伸[53]？何如叫九重[54]，天必无私纶[55]。或竟辣手作[56]，公论自有真。明知我此来，螳斧当巨轮[57]。宁犹计瓦全[58]，惜此区区身？诸君调停词，蔓甚我弗遵[59]。”众客更前揖：“请勿变色瞋。将军负贤名，毛羽凤所珍[60]，壹意希儒风[61]，裘带殊恂恂[62]。此举大不韪[63]，一旦传闻新，万口鸣不平，可知詈申申[64]，恶声来有由，欲辩难鼓唇。白璧自污之，罔值钱一缗[65]。悔过方不遑[66]，恨无障面巾。江东诸父老，相见惭相亲，况敢犯众怒，兴戎自婚姻[67]。得罪名教尽[68]，不复能为人。斯人非寻常，四方战贼多苦辛，大才虽非管乐匹[69]，英风犹自奢颇伦[70]。女公子既世家裔，幸为朝廷宽假熊罴臣[71]。他日之事愿以百口保，某也官府某也乡缙绅。”翕然长跪代请命[72]：“惟女公子为仙为佛为天神[73]！”女知众客意难拂[74]，乃曰“我为诸君屈，诸君前说姑置之，我与诸君借一物。我闻彼有善马名白鱼，日行千里犹徐徐[75]。我之发兰陵，辞家计已四日余。老母痛苦常依闾，两兄中庭握手空唏嘘[76]。若乘此马归到家，可及今日日落初。自今我亦弃敝庐，卜邻别有秦人墟[77]，桃花林中奉板舆[78]，从兄去读黄石书[79]，武陵隔绝痴儿渔[80]。三日五日间，我既迁所居。秣陵蒋尉祠[81]，归马其何如？”将军此马不数驭[82]，至此惟恐女不去。急呼从者牵马前，四足霏霜耳披絮[83]。女一顾此马，眉宇色差豫[84]。撒手始释将军衣，身未及腾鞍已据。一声长谢破空行，电掣星流不知处。女行数日军无骚，将军振旅胆气豪[85]。钟山之旁营周遭[86]，宾僚迎拜将军劳。斗酒劝酾新蒲萄[87]，钲笳杂奏声欢呶[88]。云中匹马尘甚嚣[89]，清光无恙来滔滔[90]，千金一诺券果操[91]，将军迎絷归其曹[92]。马汗如血长嘶号，背上有物臃肿拳曲纵横束缚三尺高，乃是材官当日将去之聘礼[93]，封还不失分厘毫。聘礼脱尽处，薤叶多一刀[94]，刀光摇摇其锋能吹毛。将军坐此几日夜睡睡不牢[95]。

✤ 注释

[1] 兰陵：古郡名。西晋时分东海郡，置兰陵郡，治丞县（今山东枣庄峄城镇）。东晋南渡，侨置南兰陵郡，治兰陵（今江苏常州市西北）。后因以称常州。此篇所指是南兰陵。

[2] “将军”句：宣州：古州名，治所在今安徽宣城市。解宣城围，是指清军“进剿”太平天国起义军攻陷宣城。此将军未详何人，据诗中所叙，其行军由安徽而溧阳而进至南京，疑是湘军李臣典之流。

[3] 濑水：又名溧水，在今江苏省溧阳市。

[4] 金屋：指纳妾的华丽住所。语出《汉武故事》：“年四岁，立为胶东王。数岁，长公主抱置膝上，问曰：‘儿欲得妇否？’胶东王曰：‘欲得妇。’长公主指左右长御百余人。皆云不用。末指其女问曰：‘阿娇好否？’于是乃笑对曰：‘好，若得阿娇，当作

金屋贮之。'"玉扉：白玉做的门。

[5] 步障：屏障。

[6] 流苏：车马、帷帐等的穗状垂饰物。

[7] 天吴、紫凤：二者都是地毯上的绣饰物。天吴：海神名。详见厉鹗《开平王孙种菜歌》注[14]。

[8] 灵蠵(xī)：灵龟。柈(pán)：通"盘"。蠡：通"蠃"(luǒ)，即"螺"。

[9] 姬姜：女子的美称。周代，姬为周姓，姜为齐姓，两姓通婚。故后人以姬姜为姻亲之称。于归：女子出嫁。语出《诗经·周南·桃夭》："之子于归，宜其室家。"

[10] 蹇(jiǎn)修：媒人的代称。语出《楚辞·离骚》："解佩纕以结言兮，吾令蹇修以为理。"《文选》刘良注："令蹇修为媒以通辞理也。"

[11] 卓午：正午。

[12] 津：渡口。

[13] 环堵：环立如堵墙。语出《礼记·儒行》："儒有一亩之宫，环堵之室。"疏："环，周回也。东西南北惟一堵。"

[14] 舣(yǐ)：附船靠岸。

[15] 隼入猱奔：形容奔跑得极迅猛。隼(sǔn)：猛禽，又称"鹘"。猱(náo)：猿猴的一种。

[16] 绰约：姿态柔美貌。语出《庄子·逍遥游》："藐姑射之山，有神人居焉，肌肤若冰雪，淖约若处子。"淖约，同"绰约"。

[17] 璇宫：《拾遗记》："少昊以金德王，母曰皇娥，处璇宫而夜织。"这里指传说中织女之宫。帝孙：指织女。《汉书·天文志》："织女，天帝孙也。"

[18] 颀(qí)：长。

[19] 高轩：本指宾客所乘的车子，这里指代宾客。

[20] 化外：旧指不受朝廷教化的地方。

[21] 相尔汝：意谓亲切地交谈。尔汝：彼此。

[22] 材官：《史记·申屠嘉列传》："以材官蹶张从高帝击项籍，迁为队率。"本指勇武之卒，这里指供差遣的低级武职。

[23] 赤绳系：旧谓男女双方由人媒伐而结成婚姻。李复言《续玄怪录》："固问囊中何物，曰：'赤绳子耳，以系夫妇之足，虽雠敌之家，贫贱悬隔，天涯从宦，吴楚异乡，此绳一系，终不可逭。'"

[24] 谁何：过问，干预。

[25] 坌(bèn)集：聚集。

[26] 讧讧(hòng hòng)：气势汹汹。

[27] 缕缕：犹一件件。形容头绪纷繁，不能一一细述。

[28] 揕(zhèn)：刺，这里指用手揪住。

[29] 中丞：古有御史中丞，清代以右副都御史为巡抚的兼衔，故称巡抚为中丞。云云：指上面说的话。

[30] 庶人：平民，这里是女子自称。尧舜君：指清明的皇帝。

[31] 钟鼎留奇芬：犹言载入史册，流芳千古。《旧唐书·长孙无忌传》："自古皇王褒崇勋德，既勒名于钟鼎，又图形于丹青。"

[32] 食邑：封地。

[33] 弱息：幼弱的子女，多指女儿。

[34] 五云：五色瑞云。指皇宫所在。咫尺：这里是不远之义。

[35] 絁(shī)：粗绸。

[36] 奚：何。斯文：读书人。

[37] 石：古代用作武器的石块。无虑：大都、大略。

[38] 赪(chēng)：红色。中酒：酒醉。

[39] 投鼠忌器：古谚。谓要用东西投掷老鼠，又怕砸碎老鼠附近的器具。比喻有所顾忌，做事不敢放手。见《汉书·贾谊传》。

[40] 矜(qín)：矛柄。

[41] 使人：使者，指材官。

[42] 矫命：假传命令。箠(chuí)：用鞭子打。

[43] 造门：登门。

[44] 肉袒：《史记·廉颇蔺相如列传》："肉袒负荆，因宾客至蔺相如门谢罪。"肉袒，袒衣露体，请受鞭责，以示意诚。

[45] 不腆仪：不丰厚的礼物。

[46] 堂上：指老母。佐：这里有另备之意。甘旨：甜美的食物。

[47] 食言：言而无信。白水：语出《左传·僖公二十四年》："及河，子犯以璧授公子曰：'臣负羁绁从君巡于天下，臣之罪甚多矣，臣犹知之，而况君乎！请由此亡。'公子曰：'所不与舅氏同心者，有如白水！'"后因以白水为表示信守不移之词。

[48] 黄口侲(zhèn)：小孩。《淮南子》："古之伐国不杀黄口。"又《西京赋》："侲

童逞材。”薛综注：“侲之言善；善童，幼子也。”

[49] 讵(jù)：岂。

[50] 山魖(xū)：山鬼。魖：古时谓能使财物虚耗的鬼。

[51] 滋：蔓延。垓垠(gāi yín)：大地。

[52] 磷：磷火。衔哀磷：犹冤鬼。

[53] 夜台：墓穴。陆机《挽歌》：“送子长夜台。”李周翰注：“坟墓一闭，无复见明，故云长夜台。”

[54] 九重：指皇帝。《楚辞·九辩》：“君之门以九重。”

[55] 私纶：私理。

[56] 辣手：毒辣的手段。这里指处死将军。

[57] 螳斧：螳臂。

[58] 瓦全：比喻委曲求全。古有“宁为玉碎，不为瓦全”之语。

[59] 蔓：这里指语言啰唆，横生枝节，不切要害。

[60] 毛羽：比喻声望。梁元帝《怀旧赋序》：“长安郡公为其延誉，扶风长者刷其羽毛。”夙：素常，一向。

[61] 壹意：犹一心。儒风：儒者的风尚。

[62] 裘带：轻裘缓带，古代称儒将的装束。恂恂：谦恭谨慎貌。

[63] 不韪(wěi)：不是。

[64] 申申：反复不休。

[65] 罔：无，不。缗(mín)：成串的钱。一千文为一缗。

[66] 不遑(huáng)：来不及。

[67] 兴戎：兴起祸端。

[68] 名教：指以正名定分的封建礼教。

[69] 管乐：指管仲、乐毅。管仲，春秋时齐国名相；乐毅，战国时燕国名将。后人常以管乐并提，指辅佐国家的典范。

[70] 奢颇：指赵奢、廉颇。二人均为战国时赵国名将。伦：类。

[71] 宽假：宽恕。熊罴(pí)臣：武臣。《书·康王之诰》：“则亦有熊罴之士，不二心之臣。”伪孔传：“勇猛如熊罴之士。”

[72] 翕(xī)然：协调貌。

[73] 惟：副词，表祝愿语气。

[74] 拂：违反，违背。

[75] 徐徐：舒坦貌。

[76] 唏嘘：叹息声。

[77] 卜邻：选择好邻居。秦人墟：陶潜《桃花源记》："自云先世避秦时乱，率妻子邑人，来此绝境，不复出焉。"后因以秦人墟与桃花源指称隐居人家。

[78] 板舆：古代老人常用的一种由人扛抬的板车。潘岳《闲居赋》："太夫人乃御板舆。"后因常作迎养父母的代称。

[79] 黄石书：相传张良少时在下邳圯遇黄石公，授以《太公兵法》，黄石书即指此。见吴伟业《过淮阴有感》注[3]。

[80] 武陵：桃花源为武陵渔人所发现。此处借指隐居之所。

[81] 秣陵：见屈大均《秣陵》注[1]。蒋尉祠：三国时东吴蒋子文，孙权时官秣陵尉。其庙在钟山。

[82] 数驭：常骑。

[83] 四足霏霜：形容四足雪白。披絮：披满白毛。

[84] 眉宇：指眼神。差豫：稍觉愉悦。

[85] 振旅：犹整军。《左传·隐公五年》："三年而治兵，入而振旅。"

[86] 周遭：周围。

[87] 釂(jiào)：喝干杯中酒。蒲萄：同"葡萄"，这里指葡萄酿的美酒。

[88] 钲(zhēng)：古代乐器。又名"丁宁"。形似钟而狭长，有长柄，击之而鸣。常用于军中。欢呶(náo)：欢闹。

[89] 尘甚嚣：人声喧嚷，尘土飞扬。《左传·威公十六年》："(楚)王曰：'将发命也。甚嚣，且尘上矣。'"甚，很；嚣，喧嚷。

[90] 清光：形容白鱼马的光彩。无恙：旧谓身体健康，没有疾病。恙：病。滔滔：犹言滚滚，谓白马飞奔前来，如银光滚滚。

[91] 千金一诺：指诺言信实，极可贵重。《史记·季布栾布列传》："楚人谚曰：'得黄金百斤，不如得季布一诺。'"券果操：指原来的相约果然实现。

[92] 絷(zhí)：绊马索。曹：群。指马群。

[93] 将去：带去。

[94] 薤叶：同"玉薤"，详见龚自珍《能令公少年行》注[34]。诗中借指信，谓信件之外，还有一刀。

[95] 坐此：因此，为此。坐：因为。

✣ 评析

此诗叙写兰陵女子抗拒清将劫婚的故事，表现了女子的勇敢机智、将军的情虚胆怯和宾客的巧言斡旋，对当时清军杀害百姓的黑暗现实，有一定程度的揭露。全诗语句矫健，兔起鹘落，气势奔腾，如悬河泻水，长句短句，参差错落，如珠走盘，流动自如。痛快淋漓处，令读者眉飞色舞。如此长篇，代表了金和诗的特色。诗中人物故事，疑出作者虚构，但当时清军将士中发生这类事情，不会没有。诚如诗中所云“慨从军兴来，处处兵杀民，杀民多杀贼，流毒滋垓垠，兰陵官道上，若辈来往频”者，故此诗所写，确有典型意义。但如篇中“门外长堤无数野棠树，树下余地明日与筑好色将军坟”，语言轻浮，出诸闺女之口，殊为非宜，无怪胡先骕对此严予批判。

邓辅纶

邓辅纶（1828—1893），字弥之，湖南武冈人。咸丰元年辛亥（1851）副贡生，官浙江候补道。有《白香亭诗集》。其诗有不少反对太平天国革命斗争、谀颂曾国藩之作，但也有些作品在一定程度上反映了当时人民的痛苦生活。在形式上模拟晋、宋、杜甫，与王闿运齐名，为清后期湖湘派诗人的代表。陈衍曰："弥之诗全学选体，多拟古之作，湘潭王壬秋以为一时罕有其匹，盖与之笙磬同音也。"然邓实胜王。王氏《湘绮楼说诗》云："邓弥之幼有神慧，而思力沈苦。每吟一句，必绕室百转。诗学杜甫，体则颜谢。至其《东道难》、《鸿雁篇》，古人无此制也。"谭献《复堂日记》以为"使生晋宋间，不为鲍则为谢矣"。

鸿雁篇[1]

道光己酉，湖湘大水[2]，以闻以见，述为诗篇。

巷昏阴气多，哭声风里来。病儿守死母，人鬼俱徘徊。
自从失庐落[3]，匍匐尘与灰。左负破布衾，右挈一尺孩。
返顾十岁儿，足血沾枯荄[4]。时荒莫作妇，作妇先及灾。
百里倍千里，邱峦助崔嵬。仰啜城北粥[5]，至自城南隈。
无食更狂走，什伍相排推[6]。盂中纵有乞，徒饱强丐腮[7]。

儿绕空筐啼，饭儿以黄埃[8]。生短饥正长[9]，鬼路难迟回[10]。
一朝弃儿去，委质沈蒿莱[11]。客请听儿述，母死身无縗[12]。
死母怀中儿，抱母啼愈哀。生儿吮死乳，见者心为摧。

哑哑林中鸦，一母将九雏[13]。流离骨肉贱，泣坐城南隅。
问妇何为然[14]，别儿临荒衢[15]。阿耶嗔儿号[16]，鞭挞儿为奴。
鬻儿易炊爨，莫塞中肠枯。妇死方旦夕，宁不少踌躇！
夜中寒飙穿，两耳疑啼呼。亦恍难汝活，但冀聚黄垆[17]。
骷髗得因依[18]，犹胜生羁孤[19]。

日落乌乱啼，争下啄破屋。屋中失正椽[20]，坏瓦向人扑。
瘦犬尽日卧，饥婴席草宿。寒雨侵枯颜，荒荒断野哭。
居者各为依，举问辄非族。墙头下鬼磷，风来照茕独[21]。
心知邻人魂，狼藉荐残粥[22]。新冢亮已夷[23]，惧为北邙续[24]。

✤ 注释

[1] 鸿雁：《诗经·小雅》篇名，说周室中衰，万民离散，而宣王能安集之，使其得所。此诗借用作题。

[2] 道光己酉：道光二十九年(1849)。湖湘：湖南省。

[3] 庐落：院子，院落。

[4] 荄(gāi)：草根。

[5] 啜(chuò)：喝，吃。

[6] 什伍：错杂貌。

[7] "盂中"二句：谓纵然能得到一点施舍，也还是让力气大的人夺走。乞：给予。强丐：强横的乞者。

[8] 饭儿：饭，用如动词，给儿喂饭。

[9] 生：生命。

[10] 迟回：犹徘徊。

[11] 委质：弃尸。

[12] 縗(cuī)：丧服。

[13] 将：带领，扶养。

[14] 何为然：为什么这样。

[15] 衢：大道。

[16] 嗔(chēn)：怒。

[17] 黄垆：极深的地下，犹黄泉，旧指死人聚居的地方。

[18] 骷髗：同“骷髅”，死人骨。

[19] 羁孤：孤独。

[20] 榱(cuī)：屋椽屋栋的总称。

[21] 茕(qióng)独：孤独，无依靠的人。

[22] 荐：为死者进献祭品。

[23] 亮：大概。夷：平。

[24] 北邙：见黄景仁《都门秋思》注[3]。

✤ 评析

此三诗描绘封建时代灾民流离失所、鬻子死别的悲惨情景。语语沉痛，行行血泪，凝炼沈郁，源出杜甫。此为邓辅纶诗集中最杰出的名篇。梁鼎芬《读邓辅纶白香亭诗柬伯严》云：“杜陵生来茅屋叹，天宝不网亲患难。异代悲哀《鸿雁篇》，腹里琅玕想零乱。”其为近代名家所钦服如此。

听雨轩坐秋

文箪泛清光[1]，柔飔引玉塘[2]。
阴连荷气润，梦坠叶声凉。
晚照多为影，闲庭过一香。
芙蕖今自可[3]，怜尔阅秋霜[4]。

✤ 注释

[1] 文簟：斑竹席子。

[2] 柔飔(sī)：柔和的凉风。玉塘：形容洁净的水塘。

[3] 芙蕖：荷花的别称。

[4] 阅：历，经历。

✤ 评析

此诗描写园林秋色，幽邃静谧，诗末透露一丝淡淡的伤感。

翁同龢

翁同龢（1830—1904），字叔平，江苏常熟人。咸丰六年丙辰（1856）状元，同治、光绪两帝师傅，官至户部尚书协办大学士。谥文恭。维新变法中，支持康有为的某些主张。光绪二十四年戊戌（1898）六月，慈禧太后将其罢职，令回原籍。戊戌政变后又下令革职，永不叙用，交地方官严加管束。后郁郁死于家乡。有《瓶庐诗稿》。陈衍曰："瓶庐相国诗，清隽无俗韵。"按：瓶庐诗，以有关书画金石之作为最工，往往借以抒悲愤。

甲辰五月二十日绝笔[1]

六十年中事，凄凉到盖棺。
不将两行泪，轻为汝曹弹[2]。

✤ 注释

[1] 甲辰：光绪三十年（1904）。诗作于临终前。
[2] 汝曹：你辈，你们。这里指翁氏子弟，亦可指翁的政敌。

✤ 评析

绝笔之诗，往往凄苦。此诗悲怨之中，仍见慷慨，所以卓绝。

李慈铭

李慈铭(1830—1895),字炁伯,号莼客,浙江会稽(今绍兴)人。光绪六年庚辰(1880)进士,官至监察御史。通经史百家,工诗及骈文。论诗主张"不名一家,不专一代",须"陶冶古人,自成面目"。自夸能"八面受敌为大家",然其为诗,仍是厉鹗以来的浙派余波。有《白华绛跗阁诗集》、《杏花香雪斋诗》。

庚午书事二首[1]

孤愤千秋在[2],狂呼一击中。
夷酋方丧魄,廷议急和戎。
歼敌诚非易,要盟岂有终[3]!
宋金殷鉴近[4],幸莫恃成功[5]!

华夏瞻山斗[6],安危仗老成[7]。
出师良有待[8],执法太无名[9]。
竟堕纤儿术[10],难全义士生。
虚传持重议[11],晚节付公评。

✤ 注释

[1] 庚午:同治九年(1870)。诗记天津教案事。这一年,天津多次发生拐骗人

口事件，事与外国教堂有关。天津人民群集天主教堂门口和教士论理。法国驻天津领事丰大业遂往见通商大臣崇厚，并向崇厚开枪，又向天津知县刘杰开枪，打死仆从一人。此事激起了天津人民的愤怒，打死了丰大业，并焚烧教堂。时曾国藩任直隶总督，事发后竟向法使乞怜，结果屠杀无辜百姓二十人，充军二十五人，赔款四十六万两，以了此事。爱国人士和广大人民对此极为愤怒，纷纷指责曾是卖国贼，连他的湖南同乡也把湖广会馆曾自夸功名的匾额摘下烧毁。此诗即有感于此而作。

[2] 孤愤：《韩非子》篇名，指正直的人不能见容于世的悲愤。这里借指群众的义愤。

[3] “要盟”句：要盟：以势胁迫订盟。终：了结，尽头。这句谓外国侵略者乘机要挟缔结和约，后患无穷。

[4] 宋金：指宋屡次向金屈辱订约，终至灭亡的历史。殷鉴：《诗经·大雅·荡》：“殷鉴不远，在夏后之世。”是说殷的后代应从夏的覆亡中吸取教训，后因以指称教训。

[5] 恃：依靠（订约）。

[6] 华夏：中国。山斗：语出《新唐书·韩愈传》：“学者仰之，如泰山北斗云。”这里指曾国藩。

[7] 老成：《诗经·大雅·荡》：“虽无老成人，尚有典刑。”这里仍是指曾国藩。此句连上句虽表面推崇曾国藩但实含讥讽之意。

[8] “出师”句：谓曾国藩不敢用武力对付法国以解决此案。

[9] “执法”句：谓曾国藩以死刑处理爱国的群众，毫无法律依据。

[10] 纤儿：小儿。《晋书·陆纳传》：“好家居，纤儿欲撞坏之耶？”这里借用其词，是作者替曾国藩开脱罪责的曲笔。

[11] 持重：老成持重。

✣ 评析

这是两首感慨国事，以议论为诗的作品。“天津教案”是当时震惊全国的重大历史事件，曾国藩在天津教案中的表演，反映了他屈辱卖国的本质。诗人就此抒写感愤，斥责曾的卖国行为，表现了诗人爱国主义的立场。全诗叙议结合，融情于议，具有较强的艺术力量。第一首就事论理。前四句以对比鲜明的形象描述，表现了对侵略者在中国土地上耀武扬威的义愤和为侵略者受到惩罚而“狂呼”的扬眉吐气的神情，勾勒了外国侵略者丧魂落魄、色厉内荏的丑态，更把矛头直指清廷，一个“急”字，淋漓尽致地画出了清朝统治者在外国侵略者面前胆怯如鼠的卖国投降的真相。后四句直抒感愤，揭露侵略者的本性决不会改变，指出不能对敌人寄托幻想，只有吸取历史的教训，“歼敌”到底，才是真正的出路。第二首就事议人。诗人的笔触直指事件的当事人曾国藩，首联以欲抑先扬的手法，写出曾国藩在当时一些人心目中的崇高的威望和人们对他所寄托的重望，然后笔锋一转，在领联中揭露他不敢用兵，“执法无名”的卖国行动，表现了诗人对曾的不满和谴责。但由于诗人阶级的局限，也流露了对曾的惋惜之情，所以在腹联中又用了委婉的曲笔为曾开脱罪责。尾联二句，既有对曾的不满，也不无希望曾国藩能吸取教训保持晚节的意思。相比之下，第一首在思想高度上较第二首为胜。

王闿运

王闿运（1832—1916），字壬秋，又字壬父，湖南湘潭人。咸丰五年乙卯（1855）举人。太平天国起义时，曾依曾国藩于军中，后讲学四川等地。辛亥革命后任清史馆馆长。诗文模拟汉魏六朝，律诗学杜甫，七律佳者学李商隐。为湖湘派的首领。有《湘绮楼全集》。

圆明园词[1]

宜春苑中萤火飞[2]，建章长乐柳十围[3]。
离宫从来奉游豫[4]，皇居那复在郊圻[5]？
旧池澄绿流燕蓟[6]，洗马高梁游牧地[7]。
北藩本镇故元都[8]，西山自拥兴王气[9]。
九衢尘起暗连天[10]，辰极星移北斗边[11]。
沟洫填淤成斥卤[12]，宫庭映带觅泉原[13]。
渟泓稍见丹棱泮[14]，陂陀先起畅春园[15]。
畅春风光秀南苑[16]，霓旌凤盖长游宴[17]。
地灵不惜邕山湖[18]，天题更创圆明殿[19]。
圆明始赐在潜龙，因回邸第作郊宫[20]。
十八篱门随曲涧[21]，七楹正殿倚乔松[22]。
轩堂四十皆依水[23]，山石参差尽亚风[24]。

甘泉避暑因留跸，长杨扈从且弢弓[25]。
纯皇缵业当全盛[26]，江海无波待游幸。
行所留连赏四园[27]，画师写放开双境[28]。
谁道江南风景佳，移天缩地在君怀[29]。
当时只拟成灵囿[30]，小费何曾数露台[31]。
殷勤毋佚箴骄念[32]，岂意元皇失恭险[33]！
秋狝俄闻罢木兰，妖氛暗已转离坎[34]。
吏治陵迟民困痡[35]，长鲸跋浪海波枯[36]。
始惊计吏忧财赋，欲卖行宫助转输[37]。
沉吟五十年前事，厝火薪边然已至[38]。
揭竿敢欲犯阿房[39]，探丸早见诛文吏[40]。
此时先帝见忧危[41]，诏选三臣出视师[42]。
宣室无人侍前席[43]，郊坛有恨哭遗黎[44]。
年年辇路看春草，处处伤心对花鸟[45]。
玉女投壶强笑歌[46]，金杯掷酒连昏晓。
四时景物爱郊居，玄冬入内望春初[47]。
袅袅四春随凤辇[48]，沉沉五夜递铜鱼[49]。
内装颇学崔家髻[50]，讽谏频除姜后珥[51]。
玉路旋悲车毂鸣[52]，金銮莫问残灯事[53]。
鼎湖弓剑恨空还，郊垒风烟一炬间[54]。
玉泉悲咽昆明塞[55]，惟有铜犀守荆棘[56]。
青芝岫里狐夜啼[57]，绣漪桥下鱼空泣[58]。
何人老监福园门，曾缀朝班奉至尊[59]。
昔日喧阗厌朝贵[60]，于今寂寞喜游人。
游人朝贵殊喧寂，偶来无复金闺客[61]。

贤良门闭有残砖[62]，光明殿毁寻颓壁[63]。
文宗新构清辉堂[64]，为近前湖纳晓光[65]。
妖梦林神辞二品[66]，佛城舍卫散诸方[67]。
湖中蒲稗依依长，阶前蒿艾萧萧响。
枯树重抽盗作薪，游鳞暂跃惊逢网。
别有开云镂月台，太平三圣昔同来[68]。
宁知乱竹侵苔落，不见春风泣露开[69]。
平湖西去轩亭在[70]，题壁银钩连倒薤[71]。
金梯步步度莲花[72]，绿窗处处留赢黛[73]。
当时仓卒动铃驼，守宫上直余嫔娥[74]。
芦笳短吹随秋月，豆粥长饥望热河[75]。
上东门开胡维过[76]，正有王公班道左[77]。
敌兵未爇雍门荻[78]，牧童已见骊山火[79]。
应怜蓬岛一孤臣，欲持高洁比灵均[80]。
丞相避兵生取节[81]，徒人拒寇死当门[82]。
即今福海冤如海[83]，谁信神州尚有神！
百年成毁何匆促，四海荒残如在目。
丹城紫禁犹可归[84]，岂闻江燕巢林木[85]？
废宇倾基君好看，艰危始识中兴难。
已惩御史言修复[86]，休遣中官织锦纨[87]。
锦纨枉竭江南赋，鸳文龙爪新还故[88]。
总饶结彩大宫门[89]，何如旧日西湖路[90]！
西湖地薄比郇瑕[91]，武清暂住已倾家[92]。
惟应鱼稻资民利[93]，莫教莺柳斗宫花[94]。
词臣讵解论都赋[95]，挽辂难移幸雒车[96]。
相如徒有上林颂[97]，不遇良时空自嗟[98]！

✤ **注释**

[1] 诗作于同治十年辛未(1871)。圆明园为清代著名宫苑,始建于康熙四十八年己丑(1709)。乾隆时,每年增建,所费不下亿万。咸丰十年庚申(1860),英法联军入侵北京,大肆劫掠园内珍宝,最后纵火焚毁,遂成废墟。同治十年春,作者和张雨珊、徐树钧同游圆明园遗址,目睹颓垣断瓦,追忆往事,感慨万千,遂作此诗。诗前原有徐树钧序,因篇幅过长,兹从略。

[2] 宜春苑:秦代离宫名,借指圆明园。

[3] 建章、长乐:汉宫名。诗中均借指圆明园。这二句写诗人眼前所见荒凉的景象。

[4] 离宫:皇帝正宫以外供游览、避暑等用的临时居住的宫室。奉:供。游豫:游乐。

[5] 郊圻(qí):郊外。

[6] 旧池:圆明园前临北京西山,环以西湖。西湖即《水经注》所说"燕之旧池"。燕蓟:春秋时燕国建都于蓟,故址在今北京市西南角,因以指称北京。

[7] 洗马、高梁:水名,在北京西郊,旧池之水东流入此。游牧地:谓圆明园建成以前,这里本是游牧之地。

[8] "北藩"句:谓北京原是藩镇所在,至元朝,正式建都于此。北藩:指北方的藩镇。

[9] 西山:在北京西郊。拥:拥有。

[10] 九衢:四通八达的大道。

[11] 辰极星:北极星,又称北辰,旧时以为帝王之星。这里指清朝帝王。二句写明末战乱,清帝入主中原。

[12] 斥卤:盐碱地。

[13] 映带:景物位置彼此联络有情致。

[14] 渟(tíng)泓:水潭。丹棱沜:水池名。圆明园建园前,康熙帝游幸北京西郊,常驻足于此。沜:半月形的水池。

[15] 陂陀:语出《后汉书·光武帝纪》:"无为山陵,陂池裁令流水而已。"、"陂池"同"陂陀",意谓把土堆成不高的斜面,让水能流走。这四句是说,在圆明园建成之前,康熙帝首先在这里填土导泉,筑起畅春园,以为游幸之处。

[16] "畅春"句:自注:"明时但有南苑,未作畅春园。时圣主宴群臣,亦在南苑,今南西门外地也。自海淀兴修,稀复临幸矣。"南苑:宫宛名,在北京永定门外,明永乐年间建,是明清时的宫廷游猎场所。

[17] 霓旌：古代帝王出行时的一种仪仗。凤盖：绘有凤凰图案的华盖，供帝王遮阳之用。

[18] 地灵：地所体现的灵异。不惜：不吝惜。邕(yōng)山湖：指旧池。邕山：又作瓮山，在北京西郊，旧池之水即源于此。

[19] "天题"句：自注："康熙中，世宗为世子，侍游海淀，赐园一区，御题额曰圆明。"天题：指皇帝的赐名。

[20] "圆明"二句：自注："世宗以畅春先帝旧幸，让而弗居，雍正三年(1725)乃改赐园，设朝房宫门，以避暑听政。"潜龙：旧谓圣人在下位，隐而未显，这里指未即位的雍正帝。康熙四十八年(1709)，康熙命于园中辟地筑室，以为皇四子胤禛(即雍正帝)读书之处，并赐名圆明。胤禛即帝位以后，经重修扩建而成圆明园。邸第：指雍正为皇子时的府第，亦即圆明园。

[21] 十八篱门：圆明园内有十八座大门：大宫门、左朝门、右朝门、东夹门、西夹门、东如意门、西如意门、福园门、西南门、水闸门、藻园门、东楼门、铁门、明春门、蕊珠门、随墙门、北楼门、出入贤良门。篱门：晋宋时凡行宫门称篱门。

[22] 七楹正殿：出入贤良门内有正大光明殿，宽七楹。楹：一间为一楹。

[23] 轩堂四十：自注："园中四字题额者为一所，凡四十所，纯皇(高宗)以为四十景。"

[24] "山石"句：语本杜甫《戏题画山水图歌》："山木尽亚洪涛风。"亚：掩。

[25] "甘泉"二句：自注："初但避暑，后遂春、秋皆居园中也。"甘泉：宫名，秦在渭南，汉在云阳，隋在鄠县。跸(bì)：帝王的车驾。长杨：秦代宫苑，为秦汉时游猎之所，借指圆明园。扈从：皇帝出巡时的护驾侍从人员。弢(tāo)弓：指围猎。弢：弓袋，这里作动词用。

[26] 纯皇：清高宗乾隆帝。纯皇是他的谥号。缵业：继承先业。缵(zuǎn)：继承。

[27] 行所：离宫。四园：指圆明园中按海宁安澜园、江宁瞻园、苏州狮子林、钱塘小有天园仿建的四处胜景。

[28] 写放：模仿。双境：指圆明园内模仿西式宫殿的建筑群"西洋楼"和模仿佛地城池建造的建筑群"舍卫城"。这两大建筑群专聘外国人设计并监造。

[29] "谁道"二句：乾隆帝六次南巡，举凡江南名胜，均命画师绘图，然后仿其形制，一一在园中建造，如上述四园等，故称"移天缩地"。

[30] 灵囿(yòu)：周文王畜养禽兽的园林。

[31] 露台：凉台。

[32] 殷勤：兢兢业业。佚：通"逸"，安闲。箴(zhēn)：规劝。

[33] 元皇：借指嘉庆帝。

[34] "秋狝"二句：秋狝(xiǎn)：秋天出猎。木兰：围场名，约在今河北省围场县。清帝常于每年秋天率王公等到木兰围场围猎习武，称"木兰秋狝"。嘉庆十八年七月壬午，帝巡幸木兰。八月庚戌帝行围。九月癸酉帝回銮。诗中所云"罢木兰"，指帝秋狝事毕回銮而言。戊寅，八卦教徒乘帝未抵京，进攻皇宫，被镇压。妖氛：妖气，对农民起义的诬称。离坎：八卦之二。这里指八卦教，又称天理教，为嘉庆年间林清领导的农民起义军，林自称南方离宫头殿真人部老爷门下，掌管坎卦。

[35] 吏治陵迟：官吏腐败。陵迟：衰颓。困痡(pū)：贫困。痡：过度疲劳。

[36] "长鲸"句：比喻英法侵略者入侵。

[37] "始惊"二句：自注："道(光)、咸(丰)间理财诸大臣，专好金银，欲其堆积。"又据徐树钧《诗序》："江淮行宫，既皆斥卖，国之所患，岂在乏财。"这二句即记此事。计吏：旧时郡国"上计"的官吏。战国时群臣于年终须将赋税收入写于木券，呈送国君考核，称"上计"。转输：转运输送。这里是周转之意。

[38] "沉吟"二句：自注："国家之乱，始于乾隆末政。"五十年前：自道光元年辛巳(1821)清宣宗登基至作者写诗之时，正好五十年。"厝火"句：语出《汉书·贾谊传》："夫抱火厝之积薪之下，而寝其上，火未及燃，因谓之安。方今之势，何以异此！"比喻潜伏着巨大的危机。厝(cuò)：安放。然：通"燃"。

[39] 揭竿：见屈大均《读陈胜传》注[4]。阿房：秦宫苑。这句以秦末陈涉起义借指咸丰三年(1853)九月，太平天国北伐军攻天津，京师震动。

[40] "探丸"句：语出《汉书·尹赏传》："长安中奸滑浸多，闾里少年，群辈杀吏，受赇报仇，相与探丸为弹，得赤丸者斫武吏，得黑丸者斫文吏，白者主治丧。"这里借用此典，指太平军处决贪官污吏。探丸：摸取弹丸。

[41] 先帝：指清文宗咸丰帝。诗作于同治帝时，故称先帝。

[42] "诏选"句：三臣：指胜保、曾国藩、袁甲三。视师：统率军队。太平军起义后，次年即建都南京，国号"太平天国"。清朝统治摇摇欲坠，协办大学士户部尚书肃顺等举荐曾国藩等出师镇压太平军。

[43] "宣室"句：语出《史记·贾生列传》："贾生征见，孝文帝方受釐，坐宣室。上因感鬼神事，而问鬼神之本，贾生因具道所以然之状，至夜半，文帝前席。"宣室：汉未央宫中的殿名，为皇帝斋戒之地。前席：移坐而前。咸丰九年己未(1859)冬，

文宗郊宿于斋宫，因内忧外患交迫，至夜失声痛哭，大考翰詹以贾生宣室事发题。这句诗即记此事。

[44] 遗黎：劫后幸存的百姓。

[45] “年年”二句：唐文宗李昂《宫中题》诗：“辇路生春草，上林花发时。凭高何限意，无复侍臣知。”

[46] “玉女”句：自注：“上既厌倦庸臣，罕所晋接，退朝之后，始寄情于诗酒，时召妃御，日夜行游也。”玉女投壶：语出《艺文类聚》引《庄子》：“玉女投壶，天为之笑则电。”玉女：天上仙女。投壶：古代宴会的礼制，也是一种游戏。

[47] “四时”二句：咸丰帝爱郊居，常到冬至才回宫，正月十五日后，即来圆明园。玄冬：冬季。内：指皇帝皇城内的正宫。

[48] “袅袅”句：咸丰年间，在太平军的沉重打击下，文宗终日寄情声色，以排遣愁闷，遂大选美女入圆明园。是时有所谓“四春之宠”。四春：即四名入园的汉女，分居园中各亭馆，为杏花春、武陵春、牡丹春、海棠春。袅袅：形容体态柔美。凤辇：皇帝的车驾。

[49] “沉沉”句：自注：“上所游幸，从者常百余人，数移坐处，侍膳无定所，午夜阁门，不得闭也。”五夜：一夜分甲、乙、丙、丁、戊五段，故称。铜鱼：即铜鱼符。《新唐书·百官志》：“凡有召者，降墨敕，勘铜鱼木契，然后入。”

[50] 内装：宫女的打扮。崔家髻：自注：“崔氏，汉妇，曾入宫为乳妪。”

[51] “讽谏”句：姜后：周宣王后，有贤德。宣王曾早睡迟起，姜后脱簪珥，待罪永巷，使其傅母通言于宣王，王于是勤政。这句借用此典，写咸丰帝慈安太后之谏。珥：女子耳饰。

[52] “玉路”句：写咸丰十年八月，英法联军进犯北京，帝仓皇逃往热河事。玉路：皇帝车辇经过的路。车毂鸣：谓惊动车驾。《说苑》：“雍门子狄曰：‘昔者王田于囿，左毂鸣，车右请死之，曰：为其鸣吾君也。’”

[53] “金銮”句：写咸丰帝死时的宫廷秘闻。金銮：《新唐书·艺文志》：“韩偓《金銮密记》五卷。”残灯事：本释文莹《湘山野录》所载，宋太祖逝世之夕，尝召其弟开封王(即太宗)入大寝，酌酒对饮，宦官宫妾遥见烛影下太宗时或避席，有不可胜之状。帝引柱斧戳雪顾太宗曰：“好做好做。”遂就寝。太宗留宿禁内。将五鼓，帝已崩矣。这里用此典，借指咸丰十一年七月咸丰帝死于热河行宫时，其所信赖之郑亲王端华、协办大学肃顺兄弟等受命为赞襄政务大臣，立咸丰子载淳嗣位，拟明年改元祺祥。慈禧太后与恭亲王奕䜣密谋发动“祺祥政变”，端华、肃顺被杀，改祺祥

年号为同治。宫廷事秘，真相难以具明，故云“金銮莫问残灯事”。

[54]“鼎湖”二句：鼎湖：指帝王之死，详见吴伟业《圆圆曲》注[2]。咸丰十年庚申(1860)，英法联军侵略中国，咸丰帝逃奔热河，次年病死行宫。英法联军侵占北京后，于六月间对圆明园劫掠一空，最后纵火焚毁。以上一大段记圆明园建成至焚毁的经过。

[55]玉泉：在今北京海淀区颐和园西玉泉山麓，有“玉泉乘虹”之称。昆明：即昆明湖，在今北京西郊颐和园内。

[56]“惟有”句：据徐树钧序：“暮从昆明湖归，桥上铜犀卧荆棘中，犀背御铭，朗然可诵。”

[57]青芝岫：圆明园中胜景之一，今在颐和园乐寿堂庭园中。其用石原产北京房山区，乾隆建清漪园时移置园中，因“色清而润”，故名“青芝岫”。

[58]绣漪桥：圆明园中桥名。以上四句记作者游圆明园遗址时所见。

[59]“何人”二句：何人：指董监，自道光初入侍园中，居福园门旁。作者往访时，董监年已七十余。福园：圆明园内胜景之一。缀：随从。朝班：朝见皇帝的行列。至尊：皇帝。

[60]喧阗(tián)：声大而杂，喧闹拥挤。朝贵：朝廷中的显贵。

[61]金闺客：江淹《别赋》：“金闺之诸彦。”李善注：“承明、金马，著作之庭。”

[62]贤良门：在圆明园正中宫庭区，进大宫门后的门。

[63]光明殿：即正大光明殿，在贤良门北。

[64]清辉堂：即清辉殿，在寝宫东，地近前湖。刚竣工即遭焚毁。

[65]前湖：在正大光明殿北寿山后。

[66]“妖梦”句：据徐序：“园宫未焚前一岁，妖言传上坐寝殿，见白须老翁自称园神，请辞而去，上梦中加神二品阶。明日至祠，谕祠之。未一稘而园毁。”

[67]舍卫：圆明园内后湖西北的大建筑群之一，模仿佛地而筑。其中供佛上千万，故云佛城。经联军之劫，佛被盗走，散至国外。舍卫：古代印度城名，波斯匿王所居，城内有祇园精舍，为佛讲道所在。诸方：各地方。

[68]“别有”二句：据徐序：清世宗为皇子时，曾于花时迎圣祖至赐园，世宗之子高宗年十二岁，以皇孙召侍左右。三人集于一堂，故称“三圣”。开云镂月台：即“镂月开云”，圆明园“九州清晏”建筑群之一，原为牡丹春所居之所。

[69]“宁知”二句：诗人访遗址时，北京正值牡丹盛开，而过去盛植牡丹的镂月开云台已倾塌。故云。

[70] 平湖：即“平湖秋月”，为圆明园福海区主要风景点之一，仿杭州西湖“平湖秋月”构筑而成。

[71] “题壁”句：自注：“窗壁多嵌纸绢，皆乾隆时名手所书进。”银钩：指刚劲有力的书法。《书苑》：“晋索靖草书绝代，名曰银钩虿尾。”倒薤：见龚自珍《能令公少年行》注[34]。薤：叶如韭，因以喻笔锋。

[72] 金梯：郭璞《游仙诗》：“翘首攀金梯。”莲花：比喻女子的脚步。《南史·齐东昏侯纪》：“凿金为莲花以贴地，令潘妃行其上，曰：‘此步步生莲花也。’”

[73] “绿窗”句：自注：“宫中窗多屋少，望望相通，脂粉之痕，存于壁纸。”赢黛：古代女子用以画眉的一种青黑色矿物颜料。赢，通“螺”。

[74] “当时”二句：咸丰十年六月，英法联军攻陷天津，直逼北京，咸丰帝仓皇逃奔热河行宫。“当时”句即指此。直：承直，值班。

[75] “芦笳”二句：据徐序，咸丰帝逃出北京后，“道路初无供帐，途出密云，御食豆乳麦粥而已”。芦笳：以芦叶为管制作的乐器，清代兵营巡哨多用之。

[76] 上东门：古代洛阳城门名。《晋书·石勒载记》：“(勒)年十四，随邑人行贩洛阳，倚啸上东门，王衍见而异之。”这里借指英法联军入京。

[77] “正有”句：自注：“恭亲王隐于碧云寺，夜趣长新店，诸大臣迎以主和而归。”班道左：列于道路旁迎接。班：列。

[78] 爇(ruò)：点燃。雍门：春秋时齐国门名。萩(qiū)：通“楸”，木名。《左传·襄公十八年》：“赵武、韩起以上军围卢，弗克……及秦周，伐雍门之萩。”

[79] “牧童”句：骊山：秦阿房宫所依山名，在陕西西安市临潼区城南。刘向《论起昌陵疏》：“秦始皇帝葬于骊山之阿……宫馆之盛，不可胜原……骊山之作未成，而周章百万之师至其下矣。项籍燔其宫室营宇，往者咸见发掘。其后牧儿亡羊，羊入其凿，牧者持火照求羊，失火烧其藏椁。”又兼用《史记·周本纪》：“申侯怒，与缯、西夷犬戎攻幽王，幽王举烽火征兵，兵莫至，遂杀幽王骊山下。”此句用这些历史事件以切英法联军入侵。

[80] “应怜”二句：指文丰死难事。据徐序：英法联军至圆明园时，“管园大臣文丰当门说止之。夷兵已去，文都统知奸民当起，环问守卫禁兵，一无在者，索马还内，投福海死”。蓬岛：即“蓬莱瑶台”，圆明园福海中的岛，文丰投湖处。灵均：屈原的字。屈原投水而死，故以相比。

[81] “丞相”句：自注：“死者(指文丰)不得为忠，生者乃可无愧也。”丞相：指大学士桂良等人，开安定门迎英法军者。

[82] 徒人：赤手空拳的人，指文丰。

[83] 福海：位于圆明园中部，面积二十七万多平方米。

[84] 丹城紫禁：指紫禁城，在北京旧皇城中。

[85] "岂闻"句：语见《资治通鉴》宋元嘉二十八年：魏破宋六州，所过赤地，"春燕归，巢于林木"。谓百姓已无家可归宿。

[86] "已惩"句：圆明园被焚后，同治初，有御史德泰奏请复修园宫，诸大臣请旨切责谪戍，未行，德泰忿悔而死。御史，即指德泰。

[87] "休遣"句：据徐序，同治八、九年，为准备穆宗立后，费用"已千万，结彩宫门，至十余万"。这句是诗人的讽谏之语。中官：宦官。

[88] "鸳文"句：自注："制后宝衣，上含珠玉值十余万金，已用十六万，成其半耳。"

[89] "总饶"句：同治婚礼，仅宫门结彩幔，便用去绉绸八十余万匹。饶：增加。

[90] "何如"句：见注[6]。

[91] 郇瑕：古国名，在今山西省解县附近，因土地贫瘠而著称。

[92] 武清：圆明园的前身，为明代武清侯李伟的故第。

[93] 资：助。

[94] 莺柳斗宫花：比喻醉心声色歌舞的生活。

[95] "词臣"句：论都：议论迁都之事。英法联军进逼北京时，有人主张迁都西安，诸督抚言不便，未成。诗人也以为北京"地利竭矣"，应迁都，但因皇帝不让议论此事，只得作罢。词臣：文学侍从之臣，诗人自指。论都赋：指东汉班固的《两都赋》，切迁都事。

[96] 辂：车辕前横木，指代车。幸雒车：帝王游幸洛阳的车驾。雒："洛"古字，洛阳。

[97] 上林颂：指西汉司马相如的《上林赋》，赋中张扬诸侯国楚、齐的苑囿之盛，铺叙天子游猎之事，其卒章归之于节俭，意在讽谏皇帝。

[98] 不遇良时：此为对当时清王朝的不满与讽刺。

✤ 评 析

同治十年，作者和张祖同、徐树钧同游圆明园遗址，目睹断垣残壁，追忆往事，百感交集，归后因作此诗。作者以深沉的诗笔，追记了圆明园建园和焚毁的经过。通过焚毁前后不同景象的对比描绘，申斥了英法联军侵华的罪恶，寄托了诗人对国势艰危而当权者却沉湎于声色犬马生活的无限感慨。全诗熔记叙、描写、议论、抒情于一炉，交叉穿插，铺陈排比，显示了诗人深厚的功力，末二句慨叹自己空有作《上林赋》讽谕皇帝注意节俭的意图来写此《圆明园词》，无奈是"不遇良时"，只能白白地叹息而已。这是对当时清王朝的不加掩饰的不满与讽刺。这诗的诗史价值，正在于此。通首神完气足，藻采华美，谭献《复堂日记》曾将它和唐代《长恨歌》、《连昌宫词》相并提，以为"谈何容易"。

晓上空泠峡[1]

猎猎南风拂驿亭[2]，五更牵缆上空泠。
惯行不解愁风水[3]，瀑布滩雷只卧听[4]。

✤ 注释

[1] 空泠峡：在湖北省宜昌市东南长江之中。《水经注》："江水自建平至东界峡，盛弘之谓之空泠峡。峡甚高峻，即宜都、建平二郡界也。"

[2] 猎猎：风声。驿亭：供传递公文的人或来往官吏休息的地方。

[3] 惯行：指常年奔波于旅途，已成习惯。不解愁风水：谓不知道为风浪发愁。

[4] 滩雷：水流过滩头时发出的响声如雷。

✤ 评析

这首小诗，抒写作者乘船入蜀经过空泠峡时的感受，很有特色。前二句以写景为主，切住一个"晓"字，融情入景，点染了一幅在猎猎南风中清晨逆行江上的清新豪健的画面。这里的"拂"字、"上"字，都下得有力而显得自然，透露了诗人畅快豪迈的心情。后二句以抒情为主，即景生情，以船底发出的隆隆滩雷，烘托出诗人屡经风险不以为意的傲岸心情。一个"只"字，确是一笔以传神。与作者同时代的翁同龢《瓶庐诗钞》中，有《出宿一舍回首黯然》一绝句云:“风帆一片傍山行,滚滚长江泻不平。传语蛟龙莫作怪,老夫惯听怒涛声。”《瓶庐诗稿》中又题作《将之江右视筱珊侄》云:“海程行过复江城,无限苍凉北望情。传语蛟龙莫作剧,老夫惯听怒涛声。”诗作于光绪二十四年戊戌以前,时同龢已被放逐南归,京中后党刚毅等对同龢进行迫害,“蛟龙”、“怒涛”即对若辈而发。翁诗较之闿运此诗,具有政治内容,表现的情绪较为愤激。就诗歌艺术论,翁诗稍嫌粗豪,闿运诗则安雅得多。狄葆贤《平等阁诗话》评曰:“只二十八字,而傲岸之气溢于言表,音节浏亮,殊类太白、龙标(王昌龄)。”

张之洞

张之洞(1837—1909),字孝达,号香涛,一号壶公,又称广雅,直隶南皮(今属河北)人。同治二年癸亥(1863)进士,官湖广总督、两江总督、体仁阁大学士、军机大臣。致力于洋务运动。有《广雅堂诗集》。其论诗主张融“宋意入唐格”,称江西诗派为“魔派”,而又称“北宋清奇是雅音”。为诗宏肆典雅,不尚高古奇崛,也不落平易肤浅之习。颉颃当时湖湘、江西两派的首领王闿运、陈三立,而别开一宗。谭献、樊增祥等,均为其弟子。其幕客则有梁鼎芬、陈衍诸人,皆一时著名诗人。陈衍谓:“相国生平文字以奏议及古今体诗为第一,古体诗才力雄富,今体诗士马精妍,以发挥其名论特识,在南北宋诸大老中,兼有安阳(韩维)、庐陵(欧阳修)、眉山(苏轼)、半山(王安石)、简斋(陈与义)、止斋(陈傅良)、石湖(范成大)之胜。”林庚白曰:“同、光诗人什九无真感,惟二张为能自道其艰苦与怀抱。二张者,之洞与謇也……之洞于各体诗并工绝,其五七言古体诗,直可与荆公(王安石)抗手,无能高下。”

鸡鸣寺[1]

雨暗覆舟山[2],泉响鸡鸣埭[3]。
埭流南朝水,僧住南朝寺[4]。
当时造宫城,选此陵阿地[5]。

朝市皆下临[6]，江水充环卫[7]。
白门游冶子[8]，沓拖无生气[9]。
心醉秦淮南，不踏钟山背[10]。
一朝辟僧楼，雄秀发其秘[11]。
城外湖皓白[12]，湖外山苍翠[13]。
南岸山如马[14]，饮江驻鞍辔[15]。
北岸山如屏[16]，萦青与天际[17]。
鹭洲沙出没[18]，浦口塔标识[19]。
烟中万楼台，渺若蚁垤细[20]。
亦有杜老忧，今朝豁蒙蔽[21]。

✤ 注释

[1] 鸡鸣寺：在南京市城内鸡鸣山上。始建于南朝梁代，初名同泰寺，明洪武二十年(1387)重建。题下自注："余以金施寺僧辟寺后经堂为楼，尽伐墙外杂树，遂为金陵诸寺之冠。"按：光绪二十年(1894)中日甲午战争时，当时任两江总督的张之洞曾与他的学生杨锐同游台城(鸡鸣寺附近的古迹)，憩于鸡鸣寺，饮酒吟诗，张之洞深为杨锐的爱国热情所感动。光绪二十四年(1898)，杨锐因参加戊戌维新变法而被慈禧太后所杀害，张之洞极为伤痛。后来张之洞再任两江总督，重游鸡鸣寺，回忆起这段往事，悲感交集，于是捐资筑楼，为纪念杨锐，取杨锐同游时所吟诵的杜甫诗句"忧来豁蒙蔽"的意思，命名为"豁蒙楼"，并写下这首诗。

[2] 覆舟山：山名，在南京市东北，因山形如倒扣着的船，故名。

[3] 鸡鸣埭(dài)：据《南史》载，南朝齐武帝曾数幸琅琊城，清早出发，至湖北埭，鸡始鸣，因名鸡鸣埭。埭：堵水的土坝。

[4] "埭流"二句：东晋以后，东晋分裂为南、北两部分，据有南方的有宋、齐、梁、陈，均建都于建康(今南京市)，历史上称南朝。南朝水、南朝寺，都寓有历史悠久之意。

[5] "当时"二句：南朝时建都建康，当时的宫城就建在鸡鸣山。陵阿(ē)：丘陵。

[6] 朝市：朝廷和市肆。

[7] 充环卫：充当四周的卫士。

[8] 白门：南朝时，都城的正南门宣阳门，世称白门。后人因常用它指称南京。游冶子：出游寻欢作乐的人。

[9] 沓（tà）拖：形容不爽利。

[10]"心醉"二句：人们被秦淮河南端的繁华去处所迷恋，不愿再去攀登钟山，领略这一带壮丽的风光。心醉：语出《庄子·应帝王》："列子见之而心醉。"迷惑的意思。秦淮：水名。秦淮河最热闹的一段在南京城南夫子庙一带，旧时歌楼、妓馆都集中在这里，所以称秦淮南。钟山：在南京市东北中山门外。

[11]"一朝"二句：一旦在这里筑起僧楼，就将揭开它的奥秘，在眼前显现出雄伟壮丽的景色。

[12] 湖：指玄武湖，在南京市东北玄武门外，与鸡鸣寺仅一道城墙之隔。皓白：湖水洁白。

[13] 山：指钟山。

[14] 南岸：指长江南岸。

[15] 饮江：在江边饮水。驻鞍辔：指让马停步，留驻。鞍辔：马鞍和马缰。

[16] 屏：屏风，屏障。

[17]"萦青"句：曲折萦回的青山和蓝天相接。语本柳宗元《始得西山宴游记》："萦青缭白，外与天际。"

[18] 鹭洲：白鹭洲，在南京市西南水西门外，原为长江中的沙洲，后江流西移，洲与陆地渐相接连。

[19] 浦口：在南京长江北岸。标识：标帜。

[20] 渺：远。蚁垤（dié）：又称蚁封，蚁穴外隆起的小土堆。

[21]"亦有"二句：据刘禺生《世载堂杂忆》载：张之洞与杨锐同游鸡鸣寺时，当晚月色清朗，两人在月下吟诗长谈。当时正值中日甲午之战爆发，刘坤一、吴大澂统兵出山海关，一触即溃，战争失利的消息频频传来。杨锐有感于时局，全文背诵了杜甫的《八哀诗》，对杜甫《赠秘书监江夏李邕》诗中的四句"君臣尚论兵，将帅接燕蓟。朗咏六公篇，忧来豁蒙蔽"更是反复吟咏。张之洞身为朝廷重臣，听到杨锐的吟咏，深感时局阽危。所以这里说"亦有杜老忧"。杜老：杜甫。豁蒙蔽：意为豁然开朗。

✤ 评析

这首写景五古，是为纪念诗人的弟子，在维新变法中被害的“戊戌六君子”之一的杨锐而作。诗人是怀着很深的感慨来写这首诗的，但全诗不着杨锐一字，几乎全是写景，确是景中含情、情从景出的好诗。诗人从眼前烟雨苍茫的景色入题，首写鸡鸣寺的过去。从南朝时宫城居高临下的雄伟气势中，托出了当年帝王建都金陵时的雄心。“白门”以下四句一转，由写史而写今，从金陵人“心醉秦淮南，不踏钟山背”，写出了人们胸无大志，沉溺于醉生梦死的生活，从而与当年“选此陵阿地”的雄心形成了强烈的对照，暗寄了诗人的感慨。“一朝”句以下，豁然开朗，描绘了“一朝辟僧楼”以后，登楼远眺所见的雄奇隽秀的景色。这里两句一层，由近及远，南北相映，描绘了长江两岸湖山映衬，烟霭苍茫，沙洲出没，楼台隐现的画卷，着色明丽，气象恢宏，从写景中暗逗出建楼登高以远眺的深意所在。诗末两句，是点睛之笔。忧，是为国事阽危而忧；“今朝豁蒙蔽”，点出了杨锐的鲜血换取了诗人对世事的洞察的深意，也寄托了诗人对国人的深切希望。

四月下旬过崇效寺访牡丹花已残损[1]

一夜狂风国艳残[2]，东皇应是护持难[3]。
不堪重读元舆赋[4]，如咽如悲独自看。

✤ 注释

[1] 崇效寺：北京寺院名。旧在宣武门外西南隅，创自唐贞观初，元代赐额“崇效”。后屡经废兴，清代为游观胜地。

[2] 国艳：牡丹。我国古代以牡丹的名贵华艳而誉之为国花。

[3] 东皇：神话中的春之神，借喻光德帝。

[4] 元舆赋：指唐舒元舆所作《牡丹赋》。唐文宗大和九年，宰相李训、节度使郑注谋诛宦官。训先在左金吾大厅设伏兵，诈称后院石榴树上有甘露，诱使宦官仇士良等往视，即加诛杀。后事败，李训、郑注及舒元舆等皆被害。《新唐书·舒元舆

传》:“元舆为《牡丹赋》一篇,时称其工。死后,帝观牡丹,凭殿阑诵赋,为泣下。”这里用此事,暗指维新党人谋诛慈禧等守旧党人未遂,反遭惨杀的“戊戌政变”,并以元舆借指作者的门生杨锐。锐,字叔峤,四川绵竹人。举人,官内阁中书。戊戌变法时,任四品卿军机章京,参预新政。光绪帝的衣带密诏,即由锐带出。八月政变时被捕遇害,为戊戌六君子之一。

✤ 评析

此诗作于光绪二十七年辛丑,作者在京因见崇效寺中牡丹残损忆及三年前戊戌政变中被害的弟子杨锐,表达了作者悲悼死者和忧国的情怀。前两句明写牡丹花谢,暗喻戊戌变法失败,维新志士遭殃,国事难以收拾。第三句写入杨锐,用唐代甘露之变的典故,精切自然。“不堪重读”连同下句“如咽如悲独自看”,抒情十分深挚。作者本人,在维新运动早期,也曾同情赞助,但后来却变卦,站到慈禧一党的立场。而杨锐则是始终尽心于变法事业,最后献出了宝贵的生命。师徒之间,政治上并不一致。这诗的写作,作者心情上存在复杂的矛盾,由于师徒以往的深谊,诗中抒情,还是十分感人的。

袁昶

袁昶(1846—1900),字爽秋,浙江桐庐人,光绪六年庚辰(1880)进士,由户部主事转总理衙门章京,办外交事务多年。八国联军进犯大沽,朝议和战,他与徐用仪等反对围攻使馆,被杀。有《渐西村人集》、《安般簃集》、《于湖小集》、《袁忠节公遗诗》。其诗能融合晋宋和北宋于一炉,与沈曾植同为晚清浙派诗人的代表。陈衍曰:“爽秋诗根柢鲍、谢,而用事遣词力求僻涩,则纯于祧唐抱宋者。”沈曾植曰:“比物连类,餐洁茹芳,骚人蝉蜕之心也。回视收思,乐不忘本,《小雅》明发之懿也。”

直房小憩[1]

拳窝窄窄铿生烟[2],渐近窗光欲曙天[3]。
却似扁舟宿深苇[4],晓来风定一鸥眠。

✤ 注释

[1] 直房:古代官员值班的宿处。直:通“值”。此诗纪写在直房小憩时的感受。

[2] 拳窝窄窄:形容处所狭小。铿:小锅。杜甫《闻斛斯六官未归》诗:“土铿冷疏烟。”

[3] 曙天:天将晓。

[4] 深苇：芦苇深处。

✤ 评析

在值班室里度过了一个不眠之夜的人，在天将晓时稍稍合了一会儿眼，这时会有怎么样的感受呢？这首小诗，以新颖的构思，奇特的造境，向我们展示了此时此刻诗人独特的感受。一面是逼窄枯燥的值班室，一面是富有诗情画意的深苇中的扁舟和眠鸥。这是两种极不调和的情景，诗人却用一个“似”把它们联结了起来。看似奇怪，其实正好体现了诗人作品的幽默之趣，也确是一种官僚而貌为隐退的心情的真实写照。

樊增祥

樊增祥(1846—1931),字云门,一字樊山,湖北恩施人。光绪三年丁丑(1877)进士,官至江宁布政司,护理两江总督。工诗,所作极多,古风叙事委曲尽情,近体颇清丽,与易顺鼎合称“樊易”。晚年所作多率易庸滥。有《樊山全集》。

八月六日过灞桥口占[1]

残柳黄于陌上尘,秋来长是翠眉颦。
一弯月更黄于柳,愁煞桥南系马人。

✤ 注释

[1] 灞桥:在今西安市东,横跨灞水之上。唐人送客,多到此折柳赠别。

✤ 评析

这是首抒写游子思乡愁绪的七绝小诗。全诗从眼前景物柳、尘、月上落笔,抓住一个“黄”字,层层烘染,缘情于景,委婉曲折地传出了诗人的感情。前二句写柳,上句绘色,以陌上的飞尘比况,下句绘形,以女子的眉颦作比,勾画出一幅尘土飞扬、残柳依依、满目苍黄的凄清景色。并从陌上尘的描写中,暗点出游子由远方而来的行踪;又以“翠眉颦”的比喻,一语双关,暗逗出游子对妻室的思念。后二句翻进一层。写月,更以柳色相比,既写出了时令已是暮秋，又暗写出游子抵达灞桥的时间，已是新月初上，而黄于柳的色泽，更加浓了孤独凄清的气氛。“举头望明月，低头思故乡”，面对此情此景，怎能不勾起游子心头的乡思！末句移景入情，“愁煞”二字，写尽了游子愁思之深。而“桥南系马”又巧妙地与“陌上尘”呼应，勾出了沟通全诗的脉络，读者仿佛看到了游子从飞尘扬天的道路上缓缓而来，在月色中系马桥南的情景。由于有前三句景色的烘染，这里的“情”已水到渠成，表达得十分自然。游子思乡、灞桥留别，是前代诗人写滥了的题材，但这首诗却能跳出前人窠臼，给人以面目一新之感，所以谭嗣同在《论艺绝句》自注中评云：“新乐府，工者代不数篇。盖取声繁促而情易径直，命意深曲而辞或啴缓。二难莫并，何以称世……往见灞桥旅壁，尘封俨然，若有墨迹，拂拭谛辨，其辞云云。读竟狂喜，以为所见新乐府，斯为第一。”

黄遵宪

黄遵宪(1848—1905),字公度,广东嘉应州(今梅州市)人。光绪二年丙子(1876)举人,历任驻日、英诸国使馆参赞及英、美总领事等外交官,直接接触了日本明治维新的改良主义政治和西方资本主义制度,逐渐形成了他改良主义的观点。回国后积极参加了以康、梁为首的改良派政治活动,后在湖南任按察使期间,积极协助巡抚陈宝箴厉行新政,成为戊戌变法运动的重要人物之一。光绪二十四年(1898)戊戌变法失败,被革职,放归故里,郁郁而死。在文学上,他是近代"诗界革命"的积极提倡者和实践者。在少年时期,已"有别创诗界之论",自"譬之西半球新国",为"独立风雪中清教徒之一人"(《与丘炜萲书》)。主张"我手写吾口",要求表现"古人未有之物,未辟之境"。他写作了不少反映当时重大历史事件的诗篇,表现了强烈的反帝爱国思想。歌行纵横开阖,气势流畅,语言也较通俗,对当时诗风的变革,起了相当大的作用。梁启超谓:"自其少年稽古学道,以及中年阅历世事,暨国内外名山水与其风俗、政治、形势、土物,至于放废而后,忧时感事悲愤伊郁之情,悉托之于诗。故先生之诗阳开阴阖,千变万化,不可端倪。于古诗人中,独具境界。"又称其诗"元气淋漓,卓然为大家"。丘逢甲也称为"茫茫诗海,手辟新洲,此诗世界之哥伦布"。有《人境庐诗草》。

今别离[1]（四首）

别肠转如轮[2]，一刻既万周[3]。
眼见双轮驰[4]，益增中心忧。
古亦有山川，古亦有车舟。
车舟载离别，行止犹自由[5]。
今日舟与车，并力生离愁[6]。
明知须臾景，不许稍绸缪。
钟声一及时[7]，顷刻不少留。
虽有万钧柁，动如绕指柔[8]。
岂无打头风，亦不畏石尤[9]。
送者未及返，君在天尽头。
望影倏不见，烟波杳悠悠。
去矣一何速，归定留滞不？
所愿君归时，快乘轻气球。

朝寄平安语[10]，暮寄相思字。
驰书迅已极，云是君所寄。
既非君手书[11]，又无君默记[12]。
虽署花字名[13]，知谁箝缗尾[14]。
寻常并坐语，未遽悉心事。
况经三四译，岂能达人意！
只有斑斑墨，颇似临行泪。
门前两行树，离离到天际[15]。

中央亦有丝，有丝两头系[16]。
如何君寄书，断续不时至？
每日百须臾[17]，书到时有几？
一息不相闻[18]，使我容颜悴。
安得如电光，一闪至君旁！

开函喜动色[19]，分明是君容。
自君镜奁来[20]，入妾怀袖中。
临行剪中衣[21]，是妾亲手缝。
肥瘦妾自思，今昔得毋同[22]？
自别思见君，情如春酒浓[23]。
今日见君面，仍觉心忡忡[24]。
揽镜妾自照，颜色桃花红。
开箧持赠君，如与君相逢。
妾有钗插鬓，君有襟当胸。
双悬可怜影，汝我长相从。
虽则长相从，别恨终无穷。
对面不解语，若隔山万重。
自非梦来往，密意何由通！

汝魂将何之[25]？欲与君追随，
飘然渡沧海，不畏风波危。
昨夕入君室，举手搴君帷[26]。
披帷不见人，想君就枕迟。
君魂倘寻我，会面亦难期。

恐君魂来日，是妾不寐时。
妾睡君或醒，君睡妾岂知。
彼此不相闻，安怪常参差[27]！
举头见明月，明月方入扉。
此时想君身，侵晓刚披衣[28]。
君在海之角，妾在天之涯。
相去三万里，昼夜相背驰。
眠起不同时，魂梦难相依。
地长不能缩，翼短不能飞[29]。
只有恋君心，海枯终不移。
海水深复深，难以量相思。

✤ 注释

[1] 此诗作于光绪十六年庚寅(1890)作者任驻英使馆参赞时。《今别离》为乐府杂曲歌辞旧题。

[2] 这首咏火车、轮船。

[3] “别肠”二句：巧用孟郊《远游联句》诗“别肠车轮转，一日一万周”句意，刻意翻新，写在火车上的离愁别绪。

[4] 双轮：张籍《车遥遥》诗：“双轮齐动驷马鸣。”诗中借指火车上的飞轮。

[5] “行止”句：谓旧时的车船，行动可听自己的便，或行或止，或迟或缓，均随己意。

[6] “并力”句：并力：竭力。这句谓今日乘车、坐船，离愁更甚。

[7] 及时：指到了开车(船)的时间。

[8] “动如”句：绕指柔：刘琨《重赠卢谌》诗：“何意百炼钢，化为绕指柔。”意谓像能够弯曲的手指那样柔软。这里用来形容轮船开动以后，虽是万钧重的柁，也变得转动如绕指柔了。

[9] “岂无”二句：打头风：逆风。石尤：古乐府《丁都护歌》：“愿作石尤风，四面断行旅。”洪迈《容斋五笔》：“石尤风，不知其义，意其为打头逆风也。”

[10] 这首咏电报。

[11] 手书：亲手所写。

[12] 默记：彼此默契的记号。

[13] 花字名：指签名。周密《癸辛杂志》："古人押字，谓之花字，即是用名字稍花之，如韦陟之朵云是也。"

[14] 箝缗尾：指电报封口。箝：夹住。缗，《于湖题襟集》等作"纸"。

[15] "门前"二句：指路旁由近及远的电杆木。离离：历历，行列分明貌。

[16] "中央"二句：古乐府《捉搦歌》："黄桑柘屐蒲子履，中央有丝两头系。"这里借指电线。

[17] 百须臾：谓一天由许多短暂的时间单位组成。《僧祇律》："二十念为一瞬，二十瞬名一弹指，二十弹指名一罗预，二十罗预名一须臾，一日一夜有三十须臾。"

[18] 一息：一呼一吸，形容时间极短。

[19] 这首咏照相。

[20] 镜奁：镜匣。

[21] 中衣：内衣。

[22] 得毋同：也许还相同吧。得毋：表示测度、估摸之辞。

[23] 春酒：冬酿春熟的酒。庾信《山斋》诗："悬知春酒浓。"

[24] 忡忡：忧愁不安貌。

[25] 这首咏东西半球昼夜相反。

[26] 搴(qiān)：揭。

[27] 参差：不齐貌，这里引申作错过。

[28] 侵晓：清晨。

[29] "翼短"句：赵整《琴歌》："尾长翼短不能飞。"

✤ 评析

《今别离》是当时诗界所推崇的"千古绝作"(何藻翔《岭南诗存》)。诗人用乐府的形式，以传统的男女离别相思为主题，融进当时先进的科学技术和知识(火车、轮船、电报、照相、东西半球昼夜相反)，翻出新意，构思了崭新的诗境。第一首咏火车、轮船。全诗紧扣火车、轮船的特点，处处与古代的车船相比，抒写了今日男女别离的新境况。前半首，诗人从今日车船的快速和准时上落想，突出今天的离愁别绪更甚于古代。"虽有"以下四句，用加一倍写法，写轮船不怕逆风恶浪，也及时启航，而古代船只或可因风浪延误推迟别离的时刻，更烘染今日别离的愁恨。“送者”以下，写亲人离去的神速，并由此生发奇想，以“快乘轻气球”表达希望亲人早日归来的迫切心情，显得新颖别致。第二首咏电报。首二句突出所寄电报的相思内容，“朝寄”、“暮寄”表明电报的频寄，见相思之切。三、四句表明电报的快速特点，五、六以下十句，说电报不同于亲笔的信件，虽可署上姓名，但一不能详尽地表达夫妇平时的呢呢细语，深曲心事；二由于电报发到异国，要经过几度翻译，译文可能与汉语有出入，未能尽达人意。剩下的只有电报纸上的墨痕符号，倒像临别时送行者的泪点了。“门前”四句，写电杆木和电线的特征，用古乐府语状难写的新事物，面目一新。后八句，比开头数语更深入一层。尽管对方“朝寄”、“暮寄”，可是因相思的迫切，认为这还不够，一天发百回电报，也不算多。自己是“一息不相闻”就要容颜憔悴的，因而希望像闪电那样，一下便到远人的身旁。这是由电报而进一步引出的奇想。吴德潇评此首云：“雕镂造化，愈转愈深，造物当悔生才子矣。”刘燕勋评云：“结想俱匪夷所思，直入化境矣。”第三首咏照相片。相片从书信中寄来，可以清楚地看到对方的颜色。以“镜奁”称照相机，是作者用旧名物状新东西的长技。五、六以下至第十二句，关怀对方别后的肥瘦问题，尽管见到相片，仍不放心，抒情可谓深至。“揽镜”以下，接入自己也要摄影相寄，从桃花般的颜貌，插鬓金钗的华饰，美化自己，两下互寄照片，互挂照片，永恒地相爱相依。“虽则”以下，又翻进一层，照片是不能说话的，相对还如万山之隔，怎能通达浓情密意？没有别的办法，双方都只能求之于梦中来往了。一结超出题外，怅惘无尽。第四首咏东西半球昼夜相反，紧承第三首结尾“自非梦来往，密意何由通”而递入。既然地球两半昼夜相反，那么，双方处在相反的两个半球上，入睡时间，自然不同，我梦与君梦，两不相值。通首写双方梦魂来往的参差情况，通过“举头见明月，明月方入扉”、“侵晓刚披衣”双方的不同时间、不同作息的描写，形象生动，具有《古诗十九首》的神理而不袭其貌。最后六句，归结到海枯石烂，此心不移，相思之深，海水难量，如此抒情，力透纸背。陈三立评《今别离》云：“以至思而抒通情，以新事而合旧格，质古渊茂，隐恻缠绵，盖辟古人未曾有之境，为今人不可少之诗，作者神通至此，殆是天授。”范当世评云：“意境古人所未有，而韵味乃醇古独绝，此其所以难也。”曾广钧评云：“一篇一和璧，一字一夜光。”

登巴黎铁塔[1]

塔高法国三百迈突[2]，当中国千尺。人力所造，五部洲最高处也[3]。

拔地崛然起，崚峥矗百丈[4]。自非假羽翼，孰能蹑履上[5]？
高标悬金针[6]，四维挂铁网[7]。下竖五丈旗[8]，可容千人帐[9]。
石础森开张[10]，露阙屹相向[11]。游人企足看[12]，已惊眼界创[13]。
悬车倏上腾，乍闻辘轳响[14]。人已不翼飞，迥出空虚上[15]。
并世无二尊[16]，独立绝依傍。即居最下层[17]，高已莫能抗[18]。
苍苍覆大圜[19]，森芒列万象[20]。呼吸通帝座[21]，疑可通肸蚃[22]。
自天下至地，俯察不复仰。但恨目力穷，更无外物障。
离离画方罫[23]，万顷开沃壤。微茫一线遥，千里走河广[24]。
宫阙与城垒，一气作苍莽。不辨牛马人，沙虫纷扰攘[25]。
我从下界来[26]，小大顿变相。未知天眼窥[27]，幺么作何状[28]？
北风冰海来[29]，秋气何飒爽。海西数点烟，英伦郁相望[30]。
缅昔百年役[31]，裂地争霸王。驱民入锋镝[32]，倾国竭府帑[33]。
其后拿破仑[34]，盖世气无两。胜尊天单于[35]，败作降王长。
欧洲古战场，好胜不相让。即今正六帝[36]，各负天下壮。
等是蛮触争[37]，纷纷校得丧[38]。嗟我稊米身[39]，尪弱不自量[40]。
一览小天下[41]，五洲如在掌。既登绝顶高，更作凌风想。
何时御气游[42]，乘球恣来往？扶摇九万里[43]，一笑吾其傥[44]。

✤ 注释

[1] 此诗作于光绪十七年辛卯(1891)八九月作者离英赴新加坡总领事任,途经法国时。

[2] 迈突:长度单位,今译作“米”。

[3] 五部洲:即世界五大洲。

[4] 崚峥:高峻重叠貌。

[5] 躡履:穿着鞋子。

[6] 高标:指塔尖。杜甫《同诸公登慈恩寺塔》:“高标跨苍穹。”金针:指避雷针。

[7] 四维:四角,四方。

[8] 五丈旗:语出《史记·秦始皇本纪》:“作阿房宫”,“上可以坐万人,下可以建五丈旗。”这里指大旗。

[9] “可容”句:语出《北史·宇文忻传》:“(隋)炀帝北巡,欲夸戎狄,令恺为大帐,其下坐数千人。”这里借指铁塔底座方圆极广。

[10] 石础:柱下石礅。森开张:形容石礅排列繁密向四面伸张开去。杜甫《天育骠骑图歌》:“卓立天骨森开张。”

[11] 露阙:宫门。这里指铁塔底层的大门。屹相向:谓宽大的门屹立相对。杜甫《丹青引》:“榻上庭前屹相向。”

[12] 企足:踮起脚跟。

[13] 眼界创:大开眼界。

[14] “悬车”二句:自注:“登塔者皆坐飞车,旋引而上。”

[15] 迥:远。空虚:天空。高适《同诸公登慈恩寺塔》:“言是羽翼生,迥出虚空上。”

[16] “并世”句:谓铁塔之高在世界上独一无二。

[17] “即居”句:自注:“登眺之处,分为三层。其最下层高五十迈突,当中国十六丈四尺。”

[18] 抗:匹敌。

[19] 苍苍:指天色。《庄子·逍遥游》:“天之苍苍。”大圜:指天。《管子·内业》:“乃能戴大圜而履大方。”注:“大圜,天也。”

[20] “森芒”句:犹森罗万象,形容塔上所见,气象万千。森芒:森然罗列。

[21] “呼吸”句:语出冯贽《云仙杂记》:“李白登华山落雁峰,曰:‘此山最高,呼

吸之气，想通天帝座矣。恨不携谢朓惊人诗来，搔首问青天耳。’”帝座：星名，属武仙座。

[22] 肸蚃(xī xiǎng)：声响向四方传播。司马相如《上林赋》：“肸蚃布写。”

[23] 离离：繁密貌。方罫(guǎi)：方格，方块。

[24] 河广：《诗经·卫风·河广》：“谁谓河广？”诗中指巴黎城郊的塞纳河。

[25] “不辨”二句：“不辨”句，见黎简《龙门滩》注[12]。沙虫：《抱朴子》：“周穆王南征，一军尽化，君子为猿为鹤，小人为虫为沙。”扰攘：混乱，纷乱，这里指社会上争权夺利、勾心斗角之事。

[26] 下界：指尘世，相对上界而言。

[27] 天眼：佛教名词。佛家所说五眼之一。即天趣之眼，能透视六道、远近、上下、前后、内外及未来等。《大智度论》：“天眼通者，于眼得色界四大造清净色，是名天眼。天眼所见自地及下地六道中众生诸物，若近若远，若覆若细，诸色无不能照见。”

[28] 幺么：细小的事物。

[29] 冰海：北冰洋。

[30] 英伦：英伦三岛(英格兰、苏格兰、爱尔兰)。

[31] “缅昔”句：自注：“西历一千三百余年，法国绝嗣，英王以法王四世非立外孙，欲兼王法国，法人不允，遂开战争。凡九十余年，世谓之百年之役。”按：1328年，法加贝王朝告终，封建领主拥戴加贝王族华洛亚腓力登位，英国乘机欲吞并法国，于1337年起，英、法两国爆发了长期的战争，一直延续到1453年，史称百年战争。缅昔：回忆过去。

[32] 锋镝：锋：刀口；镝(dí)：箭头。犹言刀箭，引申指战争。

[33] 倾国：全国。府帑：国库。帑(tǎng)：库，库藏的金帛。

[34] 拿破仑：即拿破仑·波拿巴(1769—1821)，法国军事家，法国皇帝。法国大革命期间，参加革命军，获少将衔。督政府期间，统兵进攻意大利，败奥地利，并侵入埃及。1799年，发动雾月政变，建立执政府，自任第一执政。1804年称帝。对外不断发动侵略战争，几乎统治整个西欧和中欧。1814年，欧洲反法联军陷巴黎，拿破仑被放逐于厄尔巴岛。1815年率军再返巴黎，建立百日王朝。滑铁卢之役战败后，被流放于圣赫勒拿岛。1821年死。以下几句，即记拿破仑史迹。

[35] 天单于：汉时匈奴称其君长为天单于。

[36] 六帝：指作诗时欧洲英、法、俄、德、意、奥六国元首。英皇为维多利亚，俄皇为亚历山大第三，德皇为威廉第二，意皇为维拖罗伊曼纽尔第三，奥皇为佛兰约

瑟第一,法国系民主国,无皇帝。

[37] “等是”句：语出《庄子·则阳》:“有国于蜗之左角者曰触氏,有国于蜗之右角者曰蛮氏,时相与争地而战,伏尸数万,逐北旬有五日而后反。”后因以“蛮触争”喻自相残杀。等：相同,一样。

[38] 校：较量。

[39] 稊米：小米。《庄子·秋水》:“计中国之在海内,不似稊米之在太仓乎?”

[40] 尪弱：瘦弱。尪(wāng)：短小,瘦弱。

[41] “一览”句：极写铁塔之高。语出杜甫《望岳》:“一览众山小。”

[42] 御：驾驭。

[43] “扶摇”句：语出《庄子·逍遥游》:“抟扶摇而上者九万里。”扶摇：暴风。

[44] 傥：同“倘”,倘或。

✤ 评析

黄遵宪写外国名胜古迹的诗篇不少,最工的要推《登巴黎铁塔》。诗中描述巴黎铁塔的宏伟壮观和登塔所见,并触景感怀,表达了对世事纷争尤其是西方资本主义国家争相杀伐的厌恶和对和平世界的向往。开头四句,突兀而起,写塔的高峻难以登陟。五、六句以下八句,写铁塔基层的广阔,从仰望着眼,“游人企足看,已惊眼界创”,为后文蓄势。“悬车”以下八句,写坐飞车升塔时感觉,“不翼飞”与首段“自非假羽翼,孰能蹑履上”相呼应,“即居最下层,高已莫能抗”,与前段“游人企足看,已惊眼界创”,以同样笔触,更进一步为下文蓄势。“苍苍”以下二十四句,写到达塔顶俯视巴黎城郊及隔海望英伦的奇景。其中有细致的勾勒,有椽笔的挥洒,而以自己的活动、观察、比较、想象穿插其间。“缅昔”以下十四句,由怀古而递入慨今,表现了作者对列强蛮触斗争的蔑视。“嗟我”以下至末,以驰骋环瀛的遐想结束。此诗的艺术手法,胎息于杜甫、高适、岑参三家的登慈恩寺塔五古。押韵同高适之作;渲染登临及俯视远近的莽苍气象,近岑参;而诗中寄慨时事则同于杜甫。写域外登览的诗,康有为《南海先生诗集》中为数不少,往往大气磅礴而不免冗沓,如论诗笔严谨,断推遵宪此篇。

度辽将军歌[1]

闻鸡夜半投袂起[2]，檄告东人我来矣[3]。
此行领取万户侯[4]，岂谓区区不余畀[5]。
将军慷慨来度辽，挥鞭跃马夸人豪。
平时搜集得汉印，今作将印悬在腰。
将军乡者曾乘传[6]，高下句骊踪迹遍[7]，
铜柱铭功白马盟[8]，邻国传闻犹胆颤。
自从弭节驻鸡林[9]，所部精兵皆百炼，
人言骨相应封侯[10]，恨不遇时逢一战。
雄关巍峨高插天[11]，雪花如掌春风颠。
岁朝大会召诸将[12]，铜炉银烛围红毡，
酒酣举白再行酒[13]，拔刀亲割生彘肩[14]。
自言平生习枪法，炼目炼臂十五年[15]，
目光紫电闪不动[16]，袒臂示客如铁坚。
淮河将帅巾帼耳[17]，萧娘吕姥殊可怜[18]，
看余上马快杀贼，左盘右辟谁当前[19]！
鸭绿之江碧蹄馆[20]，坐令万里销烽烟[21]。
坐中黄曾大手笔[22]，为我勒碑铭燕然[23]。
幺么鼠子乃敢尔[24]，是何鸡狗何虫豸[25]？
会逢天幸遽贪功[26]，它它籍籍来赴死[27]，
能降免死跪此牌[28]，敢抗颜行聊一试[29]，
待彼三战三北余[30]，试我七纵七擒计[31]。
两军相接战甫交[32]，纷纷鸟散空营逃[33]。

弃冠脱剑无人惜，只幸腰间印未失。
将军终是察吏才[34]，湘中一官复归来[35]。
八千子弟半摧折[36]，白衣迎拜悲风哀[37]。
幕僚步卒皆云散，将军归来犹善饭[38]。
平章古玉图鼎钟[39]，搜箧价犹值千万。
闻道铜山东向倾[40]，愿以区区当芹献[41]，
藉充岁币少补偿[42]，毁家报国臣所愿。
燕云北望忧愤多[43]，时出汉印三摩挲[44]。
忽忆辽东浪死歌，印兮印兮奈尔何[45]！

✤ **注释**

[1] 度辽将军：原指西汉中郎将范明友。汉昭帝元凤三年(前78)冬，辽东乌桓反，因以范明友为度辽将军，渡辽河进行征伐。此处指湖南巡抚吴大澂。光绪十八年壬辰(1892)，吴大澂方任湖南巡抚时，购得一枚汉印，其文为“度辽将军”，吴大喜，以为是万里封侯之兆。光绪二十年甲午(1894)，中日甲午之战爆发，日本侵略军渡鸭绿江侵入我国东北，时清廷内以光绪帝为首的帝党皆主战，吴大澂遂自请率湘军出关迎战，屡战失利。不到十天，日军即攻陷了牛庄、营口和田庄台等地，清军全面溃败。吴也于光绪二十四年戊戌(1898)被清廷革职，永不叙用。

[2] 闻鸡：用祖逖故事。《晋书·祖逖传》：“祖逖与司空刘琨俱为司州主簿，情好绸缪，共被同寝，中夜闻荒鸡鸣，蹴琨觉，曰：‘此非恶声也！’因起舞。”投袂：拂动衣袖，形容奋发的决心。《左传·宣公十四年》：“楚子闻之，投袂而起。”

[3] 东人：指日本侵略军。

[4] 万户侯：《南史·王镇恶传》：“若遭英雄主，要取万户侯。”汉代制度，列侯食邑，大者万户，小者五六百户。万户侯，即食邑万户的侯。后人常用以指高官厚禄。

[5] 区区：小貌。《左传》中曾用以指天下。这里指万户侯。不余畀：不畀余的倒置。畀(bì)：给予。《左传》：“灵王卜曰：‘余尚得天下？’不吉。投龟诟天而呼曰：‘是区区者，而不余畀！’”

[6] 乡：同“向”，以前。乘传：乘车。传：古代的驿车。

[7] 高下句骊：即今朝鲜。朝鲜在西汉时名高句骊，王莽时，改高句骊为下句骊。光绪十年甲申(1884)，吴大澂迁左副都御史，出兵朝鲜，击败朝鲜金玉均等勾结日使胁迫国王发动的政变。

[8] “铜柱”句：《清史稿·吴大澂传》：“(光绪)十一年(1885)，诏赴吉林，会同副都统伊克唐阿与俄使勘侵界，即所侵珲春黑顶子地也。遂援咸丰十一年(1861)旧界图，立碑五座，建铜柱，自篆铭曰：‘疆域有表国有维，此柱可立不可移。’于是侵界复归中国，而船之出入图们江者，亦卒以通航无阻。”铜柱：国界的标志。白马盟：语出《战国策·魏策》：“今天下之将相相与会于洹水之上，通质刑白马以盟之。”这里用以指铜柱铭功之事。

[9] 弭节：犹驻节。缓行。《楚辞·离骚》：“吾令羲和弭节兮，望崦嵫而勿迫。”鸡林：今吉林。据《吴县志·吴大澂传》：“光绪六年(1880)，晋三品卿衔，命赴吉林防边。既抵防所，创设机器局，筑炮垒于三姓珲春，练巩、卫、绥、安四军，编制训练，悉有法度。”

[10] 骨相：指人的骨骼相貌。旧时迷信人的骨相决定人的贵贱祸福。

[11] “雄关”句：雄关：指山海关。这句写吴大澂自请出关。据吴大澂《愙斋自订年谱》：“甲午日本事起，六月在湖南巡抚任内，疏请视师，朝旨允准，遂卸抚篆，单骑北行。八月抵津，旋奉命驻山海关，稽察沿海防务。九、十月，湘军魏光焘、余虎恩、刘树元等各营先后抵关，鄂军熊铁生、吴元恺亦归节制，购外洋军械，朝夕训练。十二月，奉帮办军务之命，嗣以金、复、海、盖相继陷，二十日，电请督师出关，即奉先一日电旨，促令远征。二十一年乙未(1895)正月朔，整队前进。”

[12] 岁朝：农历正月初一。诸将：指李光久(统湘军五营)、魏光焘(统武威六营)、刘树元(统亲兵六营)、吴元恺(统楚军炮队四营)、谭表忠(统护军一营)、郭长云(统卫队一营)。以上诸将均隶属吴大澂部下，会同吴出关。

[13] 举白：干杯，谓举杯告尽。行酒：依次斟酒。

[14] 生彘(zhì)肩：生猪腿。《史记·项羽本纪》：“项王曰：‘赐之彘肩。’则与一生彘肩，樊哙覆其盾于地，加彘肩上，拔剑切而啖之。”

[15] “自言”二句：纪昀《槐西杂志》：“老翁言炼臂十年；炼目十年，其目以毛帚扫之不瞬，其臂使壮夫攀之，悬身下缒不能动。”按大澂自订年谱，载在光绪十年于朝鲜时，打靶放二十余枪全中，则诗言习枪法可信。

[16] 紫电：比喻目光锐利。李白《登广武古战场怀古》诗：“紫电明双瞳。”

[17] 淮河将帅：指叶志超、卫汝贵等淮军将领。巾帼：妇女的头巾和发饰，因

用作妇女的代称。吴大澂所督者为湘军，视淮军将领为巾帼，有轻蔑之意。

[18] 萧娘吕姥：事出《南史·临川静惠王宏传》："武帝诏宏都督诸军侵魏……军次洛口，前军克梁城……诸将欲乘胜深入，宏闻魏援近，畏懦不敢进，召诸将欲议旋师。吕僧珍曰：'知难而退，不亦善乎？'宏曰：'我亦以为然。'……魏人知其不武，遗以巾帼。北军歌曰：'不畏萧娘与吕姥，但畏合肥有韦武。'武谓韦叡也。"萧娘，指萧宏；吕姥，指吕僧珍。

[19] 左盘右辟：左右回旋进退。

[20] 碧蹄馆：地名，在当时朝鲜国京城西三十里。

[21] 销烽烟：扑灭战火。

[22] 黄、曾：黄为黄自元，曾为曾广钧。黄，湖南安化人，同治七年一甲二名进士，与大澂为同年。曾，湖南湘乡人，光绪十五年进士，曾国藩之孙。二人从吴大澂出关，为幕僚。大手笔：写文章的高手。

[23] 勒：刻。燕然：山名，即今蒙古国杭爱山。《后汉书·窦宪传》：温犊须、日逐等八十一部率部降，"宪秉遂登燕然山，刻石勒功，纪汉威德，令班固作铭"。这里借指黄、曾为吴大澂树碑纪功。

[24] 鼠子：喻日本侵略军。"鼠辈敢尔"，语出《世说新语》。

[25] "是何"句：是何鸡狗：王堕谓"董龙是何鸡狗"，见《十六国春秋》。何虫豸：卢程骂任圜曰："尔何鸡狗。"见《五代史·卢程传》。

[26] 天幸：侥幸，指非人力所致。贪功："贪天之功以为己力。"语见《左传》。遽：就。

[27] 它它籍籍：交错杂乱。它：同"驼"，交错。司马相如《上林赋》："惊惮慴伏，不被创刃而死者，它它籍籍。"

[28] "能降"句：据《清朝野史大观》载："吴大澂请命出征，兵抵旅顺，首出劝降告示，晓日人以大义，言词可泣可歌。"

[29] 颜行：排在行列的前面，犹前锋。语见《汉书·严助传》。

[30] 北：败。

[31] 七纵七擒：用诸葛亮七擒七纵孟获事，意谓以道义服人。按：吴大澂讨日檄文中有"待该夷人三战三北之余，看本大臣七纵七擒之计"等语。

[32] 甫：方，才。

[33] "纷纷"句：这句写吴大澂军溃败的情状。据《清史稿·德宗纪》："（二月）庚戌，日兵陷牛庄，吴大澂退走……丙辰，日兵陷田庄台，吴大澂奔锦州。"又据罗惇

赢《中日兵事本末》:“魏光焘败于牛庄,李光久弃军逃,死二千余人,虏八百余人,军械甚富。吴大澂弃田庄台,夜奔入关,将士从风而靡。”

[34] 察吏:巡抚的职责。

[35]“湘中”句:指吴大澂仍回湘任湖南巡抚。据吴大澂《愙斋自订年谱》:“奉撤任帮办军务来京候用之命,行抵津门,得旨革职留用回湖南巡抚本任。四月,回湘接任。”

[36] 八千子弟:用项羽故事,非实数。《史记·项羽本纪》:“项王笑曰:‘天之亡我,我何渡为!且籍与江东子弟八千人,渡江而西,今无一人还,纵江东父兄怜而王我,我何面目见之?’”

[37] 白衣:丧服,这里指战死将士的亲属。

[38] 善饭:《史记·廉颇蔺相如列传》:“廉将军虽老,尚善饭。然与臣坐,顷之,三遗矢矣。”

[39] 平章:品评。吴大澂平生好金石,多有搜集、研究。著有《愙斋集古录》、《恒轩吉金录》、《古玉图考》等。

[40]“闻道”句:铜山:语出《汉书·食货志》:“从建元以来用少,县官往往即多铜山而铸钱。”后因以借指钱。铜山东倾:指甲午战败后给日本的巨额赔款。据《清史稿·邦交志》:光绪二十一年(1895),以李鸿章为全权使至日本,“订约十一款,认朝鲜独立,割辽南及台湾,赔款二万万”。

[41] 芹献:语出《列子·杨朱》:“昔人有美戎菽、甘枲茎、芹萍子者,对乡豪称之。乡豪取而尝之,蜇于口,惨于腹。众哂而怨之,其人大惭。”嵇康《与山巨源绝交书》:“野人有快炙背而美芹子者,欲献之至尊,虽有区区之意,亦已疏矣。”后因以“芹献”为自谦所献菲薄,不足当意之辞。

[42] 岁币:见张维屏《三元里》注[17]。此指每年偿付日本的赔款。少:同“稍”。

[43] 燕云:古州名。燕即幽州,云即云州,约今河北、山西等一带。

[44] 摩挲:抚摸。

[45]“忽忆”二句:辽东浪死歌:隋代农民起义军领袖王薄,以山东长白山为根据地,曾作《无向辽东浪死歌》号召起义,农民苦于征役,纷纷参加起义军的队伍。这里借此歌名,指抗日作战死于辽东的清军士卒。奈尔何:能对你怎么样。尔:指度辽将军印。

✣ 评析

此诗以吴大澂这一抗日败将的事实为题材，塑造了一个夜郎自大而又胆小如鼠的清廷将帅形象，用细致的笔触，幽默的讽刺，对这一时代富有代表性的军政人物，作了真实的刻画，深刻地反映了晚清封建统治的腐败，表现了诗人对此的无限感慨。全诗是作者论诗所揭的"用古文家伸缩离合之法以入诗"的实践；作者是国学功底深厚的学者，通篇大量运用典故及古代词语而融化不着痕迹，举重若轻；通篇用顺叙、倒叙、详写、概括等手法以外，"雄关巍峨高插天"奇峰突起，大笔一振，局格便不入于平衍。开端和后幅反复使用"将军"字凡四处，这是《史记・平原君列传》连用"先生"，《魏公子列传》连用"公子"字的手法。特别是悲愤之思，出以突梯滑稽之笔，以"印"为线索，前幅则"平时搜集得汉印，今作将印悬在腰"。中后幅则"弃冠脱剑无人惜，只幸腰间印未失"，结尾连用三"印"字绾合，趣极、妙极而又愤极。王蘧常《国耻诗话》谓"读之令人啼笑皆非，可为好大喜功无实才者戒"。左舜生曰："公度写这首诗，庄谐杂出，把吴大澂形容得淋漓尽致，而一字一句又确系根据当时的事实，在公度写中日战争的各篇中，更允推杰作。"我以为不仅是中日战争诗史中允推杰作，实为《人境庐诗草》中七古压卷之作。

雁[1]

汝亦惊弦者[2]，来归过我庐。
可能沧海外，代寄故人书[3]？
四面犹张网，孤飞未定居。
匆匆还不暇[4]，他莫问何如。

✣ 注释

[1] 此诗为作者于光绪二十五年己亥(1899)为怀念梁启超而作。时戊戌变法

失败,梁逃往日本,作者被罢官归广东嘉应。

[2] 惊弦者:惊弓之鸟,比喻受过惊吓的人。语出《战国策·楚策》:"更嬴与魏王处京台之下,仰见飞鸟,更嬴谓魏王曰:'臣为王引弓虚发而下鸟。'魏王曰:'然则射可至此乎?'更嬴曰:'可。'有间,雁从东方来,更嬴以虚发而下之。魏王曰:'然则射可至此乎?'……对曰:'其飞徐而鸣悲,飞徐者,故疮痛也;鸣悲者,久失群也,故疮未息而惊心未去也。闻弦音引而高飞,故疮陨也。'"

[3] 故人:指梁启超。

[4] "匆匆"句:《书苑精华》:弘农张芝善草书,每书云:"匆匆不暇,草书。"按:作者处于忧危环境之中,匆匆无暇寄书给梁启超。鸿雁飞空,古有雁字之称,又有雁足传书之典。这里合用诸典以切题,又用张芝典故,双关雁字与自己寄书不暇的情况。

✤ 评析

这首诗因见雁飞而生情。全诗紧切题目"雁",合用惊弓之鸟、雁足传书、张芝草书等有关雁、书的典故,贴切地反映了自己在变法失败放归故乡后的险恶处境,表达了对逃亡海外的维新志士的深切怀念。诗中用典,贵在典中有情。这首诗以惊弓之鸟自况,使典中情景和诗人此刻所怀所感的景况,达到了水乳交融、浑然一体的境界。

长沙吊贾谊宅[1]

寒林日薄井波平[2],人去犹闻太息声[3]。
楚庙欲呼天再问[4],湘流空吊水无情[5]。
儒生首出通时务[6],年少群惊压老成[7]。
百世为君犹洒泪[8],奇才何况并时生[9]。

✤ 注释

[1] 贾谊宅:在湖南省长沙市西北濯锦坊。贾谊:西汉政治家,雒阳(今河南

洛阳)人。文帝初,召为博士,时年二十余。后迁大中大夫。主张改革政制,为当时守旧派大臣周勃、灌婴等排挤,贬为长沙王太傅。渡湘水时,为赋吊屈原以自伤。后为梁怀王太傅。怀王堕马死,他郁郁自伤,不久去世。光绪二十三年丁酉(1897)秋,作者出任湖南长宝盐法道来长沙,接署湖南按察使,助湖南巡抚陈宝箴推行新政。十月,商请宝箴,邀梁启超来长沙任时务学堂总教习。此诗为这年冬作,诗中以贾谊借指梁启超,赞扬梁启超的才能,表达自己对梁启超的钦佩之情。

[2] "寒林"句:《水经注》:"郡廨西有陶侃庙,云旧是贾谊宅。地中有一井,是谊所凿,极小而深,上敛下大,其状如壶。旁有一脚石床,才容一人坐形,流俗相承,云谊宿所坐床。又有一大柑树,亦云谊所种也。"日薄:日落。

[3] 太息:出声长叹。贾谊《陈政事疏》有"臣窃惟事势……可为长太息者六"之语,刘长卿《长沙过贾谊宅》:"秋草独寻人去后,寒林空见日斜时。"为此二句所本。

[4] "楚庙"句:《楚辞·天问》王逸《章句》:"《天问》者,屈原之所作也。屈原放逐,忧心愁悴,彷徨山泽,见楚有先王之庙及公卿祠堂,图画天地山川神灵,琦玮僪佹,及古贤圣怪物行事,周流罢倦,休息其下,仰见图画,因书其壁,呵而问之。"这句借用此典,意在抒发心中抑郁不平之气。

[5] "湘流"句:用刘长卿《长沙过贾谊宅》"湘水无情吊岂知"句意,指贾谊当年在湘水吊屈原之举。

[6] "儒生"句:谓贾谊初出仕汉廷,即精通时务。同时也暗指梁启超。光绪二十二年丙申(1896)七月,年仅二十三岁的梁启超即主编鼓吹变法的《时务报》,梁的文章,见解新颖,文字生动,极受读者欢迎。儒生:旧时对读书人的敬称。首出:初出。《易》:"首出庶物。"时务:世事,有关国计民生的大事,句中语义双关。切合《时务报》。

[7] "年少"句:《史记·屈原贾生列传》:"廷尉乃言,贾生年少,颇通诸子百家之书。文帝召以为博士。是时贾生年二十余,最为少,每诏令议下,诸老先生不能言,贾生尽为之对,人人各如其意所欲出。诸生于是乃以为能不及也。"老成:旧称年老有德、阅历多而练达世事的人。

[8] 百世:百代,历时长久之意。

[9] "奇才"句:奇才:才能出众的人,指梁启超。并时:同时。这句是自幸能与梁启超生活于同时,一同从事维新运动。

✤ 评析

吊古之题，而用以抒发对朋交的倾倒之情，可谓完全摆脱旧窠臼的新创。诗中不仅表现了对共同从事变法事业者“合志同方，营道同术”的政治立场，尤其是年长于梁启超二十六岁的作者，对后进的热情赞誉与提拔，良足为后人楷模。

陈宝琛

陈宝琛(1848—1935),字伯潜,号弢庵,福建闽县人。同治七年戊辰(1868)进士,由翰林院编修,官至弼德院顾问大臣。著有《沧趣楼诗集》。为闽派诗坛领袖之一,多感时抒怀之作,又尝出游江南、广州及南洋群岛,纪程之作亦多。陈衍称其"肆力于昌黎、荆公,出入于眉山、双井"。陈三立序其集,谓其"感物造端,蕴藉绵邈,风度绝世,后山所称'韵出百家上'者,庶几遇之"。

大悲寺秋海棠[1]

当年亦自惜秋光[2],今日来看信断肠[3]。
涧谷一生稀见日[4],作花偏又值将霜[5]。

✤ 注释

[1] 大悲寺:在北京西山八大处第四处平坡山半山腰。创建于元代。此诗作于宣统二年庚戌(1910)七月。陈宝琛于光绪十年甲申(1884),因与法国战事荐举失当罢官归,溥仪即位复被召,授溥仪读。自罢官至光绪三十四年,凡二十五载,宣统元年己酉(1909)入京,宝琛已六十二岁。此诗借咏海棠,感叹国事,自怜身世。

[2] "当年":指光绪十年诗人罢官以前。惜:珍惜。

[3] 断肠:形容哀伤之深。信:的确。

[4] 涧谷一生:指秋海棠生长的环境,也双关作者二十五年来隐居福建鼓山听水斋的生活。日:比喻清帝。

[5] 作花：开花。喻诗人入京就职。

✤ 评析

这首诗写在清王朝覆灭的前夜。诗人将秋海棠的形象、诗人自己和清王朝的命运三者融而为一，借咏海棠，感叹国事，寄托身世。前二句写今昔观赏秋海棠的不同感受。上句写过去，从海棠的迎秋开放中，体味到要珍惜秋光。这里的秋光，语义双关，既暗寓人的暮年，也暗喻清王朝已临衰世。下句写今日，二十五年后故地重游，再睹花容，自己果然已进暮年，清王朝也朝政日非，处在风雨飘摇之中。“断肠”二字，写出了诗人哀伤之甚。后二句翻进一层，正面咏海棠。秋海棠终生在荒山野谷之中难见阳光，开花时偏又遭逢秋霜。花、人、国，至此融为一体，蕴含了诗人对自己无所作为已进入垂暮之年的伤感，对清王朝日薄西山、气息奄奄的隐痛。从内容看，这首诗表达了诗人对清王朝即将覆灭的哀伤和怀恋，反映了诗人站在清王朝一边的立场。从艺术上看，这首诗即物生情、情附物上，蕴涵丰富，不失为咏物之作的上乘，有一定的借鉴之处。

沈曾植

沈曾植(1850—1922),字子培,号乙庵,晚号寐叟,浙江嘉兴人。光绪六年庚辰(1880)进士,官至安徽布政使,护理安徽巡抚。辛亥革命后寓居上海,为清遗老。沈曾植学识渊博,诗颇艰奥,为同光体主要作家。有《海日楼诗集》、《曼陀罗寱词》。陈衍曰:"寐叟论诗,与散原皆薄平易,尚奥衍;寐叟尤爱烂漫。"陈三立称其诗:"沉博奥邃,陆离斑驳,如列古鼎彝法物,对之气敛而神肃。盖硕师魁儒之绪余,一弄狡狯耳,疑不必以派别正变之说求之也。"

题赵吴兴《鸥波亭图》[1]

鸥波亭上佳公子[2],绝代丹青写清思[3]。
渊源不到宋遗民[4],大雅能窥唐画史[5]。
苕渚蘋洲满意春[6],管公楼对比肩人[7]。
还将平远溪山意[8],消取沧桑异代身[9]。

✤ 注释

[1] 赵吴兴:元代著名书画家赵孟頫(1254—1322),字子昂,宋宗室,浙江吴兴(今湖州市)人。工书画,画山水木石花竹人马尤精致。鸥波亭:《清一统志》:"鸥波亭在湖州府治,江子汇上,元赵孟頫游息之所也。"此诗作于光绪十六年庚寅(1890),为题画赠友人丁叔衡之作。

[2] 佳公子：赵孟頫《题所画梅竹赠石民瞻》诗自注："伯几有诗见寄云：'寄声雪上佳公子，飞尽梅花不见君。'"诗中用此语指赵孟頫。

[3] 绝代丹青：谓世所罕有的画。丹青：两种颜料，指画。清思：清雅的情思。

[4] "渊源"句：意谓赵孟頫宋亡后出仕元朝，和画家之抱民族气节者如龚开等不是同一流派。

[5] "大雅"句：意谓赵孟頫的画继承了唐画的传统。大雅：旧时对高雅之才的赞词。《汉书·景十三王传》："夫惟大雅，卓尔不群。"

[6] "茗渚"句：咏画卷意境。用罗隐《送灵川郑员外》诗意："歌听茗坞春山暖，诗咏蘋洲暮鸟飞。"

[7] "管公"句：管公：赵孟頫的岳父管伸，字直夫，无子。其女道昇归赵后，就其父旧居建祠，是为"管公楼"。见《管公楼孝思道院记》。比肩人：语出林坤《诚斋杂记》："海盐陆东美妻朱氏，有容止，夫妻相重，寸步不相离，时人号为比肩人。"诗中借指赵孟頫夫妇。

[8] 平远：指山水画中平静旷远的意境。

[9] 沧桑：沧海桑田的略语，比喻世事变化或朝代更换。见厉鹗《开平王孙种菜歌》注[9]。赵孟頫生宋世，后入元，故称"沧桑异代身"。这二句是说，赵孟頫的画，似寄世代变迁而身仕两朝的感慨。

✤ 评析

沈曾植诗以奇奥艰僻取胜，那在他后期作品中为多。早期诗作，比较清新淡宕，诚如陈衍所评为"清言见骨"者。此诗即属此种。曾植在其《恪守庐日记》中自谓"此章颇有道园(虞集)风味"。

偕石遗渡江[1]

湍深刚避鹄矶头[2]，望远还迷鹦鹉洲[3]。
残腊空舲容二客[4]，清江晓日写千愁。
刚肠志士丹衷在[5]，壮事愚公白发休[6]。
只借柏庭收寂照[7]，四更孤月瞰江楼[8]。

✤ 注释

[1] 石遗：陈衍字。衍，侯官人，光绪举人，为同光体诗之宣扬者。光绪二十四年戊戌五月，曾植应湖广总督张之洞之聘，主讲武昌两湖书院史席，寓居武昌，陈衍亦于是年来武昌参之洞幕府，任报局总编纂。这年十二月，二人同渡江访郑孝胥于汉口，时郑以总办芦汉铁路局差在汉。二人过江宿孝胥铁路局楼上，约暇时相督为诗。

[2] 鹄矶头：指黄鹄矶，旧在江夏郡城（今武昌）西南角蛇山西端，下俯江流。

[3] 鹦鹉洲：在湖北武汉市汉阳区西南江中。后汉末，曹操欲害祢衡，而假手于他人，送衡至江夏太守黄祖处。祖长子射，大会宾客，有人献鹦鹉，衡为赋，洲因以为名。后衡为黄祖所杀。此洲明末已渐沉没，今存鹦鹉洲在汉阳拦江堤外，乃清乾隆时新淤所成。诗中用鹦鹉洲故事，借祢衡被害以暗指“六君子”。

[4] 残腊：腊月的尽头，犹残冬。舲：小船。

[5] 刚肠：性格刚直。嵇康《与山巨源绝交书》：“刚肠疾恶。”丹衷：犹丹心，赤诚之心。

[6] 壮事：犹壮志。《国语》：“既无老谋又无壮事。”愚公：传说中移山的老人。见《列子》。白发休：这是反语，意谓到老不能休。

[7] 柏庭：语出《景德传灯录》：“问如何是祖师西来意，师曰：不可向汝道，庭前柏子树。”指佛境。寂照：佛家语。《楞严经》：“湛然寂照。”佛家谓理体曰寂，智用曰照，体用双举，称寂照。

[8] “四更”句：化用杜甫《月》诗“四更山吐月，残夜水明楼”句意。瞰（kàn）：俯视，远望。

✤ 评析

此诗表面是渡江访友一般的即景抒情，其实诗中抒写的是对这年戊戌政变中殉难的爱国志士的哀悼和怀念。上半首写景，景中寓情；下半首重在抒情，情中有景。作者在光绪二十一年乙未，曾发起开强学会于京师，是维新运动的赞助和参加者。上年丁酉，丁母韩太夫人忧，本年回乡后应张之洞聘来武昌讲学，幸免于八月北京政变的牵连；陈衍于戊戌三月，曾由武昌入京，发表《戊戌变法榷议》十条，也是同意变法的人物。八月政变后，仍入张之洞幕。“空舲容二客”，显得可以容身之地是多么小得可怜。

诗人将满腔抑郁悲愤的感情，溶和在清晨江景的描写之中，借景传情，情深意蕴。首联破空而来，描写在水深流急的江上行舟前进的情景，诗人即景取譬，从“避”、“迷”二字中，宛曲地表现了当时处境的险恶，表达了自己在戊戌政变中侥幸免难和对前途感到迷惘的复杂心情。领联暗用倒接手法，点明渡江的人、时，在“残腊”、“空舲”、“清江、“晓日”的背景上，以“二客”对“千愁”，反衬出此刻诗人浓郁的哀思。腹联直抒感愤，点出“千愁”的缘由，表达诗人对殉难者的崇敬和缅怀，感叹自己未能尽心于变法图强的伤痛。尾联呼应开头，移情入景，在“四更残月”的清冷气氛中，表达了诗人收心归佛的思想。“瞰江楼”的描写，也双关了诗人在迷惘中对前程的一线希望。全诗景为情而设，情因景而发，情景契合无间，浑然一体。

阁夜示证刚[1]

不待招邀入户庭[2]，龙山推分我忘形[3]。
流连未免耽光景[4]，餔餟谁能较醉醒[5]。
雨后百科争夏大[6]，风前一叶警秋零[7]。
五更残月难留影[8]，起看苍龙大角星[9]。

✣ 注释

[1] 阁：指天柱阁，在安徽省怀宁县。证刚：李翊灼，江西临川人。佛学研究者，沈曾植门人。据李翊灼《海日楼诗补编序》载：“丙午(1906)，叟(曾植)被命提学于皖。己酉(1909)，以皖藩摄巡抚事。闻予因学校事致劳瘁，亟召予。……署有成园，园有天柱阁，叟之所葺也。阁凡五级，登临四望，近揽龙山，远招庐霍，长江衣带，旋绕襟袖，游目骋怀，致饶佳趣。叟政事闲暇，即相与放论其上，解题析义，难辨风生，往往自昏达旦而无倦色。叟每乐甚，辄曰：‘有此江阁以来，还有此主客不？’……庚戌(1910)，叟以国事日危，上书言大计。权贵恶之，留中不答。叟抚膺太息曰：‘天乎！人力竟不足以挽之耶？’因赋《阁夜》长律见示云云。”

[2] “不待”句：苏轼《越州张中舍寿乐堂》诗：“青山偃蹇如高人，常时不肯入官

府。高人自与山有素，不待招邀满庭户。”这里巧用苏轼诗意，谓登阁远眺，青山绿水，自入眼底。招邀：邀请。

[3] 龙山：在怀宁县城北三十里，以山势蜿蜒若龙，故名。为怀宁县、桐城市分界岭。推分：以自己的身份对待对方。《晋书·王导传》：“任真推分，淡如也。”这里谓龙山把作者看作知心朋友。忘形：不拘形迹。这里谓忘记了自己和龙山的主客关系。

[4] 流连：乐而忘返。光景：时光。

[5] “餔啜”句：语出《楚辞·渔父》：“屈原曰：‘世人皆浊我独清，众人皆醉我独醒，是以见放。’渔父曰：‘圣人不凝滞于物，而能与世推移。世人皆浊，何不淈其泥而扬其波；众人皆醉，何不餔其糟而啜其釃？何故深思高举，自令放为？’”诗中借用此典，谓当今世上，无人能分清醉醒，辨明清浊。餔啜：即“餔其糟而啜其釃”，随波逐流，与世无争之意。餔：食；糟：酒滓；啜(chuò)：喝；釃(lí)：薄酒。较：分清。

[6] 百科：指各种植物。《广雅》：“科，本也。”

[7] “风前”句：强幼安《唐子西文录》：“唐人有诗云：‘山僧不解数甲子，一叶落知天下秋。’”谓看见一片落叶，便知秋季来临。比喻由小可以见大，由近可以见远，从部分可见全体。这二句以自然界雨后风前的变化，喻新的力量在增长，清室将亡。秋零：秋尽。零(líng)：零落。

[8] “五更”句：暗指清王朝将亡。

[9] 苍龙大角星：星座名。苍龙：东方七宿——角宿、亢宿、氐宿、房宿、心宿、尾宿、箕宿的总称。《史记·天官书》：“大角者，天王帝廷。”诗中暗指清帝。

✤ 评析

宣统二年(1910)，各地革命浪潮风起云涌，清王朝已濒临末日。诗人登阁远眺，触景感怀，写下了这首感叹时世的七律。诗人即景取喻，以自然界的变化，形象地揭示了革命力量在增长，清朝统治行将就木这一历史发展的必然趋势。正如诗中所说：“餔啜谁能较醉醒”，在举世昏昏的情况下，这首诗体现了诗人洞察时局变化的清醒认识。但诗中也流露了他对清王朝行将覆灭的哀愁，反映了他封建阶级的立场。全诗融情、景、理于一，在景色的描绘中饱含了诗人深刻的生活感受，融进了诗人的精神和思想，使全诗染上了一层浓郁的哲理色彩。

西湖杂诗[1]（十七首选四）

湖上波光罨雪光[2]，张祠清绝胜刘庄[3]。
仙人自爱楼居好[4]，六面山屏晓镜妆[5]。

游船平浅泛槎艄[6]，隔一牛鸣路转纡[7]。
消得桑蓬残刁否[8]？中流容与数鸥凫[9]。

石罅苔花朱不枯[10]，空岩乳水静春揄[11]。
枫林一叶吊霜艳，竹翠万梢矜雪腴[12]。

江门帆点夕阳明[13]，江上愁心向晚生[14]。
我寄悲怀东海若[15]，要回胥种荡蓬瀛[16]。

✤ 注释

[1] 此诗为宣统二年庚戌(1910)冬，作者与门弟子李翊灼同游杭州西湖时作。沈曾植《与朱彊村书》："冬月明圣泛舟，灵山韶濩，颇有领会，得诗十余首。"李翊灼《海日楼诗补编序》："庚戌，访叟嘉兴，快聚匝月，即偕作西湖游。时长至前旬日也。湖山幽闷，杳无游人，静对荒寒，宛若置身于倪瓒画稿中。叟笑曰：'余辈可谓孤芳共赏者已。'乃尽十日之力，遍览湖山之胜。素妆西子，不御铅华，而风均天然，偏多真趣，寒山诗所谓'皮骨脱落尽，唯有真实在'者，良堪逄赠。叟有句云：'应心开净域，凡圣无殊差'，盖契证语也。而湖君好事，似忧嘉客堕入枯禅，十日之中，晴晦、雨雪、风月，几无不备。寂然境中，妙现神变，枯木寒岩，顿有生意。"全诗共十七首，这里选第二、三、六、十一四首。

[2] 罨(yǎn)：覆盖。

[3] 张祠：张公祠，在西湖断桥东，宝石山麓。刘庄：又称水竹居。在丁家山

前，濒临西湖，为香山刘学询别墅，俗称“刘庄”。

[4]“仙人”句：《史记·封禅书》：“且仙人好楼居。”胡祥翰《西湖新志》：“张公祠有楼一角，额曰：‘水明。’跋曰：‘湖楼多一面临水，此独擅内外湖之胜，复穿池引湖水绕其前，为桥，曲曲以环之，山光波渌，相映相带，望之不尽。月夜凭瞩，四界空明，若坐晶宫玉宇矣。’”

[5]山屏：以山作屏障。

[6]槎艀(chá fú)：扬雄《方言》：“南楚江湘，凡船大者谓之舸，小舸谓之艖。”又：“艇长而薄者谓之艜，短而深者谓之艀。”

[7]一牛鸣：梵语“拘卢舍”意译，长度单位。一拘卢舍，合四百丈。《大唐西域记》：“穷微之数，分一逾缮那为八拘卢舍。拘卢舍者，谓大牛鸣声所极闻，称拘卢舍。”纡：屈曲回旋。

[8]桑蓬：桑弧蓬矢的省语。语出《礼记》：“国君世子生……射人以桑弧蓬矢六，射天地四方。”郑玄注：“桑弧蓬矢，本大古也，天地四方，男子所有事也。”古代男子出生，以桑木作弓，以蓬草为矢，使射手射天地四方，寓志在四方之意。朱熹诗：“岂知男子桑蓬志，万里东西不作难。”桑蓬残习：指诗人仅存的一点年轻时的抱负。这句作者用《大方广佛华严经》“离一切烦恼心垢及其余习”句意，意思是说：西湖的湖光山色究竟能消蚀自己年轻时的远大抱负吗？

[9]容与：宽舒自在貌。《楚辞·离骚》：“遵赤水而容与。”

[10]石罅：石间缝隙。苔花：苔类植物的花。朱：红色。

[11]乳水：滴水。舂揄：《诗经·大雅·生民》：“或舂或揄。”舂，就是臼舂稻谷。揄，从石臼中舀出米。语谓“乳水”滴下时断断续续的声音像舂臼时发出的声音一般。

[12]“枫林”二句：作者自注：“韬光至龙井行万竹中。”这二句描写道旁的枫林和青翠的竹丛。吊霜艳：枫林红色，故云霜艳，凋零仅剩一叶，所以表示“吊”的心情。矜雪腴：矜，傲。丛竹傲雪，经雪而翠色更觉敷腴，故云“矜”。

[13]江门：杭州望江门，在杭州市东，城外不远即钱塘江。

[14]江上愁心：苏轼《书王定国所藏烟江叠嶂图》诗：“江上愁心千叠山。”向晚：傍晚。

[15]东海若：海神名。语出柳宗元《东海若》：“东海若陆游，登孟诸之阿。”

[16]“要回”句：胥种：吴国将军伍子胥和越大夫文种。详见钱谦益《迎神曲》注[17]。回：使西上的潮水回向东海，荡平海上山峰。寓荡平帝国主义侵略势

力之意。

✤ 评析

这里，从沈曾植《西湖杂诗》组诗中选了四首。四首合看，可以看到当时作者的两种心情。一种心情是对西湖美景的爱，为“湖上”和“石罅”两首，两首又互为掩映，前一首写雪后湖山的外貌；后一首写山洞的苔藓、钟乳和山行中的幽静竹径，亦离不开雪后。又一种心情是对国事的深切关注，立志要荡平帝国主义的侵略势力。融合两种心情的是“游船”一首，它一方面表现了“中流容与数鸥凫”的悠闲自在，但并不能消除作者桑弧蓬矢志在四方的壮图。因此，他的“中流容与”，还不是真正意义上的逍遥游。作者于游湖这年的六月，自安徽布政使任上乞退。这一两年，他曾严拒外国人订约开铜官山矿的要求，曾拒绝当道命其于藩库支巨款供张贝子载振的来皖，因此与当道不合，浩然赋归。游湖与去职，才隔半年，既因得还山而宽慰，又因不能行志而心情久久未能平静，这就是诗中的矛盾心情产生的因素。曾植于宋诗工力深邃，“苔花”一首用拗调，分明是从黄庭坚七绝变化而来。“吊”字、“矜”字，弥见锤炼之工。末首跌宕悲壮，风格又变。

释敬安

释敬安(1851—1912),字寄禅,别号八指头陀,俗姓黄,湖南湘潭人。十八岁,在湘阴法华寺出家。后遍游江浙各地,回湖南后,住持各名刹。与诗人王闿运诸人游,加入碧湖诗社。五十二岁以后,在浙江鄞县天童寺为方丈。辛亥革命后,成立中华佛教总会,任会长。他是近代著名诗僧,最初诗稿名《嚼梅吟》,其后刻有《八指头陀诗集》、《续集》。叶德辉为他的续集作序说:"其诗宗法六朝,卑者亦似中晚唐人之作。中年以后,所交多海内闻人,诗格骀宕,不主故常,骎骎乎有与邓(白香)王(湘绮)犄角之意。湘中固多诗僧,以予所知,未有胜于寄师者也。"

梦洞庭[1]

昨夜汲洞庭[2],君山青入瓶[3]。
倒之煮团月[4],还以浴繁星。
一鹤从受戒[5],群龙来听经。
何人忽吹笛,使我松间醒。

✤ 注释

[1] 此诗作于一九〇九年。

[2] 汲:取水。汲洞庭:谓梦中以瓶汲取洞庭之水。

[3] “君山”句：谓竟连青秀的君山也被汲入瓶中。君山：见宋湘《入洞庭》注[3]。

[4] 倒之：谓再把瓶中之水倒出。团月：圆月。

[5] 受戒：佛教信徒出家为僧尼，称“受戒”。

✤ 评析

在诗人作品中，有多首以梦洞庭为题，体现了诗人对故乡秀丽山川的热爱和萦念。这首诗造境奇特，诗句清丽，表现了诗僧独特的生活感受和审美情趣。前六句，写梦中景象，构想了一幅净瓶汲水，君山入瓶，倒水煮月浴星，鹤、龙受戒听经的神异图景。同是思念故乡，这种感受却是僧人所特有的。末二句，写闻笛而醒，松林间的环境，悠扬的笛声，突出表现了诗僧的风神气质。陈诗称誉此诗“超然物外，飘逸不群，可称杰作”。

陈三立

陈三立(1853—1937),字伯严,号散原,江西义宁(今修水)人。光绪十五年己丑(1889)进士,官吏部主事。年轻时,曾辅佐其父湖南巡抚陈宝箴创办新政,提倡新学,支持变法运动。变法失败,以"招引奸邪"罪,父子同被革职,永不叙用。其诗清奇拗涩,宗尚黄庭坚,早年多忧伤国事之作。为同光体诗人的首领。有《散原精舍诗》、《续集》、《别集》。梁启超对他的诗十分倾倒,谓:"其诗不用新异之语而境界自与时流异,浓深俊微,吾谓于唐宋人集中罕见伦比。"

短歌寄杨叔玫时杨为江西巡抚令入红十字会观日俄战局[1]

海涎千斛鼍龙语[2],血浴日月迷处所,吁嗟手执观战旗,红十字会乃虱汝[3]。天帝烧掷坤舆图[4],黄人白人烹一盂[5]。跃骑腥云但自呼[6],而忘而国中立乎[7]!归来归来好头颅。

✤ 注释

[1] 日俄战局:日本和帝俄为重新分割中国东北和朝鲜而进行的战争,战场主要在中国东北境内。一九〇四年二月八日,日本突然袭击俄国在中国旅顺口的舰队。十日,日俄宣战,战争爆发。次年一月,日军攻占旅顺口,三月,又在沈阳附近

击溃俄国陆军主力。五月，日军又取得对马海峡海战胜利。后经美国调停，两国签订了《朴茨茅斯和约》，由日本代替帝俄在中国东北的支配地位。战争爆发后，清廷即宣布中立。此诗所记，系日俄海战，诗作于一九〇四年春。时江西巡抚为夏旹。

[2] 海涎：海水。斛：容量单位，古代以十斗为一斛。千斛：言其多。鼍(tuó)龙：动物名，亦称"扬子鳄"。这里比喻日俄二军。

[3] 虱：寄生。这里是夹杂其间之意。

[4] 坤舆图：本指地图，这里指大地。这句描写战火纷飞的情景。

[5] 黄人：指日本军队，属黄种人。白人：指俄国军队，属白种人。盂：盛饮料的圆口器皿，这里喻海。烹一盂：在同一盂内烹煮，比喻战火激烈。

[6] "跃骑"句：指观战的中国人。

[7] 而国：你的国家，指中国。而：代词，你，你的。

✤ 评析

此诗收于宣统二年正月商务印书馆代印本《散原精舍诗》卷上，这一代印本，即是初印本。不知何故，这一篇陈三立有数的杰作，在以后商务印书馆排印出版的《散原精舍诗》里，却已被删掉了。这诗用光怪奇诡的笔触，丰富的想象，诸如海涎狂沸、鼍愤龙愁的惊心动魄形象，"血浴日月"、"天帝烧掷坤舆图"、"黄人白人烹一盂"等天昏地暗、神焦鬼烂的惨景，描绘了战火纷飞的激烈场面。面对清王朝的"中立"立场和国人在手执红十字旗的观战中"跃骑腥云但自呼"的麻木状态，也表达了无限的愤慨和伤痛。时代精神鲜明，爱国感情强烈。全诗情辞沉痛，设喻奇创，构思新颖。三立诗虽胎息于黄庭坚的江西派，但时代不同，这种作品，其思想性和艺术性，宋代江西派的作品都是无法与之比拟的。无怪郑太夷为《散原精舍诗》作序，称"伯严之作，至辛丑以后，尤有不可一世之概，源虽出于鲁直(黄庭坚)"，"未可列之江西社里也"。

晓抵九江作[1]

藏舟夜半负之去[2]，摇兀江湖便可怜[3]。

合眼风涛移枕上，抚膺家国逼灯前。
鼾声邻榻添雷吼[4]，曙色孤篷漏日妍[5]。
咫尺琵琶亭畔客[6]，起看啼雁万峰巅。

✤ 注释

[1] 此诗作于光绪二十七年辛丑(1901)冬，时清政府已和八国联军签订了《辛丑条约》。诗为伤世感时而作。

[2] "藏舟"句：语出《庄子・大宗师》："夫藏舟于壑，藏山于泽，谓之固矣；然而夜半有力者负之而走，昧者不知也。"诗以此形容乘夜行船抵九江。同时以舟喻中国，有感叹列强要吞并中国，国人还一无觉醒之意。

[3] 摇兀：摇荡。

[4] "鼾声"句：语出岳珂《桯史》："王师征包茅于(李)煜，骑省复将命请缓师，其言累数千言，上谕之曰：'不须多言，江南亦何罪？但天下一家，卧榻之侧，岂容他人鼾睡耶？'"这里暗喻帝国主义侵略中国。

[5] "曙色"句：妍：美好。时清朝帝后刚从西安回銮至北京，德宗处境稍佳于庚子国变前。此句暗寓此义。

[6] 琵琶亭：在九江附近的浔阳江边，即白居易送客处。琵琶亭畔客：作者自称。

✤ 评析

戊戌变法失败后，诗人被清廷革职放归故里，隐居于南昌西山，思想渐趋消沉，但也并不是全然不问世事。这首写于八国联军侵略中国以后的七律，就体现了诗人关心国家命运的爱国感情。全诗描写诗人深夜舟行江上的情景，同时借助于典故，妙用双关，描绘了晚清时期政局动荡，列强觊觎，国人麻木，国运危浅的政治形势，而诗人对国事身世的忧虑也从"抚膺家国逼灯前"中溢露而出。在艺术表现上，诗人运用了移步换形的手法，首联写深夜启航，颔联接写舟中感受，腹联转写晨色，尾联写舟抵九江。一路写来，紧切舟行江上的实情实景，运用典故，寄托寓意，十分贴切自然，体现了诗人"用事能令事如己出，天然浑厚"的功力。

哭次申[1]

锦衣玉貌过江人[2]，几踬尘埃剩我亲[3]。
万恨都移疽发背[4]，九幽更恐债缠身[5]。
羽毛自惜谁能识[6]，圭角难砻稍未纯[7]。
此后溪桥候明月，一披萧卷一酸辛[8]。

✤ 注释

[1] 次申：名华培，四川人。官布政使。喜交游，平易近人。曾以贵公子游宦金陵，憔悴一官。光绪三十二年丙午(1906)春，以穷愁卒。

[2] 锦衣：《诗经·秦风·终南》："锦衣狐裘。"传："锦衣，采衣也。"陈奂传疏："锦衣狐裘，唯诸侯在天子朝廷，君臣同服之衣。《书·大传》云：'命于其君，得命衣文骈锦，未有命者不得衣。'是锦衣为贵显之服矣。"诗中即指官服。玉貌：对人容貌的敬称，也有貌美之意。《战国策·赵策》："今吾视先生之玉貌，非有求于平原君者，曷为久居此围城之中而不去也?"过江人：晋室南渡，一些贵族名士都过江而来，称为过江人物。语出《世说新语·言语》："王中郎甚爱张天锡，问之曰：'卿观过江诸人，经纬江左轨辙，有何伟异?'"

[3]"几踬"句：谓次申一生几经坎坷，只留下了我一个亲近的人。踬(zhì)：绊倒，引申为遇事不顺遂。尘埃：喻人世间的纷争。

[4] 疽发背：毒疮生于背部。

[5] 九幽：犹九泉，地下极深处。常指人死后埋葬之处。

[6]"羽毛"句：古代诗文中常用鸟兽的羽毛比喻人的外表、声名。《后汉书·王符传》："其贡士者不复依其质干，准其才行，但虚造声名，妄生羽毛。"羽毛自惜：谓珍惜自己的声名。

[7] 圭角：圭的棱角，锋芒。后人因以不露圭角称人沉着有修养。砻(lóng)：磨。圭角难砻：谓次申锋芒毕露。纯：纯粹。

[8]"一披"句：作者自注："君弥留时，以萧尺木书画卷子见遗，言后睹此卷如睹我也。"按：萧尺木，名云从，明末清初名画家。披：翻开，翻阅。

✤ 评析

陈三立是一位对亲朋怀有深挚感情的人，《散原精舍诗集》中悼友之作，往往声泪俱下，动人肺腑。此首写哀既真切，诗笔尤力透纸背。三、四句凝炼，十四字胜人千百。悼友而不护其短，愈以见爱之之深，哀之之挚。

十一月十四夜发南昌月江舟行[1]（四首选一）

露气如微虫，波势如卧牛[2]。
明月如茧素[3]，裹我江上舟。

✤ 注释

[1] 此诗为光绪二十九年癸卯(1903)冬作者从南昌往南京途中所作。
[2] 卧牛：躺着的牛。
[3] 茧素：素白的蚕茧。

✤ 评析

这首描写月夜舟行的小诗，通首写景，奇语如珠，充满了诗情画意。前三句，一写露气清凉，一写波势起伏，一写月光皎洁，一句一个比喻，看似互不关联，其实正交相辉映，织成了一幅完美的画面。末句一个"裹"字，承上句的比喻而来，暗暗点出了画中之人，江在月中，舟在江中，人在舟中，这是一幅多么和谐的画面。古往今来，月夜行舟的诗作数以千计，这首小诗，以其奇特的想象，新颖的比喻，精炼的诗句，又为之增添了一首境界独辟的佳作。狄葆贤曰："奇语突兀，二十字抵人千百。"

寄调伯弢高邮榷舍[1]（二首选一）

闻道津亭傍胜区[2]，唱筹挝鼓捋髭须[3]。
露筋祠外千帆尽[4]，税到江头鸥鹭无[5]？

✤ 注释

[1] 伯弢：陈锐，字伯弢。湖南武陵（今常德市）人。近代诗人，著有《抱碧斋集》。高邮：今江苏省高邮市。榷(què)舍：旧时征收赋税的卡子。

[2] 闻道：听说。津亭：设在水路要冲之处的卡子，即榷舍。胜区：名胜之地。

[3] "唱筹"句：写税吏收税时得意的神气。唱筹：指报告货物过秤后的数码。筹：记数的筹码。挝：击。

[4] 露筋祠：见王士禛《再过露筋祠》注[1]。

[5] "税到"句：苛税酷烈，连鸥鹭怕也逃不掉这一厄运吧？范成大《四时田园杂兴》诗："无力买田聊种水，近来湖面亦收租。"这句取意于此。

✤ 评析

这是一首刺世之作。作于光绪三十年甲辰（1904）夏。全诗运用强烈的反衬和夸张手法，揭露了晚清时期苛捐杂税的酷烈，表现了诗人对人民苦难的同情和关切。一、三两句，写津亭依傍胜区、运河上千帆竞进的繁荣景象。第二句描写税吏的形象，唱、挝、捋三个动作，淋漓尽致地勾勒了税吏趾高气扬的神态。末句以夸张之笔，表现苛税酷烈。全诗前后二联形成鲜明的对照，这就有力地撕下了繁荣的假象，让人们透过它看到了百姓的深重灾难。可见诗人构思的匠心。末句的意境虽脱胎于范成大的诗句，但由于紧切时、地，显得不露痕迹，十分自然，而且在深度上也有超越范诗之处。

范当世

范当世(1854—1904),初名铸,字无错,后字肯堂,江苏通州(今南通市)人。岁贡生。曾从张裕钊学古文,又与吴汝纶上下其议论,取法桐城,但不为所拘。诗风亦远承桐城姚鼐遗绪,宏肆瘦硬,兼学苏、黄,为同时宋派诗人所推崇。桐城人吴闿生选《晚清四十家诗》,以范氏冠首,选录最多。姚永概曰:"范君起江海之交,太息悲伤无所抒泄,一寓之于诗。其诗震荡开阖,变化无方。"陈衍曰:"伯子识一时名公巨卿颇夥,徒以久不第,抑郁牢愁,诗境几于荆天棘地,不啻东野之诗囚也。工力甚深,下语不肯犹人,读之往往使人不欢。"金天羽曰:"范肯堂贫穷老瘦,涕泪中皆天地名物。"有《范伯子诗集》。

吾所植荷既开尽而风雨频至坐见其萎谢慰别以诗

荷今折风雨[1],落落夫何叹[2]?
见汝清明日,孤根后土安[3]。
何由触冥性[4],心气忽奔澜?
横游不得遂,直上多其端[5]。
冥冥一尺土,砉若钻天难[6]。
迎风变青翠,向日成朱丹[7]。
开落一不吝,替萼宵抟抟[8]。

悬知此盆内[9]，百孔能相贯。
房房遍已实[10]，根本又可餐[11]。
有生百虫附，来去无相干。
吾衷独含愧[12]，给水徒未干。
滋渗任奴婢，隔望成朝欢。
潇湘洞庭上[13]，弥路花漫漫[14]。
传闻有司命[15]，乃是神仙官。
五更得月际，大士乘飞鸾[16]。
停云拂素袖，洒露当花冠[17]。
嗟兹一华植，岂有高灵看[18]。
哀哀楚骚子，抱石沈急湍[19]。
奇躯不得腐，化作荷根蟠[20]。
传为万万本，七窍心犹完[21]。
人间习不识，此是荷之耑[22]。
君看本末在[23]，岂肯为椒兰[24]！
埋藏弗复道，摧落终心酸。

✣ 注释

[1] 折风雨：为风雨所摧折。

[2] 落落：零落孤独貌。

[3] 后土：古称大地为“后土”，犹称天为“皇天”。

[4] 触：触发。冥性：潜藏深处的事物的本性。

[5] “横游”二句：意谓荷根横向生长受到阻遏，许多枝干就径直向上生长。

[6] “砉若”句：砉(xū)：皮骨相离声。这句状荷茎出土之难。

[7] 朱丹：红色。指荷花。

[8] 替萼：谓残花落，新苞开。替：交替。抟抟：垂貌。

[9] 悬知：预知，料想。

[10] 房：指莲房。

[11] 根本：指藕。

[12] 衷：内心。

[13] 潇湘：湖南省二水名。洞庭：见宋湘《入洞庭》注[1]。

[14] 弥：遍。漫漫：无边际貌。

[15] 司命：古代神话中的神名。屈原《九歌》有《大司命》、《少司命》章。大司命专掌人类寿命；少司命掌少年儿童的生命。这里指掌管花的神灵。

[16] 大士：指佛教的观音大士，其像足踏莲花。

[17] “洒露”句：传说观音手持净瓶，为花洒露。洒露：谓倾洒净瓶中的仙露。

[18] 高灵：神灵。

[19] “哀哀”二句：楚骚子：指屈原。这二句写屈原汨罗江沉沙而死。

[20] 蟠：盘曲伏着。

[21] 七窍：比喻藕孔。语本《史记·殷本纪》：“比干……强谏纣，纣怒曰：‘吾闻圣人心有七窍。’剖比干观其心。”完：完整。

[22] 耑：指荷根。《说文》：“耑，物初生之题也。上象生形，下象其根也。”

[23] 本末：树木的根与梢，比喻人的立身大节有始有终。

[24] 椒兰：语出《楚辞·离骚》：“余以兰为可恃兮，羌无实而容长……椒专佞以慢慆兮，樧又欲充夫佩帏。”兰：楚怀王少弟司马子兰；椒：楚大夫子椒。后因以指佞人。

✤ **评析**

此诗为咏物抒怀之作。诗以为风雨所折的荷花自况，寓作者身世之叹，并借助荷根为屈原所化的想象，抒写了洁身自好的情操。“潇湘洞庭上”以下八句，仙乎仙乎之笔，可谓提挈灵象，养空而游。近代学古各家，对此能无缩手。

大桥墓下[1]

草草征夫往月归[2]，今来墓下一沾衣。

百年土穴何须共[3]，三载秋坟且汝违[4]。
树木有生还自长，草根无泪不能肥。
泱泱河水东城暮[5]，伫与何人守落晖[6]？

✤ 注释

[1] 大桥：范当世《大桥遗照诗》自序："此所谓大桥，乃吾所居通州城郭之东偏十五里许，有所谓新地者，有水桥一区，类如斯图，而亡妻实产于是，其父母因以桥名之。"按：大桥为范当世原配夫人吴氏，死于光绪十年甲申(1884)，时当世年三十一岁。大桥葬地在通州东门外范氏之阡。此诗作于光绪十二年丙戌(1886)冬十一月。

[2] 草草：忧虑，劳心。《诗经·小雅·巷伯》："劳人草草。"征夫：指作者自己。往月：上个月。作者于光绪十一年乙酉(1885)再至冀州，依知州吴汝纶，至十二年十月南归。

[3] 土穴：坟墓。

[4] "三载"句：谓三年来未能前来扫墓。大桥死于光绪十年，时范当世方任职湖北通志局，不在家，旋北上至冀州，七月南归，十一年十月又北上。这里说三载，自大桥死时至作诗时统计。汝违：违汝。动宾语倒置。

[5] 泱泱：水深而广。

[6] 伫：久立。

✤ 评析

悼亡之作，要情真，但又不要凡俗，前人如元稹不免庸陋，王士禛不免于藻饰，梅尧臣、王安石、陆游，始可称合作。范当世此首，亦是当仁不让。语句清挺，固是其独擅。五、六句深挚，尤不易到。是盖以孟郊的古诗意境骨力为七律者。

过泰山下[1]

生长海门狎江水[2]，腹中泰岱亦峥嵘[3]。

空余揽辔雄心在[4]，复此当前黛色横。
蜿蜒痴龙怀宝睡[5]，蹒跚病马踏砂行。
嗟余即逝天高处，开阖云雷傥未惊[6]。

✤ 注释

[1] 泰山：中国五岳之一，在山东省。

[2] 海门：作者家乡南通，清时为海门县。狎：玩。

[3] 泰岱：因泰山古又称岱宗，故云。

[4] 揽辔：语出《后汉书·范滂传》："滂登车揽辔，慨然有澄清天下之志。"后因以揽辔谓有澄清天下的抱负。辔：御马之索。

[5] 痴龙怀宝：神话传说，洛中有洞穴，有人误坠穴中，见有大羊，羊髯有珠，取而食之。后出以问张华，华曰："此痴龙也。"见《法苑珠林》引《幽明录》。

[6] "嗟余"二句：谓自己即使登上泰山绝顶，脚下的云雷开阖，大概也不足使我惊心。傥：通"倘"。

✤ 评析

此诗作于光绪十一年乙酉十月，抒写途经泰山之感。全诗融情于景，虚实相生。起句倒转用苏轼《游金山寺》诗"我家江水初发源，宦游直送江入海"句意。接着便转入"腹中泰岱亦峥嵘"，掷笔空中，具有高屋建瓴之势，能总摄全局。通过对泰山峥嵘气象的赞颂，"腹中"、"亦"更显示了诗人的抱负。第三句快速转入到"空余揽辔雄心"欲澄清天下而志未得展的感慨，第四句又跌落到眼前的泰山。五句紧承第四句写冬山如睡的景物，因为不是一般的冬山而是泰山，故运用了"痴龙怀宝"的典故，诗句便辐射出异样的光芒，眩人心目。特别是"怀宝"而"睡"，隐喻自己的怀才未遇，报国无门，与第三句紧紧扣住。结二句一放一收，一句一折，抒写面对复杂动荡的时势不为"云雷"所动的豪壮胸襟，"天高处"也含期望将来"雄心"得遂，身居高位为国效力之意。这种结笔，是从杜甫《望岱》诗末二句"会当凌绝顶，一览众山小"化出。全诗八句，语势拗折，大气盘旋，举重若轻，体现了姚永概所称诗人作品“硬语盘空”、“震荡开阖”的艺术特色。李刚己日记载伯子自评曰：“此等题无他难，但若将泰山看得绝大，而求为震撼之词，则便竭蹶支持，不能佳矣。”又曰：“我诗何足与杜公比论，要其一起一收，规模颇好，中四句亦蹈大方也。”

文廷式

文廷式（1856—1904），字道希，号芸阁、纯常子，江西萍乡人。光绪十六年庚寅（1890）进士，官翰林院侍读学士。为赞助光绪帝亲政，支持康有为发起强学会，被慈禧太后革职。庚子岁（1900）曾东走日本。有《纯常子枝语》、《文道希先生遗诗》等。其论诗不专主唐宋，于清一代诗，多所不满。自作时有新意。

夜坐向晓

遥夜苦难明[1]，他洲日方午[2]。
一闻翰音啼，吾岂愁风雨[3]！

✤ 注释

[1]“遥夜”句：暗指社会如处在长夜之中，不见光明。

[2]“他洲”句：他洲：指美国。美国处在西半球，而我处在东半球，昼夜相反。作者由此寄以新意，以为美国的政治，正如日方中。

[3] 翰音：指鸡鸣。这两句参用《诗经·郑风·风雨》“风雨如晦，鸡鸣不已”之意。

✤ 评析

这是一首将当时先进的科学知识融化入诗，借以抒发国事之慨的政治抒情小诗。前二句，诗人以东西半球昼夜相反的科学知识，妙用双关，翻出新意，把如漫漫长夜的清王朝的黑暗统治和西方资本主义国家作鲜明的对照，表达对中国这个古老的封建帝国的不满和西方资本主义制度的向往。后二句，又融化《诗经·风雨》中的意境，豪情满怀地表现了诗人不愁风雨、渴望天明的积极思想。全诗构思新鲜别致，具有浓郁的时代气息。

陈 衍

陈衍(1856—1937),字叔伊,号石遗,福建侯官(今福州)人。光绪八年壬午(1882)举人,官学部主事。久在湖广总督张之洞幕,任官报局总编纂。后历任京师大学堂讲习,厦门大学、无锡国学专修学校教授。晚年寓居苏州,与章炳麟、金天羽创办国学会。著有《石遗室诗集》、《石遗室诗话》及《续编》。陈衍为近代同光派诗人中闽派的首领,其诗话先在梁启超所编《庸言杂志》上发表,影响之大,不下于乾隆时代袁枚的《随园诗话》。又编选《近代诗钞》,提出合学人之诗与诗人之诗为一的主张,隐然为一时旧体诗坛的盟主。中年论诗,主张三元之说,三元指开元、元和、元祐,谓“宋人皆推本唐人诗法,力破余地耳”;“若墨守旧说,唐以后之书不读,有日蹙国百里而已”。然其诗话和其他论诗杂文,所见往往属于技术小巧方面,诚如金天羽所批判,“石遗之序海藏诗,侔色揣称于句律之间,评量古人,务轾彼而轩此(抑彼扬此)者,其无乃仪毫失墙(见小失大),而未得帝之悬解(《庄子》语。悬:倒悬,指认识颠倒错误。解:解除。悬解指纠正错误之见而认识真理)乎?”自为诗偏尚宋人,尤于杨万里为近,在用笔的曲折等形式技巧上用功夫,关怀国家大事、民生疾苦的诗篇很少。

冬述四首示子培[1](四首选一)

往余游京华,郑君过我邸。

告言子沈子，诗亦同光体。
杂然见赠答，色味若粢醴[2]。
十年始会面，辍乐正读礼[3]。
从之索旧作，发箧空如洗。
能者不自珍，翻悔笔轻泚[4]。
我言诗教微，百喙乃争启[5]。
风雅道殆丧，庞言天方懠[6]。
内轻感外重[7]，怨诽遂丑诋[8]。
何人抱微尚[9]？不绝如追蠡[10]。
宋唐皆贤劫[11]，胜国空祖祢[12]。
当涂逮典午，导江仅至澧[13]。
先生特自牧[14]，颇谓语中綮[15]。
年来积怀抱，发泄出根柢[16]。
虽肆百态妍，石濑下见底[17]。
我虽不晓事，老去目未眯[18]。
谅有古性情，汩汩任有瀰[19]。

✤ 注释

[1] 子培：沈曾植的字，见前沈曾植选篇小传。此诗为光绪二十五年己亥(1899)冬作于武昌。时曾植居姚园，陈衍居水陆街，相去很近，曾植病疟困卧，二人常相唱和。此题凡四首，这是第三首。

[2] “往余”六句：往：往年。指光绪十二年丙戌(1886)。京华：指北京。郑君：郑孝胥，字苏堪，福建闽县(今福州)人。同光体闽派诗人的首领。晚年叛国，为人所不齿。有《海藏楼诗》。邸：住宅。粢醴：糯米酿的酒。粢(zī)：谷类的总称。醴(lǐ)：甜酒。

[3] “十年”二句：光绪二十三年丁酉(1897)八月，沈曾植母韩夫人殁于北京。次年曾植南归，五月，湖广总督张之洞聘他主讲武昌两湖书院。陈衍时亦在之洞

幕，上距丙戌，已隔十二年，诗云十年，约数。辍乐：旧时礼制，居丧时期停止用乐。时曾植三年之丧尚未满。读礼：阅读礼经，引申作守制解。

[4]“从之”四句：发箧：翻开书箱。不自珍：不自珍惜。翻悔笔轻泚：谓曾植反而追悔以前轻易动笔写诗。泚(cǐ)：用笔蘸墨。

[5]“我言”二句：“我言”以下十二句，陈衍与沈曾植论诗时所说自己的诗歌史观。这首二句说儒家诗教衰微以后，诗歌领域出现了“其为言也乱杂而无章”的争鸣局面。诗教：语见《礼记·经解》：“温柔敦厚，诗教也。”喙(huì)：嘴。启：开。

[6]“风雅”二句：谓《诗经》的传统精神几乎消失，庞杂的诗篇竞作，天心也像世事一样着了病。风雅：《诗经》的《国风》、《大雅》、《小雅》。丧：丧失。庞言：杂乱之言，指后世的诗篇。癠(jì)：病。

[7]“内轻”句：内轻：诗人轻视内心的修养。外重：偏重于外表文词的讲究。

[8]“怨诽”句：《史记·屈原列传》：“《小雅》怨诽而不乱。”诽(fěi)：诽谤。丑诋：恶骂。

[9]微尚：不同寻常的志趣。微：孤独深微。尚：志趣。

[10]“不绝”句：谓风雅之道快要断绝。《孟子·尽心下》：“高子曰：‘禹之声尚文王之声。’孟子曰：‘何以言之？’曰：‘以追蠡。’”不绝：快要断而未断。追(duī)：钟纽。蠡(lí)：欲绝之貌。

[11]贤劫：佛教称现在住劫(成、住、坏、空四劫之一)为贤劫，贤劫中有千佛出世。这里用贤劫千佛比喻唐、宋“三元”的作家。

[12]“胜国”句：谓明一代之诗不足崇尚，譬如在宗庙可以撤去其神位。胜国：前朝。语本《周礼·地官·媒氏》：“凡男女之阴讼，听之于胜国之社。”郑玄注：“胜国，亡国也。”谓其国已被本朝战而胜之。此诗作于清末，胜国指明朝。祢(nǐ)：已死的父亲在宗庙中立主之称。

[13]“当涂”二句：谓魏晋诗歌，仅是中国诗歌发展过程中较前的一段。当涂：《后汉书·献帝纪》：“当涂高者，魏也。”典午：晋朝的代称，见王士禛《定军山诸葛公墓下作》注[9]。导江：《书·禹贡》：“岷山导江，东别为沱，又东至于澧。过九江至于东陵，东迤北，会于汇，东为中江，入于海。”澧：水名，在湖南省境内。

[14]自牧：自养，自谦。牧：养。语本《易·谦》：“谦谦君子，卑以自牧也。”孔颖达正义：“恒以谦卑自养其德也。”

[15]“颇谓”句：谓沈曾植赞同陈衍诗家“三元”之说。中綮：中症结，中要害。《庄子·养生主》：“技经肯綮之未尝。”肯：附着于肉之骨。綮：筋脉纠结之处。

[16]“年来”二句：陈衍《石遗室诗话》卷一：“余谓君博探群书，治史学，洎西北舆地，余亦喜治考据之学，其实皆为人作计，无与己事。作诗尚是自家意思，自家言说。子培意不能无动，间一为之。次年，余移居水陆街，君居姚园，相去不数武，秋冬病痁寒困卧，遂日有所作，……不两三月，已积百余首，多可存。”根柢：谓曾植学有根柢，其诗从书卷中酝酿而出，即陈衍所主张学人之诗与诗人之诗合而为一之意。

[17]“石濑”句：语本于欧阳修《水谷夜行寄子美圣俞》：“梅翁事清切，石齿漱寒濑。”石濑见底，即是此意。《楚辞·九歌·湘君》：“石濑兮浅浅。”濑（lài）：沙石上急流之水。

[18]眯（mǐ）：眼中有尘沙，不能睁开。

[19]汩汩（gǔ gǔ）：水流急貌，比喻文思勃发。语本韩愈《答李翊书》：“当其取于心而注于手也，汩汩然来矣。”瀰（mí）：水深满貌。《诗经·邶风·匏有苦叶》：“有瀰济盈。”

✤ 评析

此诗是陈衍论诗之作。可以看到同光体的名称来源、陈衍的论诗主张和他与沈曾植的关系。陈衍著名的诗学著作是《石遗室诗话》，该《诗话》卷一所载，可与此诗相参证。如云：“丙戌（1886）在都门，苏堪（郑孝胥）告余，有嘉兴沈子培者，能为同光体。同光体者，余与苏堪戏目同（同治）光（光绪）以来诗人，不专宗盛唐者也。见子培数诗，雅健有意理。”此即本诗篇前六句所叙的内容。“十年”六句，叙陈、沈二人于武昌会面，也和《诗话》所云“后十年相见，索旧作，皆斥弃无一存者”相合。“我言”以下十二句，申述陈衍论诗主张，所谓“唐宋皆贤劫”，因佛家有贤劫千佛之说，故用作比喻，即《诗话》所载“余谓诗莫盛于三元，上元开元，中元元和，下元为宋”。“先生”以下六句，谓沈曾植同意陈衍主张，即《诗话》所云“君谓三元皆外国探险家觅新世界、殖民政策、开埠头本领”。陈衍还评论沈诗的特点为“石濑下见底”，亦即陈氏《沈乙庵诗序》所云：“君诗雅尚险奥，聱牙钩棘中，时复清言见骨。”后四句归宿到陈衍自己。此诗造语古峭拗折，是陈衍诗的特点。语多本经籍，是同光体诗人所谓“学人与诗人之诗合”的操术，和沈曾植真以学人为诗者有差距，因与曾植唱酬，不得不炫古争胜。此诗在近代诗歌理论史上是一篇重要的作品。

刘光第

刘光第(1858—1898),“戊戌六君子”之一。字裴村,四川富顺人。光绪九年癸未(1883)进士,光绪二十四年戊戌(1898)因陈宝箴引荐,与谭嗣同等同授四品卿军机章京,参预变法。变法失败,被害。刘氏诗主要以唐人为宗,其佳构上追李白。内容突出写景与感时二种,写景诗以峨眉纪游诗为代表,感时诗以《古风》、《城南行》、《万寿山》等为代表。有《介白堂诗集》。陈衍称其“笔力雅健,思路迴不犹人”。胡先骕称其诗“为戊戌六君子之冠,近世亦鲜有过之者。以局度论,介白堂诗,不得称为广大,晚清末季大家胜之者甚夥,以精严粹美论,则远可追踪柳柳州(宗元)、阮石巢(大铖),近可平揖高陶堂(心夔)、陈仁先(曾寿)、夏吷庵(敬观)”。

华严顶[1]

闻说金刚台外地[2],夜灯浮上独兹峰[3]。
老猿抱子求僧饭[4],闲客看人打佛钟。
下界云霞招杖屦[5],夕阳红翠动杉松。
风吹铎语天中落[6],似惜尘凡去兴浓[7]。

✤ 注释

[1] 华严顶:在四川峨眉山云窝上,上有古刹,曰玉皇亭。光绪十年甲申(1884)春,刘光第赴成都归,主讲赵化镇文昌书院。端午节偕同宗弟庆堂游峨眉山,成纪

游诗四十余首。多荒怪奇伟之作，此一首比较清丽。

[2] 金刚台：峨眉名胜之一。

[3] 夜灯：指在峨眉山顶上看到的“神灯”，是一种自然现象，旧时迷信，以为佛灯显现。独兹峰：谓只有在峨眉山才能见到。

[4] “老猿”句：华严顶一带，为猴群栖居处，常沿路边甚至入寺向游人、僧人索食。

[5] “下界”句：谓峨眉山的云海招引了无数的游客。下界：佛教指人世，与“上界”相对。杖屦：拐杖和鞋，指游人。

[6] 铎语：佛寺铃声。铎(duó)：古代乐器，形似钲而有舌，是大铃的一种。

[7] 尘凡：凡人所居的地方，与“佛境”相对而言。

✤ 评析

峨眉山是祖国四大佛教名山之一。刘光第的峨眉纪游诗，是近代山水诗中的一朵奇葩。诗人继承了我国山水诗雄奇一派的传统，精心雕琢，为我们描绘了一幅幅神异壮观的峨眉山水画卷。这首诗，诗人捕捉了华严顶“夜灯”、“老猿抱子”、“云霞”、“杉松”、“铎语”等特有的自然景观和风物，绘色绘声，互相映衬，交织成一幅完整的画面，表现了峨眉作为佛教名山的真趣。诗末两句，写从天而落的铎语，以拟人手法，从“似惜”二字中，反宾为主，含蓄地表达了诗人留连忘返的心情，耐人回味。

康有为

康有为(1858—1927),原名祖诒,字广夏,号长素,又号更生,广东南海(今广州市)人。光绪二十一年乙未(1895)进士,官工部主事。光绪十四年戊子(1888),他上书清帝,建议变法图强。甲午之战后,他发起“公车上书”,在京建立强学会。光绪二十四年戊戌(1898)参加“百日维新”。戊戌变法失败,他逃亡国外,思想日趋反动。其前期诗作反映了当时的重大事变,饱含爱国精神,风格雄肆。流亡国外后,多反映世界事物的作品。梁启超称其诗“元气淋漓,卓然称大家”。有《南海先生诗集》。

秋登越王台[1]

秋风立马越王台,混混蛇龙最可哀[2]。
十七史从何说起[3],三千劫几历轮回[4]。
腐儒心事呼天问[5],大地山河跨海来。
临睨飞云横八表[6],岂无倚剑叹雄才!

✤ 注释

[1] 越王台:一名粤王台,在广州市北越秀山上,相传为西汉南越王赵佗的遗迹,此诗作于光绪五年己卯(1879),记登临越王台所感。

[2] “混混”句:混混:混浊纷乱貌。混混蛇龙:蛇龙混杂,比喻君子、小人混杂

在一起。

[3]“十七”句：用文天祥语：“一部十七史，从何处说起！”(见《纪年录》)谓中国历史久远纷纭，一切无从说起，寓世事巨变、历代兴亡的感慨。按：十七史，是指自《史记》至宋以前的《五代史》共十七部史书，以借用文天祥语，故称。

[4]“三千”句：劫、轮回：佛家语。这句谓中国已经历无数世事的变迁、朝代的更替。

[5]腐儒：指迂腐保守、不合时宜的读书人。这里是作者的自谦之词。呼天问：指屈原写《天问》一事。这里意谓向天发问，诉说心中的块垒。

[6]睨：斜视。八表：八方之外极远之处。陶潜《停云》诗：“八表同昏。”

✤ 评析

此诗为康有为早期之作，俯仰乾坤，高歌慷慨，可谓霸才。后来所作，未必便高出其上。

俞明震

俞明震（1860—1918），字恪士，号觚庵，浙江山阴（今绍兴）人。官至甘肃提学使。入民国，为肃政史，谢病归。南京青溪、杭州南湖皆有宅，往还其间，为诗较多。为晚清宋派诗代表作者之一。有《觚庵诗存》。陈三立为之序，称其“感物造端，摄兴象空灵杳霭之域，近益托体简斋（陈与义），句法间追钱仲文（起）”。陈衍《近代诗钞》称其“度陇后所作，则工力甚深，苏堪（郑孝胥）所谓得杜味者”。

宿凉州[1]

云与雪山连，不知山向背。
残日在寒沙，婉娈得月态[2]。
群羊去如水，远色倏明昧[3]。
此景夙未历[4]，垂老临绝塞。
地远古愁多，草枯残垒在。
天山一线脉[5]，盘旋走关内。
流泉满驰道，千里有灌溉。
巍然古重镇，四郊如拥戴。
风吹大月来，南山忽沉晦。
莽莽天无垠，静与长城对。

✤ 注释

[1] 凉州：清府名，治所在今甘肃省武威市。
[2] 婉娈：年少美好貌。这里形容月光。
[3] 倏明昧：忽明忽昧。
[4] 夙：往昔。
[5] 天山：横贯我国新疆中部的大山系。

✤ 评析

此诗为作者在宣统三年赴甘肃提学使任，九、十月间作于凉州。作者度陇诗篇，为《觚庵诗存》中最精彩、最突出的部分。此篇可以作为代表。以如椽大笔描绘了“垂老临绝塞”所见的塞外风光，盘郁苍凉，开拓了前人笔下所罕见的境界。作者早期，浮沉京师，后官江南，官台湾、官江西，所作未臻成熟。辛亥度陇之行，是一大的转折点，《阌乡宿黄河堤岸》所谓“遭时苦踯躅，十年江海滨，沉忧斗靡丽，厌作东南人，此行入苍莽，翻觉眼底新”者就是。这首《宿凉州》，从黄昏写到黄昏后，以“山”和“月”前后对写。前幅写山与云浑茫一片，向背难分。月尚未出，而是沙中落日，像月色一样美好。天色尚未昏黑，远景还可于忽明忽暗间看到。中间插一句“群羊去如水”那种画所不到的远景，可谓神来之笔，唐人边塞诗所未道。“此景夙未历”以下，接入即景抒怀的中幅。突出天山山脉的雄伟气魄、流泉灌溉的经济效益，归结到凉州重镇，“四郊如拥戴”的重要形势，扣住题目。“巍然”十字，骨重神寒，力透纸背。末幅四句再写山与月，山是南面的山，与前幅向背不明的山相对；月是天上吹来的实在的月，与前幅残日得月态虚拟的月相对；时已沉晦，与前幅忽明忽暗的远色相对。最后落到“莽莽天无垠”，与起句“云与雪山连”相照应。静对长城，有作者身影在内，落到题目的“宿”，宿未必入睡，看来作者对着长城，心情是久久不能平定的，“静”不过是形容四围气氛的死寂。诗作可谓结构严密，风格雄伟。

焦山松寥阁夜坐[1]

月黑树蒙茸[2]，惊鸦入窗里。

团团一山雾，江势来不已。
槛外灯忽明，舳舻走千里[3]。
我亦东西人[4]，往来送江水。
滔滔有今日，惜此中流砥。
挂眼山无多，到海吾衰矣[5]。
僧寮绳床平[6]，涛声在席底。
倾耳来睡情[7]，平心得坐理[8]。
始知倚楼时，妄念杂悲喜[9]。
萝径非不深，真隐人有几[10]？

✤ **注释**

[1] 焦山：见王昙《焦山夜泊》注[1]。松寥阁：在焦山东北侧。

[2] 蒙茸：草木覆蔽貌。

[3] 舳舻(zhú lú)：船尾和船头。指船只前后相连。

[4] 东西人：四处奔波的人。语本《礼记·檀弓》："今丘(孔丘)也，东西南北之人也。"

[5] "滔滔"四句：中流砥：砥即砥柱山，见《砥柱峰》注[1]。焦山屹立长江之中，形似砥柱，故以此相称。后人又常以"中流砥柱"比喻能顶住危局的坚强力量。这四句语意双关，既描绘焦山景色，也暗寓自己身世的感慨。

[6] 僧寮：僧房。绳床：僧人坐具。唐义净《南海寄归内法传·食坐小床》："西方僧众将食之时，必须人人净洗手足，各各别踞小床，高可七寸，方才一尺，藤绳织内，脚圆且轻。"

[7] 倾耳：侧耳。

[8] 平心：指心平气和的精神状态。坐：指坐禅。这里取排除杂念，使心神恬静自在的意思。这句是说在闲适的心情中悟出了道理。

[9] 妄念：虚妄的念头。

[10] "萝径"二句：是说尽管隐逸的条件毕备，但自古以来真正能避世隐退的又有几人呢！

✤ 评析

此诗描绘夜坐松寥阁所见的江山夜景，写得阴阳晦明，恍惚变幻，颇近于厉鹗《夜宿松寥阁用萨天锡韵》一首意境。然厉鹗诗只是抒揽胜之情，反映的是承平时代。明震此篇，则是触景感怀，抒发自己仕途奔波一生、欲隐不能的慨叹。“我亦东西人”至末，都写自己身世。“中流砥”语意双关，甲午乙未中日战役中，清廷割让台湾给日本议和，明震当时在台，参加台湾民主国进行抗日，可见并非自夸，亦非无病而呻，知人论世，不可不知，这是明震此诗不同于厉鹗诗之故。

游西溪归泛舟湖上晚景奇绝和散原作[1]

西溪暝烟送归客[2]，艇子落湖风猎猎。
芦花浅白夕阳紫，要从雁背分颜色。
颓云掠霞没山脚[3]，一角秋光幻金碧。
欲暝不暝天从容，疑雨疑晴我萧瑟[4]。
忆看君山元气中[5]，沧波一逝各成翁。
请将今日西湖影，写入生平云梦胸[6]。

✤ 注释

[1] 西溪：在杭州西湖西北。散原：陈三立。

[2] 暝烟：夕烟。

[3] 颓云：形容傍晚散乱的飞云。

[4] 萧瑟：形容寂寞凄凉的心情。

[5] “忆看”句：君山：在湖南省洞庭湖中，又名湘山。俞明震和陈三立早年曾同游岳阳看君山。

[6] 云梦：古大泽名。方八九百里，西起今湖北松滋、荆门，东至今黄冈、麻城，北抵今安陆，南逾大江。云梦胸：比喻胸襟阔大。司马相如《子虚赋》：“吞若云梦者八九于其胸中，曾不蒂芥。”

✤ 评析

这首诗描写杭州西湖的夕阳奇景。首二句写诗人游踪，点明小舟由西溪转入西湖，一个“落”字，点出了艇子的轻巧，又传出了诗人欢快的情绪，可谓一字传神。“芦花”四句，正写夕照景色。诗人选取了芦花、夕阳、归雁、颓云、彩霞等眼前景物，运用色彩的对比，相互映衬，艺术地再现了奇绝的晚景。“要从雁背分颜色”，展现了归雁飞掠时因夕照而背腹不同的色彩，刻画精细入微。“欲暝”二句，由景入情，过渡到篇末的抒情，十分贴切自然。“忆看”四句，切住“萧瑟”，抒写和友人陈三立洞庭一别，匆匆都已进入耄老之年的境况，但诗人并不颓丧，“请将”二句的收煞，表达了诗人对生活的热爱和不以年老为忧的豁达胸怀，这是对友人的激励，也是诗人的自勉，情绪还是比较积极昂扬的。

李希圣

李希圣(1864—1905),字亦元,湖南湘乡人。光绪十八年壬辰(1892)进士,官刑部主事。有《雁影斋诗存》。陈衍曰:“亦元通籍后始学为诗,有作必七律,以玉溪生自许。”

西　苑[1]

芙蓉别殿锁瀛台,落叶鸣蝉尽日哀[2]。
宝帐尚留琼岛药[3],金钉空照玉阶苔[4]。
神仙已遣青鸾去[5],瀚海仍闻白雁来[6]。
莫问禁垣芳草地[7],箧中秋扇已成灰[8]。

✤ 注 释

[1] 西苑:在北京故宫西华门西,即今中南海和北海,清时为皇室的禁苑。此诗作于光绪二十六年庚子(1900)八国联军攻占北京以后,时慈禧太后挟光绪帝奔西安,西苑一片死寂。

[2] “芙蓉”二句:芙蓉别殿:杜甫《曲江对雨》:“芙蓉别殿谩焚香。”瀛台:在西苑内太液池(中南海)中,三面临水,为清帝夏月听政处。光绪二十四年(1898)戊戌政变后,慈禧太后囚光绪帝于此,并命拆去通瀛台的桥梁。落叶鸣蝉:汉武帝思李夫人,因作《落叶哀蝉之曲》。见吴伟业《清凉山赞佛诗》注[79]。这里指光绪帝悼念珍妃。这二句写西苑内空寂荒凉的景象。

[3] “宝帐”句:琼岛:即琼华岛,在西苑太液池(今北海)中。又《史记·封禅

书》:“蓬莱、方丈、瀛洲三神山在渤海中,诸仙人及不死之药皆在焉。”这句指光绪帝在瀛台患病。

[4]“金釭”句:金釭:灯盏。玉阶:古乐府相和歌楚调曲有《玉阶怨》,是宫怨诗。这里暗用此典,悼念珍妃之死。

[5]“神仙”句:青鸾:即青鸟,神话中鸟名。这里借指珍妃。慈禧奔西安时,命人将珍妃推堕井中溺死。

[6]“瀚海”句:瀚海:北海。白雁:南宋末民谣:“江南破破,白雁来过。”白雁为元帅伯颜谐音。不久,伯颜果南犯中国,诗中喻指西方帝国主义。

[7]禁垣:皇宫。

[8]“箧中”句:汉成帝妃班婕妤失宠,供养于长信宫,曾作《怨歌行》以自伤,诗中说:“新裂齐纨素,鲜洁如霜雪。裁为合欢扇,团团如明月。出入君怀袖,动摇微风发。常恐秋节至,凉飙夺炎热。弃捐箧笥中,恩情中道绝。”见《玉台新咏》。这里暗用此典,以秋扇成灰,喻珍妃之死。

✤ 评析

这首悼念珍妃之作,在秾词丽句中,寄托了诗人深沉的国事之慨。首联写慈禧太后和光绪帝逃亡西安后西苑一片死寂的景象,“落叶鸣蝉”,既是实景的描写,渲染凄寂哀怨的气氛,又暗用典故,寄托了对珍妃的哀悼,字里行间,渗透了对八国联军入侵后慈禧太后出逃西安的无限愤慨。颔联接写西苑景色,“尚留”、“空照”,一写光绪帝,一写珍妃,从西苑的荒凉空寂中,表现了物在人亡、人去楼空的哀伤之情。后四句,转而直抒诗人感慨。珍妃之死和八国联军的入侵这两件事,看来似无必然的联系,但诗人却将它们用转折的语气联结起来,这就委宛地表达了诗人对慈禧太后所作所为的愤懑和对珍妃的无限同情,给珍妃之死染上了一层浓郁的政治悲剧的色彩,暗示出慈禧意中的祸根虽除,却并未能使国家免遭外侮,这样,真正的罪魁祸首是谁,也就全成了不言而自明的弦外之音。所以诗人在尾联中说,不要再问皇宫中被八国联军践踏的芳草地了,珍妃早已不在人世。无限感慨,在“莫问”二字中传出。全诗设色秾丽,凄恻动人,寄意遥深,确是晚清西昆体诗中不可多得的佳构。

丘逢甲

丘逢甲(1864—1912),字仙根,号蛰仙,又号仲阏,别号南武山人、仓海君,台湾彰化人。光绪十五年己丑(1889)进士,官工部主事。甲午之战失败,清廷割台湾与日本,丘逢甲与台湾士民抵抗日军,兵败内渡,寄寓广东。辛亥革命时,赴南京参加孙中山之临时政府。其诗多发爱国激情,悲壮苍凉,接近杜甫、陆游。响应诗界革命之论,晚年居广东镇平,常与黄遵宪往来唱和。黄遵宪《与梁启超书》曰:“此君诗真天下健者,渠自负曰:‘二十世纪中,必有刻黄丘合稿者。’又曰:‘十年之后,与公代兴。’论其才调,可达此境,应不诬也。”柳亚子《论诗绝句》亦称:“时流竞说黄公度,英气终输沧海君。”可见其在诗坛之地位。有《岭云海日楼诗钞》。

题兰史《罗浮纪游图》[1]

我阅世界大地图,罗浮一点乃在南岭之南隅[2]。
神禹伯益导焚所未到[3],发见乃始汉家使者中大夫[4]。
二千余年在世界,为山主者仙之儒[5]。
洞天福地收不尽[6],许容黄面瞿昙徒[7]。
霸者之宫贼巢穴[8],仙山时亦遭点污[9]。
游人迁客更多事[10],往往镌刻伤山肤。

沉迷诗酒发幻想，或突神女搪仙姑。
梅花无言翠羽笑，梦中彼美颜何姝[11]。
天公应悔蓬莱割左股[12]，隳落欲界非仙都[13]。
迩来仙人所治地益窄，堑山跨海来群胡[14]。
各思圈地逞势力[15]，此邦多宝尤觊觎[16]。
此时傥有豪杰出[17]，岂能揖让无征诛[18]。
此时若作厌世想[19]，纵成仙去胡为乎[20]！
潘生昔游半球万里路[21]，海山看尽呼归桴[22]。
中间锡兰岛上逢佛睡[23]，一任释种为人奴[24]。
佛犹如此仙可想，但有沉醉醪何酥[25]。
仙人醉生佛梦死，世间学者宁非愚！
留名山石石且枯，岂有丹青能不逾[26]！
人生若作千秋万岁想，固应自立昂藏躯[27]。
黄河扬子珠江划流域，文明之运方南趋[28]。
天道由来后起胜，以中证外原非诬。
但须世界有豪杰，太极虽倒人能扶[29]。
南界之山走百粤[30]，如罗浮者雄非粗[31]。
奇峰四百瀑九百[32]，慎勿但作诗人娱。
上有神桂下有湖[33]，洞中仙蝶不可呼[34]。
题君此图正风雨，想见罗浮离合云模糊[35]。

✣ 注释

[1] 兰史：潘兰史，名飞声，广东番禺人，清举人，善词章，号独立山人，早年曾往德国讲学，晚年客居上海。著有《说剑堂集》。罗浮：见屈大均《登罗浮绝顶奉同蒋王二大夫作》注[1]。此诗作于光绪二十八年壬寅(1902)。

[2] 南岭：长江与珠江的分水岭，横贯于湘、赣、桂、粤四省的边境。

[3] 神禹：大禹。伯益：舜、禹之臣，相传助禹治水有功，禹要让位于他，他避而不受。导焚：指伯益焚山泽、大禹疏九河事。《孟子·滕文公上》："当尧之时，天下犹未平，洪水横流，泛滥于天下……尧独忧之，举舜而敷治焉。舜使益掌火，益烈山泽而焚之，禽兽逃匿。禹疏九河，瀹济、漯而注诸海，决汝、汉，排淮、泗而注之江。然后中国可得而食也。"

[4] "发见"句：指汉高帝时中大夫陆贾奉使南越。发见：发现。

[5] "为山"句：仙之儒：《汉书·司马相如传》："相如以为列仙之儒，居山泽间，形容甚臞。"东晋咸和年间(326—334)，葛洪在罗浮山修道炼丹，建有都虚、孤青、白鹤、酥醪等四庵，后因成为道教胜地。

[6] "洞天"句：据《罗浮山志》，罗浮山有朱明、桃源、夜乐等十八处洞天和白水山、水帘洞等九百八十多处飞瀑幽泉。

[7] "许容"句：南朝梁武帝时将佛教引上罗浮，相继建华首、明月、龙华、延祥、宝积五寺。佛教徒云集而至。黄面瞿昙：语出《无门关》。瞿昙：佛祖释迦牟尼的姓。瞿昙徒：佛门子弟。

[8] "霸者"句：霸者之宫：指南越王赵佗、南汉刘龑等称王称帝时都于广州。贼：是对农民起义的污蔑之词。太平天国起义人物，大部是广东人。

[9] 点污：玷污。

[10] 迁客：被贬谪到外地的官。

[11] "沉迷"四句：谓以前的游人迁客醉后狂言，对罗浮山妄加评说。突神女搪仙姑：即搪突神女仙姑。搪突：冒犯。神女、仙姑：罗浮山上多有以仙女命名的山峰，如麻姑峰等。梅花：托名柳宗元所著的《龙城录》，记载罗浮山下有梅花村，赵师雄过此，见美人淡妆素服，遂与共饮醉，及醒，乃在梅花村下，唯见月落参横，翠羽啁啾而已。翠羽：鸟。

[12] 蓬莱割左股：股：大腿，指浮山原为蓬莱一支。《列子》：渤海东有五山，蓬莱是其中之一，"而五山之根，无所连著，常随潮波上下往还，不得暂峙焉"。又苏轼《白水山佛迹岩》："何人守蓬莱？夜半失左股。浮山若鹏蹲，忽展垂天羽。"、"蓬莱割左股"即本此。

[13] 隳(huī)落：坠落。欲界：陶宏景《答谢中书书》："实是欲界之仙都。"诗中指人间，寓有对当时社会的不满之情。

[14] 堑山：挖山。《史记·秦始皇本纪》："堑山堙谷直通之。"群胡：指英、美、法、俄、德、日、意等帝国主义列强。

[15]“各思”句：指各帝国主义国家在中国划分势力范围。作者作此诗时，中国的大片河山都在他们的瓜分计划中。

[16]此邦：指广东。觊觎：非分的企图。

[17]傥：同“倘”，假如。

[18]揖让：旧称让位于贤者，对“征诛”而言。《孔丛子》：“舜禹揖让。”征诛：用武力讨伐。旧称汤武征诛。这句是说，对帝国主义不能搞什么揖让，而只能以武力对付。

[19]厌世：对用世而言，是一种逃避现实的处世观。

[20]“纵成”句：谓即使成了仙又有什么意思呢！

[21]“潘生”句：潘飞声早年曾游德国柏林。

[22]桴(fú)：本指竹木编成的舟，大称筏，小称桴。《论语·公冶长》：“道不行，乘桴浮于海。”诗中泛指船。

[23]“中间”句：锡兰：今斯里兰卡。佛睡：指锡兰岛卧佛。《明史·外国传》：“锡兰山，或云即古狼牙修，梁时曾通中国，自苏门答剌顺风十二昼夜可达……山下僧寺，有释迦真身，侧卧床上，旁有佛牙及舍利，相传佛涅槃处也。”

[24]“一任”句：一任：听任，听凭。释种：佛教徒。锡兰居民大多信佛教。十六世纪到十八世纪，先后有葡萄牙、荷兰、英国入侵。一七九六年，并入英属印度，一八〇二年，自印度分出，改为英国的直辖殖民地，致使当地人民沦为英国殖民主义者的奴隶。

[25]“但有”句：醪何酥：酥醪，道家饮服的一种药酒，又是罗浮山道观名。这里语义双关，意谓神仙也只能沉醉于罗浮山的道观之中。

[26]逾：超越。不逾：这里指不能越出朽蚀这一关。

[27]昂藏：高峻，轩昂。

[28]“黄河”二句：意谓祖国的文明由黄河流域发源，逐渐向南方发展。

[29]“太极”句：宋人有“醉倒太极何人扶，周公孔子呼为徒”之语，以此获罪。

[30]南界：南方。百粤：古地名，又作“百越”，今浙、闽、粤之地，古代皆为越族所居，故称百越。

[31]雄非粗：雄伟而不粗俗。

[32]奇峰四百：据《罗浮山志》，全山有飞云顶、上界三峰等四百三十二座大小峰峦，形态各异，变幻无穷，气象万千。瀑九百：见注[6]。

[33]“上有”句：黄佐《广东图经》：“罗山在番禺东二百里，其上有桂树神湖。”

[34] 洞中仙蝶：邹师正《罗浮山指掌图记》："云峰岩，其下蝴蝶洞。洞多蝴蝶，云是葛仙遗衣所化。"

[35] "题君"二句：王象之《舆地纪胜》："罗浮二岳以风雨离合。"诗中所说风雨离合，双关当时国际风云的变幻，暗寓中国有被列强瓜分的危险。

✤ 评析

全诗饱含强烈的爱国主义感情，以罗浮为题，描述清末内忧外患的政局，申斥了帝国主义列强瓜分中国的罪恶和清廷的昏聩无能，抒写了作者忧国忧民、用世救世的激情。这不是一般的为题图而写诗。诗界革命巨子黄遵宪有一首《双双燕·题兰史〈罗浮纪游图〉》慢词，结拍云："又愁风雨合离，化作他人仙境。"一诗一词，可谓英雄所见略同。但黄词是兴寄，丘诗是直陈，体裁不同，写法亦异。

铁汉楼怀古[1]

瘴云飞不到城头[2]，庵圮楼荒客独游[3]。
并世已无真铁汉[4]，群山犹绕古梅州[5]。
封章故国回天恨[6]，梦寐中原割地愁[7]。
欲倚危栏酹杯酒[8]，程江呜咽正东流[9]。

✤ 注释

[1] 铁汉楼：旧在广东省梅县城北门楼上，宋时为表彰刘安世气节而建。刘安世因屡次指斥权幸章惇、吕惠卿等，贬谪南方，后徙至梅州。他不畏险阻，苏轼称之为铁汉。此诗作于光绪二十二年丙申(1896)春，时作者由台湾内渡大陆，客游梅州。

[2] 瘴云：毒气。

[3] 圮：倾塌。

[4] 并世：当世。指作者生活的时代。

[5] 古梅州：今广东省梅县。

[6] “封章”句：封章：密封的奏章。回天：指挽回国家的命运。刘安世屡次上疏言国事，其表文中有“志存许国，如万折而必东；忠以事君，虽三已其无愠”等语，表达了他回天的决心。光绪二十一年乙未(1895)，中日和议成，丘逢甲曾请台湾巡抚唐景崧抗疏援赎辽先例，请免割台湾，疏上，不报，命内渡。诗中即借指此事。

[7] “梦寐”句：谓做梦也难以消释对帝国主义瓜分中国的愁恨。

[8] 酹：洒酒于地以祭奠。

[9] 程江：即梅江。源出南岭，流经梅县，东入韩江而入海。

✤ 评析

这是一首借咏古迹，抒发感慨的感时之作。中日甲午之战失败，清廷割让台湾给日本，诗人率领义军，浴血抗战，终因得不到清廷援助而兵败内渡大陆。但故土之思，郁勃不平之气，无时不萦回于怀。如今诗人来到梅县被前人尊为“铁汉”的刘安世故祠前，与“铁汉”相似的身世之感，不能不使他情动于中而发之于诗。这首诗，悲感苍凉，真切地表达了他念念不忘收复故土台湾的爱国之思和对国事世事的深沉感慨。首联写独登铁汉楼所见。“瘴云”一句，语意双关，既表现了铁汉楼不为浊尘所污的清幽环境，衬托了刘安世高洁的情操，又暗寓日本侵略者的势力还未到达梅县的深意。“庵圮”句却一转，从铁汉楼的荒芜，写出刘安世身后的寂寞，暗示了铁汉的铮铮铁骨，被人淡忘，无人承继，而诗人的哀情，也从“客独游”的“独”字中溢露而出。颔联紧承首联，表现了河山依旧，世风日下的感慨，借古讽今，对不思复国的人以沉痛的抨击。腹联将铁汉的史迹与自己的身世融合为一，抒写梦想收复台湾而自恨无回天之力和眼睁睁看着日本侵略者的铁蹄践踏故土台湾的愁恨。尾联回应开头，从登楼所见呜咽东去的程江，自然想起无数殉国的台湾义士。酹酒祭奠，既是对铁汉的纪念，表达继承铁汉精神的心迹，也蕴含了对当年同战斗共生死的战友的缅怀，含意十分深刻。

西贡杂诗(十首选一)[1]

金碧楼台眼界新，竟将工巧诧西人[2]。

竹篱茅舍清江上，几树幽花本色春。

✤ 注 释

[1] 西贡：安南大城市名，即南圻十道之嘉定，东临西贡河。今越南南部的胡志明市。

[2] 西人：指西方法国殖民主义者。

✤ 评 析

此诗作于光绪二十六年庚子，丘逢甲游历南洋时经此。共十首，所选原列第十首。时安南已沦为法国殖民地。诗从居住情况的描绘中，揭示了侵略者与被侵略者的对立，表示了诗人对在法国殖民主义者统治下的安南人民的同情。作者诗末自注："法人所居，洋楼骈列。而越人草屋数间，仍如故制。"上半首写眩人眼目的法国人的金碧楼台，写它不过是向越人夸示一番能工巧艺，使越人惊诧；然而越人并不曾为这些西方的物质文明所吓倒，依然过着竹篱茅舍的穷生活老居室，对着几树幽寂的花朵，认为这才是不曾走样的本色春光。这里写越人对旧时生活的执着，正是一种爱国感情的体现。而过去康乐的越人，现在只有茅草屋可住，自然景物好领略，正是由于法国殖民主义者敲骨吸髓残酷迫害所造成的。因此，这一首即景描绘，不加议论的诗，正是宣扬爱国主义思想的杰作。如果拙劣地写成口号式的东西，还成什么艺术品。至于此诗首句和后部分的对照，前半如仇英工笔着色画，绚烂夺目；后半如倪瓒的淡墨逸笔，不施粉黛。这样，加强了艺术的吸引力和感染力。

韩江有感[1]

道是南风竞北风[2]，敢将蹭蹬怨天公[3]。
男儿要展回天策，都在千盘百折中。

✤ 注释

[1] 韩江：江名，在广东省东部，上中游多峡谷险滩。

[2] 南风、北风：象征不同的政治势力。

[3] 蹭蹬(cèng dèng)：路途险阻难行，比喻失意。

✤ 评析

此诗作于光绪三十三年丁未。作者自己未内渡，定居镇平祖籍后，未尝一日忘怀救国大事，历经曲折。丙申五月赴广州，以邑有劣绅土豪，朋比欺凌，不得已上诉奔波。丁酉，潮州知府李士彬请其主讲韩山书院，专以新思潮及有用之学课士，被目为异端，遭当道忌，岁终辞去。戊戌，主讲潮阳县东山书院，仍不变其讲学立教之旨。庚子游南洋，与保皇会、兴中会诸志士联系。辛丑春，创办岭东同文学堂于汕头，自任监督，提倡新文化，以革命维新鼓励士气。辛亥革命时岭东之义士，多孕育于此。癸卯，地方不肖，故向学台捣乱，逢甲乃告退，向广州奔走，谋扩大发展新教育。甲辰回镇平，以内忧外患日急，益积极兴学，影响及于福建、广东各地。因清廷日益腐败，振作无望，故自此渐倾向反清革命。作此诗以前，其为救国事业奋斗的经过如此。此诗作者直抒胸臆，将抒情与议论融为一体，揭示了拯救祖国危亡之不易和事在人为的至理，说明在黑暗年代，立志救国的志士，道路往往是曲折的。要拯救祖国危亡，振兴中华，决不是一帆风顺的。诗中抒发了作者不畏“千盘百折”，决心“要展回天策”的抱负。短短二十八字，内容深广，凝炼盘折，振奋人心，是思想性和艺术性相结合的好诗。

谭嗣同

谭嗣同(1865—1898),字复生,号壮飞,湖南浏阳人。湖北巡抚谭继洵之子,少年时即胸怀大志,能文章。甲午战争后,提倡新政,为湖南维新运动的中坚。光绪二十四年戊戌(1898)入京,任四品衔军机章京,参加康有为、梁启超领导的维新运动。戊戌变法失败,被捕入狱,与林旭、刘光第等人同时被害,为戊戌六君子之一。其诗富于爱国精神,风格恢阔豪放。有《莽苍苍斋诗》。陈衍曰:"湖外诗(指王闿运为首的湖湘派)非汉魏六朝盛唐不道,复生年少异才,不为所囿。"

题宋徽宗画鹰[1]

落日平原拍手呼,画中神俊世非无[2]。
当年狐兔纵横甚[3],只少台臣似郅都[4]。

✤ 注释

[1] 宋徽宗赵佶,擅长画山水花鸟。

[2] 神俊:神武英俊。

[3] 纵横:横行霸道。

[4] 台臣:御史。郅(zhì)都:汉大阳人。景帝时为中郎将,敢直谏,常面折大臣,行法严酷,不避贵戚,号曰"苍鹰"。

✤ 评析

此诗借画鹰以指斥时政。首二句谓世上并非没有神俊如鹰者，借以自指。末二句以狐兔比喻徽宗时的权奸如童贯、蔡京之流，暗指光绪朝慈禧太后一党的顽固权臣。诗如其人，风骨棱棱。

蒋智由

蒋智由(？—1929)，字观云，号因明子，浙江诸暨人。早期属"新诗派"运动的代表之一，梁启超曾把他与黄遵宪、夏曾佑并称为"近世诗界三杰"。但蒋诗工力远在黄遵宪之下。民国以后成为遗老，自定诗稿，尽删早期"新诗派"之作。有《居东集》、《蒋观云先生遗诗》。

久　思[1]

久思词笔换兜鍪[2]，浩荡雄姿不可收。
地覆天翻文字海[3]，可能歌哭挽神州？

✤ 注释

[1] 此诗作于戊戌变法时，曾发表于梁启超在日本所编的《新民丛报》第十号。

[2] 兜鍪(dōu móu)：头盔。暗用《齐书·周盘龙传》："世祖戏之曰：'卿着貂蝉，何如兜鍪？'盘龙曰：'此貂蝉从兜鍪中出耳。'"着貂蝉者为文职，戴兜鍪者为武将。诗意也兼用班超投笔从戎的故事。

[3] "地覆"二句：文字海：龚自珍《飘零行》："万一飘零文字海，他生重定定庵诗。"佛家典籍有"文义海"之语。"文字海"语即本"文义海"，原意谓浩如烟海的典籍。作者引申其义，意指当时提倡改革，具有翻天覆地声势的大量作品。

✤ 评析

"诗言志"，是中国古典诗歌的传统。这首"言志"之作，表达了诗人以文字鼓吹改良的志向。前二句是后二句的跌垫,诗人的“久思”,表达了早已有弃文习武的抱负,并以“浩荡雄姿”加以渲染,表现对习武的向往。但诗人却并未因此放下手中战斗的笔。后二句就势一转,以“地覆天翻”的声势,有力地压倒了“浩荡雄姿”,而“可能”的设问,则鲜明地表达了诗人著文的根本目的所在。全诗风格豪放,感情强烈,体现了“诗界革命”的精神。

曾广钧

曾广钧(1866—1929),字重伯,号觙庵,湖南湘乡人。曾国藩长孙。光绪十五年己丑(1889)进士,由翰林院编修官至广西知府。有《环天室诗集》、《后集》、《外集》、《支集》。其诗惊才绝艳,属温、李一派,王闿运称之为圣童,并称为“湘中又一家”,“湖外数千年,唯邓弥之(辅纶)得成一家,重伯与骖而博大过之”。才华富有,排比铺张,是其所长。

携眷登南岳观音岩作[1]

宝山珠殿插青天,万朵红莲礼白莲[2]。
一片空岚罩云海[3],全家罗袜踏苍烟[4]。
烧香愿了花侵马,礼佛人归月上弦。
更忆海南千叶座[5],天风引舰近真仙。

✤ 注释

[1] 南岳:衡山,在湖南省中部,山势雄伟,盘纡数百里,大小山峰七十二座。观音岩在衡山半山亭附近。

[2] “万朵”句:衡山为南岳,其神为赤帝,故以红莲形容其群峰。白莲形容观音岩,因佛教称观音为白衣大士。自观音岩俯视,群峰环伏其下,似万朵红莲向白莲膜拜。此句本于白居易诗“半采红莲半白莲”。

[3] 岚:山中云气。

[4] “全家”句:李商隐《病中早访招国李十将军遇挈家游曲江》:“家近红蕖曲水

滨，全家罗袜起秋尘。”

[5] 千叶座：相传观音居南海普陀山，足踏千瓣莲花，故称千叶座。

✤ 评析

写景之作，要求紧切时地，不可挪移他处。这首诗描写傍晚衡山观音岩的景色，就很有特色。首联二句，诗人面对群峰耸立，观音岩独出其上，就巧妙地联想到观音所乘坐的莲花座，构想了“万朵红莲礼白莲”的意境，既切住衡山之神为赤帝、观音为白衣大士的特点，又与全诗礼佛归来的情景吻合，更形象地展现了夕阳下观音岩及周围群峰的绚烂景色。诗句虽脱胎于白居易诗，但白诗仅是写采莲实景，这里却以形象的比喻虚化而出，创造的意境远在原诗以上。颔联二句，写衡山云雾，上句正写茫茫云海，下句从诗人全家穿行其中，给以侧面烘托，又传出了诗人舒畅惬意的心情。“踏苍烟”三字，形象生动，用词精当。腹联叙写礼佛月夜归来，“花侵马”的描绘，生动地表现了马蹄在花丛中穿越的情景。尾联回应上二联云雾、花丛的描写，以动人的联想，表现人在云海中浮行，像是去南海朝拜观音，形象优美，意境幽远，紧紧切住观音岩，与人们心目中观音的素净圣洁的形象和谐地统一在一起。

王允晳

王允晳（1867—1929），字又点，号碧栖，福建长乐人。光绪十一年乙酉（1885）举人，官安徽婺源县知县。闽派诗人。有《碧栖诗》。诗不多，而皆刻意经营。陈衍谓其“善于审曲面势，笔意力戒凡近”。李宣龚序其集，谓其“初喜贡父（刘攽）排奡，山谷奥密。积而久之，复肆力于东阿（曹植）、嘉州（岑参），故意境高远，不可一世，是真能以少许抵人千百者”。

梅　花

茆屋苍苔岂有春[1]？翛然曾不步逡巡[2]。
自家沦落犹难管，只管吹香与路人[3]。

✤ 注释

[1] 茆屋：茅屋。岂：可。

[2] 翛（xiāo）然：自然超脱貌。逡巡：却退。欲进不进，迟疑不决的样子。

[3] 管：顾。

✤ 评析

此诗为咏物抒怀之作。以梅花作喻，称颂了“自家沦落”尚“吹香与路人”的高尚品德。此与龚自珍诗“落红不是无情物，化作春泥更护花”怀抱相同。就诗笔论，此诗有姜夔之高秀与清挺，似更胜龚句一筹。

赵 熙

赵熙(1867—1948),字尧生,号香宋,四川荣县人。光绪十六年庚寅(1890)进士,授编修,转江西道监察御史。工诗词,能戏曲小说。诗品高秀,以敏捷称,有《香宋诗集》。

龙门峡道中[1]

出郭二十里[2],入山千万重。
遥寻瀑布水,忽听松林钟[3]。
石涸樵生路[4],云开雁过峰。
传闻葛由侣[5],于此伏虬龙。

✤ 注释

[1] 龙门峡:在四川峨眉山,两崖峻削,瀑布飞泉,直下百余丈,传为神仙葛由伏龙之处。宋范成大曾谓龙门峡为天下峡泉之胜。

[2] 郭:指峨眉县城。

[3] 松林钟:松林中传来的佛寺钟声。

[4] "石涸"句:谓石上泉水已干,樵夫得以通过。

[5] 葛由:传说中神仙名。羌人,周成王时入蜀,上峨眉山西南之绥山成仙。见刘向《列仙传》。

✤ 评析

此诗为游峨眉之作，描绘龙门峡险峻雄奇的风光。风格属王维、孟浩然一路，与刘光第峨眉游诗之以奇丽胜者不同。

章炳麟

章炳麟(1868—1936),初名学乘,字枚叔,后改名绛,号太炎,浙江余杭人。早年参加维新运动,被通缉,流亡日本。一九〇〇年剪辫立志革命。一九〇三年因发表《驳康有为论革命书》和为邹容《革命军》作序,触怒清廷,被捕入狱。一九〇四年,蔡元培等和他联系,发起成立光复会。一九〇六年出狱后为孙中山迎至日本,参加同盟会,主编《民报》,积极投身民主革命。辛亥革命以后,曾被袁世凯禁锢,后释放。晚年在苏州设章氏国学讲习会,以讲学为业。他的文学成就,主要在政论和学术散文,作诗不多,辞句古奥,比较难读。其论诗主张,见于《辨诗》等篇,主张学习唐以前作品,反对宋诗。生平著述丰富,有《章太炎全集》。

狱中赠邹容[1]

邹容吾小弟,被发下瀛洲[2]。
快剪刀除辫[3],干牛肉作𫗫[4]。
英雄一入狱,天地亦悲秋。
临命须掺手[5],乾坤只两头[6]。

✤ 注释

[1] 邹容:字蔚丹,四川巴东人,是旧民主主义革命时期杰出的青年革命家。一九〇二年留学日本,次年回国,在上海参加爱国学社,和章炳麟一起倡导民族主义

革命。一九〇三年写作名著《革命军》,提出了建立“自由独立”的“中华共和国”的理想。因而激怒清廷,被捕入狱。狱中备受折磨,一九〇五年病死于狱中,年仅二十一岁。此诗是作者与邹容同时在上海租界被捕后,于狱中所作。作者题下自注:“(夏历)闰月二十八日。”(1903年7月22日)

[2]“被发”句:被发,同“披发”。《孟子》:“被发缨冠而救之。”瀛洲:神话中东海的仙山,指日本。这句意谓,为了解救中国的危亡,前往日本留学,追求真理。

[3]除辫:剪辫。以示与清朝决裂,投身革命。

[4]餱:干粮。

[5]临命:临死。掺(chān)手:执手。

[6]“乾坤”句:意谓今天在天地间,为革命牺牲的是我们两人。乾坤:天地。

✤ 评析

这是一首为革命的先行者邹容写照的小诗。前四句,诗人饱含对邹容的爱抚和崇敬,以形象的概括描述,写出了邹容与清王朝决裂,赴日本寻求救国救民的真理的光辉历程,突出颂扬了他少年立志、艰苦奋斗的可贵精神。五、六句写邹容入狱,天地悲秋,表现了邹容的浩然正气;最后抒写诗人决心与邹容同赴刑场,既是对邹容的激励,也体现了诗人为革命义无反顾、视死如归的大无畏气概。诗人的诗作大多文辞古奥,但这首诗写得质朴平易,感情真挚,溢露出一股雄直之气。

吴保初

吴保初（1869—1913），字彦复，一字君遂，安徽庐江人。吴长庆之子。荫生。官刑部主事。与陈三立、谭嗣同、丁惠康，时号“四公子”。有《北山楼集》。

乙巳游日本绝句[1]

万顷云涛立海滩[2]，天风浩荡白鸥闲。
舟人那识伤心地[3]，为指前程是马关[4]。

✤ 注释

[1] 乙巳：光绪三十一年（1905）。

[2] 云涛：形容卷起的海浪。

[3] 舟人：船夫。

[4] 马关：又称下关，在日本国本州岛西端。中日甲午之战失败后，李鸿章以清全权大臣于光绪二十一年乙未（1895）春使日本，三月在马关春帆楼与日方代表伊藤博文、陆奥宗光谈判并签订了丧权辱国的《马关条约》。条约规定割让辽东半岛、台湾、澎湖列岛给日本，赔偿白银二万万两等。是继1842年中英《南京条约》以后最不平等的条约之一。

✤ 评析

此诗为感怀国事之作。首二句写游日本所见，末二句触景感怀，抒写割地之痛，表达了诗人的爱国主义感情。从舟人不识伤心地而指前程是马关的描述，加倍显示了伤心。而诗语却含蓄不说尽。

梁启超

梁启超(1873—1929),字卓如,号任公,别署饮冰室主人,广东新会人。光绪十五年己丑(1889)举人,民国后,官法部总长。他是康有为弟子,合称“康梁”,为戊戌变法的首要人物。于诗主张“诗界革命”,著《饮冰室诗话》为之宣传,对晚清诗坛起有革新改良的进步作用。早期作品,形式较自由,有学习龚自珍的痕迹。但他在戊戌变法时,即与同光体代表诗人陈三立共同从事湖南的变法运动,后又与另一同光体代表陈衍游,约陈衍为其主编的《庸言》杂志撰《石遗室诗话》,其自为诗也逐渐与同光体接近。学宋人,学杜甫,全以旧风格写新现实。名篇如五律《朝鲜哀词》二十四首,五排《南海先生倦游欧美,载渡日本,同居须磨浦之双涛阁,述旧抒怀敬呈一百韵》,极为康有为所赞叹,认为无愧为一代诗史。因过长不选。著有《饮冰室全集》、《饮冰室合集》。又有康有为所评其部分手写诗稿影印本行世。

太平洋遇雨[1]

一雨纵横亘二洲[2],浪淘天地入东流。
却余人物淘难尽[3],又挟风雷作远游[4]。

✤ 注释

[1] 此诗作于光绪二十五年己亥(1899),时戊戌变法失败,作者流亡海外,前往

美洲途中。

[2]“一雨”句：亘：绵亘，连接。太平洋东为美洲，西接亚洲。

[3]“却余”句：反用苏轼《念奴娇·赤壁怀古》“浪淘尽千古风流人物”句意。作者于戊戌变法失败以后，得免遭难。

[4]“又挟”句：从遇雨生发，并寓坚持变法图强的壮志。

✤ 评析

这首诗由太平洋遇雨发端，驰骋想象，抒写变法虽然失败，但依然斗志昂扬的豪迈感情。前二句，就以豪健的大笔，构想了一幅大雨横亘亚、美两洲，大浪淘洗天地的壮阔景象。后二句转抒感受，“却余人物淘难尽”，不仅表达了诗人侥幸脱险的心情，更蕴含了正义的事业是扑不灭的深刻哲理，传出了诗人对慈禧镇压维新党人的蔑视之情；末句“远游”而“挟风雷”，既切住了太平洋遇雨的实景，又双关诗人乐在天涯与风险搏击的激荡胸怀，大气包举，豪迈之情力透纸背。

许承尧

许承尧(1874—1946),字际唐。又作霁塘,别署疑庵,晚号疑翁,安徽歙县人。光绪二十年甲午(1894)举人,三十年甲辰(1904)进士,改庶吉士。次年即回乡办学,任新安中学堂和紫阳师范学堂两校监督,继与黄宾虹等同盟会同志建秘密革命组织“黄社”,许氏自任理事。旋返京,任翰林院编修兼国史馆协修。辛亥革命后,曾先后任安徽都督府高级参谋、甘肃省长府秘书长、渭川道尹等职。承尧诗初学李贺、温庭筠,后宗杜甫、韩愈,间及阮籍、陶潜、梅尧臣、陈与义。早期作品,多写新事物、新哲理,与诗界革命派异途同归。晚年与宋诗派作者夏敬观、李宣龚等通声气,亦与金天羽交好。后期诗亦多关心国政民瘼之作,尤擅写景,黄山诗最工。陈宝琛序其集,叹为正声。三次自订《疑庵诗》,得十四卷。

言　天[1]

星球有老少[2],斯语非我欺[3]。
试观流与彗[4],确证何然疑[5]。
原质不生灭[6],游衍无边陲[7]。
最初果何有[8]? 名爱耐卢尼[9]。
此爱耐卢尼,非出真宰为[10]。

更思求其朔[11]，冥阒不可窥[12]。
万球本一祖[13]，盈缩相推移[14]。
为有互吸力[15]，遂生成毁期[16]。
成毁递相禅[17]，年寿亦不齐[18]。
恒沙一万劫[19]，永永皆如斯[20]。
光体丽太空[21]，四五百亿奇。
其他游与卫[22]，巧幺不易稽[23]。
中蓄有机物[24]，与我同与非[25]。
嗟嗟空气隔[26]，想象何能知[27]！
如此庞且大，果属谁执持[28]？
人类与地壳，非永无暌离[29]。
纪年二千万，穷尽终有时。
躯体渺一粟[30]，念之生涕洟[31]。
灵魂辟世界[32]，或可汇众倪[33]。
茫茫大宇中[34]，脑电纵横飞[35]。
如金合一冶，如水合一卮[36]。
为同一原质，不受迹象羁[37]。
云何得比例[38]？光线无差池[39]。
灵魂较光线，速率尤神奇[40]。
佛家轮回说[41]，我请更大之[42]。
此语无左验[43]，留俟通人推[44]。

✤ **注释**

[1] 天：泛指自然界。

[2] 老少：指宇宙中的各种星球有的已经衰老，有的还才新生。

[3] 斯语：这话。斯：代词，此，这。非我欺："非欺我"的倒置，不是欺骗我。

[4] 流与彗：流星和彗星。

[5] 何然疑：没有什么可以怀疑的。《楚辞·九歌·山鬼》："君思我兮然疑作。"

[6] 原质：旧科学名词，即原生质。十九世纪中叶开始被采用，指基本物质。谭嗣同《仁学》："质点不出乎七十三种之原质，某原质与某原质化合，则成一某物之性，析而与他原质化合，或增某原质，减某原质，则又成一某物之性。即同数原质化合，而多寡主佐之少殊，又别成一某物之性。纷纭蕃变，不可纪极。"随着科学的发展，这个名词今已不用。不生灭：是指原质只有互相转化，本身无所谓生和死。

[7] 游衍：游行繁衍。边陲：边际。

[8] 果何有：到底有什么。

[9] 爱耐卢尼：原质的音译。

[10] 真宰：假想中的宇宙主宰者。见郑珍《云门墱》注[7]。

[11] 朔：源。

[12] 冥阒：深杳不测。阒(qù)：寂静。

[13] 本一祖：指同是由原质构成。

[14] 盈缩：《淮南子·俶真》："盈缩卷舒，与时变化。"这句谓星球的寿命有长有短，彼此不断地处于新旧交替之中。

[15] 互吸力：彼此相互的吸引力。据牛顿发现的万有引力定律，认为任何两物体由于具有质量而产生相互的吸引力。

[16] 成毁：《庄子·齐物论》："其分也成也，其成也毁也。凡物无成与毁，复通为一。"

[17] 递相禅：彼此继承，代代相传。

[18] 年寿：寿命。

[19] 恒沙：佛家语，恒河沙数的省语。《金刚经·一体同观分》："是诸恒河所有沙数，佛世界如是，宁为多不？"意谓恒河之沙多至不可胜数。劫：见王又曾《登报恩寺浮图》注[13]。一万劫，言经历之久。

[20] "永永"句：谓尽管世界经历了这么久，但这个规律却永远如此。永永：久远貌。

[21] 光体：指宇宙中的发光体，即恒星。

[22] 游与卫：指宇宙中的浮游物质和卫星。

[23] 巧幺：细小。稽：计数。

[24] 中：其间。蕃：繁殖。

[25]“与我”句：谓与地球上的有机物既有相同之处，又有不同之处。

[26] 嗟嗟：感叹声。

[27]“想象”句：谓光凭想象，不能确切知道。

[28]“果属”句：佛家以为宇宙万物均有风轮执转而运动。《大佛顶如来密因修证了义诸菩萨万行首楞严经》：“故有风轮，执持世界。”这句对此提出了大胆的怀疑并加以否定。

[29]“非永”句：谓都不是永恒不变、永不分离的。暌离：分离。

[30] 躯体：指人的身体。渺一粟：在宇宙中渺小得如同一颗粟米。苏轼《前赤壁赋》：“寄蜉蝣于天地，渺沧海之一粟。”

[31] 涕洟：眼泪。洟(yí)：鼻涕。《礼记·檀弓》：“待于庙，垂涕洟。”《释文》：“自目曰涕，自鼻曰洟。”

[32] 灵魂：指人的精神活动。辟：这里是观察、思考的意思。

[33]“或可”句：汇：会合。倪：端，头绪。这句是说也许能理出事物的种种头绪。

[34] 大宇：宇宙。

[35]“脑电”句：这是作者提出的一种设想，认为人的精神也如电流一样，可以向四方传播。

[36]“如金”二句：谓如同将各种金属放在一起冶炼，如同将许多水合放在一个杯子里。卮：古代盛酒器具。

[37]“为同”二句：意谓由于都是由原质所构成，所以并不受外形不同的限制。

[38]“云何”句：比例：相类的事例。《颜氏家训·风操》：“如此比例，触类慎之。”近代数学上的比例一词，谓同类数相互比较，其中一数是另一数的几倍或几分之几。这句说：什么事物与上面说的情况(指脑电)相类似呢？

[39] 差池：参差。这里是差别之意。

[40] 速率：速度。

[41] 轮回说：佛家语。佛经认为众生各依所作善恶之因，在所谓“六道”(天、人、阿修罗、地狱、饿鬼、畜生)中生死相续，升沉不定，有如车轮的旋转不停，故称轮回。

[42]“我请”句：更大：更新扩大。作者认为，佛经轮回之说虽属迷信，但其不生不灭的观点却可吸取，只要舍其迷信的色彩，赋予科学的内容，还是可以体现科

学精神的，故说“更大之”。

[43] 左验：佐证。《汉书·杨恽传》：“廷尉定国（于定国）考问，左验明白。”颜师古注：“左，证左也，言当时在其左右见此事者也。”

[44] “留俟”句：自注：“尝疑光线同一，即质同一，即灵魂同一。光线可通，灵魂亦必可通。”留俟：留待。推：推寻，研究。

✤ 评析

此诗作于光绪二十四年戊戌（1898）至宣统三年辛亥（1911）间，是一首介绍当时先进的自然科学知识的诗篇。这种类似科学小品的诗作，在我国古典诗歌内容革新的开拓上，是一个大胆的尝试。清末诗界革命巨子黄遵宪，写了一些反映世界新事物的诗篇，最著名的如前面选入的《今别离》，曾使那时诗坛，诧为奇作。但那是借新事物以抒写爱情，并不阐演新科学、新哲理。承尧此篇，大放厥辞，论说了原质不生不灭、宇宙光体变化、万有引力、有机物质同异、电的作用、灵魂同一等原理，在反映新科学新思想方面，又跨出了一大步。作为一位翰林院编修的旧文人，接受新东西的锐敏，确是匪夷所思。此诗写作时期，离今虽已近一百年，而今人探索到的宇宙奥秘，其理仍不越此诗所涉及的范畴。作者又有《灵魂》一首，与《言天》为姊妹篇。

金天羽

金天羽(1874—1947),原名天翮,字松岑,号鹤望生、天放楼主人,江苏吴江人。诸生。光绪二十四年戊戌(1898)荐试经济特科,不赴。后与章炳麟、邹容、蔡元培交密,以文章鼓吹革命。入民国后,曾任江南水利局局长。晚年居苏州,立国学会,从事讲学。有《孤根集》、《天放楼文言》、《天放楼诗集》等。其诗早期颇近诗界革命诸家,反映国内外大事,可称一代诗史。好游名山大川,其刻画山水名胜之作,尤为奇肆。在继承传统方面,能吸取前人艺术之长而熔为一炉,于鲍照、岑参、韩愈、李贺、张籍、王建、苏轼、黄庭坚无所不学。于清代尤推崇顾炎武、屈大均、吴嘉纪、胡天游诸家,对当代同光体诸家,深为不满。主盟诗坛,几夺陈三立、陈衍诸家之席。吴江范镛撰《诗坛点将录》,以智多星吴用一员当之。

车中望居庸关放歌[1]

太行之脉常山蛇[2],西来争道相要遮[3]。
到此二蛇忽相轧[4],赪鳞翠甲纷腾拿[5]。
盘腰竦节屈项背[6],南望张口如虾蟆[7]。
我车迳从南口入[8],蜿蜒石壁行徐爬。
卧观叠嶂泼石黛[9],起视怪石铦莫邪[10]。

山高谷深动百丈[11]，关门雄踞如排衙[12]。
九地九天自升降[13]，长城彩射朝暾霞[14]。
太行八陉此最隘[15]，飞狐紫荆多歧叉[16]。
手掷万魂赌斯口[17]，当关虎豹雄须牙[18]。
华夷兴丧决俄顷[19]，批亢捣隙乘其瑕[20]。
此关若失走平地[21]，铁骑半日趋京华[22]。
冥行大隧瞥如驶，山根地肺穿成洼[23]。
风雷疾止天地朗[24]，康庄高柳垂平沙[25]。
回头却望八达岭[26]，女墙百折屏风斜[27]。
我闻居庸看枫天下最，深秋九月红于花。
宣化葡萄西来新酿熟[28]，霜林爱晚行复来停车[29]。

✤ 注释

[1] 此诗作于一九一七年。居庸关：见徐兰《出关》注[1]。车：指火车。

[2] "太行"句：太行：太行山，在山西高原和河北平原之间。常山：即北岳恒山，在今河北省曲阳西北。《孙子》："率然者，常山之蛇也。"这句谓居庸关处于两山接近处。

[3] 要遮：阻遏，拦住。

[4] 相轧：相争。

[5] 赪(chēng)：赤色。赪鳞翠甲：比喻山上的树木和岩石。腾拿：腾跃格斗。

[6] "盘腰"句：比喻山势蜿蜒起伏。竦节：隆起骨节。

[7] "南望"句：比喻关口。虾蟆：即蛤蟆。

[8] 南口：地名，在北京市区西北，为北京至居庸关必经之地。

[9] 石黛：青黑色颜料。泼石黛：谓重叠的山嶂如同让石黛泼洒过一样，一片青黑。

[10] 莫邪：古剑名，传为春秋时吴国干将妻莫邪投身炉中，炼铸而成。铦(xiān)：锋利。这句意谓怪石如莫邪剑锋，刺天而立。

[11] 动：动辄，往往。

[12] 关门：即居庸关口。排衙：本指旧时长官升座时分立两旁的僚属。这里比喻居庸关两旁山势。

[13] “九天”句：形容长城时而随山势升入天际，时而降入峡谷。《孙子·形》：“善守者藏于九地之下，善攻者动于九天之上。”九地：地下最深处。九天：天的最高处。

[14] 朝暾：早晨的阳光。

[15] 太行八陉：太行山脉的八个交通孔道。《读史方舆纪要》引郭缘生《述征记》：“有八陉：第一轵关陉（在今河南省济源市），第二太行陉（在今河南省沁阳市），第三白陉（在今河南省辉县市），第四滏口陉（在今河北省磁县），第五井陉（在今河北省石家庄市），第六飞狐陉（在今河北省蔚县），第七蒲阴陉（在今河北省易县），第八军都陉（在今北京市昌平区）。”按：居庸关唐代称军都关。

[16] “飞狐”句：紫荆：即第七蒲阴陉。这句说，飞狐、紫荆二陉多岔道。

[17] 手掷万魂：据传秦始皇修筑长城时将强征来的民夫士卒徙居于此，即“徙居庸徒”。赌：争夺。斯：代词，这。

[18] 当关虎豹：比喻守关的将士。黄庭坚《次韵子瞻以红带寄王宣义》诗：“阴壑虎豹雄牙须。”

[19] “华夷”句：居庸关地势险要，历来为关外少数民族进攻中原的要道，为兵家必争之地，故称“决俄顷”。决俄顷：决胜负于瞬间。

[20] 批亢捣隙：语出《史记·孙武列传·附孙膑》：“夫解杂乱纷纠者不控卷，救斗者不搏撠，批亢捣虚，形格势禁，则自为解耳。”意为抓住对方的要害乘虚而入。亢：咽喉。瑕：玉上斑点，比喻弱点，薄弱环节。

[21] 走平地：意谓一旦关隘失守，敌人将势如破竹，长驱直入，如走平地。

[22] 京华：指北京。

[23] “冥行”二句：状火车穿行隧洞的情形。

[24] “风雷”句：谓车出隧洞，在洞内飞驰时发出的巨响也随之消失。风雷：形容巨响。

[25] 康庄：四通八达的大道。《尔雅·释宫》：“五达谓之康，六达谓之庄。”又，地名，在居庸关外，距居庸关车站不远。

[26] 八达岭：在北京延庆区南，军都山群峰之一，居庸关北口即据岭上。

[27] “女墙”句：谓八达岭上长城蜿蜒起伏，如同屏障一般。女墙：城墙上呈凹凸形的小墙。

[28] 宣化：地名，属河北省张家口市，以盛产葡萄酒著称。

[29] “霜林”句：用杜牧《山行》诗意：“停车坐爱枫林晚，霜叶红于二月花。”

✤ 评析

金天羽，才调纵横，山水纪游之作，沉沉夥颐。前期诸作，学步何绍基《飞云岩》者为多。后期猛进，变幻百态，端严厚重。此首写居庸关，虽是前期作品，然与他篇之《飞云岩》类型者不同。设喻仅有常山蛇、虾蟆、莫邪、虎豹四处。通首写的是火车行程中望居庸关，有鲜明的时代特征。在形胜的描述中，突出其险要作用，国防关键，更为言之有物。风格出于元好问，此在天羽平时自道宗法所自各家之外。

林　旭

林旭(1875—1898),戊戌六君子之一。字暾谷,福建侯官人。光绪二十一年乙未(1895)入京应试,以后结识了康有为,积极参与维新运动,为闽学会重要领袖人物。光绪二十四年戊戌(1898),与谭嗣同等同授四品卿衔,在军机章京上行走,从事新政活动。变法失败,为慈禧捕杀,年仅二十四岁。林旭为晚清提倡宗法陈师道的闽派诗人,自谓"诗成不得夸神韵,只好从人笑钝根。"陈衍曰:"暾谷力学山谷、后山,宁艰辛勿流易,宁可憎勿可鄙。"周达曰:"闽中诗人之早成者,莫如林晚翠。海藏题其集曰'流宕可无畏',而又作转语曰'试回刻意功,一极才与思',盖许其成家,而又惜其成家太早也。"有《晚翠轩诗集》。

马房沟[1]

昨日老子山[2],雨打又风吹。
今日高邮湖[3],过湖日未迟。
雨气化为烟,何处露筋祠[4]?
金葩扬翠盖[5],空中见参差。
径行忘混漾[6],难进渐逶迤[7]。
新蝉第一声,欣然得闻之。
浅浅绿铺褥,高高青垂帷[8]。

霞光由外铄，倒蘸水之湄[9]。
蓝滑如泼油，红艳如凝脂。
扪之不著手，脚踏跌爬龟[10]。
千载苎萝溪[11]，人言浴西施。
扬州夸佳丽，此理信可推。
如何杀风景，火轮衷而驰[12]？
何殊铁如意，打碎赤琉璃[13]？
刀劙织女锦，车裂文君肌[14]。
扣泥断萍根，吹灰粘柳须[15]。
惭极急遁去，犬吠非关谁。
湖光挟堤树，苦苦远相随。
清丽与幽淡，万状难具辞[16]。
仍为诗人觃[17]，不同湖寇追。
柁楼得饭晚[18]，新月正如规[19]。
焚楮舟谢神[20]，鸣锣官税厘[21]。
荷香不见花，暗里勾我诗。
风浪一回首，既往亦勿思。

✤ **注释**

[1] 马房沟：地名，在江苏高邮湖附近。

[2] 老子山：地名，在江苏省高邮市北。

[3] 高邮湖：在江苏省中部高邮市西，东连里运河，南濒扬州。今与北面的宝应湖合称高宝湖。

[4] 露筋祠：见王士禛《再过露筋祠》注[1]。

[5]“金葩”句：描写供奉露筋女神的车子。葩（pā）：花。这里指车盖上下垂的流苏。翠盖：翠羽所制作的车盖。

[6] 径行：径直去。混漾：水流动荡漾貌。

[7] 逶迤：漫长曲折貌。

[8]“浅浅”二句：上句写湖波，下句写天光。

[9] 倒蘸：犹倒映。蘸：染，浸。湄：水边，水草交接处。

[10]“扪之”二句：形容水波滑如镜面。不著手：形容光滑。著：接触，碰到。跌爬龟：形容水波微微移动，滑如龟背。

[11] 苎萝溪：相传为春秋越国美女西施出生地的溪水名。一说在今浙江诸暨，一说在今浙江杭州萧山区境。

[12]“如何”二句：杀风景：喻败人清兴。语本李商隐《杂纂》中文题。火轮：轮船。衷：通“中”；衷而驰：在湖中心疾驰。

[13]“何殊”二句：如意：器物名，梵语意译。柄端作手指形，用以搔痒，可如人意，故名。古时又用以指划。《世说新语·汰侈》载：王恺以珊瑚树示石崇，崇以铁如意击之，应手而碎。赤琉璃：形容红霞映在湖面，如赤色琉璃。这二句谓火轮急驰而过，打破了平静的湖面。

[14]“刀劙”二句：劙(lí)：割裂。织女：传说中天上的织女星。车裂：俗称“五马分尸”，古代一种残酷的刑法。文君：汉代美女卓文君，泛指美女。这二句描写湖面经火轮驰过以后的情状。

[15]“搰泥”二句：谓火轮驰过时，把岸旁的泥扬起，萍根也断了。火轮烟囱上冒着黑烟，烟灰污染了岸旁的杨柳。搰(hú)：掘。柳须：柳丝。

[16] 难具辞：难以用言辞表达。

[17] 贶(kuàng)：赠送。

[18] 柁楼：指轮船。柁：同“舵”。杜甫《陪郑广文游何将军山林》：“翻疑柁楼底，晚饭越中行。”

[19] 规：圆规。

[20] 楮：旧时迷信祭神时焚化的纸钱。

[21] 税厘：过关卡时纳税。

✤ 评析

此诗纪途经马房沟所见旖旎的湖光山色。真力弥满，宋人集中亦未见过。作者瓣香陈师道，但陈师道五古却没有达到这种瑰异的境界。诗中自云："清丽与幽淡，万状难具辞。"然而作者正是把"难具辞"的"万状"，刻画了出来。特别是写轮船驶经湖面的特殊景色，写得生动奇诡，古人无此境，也就无此诗。而如"新蝉第一声，欣然得闻之"、"湖光挟堤树，苦苦远相随"、"荷香不见花，暗里勾我诗"，又写得隽妙淡远，令人神移，句法又显然是宋人，与王维、孟浩然不同。近代闽派诗人集中，亦未见有此诗的匹敌。

无　题[1]

海上今年二月寒，出门何地有花看。
思先清晓车轮转，意共黄昏烛本阑。
世界愁风复愁雨，肝肠为苦亦为酸。
东邻巧笑频相讶[2]，倚枕哀吟故未宽。

✣ 注释

[1] 诗作于中日甲午之战以后。

[2] 东邻：宋玉《登徒子好色赋》："臣里之美者，莫若臣东家之子……嫣然一笑，惑阳城，迷下蔡，然此女登墙窥臣三年，至今未许也。"这里借指日本。

✣ 评析

林旭七律，专学陈师道，意苦思僻，语语出寻常人蹊径之外。此诗深刻表现了作者对风雨沉沉的世界，肝肠为之寸断，从晓到晚，沉浸于愁海之中。结尾表示为国事献身而不变的精神，对日本帝国主义者诱惑置之不理。

秋 瑾

秋瑾(1875—1907),字璇卿,又字竞雄,自号鉴湖女侠,浙江山阴(今绍兴)人。光绪三十年甲辰(1904)赴日本留学,次年参加同盟会。归国后致力于资产阶级民主革命,后在积极准备皖、浙起义时,在家乡被捕殉难。善诗歌,受业于曾广钧。早期诗作,表现高洁的人品,后期作品,笔调雄健,感情奔放,渗透着爱国主义的革命激情。有《秋瑾集》。

感 愤[1]

莽莽神州叹陆沉[2],救时无计愧偷生。
抟沙有愿兴亡楚[3],博浪无椎击暴秦[4]。
国破方知人种贱[5],义高不碍客囊贫[6]。
经营恨未酬同志[7],把剑悲歌涕泪横[8]。

✤ 注 释

[1] 此诗约作于光绪三十三年丁未(1907)。

[2] 陆沉:语出《世说新语》:“遂使神州陆沉,百年丘墟,王夷甫诸人不得不任其责。”后因以陆沉指称国家的覆亡。神州:中国。

[3] 抟(tuán)沙:苏轼《二公再和亦再答之》:“亲友如抟沙,放手还复散。”意谓把沙堆聚起来。这里比喻把一盘散沙的旧中国人民团结起来。亡楚:楚被秦亡,

楚南公曰:“楚虽三户,亡秦必楚也。”见《史记·项羽本纪》。兴亡楚:指复兴中国。

[4]“博浪”句:用张良事。韩被秦灭,张良募大力士身怀铁椎,于博浪沙(今河南省原阳县东南)伏击秦始皇,误中副车。见《史记·留侯世家》。暴秦:借指清朝统治者。

[5]国破:指明朝灭亡。人种贱:指满洲贵族统治中国后,三百年来,汉族人民处于被奴役的地位。

[6]“义高”句:义高:指正义的革命,高尚可贵。客囊贫:囊中无钱,指处境穷困。这句是倒装句,谓经济拮据,不妨碍从事革命事业的志愿,领起下句“经营”二字。

[7]经营:指筹划革命活动。酬:报谢。

[8]把剑:握剑。

✤ 评析

此诗抒写忧国忧民,立志革命的情怀和救国无计的忧愤。作者为晚清唯一的女革命家,悲歌慷慨,百折不挠。诗坛有此,风云变色。

咏 燕

飞向花间两翅翔,燕儿何用苦奔忙?
谢王不是无茅屋,偏向卢家玳瑁梁[1]!

✤ 注释

[1]“谢王”二句:刘禹锡《乌衣巷》:“旧时王谢堂前燕,飞入寻常百姓家。”谓王谢二家贵族没落以后,子孙成为寻常百姓,华堂变成茅屋,而燕子却照旧飞来。秋瑾反用其意。沈佺期《古意》:“卢家少妇郁金堂,海燕双栖玳瑁梁。”卢家:六朝时富家。玳瑁:海中动物,似龟。用它的甲壳装饰的梁,称玳瑁梁。

✤ 评析

此诗为讽世之作,借咏燕以讽刺趋附势利的小人。末二句反用刘禹锡诗意，说王谢衰败以后，燕子另找主人，飞向了卢家的玳瑁梁上。寓意深远，而措词曲折，具见秋瑾早期诗作之工力。

秋海棠

栽植恩深雨露同，一丛浅淡一丛浓。
平生不借春光力，几度开来斗晚风[1]。

✤ 注释

[1]“平生”二句：谓秋海棠不必凭借春光的力量，而是一次又一次地靠与秋风战斗而成长。晚风：这里指秋风。

✤ 评析

这首诗作于光绪二十一年(1895)，作者时年十九岁。是她年轻时期的咏物明志之作。诗人以秋海棠自比，紧切海棠在秋风中傲放的特点，抒写了独立自强、战斗不息的情怀。前二句写海棠虽有浓淡之分，但雨露滋润和人工栽植的并无不同，似寄托了诗人虽是女性，从小在闺阁中长大，但无异于七尺男子汉气概的深意，表现了诗人不囿于传统习俗，追求解放的精神。(诗人同时期有诗说“莫重男儿薄女儿”，可以参证)通篇写海棠，诗人屏弃了形态的描绘，而着眼于传出海棠的神，一个“斗”字，确乎达到了一字以传神的境界。

杨　圻

杨圻（1875—1941），榜名朝庆，字云史，号野王，江苏常熟人。光绪二十八年壬寅（1902）南元。官邮传部郎中，新加坡总领事。抗日战争时期，死于香港。诗学唐人，但不同于明七子之模拟。尤擅梅村体歌行，风格雄浑，才华艳发，樊山、实甫辈，不能望其项背。有《江山万里楼诗钞》。后期所作，有油印本及其弟子辑本。

题五洲地图

入门屋大乾坤窄，八荒四极在我室[1]。
手扪五岳皆平地，坐视沧海忽壁立。
恍如上界一俯瞩[2]，三分尘土水居七。
又如置身洪荒前[3]，当时不见一人迹。
昆仑之外原无山，余气磅礴散万脉[4]。
东南诸国临大水[5]，西北川原岂终极[6]！
乃知大块非无垠[7]，直若盆水浮败叶。
关塞古今称形胜[8]，自我视之皆智力[9]。
图中斑驳五色分[10]，人种国界辨明晰。
世上沿革血染成[11]，此图变更乍朝夕[12]。
人间无日无干戈，一万年后知何色？

起来取图裂粉碎，无地存身计亦得。

回顾新月照空墙，似闻吴质嫦娥微叹息。[13]

✤ 注 释

[1] 八荒四极：贾谊《过秦论》：“秦孝公……有席卷天下，包举宇内，囊括四海之意，并吞八荒之心。”刘向《说苑》：“八荒之内有四海，四海之内有九州。”又《楚辞·离骚》：“览相观于四极兮，周流乎天余乃下。”《尔雅·释地》：“东至于泰远，西至于邠国，南至于濮铅，北至于祝栗，谓之四极。”古代诗文中因常以八荒四极指四方极远之处。诗中指整个世界。

[2] 怳如：好像。怳：通“恍”。上界：天上。

[3] 洪荒：传说中天地开辟前的混沌状态，指远古时代。

[4] “余气”句：意谓昆仑山大气磅礴，由此而伸展出无数的山脉。

[5] 东南诸国：指东南亚各国。

[6] “西北”句：古代以为中国的西北即为地的边缘，今从地图上看，方知错了，故称“岂终极”。终极：尽头。

[7] 大块：语出《庄子》：“夫大块载我以形。”指大自然。诗中特指地球上的陆地。无垠：无限。

[8] 关塞：关隘要塞。形胜：自然赋予的优越的地形。《汉书·高帝纪》：“秦，形胜之国也。”

[9] 自我视之：在我看来。智力：人类智慧的力量。

[10] 斑驳：色彩相杂貌。

[11] 沿革：指事物发展变革的历程。沿：沿袭；革：变革。

[12] “此图”句：意谓世上战争频繁，因而地图上区别国家的色彩朝夕之间就发生了变化。

[13] 吴质：即吴刚，神话中人名，传说为西河人，学仙有过失。罚斫月中的桂树。桂树高五百尺，斧起即合，吴刚只好无休止地斫下去。事见唐段成式《酉阳杂俎》。李贺《李凭箜篌引》：“吴质不眠倚桂树。”嫦娥：亦作“姮娥”，月中女神，事流传甚早，长沙马王堆汉墓帛画，已有“嫦娥奔月”。

✤ 评 析

世界地图，今天已毫不新鲜，但在20世纪初的中国，它的出现，却还算得是一件新鲜事。这就是一首以世界地图为题材的古诗。全诗从壁上所挂的五洲地图发端，思接千载，神驰万里，纵横自如地抒写了观图的感受。前半首着重写有关地球的科学认识，由于诗人将平面的地图与地球的实际情状联系起来，又运用了新巧的比喻，奇特的想象，因此写来妙趣横生，将古来人们对大地的糊涂观念一扫而空，使人们认识了地球的真实面貌，而"自我视之皆智力"的画龙点睛的一笔，又体现了人类才是世界的真正主宰的质朴的唯物辩证的思想。"图中"句以下，转抒对时事的感慨。诗人由地图上标识国界的色彩巧妙地引起了联想，"世上沿革血染成，此图变更乍朝夕"二句，从纵向和横向两个方面写出了人类的历史和现状，形象地揭露了人类的历史就是统治者为了自己的利益你征我伐、流淌着人民鲜血的战争史，一个"乍"字，一针见血地揭示出当今世界帝国主义列强的掠夺战争更见频繁。"取图裂粉碎"的情节，即使"无地存身"也"计亦得"的加一倍的烘染，强烈地表达了诗人对掠夺战争的愤恨。为了申足此意，诗末又融进中国古代传说，以丰富的想象，描绘了天上神仙也为人间的战事而叹息的情景，一个"似闻"，若有若无，留下无穷韵味。

京口遇范肯堂先生[1]

忧乐谁先后[2]？含情未忍言。
与君看落日，为我话中原[3]。
时难文章弃[4]，春深草木繁[5]。
卧来江渚冷[6]，高枕向乾坤。

✤ 注释

[1] 京口：古城名，今江苏省镇江市。范肯堂：范当世，见范当世选诗前小传。

[2] "忧乐"句：范仲淹《岳阳楼记》："其必曰先天下之忧而忧，后天下之乐而乐欤?"这里借用其语意，是说谁能先天下之忧而忧，后天下之乐而乐呢?

[3] 话中原：谓谈论中原的国事。

[4] “时难”句：谓国家多难，人心动荡，文章不被人们所重视。
[5] “春深”句：用杜甫《春望》“城春草木深”语意。
[6] 江渚：江中的小块陆地。

✤ 评析

这是首感伤时世之作。诗人与范肯堂一别十年，十年中，国家多难，这时，又值八国联军入侵，慈禧太后和光绪帝等逃亡西安，清王朝正处在风雨飘摇之中。故人相见，原本有无数的话可以相诉，但倾注于诗中的，却全是辛酸的国事之慨。首联化用范仲淹的名句，从两人相见“未忍言”中，一开头就对当今世人一个个只知道营谋私利、不顾国家大计的情形表达了无限的痛楚。颔联接写相见后的情景。诗人将“看落日”和“话中原”相映衬，意味深长。话中原，说的正是慈禧、光绪西逃的国耻，诗人将它放在落日的背景上表现，既因落日而越见相见之情的悲怆，更由落日而想见国运的衰微，以景衬情，言外之意无穷。腹联二句，一情一景，构成强烈的反衬，尽管春日融融，草木繁茂，可是时世艰难，文章不被重视，美景再好，除了徒增伤感，有什么意义呢！这正是古诗中写哀情却以丽景出之的艺术手法的成功运用。尾联二句，将无可奈何的哀叹，寄情于冰冷的江渚，“高枕向乾坤”，并不是真正的处身世外，高枕无忧，而是凝聚着无限辛酸的反话，在这国事如斯的情势中，文章已被弃置，自己还能为国家做些什么呢！全诗情辞沉痛，表现了诗人对国家命运的关注，但调子低沉伤感，也流露了诗人对清王朝没落的哀伤之情和无力补天的消极情调。写景之处，或用以正面烘染，或用以反面衬托，情景融合无间，浑然一体。

泰山玉皇顶[1]

鸡鸣日出接天关[2]，绝顶疏钟云汉间[3]。
气合大荒心似海，身临上界目无山。
九州寂寂孤僧睡[4]，片石峨峨万古闲[5]。
便欲抠衣通帝座[6]，手扶碧落看人寰[7]。

✤ 注释

[1] 玉皇顶：又称天柱峰，为泰山极顶，因建有玉皇殿而得名。

[2] 天关：星名。《晋书·天文志》："天关一星，在五车南，亦曰天门。"

[3] "绝顶"句：谓钟声在山顶传得高远。云汉：银河。

[4] "九州"句：谓中国人如沉睡的孤僧，大梦未醒。

[5] 片石：玉皇顶居中，有一石，刻"极顶"二字，围以石栏。片石，即指此。峨峨：高耸貌。

[6] 抠衣：提裳而行，以示敬谨之意。《礼记·曲礼》："抠衣趋隅，必慎唯诺。"帝座：星名，属武仙座。参见黄遵宪《登巴黎铁塔》注[21]。

[7] 碧落：天空，道家语，白居易《长恨歌》："上穷碧落下黄泉。"人寰：人间。

✤ 评析

这首纪游诗，是一首寄情于景，抒写时世之慨的作品。前四句从晨登玉皇顶的所见、所闻和所感，以雄健的笔触，表现了玉皇顶的高远和诗人阔大的胸怀。首句绘形写高，和第四句相应，第二句状声衬远，与第三句相应。前二句的写景和后二句的写情互为表里，相互衬托，达到了情景融合无间，诗句布局错落有致，极见匠心。五、六两句，语义双关，在景色的描写中，蕴含了对时世的洞察和深沉的感慨。"九州寂寂"（承远而来），正是偌大一个中国"万马齐喑"的写照，"孤僧睡"，则形象地揭露了世人尚未觉醒的麻木状态。这是多么需要一声惊雷的时候，可是，"片石峨峨"（承高而来），人们就像这泰山巨石，安闲自得。这是多么令人悲哀的局面。因此，结尾二句，诗人以丰富的想象，构想了自己直通帝座星，手扶蓝天，下俯人间的图景。这里，诗人暗用白居易的诗句，抒写了他寻求唤醒国人的途径的抱负，一个"看"字，含蓄蕴藉，寄意遥深。这里的"帝座"，双关清帝，不言自明，反映了诗人将希望寄托于封建帝王的阶级局限。

夏敬观

夏敬观（1875—1953），字剑丞，号盥人、映庵，江西新建人。光绪二十年甲午（1894）举人，官浙江提学使。辛亥革命后，曾任浙江教育厅厅长。晚年寓居上海。近代江西诗人，陈三立以后，独推夏敬观为巨手，但其诗学梅尧臣，不学黄庭坚，宗趣不同。有《忍古楼诗》。

云栖寺竹径[1]

理安长楠直插地[2]，云栖大竹高参天。
二寺敻然止圣处[3]，楠不蠹朽竹愈坚。
昔称理安景无对，未看云栖真枉然。
顷窥幽径避白日[4]，步步到寺循花砖。
又如葺叶作廊覆[5]，左右柱立皆修椽[6]。
露骨专车岩壑底，表影累尺僧房巅。
空亭住足一遐想[7]，夜至风露宜娟娟[8]。
莲池大师涅槃去[9]，香光宝墨弥新鲜[10]。
老夫白发回翠葆[11]，欲借蒲团为坐毡[12]。
人言此寺惟有竹，他景不胜名虚传[13]。
正惟有竹便佳绝，杂树亦众何称焉[14]！
愿笋不劚尽成竹[15]，连坡长到澄江边[16]。

✤ 注释

[1] 云栖寺：在杭州西湖南二十公里五云山下，相传为吴越国王于宋乾德五年(969)创建。周围修竹参天，幽静秀丽，"云栖竹径"为西湖胜景之一。

[2] 理安：寺名，故址在今杭州九溪十八涧，今已不存。楠：名贵树木，生南方，干端伟，高者十余丈，巨者数十围，木材坚实芳香，不畏虫蛀。

[3] 敻(xiòng)然：远远地。

[4] 顷：才。

[5] 葺(qì)：覆盖。

[6] 修：长。

[7] 住：同"驻"，停留。

[8] 娟娟：美好貌。

[9] 莲池大师：明代高僧，本姓沈，字佛慧，号莲池。住杭州云栖寺。弘扬净土法门，归依者甚众。

[10] 宝墨：指莲池大师的墨迹。

[11] 老夫：诗人自称。回翠葆：返黑。葆：草，形容绿鬓。

[12] 蒲团：信佛的人在打坐和跪拜时，多用蒲草编成的圆形垫具，称"蒲团"。

[13] 他景：另外的景物。

[14] 何称焉：何足称道，不值得称道。

[15] 劚：斫，砍。

[16] 澄江：指钱塘江。

✤ 评析

夏敬观古诗专宗梅尧臣，用意命笔，迥不犹人，音节促数，如木石相戛，宋人中仅陆游早期作品，偶有此种。陈衍《石遗室诗话》称此篇为"剑丞诗最佳者"，谓其"起句与余之'韬光竹在地，云栖竹在天'略相似，至'昔称'二句，'又如'二句，'人言'六句，用笔造语，皆得髓于宛陵而神似之。世之服膺宛陵者，一时恐未有其匹"。

陈曾寿

陈曾寿(1878—1949),字仁先,湖北蕲水人。光绪二十九年癸卯(1903)进士,历官刑部主事、学部郎中、都察院广东道监察御史。民国后筑室杭州之南湖。有《苍虬阁诗集》。陈曾寿为陈沆曾孙。陈三立序《苍虬阁诗存》,谓"比世有仁先,遂使余与太夷之诗,或皆不免为伧父"。陈祖壬序,谓其诗"出入玉溪、冬郎、山谷,后山诸家,以上窥陶、杜。志深味隐,怨而不怒"。陈衍谓其兼"韩之豪、李之婉、王之遒、黄之严"。盖自成其为苍虬之诗,而不同于并世墨守宋人一派的诗人。集中咏松、菊以及游览山水之作,最称杰出。南湖诸作,足与俞明震争胜。辛亥革命以后所作,则多遗老之音。

游　仙[1]

湘娥啼血斑竹枯[2],仙人游戏耽蓬壶[3]。
三山娲皇补天余,春愉秋怨世则无[4]。
绰约仙子多敷腴[5],中有一人独清癯[6]。
千门万户无空虚[7],何年再见青鸾孤[8]。
臣朔偷入骇睢盱[9],修廊浓花照明湖[10]。
松篁万籁真笙竽[11],舞殿闲煞红毡毹[12]。
忽走一殿惨不舒,白日下照空四隅。

当阶设几香爇炉[13]，绛帏朱锁网蜘蛛[14]。
天降玉棺遗双趺，清供无人付花奴[15]。
却转后院苍苔芜，金风瑟瑟摧青梧[16]。
监者谓此凤所庐[17]，旧障红墙今始除[18]。
团扇不怨秋风疏[19]，银河咫尺千里迂[20]。
杂花破红鸟相呼[21]，独非我春亲道书[22]。
偶戏赤水双明珠[23]，胭脂涴井红模糊[24]。
瀛海晶莹不可桴[25]，日闻斫冰进飞鱼[26]。
九州采药群灵趋[27]，丹成忽堕龙髯须[28]。
朔闻此言惊且吁，历三千年神不娱[29]。
影眸凄景无由驱[30]，魂梦不敢朝华胥[31]。
仙官笑谓子何愚，海水清浅曾斯须[32]。
向来清怨钟上都[33]，日堕月蚀真区区[34]。
仙家哀乐与世殊，玉女司册连环如，
不见王母今回车[35]？

✤ 注释

[1] 游仙：古代诗人常用以写仙家生活的诗题，始自屈原的《远游》，晋人郭璞有《游仙诗》，借游仙自抒怀抱。此诗则以此为题，借用神话传说，写光绪和珍妃事。珍妃：光绪帝妃，赞助光绪帝进行改革，为慈禧太后所恶。光绪二十六年庚子(1900)，八国联军进攻北京，慈禧挟光绪帝仓皇逃西安，临行时，命人将珍妃推堕井中而死。光绪三十四年戊申(1908)十一月，光绪和慈禧先后死去。诗即作于光绪初死之时。

[2] “湘娥”句：用舜妃娥皇、女英哭舜之死的传说，指光绪帝之死。传说见吴伟业《清凉山赞佛诗》注[93]。

[3] “仙人”句：蓬壶：传说中的海中仙山，即蓬莱，因其状若壶，故名。王嘉《拾遗记》：“三壶，则海中三山也：一曰方壶，则方丈也；二曰蓬壶，则蓬莱也；三曰瀛壶，则瀛洲也。”

[4]“三山”二句：娲皇：即女娲，补天的传说见姚燮《双鸩篇》注[70]。补天：指挽救摇摇欲坠的清朝统治。春愉秋怨：指珍妃死亡前后光绪帝的欢悦和悲怨。

[5]绰约：柔美貌。敷腴：神采焕发貌。

[6]“中有”句：一人：指光绪帝。清癯：清瘦。

[7]“千门”句：形容宫室稠密。《史记·孝武本纪》：“于是作建章宫，度为千门万户。”

[8]青鸾：神话中鸟名，即青鸟，西王母之使。这里指珍妃。

[9]臣朔：汉武帝侍臣东方朔。《汉书·东方朔传》：“朱儒长三尺余，奉一囊粟，钱二百四十；臣朔长九尺余，亦奉一囊粟，钱二百四十。朱儒饱欲死，臣朔饥欲死。”后因以“臣朔”为东方朔的省称。以其诙谐滑稽，后人传其异闻甚多，方士则附会之为神仙。诗中即以后者用之。睢盱：仰视貌。

[10]修廊：长廊。明湖：指中南海。光绪帝被慈禧软禁的瀛台，就在中南海。

[11]“松篁”句：篁：竹林。万籁：各种声音。杜甫《玉华宫》：“万籁真笙竽。”这句谓松竹声如奏乐。

[12]毡毹：毛织的地毯。这二句暗指光绪死后，宫苑一片寂寞。

[13]香爇炉：炉中燃香。爇(ruò)：点燃。

[14]绛帏：深红色的帷幔。

[15]“天降”二句：暗指光绪帝和慈禧先后死去。天降玉棺：见吴伟业《清凉山赞佛诗》注[64]。趺(fū)：放棺的石座。清供：清雅的供品。旧时习俗，凡节序、祭祀等每用清香、鲜花、膳食等作供品。

[16]金风：秋风。青梧：旧时称梧桐为凤凰所栖宿。青梧摧折，暗示帝、妃等死去。

[17]凤所庐：指光绪帝居处的宫室。

[18]旧障红墙：指光绪帝被囚于瀛台时，与珍妃隔离。李商隐《代应》：“本来银汉是红墙，隔得卢家白玉堂。”今始除：暗示光绪帝方死。

[19]“团扇”句：见李希圣《西苑》注[8]。

[20]“银河”句：以牛郎、织女为银河所隔，喻光绪帝和珍妃隔绝不能见面。

[21]破红：花朵初放。

[22]“独非”句：《汉书·礼乐志》：“故春非我春，夏非我夏，秋非我秋，冬非我冬。”意谓虽有良辰美景，但并不属于我。

[23]“偶戏”句：语出《庄子·天地》：“黄帝游乎赤水之北，登乎昆仑之丘而南

望，还归遗其玄珠。”双明珠：指珍妃与其姊瑾妃二人。

[24]“胭脂”句：指珍妃被推堕入井而死。陈沂《南畿志》：“景阳井，在台城内，陈后主与张丽华、孔贵嫔投其中，以避隋兵。旧传阑有石脉，以帛拭之，作胭脂痕，名胭脂井。”这里借指珍妃井，在故宫的外东路。

[25]瀛海：大海。《史记·孟子荀卿列传》：“赤县神州内自有九州……如此者九，乃有大瀛海环其外，天地之际焉。”这里借指瀛台所在的中南海。桴：小木筏。这里用作动词，渡。

[26]斫(zhuó)冰：破冰。

[27]“九州”句：谓光绪帝称疾，征医于天下。

[28]“丹成”句：指光绪帝死。龙髯：见吴伟业《圆圆曲》注[2]。

[29]神：精神。

[30]影眸凄景：谓“臣朔”眼前凄楚的景象。

[31]华胥：神话中国名，周穆王所游之处。见《列子》。

[32]“海水”句：见厉鹗《开平王孙种菜歌》注[9]。这里意谓世事的变迁在历史的长河中，实为一瞬间事。斯须：一瞬间。

[33]“向来”句：谓自古以来宫廷之中多怨恨之事。钟：钟爱。上都：京都，这里指宫廷。

[34]日堕月蚀：比喻帝王、后妃之死。区区：微小貌。

[35]“玉女”二句：司册：司生死之册。连环如：谓光绪之死与慈禧之死相差只一日，如连环相扣。王母：喻慈禧。回车：指死。

✤ 评析

珍妃之死，晚清诗人哀悼她的作品较多，最有名的，便有曾广钧《庚子落叶诗》及李希圣《雁影斋集》中的一些七律，都是学西昆体的，金兆蕃的《宫井篇》是梅村体长篇。如论高古，则无有出陈曾寿此篇上者。此诗借游仙古题、神话传说进行构思，熔化韩愈风格及李贺藻采于一炉，极哀感缠绵之致。

观瀑亭[1]

百丈飞泉挂一亭，岩栏危坐俯冥冥。

松身独表诸天白[2]，石气寒嘘太古青。
涧草无心来鸟啄，梵潮如梦起龙腥[3]。
元坛真宰愁何事[4]，滃涌炉香会百灵[5]。

✤ 注释

[1] 观瀑亭：在浙江省临安市东天目山。

[2] 表：显示。诸天：见吴伟业《清凉山赞佛诗》注[52]。这里谓广阔天界。

[3] 梵潮：诵经声。起龙腥：谓龙来听经。

[4] 元坛：道教天尊的居处。真宰：见郑珍《云门墱》注[7]。按：东天目为道教胜地，称"第三十四洞天"。

[5] 滃涌：云烟翻动貌。百灵：百神。

✤ 评析

东天目万壑竞流，悬崖瀑布，为浙西名胜。近人纪游之作，殆无出《苍虬阁诗》之上者。苍虬诸作，尤以《观瀑亭》一首为压卷。此诗一起得势，有《楚辞·九歌·山鬼》"表独立兮山之上，云容容兮而在下"及《九章·悲回风》"据青冥而摅虹兮"气象。三、四句写松写石，"表"字、"嘘"字炼得精湛。"诸天"渲染大松覆盖面之广，是空间；"太古"形容石气蕴积之久，是时间。"白"与"青"，染色匀称，画面静谧。"梵潮"句写僧寺梵吹，群龙听经，显得异样神采，纸上有声。结尾云旗恍惚，万象奔趋，有《九歌·山鬼》"东风飘兮神灵雨"神境。全诗沉厚雄壮，大声鞺鞳。山水七律中如此黄钟大吕的名篇，在近代诗坛断推独步。

湖斋坐雨[1]

隐几青山时有无[2]，卷帘终日对跳珠[3]。
瀑声穿竹到深枕，雨气逼花香半湖。

剥啄惟应书远至[4]，宫商不断鸟相呼[5]。

欲传归客沉冥意[6]，写寄南堂水墨图[7]。

✤ 注释

[1] 湖斋：临湖构筑的书斋，这里指作者在杭州南湖的书堂。

[2] 隐几：凭着几案。

[3] 跳珠：雨。苏轼《六月二十七日望湖楼醉书》诗："白雨跳珠乱入船。"

[4] 剥啄：象声词，这里指敲门声。

[5] 宫商：我国古代五声音阶的第一、二音级，后泛指乐曲。这里形容鸟鸣声。

[6] 沉冥：深沉玄默。

[7] 南堂：即"湖斋"。

✤ 评析

这首诗描写湖斋雨景，诗人以细腻工整的诗笔，形象地描绘了一幅意境幽深淡远的"南堂水墨图"，抒写了晚年恬淡闲适的心境和情趣。前四句写湖上景色：远处雨雾中青山时隐时现，近处湖面上、荷盖上终日蹦跳着晶莹的雨珠，雨声如瀑，穿竹入室，雨气逼花，幽香满湖。青山是背景，空濛迷茫，着一"时有无"，静止中现出它的动态；跳珠是近景，见得真切，辨得清晰；"穿"、"逼"二字，赋予无生命的雨声和雨气以无限的生机，显出了炼字的工夫。这四句有色彩，有形态，有音响，有幽香，动静相映，浓淡相宜，疏密相衬，表现出了画幅所难以表现的诗的意境，而"隐几"、"卷帘"、"对跳珠"、"到深枕"的点睛之笔，又使人们分明感到人在画图中，可谓"诗中有人"。后四句叙写诗人在湖斋收到远方来信的情景，前二句以敲门声与鸟啼声相呼应，衬托出诗人因"书远至"的欢快心情。诗末以"写寄南堂水墨图"，寄托自己的"沉冥意"，与全诗浑成一气，勾勒了一幅水流云在的清幽画境，和诗人晚年的心境达到了和谐统一。

湖上杂诗[1]（七首选二）

残梦钧天付混茫[2]，瓜庐仍占水云乡[3]。
荷声忽满三千界[4]，成就南轩一榻凉[5]。

海棠花畔叫秋虫，枕簟星光萤影中。
长夜通明了无睡[6]，虚堂流转只荷风[7]。

✤ 注释

[1] 湖：指杭州南湖。

[2] 残梦钧天：《史记·赵世家》："赵简子疾，五日不知人，大夫皆惧。居二日半，简子寤，语大夫曰：'我之帝所甚乐，与百神游于钧天，广乐九奏万舞，不类三代之乐。'"这里谓自己曾在清廷做官，像梦一样过去了。付混茫：谓已一片迷糊。

[3] 瓜庐：即瓜牛庐。瓜牛，同"蜗牛"，形如蜗牛的小园屋。语出《三国志·管宁传》裴松之注引《魏略》："（焦先）自作一瓜牛庐，净扫其中，营木为床，布草蓐其上。"诗中指作者在杭州南湖的居室。水云乡：水云弥漫之处，古代诗文中常指隐者居游之地。苏轼《城南县尉水亭得长字》："伐鼓水云乡。"

[4] 荷声：指风卷荷叶和雨滴荷叶的声响。三千界：三千大千世界的略称。佛家谓千日千月广至千大梵天，是小千世界，一千个小千世界合起来就是二千中千世界，一千个二千中千世界合起来名三千大千世界。见《大智度论》。诗中泛称世界。

[5] 成就：用作动词。造成，使形成。南轩：南湖旁的亭轩，即南堂。见《湖斋坐雨》注[7]。

[6] 了无睡：一点没有睡意。

[7] 虚堂：空荡的厅堂。流转：萦绕。荷风：荷丛吹来的风。

✤ 评析

这两首小诗描写西湖景色和湖居感受，各具特色。第一首抒写夏日雨中感受，妙在不着一个“雨”字，却将雨中的情致全在诗情画意的描写中烘托而出。前二句用了衬托笔法，以钧天残梦的繁荣反衬醒来时身处水云乡的恬静，一方面固然反映了诗人对清王朝的一丝怀恋，但也表现了此时此刻适意的心境，一个“占”字，加浓了这种不以世事的升降浮沉为意的恬淡情怀。后二句翻进一层，写出适意的来源。“荷声忽满三千界”的境界，扫尽暑气，确有清凉痛快之感。这里的“荷声”，看似信手拈来，实是言简韵长。诗人巧妙地以听觉（声）表现视觉和感觉，以“声”为实，见于诗内，而将“风雨”的形和凉快之感化为虚，生于诗外，让读者运用想象去展示湖上风雨的景象和感受夏日雨后的舒畅，余味无穷。第二首写秋夜景色和感受。诗人选取了海棠、秋虫、萤影、星光等秋夜的景物，以物显色（海棠、星光、萤影），以物绘声（秋虫），描绘了一幅色彩鲜明、充满音响的秋夜流萤图。而诗人就在这美妙的氛围中彻夜无眠，静听着厅堂里萦转的荷风。这样，诗人此时的心境虽不着一字，但通过周围景物气氛的描绘，读者却宛然如见其人，并感受到诗人的脉动。

苏曼殊

苏曼殊(1884—1918),名戬,字子谷,后更名玄瑛,曼殊是他的僧号,广东香山沥溪(今属珠海市)人。生于日本横滨,父是旅日侨商,母是日本人。1888年随父归国,二十岁出家为僧。曾参加南社,任上海《国民日报》等报刊编辑。其诗纯属抒情之作,以七绝居多,轻清隽永,茜丽绵眇,间有俊逸豪放之作。有《曼殊全集》。马以君有《燕子龛诗笺注》,至佳。

本事诗十章[1](选一)

春雨楼头尺八箫[2],何时归看浙江潮[3]?
芒鞋破钵无人识[4],踏过樱花第几桥?

✤ 注释

[1] 此诗宣统元年己酉(1909)春作于日本,作者时与陈独秀同住东京神田清寿馆。初题作《有赠》,刊于宣统元年十二月(1910年1月)出版的《南社丛刊》第一集。宣统三年(1911)十二月出版的《南社》第三集与另外九首合在一起,改作本题。关于此诗的写作对象,历来说法有四:一认为是写百助眉史(日本艺伎)的。柳无忌《苏曼殊及其友人》:"曼殊的《本事诗十章》,全为百助而作。"柳亚子也持此说。二认为"静子(曼殊的表妹、已故情人)是百助的影子"(罗建业说)。三认为其中有些是写"静子"的。(熊润桐说)四认为是"写一种理想的情人"(周作人说)。按:当以第一说为是。

[2] 尺八：作者自注："日本尺八与汉土洞箫少异，其曲有名《春雨》，殊凄惘。日僧有专吹尺八行乞者。"又曼殊《燕子龛随笔》："日本'尺八'，状类中土洞箫，闻传自金人。其曲有名《春雨》，阴深凄惘。"

[3] 浙江潮：浙江钱塘江。其农历八月十八前后的潮水，以其声势浩大，名闻中外。光绪三十四年戊申(1908)秋，曼殊曾养病杭州，故这里有"归看浙江潮"之语。

[4] "芒鞋"句：指作者出家为僧。钵：僧人的食器。

✤ 评析

这是诗人留居日本时抒写怀恋祖国情怀的小诗。首句描写在春雨楼头听百助吹箫的情景，诗人身处异国，听着这呜呜咽咽与祖国洞箫相类似的箫声，如何不勾起对祖国的思念？这里的春雨，既可理解为实景，也双关声调凄惘的日本的箫曲《春雨》。第二句紧承首句，在"何时归看浙江潮"的自问中，倾注了对故国的思念之情。后二句是虚写，诗人设想自己久居异国的结局，想象自己成了一个芒鞋破钵的孤僧，踯躅在异国的樱花桥上，无人相识，不知所归。这是何等的悲哀！这后二句的虚写，正为前面实写思国之情作了强烈的反衬，使思乡之情更见浓郁。

林 文

林文(1885—1911),字广尘,一名时塽,福建闽县人。一九〇五年赴日本留学,参加同盟会,曾任《民报》社经理。一九一一年春回广州,参加三月二十九日的起义,中炮牺牲。为黄花岗七十二烈士之一。诗近唐人。

春 望

残雪犹留树,春声已满楼。
睡醒乡梦小[1],起视大江流。
别后愁多少,群山簇古丘。
独来数归雁,到处总悠悠[2]。

✤ 注释

[1] 乡梦:思乡的梦境。
[2] 悠悠:深思貌。

✤ 评析

这是诗人在日本时抒写革命情怀的一首优秀诗篇。诗以"春望"为题,描写冬尽所见,借以抒发盼望革命风暴来临的急切心情。首联十字,在残雪留树、春色满楼的景象中,蕴含了诗人的喜悦之情。这不仅是自然界的冬尽春来，而且预示了清王朝的濒临末日和民主革命的胜利在望。很有“雄鸡一声天下白”（李贺诗句）的气象。因此，尽管诗人远在异国，却并不为思乡的梦境萦系，“乡梦小”的一个“小”字，透出了诗人的心声。而“大江流”的雄伟气势，又正烘染了诗人这种不局局于思乡之中的豪情。这两句，一情一景，互相补充，相得益彰。后四句转写“愁”。“群山簇古丘”是即景取喻，从表面上看，似乎只是写出了“愁”多，其实，这个比喻还含蓄地表达了“愁”的内容。身在远离国土的异邦，看到这些和祖国的山川相似的崇山峻岭，怎能不勾起对祖国的怀念，而祖国又正处在“残雪犹留树”的黎明前的黑暗之中，这又怎能不勾起战士的愁恨！因此，看到南归的大雁，诗人禁不住要细加点数，这个细节，正表达了一个民主革命战士迫切期待返归祖国投身战斗的激情。林庚白称此诗“雅似唐贤，非镂肝雕肾者所可及”。

孙景贤

孙景贤（1886—1919），字希孟，江苏常熟人。清末曾在日本长崎领事馆任职，民国后，曾官司法部。为张鸿弟子。诗学李商隐，为晚清西昆诗派名家，也是虞山派后劲。有《龙吟草甲》、《龙吟草乙》。

抵浦口[1]（二首）

车音轣辘梦沉酣[2]，过尽千程总未谙[3]。
吴语渐多燕客少[4]，起看山色是江南。

少年行脚惯天涯[5]，三宿空桑即是家[6]。
及此春光好归去，故园开到杜鹃花。

✤ 注释

[1] 浦口：镇名。在南京市西北，长江北岸。

[2] 轣辘：这里指火车行驶的声音。

[3] 谙（ān）：熟悉。

[4] 吴语：指江南话。燕客：指北方人。

[5] 行脚：佛教语，原指僧徒游行各地。惯天涯：谓以奔走四方为常事。

[6] 三宿空桑：语出《后汉书·襄楷传》："浮屠不三宿桑下。"这里反用其意，谓经常在外留宿。

✤ 评析

这是记诗人乘津浦铁路火车自北方到达终点站时所作，写南归即将可以回归故乡常熟的欣喜心情。第一首从吴音渐多北客渐少体现车行经过千程已到终点，睡梦醒来，看到隔岸山色已是江南。这是实写。第二首预计到家时正当杜鹃花开时节。这是虚写。前后两首，从到达江南的喜悦接入到家的喜悦，层次分明。作者诗专宗李商隐。商隐七绝，抒情以清婉擅胜，此诗能得其神理，不在貌似。